大專用書

新聞論

彭家發著

三民書局印行

國家圖書館出版品預行編目資料

新聞論／彭家發著 .--初版.--臺北市
：三民，民87
　　面　　　公分
參考書目：　　面
ISBN 957-14-1880-3（平裝）

1.新聞學

890　　　　　　　　　　　　81001747

網際網路位址　http://Sanmin.com.tw

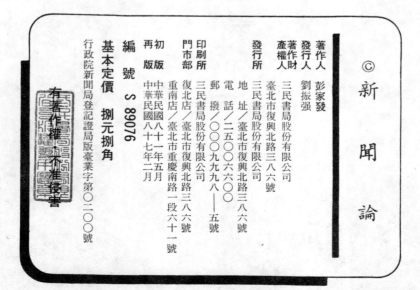

© 新聞論

著作人　彭家發
發行人　劉振強
著作財產權人　三民書局股份有限公司
發行所　三民書局股份有限公司
　　　　地址／臺北市復興北路三八六號
　　　　電話／二五〇〇六六〇〇
　　　　郵撥／〇〇〇九九九八――五號
印刷所　三民書局股份有限公司
門市部　復北店／臺北市復興北路三八六號
　　　　重南店／臺北市重慶南路一段六十一號
初版　　中華民國八十七年二月
再版　　中華民國八十一年五月
基本定價　捌元捌角
編　號　S 89076

ISBN 957-14-1880-3（平裝）

自 序

　　在政治大學新聞系、所講授新聞學及採訪寫作課程，已經有好一段日子。從備課、講解以及其他研討中，一次又一次的感覺到，不論是學院式理念上的「知之」，抑或是新聞業界上的「由之」，感覺最模糊、而又經常「自以為是」的一個論題，竟是「甚麼是新聞？」這個老掉牙的問題。——套用一句諺語，「談的人很多，瞭解的人很少。」

　　因為教學、研究和本身的工作體驗及興趣，這幾年間，我特別致力於這個問題的思索和研究，並且搜集了相當多資料，在教室裡與同事、同學共同分享研討、論證和實例詮釋的樂趣。

　　早期，新聞學之研究勃興，探討新聞的專書，雄據書肆新聞期刊上之論文，占十之八九。繼後，大眾傳播研究之風盛行，新聞學專著萎縮，用專書以採究新聞者銳減。學者之研究，或則散見於各類期刊中，或則只占傳統編採書類之若干章節，而附麗於大眾傳播研究範圍內。

　　不過 1979 年，英國新聞學教授甘斯(Herbert J.Gans)，出版一部總結七十年代新聞學佳作——「新聞是怎樣決定的」(Deciding What's News)；之後，就書香四溢，例如：萬羅夫(Robert Karl Manoff)等學者，於 1986 年合編了一本「解讀新聞」(Reading The News)，從六何(5WIH)去探究新聞的意涵。

　　史提芬斯(Mitchell Stephens)於兩年之後，亦即 1988 年出了一本《新聞的歷史》(A History of News)，從人類對新聞的認知、功能層面，以一個歷史衍展角度，釐劃新聞本質。

　　范迪芝(Teun A.Van Dijk)則在同年，出了一本《新聞分析》(News Analysis)，將報刊中國內及國外的新聞實例，作一仔細分析、研討，

以證明他心中的理念——新聞的結構,根本就是(言)辭說(News as Discourse)。

歐美研究新聞本質的風氣,隱約有成氣候趨勢,氣壓似乎亦已東漸。也是見賢思齊的心態在驅動,因而不辭讓漏,將部分研究心得及資料,彙集成書,付諸剞劂,希望能拋磚引玉,鼓動我國學者先進,有更大興趣,再置身於這個研究領域,這將是本書的最大收穫。

本書的特點:

• 在傳統上,新聞學的研究,向分為理論新聞學、實務新聞學和歷史新聞學三種,隨著研究環境轉移,目前似乎應該添加「社會新聞學」及「現象新聞學」這兩領域,以匯合大眾傳播研究的成果。本書論域,即是從理論、實務、歷史、社會及現象等這五個類項取材,而以「新聞」為提勾研究核心。因此本書主旨,是希圖透過不同,但事實上相互關連之若干主要因素或現象,例如時間、政治之類,用實例直接或間接反覆論證、詮釋「甚麼是新聞」?當然,生也有涯,知也無涯;時代在變,潮流在變,環境也在變;談甚麼是新聞,要發現新聞,可能永遠都象瞎子摸象;或者「盲人在高速公路口」(blind man in a freeway)般的手足無措。透過本書章節的釐劃,希望新聞這隻「象」能摸得多些,或者找到些「導盲磚」。

• 在學術著作中,互相引論搬註,斯為撰述常軌。然論者有謂,此乃在一學術框框中,彼此文抄則簡,了無創意。本人才識淺漏,未能免俗。但在若干章節中,試圖一些突破——試圖以實例舉證,來編織、突顯和引出新聞的本質及新聞學原理,嘗試融理論於實例之中。故在若干章節上,特重實例的舉隅、詮釋和評論。

• 一般書刊、報章、期刊雜誌,經年累月,不知刊登過多少好的實例及題材,值得我們去深入探究,但卻每易為人忽視。本書嘗試大量從報刊雜誌中,擷取大眾熟悉的實例,以作論証。

　　• 本書在實例的選取中，試圖從一個中國人的觀念出發，故特重東方的區域性實例。台灣地區解嚴之後，面臨轉型期的陣痛，實例特多，本書採用也最多，希望這是可以接受的嘗試。

　　• 本書章節長短不能均衡，此是受資料及本人對該章節理該繁簡的主觀認知所影響。

　　• 本書在考證上，力求嚴謹；實例中，容或涉及論人事，終以善意之心示之，只求取其實例之意義，而非以評隲貶損人事。凡年分應有公元，或與朝代對比者，多已附上；凡人名之有英文名字者，設法加入；名字不便直書者以方格（□）替代，以存厚道。中譯諸詞，亦多附上英文，以免爭議。

　　• 「新聞報導」一詞，向用「導」之一字。但「導」字確有「引領」之意，似乎不該貼為一般新聞標籤，故本書嘗試「回歸字典」，就事論事，用「知道」的「道」，來表現「新聞報道」的意涵，不是標奇立異，也不是曲從大陸或港澳的做法。（但若是引註，則仍從其舊，以「導」為準，表示尊重之意。）

　　• 本書在附錄、附註及附釋裡，盡量摘錄新聞文獻。註解排在每章或每節之後，以齊一編排。註解亦盡可能詳盡，以便利翻查及閱讀。有些註解為本人評論或感想，因未便寫在內文中，故借註解為塊壘，但也造成註解的膨脹，而有時字數比一節之本文稍多的現象，但應無損於本書通篇結構。因為考慮本書可能有海外讀者，故在註解中，對台灣地區人事物，通常有較詳細註釋。

　　• 本書結構

本書共分十二章：

　　第一章為導論，從傳統到現代，縱論、歸納、臚列和評釋新聞的定義，以探討其本質的意涵和特性，並附述一般新聞分類。這是思索「甚麼是新聞？」這論題的主線，是十分重要的一章。

第二章分別擷取歷史、時間、速度、宣傳、圖片及政治等與新聞相關聯的實例，然後加以論証，側面及間接烘托出「甚麼是新聞」。這章是點綴而不可或缺的綠葉。

第三章以實例闡釋新聞與節目在社會流布時，會可能產生些甚麼實徵結局，並探索學者對新聞媒介信息及節目，在社會流布的意見及研究發現。

第四章以謠言、炒作、押寶、尋奇、有聞則錄等五類反常「新聞」實例，說明在人為「操作」下，新聞蛻變為負面意義的一面。

第五章以「狐假虎威」、誹謗、無中生有及強求解讀等四種常見「新聞陷阱」，詮釋社會公器被利用之可怕及危機，新聞更是「懷璧其罪」。從第四、五章實例中，可以感到：「新聞，新聞，多少罪惡假汝之名而行！」

第六章點出處理新聞的一條基準線。以及某些攬局者之令新聞蒙羞。故說無「它」（新聞），卻有「他」（人）。

第七章透過誹謗及國家機密兩項，來談新聞的「天賦人權」——新聞自由。從實例中，可以發現它的「權利」和「義務」。

第八章是延伸第七章新聞「權利」、「義務」的「人格權」，其中有學者專家的意見，和諸如犯罪涉嫌者見之傳媒時，臉部該否遮掩的論戰。

第九章以實例道出新聞工作者的職業良心的爭持——當所履行的任務處在環境、情況、職業及人性等諸項因素糾纏不清、或者相互扞格時，會產生怎樣的一個局面，從而側面扎出他們究竟該何去何從？

第十章旨在述說新聞能取信於人，能失信於人；但不管怎樣，社會大眾起碼確曾一度失去「信心」。台灣地區解嚴後，「政治發燒」、「媒體感冒」、「新聞抓狂」，危機已現，理當想考如何謀求解救之道。

第十一章臚列 1991 及 92 兩年的各類十大新聞，俾驗證新聞價值的選取標準。

第十二章是接第一章的結語，一方面力證談新聞意涵在國際資訊失衡的現實世界中，不能忽視其外在之影響，較為弱小的第三世界，該如何有心理準備；他方面則指出，新聞意涵的變動性，從不同層面去考量，便會有截然不同結果，用（言）辭說去研究「甚麼是新聞」就是一例。本人期待有不同領域的學者，不斷加入研究，令「新聞」這一多義意涵，淘沙見金。本章與第一章合起來，約共 7、8 萬字，為本書論題之前後主線。

附錄一章是本人多年來，研讀新聞學所收集得之新聞、新聞學名詞及新名詞。旨在從一個流衍的歷史角度，以名詞來側述新聞意涵不同階段、地點的發展過程。從而引證：有甚麼樣的社會，便有甚麼樣的新聞（傳播內容）。

最後是一張參考書目，是本書所參考引用的，信能對有這方面研究興趣的人，有所俾益。

△鳴謝

本書之所以能與讀者見面，的確要感謝幾位新聞系的同事——鍾蔚文、臧國仁及羅文輝這三位教授，不是他們的鼓舞、協助、督促和指教，這些資料，可能永遠「不見天日」。我也要謝謝大學同窗好友林憲正先生，不是他提供編版上的協助，我也會「束手無冊」。

今年是本人與內子汪琪教授結婚十九年之慶，謹以此書作誌，謝謝她對我除了體重之外，從無其他怨言。女兒肇華亦已亭亭玉立了，也多虧她經常在飯桌上，耐心地聽著我對新聞的評論。她比較喜歡文科，希望有朝一日，也能參與新聞的研究。

三民書局劉董事長振強先生給我的鼓舞、協助和應允出版本書的美意，不是三言兩語就稱謝得了的。我的導生，政大新聞系「7215」班高

材生黃秀娟、陳淑麗等諸位，解救了我校對厄難，真令我感到同門師生的溫情。最後，也想謝謝徐師佳士及賴師光臨兩位導師，受教在他們門下，今年恰為四分之一世紀，經常得到他們的訓勉和鼓勵，內心之喜悅，是無可言喻的。

本書疏漏之處，尤望大雅君子，不惜賜教為幸！

彭家發

民國八十一年二月

於綠漪山房

新聞論

目　　錄

摘　　要

　　本書是希圖透過不同，但事實上相互關連之若干主要因素或現象，例如時間、政治之類，用實例直接或間接反覆論證、詮釋「甚麼是新聞」。作者試圖以實例舉證，來編織、突顯和引出新聞的本質及新聞學原理，嘗試融理論於實例之中。故在若干章節上，特重實例的舉隅、詮釋和評論。而在實例的選取中，又試圖從一個中國人的觀點出發，故又特重東方的區域性實例。台灣地區解嚴之後，面臨轉型期的陣痛，實例特多，本書之採用，也就最多。

第一章　緒論

第一節　新聞的本質及特性

(一)前言

生存與延衍後代（傳遞經驗），是人類俗世的兩大基本企求（Wants），爲了生存，人類始祖很早就懂得採用「集體議價」（Collective Bargaining）方式，透過羣體「討生活」，同天然、自然的災害對抗。表情達意原是動物的一種本能，社羣活動，更講求大眾溝通（傳播）的運作，令同一羣人能了解外在境況，以趨吉避凶，保護自身安全。基於這種生存的需要，人類對於傳播本能所依附的外在客觀情況，激起了一種如經濟學上所說的獲得資訊的「新聞饑渴」（News Hungry）的企求，好使能夠從而彼此守望相助（那兒有水草？／狼來了？），作出決策（遷徙？／留下？），推展教育（經驗傳遞），提供娛樂（例如在山壁繪畫，月夜歌舞）。

因此，自消息傳播的形態，由口語（Spoken Language）而文字（Written Language）衍展至「文字報」（Literal Press）時，凡是與這個「實業」沾到邊的人，對於「什麼是『新聞』（News）？」這個「謎」，皆有莫大的興趣。因爲——倘若有誰透悟了這個「玄機」，誰就有機會主宰人類的知性活動，在「精神食糧」（spiritual goods）界領導羣倫，大顯身手。

有些讀者比較信賴權威，把認定「新聞」的任務，交給「一個好編

輯」來處理，廣義地認為「能上版的就是新聞。」(News is anything printable./News is what in the Newspaper)例如，四、五十年前，上海《申報》信譽昭著，大家在談論政局消息時，為求取信於人，最後總喜出示「來源證」說：「而今《申報》也是這樣說的。」所以後來的報業老闆，要求版面內容要「版版權威，條條精彩」。──不過記者與編輯雖然在職業上，取得這種處理新聞的特殊「主權」，能夠決定什麼「是」新聞，什麼「不是」新聞；但他們對新聞的「控制」，會「身不由己」地受到諸如編輯政策、版面大小、字數多寡、事件選擇以及讀者趣味（招徠之術）等這幾種因素的嚴格限制。

英文："News"一字，作為「新鮮報道」的意義而正式派上用場者，似以 1423 年（明成祖二十三年），蘇格蘭王詹姆士一世為嚆矢。其時，在其勅書之中，已提及此事❶。1523 年（明世宗二年），英爵柏納斯(Lord Berners)所譯法國歷史家及詩人夫拉薩特(Froissart)的編年史裡，就有這樣的記載：當蘭加斯德的公爵，聽到來自法國的不利報道時，「他對那些『新聞』(News)極為苦惱。」❷

若說「文字報」的前身，為使用口頭傳遞的「口語報」，則我國早有以歌謠傳遞「新聞」（消息、觀念、規範）的原始形態。漢唐之世，除有出於官邸的「邸報」（真正斷爛朝報）、唐玄宗時代（713〜715）之《開元雜報》（寫於絹布上之雜亂新聞信）外，尚有所謂諸如尉遲樞編的《南楚新聞》之類筆記小說（或曰「□□舊聞」以流布村野瑣事，間接傳遞部分民間消息。）❸。北宋趙昇所撰之《朝野類要》一書，亦有「新聞」一詞。該書第四卷後段說：「……其（朝報）有所謂內探（採訪）、省探、衙探之類，皆衷私小報，率有漏洩之禁，故隱而號之曰新聞。」但如追溯此文本意，原是對「小道消息」投不信任票。以今日的認知而言，應一個負面指謂(Atipical connotation)（小報是邸吏「以小紙書之，飛報遠近」）。不過，明清章回小說裏所謂之「新聞」，在

實際意義上，其實已經相當「現代化」。例如，《紅樓夢》第一回敍賈雨村見了甄士隱，忙施禮陪笑道：「老先生倚門停望，敢問市上有什麼新聞？」日本人則將報紙稱爲「新聞」（漢字）（如《讀賣新聞》、《朝日新聞》），而將新聞報道稱爲「記事」。

1622 年（明熹宗二年）在英倫出版之「每周新聞」，稱爲 "Weekly News"，故稍後之英美人士，又有以「拆字法」來解釋 "News" 一字（如早期之 "Haydn's Dictionary"），認爲此字旣是「北」(North)、「東」(East)、「西」(West)、「南」(South)此四字之第一個字母所組成，因此「四方」所發生的事件，就是「新聞」。我國也有人將之譯爲「紐斯」，又因爲孔子曾經講過一句：「丘爲東南西北人」，便按前述講法，「類推」孔子爲「中國第一位新聞記者」。孔子曾經周遊列國（環球採訪），問禮於老聃（專訪），修「春秋」（輯錄國際新聞），「（記）述而不作（杜撰）」，當然夠資格從事記者專業工作；但 "News" 這個字原字爲拉丁文之 "Newes"（形容詞爲 "Newe"），作「如是我聞」，似乎失之牽強。

這種讀法，還不如美國新聞學者柏德遜(Benton Rain Patterson)將 "NEWS" 一字，作拆字法(Glyphomancy)，而將之解釋爲：

N：Newsworthiness（新聞價值）

E：Emphasize on （新聞重點）

W：Ws（新聞中之六何）

S：Source(s)（新聞來源）

如此，當更易令人知道新聞本質意涵❹。

梁啟超曾認爲古詩即古代「民報」，王者多用之於「國情諮詢」（民意「調查」）。例如《晉語》：「古之王者，使工誦詩於朝，在列者獻詩。」《小戴禮記·王制篇》：「天子五年一巡守，歲二月東巡守，命太師陳詩以觀民風。」《漢書藝文志》：「……故古有采詩之官，王者所

以觀風俗，知得失，自考正也。」《漢書二十四上・食貨志》：「孟春之月，羣居者將散，行人振木鐸徇于道路，以採詩，獻之太師，比其音律，以聞于天子。」《何休公羊傳注》：「……男六十，女五十無子者，官衣食之，使之（至）民間求詩，鄉移於邑，邑移於國，國以聞於天子。」❺以「東南西北」來作為「新聞」的一個廣泛定義，頂多只能表達新聞的「五湖四海」屬性：「天地間皆是新聞，新聞中另有天地。」——如是而已。

編輯人的觀念與背景，其實極其複雜，除本身價值、條件（例如完整性與責任性）之外，新聞的界限，又往往受著社會環境（例如媒介所在地）、編輯政策、時間及版面空間大小等因素左右，因此，是條「模糊的線」。故而有些人，乾脆把諸如「新聞就是新」（New/ Freshness/ Newly happened），「新聞不是舊聞」，來作為一個簡單指標，以突顯其存在狀態的現實涵性，劃分其時代性字義，以免與「消息」（tidings）、「資訊」（information）❻、「訊息」（message）及歷史（history）之類字彙，糾纏不清❼。

所以新聞界前輩在告誡新手時，總是千萬叮嚀：「今日新聞，就是明日歷史」，以加深其使命感與責任意識。（應該是：明日史料之一，或歷史初稿。另外，咸豐年間舊事的新發現，也只能算作歷史。所以過分作「翻案新聞」，只能算是「算舊帳」的舊聞。）在強調新聞純淨度時，則通常用「報告」（Report）這個字，如「天氣報告」（Weather Report）；意即據實（資料）以告。毋得加鹽加醋。但在「感性」新聞素材裡（News Substance/Material）因為寫作方式大有不同，故又有以「故事」（Story）一詞，作為替代。如「人情趣味故事」即是（Humen Interest Story,HIS）。迨新派報道方式興起（New Journalism），如「藝文化報道」（Literary Newswriting/Journalism）等等，因其所使用（文學式）技巧，幾與小說（Fiction）無異，迫得新聞界又不得不以等同

「內中單表一人」的「非虛構寫作」(Nonfiction)稱之，劃出一條文體的「馬其諾線」(Maginot Line)以突顯其寫實、紀實層面。

(二)報人的經驗

「有報人中報人之稱的」美國名報人丹納(Charles A.Dana)，甫接《紐約太陽報》(New York Sun)（一八七〇），為了急於要以人情、趣味的特寫(Feature Writing)來吸引讀者，以摒棄英國宮廷式的報道，只承認諸如皇室貴族之類的「可敬的讀者」認為「重要的事」，方是新聞的做法時，即曾發出「豪語」，從「不尋常」的奇特角度，為新聞下過一個趣怪，但膾炙人口的「定義」〔另一說是當時英國報業巨子北巖勛爵(Lord Northcliffe)或是該報本市版編輯巴蓋特(John Bogart)所說〕：「狗咬人不是新聞，人咬狗才是新聞。」(If a dog bites a man,it is not a news.If a man bites a dog ,it is.)不過細心地推敲，此種講法，其實十分不妥，試想：「狗咬人」是實情（打傷害官司？／瘋狗症流行？）而「人咬狗」則可能蘊涵更大外張性價值（心理變態？／製造新聞？）為了趁勢加強機會教育，丹納又強調「新聞要令得人拍案驚奇！」(News is something that makes a person exclaim!)〔其後《舊金山檢查報》編輯麥伊溫(Auther McEuen)更以更為驚嘆性之字眼：「嘩嗤！」(Gee Whiz)來替代"exclaim"。（見第二章第五節附錄二之❶）〕

發財後立品之丹納，稍微較為收歛，但他對新聞定義所作的主要詮釋，乃然脫離不了「新鮮出爐」的心態（就速度來說，更有人認為，新聞一經刊出即成舊聞。）：

「新聞是區內大多數人覺得有興趣，而又前所未聞的任何事件。」(News is anything which interests a large parts of the community and has never been brought to their attention.)（丹納經營《紐約太陽

報》成功，故而常自負地說：「《太陽報》的新聞，是最新，最有趣和最生動的新聞。」）

得著天時、地利而有機會爲新聞作「促銷」的報社各單位負責人，在歷經報紙成長的痛苦後，長年屢月下來，對於所謂新聞，經過經驗印證，或重覆他人主張，或稍有創見（我寫／編的就是新聞），也各有心得（難道我還不知道什麼是新聞？），試摘錄若干具代表性宏論如下：

• 「將當時熱門話題裡的事實、事件，以及報紙本身讀者重要的，編纂起來，就是新聞。」（News is a compilation of facts and events of current interest or importance to the readers of the newspaper printing it. ）——麥紐爾（Neil MacNiel），曾任《紐約時報》（New York Times）副總編輯。

• 「新聞乃是女色、金錢與亂法犯禁的紀錄。」（Woman, Wampum and Wrongdoing.）——華克（Stanley Walker），曾任報社採訪主任。〔後有人將此「財、氣（衝動）、色」三「W」，說成「醇酒、美人及愛拼（搏殺）」（Women Wine and War.）

• 「新聞是對任何一則、也是每一則有關生命與事物的趣聞的一點也不放過的報道。」（News is anything and everything interesting about life and materials in all their manifestation.）——前「合衆社」（United Press）外勤記者採訪手冊。❽

• 「將事實，炒熱（crooking）就是新聞。」（News is agitation by facts.）——波格諾夫（Neikolai Palgunov）前蘇聯「塔斯社」（TASS, the Telegnafnoie Agenstvo Sovetskavo Soyuza）社長。（等於香港業界所指之「小事變大」，燒冷灶之「保水新聞」。）〔蘇聯解體爲「獨立國協」之後，1992 年 1 月 30 日，TASS 易名爲「蘇聯資訊電報社」（RITA Russia Information Telegraph Agency）〕

• 「只要登出來不涉及誹謗、不低級趣味，則有夠多的人想看的就

是新聞。」(Anything that enough people want to read is news,provided it does not violate the canons of good taste on the law of libel.)——史奈德(J.J.Schindler)，曾任職於《聖保羅快訊》(St.Paul Dispatch)

• 「新聞是一流報人寫得安心、登得愜意的事件。」(News is such an account of such events as a first－rate newspaperman,acting as such,finds satisfaction in writing and publishing.)——詹森(Gerald W.Johnson)，曾任職于《巴爾的摩太陽晚報》(The Baltimore Evening Sun).《紐約時報》那句傳頌一時的標語即是：「本報新聞皆宜於刊載。」(All the news that's fit to print.)另一句口號是：「所載新聞，不畏強暴，不循私情。」(News without fear and favior.)。

• 「新聞者，是最近時間內所發生的新發現，而與人類有關的事實與現象。」——邵飄萍：民初報人

• 「新聞是最新發生或最新報道的事實的準確報道；此項事實或事情，對公眾具有重要性，為公眾所感到興趣的。」——胡傳厚，已故中央社總編輯。

• 「新聞是具有重要性或趣味性的事情的新近報道，這種報道，必須正確而適宜。」錢震，前《中華日報》社長。

• 「對一個足以引起讀者興趣的觀念及事情，在不違背正確原則下所做的最新報道，皆為新聞。」——王洪鈞，資深新聞學教授。

• 新聞學者強生(Stanly Johnson)曾說：「認識新聞，比界說新聞為易。」也就是說，從實際接觸「新聞」中，求得心領神會，比較容易「頓悟」其義（實務印證理論？）諸家所說，雖各執「一詞」，各有其理，但大致不離見報，新鮮（新近、新事物、新發現、首次），記事（實），不尋常，煽情，驚嘆，趣味，人為抬哄（用新聞作廣告打知名度），重要性（影響性），需求，大眾關心，高級品味，適合刊載以及

合乎道德標準等新聞外觀與內涵，百花齊放，嘆爲觀止！

㈢學院派的見解

以理論見長的學院派教授，也不讓握有新聞「生殺大權」的報業主，「强作解人」，頻頻提出他們的研究心得和看法，（理論指導實務？）其犖犖大者如：

• 「能引起某些人興趣的任何事件，都是新聞。最好新聞厥爲大多數人最感興趣的新聞。」(News is anything that interest a number of persons,and the best news is that which has the greatest number interest for the greatest number.)──白爾雅(Willard G. Bleyer)，美國早期新聞學者。

• 「新聞通常是些刺激消息，一般人能從這種消息上頭，獲得滿足或刺激。」(News is usually stimulating information from which the ordinary human being derives satisfaction on stimulation.)──羅煦(Chilton Rush)，早期美國新聞學教授。

• 「新聞是事件的新近報道。」(News is recent report of events.)──莫特(Frank L. Mott)，已故密蘇里新聞學院院長。

• 「新聞乃是對事實或意見的及時報道，此等報道，對相當多的人而言，具有興趣或重要性，或兼而有之。」──查萊(Mitchell V.Charnley)，早期美國明尼蘇達大學教授。

• 「新聞乃是任何爲人類所關懷的，而又有時效意義的報道。最多讀者關懷的報道，就是最佳的報道。」──龐德(F.Fraser Bond)，早期美國新聞學者。

• 「新聞是任何及時的事情、意念或意見，它使一個社區中的大多數人感到興趣或受到影響，並爲他們所了解。」──史賓塞(Lyle Spencer)，美國新聞學者。

• 「對一個足以引起讀者興趣的觀念或事情，在不違背正確原則下，所作的最新報道，皆為新聞。」—— 麥道高（Curtis D. MacDongall），曾任美國西北大學教授。

• 「最近發生的事件，不論讀者與此一事件有無關係，皆能感到興趣，就是新聞。簡言之，新聞者，即多數讀者認為有趣的、最近發生之事實是也。」——海特（C.M.Hyde），美國新聞學者。

• 「最近發生的事實，能引起讀者興味，能給予多數讀者以實益方是新聞。」——潘公展，我國早期新聞學者。

• 「新聞者，乃多數閱者所注意之最近事實也。」——徐寶璜：民初新聞學者。

• 「把最新的事實，精確而迅速的登出來，使多數人感到興趣而實益的，都是新聞。」——後藤武男，日本新聞學者。

不過，上述學者對新聞一詞所下的定義，與業界相差不大，還都是環繞著完整、正確、恰當（如篩去諸如人情、利益壓力之「雜質」）、興趣（有吸引力）、時間性（及時）、滿足、刺激（犀利）、使用（實益，如政府重大決策、社會趨勢、前瞻性），與讀者數量等指標「慢跑」。誠如美國新聞學教授米勒(Carl G.Miller)所說：「新聞是報紙的精髓。」（或曰：「報紙的生命之血」）若能「鎖定」(Lockup)定義，則「新聞栓」(News Peg)便進退有據，名正而言順，釐清客觀與主觀，真象與想象的分野和立足點。而由於各個定義雖「有大同異與小同異」之別，但多未能周延；故而一般業界學者，又趨向於綜合性較多之定義。

㈣綜合式定義

早期美國之「新派社會研究」組織（New School for Social Research），即曾懸償徵求新聞定義，由密蘇里首任新聞學院院長威廉斯

（Walter Williams）等人擔任評審，結果華萊煦（Mike Wallach）所提之給合性定義，雖然夾敍夾議，但仍能脫穎而出，獲得第一名。他的定義是這樣的：

「新聞是一種商品，由報紙分配，供給認識文字者以消費，每天把新鮮的東西送到市場；但是具有腐敗性的。新聞在智力方面，情緒方面，興趣方面，用文字將世界、國家、省、州及都市所發生的事件，表現出來；這些事件，不論是社會的、經濟的、政治的、科學的或是個人的，但須有引起多數人注意的重要性才行。其製造的慎重，品質的優良以及目的純正與否，均反映製造者的名譽，可以信任與否？若以虛僞代替眞實，或者捏造消息，都是欺瞞公衆的信任，對一般人心的健康，不啻是一種威脅。」

國內由台北市新聞記者公會即行的《英漢大衆傳播辭典》，將「新聞」一辭，歸於大衆傳播理論類，有如下解釋：

「對任何足以引起讀者興趣，或造成影響力的觀念或事件，作最新且及時的報道。通常新聞在媒體中刊載或播映，其取捨由專業人員按其新聞價值來予以衡量。」

日本新聞學者杉村廣太郎曾解釋過彼此「新聞觀」不同的原因。他認爲：「新聞的欲求，是人類本性的呼聲，所以由國家、地域、環境等不同的人心所需要的新聞，各有各的認識是當然的事。」我國傳播學者徐佳士敎授，在《大衆傳播的未來》一書中，亦指出影響新聞呈現的某些因素：「新聞的選擇，是根據好些動機來作決定的——時間的急迫使決定必須迅速，而無法謹愼；通訊社編輯人員和他上司的社會價值；報紙編輯的社會價值；報紙編輯對讀者社會價值的猜測；職業上的判斷標準等。」傷腦筋的是，在每一個次系統（subsystem）守門人（gatekeeper）的腦海中，可能都劃著不同的「語意地圖」（Semartic map）。也就是說「新聞」這一名詞，天生就有一種強烈的「相對」內涵，更有「變色

龍」的面貌。在甲地是新聞,在乙地可能就不是新聞;在某一時間內是新聞,延至最後階段,新聞性可能就減弱;某撮人認為是新聞(例如「獨家」內幕),另一撮人可能大謬不然。換言之,新聞會因情境不同而有程度上的差別——它是不固定的,伸伸縮縮的彈性,動態靜態的幻變莫測。

而且,理未易察,事未易明。學過新聞寫作的人都知道,新聞只是事件的報道,而非就是事件的本身。因此,「新聞價值」(Newsvalue/ Newsworthiness/ News standard)固然取決於「新聞要素」(elements of news),而新聞價值是否得到適當的發揮,尤在於記者是否能了解事件的真相(Factual truth),與掌握新聞分寸❿。兩者皆「強人之難!」所以美國新聞學者高柏(Sidney Kobre)指出:

(1)新聞乃「事件之鍊」的末一環,除非明白了事件的前身,否則,是難以完全瞭解的。(故後來有所謂之「調查報道」出現。)

(2)新聞事件不能視為孤立的(Isolated)、單一的(Unique),而應視為社會運動與趨勢的一部分。(故而,其後有所謂「解釋性報道」、「深度報道」出現。)

(3)新聞事件有深沉的「原因」,不易了解,不易發掘。

(4)記者報道只裸露的浮面事實是不夠的,定要刺穿表面,把新聞事件的歷史背景和原因找出來。

㈤衡量新聞性的標準

除非線聯社會體(on line)已來臨,透過終端機可以任意檢索資料;否則在有限的版面空間之下,若果缺少了新聞價值的衡量標準,新聞將採不勝採、書不勝書,亦無法符合讀者利益,令其了解某些篩選過的重大事件的特別意義,而在此過程當中,也代表了媒體的專業態度,權威與可信度。

　　一般而言，界定「新聞」是什麼，與衡量「新聞價值」兩者之間，在概念上，是有其差異性的。前者主要是研究「新聞」的本質和屬性（newsattitutes），後者則係從「新聞」的特質中，找出一些公、私「認可」的條件和意義（縱然難有「絕對標準」），作爲業界自我指導、遵從的「默算標準」（第六感）。不過，在實際使用上，因爲掛在嘴邊的都是「新聞價值」，所以到頭來，反而從「價值」標準，回過頭來界定「新聞」的內涵，又從而界劃出「該不該報道」的參考準則（Frame of Reference）（評論者意見）。而在實用主義流衍，社會科學發達，計量研究興起後，讀者讀報興趣調查之類學理研究勃興。曾經一度流行之某些「新聞價值」判斷簡則，諸如新聞非消息、新聞是眞知、新聞是動力、新聞是指導、新聞是樂趣之類口號，已因過分簡陋而無法滿足現實需要。在學者努力研究、業界密切印證之下，從歲月體驗中的俗例（Conventions）中，終於抽繹出新聞之所以爲新聞的結構元素（Intrinsic Characteristics）：其所謂之價值，或價值（新聞性）之高低強弱，亦洵在乎這些元素之有無、元素間之重疊及互動關係，以及元素之分量而言（俱是相對標準）。爲求通俗化起見，本章原則上乃稱之爲衡量新聞價值，亦即新聞性高低的標準；其中，若從其意義的重要與趣味性來區別，則又有主、客觀標準之分：

A、主觀標準（新聞編輯政策）

　　(1)是否爲獨家新聞（與對手競爭）。

　　(2)是否能作功能性運用。例如：(a)公共事務（public affairs）之公告性（public information）；(b)紀錄性（historical record）；(c)指導性（instruction）；(d)宣揚性（publicity／propagation）；(e)警示性（warning／caution）：(f)揭發性（revealing／muckraking）；以及(g)呼籲性（appealing）。

　　(3)是否爲具有社敎意義，宜於刊登的內容。〔絕不汚染早餐餐巾（It

does not Soil the Breakfast Cloth.）〕例如：不走色與銅臭路線（sex－money line），沒有拳頭與枕頭；報道人、事、物的成就與進步（progressive）等等。

　　這三點是從「供給者」（provider）的立場出發，故受企業文化、專業意理、社會良心、道德規範等理念影響。

B、客觀標準〔基本訴求（basic appeals）〕

　　下面十點，是從「使用者」（User）的立場出發，受使用與滿足（Use and gratification）條件，與讀者情緒上的好惡之類原因影響，故而「讀者調查」之類社會研究法，可以幫忙找出受讀者歡迎的項目。

　　(1)眞實性（accuracy）。以目擊（visual）最具說服力。

　　(2)重要性（significance/ importance）。衝擊力（impact）大（震撼力強）、波及範圍（magnitude）遼闊，自屬意義重、新聞性高事件。（但要注意新聞價值遞減原則，或者新聞與其臨近性成正比通理。亦即越接近「我」的本身，新聞性愈高。例如，我→親友→社會中堅分子→對社會治安有不良影響的人→聲勢浩大的羣衆事件。另外，有些事件雖然重要，但未必有趣；反之亦然。）政治爭議事件（political controversy），尤多此一元素。

　　(3)變動（development/ perspective）。發展潛力高，所浮生問題變化神速，奇峯突起，一波接一波的出人意表，新聞中有新聞（例如，雙重突發事件，或案中案），對現狀、現行制度改變具有強大衝擊力等等。

　　(4)顯著（要）性（prominence/ eminence），也就是突出性。通常出現在人物上，也是英雄崇拜式的「名人新聞」（man makes news/ name makes news/ man of notoriety）（應注意社敎角度）。例如大戰前日本著名大力士力道山，不幸給一名名不見經傳小流氓殺死事件即是。顯著性有時偏向大小、多少之類數字性比較級。例如，中華航空公

司經過多年虧蝕之後，終於在民國七十七會計年度中，有十八億台幣盈餘新聞。

(5)時宜性（immediacy／timeliness／timely）。指的是「現實性」（actuality）之時事（current affairs），亦即適時、新近（newsness）、新鮮（freshness）、新知、新發現（不一定非新發生不可）與流行（fashionable）。

(6)臨（鄰、接）近性（proximity／Lacolity／Nearness）。

(7)影響性（influence, consequence）。講「強度」（intensity），講「廣度」（extensity），即其後果（後遺症）對許多人可見的未來，會產生重大意義（衝擊性或潛在危機）。此元素有強烈之「連續性」（coherence），牽涉事件之關聯與追溯。例如：過去重要事之累積、強勢新聞之延續及爆發。

(8)趣味性（interesting）。這一類所牽涉範圍甚廣，幾乎人之所以為人的「自我興趣」（personal appeal），全部包容並蓄。例如：金錢、刺激（快樂、休閒、困惑、憤怒、不安、挫折、幽默、嗜好、滿足、性慾、娛樂、好奇），紛爭（conflict）（爭鬥、緊張、挑釁、犯罪、吃驚），不尋常（extraordinary／curiosity／oddity／unusalness／novelty／strangeness），求知，同情心（sympathy）、懸疑（suspense）、動（寵）物，戲劇性（dramatic），人物、名字、性別（sexes）（男女、年齡），行業，鄉親與認同等等。一般皆以「人情趣味」（HIS）稱之，其角度之分寸，於斯可見。更有人視辦報是一場「賭局」（newspaper game），而上述的「趣味要素」（elements of reader interest）則是押寶的籌碼。

(9)實益性（utility／relevant to reader's live）。是大眾（大多數人）關心，是讀者所希望知道的事件，而據以為作理性抉擇時，所需要的資訊。例如：災情（傷亡、損失）、生命安全（我的居所和家人安全嗎？

世界安全嗎？）、社會適應、經濟改善、環境瞭解（過去二十四小時發生了甚麼事）等等。此元素在新聞中時間愈新，所占空間愈大，與大衆距離愈近，則其屬性衝力愈強。

(10)社會功能屬元素（social function element），亦即解釋性（interpretation），與說明性（explanation）或「導引性」（orientation）之類分析與預告功能。

美國新聞學者哈利斯（Julian Harriss）等人，曾將上述各項憑常識即可理解的元素歸納爲較爲廣闊，但更爲易記的三點：

(1)新聞是人類關係變遷的記紋。（News is an account of man's changing relationships.）

(2)新聞是事實，它打破現狀，或者有可能引起現狀的破突。（News is an account of actual events which disrupt the status quo onwhich have the potential to cause such disrupt.）

(3)新聞是影響社羣的事件。（News is an event of community consequence.）所以新聞在公共事務報道上，其所謂之「新聞」，是以記者的主動挖掘得來的爲標的，而非一味靜待新聞出現，而且往往著重過程（process），以「情況」（how）來引導出「何事」（what）。

在上述許多元素中，掌舵的當然是接近性、時宜性、重要性和趣味性；而其中則又以時宜性與接近性更爲新聞正名定分的「理想條件」（Desirable qualifications）。美國又有新聞學者想將這些要件「公式化」，因此提出「新聞本質四元說」：

• 第一元：影響性。包括衝擊力、「規模」（廣大性）（magnitude）及其他特殊因素。

• 第二元：常態性（normality）。是指奇特（bizarre）、衝突之類，有著更大「報酬」（刺激）內涵的反常新聞。眞正的常態新聞反較不易引人注意。

• 第三元：顯著性。包括「已知大事」(know principals),和「未知大事」(unknown principals)。

• 第四元：酬庸(response reward)，包括人情味、社會（犯罪）新聞之類「立即報酬」(immediate reward)的應驗（近效）與政治、經濟新聞之類「延遲報酬」(delayed reward)（遠效）。不過上述任何一元特性，都可能在某時空內，因爲某些特殊情境因素（如同行競爭），而出現一窩蜂取向，形成熱門新聞（驗證了大衆傳播的「回饋」現象）。例如，翻案風吹起，則新聞價值之判斷，會以衝擊力強之「影響性」爲依皈，並以聳人聽聞爲能事，其他新聞特性，會一時間成爲「潛龍勿用」。故就功利層面而言。報紙「銷路」以及所報道之事件，能否成社會上「話題」，亦可以提示記者所謂之「新聞價值」。這其實也是一種涵數(function)關係：f(News)＝f(x,y……)事件。

著者據此，曾反翻思量「新聞五味子說」之假設。蓋新聞若是「精神食糧」之主食，則按各人（讀者）口味，理應有可分爲酸、甜、苦、辣、鹹此五味。例如：(1)悲歡離合之類人情味新聞，可歸類爲「酸性」新聞；(2)樂觀、積極、成就(positiveness)新聞，可歸類爲「甜性」新聞(the "good" news)；(3)挫折、危難、消極之類新聞，可歸類爲「苦性」新聞；(4)刺激、衝力、激發士氣民心之正面性新聞，可歸類爲「辣性」新聞；(5)投機、冒險（包括賭博）、情慾之類負面性新聞，可歸類爲「鹹性」新聞。相對地，所有「中性」新聞（如新知），則似可歸類爲「淡性」新聞。

媒體定期選取提供「資訊大餐」，雖則包羅萬有，但都應該顧及讀者精神健康，「口味太重」，總是「過火」。例如人體固不能缺少鹽分，但「太鹹」了，就會影響血壓。若能均稱地「調和鼎鼐」，掌握讀者口味，則誰箇不入我「甕中」？當然類似這樣的歸類方式，其分析性實用功能層面較高，至於運作性方面，可能易陷於「自由」心證。不

過，若稍能借用「五W一H」法則，將可有所幫助，例如：

　　在何事（what）方面，注重事件之重要性（importance）；

　　在何人（who）方面，注重顯著性（prominence）；

　　在何地（where）方面，注重臨近性（proximity）；

　　在何時（when）方面，注重時宜性（immediacy）及背景（history）；

　　在何故（why）方面，注重揭發性（revealing）；

　　在如何（how）方面，注重常態性（normalcy）與反常性（oddity）；

　　在何義（so, what）方面，注重影響性（consequence）。

　　由是而論，新聞本質遂有「兩造」（媒體供給、讀者需求）、「三綱」（誰？甚麼事？爲甚麼呢？）（Who did What and Why），「四元」、「五味」、「六何」之制約（conditioned）與假設的複雜性。

　　早期服務於美國《芝加哥論壇報》的巴斯頓（George G.Bastain），亦曾列舉若干公式，來衡量新聞、非新聞標準：

　　• 非新聞：一個平凡的人＋一個平凡的生活／一個普通的人＋一個普通的妻子／一個銀行出納＋一個妻子＋七個子女／一個普通的人＋普通的生活＋七拾九歲。

　　• 新　聞：一個平凡的人＋一次特殊的冒險／一個普通的丈夫＋三個妻子／一個銀行出納＋拾萬美元／一個歌女＋一個銀行行長＋拾萬美元／一個人＋一個妻子＋爭吵＋告狀／一個人＋拾個建樹／一個女人＋一次冒險或建樹／一個普通的人＋普通的生活＋一百歲／

　　這樣的「公式」，主要是藉著事件要素的過濾和分析，篩選出生活的「突出性」，從而辨別新聞性的高低。要列舉這樣元素性的「公式」會不勝枚舉，而缺點則將新聞組合的要素，過度單純化。

　　丹麥政治新聞學（Political Journalism）教授拉森（Dan Larsen），企圖以量化而非「自由心證」（free association）方式，將衡量新聞值價（estimating news value），定下一個較客觀計量標準，則似乎遠比上述

公式，高明得多。他的衡量準則（Criteria on News Assessment）是這
樣的❶。

衡量標準 （自定）		最高評核分數 （自定）	估計新聞分數 比重（自定）	估計對讀者 影響（自定）	新聞值
衡量項 分數		(A) 10(分)@	(B) 0～10(分)	(C) 0～10(分)	(B)×(C)
傳統新聞價值	時宜性	10	7	5	35
	接近性	10	6	1	6
	重要性	10	9	9	81
	趣味性	10	3	0	0

　　本則新聞得分（可與其他新聞比較，以定其分量）：　　122分（＋

　　再說活下去既是人類生存的基本鵠的，人類又是羣居動物，在世變
日繁之下，互通訊息，已是打從原始開始的一種起碼生活需求。新聞就
是在這樣的心靈溝通情境下而滋長發揚的。每刻鐘宇宙這個外在的客觀
情境，不知有多少的事件、情況、觀念在醞釀，在形成，冒出而造成影
響（a glut of occurrence），甚而「假事件」（Pseudo event），新聞專業
人員在這許許多多的「事變」（occurrences /happenings）中，運用本
身權責和專業技藝，選擇其中有意義之「事件」（events）與「事故」
（accidents）加以挖掘、瞭解和採訪。再從「新聞價值」的衡量中，抽
繹其中新聞性高者，加以專業處理（寫作、編輯、呈現），而成為「新
聞事件」（Newsevents）。這些事件，透過機械技術，依附在傳播媒介
（Media）上，一經公示流布，即為「新聞」。所以有人認為新聞是「興
趣商品」（goods），故而講求賣點（idea），級別則由「價格」（price）
（新聞價值）　來決定，而且必須是由記者處理，經由大眾傳播媒體 流
布（以示責任、品管和權威），所求的及時而正確的報道。由是引發新
聞是「企業經營」原則下產品的概念，故而認為「廣告」實際上為「新

聞記事」的性質，不應排斥。傳媒訴求流布手段之後，傳播科技對「新聞」所產生的交互影響，亦日見龐雜。例如，印刷術發展後，「印刷」(Press)與新聞，在某些層面上，幾已混爲一談。

值得一提的是，業界學者一直集中火力在「讀者興趣」(reader's interest)上，卻往往忽視「公衆利益」(public interest)的分量（蘊涵國家利益）。其實嚴格的說，讀者興趣屬人情趣味者居多，就功利實用性層面來說，似乎是一種「吸引顧客（讀者）手段」。公衆利益才是一種新聞採布的一個崇高理念。試想：

• 受訪者：我爲什麼要接受採訪？——因爲事關公衆利益，公衆有知之權利(the right to know)。（所以即使是公衆人物，若是純私人之事，可以不接受訪問。）

• 傳媒：爲什麼要處理這則新聞？——公衆利益（切身問題）。

• 記者：憑什麼可以採訪這則新聞？採些什麼？寫些什麼？——公衆利益。新聞報道是個資訊「服務行業」，將影響閣下利益的消息，服務到家。

也許，一般人爲新聞一詞下定義時，往往受到「一網打盡（讀者）」的企圖心所影響，忙著看它的綜合性層面，而極端忽視專業和小衆化(demassify)的特殊角度，謙謹地以捉住「目標受衆」(target audience)爲已足，以致「貪多必失」，甚麼讀者都捉不緊！

至於在中國大陸，則又有另一番局面。大陸著名新聞學者陸定一(1906-　　　)曾爲新聞下定義說，「新聞是新近發生的事實報道」。此說雖頗不周延，但乃能掌握著「新近」、「發生」、「事實」與「報道」諸項要素。甘惜分則認爲是：「報道或評述最重要的重要事實以影響輿論的特殊手段」，這種說法，政治性非常濃厚。最令人爭議的是，早在 1949 年之前，中共即提出「新聞必須本質眞實」的指示。這一指示，與中共所說的「階級性」和「指等性」之類概念，湊合在一起，嚴

格地控制了大陸新聞界選擇和衡量「新聞」標準。

簡單的說,所謂「新聞必須本質眞實」,指的是「新聞」應合乎中共設定目標(本質眞實),縱然做假,也稱上是「新聞」。例如,一九五〇年代「大躍進」期間,有報刊僞做了一張「豐收」新聞圖片:把附近收割到的禾,集中某一塊田裡,用長板凳墊底,巧妙地堆起來並令小孩坐在上頭(表示底下是實心的),令人產生一種成熟的稻米堆積如山的錯覺。這張僞做背景內容的照片,因爲合乎中共宣傳的設定目標,對中共政策來說,「本質是眞實」的,所以也是「新聞」。

在中國大陸以外的新聞學者,恐怕都難以接受這種對「新聞」的詮釋!(附錄一)

(六)結語

李普曼(Walter Lippmann)在他的經典名著《民意》(Public Opinion, 1922.)一書中,曾憾然喟嘆在每日截稿時間(deadline)壓力下,賴以篩選新聞的,諸如清楚而不相互矛盾、衝突性、煽動性、易引起讀者認同及名人動態等所謂的「新聞價値」(News Values),實際上已成爲記者或編輯決定一則新聞能否上版的「擋戰牌」。

已故傳播播學大師宣偉伯(Wilbur Schramn,1907-1987)在伊利諾州立大學任教時,曾提出一個假設,認爲人們之所以會看新聞,目的在於獲得報酬(Reward)。報酬有兩種,一種是心理上所謂的「尋開心」(Pleausre),如愛看運動、娛樂、災害、意外、犯罪、風化以及慾望之類內容和報道。另一種則是心理上的所謂「講現實」(Reality Principle)。若從實用性的效益角度來說,也等於是「營生新聞」。如科學、教育、衛生、社會問題(如環境保護)、經濟事件(如假股票)以及公衆事業之類新聞。

數十年後(一九八五),他在一次公開演講中,認爲科技發達,讀

者已置身新聞中,親自看到聽到和讀到新聞,因此力言新聞本質在基本上,已由資訊提供變為經驗分享(The nature of news has changed fundamentally from providing info mation to sharing experience.)他因而呼籲記者不要做個「有聞必錄」的文抄公(a workman like recording of events),而要報道正確,負起責任。此舉不啻為十九世紀前,「傳統新聞自由」理念盛行期間,新聞價值取向在於「重要性」(衝擊性、奇異性、時間性、刺激性),與十九世紀後期強調社會責任論(Social Responsibility),體認新聞價值取向植根於有意義的正面層次,而使之導向一個理性、和諧的社會的說法,作出最簡潔有力的解釋。據台北政治大學新聞系教授所做的一項「台灣地區民眾傳播行為研究(一九八六)」顯示[12],自 1974 至 1986 年間,台灣地區民眾使用媒介動機,雖在次序上略有變動(或許是受時局影響),但「獲得新知見聞」、「瞭解國家和世界大事」、「瞭解地方事務」等三項,乃係最重要因素。而受訪民眾對報紙內容偏好[13],則依次為「社會新聞」、「副刊」、「國內政治新聞」與「國際要聞」等三項。

上述驗證,應可以得知台灣地區民眾,對於所謂新聞的大致看法。記者與傳媒,應本「良心事業」的崇高理念,謹慎小心地為讀者服務,提供上述高品質的資訊。然而,台灣地區一報三限的「報禁」(限證、限張、限印),已於民七十七年元月取消;一年後,學者、資深從業員檢視此項政策對報紙影響時,卻給予下述評價:

「激情作風未見改善」,「攻訐政府官員及政治翻案之風未曾稍減」,「主觀報道、參與性報道、甚至主導新聞或事件益漸普遍」,「新聞道德的淪喪、新聞表現引力大減」,「完全違背新聞規範中的客觀、責任原則。」

之所以如此的最基本原因,似乎可推溯到「什麼是『新聞』?」這麼簡單的一個「類詞」的定位。智能之士,若能解決這個「詞盲」,而此

操作定義又能爲大衆接受，似可將新聞定義的紛爭減至最低限度**⑭**。

前文所述之詹森，曾提出過一個簡潔、審愼而令人回味再三的新聞定義：一個智者（報人）所要找的、最滿意的新聞是，對他本身的經濟貢獻少，卻能在他的工作表現上，考驗他的職業上的能力；這能力的最嚴格的考驗標準是，他能闡揚眞理，清除包圍在眞理外的障礙物，使世人理解。

然而，新聞學的經驗法則，原本就大於科學屬性，藝術創作的特質濃厚，難以一種十分科學化方法，來判斷新聞選擇，是否正確性。

而影響新聞與報道多寡的因素，綜上所述，目前仍不外乎是(1)媒體對新聞價值（定義）的看法；(2)截稿時間的壓力與媒介空間容量（如版面、時間）；(3)媒體之角色（如黨、民營），編輯政策，專業意理，倫理觀念，人員素質，應變能力，自主權的劃分，組織架構與習慣做法等媒體的傳統體質，以及(4)外在衝擊力，如震撼力强之重大突發事件等諸項考慮。惟隨著時代變遷，讀者水準的提高，上述衡量新聞價值的各項俗例，也並非一成不變。而且，從實際經驗中，過分著重某些因素，有時反會意想不到地，引來一大堆過猶不及，「走火入魔」的反面效果。比如——

(1)爲了「搶先新聞」，瘋狂追求「獨家」(exclusive)而忽略了查證，「寧願」正確性與完整性的公信力「受損」。

(2)過度追求讀者興趣，爲大衆「强作解人」的結果，媒介內容易流於庸俗化，追求娛樂性。至於國內外政治局勢、經濟發展等重大，但較爲嚴肅問題，不是闕如，就是膚淺得可以，缺乏深度解釋。例如美國哈里士(Harris)民意調查機構，即曾就體育新聞的興趣問題，對編輯及讀者作了一項問卷調查，結果發現，在受訪樣本中：有百分之七十八編輯，認爲讀者對體育新聞，具有濃厚興趣；但同比數的一般受訪者讀者本身，表示有興趣看體育新聞的，卻只有百分之三十五，認知差距度竟

有四十三個百分點！（故而媒介其實不必去為大眾幻變無常心態，與衍化萬端興趣，去作整體兼顧；而應秉持知識與智慧，去決定何者為大眾所應知的「新聞」，並且為大眾所接受，而不必一味揣測讀者之所好！）

(3)經常過分渲染色情、犯罪與影歌星噱頭之類反常新聞，將會扭曲社會現象，蒙閉真正的社會、文化問題；可能令某些心智未成熟的社會大眾，（康德謂人性有「根本的惡」″radical evil″），從這種「二手的社會映象」的暗示中，誤認社會就是如此的想法，因而誘生另一種自我價值觀，倣效反常新聞中對付環境的方法（如以暴制暴），抵減了社會、教育的效果。

(4)誤解顯著性的意義，便無法做到「新聞之前人人平等」，便會刻意報道、彰顯、曲護大人物，而對「小人物的傳播權」，則多予忽視或毫不尊重，做成不公平的差別待遇和特權。

(5)過分從政治層面的考量，則往往自相矛盾，自亂陣腳而陷於進退兩難的困局。例如，過分強調地方角度（臨近性），則會削弱社會大眾「世界公民」的觀點，而流於井蛙之見；但若過分強調「萬國性」，則易減弱「延續文化」的傳媒使命。

沒有章法的，必然招致失敗。新聞提供者（媒體），新聞接受者（閱聽人），以及新聞研究者（評論家）這三頭馬車，何時方能「殊途同歸」（對新聞價值看法一致）？而普天之下，智者誰屬？

附錄一 大陸的新聞觀點淺釋

在共產思想之下，由德國馬克斯(Karl Marx ,1818－1883)、恩格斯(Friedrick Eangels ,1820－1895)，而俄國列寧(Nikalai Lenin, 1870－1924)，至毛澤東(Mao Ze Dong ,1893－1976)，其主要新聞觀點，

無非把報刊作爲無產階級奪取政權、堅實和開展旣得政權利益的武器，旗幟鮮明地舉起媒介階級性、黨性和戰鬥性，極端重視媒介宣傳、鼓動和組織羣衆功能。毛澤東更是繼承列寧諸人「全黨辦報」餘緒，堅持又紅又專的敎條、形式主義。故童兵批評之爲❶。

——片面強調報紙是階級鬥爭工具。

——漠視新聞工作的規律，將報館工作，視爲隨主觀意志任意馳騁的領域，並放縱黨委干涉報刊工作。

——視新聞自由爲資產階級口號，漠視知識分子呼籲較多新聞自由要求，認爲新聞界中，牛鬼蛇神及唯心論者最多；新聞界要求新聞自由，就是秀才造反。

——硬要報紙，集中和統一，以新聞爲手段，反映社會主義國家計畫經濟。

——強力壓制報紙發揮監督政府功能，把報刊的批評，視爲「釣魚」、「引蛇出洞」的陽謀，以待秋後揪出來算帳、抓辮子、打棍子。

這樣的一個領導人觀點，焉能不妨礙新聞的自由發展！

比較起來，劉少奇類似「貓論」的辯證觀點，較爲切實❶：

——記者之筆是「人民的筆」、「人民的喉舌」。

——新聞工作第一要眞實，不要故意加油加醋，不要帶有色眼鏡。不要怕反映黑暗的東西，羣衆是反對（中共）就是反對，是歡迎就是歡迎，是誤解就是誤解。

——片面的報道，只強調立場，會造成假象，培養主觀。

——要學習塔斯社，同時也要學習資產階級通訊社。要學習他們好的經驗，不要照抄照搬壞的東西❶。

陸定一是新聞「行家」，他詮釋新聞觀點，是中共領導層中新聞內涵較深化一個，他曾批評唯物論的性質說，唯物論看法：

——新聞本源是事實，新聞是事實的報道，事實是第一性的，新聞

是第二性的，事實在先，新聞（報道）在後。

　　──事實決定新聞「性質」（如政治性、時宜性、趣味性等等），而不是「性質」對客觀事實或新聞（所報道的事實）有甚麼決定作用。

　　──唯心論的性質說，把片面的東西，跨大成為全面的東西，把形式當作本質，把附屬的當作主要的，把偶然的當作必然的，因而是錯誤的。事實是第一性的，一切「性質」，包括「政治性」在內，都是第二性的、被決定的。事實與新聞政治性，二者之間的關係，萬萬顛倒不得❸。

　　蘇聯解體之後，共產主義急沉淵底；大陸已改口「要建設有中國特色的社會主義」，大陸留學生出國學傳播科系者日眾，倘若能「今後革命以俄為師」，則神州之春在望！

第二節　新聞的屬性

　　新聞一詞流衍成習慣用語之後，即與生活緊切地結合；除了每日報刊外，聆聽與觀看電台、電視的「新聞點題（快報）」(news flash)、「晨間新聞」(morning news)、「午間新聞」(afternoon news)與「晚間新聞」(evening news)等❹，一日數「聞」，已成大眾日常生活的焦點活動。為了方便「上班族」能安下心來觀看電視新聞及節目，美國超級市場商人，還推出過速煮速食的「電視餐」(TV Dinner)。「熱門新聞」(hot news)往往反映著階段性的社會形態，也暗示著各類媒體的「編輯政策」(Editorial Policy)。造謠生誘的「花邊新聞」(Brite)，不但傷人，而且會惹上官司；但趣味的小花邊，則會調和「嚴肅新聞」(Serious News)，也令讀者趣味盎然。感情用事的「報道」(Sloppy Journalism)，與乎看似噱頭十足，但抓不著癢處的「空心新聞」，同樣貽笑大方。

一位新聞學教授則更能指出一大堆令新聞系學生目瞪口呆的「新聞附加名詞」。諸如：「頭版新聞」(Front Page Story)「色彩新聞」(Color News)（使新聞裡自然色彩流露）、「署名新聞」(By Lined Story)「時事新聞」(Topical News)、「續發新聞」(Running Story)等等。其他瑣瑣碎碎的就寫作層面（或採訪路線）來說的，還有校園新聞(Scholastic Journalism)，科學新聞，環保新聞，政治新聞，黨政新聞，國會新聞，外交新聞，軍事新聞，經濟（財經）新聞(Economic News)，工商新聞，交通新聞，文教新聞，體育新聞，司法新聞，社會（犯罪）新聞，社交新聞，醫藥、衛生新聞，家庭、理財新聞，娛樂新聞，影劇、藝術新聞❷，省政、市政新聞，地方新聞❷，軍事新聞，包括犯罪(Crimes)、火災(Fires)及意外(Accidents)的災禍新聞與選舉新聞等既分工（線），又講求團際合作的無數類別。

創辦《時代雜誌》的亨利·魯斯生前特別注重「解釋性新聞」，所以在他心目中只有「快新聞」(Fast News)與「慢新聞」(Slow News)兩種區別。快新聞只能把事件點到即止，是「懶新聞」(Lazy Journalism)，是膚淺的報道(Shallow Report)；而慢新聞雖然要化費更多的財力與物力，並要有更多準備時間，但報道會更深入，答覆讀者更多問題，影響更多讀者，是一種功能性的「啟蒙新聞」(Enlightened Journalism)。所以，魯斯要求《時代》走慢的「大新聞」(Big News)路線。

在講求實用層面方面，大眾傳播媒體，除了追求「獨家新聞」(Exclusive News)之外，為了運作上的方便，往往尚有其固定分類方式，例如：

——依新聞發生地區，分為國際新聞(International News)、國內新聞與地方新聞。

——依新聞內容，也可分為政治、社會、文教、體育、外事、金

融、證券、環保、社會政策(Social Policies)、民事(Civics)、趣味事物(Interesting Things)、突發新聞(Spontaneous News)、預期新聞(Anticipated News)、預告新聞(Preplanned News)及企劃報道(Enterpriser News)等等之類新聞,並各設小組專線採訪。此外,目前提升生活品質(quality of life)之「營生新聞」(News that you can use/personal benefit),如家庭、旅遊等,由於實用性高,也日益受到各媒體重視。

　　將新聞分類,除了有助對於新聞本質的體認,推敲採集方法,在運作上方便選擇新聞,以及分配所屬版面外,原無太大意義。它的抽象意義,只是個分格的首飾箱,重要的是「大珠小珠落玉盤」。至於顯示新聞重要性的「聲勢」(Tempo),通常是以版別(時段)、標題(字號、字體、行數、欄數、位置)、內文(字號、字體、文字多寡、篇幅位置及大小)及其他配合(如美工闢欄、圖片、評論)來呈現。

　　在一個多元化社會中,傳播媒介對新聞處理,除了須對政治、社會責任、國家整合、發展(轉變跡象)、軍事、外交、政黨、選舉、文化、潮流(代表社會價值指標)、教育、家庭倫理、團體、甚至「社會人」等,皆應作深入的報道分析,以突顯其脈絡性(context)及前瞻意義(perspective)外,尤須著眼於:

　　(1)由農業社會而邁入工業社會、後工業社會(Post－Industry Society);或者說由低度開發國家(Underdevelopment Country)而邁入已開發國家(Development Country),由新興工業國家(Newly－Industrializing Country),而邁向新興工業經濟體(Newly Industrializing Economics)[22];其所面對的各種問題,尤其是科技與經濟發展的現況及條件。(2)轉型期(Transition Period)所引致的人口、青少年問題、治安、犯罪、娛樂、休閒、勞工、交通、兩性關係、公共衛生、醫藥常識、優生保健、消費者保護、公害及環保意識等衝擊。

註　釋

❶ 宋越倫（民四十一）：「新聞學新義」,《報學》,第一卷第一期（六月號）。台北：中華民國新聞編輯人協會。

中文「新聞」兩字用「拆字法」來推敲,也頗有意義,新也者,如湯之盤銘曰：苟日新、日日新、又日新（與時俱進）；聞也者,如詩經：「鶴鳴於九皋,聲聞於天；鶴鳴於九皋,聲聞於野」（傳布）。新與聞皆是「作新民」（尚書）所必備條件。

❷ Mott, Frank L.
1952 News in America. Mass.: Harverd Press. Chapter 3.

❸ 1.如《春秋左氏襄十七年傳》所記,居近澤門而皮膚白淨之太宰皇國父,欲爲宋平公築台。居於邑中,而膚色黝黑之子罕,見比舉會令農事荒廢,而希望待農忙之後再動工興建,但平公不答應。於是「泥水工」遂唱出「宋築者謳」曰：「澤門之晳（養尊處優）,實興我役。邑中之黔（勞動楷模）,實慰我心。」2.「邸」是供外官入朝通奏時住宿之所,故邸報應屬一種將通報（如奏章、上諭）公布的形式。3.王安石曾貶《春秋》爲「斷爛朝報」,後人遂以《春秋》爲中國最早報紙,其實謬誤。《春秋》仍爲古代歷史,儒生讀《春秋》而後才得知歷史事件的意義。現存中國最古老的報紙,相信亦是全世界最古舊的一張報紙,爲存於英國倫敦大不列顛圖書館中之「敦煌邸報」（進奏院狀）,是唐僖宗光啟三年（公元 887 年）發行的。〔中國新聞發展公司北京公司編(1988)：《中國報刊投稿指南》。北京：新華出版社。頁 287-99：「中國報紙的起源和發展」。〕現存最早的活字,則是藏於大陸敦煌博物院六枚用硬木雕成之回鶻大活字。回鶻文是古維吾爾文字,據專家考證,這六枚活字,大概成於十三世紀,由此可佐論,活字印刷術早在元代,即已西傳到中亞。（《聯合報》,民79. 8. 3,第十版：大陸新聞）

❹ 在公元 1700 年（約清康熙三十九年）前後,與"News"一字通用之各國文字,尚有："Neues, Nues, News, Neurys, Niewse, Newis"。大陸學者高名凱等人,認中文「新聞」一詞,來自日語漢字之「新聞」,而日語漢字「新聞」一詞,則是侈譯自英語之"newspaper",或"the press"。見高名凱等(1958)：《現代漢語外來詞研究》。大陸：文字改革出版社。

"NEWS"一字意涵見：
Patterson,Benton Rain

1991 Write to be Read: A practical Guide to Feature Writing. Ames,Iowa the Iowa State University Press.

❺ 清代學者崔述等人，曾對「採詩」之說表示懷疑，認是「出於後人臆度無疑也」（見崔東壁《讀風偶識》通論十三「國風」）。但據我國新聞傳播史研究者朱傳譽的論說，認爲采詩、陳詩之說，仍屬可信。見朱傳譽（民七十六）：「新聞的源起」，先秦唐宋明清傳播事業論集。台北：臺灣商務印書館。

❻ 我國報章在繙譯外電時 "The informed sources"，總是習慣譯成：「消息靈通人士」，似不甚妥當。何不譯爲：「消息來源透露」？如此，則不會爲消息來源「虛僞聲勢（靈通）」，而只是單純的「告知」(to inform)。

❼ 時代演進，往後也許稱不新聞紙，而祇稱爲「報紙」，不叫「新聞」，而叫「媒體內容」，以符合現實。

❽ 合衆社已易名「合衆國際社」(United Press International, UPI)

❾ 《紐約時報》之所以要提出此一口號，主要是針對當時之《世界報》(The World) 與《紐約新聞》(New York Journal)競走「黃色新聞」路線。

❿ 新聞分寸包括新聞之聲勢（如篇幅多寡），與意境表達（尤其敏感性新聞）。所以，「甚麼是新聞」？其實還包括批評者「口惠而實不至」，陳義甚過的定義。而「新聞價值」指的是：新聞報道對社會或讀者所造成的功能及影響。

⓫ Larson, Dan
1991 "Danish teaching lab looks at the anatomy of news,"
Journalism Educatior,Vol45,No,4(Winter).Sc.:AEJMC.PP.17−27.

⓬ 有效樣本爲一千四百八十七分。

⓭ 樣本一千一百四十一。

⓮ 本文未討論及法院〔尤其歐美在審判誹謗罪一類案件時，將新聞價值所定的「界限」〕。

⓯ 童兵（1989）：《馬克期主義新聞思想史稿》。北京：中國人民大學出版社。頁388～91。
童兵（1942～），大陸中國人民大學法學新聞博士。本書爲其博士論文。

⓰ 中共領導鄧小平說過，「不管黑貓白貓，能捉耗子就是好貓」，喻務實做法；其後人稱爲「貓論」。

⓱ 同❶頁 392～5。

⓲ 同❶。頁 396～8。

⓳ 不同媒體對新聞也有不同叫法，如「電視新聞」、「廣播新聞」。(Broadcasting News)

⑳ 娛樂、影藝新聞又稱「文藝新聞」，如音樂會、畫展之類。要注意的是，若以攝影、圖片等加強新聞內容作法，則通常稱為「新聞文藝」。

㉑ 自從國內「社區報」(Community Newspaper)出現之後，「地方新聞」界定更趨嚴謹。據國內新聞學教授荊溪人所提出意見，就全國性綜合版面來說，所謂地方新聞，必須從三方面考慮：(1)新聞內容，有否涉及「外在」性？若有，則非地方性新聞。如女子籃賽，雖在高雄舉行，亦屬國內新聞（但地方記者乃應負責訪）。但若全國羽協高雄分會，在高雄舉行羽毛球區賽，則係地方新聞。又例如海灣運油船大漏油(Great Oil Spill)，自然兼備地區(Local Occurance)，與全國事件(National Event)兩者特性。(2)新聞是否對其他地區產生影響？若是，則非地方性新聞。如中正大學設在嘉義，便非單純地方新聞；但設校後對嘉義一地之發展，則地方新聞意味較濃。(3)有發展潛能、擴大、升級的，不屬地方新聞。如住民反對大水管鋪設，如果只是少數聲音，不致有嚴重行動，可作地方新聞處理。若是反對激烈，施工單位可能沒法施工，繼而影響更大地區停水缺電，則應升級為全國性新聞，以警示其重大性。

㉒ 中華民國、南韓、新加坡及香港，這亞洲四小龍，原被稱為新興工業國家(Newly Industrializing Country,NICS)，後改稱為新興工業經濟體(Newly Industrializing Economics, NIES)，但據報道，經濟合作開發組織(OECD)認為，「工業化」(Industrializing)這個字易使人誤認這些地區、國家，已經達到先進工業國家境界（而事實上則否），故而主張改稱為欣欣向榮的亞洲經濟體(Dynamic Asian Economics, DAE)。（見《聯合報》，民78. 10. 27，第二版。）

第二章　新聞的關聯性

第一節　新聞與歷史

　　班哲明・赫瑞斯(Benjamin Harris)在 1690 年（清康熙二十九年）9 月 25 日，創辦美國第一張報紙——波士頓《內外時事報》(Publick Occurrents Both Foreign and Domestick)❶，但當時赫氏用意，卻旨在記錄神意(Providence)❷，以及糾正謊言盛行的歪風。赫氏指的是，不確實、不可靠的口頭「新聞」，如果經過處理程序變成白紙黑字，應該就可靠多了。所以，他說：「除了我們有理由相信的事以外，其餘均不應刊載。」

　　此後，自堪培爾(John Campbell)開辦《波士頓新聞信》(Boston Newsletter)至十九世紀中葉，辦報的人，仍堅信新聞是一種繼續性的記錄（公共事務、公文、文告、講詞、專欄），報人本身就是記錄重要事件的歷史家（新聞業是歷史的初稿）。當然華府的報紙，如《國民消息報》(National Intelligencis)，《華盛頓環球報》(Washington Globe)，都是著名的記錄性報紙，詳細登錄國會和政府各部門的會議記錄，美國總統每兩年一次的國情咨文，更是全文刊載(full text)❸，視為年度最大新聞(biggest stories of the year)，而以紀事報(chronicle/journal)與紀錄報(record)等命名之報紙，所在多有❹。甚至《紐約時報》(New York Times)也因為報道「公共事務」、「刊布官方報告、文件和有關世界大戰的演說」卓有貢獻，而早在 1918 年，即榮獲普立茲獎(Pulitzer Price)。

　　出衆的新聞記者，經常以作品有歷史價值而自豪，也有很多歷史學家自認是爲新聞記者。例如英國名史學家卡萊爾(Thomas Caryle)更說過：「歷史是經過提煉的報紙。」(History is a kind of distilled newspaper.)充分說明了歷史是昨日新聞，新聞是明日的歷史（資料）、「人類文明的紀錄書」這個概念❺。美國早期的新聞性雜誌，大都以歷史方法來處理新聞──花更多的時間去訪查事實的眞象，呈現一種更有順序、更正確的記錄（所謂字字褒貶無差的春秋之筆，晉史官：「趙盾弒其君。」魯太史：「崔杼弒其君。」）。1741 年（清乾隆六年）元月，美國費城(Philadelphia)發行了兩本最早的雜誌。一本是布雷福特(Andrew Bradford)的《美洲雜誌》(American Magazine)，副題是「歷史的紀年」(Historical Chronicle)。另一本是富蘭克林(Benjamin Franklin)的《綜合雜誌》(General Magazine)，副題是「簡史與年代誌」(Brief Historical and Chronological notes)。兩者俱是當時殖民地公共事務的月刊，雖然發行期次不多❻，但在雜誌內刊登每月新聞的做法，一直通行至現在❼。

　　1987 年，紐約「編年出版社」(Chronicle Publications)，出版了一本書厚達 1,357 頁的《二十世紀年代誌》(Chronicle ofthe 20th Century)一書❽，將 1900 年 1 月 1 日至 1986 年 12 月 31 日，在世界各地發生的大事，按時間的順序編排報道，較次要的，則按日期的先後在月曆裡簡述❾。重要的，更以新聞方式詳細記敍，並加添相關照片。這種把歷史當作當前發生的事件報道理念，還贏得美、加書商協會同時選爲「1987 年度最佳書刊」❿。

　　不過，新聞報道與歷史還是有著眼點不同的地方，例如：

　　(1)新聞總應屬於最近的，有其時宜的特性，是變遷的；而歷史則可以較籠統地指稱過去⓫。讀者的主要興趣在未來，新聞應提供有關未來的可靠知識。歷史則在提供過去的事實和觀念，以有助於應付未來。

(2)就寫作態度的謹慎來說，一般而言，歷史著作理應嚴於查記，總比「急就章式的新聞文學」(Journalism is Literature in a hurry)，來得嚴僅得多。可信度更高；就一般而言，新聞報道，如非必要，例不作學術引據。不過目前所顯彰的某些新聞性作品，如新新聞、非虛構（小說）報道之類，已有突破巢臼趨勢。**⑫**。

新聞從業員也確實應本「新聞如歷史」的觀念而工作**⑬**，記錄正確的新聞事件，掌握公正、確實、可靠的新聞來源，每一步生產、製作的處理過程，都力求謹慎、誠實，給讀者一種高度的信賴感。如此，方能為今日的讀者服務，為未來的歷史家提供有價值的記錄，也從而提昇傳播媒介的水準。所以日人常說：「新聞是現代啟示錄(aprocalypse)，而記者則是歷史的證言者」。

1991 年末，《時代雜誌》所選的風雲人物(Man of the Year)榮譽，為美國「有線電視新聞網」(CNN)的創辦人特納(Ted Turnen,1938～)所得。理由為：對 91 年全球重大事件，諸如處理、報道波灣戰爭、蘇聯八月政變、俄羅斯總統葉爾欽的崛起、美最高法院大法官湯瑪斯任命聽證會、威廉·甘迺迪·史密斯被控強暴疑案等新聞處理方式及手法，深具影響力，並使全球的電視觀眾，皆能親眼目睹當時正在發生、演進的歷史性事件(History as it Happens)**⑭**。

附錄一　新聞與歷史「文證」

㈠德國佬瘋狂的一夜

⑴說明

本文作者戴維斯(Richard Harding Davis)是記者，也是作家。1914 年 8 月，第一次世界大戰爆發，美國總統威爾遜宣布中立，德國

人便在歐洲為所欲為，兩個星期便攻陷比利時。當德軍大模大樣、以征服者姿態大步踏入魯汶時(Louvain)，戴維斯親眼目擊一切，便以如椽大筆，記下德軍令人髮指的暴行，寫成這篇膾炙人口的戰地通訊，並且千方百計逃過德軍查扣，於 8 月 31 日，以「那夜，德國佬簡直瘋了！」(That night the Germans were like men after an orgy)標題，刊登於《紐約論壇報》(New York Tribune)❶⑤。細讀此篇，確可領會何為名家手筆。

非虛構小說家梅勒(Norman Mailer)，在 1968 年寫《夜行軍》(The Armies of the Night)一書時❶⑥，副題為「歷史是一部小說；小說是一部歷史」(History as a Novel; the Novel as History)。本附錄標題研機於此。本篇文筆非常優美，讀之，可以感受新聞與文學之關係。

⑵譯文

倫敦 8 月 30 日——我告別比利時時，是星期四的中午，剛剛抵達倫敦。星期四當晚，我在有六百年歷史的魯汶城被困了兩個小時。德國佬正在焚燒她，為了掩飾他們的罪行，竟把我們通通關閉在火車廂內。然而仰視看天空裡的熊熊巨火，眼看德軍的飛揚跋扈，再從婦孺們被送往集中營，與在押解途中，即將面臨槍決的比利時人的臉色，就可以知道德軍在攪什麼鬼。

德國佬在星期三那天，「宣判」魯汶為死市。基於德國佬的作風以及酷愛趕盡殺絕的個性，他們把魯汶變為一個燒焦的空殼。根據星期四早上，布魯塞爾占領軍司令范魯維斯將軍的說法，德國佬之所以要將魯汶市玉石俱焚，以及處決非戰鬥人士的原因，是因為星期三那天，當德軍駐魯汶司令，在鄉村大飯店正在對市長訓令時，市長的兒子，用一支自動手槍射擊該名司令以及德軍軍醫。

魯維斯指稱這是民兵幹的，他們身穿民兵制服，躲在屋頂上，對準下面空地上的德軍開火。他說，比利時人已從北面安華港，取得快速射

擊槍支。其實德軍已占領魯汶有一周之久，而且嚴密防守著所有通道，還有可能搬運槍械嗎？眞是欲加之罪何患無詞。

德國佬有 50 人死傷。魯維斯說，光是這條罪，魯汶就得夷爲平地。他握拳作勢，把桌上的文件撥向一邊。

「鄉村大飯店，」他加上一句，「是座輝煌的建築物，可惜它非被剷平不可。」

十月前，當魯汶仍然在亞伯特王及其僚屬與比利時軍隊手中時，我在魯汶。這是一個在十一世紀建立的城市，有四萬兩千人。市民大都從事釀酒、做蕾絲，以及爲教堂做飾物等行業。魯汶大學曾是歐洲各市鎮最負盛名的大學，目前仍是耶穌會會員的集中地——或者已煙消雲散了！

十月前，在那所培育出許多使美牧師的魯汶學院裡，透過那綠色的圍牆，我看到兩面美國國旗迎著風飄揚。這眞是一個乾淨的城市，安靜而又美觀。小街道曲折有致，別緻小店與咖啡店都設在紅頂、綠窗、白牆屋子裡的花園內。

過了這些，面向南邊的，是一連串梨樹，枝上滿掛著梨子，沿著牆邊蔓延，象極了一支支大燭台的分枝。大會堂年代久遠，也相當美觀，是哥德式的典型建築物，較諸布傑斯或布魯塞爾的大會堂更細緻，在設計上也更負盛名。它已經聳立了五百年，最近才大手筆地修葺過，令它更爲風雅。

對面是一座十五世紀的聖皮雅教堂，是一座相當高貴的建築物，有著多間小禮拜堂，其中滿塞著文藝復興時代的雕塑，有木刻的、有石雕的，也有鐵做的。魯汶大學藏書十五萬卷。靠近教堂的是達仁神父的銅象，也就是替南太平洋痲瘋病人聚落服務的那位神父，蘇格蘭小說家羅伯・路易士・史提芬曾寫過他。這些建築物已經十室九空，彈藥在爆炸。人象、雕塑、名畫、洋皮紙文件、檔案已全部付諸一炬。

　　沒有人抵抗這些狙擊兵。無知的墨西哥人曾與我們開戰，當我們的軍士用炮火攻擊他們的城市時，我們並沒有摧毀維華・古茲。假如我們真的炮轟了這個墨西哥的東部大港，尚可以用錢來重建它。而錢，卻永遠恢復不了魯汝。

　　偉大的建築物，平靜地過了六百年，建造得華麗，它的手工藝是屬於全人類的。在火炬與炸藥的恣虐下，德國佬把這些傑作化為灰燼，即使德王動用了他所有如狼似虎的人馬，也無法把它們回復舊觀。

　　當我們坐軍用火車到達魯汝時，整個城市中心已經被摧毀，火勢已經蔓延到面對著車站的特拉蒙大道。當夜無風，火頭不斷地昇起，零散的火柱，噴焰之後，又再縮回焚燒正熾的火堆裡。德國兵興高彩烈地逐巷、挨家挨戶地，打從市中心區向周圍郊野煽風點火。

　　德國兵告訴我，每一座建築物都從底層燒起，當火頭燒熾後，就燒隔壁一家。不管是商店、小禮拜堂、或者是私人住宅，都無一倖免。住客早就被趕走，所有空店或空屋裡的家具，通通被疊起來，火就在下面燒起，保存了數十年，代代相傳，父傳給子，子又傳給子的紀念品，就這樣灰飛煙滅。

　　老百姓只能收拾些細軟，就趕緊逃命，有些人就連這個運氣都沒有；而數以千計的平民，就同一羣羔羊一樣，被趕在一起，打黑步行至集中營。德國佬不准我們同任何魯汝市市民交談，他們擠在窗旁作壁上觀，談得口沫橫飛，一片幸災樂禍之情，迫不及待地講述他們所看到的景象。

　　我們獲准可以從一個車廂走向另外一個車廂，在車上的兩個小時，火車繞了火城一匝，戰爭的最猙獰面孔，盡入我們的眼底。❶❼

　　我所看到過的戰爭，是人在一個冰冷的山頭上，開槍射擊另一個山頭的人，結果兩邊的勇士都犧牲了。但在這些戰鬥中，都不牽涉到婦女與孩童，炮彈也只打向草原周圍；或者沒人居的山邊。

在魯汶，戰爭卻是指向手無寸鐵的人，指向教堂，書院，造女用帽商店，以及做蕾絲的工人；戰爭推至床邊和火爐旁；影響到田間耕作的農婦，影響到穿著木鞋在街頭演戲的孩提。

在魯汶，德國佬該晚就像是狂歡的一夜。

有五十名英軍被擄，他們挺著身，很有軍人氣慨。在一大片灰藍色制服之下，滲了那麼一點點卡其布，看起來頗爲孤寂，但從他們平靜而不驚詫的眼睛裡，反而顯出人多勢衆的一方，其實並未能打倒他們。從某方面來說，所幸能在那兒遇見他們。將來，對於有關敵人如何籍交戰之名，而玉石俱焚的暴行，他們就是活生生的見證。這是一幕最令人驚慄的慘況。

在高地上，突出聖皮雅教堂與鄉村大飯店火燒後的殘樑斷柱。往下走，就是佐頓道那一排排梯級似的房屋。有些房子的火頭已熄，有些則燒得正熾，火光衝天。他有些底層剛燒個精光，火舌正往上吞噬，而三、四樓的窗簾仍然掛著，窗前花台的花朵，仍然開得燦爛。電力公司已遭焚毀，但有時間火勢是如此的盛，將火車站照個通明，你甚至可以看到手錶上的秒針；此外則一片漆黑，只能點蠟燭取光。

當一名軍官走過時，你一定會知道，因爲他們都將手電筒懸掛在胸前。在黑夜裡，灰藍色的制服擠滿了火車站四周，活象一隊勾魂的牛頭馬面。只有當他們把嘴邊的煙斗點起，或者刺刀反光發亮時，你才知道原來他們是人。

在火車站外的公衆廣場，魯汶市的市民川流不息地走過，女士們披頭散髮，在抽泣悲號，男人則把熟睡中的兒童擱在肩上，似狼似虎的德軍，把他們團團圍著。偶而，他們被喝斥著，當中會有一隊男人被趕著走過。他們都知道大家同是魯汶市居民。這些男丁是被押解到刑場行刑的。德國佬還不忘「說敎」，找一名軍官把兩堆人喝停下來，爬上火車廂頂，厚顏地解釋這些男仕爲何要被槍殺。他警告其他的人，不要爲他

們强作出頭。

因爲被送往集中營而被迫在田野上露宿的人們，不忍眼睜睜地看著老朋友、老街坊和家裡的幫工，一個個被押送去槍殺。德國軍官就會跳上一輛靠汽車車頭燈照個通明的車廂上，大聲地對著他們么喝。他看起來就活像一名在黑漆舞台上，被强烈的日光燈照射著的演員。

這種情形也眞像舞台上的一幕劇，那樣的令人難以置信，那麼的不人道，你會感到那不可能是眞的，布簾上的火、啪啪、咕嚕的破裂聲，火花四射只是爲了逼眞起見，靜寂的星辰，只是劃上去的布景；從暗處傳來的來福槍槍聲，只是空包彈，被刺刀環架著、怕得發抖的店主和百姓，不會在幾分鐘後，眞箇被槍殺，而是他們與他們的妻小在自己的家裡共慶團圓。

你會感到這眞是一場夢魘，殘忍而又野蠻。然後，你會想到德皇告訴過我們這是什麼。這是他的聖戰！

㈡淪陷後的濟南⑱

敵人的從容而得濟南，進城時不過一萬多人。這約一萬人的敵軍，只在濟南住了四天，就開拔南下了。城內就由一千左右的日本警備隊駐守，直到現在，濟南還是由他們駐守著。

但，濟南的大商舖裏，卻留下了許多穿軍服的日本商人，他們是被調入伍的商人，到了濟南，就霸占住商業不再想走了，也有一部分是隨軍來的商人，他們是來收拾軍部打下的贓物的。

緊跟著軍隊後面，就運來無數的貨物，在這許多貨物裏，最多的是鴉片、白面⑲。其次是白糖和布匹，於是一切商店都被迫著開門營業，被迫著銷售這一切貨物，顧客除了冬天的西北風之外，恐怕就再沒有別人了。

現在給一般農民以莫大損失的，是原有山東省一切紙幣，概不准通

用（在山東省發行的紙幣，有山東省庫券及民生銀行的二種）。通用的
只有法幣和老頭票二種，不過老頭票不能使用得開，一般民眾都認為，
就是將變為廢紙的東西，都不敢收受，因此，雖然幾次的經偽省政府及
日本軍部的申令，老頭票就是日本人使用，也得打一個九五折。

可是這一個危機也就此逐漸顯露來，現在山東一般未被占領的縣鄉
的法幣，已漸行減少，甚至已被視為珍寶；敵人已在淪陷區域，大批收
買法幣。

現在在濟南的一切原有銀行，是都倒閉或焚毀了。在中國銀行舊
地，卻樹立起了朝鮮銀行濟南事務所，同時，濟南的麵粉廠成記和惠
豐，被接收而開工了，成大紗廠也被接收開工了。

偽省府成立後，並沒有公布任何法令，只有在成立統稅局的時候，
出了一張公賣大煙的布告[20]，大煙每燈一元，領執照十元，這筆錢就是
偽省府經費來源之一。至於其餘的經費，均出在苛捐雜稅上，日軍剛進
城的時候，就收了八萬房捐，現在正進行一切其他捐稅。

偽省府的實力，就是原有濟南的警察。槍械已被日軍繳去，現在僅
拿一根三四尺長的木棍在街頭站站而已。最近成立了一個「宣撫班」，
收買大批落後青年，將作為「宣揚日本王道」之用。又在籌備一個「模
範學院」，那自然又是和北平的「新民會」一樣的奴隸養成所了。

在濟南共有三種報紙，《濟南日報》、《晚報》及《天津庸報》，都已是
敵人的東西，報上除將中國政府造謠以外，什麼消息也沒有，就是「皇
軍」的「勝利」消息也沒，有大概沒有什麼「勝利」可說了罷，說到日
軍士氣，實在使「皇軍」威風掃地。最近，時有日軍士兵自縊。更有許
多士兵，向居民流著眼淚說：「回不去了！」

真是，日本人自己比我們看得清楚。日本的一切輜重給養，完全安
置到黃河北岸的鵲山，黃河上架著十二道浮橋。濟南每天戒嚴，原先是
晚九點，現在提早到六點。一到晚上，日軍全部匿居在商業和大陸二銀

行裏，連步哨也不敢派。

因爲在城內有著我國武裝的便衣隊，雖然已爲日軍及漢奸活埋了一二百；而濟南城外，廣大的四圍，卻都閃現著中國游擊隊和民團的槍尖，日本人自己懂得自己的命運：「回不去了！」

⑶年月紀

舉凡夠規模的新聞通訊社，每年年終之際，例有簡明年月紀（CHRONOLOGY）之編纂，並傳送各地客戶（通訊社）備用（或留存）以爲史料，下述，美聯社（AP）作法，即是一例。它的 1991 年月紀之一月分大事誌（摘要），雖則寥寥數語，但已將波灣戰爭前夕之風雲緊急，表露無遺。

1 日：在新年文告（New Year's message）中，布希總統與戈巴契夫同聲譴責伊拉克入侵科威特；

3 日：布希邀請伊拉克到日內瓦談判，爲解決波灣危機，作最後努力；

5 日：蘇聯與古巴簽署協議，結束兩國貿易上之優惠條款及價格補貼關係；

7 日：蘇聯派遣精銳傘兵部隊至動盪的波羅的海各加盟國，以增強兵力；

9 日：國務卿貝克（U.S Seretary of State James Baker）與伊拉克外相阿濟茲（Taruq Azia），在日內瓦相晤，但對波灣危機毫無幫助；

12 日：美國會授權布希，以武力從科境驅逐尹拉克；

13 日：聯合國秘書長培芮茲（Javien Perez de Cuellar）與哈辛（Saddam Hussein）在巴格達（Baghdad）討論波灣危機；蘇聯傘兵在立陶宛（Lithuanian）之卡那斯（Kaunas）包圍一個電視台，肇致十四人死亡；

15 日：聯合國限令伊軍撤出科境之期限已過；

16 日：聯合國期限過後十九小時，美國及聯軍對準尹科兩地目標
　　　發動空襲；

17 日：聯軍再度空襲尹、科兩地目標，伊拉克對以色列台拉維夫
　　　(Tel Aviv)起碼發射了六枚飛毛腿飛彈(Scud)，有三枚在
　　　市中心爆炸；

18 日：約旦(Jordan)國會譴責聯軍攻擊伊國舉動，並號召阿拉伯
　　　及依斯蘭國家反擊美國及聯軍夥伴；有五枚飛彈擊中台拉維
　　　夫及海法(Haifa)；

20 日：蘇聯特種警力「黑扁帽」(black beret)，強行進入拉脫維
　　　亞(Latvia)內政部大樓；

22 日：因過時而拒不聽聯邦之解除警力命令，南斯拉夫
　　　(Yugoslav)、斯洛凡尼亞共和國(Republics of Slovenia)及
　　　克羅埃西亞(Croatia)諸國，戰雲密布；

23 日：八九民運時之大陸學生領袖王丹(Wang Dan)，被提控；

26 日：七架伊拉克戰機飛往尹朗；美國防部指出，最近起碼已有
　　　十二架戰機投奔伊朗；

27 日：聯軍轟炸伊國第二大城市巴薩(Basra)；美國防部長錢尼
　　　(Dick Cheney)聲言，「二月底之前」美軍將完成陸戰布
　　　署；

28 日：蘇聯軍隊進駐並關閉立宛陶兩個海關卡；

29 日：伊拉克宣稱，一名被用作「人牆」(human shield)的被俘
　　　機師，在巴格達被聯軍炸死；在南非，布化里斯(Mengo-
　　　suthu Buthelezi)與曼德拉兩人，敵對了三十年後，第一次
　　　會面，並呼籲黑人地區停火；

……㉑

第二節　新聞與時間

記者是在「每分鐘都是截稿時間」(every minute is deadline)壓力下過活的人，電台、電視節目「出街」（播出）(On Air)，報紙、雜誌刊出都必得在一定時間內做妥，否則準開「天窗」[22]，或耽誤出版日期。由於現代科技之急速發展，新聞傳遞速度，「一秒十萬八千里」。人類經過結繩記事，煙火通信，旗鼓示號，飛鴿傳書，驛馬、航輪、火車、飛機相繼投入郵遞服務後；電話，電報又陸續啟用。電話的發明，使得報館在專業記者(Working journalist)設有「腳伕」(Leg man)一職。他們到處做「行街」(legwork)之「包打聽」(districtman)，有消息便立刻打電話，以口頭向報社報告，而由「改寫記者」(Rewriteman)負責查證及匯稿改寫[23]。

電報應用後，不但駐外記者(Correspondent) 如虎添翼，電訊服務(Wire Service)更不斷蓬勃發展。傳呼機(Call Machine)能隨身帶之後，記者就「躲」不起來，而且傳眞機(Fax) 普及，國內記者只要將稿件傳眞回報社即可，上班寫稿的做法，已開始有點「中古」落伍（尤其是晚報）。衛星傳送(DBS)與電傳視訊(Teletex) 之類傳輸網路的建立，人類生活空間，不單止是一個「地球村」(Globle Village)，更是一個「聯線社會」(Wire Society)，傳遞速度的競逐，已成爲大家所熱衷的一項新挑戰。

在這種情形之下，現代所謂的「新聞」，已不僅是一項事實的報道，而且是一項受單位時間速度緊迫的一件最新、最新事實的報道。可幸各種媒介各自有它的特性，在「資訊社會」(Information Society)中，扮演著不的角色。比如，廣播和電視大可在速度上做個「帥哥」，但「內涵」方面，可能就遠不及「百年老牌」的報紙。因此，如果誤以

爲「報道迅速是銷報最重要的因素」，而忽略了新聞的正確平衡、完整與寫作技術等方面要求的話，則「搶先」報道新聞的結果──人沒我有，人慢我快；可能鬧出大笑話，也可能對社會造成極大影響。下述分別是國內外兩個較典型例子。

(1)台中市醫師彭賢雅被綁案，電視新聞曝光過早，幾使歹徒逃過追捕。

台中市彭心臟內科診所負責人彭賢雅，於民國77年12月27日晚11點，遭四名歹徒綁架失蹤。至78年1月4日凌晨，涉嫌參與綁架的鍾姓男子，向警方自首，並供出其他涉嫌者名單，專案小組於是偵騎四出，追捕嫌犯歸案。

不料4日中午，當專案小組直撲高雄，追緝一名魏姓主嫌時，電視台午間新聞已搶先播出警方行動，而專案小組人員，卻遲至下午1點30分方抵達魏嫌住處；可惜，因爲電視新聞的「曝光」，魏嫌早已人去樓空。幸而警方得知其呼叫器聯絡密碼，仍再設計將之誘捕歸案，方使歹徒全部落網。

事後，據警方調查，彭賢雅醫師被綁後四小時就已遇害；而魏嫌亦供稱，「他看到電視新聞，獲悉警方南下緝捕他，所以先一步開溜」❷❹。

電視台搶先處理這件新聞的方式，使警方行動曝光，曾招至社會各界物議。廣播、電視博士林念生，即曾爲文指出：記者報道權「涉及報道與社會間相互關係的問題。一味强調記者的新聞報道自由，忽視新聞報道與社會間關係，忽視記者在社會羣體中應負的責任，把放任的新聞自由權建立在社會的痛苦上，顯然是片面地、狹義地理解新聞自由。」他認爲：「電視記者明知嫌犯涉及綁票殺人，而仍透過公有廣播頻道，公布追緝的方式，不啻向嫌犯通風報信」，因此，此職業道德上，此舉應受社會的譴責❷❺。

(2)百米世紀大對決，強生金牌夢幻破滅

1988 年奧林匹克運動大會，9 月在韓國漢城舉行。24 日上午加拿大籍的強生（Ben Johnson），與美國名將劉易士（Carl Lewis）舉行百米大決賽，因為劉易士曾於同年 8 月 17，日以 9.93（秒）成績，擊敗過強生（9.97），而強生則又於 1987 年 8 月 31 日的羅馬世界田徑錦標賽中，以 9.83 成績，打敗過劉易士（9.93）。所以，他們兩人的對壘，被視為百米世紀大對決，舉世矚目。比賽結果，強生以 9.79 成績，以 0.13 之差距，贏了劉易士（9.92），也刷新了他自己的世界紀錄。

這當然是轟動全球的大新聞，因為自從 1964 年東京奧運會，被稱為「褐色子彈」的美國選海斯，在百公尺中，只跑出十秒整的成績，未能打破十秒大關時，很多人都認為這是就是人類的體能極限。其後，在 1968 年的墨西哥奧運會中，美國選手海因斯在標高 2,259 公尺的高地上，跑出九秒九佳績，由是，用體能來否定人類體能極限的好奇，又重新燃點起來。其後，這位有「黑旋風」之稱的加拿大選手強生，竟在羅馬世界賽中，跑出九秒八三的世界新紀錄，令人歎為觀止，又再感認為人類在百米短跑中，已幾乎達到體能極限」，此一「世紀紀錄」，要到廿一世紀才會打破。所以這一項對決，賽前即引起出全世界的注目。

不過，強生跑後，曾傳出：(1)他不肯接受藥物檢驗；(2)費了兩個半小時才排出尿來，完成藥物檢驗，期間還灌了一罐啤酒以助尿意。也因此，他的記者會延宕至賽後三個小時才得舉行。而這個九秒七九的世界紀錄，也令相信人類有體能極限的說法，跌破眼鏡❷⁶。

習慣一窩蜂搶新聞的記者，又在預期佳績的心理下，少不免立刻搶發新聞，並且大事渲染一番，早已將上述疑點，拋諸腦後——三日之後，亦即 27 日，國際奧委會宣布，強生賽前，曾服用合成代謝類脂醇，因此取消他一百公尺金牌得主的資格❷⁷。倘若有某家報社，不因「勝利」衝昏了頭腦，稍為懷疑一下，或留點餘地，不怕「遲來的新

聞」——準確些，詳細些，深入些，有見地些，定能令讀者刮目相看。

莫特（Frank L.Mott）教授的感喟，似乎歷久彌新[28]：

• 只要有新聞自由，就會有新聞競爭。只要這些競爭不妨礙正確、完全和公平的報道，我們就應予以讚美。

• 可是很顯然的是，我們在新聞速度的競爭上，似太狂熱了，其結果常犧牲正確和優秀的報道[29]。

• 截稿前的時間競賽是一回事，優秀作品競賽則是另一回事。在新聞事業中，後者亦至爲重要。有時，急於「挖」新聞，未免有點天眞和孩子氣，因爲這在新聞事業中，並不算最重要。可是，無論是報紙或電台，大多以全力從事於搶新聞，而不注意作品品質的好壞。

• 實際上，一個優秀記者在各種壓力下，寫出流暢可讀而簡潔的稿子，確實不易。但過去有不少名記者的稿子，卻都是在這種情形下完成的。

• 在處理新聞時，速度並不駕凌一切或是最重要的因素，但它確也相當重要。速度並不與正確相衝突，它跟正確相得益彰，是一篇上乘報道的兩大支持。

• 在一篇好的報道中，時間性仍是一個主要的特質，它仍是現代「新聞的基本定義」。速度是每一個優秀報人所必具的重要條件。時間感應存在他的血液中。他應具有迅速而敏銳的頭腦，熟練的技術，用不著盲目摸索或使之變質，而能獲得確實可靠的消息，並予以公正的處理——這些都是一個偉大新聞記者的特質。

第三節　新聞與速度

《時代週刊》創辦人亨利・魯斯，力持《時代》寧可走深入、正確，翔實的「慢新聞」（Slow News）路線，縱然延後見報，亦在所不惜，由

是將《時代》推向成功之路，確屬高瞻遠矚。時間上的落差，的確會吃表面的暗虧，但點到爲止的「快新聞」（Fast News），快是快了，萬一快過了頭，鬧出笑話，反而貽笑大方，則又何益之有！

例如，民國 71 年 12 月 7 日下午 4 點 35 分，一輛載有一千四百餘萬新台幣的台北市世華商業銀行運鈔車（解款車），在前往民生東路臺北郵局第八十七支局收取款項時，在停車場內，被兩名共乘一部機車的年輕歹徒，以一支 M 16 半自動步槍將司機打傷後，連車帶錢全部劫走。因是台灣地區有史以來，最鉅大一宗劫鈔案，不止轟動整個社會，警方也緝之甚嚴。各個媒體更加虎視眈眈，怕漏不起這樣的一個破案「獨家新聞」；因此，以後一段日子，台北社會記者幾乎人人都「兼任」刑警，不放過任何蛛絲馬跡。

因爲做案機車遺留現場，雖然車牌經過改造，引擎號碼亦已磨去，但偵辦此案的警方專案小組，仍將視爲一較重要線索，12 月下旬，警方在桃園一機車行，查知有一名李姓男子，曾將身分證押在該行並把機車騎走卻一直再未有回頭。專案小組逐循線找到該名男子，加以查詢。雖然搶案目擊者及機車修理工，都未能加以指認，但專案小組一直咬住他將身分證抵押在機車行一節，希望有明確交代。26 日上午，根據該名李姓男子「供詞」，又到宜蘭找到一名邱姓男子，並將之留置查訊。消息外洩之後，各媒介逐掀起爭取快速、獨家新聞的狂潮。27 日下午，《中華日報》北部版（已於 77 年停刊），突然到處張貼「號外」(Extra)大字標題說：「警方昨逮捕邱、李兩名嫌犯」「世銀運鈔被劫案重大突破，正積極偵訊查證中並加緊追緝其他嫌犯」，內容最主要之數段爲：「偵辦世華銀行運鈔車的警方專案小組，昨天前往宜蘭逮獲一名涉嫌重大的男子邱□□，警方正漏夜查證邱某與另一涉嫌男子李□□之間的關係及涉案程度。如果查證順利，可能在日內宣告偵破本案。……專案小組初步偵訊邱某，發現可能尚有多名涉案男子潛逃中，正

透過刑事局八號分機，全面通緝追捕中。

……　已到案的邱□□向警方供承，他和李□□是舊識，他曾持李□□的身分證到桃園一家機車行修理行劫時使用的機車，事後將身分證抵押在機車行內，然後將機車交給兩名僅知綽號的朋友去做案。他並透露事後分得新台幣二十萬元，這些天已花掉九萬多元。　……。」

雖然這張號外的措詞已有些保留，但語氣則相當肯定。不料，翌日兩涉嫌者即行翻供，再經深入查證，他們供詞亦疑點重重，查無實證，擺了警方一道，全案再陷入撲朔迷離之境。《中華日報》北部版之「搶快」，變得勞而無功，成了笑話，其後該案偵破，亦非他們兩人所為。

搶挖新聞過當，很可能危害社會、拖累他人！

例如，民國 71 年 4 月 14 日下午 3 點，一名蒙面獨行大盜，持槍搶劫台北市土地銀行古亭分行，搶走新台幣五百三十萬元，社會驚震。其後，一名年紀 65 歲、山東籍職業計程車司機的退休士官李師科，因為將贓物寄放在朋友家，而暴露了行藏，遭朋友檢舉。5 月 7 日，警方宣告偵破該宗劫案。遺憾的是，因由警方口風不密，以致檢舉李師科的「秘密證人」，亦即他的朋友，於破案當天便已曝光。電視台及報刊記者，一窩蜂湧到他家訪問——連姓名、地址、相片，通通刊播出來。結果是——該名「秘密證人」不勝其煩，日常生活飽受困擾，而不得不搬家，連兩百萬的獎金都不敢去拿了。這不是害人害到底嗎？

為了搶快，記者有時會變成被人耍得團團轉的呆頭鵝。例如，民國 79 年 9 月 25 日，台南區中小企業銀行嘉義分行，爆發一宗被人偽造電匯(Telex)發電書，企圖盜走一億一千餘萬元匯款案，其中九十八萬元已被領走。由於此案電匯密碼是一個關鍵，故而知道這些密碼的該分行一名副理，涉有重嫌，被警方移送地檢署收押。一位日報記者搶先訪問到他，並在報刊上登出訪問內容。（Q：問／A：答）

Q：……，你的一些同事都指稱你涉有嫌疑。

　　A：我的同事們為甚麼說我有嫌疑，我無法瞭解，但我確實和這個案子無涉，我身為副理，怎可能會做出這種事情？

　　Q：你被認為涉有重嫌，主要原因是那些電匯發電書上填寫的密碼絕大多數正確，而這些密碼只有你能算，你如何解釋？

　　A：凡是熟習銀行電匯作業的人，都有能力偽造電匯發電書，只是密碼不容易算準，我實在不知道由我負責編製的密碼，為甚麼會被正確的偽造。不過，我所經管的密碼簿白天都放在桌上，也不是沒有可能被人偷看到或偷抄（摘要）。

　　不過，這宗「假電匯、真盜領」詐欺案，翌日在刑警偵訊之下，該名副理坦承在兩百萬元新台幣誘惑下，　被詐　欺集團所利用，受他們所操控，而將有關銀行電匯業務的流程、密碼簿資料及發電單號次等等，告訴詐欺集團，參與犯案[30]，與他昨日所說大相逕庭！記者是否過早給了涉嫌者睜著眼睛扯謊的機會，以至新聞版面成了「垃圾新聞」的展示場。

　　搶先新聞，使新聞的平衡報道客觀守則，變成不當的虛偽同情，也自摑嘴巴一番，搶之何益？另外，一般的「黑色新聞」，其處理結果，更會牽涉及重大社會成本，甚至關乎人命生死，豈可不戒慎恐懼？

　　例如，於 1932 年 3 月 1 日晚上，美國著名飛行家林白上校（Charles A. Lindbergh,1902～1974）的十九個月大幼子，在新澤西州（New Jersey）許願井（Hopewell）家中遭歹徒綁票[31]。綁匪當時曾留下一張贖身勒索便條(a ransom note)，並揚言如果將其中內容宣布出去，幼兒便性命難保。因此，林白及州警察都希望便條內容能守密。故而時報在報道時，只提到據說有便條這回事，其他則一概從略。美聯社（Associated Press,AP）初時發稿，也只提到找到了一張贖身便條，並未洩露任何風聲。翌日方由摩爾州長（Gov. A Harry Moore）作出決定，將贖身便條交美聯社轉發出去。支援這次採訪的《時報》專題報道記

者賴曼(Deak Lyman)卻告訴報社，如果幼童尚在人間，且落在狂徒手中的話(in the hand of a crank)，則便條的威脅性仍然存在；他並且把這個意見，告訴爲赫斯特報系前來採訪的小赫斯特(William R.Hearst Jr.)等人。爲了幼童安全，《時報》決定不轉載便條內容，赫斯特報系也同意這種做法。不幸，一家紐約報紙卻認爲，通訊社(Syndicate Wire)旣已將稿件拍發出去，一定有報紙採用，便條內容遲早會洩漏，於是便將之刊登——到後來便條內容變得衆人皆知。11 日後，亦即 5 月 13 日那天，幼童屍身，在距林白家不遠的玫瑰山(Mount Rose)上發現。雖然警方推斷他被綁票後不久，即遭殺害❷，但《時報》爲幼童生命，不惜決定「獨漏」，接受讓獨家變成「通稿」的義舉，深獲讚揚❸。國內原亦有相同例子。例如，民國 77 年 5 月 27 日下午，一位名爲大田哲瑞的日僑學童被綁架，因事涉人質安全及所可能引起國際糾紛之故，台北各報初時頗能配合警方保密要求，未予報道。可惜到了 29 日，諸如《中央日報》、《聯合晚報》、《青年日報》及《大華晚報》（已停刊）等各大報章，突然忍耐不住，開始對此事陸續披露，這麼「爲德不終」作法，殊令人扼腕❹。又例如，民國 79 年 9 月 25 日傍晚，與 11 月 9 日下午，台北警方分別捕獲其時名列十大槍擊要犯之首的林來福手下兩名心腹大將。爲了誘捕主犯，各媒體俱能信守警方要求，暫時將新聞「扣壓」兩天，靜候大魚入網。事雖不成，但各報能深明大體，犧牲新聞速度，不偷步起跑，配合警方辦案的精神，無疑已負起社會責任義舉❺。

　　再如，民國 79 年 12 月 18 日晚間十時許，台灣著名新光企業集團少東之一，新光合纖總經理吳東亮，於返抵台北市忠誠街寓所時，被三名歹徒綁架（票），向其家屬勒贖新台幣一億元天價得逞（時值約三百八十多萬美元）。人質於同月 22 日凌晨 3 時許獲釋，於台北市中山北路圓山保齡球場處；至 6 時許，該案正式曝光。有媒體於稍早前，據說即已風聞此案，但因顧及肉票安全起見，故暫時扣發新聞，至「眼見」

人質後，方才發稿，幸而趕及於同(22)日見報，《聯合報》即是一例。苟使情況真實，則媒體之「寧失獨家新聞，不願罔寧人命」的新聞道德，誠然可敬❸❻。

　　不過，話又得說回來，有些新聞不但要「搶快」，還要和時間競步，分秒差不得。例如，1963 年 11 月 22 日，中午 12 時 30 分，美國總統甘迺迪(John F. Kennedy, 1917 ～ 1963)，在德克薩斯州(Texas)的達拉斯(Dallas)遇弒，下午 1 點身殞。當時美聯社電訊傳到台北時，已是同月 23 日凌晨 3 點，早過了各報截稿時間❸❼，但凡是注意到傳真機於截稿時間過後，仍然響個不停的報紙，莫不立刻將電訊搶譯，將新聞擠入一版之內，使當日見報。例如《聯合報》立刻抽版，以橫頭題報道「美總統遇刺身死」新聞，又用一個八分四邊欄，較為詳細地報道「甘迺迪遇刺經過」。《中央日報》也在頭版報道「甘迺迪遇刺已不治逝世」消息，二版則作進一步報道。由於時間急迫，「搶發」此則最後新聞結果，自然耽擱了印刷，也影響到發行時間——但是，辛苦過後各報皆認為此種與時間之戰滋味，實能顯出報社敏銳及反應能力，與國際同步，服務社會大眾是很引以為榮的一件事。

　　又如，1990 年 8 月 2 日凌晨兩點，伊拉克(Iraq)一夜之間侵占科威特(Kuwait)造成波灣危機(Gulf Crisis)。其後，送經聯合國多對伊方制裁無效，以美國為首的聯軍多國部隊，終於將「沙漠之盾」(Desert Shield)阻嚇行動，於台北時間 80 年 1 月 17 日上午 5 點 50 分❸❽衍展為真正的「沙漠風暴」(Operation Desert Storm)的軍事作戰行動，以大規模空炸，對準巴格達(Baghdad)開火。為了防止 1989 年美國入侵巴拿馬時，電視記者竟能拍到長程轟炸機起飛執勤的困窘，在這次「波灣戰爭」(Gulf War)中，攻擊行動的發起方式原已採取防範。不過，在空襲行動未開始之前，伊拉克防空炮兵(Air Defense Artillery)已有警覺，對空猛烈地發炮射擊，以致白宮發言人(White House

Spokesman）費茲瓦特（Marlin Fitzwater），正式宣戰之前的 30 分鐘，戰況新聞已開始密集地湧入正坐在餐桌周圍的美國家庭；而在轟炸開始前的 20 分鐘，在巴格達的記者，則確切指出巴格達已遭到攻擊。美國廣播公司（ＡＢＣ）記者薛帕（Gary Shepard）報道說：「巨大的曳光彈、時斷時續的紅色炮火、如雷的爆炸聲向無垠夜空張開，顯然攻擊已經展開。」有線電視新聞網（Cable News Network, CNN）記者何里曼（John Holliman）等人❸❾，更藉著不虞電力中斷的「四線式」微波國際專線電話（Air Phone），在電視上從電話傳出巴格達現場上空滿布著防空炮火，戰爭已在巴格達爆發的消息❹❶。這場史無前例的現場第一手戰況報道，出現在美國首府華盛電視螢光幕的時間，恰為當地16日傍晚 6 點 31 分業界必爭的「黃金」珍貴時段（Prime － Time），遂有「黃金時段之戰」之稱（It is a prime － time war）。

在白宮兩眼緊盯著電視機不明底縕的布希，對電視台竟能在戰鬥計畫開始前 20 分鐘，就已開始報道戰火點燃消息，頓感困惑。不過，這一「超前」新聞，主要是源於機緣（伊軍在巴格達發炮空防，而記者恰在現場）及傳播科技之昌明，對戰局並無影響——快新聞，反倒恰能突顯媒體的「王道」面目！

附錄一

民國 70 年代中葉，台灣地區曾發現利用信鴿來傳遞「毒郵」（毒品），令人頗有「賊公計、狀元才」之嘆！然事實上人類使用信鴿來通訊，不但源起得很早，而且似乎一直沒有停止過。

清末之際，因為電訊設備不夠，尚不得不使用「信鴿」來補充驛站之不足。而日本至大正年間（1920 年，民國元年），亦即不足一世紀之前，乃以飛鴿傳信為主。尤其照片傳遞。

　　例如，明治 30 年（1897 年，清光緒 23 年）4 月 23 日，東京王子市發生大火，當時兩地漫漫長路交通頗為不便，《朝日新聞》記者河野立隆，即利用飛鴿傳信，前後發出兩則短訊，報社立刻發行號外，樹立良好報譽。

　　至大正 11 年（1922 年），電通通訊社方和日本東京各報社用戶，架設直接專用電話線；翌年 6 月《大阪朝日新聞》、《大阪每日新聞》與《時事新報》等三家報社，以及電訊等新聞單位，方鋪設東京與大阪間專用電話線。翌年 7 月，電通再架設東京與福岡間專用電話線；至是，日本主要城市之重要傳媒及相關機構間之專用電話線，大至成其主要體系。然而當時照片之傳遞，仍得仰賴信鴿，方云便捷。

　　民國 26 年七七事變之後，8 月 13 日又挑起淞滬之戰，中央社上海分社在報導戰訊和新聞時，亦曾使用信鴿傳遞戰況❹。

　　至二次世界大戰之後，軍鴿與軍犬，仍為軍營中寵物。例如，至 1991 年中，據估計瑞士陸軍還養有兩萬隻信鴿❷。

第四節　新聞與宣傳

　　某類分析性的「新聞」，可能隱藏著色彩非常濃厚的循環性、未來性的趨勢因素，諸如股市、期、貨金融、房地產，內閣改組（人事更動）；比賽（如球類、賽馬、跑狗、體育），甚至彩券號碼（如六合彩、大家樂）等等，「預期」成分相當之，高而通常也是讀者興趣之所在。所以，這類「新聞」，通常稱之為「預測性新聞」（Predicable / Dope Story）。

　　分析性新聞或可就所引述的正確資料中，作某種程度的「表示一己看法」，或作有關未來的可靠推論，但新聞絕不可以為虛偽消息或事件，否則「狼來了」（Bad big wolf），就會攪亂社會秩序。例如：

(1)「火星人入侵地球」事件(The Invasion from Mars)

1938 年 10 月 30 日晚〔翌日就是「給錢或請客，不給就搗鬼」(trick or treat, money or eat)的萬聖節，俗稱鬼節〕，美國以紐澤西州格鎮爲主的哥倫比亞廣播公司(CBS)，屬下一百五十一個電台，以及紐約ＷＣＡＵ電台，聯合播出了一齣由奧遜‧威爾斯(Orson Welles)主播的「空中水星劇院」(Mercury Theatre on the Air)節目：「火星人入侵地球」(The Invasion from Mass)廣播劇，〔原是柯屈(Howard Koch)小說《世界大戰》(War of the worlds)〕，「宣布」火星人已著陸地球（用紐澤西州眞實地名），並播報出各種恐怖情節，還特地請出「專家」、「目擊者」在電台作證。播音員上氣不接下氣地說：「火星艙敞開了……降落地球……七千人與火星人對抗，共剩一百二十人生，……格鎮到處碎屍遍野，全遭怪物給踏死了……。」雖然該電台一再宣布：「各位聽衆，我們希望沒有嚇著你。這只不過是一齣廣播劇罷了！」(Folks, I hope we ain′t alarmed you. This is just a play!)但在估計的全美國各地的六百萬聽衆中，起碼有一百萬人在廣播劇未結束前，害怕得不停禱告，哭叫，瘋狂地逃跑等以逃避火星人殺害。也有些人趕著去拯救親人，給鄰居報訊或道別，向報紙或電台查證，甚至呼喚警車及救護車。這在美國各地成了軒然大波的一夜，就是有名的「火星人入侵事件」（格鎮每年爲此還舉辦紀念儀式），其在新聞「報道」所突顯出之嚴肅意義，在傳播學上有關「恐慌」(Panic)研究的典型事例。已成爲新聞講解的重要題材之一❸。（五十年之後，亦即一九八八年的同一天，葡萄牙布勒加市電台，又將該劇稍作改編之後播出，以紀念這一件軒然大波事件；不料很多聽衆仍信以爲眞，驚惶失措地逃命。）

(2)愚人節新聞愚人弄己

每年 4 月 1 日的愚人節(a fool′s day/ feast of fool)，總有媒介想

「消遣」一下讀者，刊登些啟人疑竇的消息。例如，非洲太空人返回家鄉，殺人蠅侵襲西德城鎮之類。不過，有時也會爲媒介招來麻煩。據報道，1989 年 4 月 1 日，斯里蘭卡(Sri Lanka/Ceylon)一家報紙，開玩笑地刊登出有賞的數字遊戲，結果有二千名讀者，要求支付獎金，並且不聽從報社人員的解釋；最後，攪得報社只有召請鎮暴警察來維持秩序，又以書面保證會對獎金之事，作最後裁決，讀者方肯離去❹。可見報紙倘若不守誠信原則，亂耍花招，通常會得不償失❺。

新聞尤其不應與不當宣傳(Propaganda)沾邊，否則淪爲「尾巴報」，「應聲蟲」。宣傳又稱爲「心理戰」(psychological war)，是一種企圖以「說服」的技巧，以達到「影響」他人的目的。研究宣傳有成的傳播學者拉斯威爾(H.D. Lasswell)，曾將宣傳的定義定爲：「宣傳單指藉重要象徵物，左右個人意見；更具體、但較久準確的說法，是藉故事、謠言、報道、圖片以及其他社會傳播形式，控制意見。」1937年，他又將此一定義修改成：「就最廣義而言，宣傳是運用各種表達方式，影響個人行爲之技巧。其表達方式可能出於口說、手寫、繪圖或音樂等等。」同年成立的美國「宣傳分析研究所」(Institute for Propaganda)亦將定義界定爲：「意見及行爲的表達，由個人或團體，以原先決定的目的，蓄意設計能影響另一個人或團體的意見或行爲。」

在正面意義上，宣傳等同文宣宣導工作（所以，有時會美其名爲「國際交流」或「文化互動」）。故而國父孫中山先生就認爲：「宣傳是敎，便不知而變爲知，宣傳是勸，使歪曲之知，變爲正確之知。」❻

不過，宣傳的指謂(denotation)，總令人想到是一種負面的「說謊藝術」(A fine art of lying.)美國心理學家布朗(Rogen Brown)解釋宣傳是：「說服者希望激發的行爲，對說服者有利，但對被說服者並非最有利。」曾在哈佛大學任敎的季頓士敎授(Jackson A.Giddens)便認爲欺騙性的傳播，爲隱匿的動機服務，運用粗率的手法，且又在尋求不名

譽的目的。」❹

　　美國羅斯福總統(Franklin D.Roosevelt,1882－1945)在白宮記者會上，曾一再呼籲參加會議的記者，不要把宣傳寫成新聞——像事實一樣的登在報紙上。因為，宣傳起碼是一種意見，而即使是最好的意見，也不應象事實般地，作為新聞刊登。媒介的職責是，報道眞實——完全眞實（正確）的事實（和誠實的意見）。

　　不幸的是，在商業拜金主義的大趨勢下，廣播、電視節目，經常被廣告「滲透」(plugola)，甚至公然地廣告化起來❹。報紙也增設「工商服務版」，招攬「工商服務記者」，鼓勵他們一本比舊式「廣告記者」更大魄力，為廠商作整套服務——由產品展示（發表）會的設計，而進行公關（PR），而在媒介上刊登廣告宣傳，都一手包辦。而最令人詬病的，莫過於「廣告新聞化」技巧，亦即以新聞方式誇大地打廣告(blurb)，讓讀者看多了，由於大眾傳播所具的麻醉功能(Narcotizing function of communication)，習慣了之後，也就見怪不怪，社會大眾的判斷能力，因而日漸混淆。

　　美國總統杜魯門(Harry S.Truman. 1844－1972)曾寄望新聞從業員，對於欺騙曲解和謊言的宣傳，可以用「人民所信賴的報紙、廣播和其他媒介所表達的，那種簡淨和樸實無華的眞理所克服。」這種眞理就是在新聞欄裡，只刊登眞實、正確完整的新聞。編輯、記者在處理、報道新聞時，尤應特別注意：是誰說的？為何這樣的說？企圖心何在？(Who Says so? Why say so? What does he want?)這一類隱喻傳播(Meta－communication)。

附錄一

恐慌傳布，台灣地區例子——殘肢童丐事件

　　類似「火星人入侵地球」之集體恐慌傳布，80 年代的台灣地區也曾發生過。中國廣播公司之「中廣服務網」，是民國 78 年 12 月 8 日所開闢的新單元，而在每周一至六早上 7 點至 8 點之「全國聯播」中，有由播音員凌爾祥、沈若珍兩小姐主持之「全國聯播熱線」節目❹，播放聽眾以3分鐘為度之投訴錄音。

　　民國 79 年 9 月 4 日早上，播出了一位住於台北縣、35 歲的職業女性聽眾電話錄音，她如泣如訴地道出了一段聽來慘絕人寰的聽聞（摘要）：

　　「……，今天我所要講的，是社會上比較不為人知的一種現象。我聽到同事提起過，有一些家庭的小孩無緣無故的失蹤。父母怎樣也找不到，原來這些孩子被人強行或誘拐帶走，然後毀容或是剁他的手，剁他的腳，讓他父母根本無法辨認出是他們自己的小孩，然後再將這些小孩子放到地下道（對不起，我有些激動），或是廟口等地方去乞討，各位聽到這些事情，可能和我當初聽到的時候一樣，認為根本不太可能發生。

　　「但是就在今天，我的一位朋友來告訴我，他的朋友的一個小孩，兩個月前失蹤了，做父母的非常焦急，到處去找都找不到，就在他們去行天宮求神的時候，當他走出行天宮大門，就看到一個小孩在旁邊乞討，這也就是他們尋找了兩個多月的兒子（啜泣），這個小孩才 4 歲大，但是他的雙手剁了，舌頭也被剪斷了，根本沒辦法說話，但是這個小孩還認得他的媽媽。……希望有關單位多組織起來，用盡方法迅速偵查此一喪心病狂的集團，予以最嚴厲的制裁。

　　「另外，對於受到迫害的那些幼童和家屬，我們應該給予愛心、耐心及以實際行動幫助他們（不斷啜泣）。希望我這段話能播出來，讓所有的人都能聽到這個殘忍不幸的事件，它可能會發生在我們的身上，我們的社會各階層所需要的，不再是那些打鬧的立法委員，我們需要的是

你們研擬一些實際上的辦法出來，你們如果把我們的後代殘害了，我們還有將來嗎？中華民國的生命是靠我們每一個人的。所以我今天打這個電話，希望你們大家都能聽到這一個不幸的消息。再見！」

這番義正詞嚴，駭人聽聞而又賺人熱淚，充滿感性的談話一經播出，雖經主持人特地提醒聽眾，此事仍有待證實，並希望打電話的馬小姐能與中廣聯繫，以便進一步採訪。但整個台灣地區已頓時呈現一片「沸騰的同情」，而又風聲鶴唳，攪得人心惶惶。台北地檢署、刑事警察局、台北市警察局及各屬下單位、社會局及北市十二個社服中心、中華民國婦女兒童安全保護協會、中華民國殘障聯盟、主婦聯盟等單位，全部動員起來追查此事，聽眾亦不斷向媒體及省市政府社會局處，激動地反應，要明瞭真相。

但地檢署迄未接獲告發，或被害兒童父母所提告訴；台北市警察局各單位，亦未接獲有關殘害兒童身體，利用為行乞工具的報案，因此一直存疑。事後，中廣更發現該聽眾所陳述的內容情節，與前赴行天宮查證結果，有相當大差距，可能是虛構；因此，決定不再重播，除了在當日中午十二點新聞，播出二十秒的錄音內容，又在晚上七點新聞中說明此事，並一再呼籲該馬姓女子再次聯絡外，其他新聞即未提此事。

當日下午，有人向警方報告，指出該名聽眾，是某企業的馬姓女子，刑警逐循線找到該名女子查詢，竟然發現是子虛烏有的「十八手傳播」，過程及管道如下：

①股市傳聞→②朋友傳聞→③劉女士丈夫之姊夫傳述→④劉女士丈夫傳述→⑤劉女士傳述→⑥黃太太（劉女士之姊）傳述→⑦黃先生傳述→⑧郭太太（黃家保母）傳述→⑨鄭先生（郭太太之弟）傳述→⑩鄭太太傳述→⑪陳先生（鄭太太之兄）傳述→⑫蘇先生（陳先生之同事）傳述→⑬國小女教師傳述→⑭邱小姐傳述→⑮馬女士(B)先生之同事之傳述→⑯馬女士(B)先生傳述→⑰馬女士(B)之傳述→⑱馬小姐(A)之傳述。〔(A)

與馬女士(B)同公司，擔任秘書工作，此即本事件關鍵人物。〕→⑱中廣新聞聯播熱線播放……→⑲聽眾口耳相傳……→⑳各媒體報道。⇨查無實據！

案經台灣高檢署主動發交台北地檢署分他案調查，當時承辦檢察官李辰忠再鍥而不捨地追蹤，把此「十八手傳播」再向前推進十手，經過兩個月明查暗訪，在第「二十八手傳播」中，查出消息來源，竟是台北市新生南路一名麵販李姓女子所說——都是「聽他人講的故事」，並無具體結論。全案乃於民國 80 年 1 月 27 日簽結，結束了一場謠言風波❺⓿。

仔細想一下，本案大違常情、令人存疑之處，委實甚多，例如：

(1)兩三歲幼童遭斷手後，若不經職業化外科處理，則很可能失血過多或令得傷口感染，不易存活。

(2)若如該名申訴女子所說，四歲幼兒失蹤兩個月後，即遭斷手割舌，如此重大傷害，一個四歲小孩能否承受得住？而在兩個月時間內，是否能完全復原？

(3)斷肢「手術」醫療費用龐大，歹徒應不致以此大筆「投資」，只為促使兒童成為行乞工具？何況這類行為若在醫院進行，一定掩蓋不住，除非與醫療人員有所勾結。

(4)不法集團利用身體健全或已經殘障的兒童行乞，一樣可以達到行乞斂財目的，似乎沒有理由，非要將正常兒童戕害成殘障兒童不可❺❶。

在一個情緒普遍不安定社會中，危言當然聳聽。在傳播史上所謂恐慌傳布，除前述 1938 年美國紐澤西州奧斯威爾（Orson Welles）電台的那場「火星人侵入地球」廣播鬧劇，引致百萬人大混亂外；早在 1874 年（清同治 13 年）11 月 4 日，美國紐約《前鋒論壇報》（Herald Tribune），曾刊登過一則虛構的新聞(hoax)：「中央動物園動物破檻而出，吞噬市民，有 49 人被吃掉，兩百多人負傷……」，結果令全紐

約市市民陷入一片大恐慌之中，可惜歷史教訓往往是最易使人忘記的！

　　虛假消息（bogus message）之可惡，連十歲之童皆不堪其煩。例如，美國達拉斯（Dallas）州郊區珈璐頓（Carrolltan）一所國（初）中學校（Charles M Blalack Jr High School），因為二年級課程中，討論到上述「火星人入侵地球鬧劇」之故；爲求學生感受聽衆的慌亂感（shock），竟於 1991 年 10 月 5 日，在上課期間，突然播出「布希遇害」（Bush killed）駭聞（startling news），雖然四分鐘後，立刻更正並說明原委，但卻引起學生强烈不滿，認爲感情受騙。50 名學生又爲此更一度跑出校園，以示抗議，引起媒介注意及報道❷。

　　在一個情緒普遍不安的社會中，類似發布不實消息的玩笑，尤其攪不得的。例如，保加利亞（Bulgaria）北面之高斯洛都（Kozlodui）有一座令市民擔心不已的核電廠（nuclear plant），1991 年年初，國際原子能總署督察（International Atomic Agency Inspectors），還檢查出值得警覺的毛病，不料在 12 月 21 日星期六那天，國家電視台在一個名爲「庫──庫」（Ku−ku）的學生節目中，突然播報核電廠發生嚴重災害消息，螢光幕並出現該廠各項緊急應變畫面，又說總統蕭魯蕭夫（Zhelyn Zhelev）將發表談話。──當然，這一切都是假的。

　　雖然 50 分鐘後，該台指出了眞相，不過，數以千計民衆卻已深信不疑，以致數以百計查詢電話，惶恐地湧至電台。而即使電台公布眞相後，數以百計民衆，立即湧向電台抗議，一撮憤怒的羣衆，並欲對節目製作人動粗。──這玩笑眞是個餿主意❸！

第五節　新聞與圖片

　　「一張照片勝過千言萬語」，以言圖片之能激發大衆，造成輿論，影響施政方針而言，絕非誇大之詞。例如，1964 年（昭和 39 年），日

本《朝日新聞》的頭版,同時刊登了新任首相佐藤榮作(SatoEisaku)「第一天上班」,和菜攤上「切成四分之一的白菜」照片,以示蔬菜價格之值得注意。——結果,佐藤榮作立即推出抑制蔬菜漲價的緊急措施。

又有諺云:「一張圖片百萬金」,以言圖片對報刊之重要性,也實在一點都毋庸置疑。例如,1989 年 11 月上旬,英國王位首位繼承人查理斯王子(Prince Charles)之妻,黛安娜王妃(Princess Diana)訪問香港。七日清晨,她在港島添馬艦海軍基地泳池內,享受晨泳之樂。不料她這項秘密穩私行動,竟被一位採「緊迫盯人」的《星島晚報》攝影記者,自附近一家酒店(飯店)頂樓偷拍到。照片一經刊出,立刻引起英國報界瘋狂地標購版權。結果,倫敦《每日明星報》(Daily Star)。以兩萬五千英鎊之高價,擊敗其他九家同業而得標❺❹。這張獨家,同樣令英國上下,在一瞻王妃出泳風采之餘,也為她的安全而捏把冷汗。這是兩個較圓滿和浪漫例子。

無獨有偶,同年 4 月 20 日,日本《朝日新聞》夕刊(晚報)在頭版左上角,以「攝影 89」的環境問題系列報道刊登了一大幅照片,顯示沖繩縣(Okinawa)八重山羣島附近,西表島西端海底;一處世界最大的一塊大薊珊瑚礁(Coral reef)上,遭人刻上「KY」兩個英文字母❺❺,文題為:「污染珊瑚礁的 K.Y 到底是誰」,向讀者突顯示生態環境遭受破壞的嚴重性。

此幀照片一經刊出,果然廣受大眾注意,但卻引起當地潛水人士質疑。事隔二十五天繼經查證之後,終於發現原來是拍攝該照片的記者本田嘉郎與另一記者村野昇,為了譁眾取寵,竟然偽造新聞,用攝影器材,自行刻字,嫁禍他人。此事一經披露,輿論嘩然。5 月 16 日,日本各報一律以巨大篇幅,對此事大加撻伐。指責之下,該兩名攝影記者一人被開除,另一則被迫停職三個月,總編輯伊藤邦男與攝影主任梅津貞同時下台,報紙並於 5 月 20 日刊登「塗鴉刻痕報道係捏造」啟示,

公開向讀者道歉。（其後，更於 10 月 9 日，該報新聞周之前刊登特集，再一次公布事件眞相，希望讀者諒解）。但捏造新聞的汙點，已使報譽受損，短期內可能無法恢復❺❻。這是一個悲情而又令人婉惜的例子。

　　不想，只有四個月光景，台北報道又上演同一版本。民國 78 年夏秋之間，有公職人員選舉活動。參加競選的候選人及政黨競爭激烈，傳播媒體更欲藉機大顯神通。至 8 月 28 日，在高雄市發行，其時銷數不俗的《台灣時報》，突然在二版刊登了一幅李登輝總統尊翁，時年 91 歲李金龍老先生側面照片。照片中，李老先生面帶微笑，右手大拇指豎起照片左邊以粗黑體「讚！」字爲題❺❼，內文達 112 字寫著：民進黨縣長候選人尤清昨日❺❽下午專程到三芝鄉李總統登輝先生的故居拜訪李總統的尊翁李金龍老先生，兩人閒話家常相談甚歡，李老先生談到高興處豎起了大拇指說一聲「讚」，尤清這一著「直搗黃龍」之計，在劇烈的台北縣長選戰中又平添了一段佳話❺❾。其後，經他報查證及李老先生說明，不但這件「新聞事件」全屬子虛烏有；而所刊之照片，竟是移花接木的傑作——此幀照片經查證後，原是李老先生於民國 77 年 3 月 1 日，應邀參加台北縣議會大樓落成典禮時，在議會大廳內所攝。當時李老先生豎起大拇指，是稱讚議會大樓建得好之故❻⓿。可見圖片的「妙用」！

　　不過，八個月後，亦即 79 年 4 月下旬，《台灣時報》照片又有爭議。該月 23 日，在立法院質詢中，立委謝長廷與其時考試院秘書長王曾才曾有齟語。24 日，該報於第二版刊出一張題爲「一靜一動」的圖與文❻❶，——在圖中，王與謝面對面，相對併坐；謝以左手食指逼近王之臉部指劃，距指頭稍遠，可見半截之麥克風頭，此一細微不相連接之空隙，稍能顯示兩張照片，並非是同爲一張。兩人表情互異：王在嘻笑，而謝則明顯在指罵。

　　然而，經王曾才向新聞評議會陳訴[62]，此卻是一張拼湊、組合之影片(staged picture)，但背景十分類似，且無留白或書邊線之類明顯區格，不經仔細分辨，實難分辨兩張並非同一照片，遂被新評會裁定此一照片之處理方式，有矇混讀者，歪曲事實之企圖[63]。

　　為《美國新聞與世界報道》撰文的的羅瑟莉妮(Lynn Rosellini)，曾在「盡信圖片，不如無圖片」一文中指出[64]，美國人平均一天花7個小時看電視。報紙和雜誌的文字稿日漸減少，圖片卻愈來愈多。她感歎地說，照片有凍結和抑制想象力的力量，又只能捕足瞬間的「真相」；因此不但會造成誤導，養成依賴性，扼殺了好奇心，使我們忘了觀看這些似乎呈現了事實真相的影象之餘，也得負起責任。他也感慨地指出，1988年，受伊尼軍火銷售案的美國海軍中校諾斯(Oliver North)，身穿軍服在國會作證前宣誓，顯得多麼驕傲，而且目中無人。然而，在1989年5月被定罪後的幾個星期，照片上的諾斯卻彷彿洩了氣，臉色蒼白。他聲稱自己只是一枚棋子，而不是十惡不赦的罪犯之際，幾乎是在苦苦哀告。

　　羅瑟莉妮指出，人還是那個人，觀眾還是那些觀眾——所改變的，只是觀察者的鏡頭。

　　曾在中南美薩爾瓦多(Republic of El Salvador)拍攝內戰新聞照片多年的美國攝影記者畢格·伍德，於1988年10月回到美國紐約時，赫然發現他的照片經紀商，竟然將他的照片供美國務院圖片處使用[65]，他位刻通知經紀商不再讓政府使用他拍的照片。但圖片服務處，仍繼續向紐約市其他新聞照片經紀人，購買照片，每周把幾十張照片送到到華府。伍德並非杞人憂天：

　　——幾個薩爾瓦多人曾詢問伍德，他拍的難民營、游擊隊員、農民和街頭示威人員的照片，是否曾交給美國政府使用。他們耽心照片上所顯示的資料，可能傷害攝影師和照片上人物，甚至使他們送命。

——國務院中美洲一位不願透露姓名的官員承認,大部分照片,是送到這間國家的美國使領館,當情報資料使用。該官員說:「國務院有些人認為這些照片,能幫助他們識別好戰分子,特別是游擊隊員。」

——駐薩爾瓦多美國大使館一位官員亦指出,那些照片都送到情報單位。有些照片交給負責跟蹤可能攻擊大使館嫌犯的安全人員使用,但是那些照片的複印本,卻很容易落入當地警察、陸軍,或民兵組織手裡。

——從來不與國務院交易的照片經紀人巴因德的憂慮是,在薩爾瓦多、黎巴嫩和其他戰亂區,照片上的人物經指認後,可能送命。新聞照片經紀人忽視世界局勢到這種程度,令「攝影快門變成狙擊槍手」,也直令人吃驚之極。「保護記者委員會」雖曾在攝影記者申(投)訴下,展開過調查。不過,由於照片是經由正常商業機構獲得,之後交給付款客戶使用,於法並無不合。所以,調查行動就予以中止。

新聞照片應否作為犯罪佐證,又是個爭論問題。

1984 年英國制定了「警察與刑事證據法」(Police Criminal Evidence Act)允許法官可以取得記者資料,然後交給警方處理。此一條例,不啻令記者和攝影記者「淪為」警方蒐證的線民(附錄一)。1989 年,在曼徹斯特(Manchester)的一場聽證會中,英國回教領袖克林博士在發言時認為,《魔鬼詩篇》(The Satanic Verses)作者魯西迪(Salman Rushdie),因為侮辱回教(Blaspheming Islam),應該被判死刑。英國廣播公司(BBC)為了保護屬下記者,避免留下禍根起見,曾反對將此一現場新聞影片交給警方,作為指控克林博士的證據,但法官不顧該公司反對,裁定應將所有影片交給警方辦案,導致英國廣播公司人心惶惶,擔心受到報復。

英國廣播公司編審,亦是國際新聞協會(International Press Institute)委員之一的約翰‧威爾遜(John Wilson),在 1990 年 9 月 16 日,

向國際新聞協會發表一分報告，報告中指出❻❻：

△警方向傳播媒介索取新聞影片及影片，來作爲犯罪證據，有增加傾向。這對於記者的獨立報道立場，以及記者個人安全來說，都是一種危險警示。

△電視、報紙的圖片必須是最後的選擇，而非第一個。警方必須向法官提出證明，如果沒有這些圖片，他們就沒法進行調查。因此，在法官裁定要記者將資料交給警方之前，警方必須先合乎下列四項要求：

(1)警方是在偵查一個嚴重的案件，並將對涉嫌者提出起訴；

(2)記者資料是絕對必要的；

(3)其他消息來源，已作過周詳查詢，以及

(4)從其他消息來源處，沒法取得這些資料。

威爾遜並認爲，其實英國允許警方接近、取得新聞照片或影片的法律，應該改變，方能確保社會安全及資訊流通，而令記者放手寫出完美的新聞報道❻❼。

附錄一 英國「警察與刑事證據法」的確立

英國在 1984 年所新訂立之「警察與刑事證據法」，對新聞界之損害，實際上於 1986 年，便引起過極大爭議。該年9月，英國布里斯托(Bristal)之聖保羅地區(St. Paul)發生暴亂；當時《西邊日報》(Western Daily Press)、《晚郵報》(Evening Post)、以及布里斯托新聞與照片社(Bristal Press and Picture Agency)記者，俱在場拍得若干照片。

負責追究暴亂的亞芬與索莫塞特兩地警察局，要求上述三家新聞機構提供未刊登過照片，交給警方查看，但同爲此三家媒體編輯所拒絕——理由是，此舉有損報紙的公正立場，而警方目的不外乎在蒐證，但採訪記者卻會因此而遭遇不必要的危檢。警方於是向法院請求，依此一

刑事證據法條例，向此三媒體，下達強制令。最後，英國最高法院判
決，三家新聞媒體，要在十四天之內將該次大暴亂時，未刊出過照片，
交給警方查看。（媒體可在此期間內，考慮上訴，由警方負擔一半訴訟
費）。

　　判案法官指出，報紙的公正和獨立，是維護大眾利益的重要因素，
但他不認為在此情況下，這個命令會破壞報紙的公正與獨立。另外，使
犯重罪者受罰，使無辜者獲釋或停止接受偵訊，比報紙是否公正獨立更
重要。他也相信，報道暴動記者，確冒著相當大的危險，但卻不認為由
於法院的這道命令，會使危險性升高。

　　受強制令的媒體實心有不甘，咸認自願交出照片，和在法庭命令之
下交出照片，兩者之間實有很大分野。英國的此項刑事證據法，雖然保
障記者在撰寫新聞稿時，有權維護所收集資料的機密性，但卻未將保密
的權力，延伸到公眾事件上。因此，在羣眾聚集時，包括示威和暴動，
媒體所拍攝到的影片、錄影帶或照片，警方都可以依照此項條例，透過
特殊程序，得以要求查看❸。此法未給予英國媒體更有利條件，在爭訟
之中，當然屈居下風，所謂新聞自由盾牌，薄如錫箔。

附錄二　「星期人物報」簡介

　　《星期人物報》（Sunday People），原稱《人物報》（The people），是
於 1881 年（清光緒七年）10 月，在英國倫敦創刊，為十四開小型報，
銷售量曾達三十萬分。本世紀 20 年代，曾由奧丹斯報團公司經營，
（Odhams Group），銷數一度攀至三百萬分以上。1971 年 12 月結束營
業，轉買給麥斯威爾（Robert Maxwell, 1923～1991）的「威特國際集
團」（Reed International），仍於 1972 年元月，改稱為《星期人物報》
（Sunday People），一般乃稱之為《人物報》。1984 年時，銷售大約在三

百五十萬分左右。此後，與麥斯威爾屬下之《每日鏡報》(Daily Mirror) ❻❾及《星期鏡報》(Sunday Mirror) ❼⓪，成爲麥氏報團旗下英國市場之鐵三角❼①，雄視報壇。

但一方面由於支持全國性報紙的工黨，極力反對報紙所有權過度集中，致令麥氏感到不安，體認得賣掉三家全國性報紙，以塞悠悠衆口；另一方面則因爲威廉王子撒尿照片招來抗議，他雖將該報主編溫蒂・亨利革職了，但報譽已大受損害，急欲尋找一個新主編來恢復舊觀，故而在主編《每日鏡報》已有五年之久的理查・斯都特要求之下，毅然於1989 年 12 月 29 日宣布，將該報賣給以斯都特爲首的一羣記者。麥氏保有百分之十九至二十四股分，斯都特持股百分之十五，其餘股分分售給所有員工，開英國報界員工買下自家報紙先例。

斯都特早先即在《人物》❼②服務，曾得過編輯獎，是艦隊街(Fleet Street)成功主編之一。麥氏買下《每日鏡報》後，即轉往該報擔任主編，令該報增加了二十五萬分之鉅，連當時《太陽報》也受到威脅❼③。他接長《人物》後，次年9月即陸續展開版面革新工作，分報紙、周末版與雜誌三大部分，彩色印刷108頁，售40便士。

斯都特認爲九十年代的通俗性報紙，是百分之百的大衆化《街頭新聞》，所以他決定以獨家新聞取勝，以「製造與衆不同的大衆傳播媒體，不會太骯髒，也不會太健康。新聞的原則，就是報道讀者有興趣的東西，並且抓住他們。」所以，他也決定將汽車、金錢、園藝及錄影帶等專欄，放在第二版。

《人物》的刊頭，印有「坦誠」(Frank)、「無懼」(Fearless)及「自由」(Free)字樣，不過，該報卻曾經僞做過新聞。1970 年的 2 月 1 日該報用斗大標題(banner)，寫著：「一條不知名村莊的戰慄──英國罪惡大暴露」，內容則是講述 1948 年時，英格蘭軍隊在馬來亞(Malaya)叢林裡，將二十五名懷疑爲恐怖分子，集體屠殺事件，並謂當時

曾引起政治漣漪[74]。

但六個月後，《每日郵報》(Daily Mail)卻指出它的錯誤，並引據一位蘇格場調查員的調查，指此項指控，全是無中生有[75]。

第六節　新聞與政治──「是我」原「非我」

不論人類生存在那一族類社會，祇要有居住環境，就會和「衆人之事」的政治扯上關係，所以說，人爲政治動物。媒體既是社會制度下之「次制度」(sub-system)一環，就社會生態環境(Ecology)來說，新聞自亦免不了與政治「拉拉扯扯」，箇中情況，中外古今皆然。

在政治氣氛之下，不管正面或負面，新聞面貌，都可能附加著不同程度妝扮。台灣地區若干新聞呈現，雖不一定可以以「範例」視之，但卻頗能爲新聞與政治關係，下一註腳。

㈠「協調」使新聞「受傷」

民國78年2月24日，亦即美國總統布希(George Busch)到大陸訪問（25日）的前夕，曾傳出在國民黨組織中負責協調大衆傳播媒介的文化工作會（文工會）(Kuomintang's Department of Cultural Affairs)，同中視、台視和華視三家電視台總經理協商，要求三台遵守下列五項「指示」：

(1) 禁止播出布希訪問大陸的活動畫面[76]。

(2) 色情與妨害風化畫面一律禁播。

(3) 對犯罪之嫌犯應以素描處理。

(4) 對各地自力救濟事件（街頭示威）淡化處理。

(5) 「二二八」事件台灣各地的活動一律不報道[77]。

結果，三台果眞一致以大陸「中央電台」之「唸乾稿」方式，播報

布希大陸之行，亦未提及 2 月 28 日當天，台灣某些地區的活動。事後，一般輿論較肯定第二、三項理念，但認為此是一個長時間存在的問題，似應透過立法程序，促使它成為新聞法規。然而，對其他項目，則咸表反對，認是妨害新聞自由，剝奪人民知的權利的做法[78]。也許，在新聞界一窩蜂搶新聞之下，執政黨自有其考慮[79]。例如，在不久以前的空軍林賢順駕機飛往大陸事件，連中共都做淡化處理，而國內新聞界却報道得不亦樂乎，被譏為鮮少敵我意識[80]。然而，人為的「協調」，却往往「扭傷」了新聞本質而不自覺。

㈡保密措施，斷新聞奶水

台北新聞媒體，新聞從業員搶發新聞，雖說名聞遐邇，但某些政府機構，為了消息「不外露」，不惜重關疊障，但求一切「密實」的作法，亦不後人。例如民國 78 年 6 月下旬，司法院突然要求各級司法官不得在辦公室內擅自召集記者發表談話及評論[81]，及新聞媒體如需訪問庭長（民事法官）、推事（刑事法官）時，須經其發言人或新聞聯繫人員的安排，引起採訪法院記者激烈反應，認是剝奪說話、採訪及知的權利[82]。

司法院則認為，此是「便利」新聞媒體至法院採訪的新措施，法院並未有拒絕或限制新聞界採訪之意。而且，有人認為，「公務員未得長官許可，不得以私人或代表機關名義，任意發表有關職務之談話」規定，已見諸「公務員服務法」第四條第二項[83]，司法院作為，僅止於提示此法而已。美國國務院也是指定新聞發言人對外發言，司法院要所屬機關指定發言人對外發言，難道有錯？[84]

反對者却指出[85]，「公務員服務法」制定於抗戰期間，但戰後出版法明文規定：「新聞紙或雜誌採訪新聞或徵集資料，政府機關應予以便利。」（第26條）[86]，按後法優於前法原則，記者採訪司法新聞，法官

應予以便利。司法院的禁制令，實際上限制及影響了庭長及推事的自由談話，令庭推無形中成了影子發言人或公關，除了一些例行公事，以及宣傳推廣性消息外，讀者所需要知道的公共事務眞實情況，就從不洩露，實在有礙新聞自由。

正當爭議正熾之際，法務部又於同年 6 月 27 日上午，召開記者會，除聲明該處裝置電眼監視系統的目的，純係維護機關安全，絕非爲監視司法人員與記者交談而設外，並發表基本內容與司法院相似的「檢察機關便利新聞記者採訪實施要點」，包括：

——首席檢察官(attorney general)對於偵查中，尚未終結之案件，於認有必要時❽，得親自或指定主任檢察官，或檢察官主持記者會發布新聞，但發布之內容，不得涉及偵查應行秘密之事項，以符偵查不公開原則，並避免影響及損及各當事人的權益。

——社會矚目之刑事案件，如偵查終結後，不能及時將起訴書，或不起訴處分書全文供記者閱覽時，應儘速書寫要旨，以提供正確新聞資料，如有必要，由承辦檢察官或主任檢察官說明。

——新聞媒體對偵查案件所爲報道，如有錯誤或不實時，檢察機關得斟酌情形，協調更正❽。

司法院與法務部對記者所做的「便利措施」，相對於新聞自由而言,是協調乎？是限制乎？將永遠陷於仁智之爭，但不管怎樣，新聞「活水」又一次受到阻斷威脅。

資深記者張作錦先生❽，曾慨歎我國政界人士的「牧民」心態，不認爲政府的各種措施，應該讓老百姓知道，因此從不重視上下，平行間的溝通。於是無事不成「機密」，「保密」成了公務員最佳的品德；而在需要「宣傳」的時候，又希望記者能把五分的材料，寫成十分的事實。於是，有關這類的新聞報道的內容，不是過度貧乏，就是趨於膨脹❾，都是「二手傳播」的一大諷刺。

㈢口實「多元化」

新聞開乩：第一高爾夫球場關說案的口徑危機

民國78年8月10日，台北市爆發「第一高爾夫球場弊案」，因被懷疑其用地取得，有「關說」及官商勾結成分，且傳事涉當時法務部長蕭天讚（Justice Minister Hsiao Tien Tzang），至九月中旬，直鬧得滿城風雨[91]，並且一片要求部長下台之聲[92]。其時蕭天讚的「關說疑案」確有諸如「陰謀論」之類插曲和「小動作」頻頻出現[93]，但各媒體鬥爆「內幕」的「新聞裁判」「大動作」亦不亞於當年「尹仲容案」。例如——

△捕風捉影，無中生有。8月28日，有一家報社報道：「蕭天讚因關說案請假敏感時刻，吳勇雄（時任立委）與李煥密談，談話內容不便透露……。」（經遭否認）。9月2日，部分媒體指出：李總統登輝先生於9月1日，曾在臺南召見法務部長蕭天讚。（李登輝總統已於2日公開指稱報道不實。）╱「李總統不時和□□□夫婦一起琢磨球技，……，是球場上最受矚目的夫妻最佳拍檔。」[94]

△大量使用「匿名來源」，如：「據悉」、「據查」、「據了解」及「據消息來源指出」等沒有確實證據的消息來源，一片「速食新聞」（quick－fix journalism）的懶憜作風，令新聞界陷於「信用危機」（Credibility Crisis）。

△算舊帳，影射新罪犯。如：「十九年前一件關說案，卻如影隨形地跟在他左右」╱「連同十九年前為花蓮木瓜林區盜林關說的老案，也在一併調查之列」╱「已有『關說前科』應立即更換職務」╱蕭天讚在十九年前就有『關說』的前科，……沒想到一波未平，另一波又起，現在，全國對司法改革失望之際，他又涉嫌關說高球弊案，……他還有甚麼資格再當法務部長？」╱「天讚我不讚……蕭天讚過去關說的紀錄，有稽

可查,他自己也承認,他出掌法務部後,又頻出漏子。這次再涉關說之嫌,若不能證明百分之百清白無辜,實應認真考慮去留之道。」

　△一口咬實,審判「入罪」。如:「先行收押蕭天讚」/「家人同事均證實?□□受蕭天讚壓力」/「蕭天讚立委幹久了,常有意無意流露關說本質和特性」/「從□□□家中搜出蕭天讚電話,所以絕非蕭天讚所說二人並無深交」。/「部長為何拭汗?」(照片說明)/蕭天「讚」

　△法律事件政治化。如:「兩李鬥爭浮上檯面?」/「權力鬥爭犧牲蕭天讚?」/「國民黨『護蕭』蓄勢待發,……,立院在決策運作下也正全力展開檯面下行動。」/「決策階層展『護蕭』動作,峯迴路轉變化頗耐人尋味。」/「權力鬥爭犧牲蕭天讚?」/「軍方蓄意抹黑蕭天讚」/「還有更大的官關說」/「官僚嘴臉現形了,□□□長官登門施壓被拒。」/「調查局尚方寶劍何在?知案不辦,有湮滅罪證之嫌。」/「檢察官彭紹瑾說:『有一個東西在控制我』,……。」/「蕭天讚是李煥的代罪羔羊?」[95]

　蕭天讚其後於民國七十八年十月七日,辭職。在此一事件中,新聞「乩童」(記者),是否對政治傳聞敏感過度?

(四)製造要人家語?新聞「羅生門」版

　民國 79 年 2 月有第八任中華民國總統、副總統選舉大事[96],具競爭資格的高階執政國民黨人士爭取提名者眾,外界乃有國民黨「家變」之說[97]。且因為各具潛勢,只希望有人退出,使提名局勢明朗化,以致「小道消息不斷[98]。其中最引起媒體爭相報道的,厥為蔣家後人、時為總統府國家安全委員會(國安會)秘書長的蔣緯國將軍[99]所說的一段震撼性談話。

　為免各種尷尬場面,蔣緯國將軍(1916−)2 月 10 日,國民黨召開臨

中全會前夕，飛赴美國「訪問」。同月24日，他在華盛頓接受台北幾家電視台訪問時，公開表示，蔣經國從來沒有說過「蔣家人不再競選總統的話，都是報紙上製造出來的」，此話一經刊播之後，又引起傳播媒體的喧騰⑩。根據資料研究，蔣經國有關此方面談話，起碼有如下兩次正確資料可循：

△由蔣氏家族繼任一節，本人從未有此考慮❶。

△民74.12.25（台北市中山堂）／內容：有人或許要問，經國的家人中有沒有人會競選下一任總統？我的答覆是：不能也不會❷。

蔣緯國說，經國先生生前曾親口告訴，在答覆一位外籍女士有關：「聽說您在培植蔣孝武先生做爲『接棒人』？」的詢問時，他的答覆是：「我的家人』是不會出來接班的。」沒想到最後各傳播媒體在報道時，卻被誤導爲「蔣家的人不接班」，或「蔣家的人不選總統」等類似看法，分不清「我的家人」與「蔣家的人」的意義，僅有一家媒體用對「我的家人不接班」這句話。

蔣緯國將軍一直抱持「候選而不競選」立場，聲言要依「黨命」（國大）、「憲命」（憲法）和「天命」（個人）行事，引起輿論漣漪不斷。當時競選氣候，也有人希望藉某些「祖訓」或「遺言」，來廓清選舉紊亂形勢。但依上述我國傳統上中文語意觀點而言：「蔣氏家族」，確有包括蔣緯國將軍在內意涵；然而其後所說的：「經國家人」，則又似乎釐清不包括蔣緯國將軍在內。民國76年10月22日，蔣經國辭世前兩個半月，曾在總統府接《亞洲華爾街日報》（Asia Wall Street Journal）社論版主編羅荻雅的訪問，對這一問題內涵，有更明確的表示。當時羅荻雅問：「您已很明確地決定，不會讓任何一位您的兒女承接您做總統，請問您爲此已採取何種防範措施？」他回答說：「我國總統的選舉與總統缺位時由副總統繼任，憲法中均有明文規定，既有憲法明文規定可遵循，我看不出還有甚麼問題存在。」❸

在國民黨「八老」斡旋下，提名作業整合終告定局，林洋港與蔣緯國將軍退出選局，李登輝、李元簇兩博士的「雙李」搭配，五月二十日榮膺第八任中華民國總統、副總統重任❿。傳媒「誤做」蔣家人語的爭論，也由之而沉默而不了了之。

天下本無事，庸人自擾之。風波定後，有關種種報道的「誰在說謊」消息，又在媒介一輪團團轉之後，沉寂下來；主政者道德責任，追問者態度是否恰當，又一次「算了」，但是媒介在報道上的困惑「一樣都一樣」的不信任感，應令新聞業界「十年怕草繩」。

李登輝總統曾以執政黨主席身分，對各黨屬傳播媒體負責人講話認為：「近年來部分新聞媒體所表現的缺失……。例如，若干報道是否夠公正客觀；若干評論，是否兼顧了國家及社會的整體利益；若干標題，是否斷章取義，流於誇大與失真；若干傳聞，是否妨礙了司法的偵查與審判；若干描述，是否低估了社會大眾的品味，放棄了導正社會偏失的神聖職責。」❿

這五大「若干」的質疑，是感慨？是棒喝？被認為「修理業」、「製造業」的新聞業界，可能大嘆「啞子吃黃蓮」！

1989 年 6 月 4 日，北平天安門事件中，學生死傷者眾，而事後中共卻一再否認。

——6 月 6 日，中共「國務院」發言人袁木，在大陸中央電視台瞪著眼睛說，初步估計顯示，上周六（四日），在北平的軍隊攻擊中，有近三百人喪生，其中多數是軍人。政府與大專學校核對，顯示有二十三名學生死於暴亂中。他並指出，政府的數字僅是初步估計；「因為有些部門的查證工作受到干擾。」❿

——6 月 17 日，袁木接受當時美國國家廣播公司(NBC)電視網主播布洛考(Tom Brokaw)時，又對著鏡頭，侃侃而談：

△……在對天安門廣場的清理中，沒有發生任何的傷亡，沒有打死

一個人，解放軍的軍車也沒有輾死一個人。現在國外輿論中有所謂血洗天安門，輾死多少多少人這樣的說法，這是不正確的。當時占領天安門廣場的學生是排著隊、打著旗和平撤離的，或者說自動撤離的。

△……我剛才只是說，解放軍在清理天安門廣場過程中，沒有發生打死人的事情。至於在整個鎮壓反革命暴亂過程中，有一些歹徒被打死，也有一部分看熱鬧、圍觀的羣眾遭到誤傷，解放軍本身也遭到很大傷亡。……在這個事件中，解放軍有五千多人受傷，圍觀的羣眾和歹徒受傷的有二千多人。死亡的數字大體上三百人，包括解放軍，以及歹徒和少數圍觀的羣眾。

△現代技術的發展，為有的人提供了這樣的可能（改變攝影機所拍攝到的內容）；他們可以攪出比你說的更長的錄影帶來歪曲事實真相。❿

在各方質疑之下，至 7 月 11 日，他不得不在一項記者會中，公開承認，上述有關死傷人數是不正確的；他同意北京市長陳希同所說的數字，因為經過調查，所以「比較」確實。陳希同表示，死亡總數三百多人，其中 36 人為學生❿。但這個「政治性」新聞數字委實仍難令人相信❿。

註 釋

❶ 1689 年（清康熙 27 年），麻省曾出版一張名爲《新英格蘭時務報》(The Present State of the New English Affairs)的新聞紙，形式與英國當時的報紙型式類似，但是發行不定期，報紙亦無編號，故第一張正式報紙，應屬《內外時事報》。此報原擬每月出刊一次，但出版四日後，殖民地總督與參議會認爲該報未經許可而發行，應即禁止。故此報僅僅發行了一期，即告停刊。〔見李瞻（民 66）《世界新聞史》，第五版。台北：國立政大新聞所。頁 558。〕

❷ 此處所謂之「神意」指的是災禍（如大動亂、洪水、地震），奇怪事物、異象、以及大犯罪案件的審判之類。此正如 1866 年（清同治八年），派頓(James Parton)在《北美評論》(North American Review)撰文所說：「正確地記錄日常所發生的事件，即神意的代言人。」

❸ 如《舊金山紀事報》(Chronicle)、費城《大眾記錄報》(Public Ledgeh)、《膝傷鎮新聞報》(Milwaukee Jownal)、《紐約公報》(New York Gazette)、費城《晚公報》(Evening Bulletin)、波士頓《美國人記錄報》(Record American)。廣義地說，以時務(currant)、時報(times)等命名報紙，也有相同性質。

❹ 也是基於同一理由，故而國內黨營、省營報紙特別注重將官方文書作全作關欄刊載做法，蓋有其定位之考慮。

❺ 不過，十八世紀及十九世紀初期的美國早期報業，因是處於黨派報紙(partisan press)盛行時期，派系競爭激烈，缺乏客觀性，一般歷史家並不太重視報紙資料。1881 年（清光緒七年），麥馬士打(JohnB.McMaster)根據舊報紙資料，完成《美國史及其人民》一書，始正式開拓出，可以利用「公共印刷物」來寫歷史的道路。而凡將新聞意指爲歷史時，所指的是現代史。

❻ 當時美洲人士，尚無閱讀的習慣，故《美洲雜誌》只出了三期，《綜合雜誌》亦僅出了六期。其後《美洲雜誌》再在波士頓發行。最後，1757 年（清乾隆二十二年）威廉‧布雷福特三世(William Bradford Ⅲ)。又再在費城發行《美洲雜誌》，然亦僅止一年即行停刊。

❼ 例如創刊於清光緒二十九年(1903)的國內《東方雜誌》，每月曾輯錄有《時事日誌》一欄，該刊於民國 79 年 7 月停刊。

❽ Clifton ,Daniel (ed.)
1987 chronicle of the 20th Century.N.Y: Chronicle Pubbications.　國內同性質的近期著作有：華世編輯部編(1986)：中國歷史大事年代，上、下冊。台

北：華世出版社。

⑨　例如，1955 年 4 月 18 日，發明「相對論」(Einstein theory)的物理學者愛因斯坦逝世(Albert Einstein,1879～1955)，有關的條目，是這樣的報道：「……他生前健忘得可愛。他的朋友說，他從來不散步，因為他辨別方向的能力糟透了……。」

⑩　報紙的體裁與大小型式，原本比較不太適合於刊載永久性的歷史記錄，故有些早期報刊，如《紐約的報》另出四開小型報紙，並附有索引，以供圖書館典藏，減輕原本裝訂所占空間，而不讓雜誌專美於前。其後則發展成縮影合訂本（如《聯合報》），與及製作微縮影片(microfilm)存檔。目前則可將之輸入電腦存藏與傳輸。

⑪　所以英文報章的新聞標題，動詞用現在式，以呈現「現在」的觸感，但在新聞中，則用各類時態，以明示其現實性（剎那永恒）。

⑫　例如新新聞(New Journalism)類別中，1965 年出版的《冷血》(Cold Blood)，作者卡波提(Truman Capte)便花了近十年時間，去尋找資料和寫作有關坎薩斯州一個富農家庭的謀殺案。

⑬　「歷史的必然性」這句話，從語理上分析，有語病，「歷史經常重演」(History often repeats itself)也是武斷的說法。故西諺有云：「歷史本身焉會重演，是愚夫重演歷史。」(History does not repeat itself, only fools repeat history.)又謂：「不認真記取歷史教訓者，歷史就會整他。」(History Condemns those Who failed to take itseriously.)但在人際社會中，「歷史的趨勢是相同的」。某些新聞事件，也經常十分「雷同」，甚至連情節也相近，只是換了「何人」、「何時」與「何地」而已。不禁令人感慨蕭伯納(George Bernard shaw, 1856～1950)名言：「歷史告訴我們，我們甚麼也沒有從歷史上學到。」(We learn from history that We learn nothing from history.)

⑭　聯合報，民 80.12.30，第八版。

⑮　見黎劍瑩編著（民 74 ）：英文新聞名著選粹。台北：經世書局。

⑯　此書是報道 1967 年五角大廈的反越戰示威遊行。見彭家發譯著（民 77 ）：新聞文學點、線、面：譯介美國近年的新派新聞報道。台北：業強出版社。

⑰　如果戴維斯先生看到二次大戰的慘劇，一定更為「吾不欲觀之矣」，尤其在中國戰場上。

⑱　見儲玉坤（民 37 ）：現代新聞學概論，增訂三版。上海：世界書局。頁 276～8。

⑲　即白麵，又稱嗎啡劑、海洛英(heroin)。

⑳　大煙即鴉片煙（Opium）。

㉑　China News, 1992, 1. 1, P4.

㉒　令得媒體開天窗的還有其他因素。例如：爲了保護未成年少年犯，或偶犯微罪、情有可原的人，而故意把該則報道版面挖空，上書原委數語，希望新聞中人物有機會自我改過。1987 年則似乎是「國際媒介天窗年」，此年所出現的媒介天窗計有：(1)3 月 12 日，香港因爲受 1997 年歸還主權年限影響，港府竟率爾通「公安修訂條例」，以懲戒發布「虛假新聞」的媒體，因其中牽涉到刑法舉證責任與新聞自由爭議，新聞界反應強烈。當日即有各大報章在版面各處大開天窗以示抗議。如歷史悠久之《星島晚報》，在一版以半版之篇幅留白，並以訃聞方式印上：「言論自由先生千古」，「英魂不朽，浩氣長存」，「星島晚報同寅敬掉」字樣。《新報》則在社論一欄留白，只印上「新聞自由已死！！」一句話。此條例已於 1989 年中取消。(2)6 月 5 日，創刊於 1887 年，在巴黎發行的《國際前鋒論報》（International Herald Tribune）〔同美國《紐約日報》（The New York Times）與《華盛頓郵報》（The Washington Post）合作出刊〕，竟因傳眞技術問題（一說是受巴黎照相製版工人罷工風潮影響），以致所有圖片全部開了天窗，大大小小共有 13 個。(3)6 月 20 日，當選爲國會議員的意大利小電影女星史脫樂，再度作猥褻演出。意大利《國家報》把版面留空，拒絕刊登此則新聞。(4)8 月 3 日，英國《觀察家報》（The Observation），則因爲抗議英國上議院頒布「反諜鬥士」（SpyCatcher）一書之出售及刊載的禁令，而以版面開天窗方式表示反對。該書是英國軍事情報第五局（MI 5）退職副局長懷特（Peter Weight）所撰，內容大爆其發明新截聽工具，破壞蘇聯，東歐甚至友邦國家電話內幕。震怒的英國政府使以「國家安全」及「前特工保密責任與違背職守信約」兩大理由，向法院伸請禁制（其實該書已廣泛流傳）。另外，內銷台灣之香港《華僑日報》，由於技術及政治層面考慮，版面也經常大開天窗。1989 年 5 月中旬，大陸學生爲爭民主、自由而在北京天安門，絕食靜坐抗議。全球包括一向親左派大陸機構，同情學生羣起響應。香港親共《文匯報》在 5 月 20 日當天，社論亦開其天窗，只在中間印上「痛心疾首！」四個大字。

㉓　半世紀之後，這種「腳伕」，卻以四個輪子的採訪車代替，開著汽車在「管區」內到處「碰」新聞，車上尚有「頻律自動偵測器」，可以自動測知警方新使用頻道波段，「截」聽各類新聞，並能火速趕到現場採訪。新聞資料齊集後，便立刻以無線電話向報館報告，再由當值之「寫手」（writer）撰寫。如香港之《東方日報》做法。

㉔ 見台北《聯合報》，民 78.1.5，第七版（社會新聞）。

㉕ 見林念生（民 78）：「新聞報道可能犯通風報信罪？」台北：《民生報》（3.24），第 5 版，〈民生論壇〉。

㉖ 見台北《民生報》，民 77.9.25，第一版（焦點新聞），第三版（奧運新聞）。強生兩年後，復出。

㉗ 見台北《聯合報》，民 77.9.27，第一版。

㉘ 見朱傳譽譯（民 77）：「新聞的本質」（附錄二），《中國新聞業研究論集》。台北：臺灣商務印書館。

㉙ 莫特認爲好的編輯能稍加補救。因爲他們往往對速成稿看了又看；改了又改，甚至冒「落後」的危險，也不願匆忙發排。他們如此爲報紙去爭取公正和確實的信譽，足可補償因偶然失去一則獨家新聞的損失而有餘。好的作品也有助於銷路。很多讀者都願意等幾天或一個星期，以讀更可靠的新聞報道。（新聞雜誌之勃興似可爲例證）

㉚《聯合報》，民 79. 9. 27、28，第十版。

㉛ 林白曾於一 1927 年 5 月 20 日（星期五）清晨 6 點 55 分，自紐約駕駛一架蜻蜓式單翼，以時速一百哩航程，作橫跨北大西洋不著陸飛行壯舉。在霜雪中冒險飛行 33 小時半之後，終於於 21 日傍晚成功地飛抵千哩之遙的巴黎，花都爲之瘋狂。5 月 22 日，《紐約時報》以一至五版大肆詳盡報此事，竟至洛陽紙貴，原價五分錢的《時報》，當天黑市價竟被炒買至一美元之譜。自是林白之名，無人不知，無人不曉（附錄二）。

㉜ 兩年後，亦即 1934 年 9 月 19 日，一名木匠因被控涉及該宗綁票及謀殺案被捕，並於次年 2 月 13 日被判處死刑。當日，亦是《時報》首次啟用「大世界有線傳眞圖片」(Wide World Wire Photo, W. W. W. Photo)新設備的日子，令業界大開眼界。負責偵辦此案件的，是在 1991 年 2 月底波斯灣戰役中得勝，而聲名大噪的美軍駐沙指揮史瓦茲柯夫將軍(Gen.Norman Schwarzkoph)之父。

㉝ 對正在審判中的犯罪新聞作鉅細無遺的報道，也會吃上藐視法庭(Contemp of Court)官司的。例如，1949 年，轟動英國的硝酸殺人案兇手——殺人王海洛落網，倫敦《每日鏡報》(Daily Mirror)不但對海格本人作了詳盡介紹，並且將其五度殺人的受害人姓名，一一列舉，又詳細描寫他謀死一名女子經過。海格最後伏法，《每日鏡報》雖然報道無誤，但法官仍判該報罰款一萬英鎊，並負擔全部訴訟費用，總編輯也得過三個月的牢獄之災。

「每日鏡報」是 1903 年 11 月 2 日，爲北岩勛爵所創辦的小型女性報刊。初期售一便士，銷路並不好，以致虧損甚大。兩個多月後，亦即次年元月底，將內

容改爲畫刊形式，注重圖片新聞，減價爲半便士，結果極爲成功，銷數自二萬
五千分急速上升，至 1947 年時，已達三百七十餘萬分，1950 年，五百餘萬
分，爲當時世界上銷數最大的報刊。但因該報內容，多爲犯罪及桃色新聞，故
始終只能算爲一張量報，擠不上大報之林。

該報故董事長巴索羅米(H. G. Bartholomew)，服務該報達半世紀之久，爲報
業拓展之大功臣。他除銳意經營《每日鏡報》外，並努力擴展公司業務，如倫敦
《星期畫報》(Sunday Pictorial)、《號角周刊》(Reveille)；澳洲的「觀察報」
(Argus)、《澳大利亞人郵報》(AustraliasianPost)、澳洲廣播公司；以及西非
洲的安哥拉《每日時報》(Daily Times)與《每日電訊報》(Daily Telegraph)等，
都是他一手創辦的，他在二次大戰時，成功地以拓展銷路，減少篇幅、儘量提
高職工薪酬，以資激勵等措施，度過難關。

㉞ 5 月 30 日後，部分報紙，曾針對搶先披露報章，大肆抨擊。例如，31日《自由
時報》綜合新聞版頭題，即以「不顧人質搶發新聞受到譴責專家學者認爲少數
報紙缺乏職業道德」，來批評諸報將此事「提前曝光」之不當。大田哲瑞其後
獲救。

㉟ 以 9 月 25 日的行動來說，一直到 27 日，才有晚報報道此事。當然在競爭之
下，各報也不忘自我炫耀一下。例如，該日《中時晚報》即在報道中，還不忘寫
上：「獨家現場全程守候採訪，警方爲防消息走漏，本報記者被婉留四十六小
時。」

美國哥倫比亞大學新聞大樓前的普立茲(Joseph Pulitzen, 1847～1911)銅象方
座上，鑴有他的不朽箴言：「我們的國家與報道休戚相關，升沉與共，必須報
業具有能力，大公無私，訓練有素，深知公理並有維護公理的勇氣，才能保障
社會道德，否則，民選政府徒具虛文，而爲一種贗品。報道謾罵煽動、虛僞、
專權，將使民族與報業一同墮落。塑造國家前途之權，掌握在未來新聞記者之
手。」維護公理，保障社會道德，確是新聞記者力之所及！

㊱ 《聯合報》，民 79 年 12 月 22 日，北市頭版即能快速換版，以頭題「新光集團
吳東亮遭綁架今晨獲釋」報道此則消息，內文更明言：「歹徒駕車接走贖金
後，今晨將吳東亮釋回」，證明獨家的權威性。

其他各報，立刻在 23 日，大幅報道此則重大新聞，並盡力「解釋」對該則新
聞處理經過，表示報社只是延後處理新聞，而非獨漏，例如：

• 《自立早報》：「本報 18 日即獲線民通報，顧及人質安全，數日來都愼重壓
稿。」

• 《聯合報》：「顧及人質安全，全程掌握訊息，新聞媒體緊守口風未報道。」

（標題）／「新聞媒體雖然全程掌握了狀況，但在顧及人質安全的考量下，始終未將案情曝光，表現了最大的合作態度。這是媒體基於人質安全，配合治安單位打擊不法犯罪，又一次良好的合作。」（內文）

• 《中國時報》：「直至昨日凌晨三時，因人質尚未確定能被安全釋回，基於人命關天，因此雖知贖款已交付，歹徒有意放人，仍決定人不刊出可能造成人質生命危險之任何新聞，……。」「唯迄至 22 日清晨本報印刷完畢，尚未確切證實人質已安全獲釋返家。」（本報處理吳案新聞經過」關欄）

不過，由於 22 日《聯合報》北市版第三版，登有一幀人質照片，在說明裡指出：「至今天凌晨三時，仍沒有放出來。」此一矛盾小辮子卻啟人疑竇，並引來業界對「獨家的來由」大肆攻擊，指責《聯合報》是在未見到人質獲釋之前，即行「押寶」，是行險以僥倖的行為。如：

• 《中時晚報》：……，這項報道極可能是在吳東亮未能安全脫身前即以（該為『已』）發稿刊載。」

• 《台灣時報》：「該報系也在王（指老闆）的主導下，搶先在凌晨三時將新聞挖版刊出，其洞燭先機，固然勝人一籌，但是若有任何變數，人質若未獲釋，該報也將背負千古罪名。」

《聯合報》的說法則是：「直到凌晨三時卅分，現場確認吳已安全獲釋後，本報才立即進行換版作業，獨家刊出此一消息。本報報道擄人勒贖的消息，一向以人質的安全為最優先考量，人質未獲安全之前，不發布有關消息。」

據「中華民國報業道德規範」第三項第六款之言：「綁架新聞應以被害人之生命安全為首要考慮，通常被害人未脫險前不報道。」各懷鬼胎，互相猜忌，文過飾非是可恥的，而就業界對《聯合報》換版時效上的質疑，亦似非空穴來風。總之，清者自清，濁者自濁，而處理新聞，有像「押寶」下注，洵屬離經叛道。

讓《聯合報》取得了先機後，22 日台北各報刊為挽回失著，又掀起一場「獨家」大戰。例如，23 日，《中國時報》獨家專訪了吳東亮本人；《聯合報》亦緊追以獨家「新光仰德華廈——圓山保齡球館（人質獲釋處）現場報道」。至 25 日凌晨偵破本案，捕獲主謀時，又再掀起另一場媒體大戰。新聞業界常有句負氣話——在波譎雲詭、爾虞我詐，只計成功的競相「殘殺」環境下，誰守新聞道德，誰就吃虧。思之，令人不寒而慄！（見民 79、12、22－27，台北各大報章；馬瑞民（民 80）：「吳東亮綁案曲折離奇新聞界表現優劣互見」，《新聞鏡周刊》，第 114 期（1.7－13）。台北：新聞鏡雜誌社。頁 10～15。

在本次新聞事件中，我國新聞學敎授王洪鈞曾爲文指出：「至於肉票安全釋回後，媒體是否應就歹徒犯罪的手法與過程鉅細靡遺的報道，我的看法是本來就應該如此，因爲一來可提高民衆的警察，二來若眞有人有心犯案，並不需報紙報道才會去犯罪，他們總是道高一尺，魔高一丈。」這對我國承襲歐美的傳統新聞報道法則而言，恐是一個沖擊角度，頗堪國內新聞傳播業界與學者玩味再三！〔見王洪鈞（民 79）：「寧失獨家新聞，不願罔顧人命——從綁票案的報道看新聞道德」，《中國時報》，第四版（1.23）。〕

此案於案發後七日偵破，捕獲主謀四人。其之所以轟動，不但所勒取款項爲空前之鉅，且比前一案更爲兇猛，令投資大企業心寒之故。民國 78 年 11 月 17 日，台北著名大企業長榮集團電腦公司負責人，亦是該集團董事長次子被綁架，勒索新台幣五千萬元得逞。刑警於人質獲釋後破案，拘獲三名綁匪，甫於 79 年 7 月判處極刑。在此一長榮海運案中，一位綁匪的母親曾說：「如果判我兒子死刑，就能讓這類事件不再發生的話，就讓他死吧！」而在新光此案中一名主謀，曾指出此語給他有很深的感觸，「覺得有必要讓同樣的事件再發生一次。」——就這樣一句普通話語，如果竟也能引起犯罪動機的話（苟非托詞），則新聞業界在報道此等事件之時，更非戒愼惶恐不可。

❸❼ 同月 22 日下午 6 時，位于東半球的台灣，正剛剛結束國民黨第九屆全國代表大會（九全大會），其時擔任國民黨總裁高齡 77 歲的蔣介石總統（Chiang Kai Shek, 1886－1975），曾親臨主持致訓——此是各報一版大新聞，因已有重大新聞處理，該晚各報截稿時間亦稍早。

❸❽ 即美東時間 1991 年 1 月 16 日下午（晚上）8 時，巴格達當地時間爲 17 日零時 50 分。此戰打至同年 2 月 28 日上午 10 點（台北時間），伊拉克戰敗，無條件接受聯合國停火條件。

❸❾ 除何氏外，有線電視新聞網駐在巴格達記者，尙有蕭伯納（Bernard Shaw）、艾奈特（Peter Arnett）及攝影畢爾（Mark Bill），都因能對戰況作第一手報道，而頓時成爲媒體中焦點人物。

❹⓿ 因爲有線電視新聞網獨家早在 90 年夏，秋之間，即已向伊拉克交涉取得使用此種無需傳統上要接線生及交換機轉接的通訊利器（記者所使用通訊的衛星電話是台灣製造），不但使它能在初次空襲的最新戰況報道中嶄露頭角，即在往後報道中，亦一路領先，作飽和報道（Carpet Coverage），令美國其他三大電視網吃足電話占線、有新聞傳不出的苦頭。可見在新聞戰線上，尤講「凡事豫則立」，打有把握之仗原則。有線電視新聞網新聞節目行銷全球 103 個國家，多國聯軍於 17 日開火當晚，估計有一千零八十萬美國觀衆，全球則約有六千

萬人收看該台。（聯合報，民80.1.30，第二十一版）

不過，由於開戰當晚，在巴格達採訪美國記者都被趕到旅館地下室的防空壕內，四十五名文字和廣播記者的電話線在數分鐘內全被切斷，只在有線電視新聞網，可以留在通訊備完善的房間內，繼續廣播，因此受到同業質疑。有謂有線電視新聞網是以替伊拉克將消息傳往葉門（Yeman），約旦（Jordan）等地，作爲回報,因而對類似這種跨國的新聞媒體對本國忠誠度，有所質疑。在台灣地區，自從民意代表流行大陸熱之後，某些代表自願擔任「原音重現」的傳話人。由於多有片面之詞，亦引起某些層次質疑──傳話者未做查證與分析，即象錄音機地傳話，是否恰當？例如，在遣返大陸非法入境執行上，一位訪大陸立法委員，即曾替大陸方面傳來指責：不少偷渡客遣返大陸後，發現染上性病，此應與台灣「靖廬」未作好醫療診治有關。──如此逼眞的傳話，是否恰當、可信？（聯合報，民80.2.11.，第二版）

在東南亞，首先報道中東開戰消息的是日本NHK。1月17日上午8點43分（即台北時間上午7點43分），即轉播到美國ABC、NBC消息。兩分鐘後，日本電視公司（NTV）與日本放送（ＴＢＳ），隨即跟進。在台北，17日清晨7點稍過，中國廣播公司（中廣）新聞網，即有開火消息報道；台灣電視公司（台視）則幾乎同步播出此項重大新聞，應變能力表現不俗。

在此則報道中，"Saddam Husseim"譯名極不統一，如哈珊、海珊、哈辛、胡辛、胡賽因、侯賽因與薩達姆等混淆之極，一統外人譯名的急迫性，誠刻不容緩。另外在我飛彈類別中，早有"Nike-AJAX"，譯作勝利女神──飛毛腿飛彈，故"Scud"似譯爲「神行太保」較好。由於多次經驗，美國人「學乖了」，對軍事新聞實施「安檢」（secunity review），故一般傳媒稱之爲一場「消毒過的仗」（Sanitized War）

伊拉克一方面加強對新聞管制（supervise）否決CBS、NBC與ABC記者簽證，他方面又讓CNN製作人及製作小組（television crew）入境，架設現場衛星轉播器材，並讓在越戰時（Vietnam War）、在河內（Hanoi）採訪的艾奈特於1月28日，在巴格達郊區獨家專訪到海珊總統諸事，不禁更令美國官方、觀衆及其他電視台同業質疑。其中有些論點與事實，確足令人深思：

(1)在兩國交戰當中，艾氏該留在敵都巴格達，抑或該即離去？他留在那兒繼續發布消息，是利於爲敵宣傳（sending out enemy propaganda）抑或不計困難履行他的記者任務，或者兩樣都是？（明作奸黨，暗做忠良？）

(2)他報道美軍曾炸掉一間生產嬰兒奶粉（infant formula）的奶粉廠（powdered－milk factory）。白宮發言人費茲華特、參謀首長聯席會議主席（Chairman of the Jaint Chief of Staff)鮑爾將軍(General Colin L.Powell)與駐波斯灣美軍指揮官(the commander of the American forces in the gulf)史瓦茲柯史將軍(Gemeral H.Horman Schwarzkopf)三人，則異口同聲說，他錯了，那絕不是間奶粉廠，而肯定是一座生化武器工廠(It was a biological-weapons facility. Of that We are sure.)他其實被伊拉克利用。——艾氏認為，伊拉克對其他更不重要的工廠，都同樣戒備森嚴。而這家工廠就在主要公路旁邊，周圍既無柵欄，也可以攝影，這毫無疑問是間奶粉廠。

——質疑者要問，在工廠人口處，有塊招牌用英文用阿拉伯文字著「嬰兒奶廠」字樣(Baby Milk Plant)，他卻沒有繼續查證其他到底有多少工廠招牌，是有英文的？（他在那兒那麼久，還不熟悉環境？）

(3)獨家專訪海珊，讓敵人首領有機會揚言，如果被迫，則可能以非傳統武器(nonconventional weapons)取勝，並與美國本土反戰者相呼應，稱他們為「神聖靈魂」(noble souls)。

(4)艾氏報界的特別報道，其內容與海珊發言人所提供的，如出一轍，卑之無甚高論。他接受由伊拉克斯所安排的參觀訪問(guided tours)他們所謂的非軍事目標(nonmilitary targets)，卻飽挨轟炸的地區。受損軍事目標，卻不准採訪。一次路過一個受炸現場，伊國官員告訴他，有 24 名平民被炸死，他也就將之報道出去，並說他數到 23 座建築炸毀。一捲由伊拉克拍攝的錄影帶，同時顯示出頹坦敗瓦，以及一名兒童骸骨照片，加強說服力（令新聞媒體及世界領袖紛紛把注視焦點，集中在伊拉克無辜平民傷亡上。）五角大廈(Pentagon)立刻反駁說，那處有一所兵工廠(Munitions depot)、一所化學武器工廠(chemical-warfare plant)、和一處軍事通訊地點(military communications site)。（艾氏對此並沒有爭辯，但力言所見到的只是民房和一所技術學校。）

(5)在 1991 年 2 月 2 日（星期六）的一個美軍軍事新聞簡報中，電視台播 30 分鐘之後，即只有聲音沒有畫面。此時，喬治亞州的亞特蘭大(Atlanta)CNN主播告訴觀眾說：「我們十分樂意繼續為您播報簡其他內容，不過指揮官史瓦茲柯夫將軍有令，本報道 30 分鐘之後，必須停播。據說史瓦茲柯夫將軍對爭論性問題十分懊惱，並下令這些問題只能播個 30 分鐘。」
史瓦茲柯夫中央指揮部公關主任(Chief public affairs officer for Schwarzkopf's Central Command headquarters)懷德勿夫海軍上尉(Navy Capt.Ronald E.Wildermuth)，立刻否認此事，指責 CNN 不夠專業水準(unprofessional conduct)，播放未經查證傳聞，並要求CNN道歉。

CNN 在亞特蘭大的發言人哈華夫（Steve Hawooh）承認那是一項錯誤。簡報原確只有 30 分鐘，但在駐沙烏地阿拉伯記者團要求下，延長了時間，此所以電視畫面只有半小時。

(6)伊拉克宣傳機構在本次新聞戰中所採用的兩大策略：(a)對外誇大平民傷亡數字，對內則盡量隱瞞民生苦楚，以平撫百姓；(b)在回教世界中，把波斯灣戰爭，描繪成伊拉克美國及以色列的一場聖戰。──已引起美國民眾反感，認為在伊拉克採訪波斯灣戰事記者，傷害了以美國為首的盟軍，他們只能視為伊拉克總統海珊的同情者。一個由保守派團體所組成的「媒體準確性」組織（Media Accuracy），更一度認為海珊已成功地操縱艾奈特及其組員，為伊拉克進行宣傳，而所達成宣傳效果，猶勝二次大戰時之「東京攻瑰」（Tokoy Rose），因此要求布希總統取消CNN在伊拉克作業的許可，並將艾奈特調離巴格達。

美國參議員辛普森更認為，外國記者將報道交由伊拉克當局檢查是一種姑息作法，但隨同盟軍採訪的記者接受新聞檢查（Security Review），則是為了要保護盟軍生命。──這無疑是一種雙重準備，但在交戰中，這是否是一個議題？（而報道資料若成了敵人可資利用的珍貴資料時，媒體是否該加以檢討？）

據以色列（Israel）情報單位研究，伊拉克所放出假消息（Pseudo－event），約有五類：(a)誇大伊拉克勝利，例如，飛毛腿飛彈已經摧毀以色列在特拉維夫（Tel Aviv）的國防部，殺死一千個以上的以色列人，並摧毀一座核子反應爐（Nuclear Reactor）；(b)聲稱以色列扮演了攻擊伊拉克的重要角色；(c)聲稱聯軍故意轟炸聖城；(d)宣稱聯軍刻意對平民住宅區加以轟炸；(e)宣稱聯軍內部嚴重分裂。

以色列有關單位，曾監聽到伊拉克所發出的假消息，尚有：五角大已徵召了 50 名埃及妓女前往波灣，「慰勞」美國士兵；·美國已在沙烏地阿拉伯建造了好幾百座基督教堂，而放浪的沙烏地軍官，每天在美軍基地飲酒作樂；·搖滾樂（rock and roll）歌聲瑪丹娜（Madopna Louise Ciccone）到沙烏地阿拍娛樂士兵；·在戰場上死亡的西方士兵都已被運走，葬在希臘（Greece）的克里特島。──這些，其實全合乎謠言的理則。（聯合報、民80.2.14，第四版）

西諺有說「宣傳可以是新聞」（Propaganda can be news）。因此，有人認為ABC因為被俘美國空軍，發表看起來，象受威迫而為的反戰言論（coerced statemerts of opposition to the war），就決定不播出他的影象，可能是新聞

學的一課負面教材（a touch－over delicate for jounalism），值得深思。因為
新聞部的工作，並不是要打壓不同意見，而是將之融合在可以理喻的條理之
中。此之所以有人引用英國作家約翰生（Samuel Johnson,1709～1784）對一
隻用後腿（hind legs）走路的狗的嘲笑，來描述，艾氏的處境──「做得不
好，但你會驚訝於他竟然都做到了。」（Itis not done well, but you are sup-
rised to find it done at all.）（China News ,1991,2、3、4，P.1，聯合報，民
70.2.6，第三版「飛鴿傳書」的日本《朝日新聞》

❹ 周培敬（民78）：「中央社的故事」，《新聞鏡周刊》，第53期（10.30─
11.5）。台北：新聞鏡雜誌社。頁74。

❹ 《聯合報》，民80.6.29，第二十一版（萬象）。

❹ Cantril Hadley

1971 "The Invasion from Mars," in Schramm Wilb. etc. ed., The Process
and Effects on Mass Communication,revised edition. Ill.: The Universi-
ty of Illinios Press.

Cantril Haldly etc.

1940 The Invasion from Mars. N.J.：Princeton University Press

❹ 見台北《聯合報》，民78.4.3，第十一版（國際新聞）

❹ 大人物舉止無疑潛伏「新聞因子」，但如「借用」大人物之名，以求聳動效
果，顯然有失忠厚。試看下面一則標題（主題）：「謝東閔賭博白崇禧被
搶」，副題：「休要大驚小怪！同名同姓而已」，這種巧合雖然難得，但能令
人有點那個的感覺。這則新聞是說台北市刑警大隊捉賭，捉到一名與年長的總
統府資政謝東閔先生同名同姓的賭徒；而另外則是有一名與已故桂系名將白
崇禧將軍同名同姓的男子，在台北市遇劫的消息。見台北《聯合報》，民
78.4.6，第七版（社會新聞）。

❹ 彭家發（民77）：《傳播研究補白》。台北：東大圖書公司。頁21～3。

❹ 英漢大眾傳播辭典編輯委員會編著（民72），英漢大眾傳播辭典。台北：台
北市新聞記者公會。頁474，宣傳條。

❹ 例如，「婦女新知」、「流行廣場」之類節目，其所介紹的節目內容，很多時
候與打廣告無異。

至民國78年為止，台灣本地還流行過以新聞方式刊登電影廣告宣傳稿方式
（如「銀壇漫談」之類花邊），每篇由電影公司撰寫，向諸如影劇版之類版面
「投稿」，然後由報社按稿或按次收費。惟民國76年以後，台灣股票市場狂
飆，跑證券記者與號子聯手炒作，報章上充滿昧著良心股市新聞，更少有行

規可言。

㊾ 又名「中廣聯播熱線」，當時電話爲：(02)7718144，聽衆可以 24 小時撥此電話投訴，以自動錄音系統錄音後，經節目主持人挑選三、四則，處理後播出（但沒法查出電話來源）。另外，同期中視晚間之「夜線」(Night line)新聞報道，亦於 11 點 45 分開設同樣性質之「意見交流道專線」，當時電話爲：(02)7882913，但所播出的投訴和處理實況，都經採訪錄影。屬於中華民國新聞評議會每周日播出的「新聞橋」節目，也可接受投訴，當時電話爲：(02)7514517 及 3511537 兩線。（香港無線電視台也有過類似節目，稱爲「眼中釘」）。

㊿ 《聯合報》，民 80.1.28，第六版。

51 本文參閱：(1)民 79.9.5.—10、80.1.28.，台北各大報章。(2)薛心鎔：「由『第十八手傳播』談到新聞的眞實性」；慶正：「未經查證即作報道　中廣坦承確有疏失」，《新聞鏡周刊》，第九十八期（民 79.9.17 - 23）。台北：新聞鏡雜誌社。頁 7～15，16～18。(3)《中廣聯播熱線殘童丐風波案研究報告》，民 79. 12. 27。台北：中華民國新評會。

52 The China News, 1991, Oct., 7., P.5(AP)

53 The China News, 1991, Dec., 24, P.6(AP)

附註：美國有一個名爲「聯邦傳播委員會抗議及調查局」，俗稱「抗議中心」部門，專門負責處理全國各地觀衆對電視抗議，包括節目內容被認爲猥褻下流、內容不妥、廣告節目化、對廣告不滿意（例如聲音太大），或抱怨有線電視收費太高、地方新聞主播上鏡頭不好看等問題。

據部門主任懷斯(Edythe Wise)指出，該處每年平均收到十一萬五千份以上書面抗議或意見，每天則平均收到一百封信和五十通抗議電話。

除一些只是表達個人感想的信件，無從回答外，該中心對任何一封來信，都會回答。該處收到信件後，一般都會將信的副本轉到被抗議電台，由他們直接對投訴人解釋。但如果是「十手所指」，則該處就會主動出擊，對電台展開調查，如果指責屬實，則「聯邦傳播委員會」，會按情節輕重，給予書面警告、罰款一萬美元，甚至吊銷執照處分。這個主動調查作法，每年大約有三百五十次。〔葉廣海：「美電視抗議中心爲觀衆討公道」，《新聞鏡周刊》，第 112 期（民 79.12.24—30）。台北：新聞鏡周刊社。頁 16。〕

54 當時約值 31 萬港元，一百一十餘萬新台幣。這套獨家（單頭）照片，包括一幀黛妃穿著紅色一件頭泳裝，在池裡仰泳照片，事實上並非「春光外露」。

《每日明星報》取得版權後，立即將這幀照片，以幾乎一版全版地位刊出，並加上「黛妃歷險」的標題，以表示——連一位名不見經傳的記者，都能拍到此照片，黛妃的安全，豈不成大問題？〔見聯合報，民 78.11.10，第五版（生活）：「美聯社香港九日電」。〕

不論「暴露」任何圖片，如果動機旨在令人尷尬（如露出內衣褲）、難過、侵犯隱私不雅失態、血腥或恐怖，則淪於下流無恥。例如：倫敦四月小報「人物」(Sunday People)在 11 月 27 日的那一周中，以第一版刊出當時只有7歲的小王子韋廉，在小學附近公園裡，隨地小便的照片，令英國皇室非常難堪，提出嚴重抗議，指責刊登這種影片是「冒昧和不負責任」的行為。該報發行人麥斯威爾(Robert Maxwell)亦相當惱怒，立刻撤換該報總編輯。〔黃驤：「刊出王子小便照片，發行人開除總編輯」，《國語日報》，民 78.12.8，第一版（世界之窗）。〕

又例如，發生在民國 79 年 12 月中旬的新光集團少東吳東亮被綁架案，其中一名任姓未成年少年涉案，台北《九十年代月刊》2 月號(80.2)，在刊出該少年照片時，竟不作遮掩處理（頁 78），誠已觸法。（該刊由香港政論家李怡於 1970 年 2 月香港創辦，民國 79 年 3 月在台再創內銷版）。

🟤55 沖繩島是琉球羣島(Ryukyu Islands)最大的一個島嶼，KY兩字，可能是琉球一詞英文字拼音裡的KY兩字。《朝日新聞》該則報道內容有謂：「……以百年為單位才能成長的珊瑚礁，瞬間遭人破壞，這種行為是一種恥，顯示此人精神的空洞……K.Y 到底是誰？」

🟤56 見《新聞評議》，第 179 期（民 78.11）。台北：中華民國新聞評論委員會（新聞評議雜誌社）。頁 16。《朝日新聞》在過了18天之後，才第一次登報道歉，至 10 月 9 日才刊登特刊，公布事件；來龍去脈，無疑反映日本界，忌諱改過通病。為了表示負責和挽救報譽，《朝日新聞》更繼續注意遭受破壞的珊瑚復原狀況。半年後，該報執行編輯松下宗之，向沖繩縣提出一分詳細報告和照片。報告指出，受破壞的珊瑚蟲(Coral)，雖然已呈恢復狀貌，但字母K的直豎部分和Y的中央，仍裸露出下層石灰質(lime)，可見生態環境之復原不易。

此事之後《朝日新聞》，本身也推行了一些再行防犯錯和措施，如(1)設置輔佐總編輯和副總編輯的「版面委員會」，加強版面品管，(2)參考歐美申訴制度(Ombudsman)，設立「版面審議會」。設委員五人，由日本前最高法院院長寺田治郎擔任會長，每月開會一次，該報社長、總主筆及負責之編輯、出版、文宣與公關等部門的董事，均以觀察員身分列席。此審議會是企是圖以報社外的客觀立場，針對該報內容或出版物，自由發表意見，亦可指出問題，要求報

社調查。該報亦要向該會報告讀書投書的處理經過。這些處理結果，若經過審議後，判定是報社處理不當時，可逕向社長發出警告。

《朝日新聞》此舉，原涉嫌違反新聞「自然環境保護法」，而遭那霸地檢處調查，所幸因其未涉及該法的「採補」定義（納入自己支配），而僅屬傷害，而給予該社長中江利江及該名記者，以不起訴處分，否則要負刑事責任的。但誠如該報公關部門主管秋庭武美所言，法律責任雖可免，但報道的倫理責任，是無法避免的。（該報於 1990 年元月，在屬之《朝日新聞晚報》(Evening Post)，發行《星期日版》，每周五則增「亞太地區之頁」。）

不過，類似的事實，在日本電視新聞惡性競爭之下，，這些都不是偶發事件。例如，1985 年 8 月間，「朝日新聞電視台」，在其「午安秀」節目中，曾探討少年犯罪問題。節目中，播放了一段不良少女，在餐會中攻擊其他少女的鏡頭。

其後，卻不得不承認，該節目製作人，曾付款給一個不良幫派老大，由他指使兩名不良少女發動攻擊，以產生戲劇效果。

日本警方經過調查後，逮捕了該節目製作人，主持人則被革職，台長並親自在電視台向觀眾道歉。〔「日本電視新聞醜聞」，《新聞評議》，第一三一期（民74.11）。台北：中華民國新評會。頁50。〕

日本新聞界一窩蜂誇張報道的鬧劇，其實可以 1983 年中的「八月新聞轟動」為代表。當年八月的事件經過是這樣的：

△17 日，別府大學考古學系八名作實地研究學生，在考古學家賀川光夫教授指導之下，由對舊石器時代繪畫素有研究的副教授坂田邦洋率領，前九州北部大分縣本匠村附近的荒僻洞穴挖掘，以尋找考古學上證物。

△20 日，一位學生在圍岳的一座鐘乳石岩穴附近的一個山洞頂部，看見些潦草書寫，於是向坂田報告。（該處附近，曾發現過一萬八千年的人類化石。）

坂田在證據不足情況下，初步判斷那些潦草書寫，大概是一萬三千年前，已在日本絕種的大角鹿，並估計這些圖畫，大約在公元一萬一千年前繪畫的。他並聲言須向賀川請教，並做紅外線攝影，以鑑定該幅壁畫的塗料年代。

△23 日，由於一名學生的線報，一家電視搶得這項「獨家新聞」。消息一經傳布，包括公營的「日本放送局電視台」在內的各家電視台，都一窩蜂地報道此一日本「山頂壁畫」，並將之與西班牙桑坦德(Cantabrian Mountains of Spain)之「阿坦米拉」洞穴(Altamira)壁畫相媲美。〔「阿坦米拉」洞穴，曾發現最早期之石器時代壁畫(cave painting)，因而聞名於世。〕

△24 日幾乎日本所有報道，都以頭版報道這宗「石器時代壁畫的發現」事件。例如，《東京新聞》和《產經新聞》，不但以頭條指明為亞洲首次發現，《東京新聞》更以四分之三版面，來報道「阿坦米拉山洞壁畫」的日本版，又繪聲繪影附上各種大角鹿圖象。《讀賣新聞》與《每日新聞》，將之作頭版次題來處理；而《朝日新聞》及《日本經濟新聞》，雖然比較冷靜，但也沒有放過這次「亞洲的首次發現。」

△25 日，實施紅外線照像。在紅外線照射之下，照片出現了「逸郎」兩字。經追查之下，卻是一位自小在木匠村長大的藤逸郎，在讀小學時寫上去的。但當日《讀賣新聞》還聲稱，用紅外線照片查測結果，「證明了」日本「阿坦米拉」壁畫之發現。

△26 日，賀川宣布停止圍岳山洞的挖掘工作。

△27 日，《朝日新聞》及另外兩家全國性報刊，正式結束此一「八月新聞轟動」。

——據說，賀川和扳田兩人態度，起初也是審慎的，但由於新聞記者一起哄，他們也就隨波逐流，忘記了何謂學術審慎。否則，若及時洒些冷水，新聞界當會降溫，而民眾不會被「新奇衝昏頭腦」。所謂之「學者專家」美譽，誠足為我人鑑戒！〔「日本新聞界誇張報道的鬧劇」，《新聞評議》，第107 期（民 72.11）。台北：中華民國新評會。〕

日本國立筑波大學教授青木彰，對「朝日珊瑚事件」之批評，誠發人深省：新聞記者之主要精神，就是俗稱之「扶弱抑強」；本田記者的（偽刻珊瑚）行為，宛如殘酷地欺侮弱小，已徹底踐踏了新聞記者之精神，失去當記者的資格。……報社內部對組織認識過於天真，可說是「驕矜」，「鬆散」，「官僚化」，吾人有重新徹底探討新聞界組織狀況，以及採訪方法之必要。〔《新聞鏡周刊》，第六十二期（民 79.1.17）。台北：新聞鏡周刊社。頁51。〕

〔日本村山龍平於明治 12 年 1 月 25 日（1879 年，清光緒五年），於大阪創辦《大阪朝日新聞》，以實行民主政治為號召。1888 年（明治 21 年），又於東京收買星亨之《醒報》，同年 7 月 10 日改為《東京朝日新聞》，摒除政論形式，而以「新聞第一、營業第一」為信條。兩報於 1940 年（昭和 15 年）正式合併為今日之《朝日新聞》。〕

1990 年 10 月 30 日，北京公布截至該年 7 月 1 日大陸人口普查的結果，合為十一億三千三百多萬，亦即過去一年的人口自然成長率，高達千分之十四點七。同日，東京《朝日新聞》卻報道大陸人口已達十二億之眾，但為其時中

共國務院國家統計局長、人口普查領導小組副組長張塞所駁斥，認是杜撰。但承認該次普查，有地方官員爲保住「計畫生育先進單位」榮譽而隱瞞人口的現象。此舉對《朝日新聞》並無造成傷害。（《聯合報》，79. 11. 1，第十六版）。

《朝日新聞》也有抨擊別人的時候。1990 年 11 月 15 日，該報在早、晚報中，連續以極大篇幅批判 NHK 電視台，在五月分播出的報道節目中涉嫌僞造虛無故事情節。

事件起因，是該台於同年 5 月 5 日起，一連 3 天，以「現今的地球上的兒童」爲題，播出三集系列性的連續報道節目。在最後一集中，播出「泰國的出外賺錢的兒童勞動者」一片。該片是報道一名被稱爲「小曲」的 14 歲少女，被一名販賣人口的婦女，只以大約四百元新台幣的代價，自她母親的手中，將她帶走，搭上前往曼谷的公共汽車。

《朝日新聞》指出，其實該報道在拍攝完後，「小曲」即在鄰鎮的下一站下車，由NHK的採訪隊送回家中，完全是一杜撰情節。不過，後來NHK電台曾對此一指責，予以反駁。（《聯合報》，民 79.11.16，第三十版）。

類似這種坑人的「裝彈弓(簧)新聞」，澳洲雪梨與美國也都發生過。

由於澳洲移民局發現有不少非法移民，是在不法婚姻介紹所協助之下，與當地居民假結婚而取得居留權者。爲了偵辦此種婚姻介紹所，於是安排一位女線人，到當地某一此類受懷疑婚姻介紹所應徵，假意願作「結婚人頭」，從而揭發此類欺搾政府實情。然而，此位女線人卻將此事，告訴了她所相熟的一位第九頻道電視台（第九台）記者。

那位記者認爲是難得一見的「獨家新聞」，便專門派一組人緊盯著她，將整個非法買賣婚姻過程，全部拍攝下來，並大張旗鼓地於 1990 年 1 月 30 日晚間播出，此事其實等同「仙人跳」的「新聞故事」，造成轟動。事後卻有人質疑。

(1)第九台所拍攝的「新聞故事」，算不算是採訪得來的「新聞」？(2)記者是否可以明知故犯，在一個假布局中，用秘密跟蹤線人方式，取得「新聞」報道內容。(3)第九台記者，等於是此一新聞事件之「見證人」，如果在起訴官司中，要出庭作證的話，將會處於蔑視法庭，或不得不透露消息來源兩難之中！〔《新聞鏡周刊》，第六十八期（民 79.2.19—25）。台北：新聞鏡周刊社。頁 76～7。〕

連美國雜誌界巨頭之一的《新聞周刊》，也發生過「買線新聞」（Checkbook Jowurnalism）麻煩。

它在 1990 年 6 月 25 日那期，刊登一名舊金市奧克蘭妓女的照片，並報道她因注射毒品，而由針頭感染了愛滋病（Aids），但還在繼續操其賤業。不料當地警察局在獲知此事之後，立刻關了她一周，要求她做愛滋病檢驗，並準備控告她故意殺人。其後，因法官不發同意書，警方只得作罷。

琳達獲釋後指出，她擺姿勢讓《新聞周刊》記者拍照，並投記者所好，編造感染愛滋病故事，目的在得些錢來購買毒品。該名記者曾付她六十美元。

這種扯爛污的「圖與文」（Photo Essay），令《新聞周刊》大失體面，其所用之套「新聞」手段，受到相當多的指責。〔《新聞鏡周刊》，第九十三期（民 79.8.13—19）。台北：新聞鏡周刊社。頁 43。〕

利用「圖與文」來穿鑿附會，不但會令當事人沮喪，也會有傷道德的。例如，1990 年 8 月 16 日，英國《太陽報》有一篇「（威爾斯）王子摟舊情人」的「報道」，並附有一王威爾斯王子與羅塞爾夫人（Lady Romsey）兩人，在西班牙馬約卡島所拍攝到的，彼此熱烈擁抱照片，令人感到兩人的關係，似乎十分曖昧。

但事實上，王子之所以擁抱她，卻是因爲她告訴王子說，她的四歲大兒，罹患癌症，一時忍淚不禁；王子為安慰她，才擁抱住她的。未料卻被記者「適時」按下快門，並且穿鑿附會一番。

眞相弄清楚之後，不但令讀者大爲不滿，同年 12 月 10 日，「英國新聞評議會」更給予嚴辭譴責。1988 年 12 月，《太陽報》才因誹謗美國歌星紐頓強，而賠償了一百五十六萬美元，而粗疏卻毫沒有改善，令人扼腕！〔新《聞鏡周刊》，第一百十二期（民 79.12.24—30）。台北：新聞鏡周刊社。頁 45。〕

《太陽報》連小孩也居然要去誹謗。它在報道倫敦一位曾患髓膜炎（Meningitis）以致體障（disafled）的六歲小孩鏗次（Jonathan Hunt）時，說他拆毀父母親房屋，把自己耳朵砍下來，又殺死貓兒，因而稱他爲：「英國最衰衰崽」（Worst boy in Britain），「英國最搞蛋搞蛋鬼」（Britain's naughtiest kid），卻沒有說明他曾經登記有案，是一名體障及行爲差異小孩（registered as disabled and suffered form behavioral problems）。

因爲小孩年齡問題，1991 年 5 月 23 日，法官同意雙方和解，但不透露賠償詳情（undisclosed settlement）。此是英國第一位兒童誹謗官司案（the first Child in Britain to sue for defamation）（The ChinaNews, 1991. 5. 25, P.6）

想當然而的穿鑿附會，連美國廣播公司（ABC）也不能免俗。例如：該公司每逢星期四晚上 10 至 11 時，有由名主持人黛安媽・莎耶所主持收視率不俗「黃金時段現場」（Prime Time Live）節目。1990 年年底，有由記者羅斯

(Judd Rose)所作的「底特律的痛苦」(Detroit's Agony)專題報道，描述該市近年來有關犯罪、吸毒及縱火等種種問題。

在節目單元中，訪問了一位芝女士(Glorid Gee)，她兒子被人殺；另一位年輕人單斯(Arthur Sims)則拿著一把槍來自衛。羅斯還站在一幢燃燒中的樓宇前做報道背景，講述萬聖節(Hallowin)前一天，底特律所發生的一連串縱火情形。

孰料節目播出後，卻招來底特律民眾一片抗議之聲，認為ABC專暴露該市短處，是先入為主的預存立場作法(predisposition)。該市黑人市長楊高文(Coleman Young)辦公室發言人還指出，不但芝女士受到誤導，以為該節目是「美國重要通緝犯」(The most Wanted)之類節目，可以協助她尋找兇手；甚至連單斯的槍，也都只是拿來作樣子的壞槍。ABC 雖然否認有預存立場(stand behind the story)指稱這些受訪人，遭受到市府壓力（例如因非法持有槍械，有受檢控之虞），所以才提出抗議，但已為受訪者否認。

如果報道不夠平衡，說得人家一文不值，這種「全盤否定別人」作法，確實會遭到物議的。〔《新聞鏡周刊》；第 119—20 期（民 80.2.11~24）。台北：新聞鏡周刊社。〕

義大利名牌富豪(Volvo)轎車，也在 1990 年 11 月初拍過不實廣告，令企業形象大受損害。在一則「你能認得出那輛是富豪嗎？」（富豪！讚！／富豪真係夠堅！）(Can you spot the volvo?)的商業廣告影片中(Commercial film)，一輛標誌有「熊掌」(Bear Foot)的大輪卡車，輾向一排排列在一起的各類轎車頂端；車輪過處，其他轎車車頂應聲而塌破如廢鐵，只有富豪二四○「撐得住」，完好如初令人有富豪最為扎實的感覺。而事實上，據拍攝該廣告的臨時人員指出，此 CF 在拍攝前已動過手腳：先將其他車子的車樑鋸斷，又預先暗中在富豪車內加裝木樑，並先後使用過三部富豪汽車，故而當大卡車輾過時，富豪就成唯一「火鳳凰」。

不過觀眾眼睛是雪亮的，此 CF 一出（包括兩支電視廣告和一個印刷廣告）便備受質疑，富豪不得不終止與"Scail McCabe Slore"廣告代理公司關係，該公司北美分公司並於 11 月 6 日，在報上刊登道歉廣告啟事。但是這一切似乎已難挽回頹勢，不但該公司前時另一有七輛富豪疊在一起以顯示「實力」的 CF 連帶受到質疑，即凡有重量壓在車上以突顯富豪堅硬度的鏡頭，可信度一律受損，可謂上得山多終遇虎。〔《民生報》，民 79.11.8，第十五版；"Advertising Man"（1991，1~2 月。台北：朝陽堂文化公司。第四、五版）〕

照片是不能亂用的，否則，即使在「開明」如美國之地，也會吃上官司。例如，1985 年秋，亞蘭特大佐治亞城(Georgia)的一名男子，假冒他離婚再嫁前妻蘇珊(Susan)在「照片可登」(Model release)上簽名，將她裸照寄給色情之《陽台雜誌》(Gallery Magazine)，參加「鄰家女業餘色情照片賽」(Girl Next Door Amateur Erotic Photo Contest)，並附說明：「蘇珊生平大願，只想閱人無數。她言並非徒托空言，因為她與男人通通攪在一起。」(Susan's main goal in life is to please as many men as possible. She has no fantasies because she lives them all.)照片登在 85 年 10 月號《陽台》上，他並將該雜誌寄給她的雇主及母親。

蘇珊於是提出訴訟，要求五百萬美元賠償。1991 年 4 月中，法官以破壞隱私為由，令該名男子必須賠償二十二萬五千美千。(The China News, 1991, 4, 14. P.4)

⑤⑦ 讚是閩南語，意即「行」之意。如果用廣東話之音義去讀、去理解，如同「好嘢，你係得嘅、第一」之類一般意義。

⑤⑧ 此即 8 月 27 日，星期天。

⑤⑨ 本照片之圖文，是署名為林基田之記者為之。當時台灣時報總編輯為姚志海先生。他係甫從高雄《民眾日報》總編輯任內退休而就任該職；其後，亦離職他就。

同日同則「新聞」見報者，尚有台北《中國時報》及《自立早報》，但俱言「拜訪末遇」。《中國時報》報道為：「尤清政見訴求，找上總統老家？偕母拜訪李金龍未遇」（二版），《自立早報》則是：「尤清拜訪李金龍不遇」（二版）

在國外，記者若有「偽做新聞」是要離職的。黑人女記者庫克，因為報道一名八歲男童吉米吸毒故事，被人發現全為虛構之之故，被迫退回已獲得的「普立茲特寫獎」，並辭職一事已見本書所說。又如1981年，加拿大《多倫多太陽報》(Toronto Sun)兩位記者，因為對一則涉及內閣閣員，操縱股票的報道，沒法提出證據，結果一位被開革，一位辭職。可知「事出有因，查無實據」的訛傳，千萬報道不得。

再如 1990 年初，日本眾院總選舉，各電視台為搶時效，而錯誤百出。即已達 23 年年之多。例如 NHK 與 KKB 台，將鹿兒島二區的長野佑也，KTS 台將三區的長佑也與山中貞則都誤報為「確定當選」，而事實上三人均告落選。以致鹿兒島上各電視台，大批人員分別遭受解職，記過，或減薪等不同處分。〔《新聞鏡周刊》，第 72 期（民 79.3.19—25）。台北：新聞鏡周刊社。頁74。〕

⑥⓪ 至於這幀照片由誰攝得，新聞界或縣議會工作人員，已不得得知。8 月 29 日

之台灣各報，亦對此事加以說明：《中國時報》：「尤清沒見到李金龍，造訪源興居不見主人，傳言相見歡，從何說起。」（四版）《中央日報》：「李總統尊翁早已遷離三芝，尤清拜訪之說從何談起？」（二版）

《台灣日報》：「尤清並未造訪總統尊翁，選情新聞竟然無中生有，撰稿記者坦承『一時失察』『誤信人言』。」（二版）

其後，李老先生正式致函，中華民國新聞評議會，請該會對此項不實報道評議。新議會遂根據下述：「中國新聞記者信條」第四條：「凡一字不眞，一語失實，不問爲有意之造謠誇大，或無意之失檢致誤，均無可恕。」；

「中華民國報業道德規範」第六節「新聞照片」第（四）條：「不得僞造或竄改照片」；

而評定《台灣時報》如此報道，顯有捏造新聞、誤導社會公衆之意圖。並呼籲各新聞媒體嚴加注意我國報業道德規範第二節「新聞報道」第（一）條：「新聞報道應以確實、客觀、公正爲第一要義。在未明眞象前，暫緩報道。不誇大渲染、不歪曲新聞。」之規定。

《台灣時報》總編輯在同年9月5日的全國播節目中受訪時亦表示，該報已坦承錯誤，並將刊登更正，嚴懲失職人員。（《聯合報》，民78.9.6，第二版）

尤清其後當選台北縣縣長。

時任新議會秘書長的賴國洲，因是李登輝總統女婿，更特別指出此事是基於公是公非，不涉個人。媒體爲社會公器，社會大衆會期望它能爲民喉舌，能扒糞，故「媒體能救人，也能傷人」，傳媒社會責任實爲重大。消極而言：一方面報道內容，此自應爲具體事實（儘管意見立場不同），不僞造扭曲，不將照片移花接木（此原是老套，惟現在電腦科技倡明，可以僞造天依無縫，更令人擔心）；另一方面，理應保護事件中無辜之新聞人物（例如不令受辱婦女，遭到二度傷害）。

1990年10月初，亞運剛告落幕。日本一家地方報紙——《報知新聞》，比對《人民日報》與《解放軍報》上長城聖火傳遞照片時，赫然發現，日本報紙版面上聖火，因爲風大所致，皆呈熄火態；而前述兩報照片中，選手所持的聖火，卻是熊熊點燃的模樣。該報判斷，此兩報照片上火炬，動過了手腳，以顯現聖火熊熊燃燒的理想畫面，因而——對此不實的報道，給予特別「糾正」的報道，眞令箇人難堪。〔《新聞鏡周刊》，第102頁（79.10.10—21）。台北：新聞鏡周刊社。頁33。〕

在大陸，攝記工作是令人稱羨的。例如：以「橫眉冷對千夫指，府首爲孺子牛」一聯語，而傳遍一時的五四文壇一傑魯迅（周樹人，1881~1936）之長孫

周令飛，在大陸時曾先後擔任「解放軍畫報社」及「人民美術出版社」攝影記者。1979 年下半年他以中共公派私費留學生身份，到東京修習電視。1982 年 9 月 18 日，自日本飛抵台北，表示與大陸決裂，其後，返回日本，擔在台北《中國時報》特約攝影。

㉛ 內文為「由於考試院秘書長在答詢先前（主委）黃主文質詢時，不時消遣立法院，易主為客引謝長廷質詢的不滿高聲指責秘書長，不要在那裏嘻皮笑臉，留下這幀有趣的畫面。（圖文：韓同慶）」

㉒ 《新聞評議》，第一八七期（民79.7）。台北：新聞評議雜誌。頁 4。

㉓ 「中華民國報業道德規範」第六節「新聞照片」之第一條有云：「新聞照片僅代表所攝景物之實況，不得暗示或影射其他意義。」第四節則有：「不得偽造或竄改照片」之規範。

㉔ 李永平譯(1989)；「盡信圖片，不如無圖片」，《美國新聞與世界報導》，中文版第一三六期（5 月 22 日）。台北：美國新聞與世界報導中文周刊雜誌社。頁 9：一周之間。）（也有人借用「盡信報，不如無報」用諷台灣省報禁開放後，報刊上之「垃圾新聞」。）

㉕ 黃驥譯：「攝影快門變成狙擊槍手」，《聯合報》，民 78.3.28，第 22 版（繽紛）：「放眼天下」（取材自美國《村聲》"VillageVoice"周刊）。

㉖ 見「英倫媒體撿拾」，《新聞鏡周刊》，第 102 期(79.10.15—21)。台北：新聞鏡周刊。頁 24～5。

㉗ 公眾人物一舉一動，值得拍攝，但記者該何時按機方不致侵犯隱私，也實夠傷腦筋，值得仔細思量。例如，有「火爆小子」之稱的世界網壇名將馬克安諾（John McEnrol），於 1991 年 4 月初，前赴香港參加「香港沙龍網球公開賽」（Salem Hong Kong Tennis Open Championship），但初賽不利，單打即遭淘汰。5 日凌晨，他與一羣美國水兵及女士，跑到九龍尖沙咀(Tsimshatsui)一間名叫「袋鼠」的酒吧喝酒(the Kangaroo Pub)。正在興高彩烈之際，卻被兩位《英文虎報》(Hong KongStandord)攝影「逮個正著」，立刻按下快門，猛拍一陣。未料卻引起馬克安諾及他的同件反感，引來一陣拉扯，要求停止拍攝並交出底片。結果——事情沒有鬧大，照片也見報，但是要將此事討論起來，恐怕難有是非對錯觀點。(The China News, 1991. 4. 6. P.12)

㉘ IPI Report,1986,11.
《紐約時報》也曾與法院打過類似官司。
1976 年初，該報記者花勃，曾撰寫了一系列文章，詳細報道 1966 年時，新澤西州柏琴郡一家醫院所發生的 13 人神秘死亡事件。由於他的調查報道，促使

了司法當局的翻案，當年該院雅斯卡勒‧維茨醫生，因為給五名病人過量筋肉放鬆劑致死而獲罪。但在此案覆審期間，花勃一直拒絕法庭詢問，因為他認為，如果他這樣做，可能會使對他提供消息的人士受到傷害。被告律師於是要求花勃交出筆記，但同為花勃與《時報》所拒。法官懷特於是裁定，花勃與《時報》應將筆記交給他，由他秘密閱讀後，再決定是否交給被告律師，以便利辯護進行。但花勃與《時報》以旨在保護記者消息來源機密性的新澤西州保障法，來抗辯，不服從這項判決，法官於是判為藐視法庭，花勃被判拘押直到交出筆記為止，之後，尚得服刑半年及 20 美元之罰金；《時報》除被罰款十萬美元外，每天尚罰五千美元一天，至交出筆記為止。

法官認為，他秘密地查閱花勃筆記，並不會嚴重傷害到花勃與《時報》新聞自由權利。他以尼克森水門案的白官錄音帶一案作比較，當時最高法院亦一致裁定，尼克森也須交出錄音帶，以便案情審理。

花勃與《時報》則認為，這道命令，侵犯了憲法與法律上所保護的新聞原則問題，而報紙需要這種保護，方能完成工作；否則，誰還願意自由地提供消息，而新聞自由的精髓即在於此。

不過，花勃與《時報》，最後還是交出了筆記。

附釋：中華民國監察院向傳播媒體首宗調查權行使的先例民國 78 年 10 月 10 日，在台灣民進黨藉立法委員林正杰等人，迎接因違法入境，而遭暫時拘押於土城的異議分子許信良返家，然有人遭警方強制驅離，以致受傷，是為「土城事件」。事發之後，警方與民進黨各執一詞，民進黨調查委員林純子指出，她擁有該事件的兩套錄影帶，一套來自警方，另一套則屬該黨「綠色小組」所攝，但兩套內容差異極大。

監察院為了調查在該案中，警方有否利用務加害於人？有無逾越必要程度濫用公權力起見，該院秘書處乃於 79 年 4 月 25 日，以「監台處調字第二五九號」之正式調查公文，致函各傳播媒體，擬請於一周內，提供當日在現場採訪之起者名單、電話及通訊地址及其他的背景資料，以匯集各媒體意見，以評鑑該兩套不同版本內容正確性。

這是我國監察院首次依監察法，向傳媒行使調查權，但並不具強制性，媒體可以自由裁量，提供或不提供記者名單。（《聯合報》，民79.4.26，第四版）

❻⓪ 英國《每日鏡報》創刊於 1903 年（清光緒 29 年）11 月 2 日，由北岩勛爵所創辦，僅售一便士，是張四開女性報紙，初時銷數僅得兩萬五千分。1904 年 1 月 26 日，改為半辨士之《每日鏡報畫刊》(Daily Illustrated Mirror)，以彌補虧損，結果銷路大增。同年 4 月，又改為《每日鏡報》(Daily Mirror)。其後由其

弟羅特梅勛爵經營,雖在他去世以前(1940年),該報所有權已轉入工黨獨立派手中,但仍由老臣子巴索羅米(H.G. Bartholomew)負責報刊內容仍然走犯罪及桃色新聞路線,以吸引一般通俗讀者。至1950年,銷售量高至接近五百萬分,對待職工,則用極高薪酬政策,資深高級職員薪水,可媲美首相收入。當時銷售量一直居全國之冠。巴氏於1951年退休,該報其後由金氏主持(Cecil H King)。金氏大力發展,1960年並購併「奧丹斯報團」(Odhams Group),而爲金氏集團(Cecil King Group)。1980年代爲麥氏的收購,銷售量超過三百四十萬分,居當時英國第二大報。

美國也有《每日鏡報》(Daily Wirror),它是1924年時,由赫斯特(William Rundolph Hearst, 1863-1951)在紐約所創辦,因此亦稱《紐約鏡報》,是一分4開走激情路線之小型報,由潘恩擔任總編輯(Philip A.Payne)。至1928年,由於報刊過分走向激情主義之低級趣味路線,以致引起宗教團體與正派莊重報紙(decent papers)不滿,社會人士又推行端正風氣之「聖戰」(Holy War)運動,此類報刊遂飽受抵制,無錢可賺。赫氏遂將之連同波士頓《紀錄報》(Record)一併賣給穆爾(Alexander P.Moore)。兩年後,穆氏去世,赫斯特又再買回該報。其後,一度由馬凱布(Chales B. McCabe)爲發行人。仍屬赫斯特報團,1959年銷數維持在九十萬分。可惜1962年12月8日至63年3月31日,紐約報紙工人大罷工,該報不堪虧損,而與紐約《每日新聞》合併。

紐約《每日新聞》(Daily News),原稱《每日新聞畫刊》(Illustraled Daily News),於1919年6月26日,發行人即「馬克米克·派特遜報團」(McCormick Patterson)之麥朝·馬克米克(Medill McCormick)與派特遜(Robert W.Patterson)兩人,而以《芝加哥論壇報公司》(Chicago Tribune Co.)出版,採取以圖片及流行特稿爲主的激情主義,是一十六頁4欄之小型早報,首頁全是圖片,並著重色情與犯罪社會新聞,拼除《芝加哥論壇報》保守作風。初期印刷不良,被若干報譏爲「下女聖經」(The Servant Girl's Bible),旋即改進,面目一新。由於小型報閱讀方便,無論在咖啡室、戲院或火車站等公共場所,皆方便閱讀,因此銷數急劇上升,1922年增出星期版。1925年已突破百萬分大關,成爲全美銷數最大報紙。1928年以後,由於紐約「小型報之戰」(War of the tabs),引起社會厭倦激情主義情緒,乃實行「淨化新聞」之「發財立品」方針,注重積極與幸福生活之新聞。又耗資千萬美元,興建世界上首座豪華新聞大廈,公司盈餘,則將股票分贈員工,增強向心力。1960年代初期,該報日銷超過兩百萬分,星期版則高達三百五十萬分。

《每日新聞》創刊,比北岩勛爵之《每日鏡報》僅晚2年,一英一美,相互輝映,

分占當時報刊之最大市場間格利基(Niche)。

《每日新聞》銷路廣、讀者多,自然影響深邃。然而 1990 年秋冬之交,卻爆發出一場難以收拾的,罷工事件。當時送報車司機要加薪,但爲資方「芝加哥論壇報公司」所拒,當地司機公會出面號召罷工,很快得到其他工會響應,即該報編輯、記者與美工也陸續加入罷工行列。《每日新聞》管理階層當時的立場是,不容許工會干預「管理行政權」;因此,一律用非工會員工,接替罷工員工工作。由是,雙方勢成水火,延至同年 10 月 25 日,爆發全面罷工,司機工會既不准送報車開出大門,又威脅報攤不准出售《每日新聞》,致令該報銷路大跌,從每天銷數的一百一十萬分,跌至五十萬分(據工會估計,則只有二、三十萬分)。

由於勞資雙方喪失互信,罷工僵局一直拖延了四個多月,至 1991 年 3 月 12 日,麥斯威爾表示願意接管該報,論壇公司則以六千萬美元給予麥氏,並接受麥氏裁減八百職員條件,罷工風潮始告落幕,《每日新聞》方得以繼續發行下去。《每日新聞》在罷工期間,發行量減少,導致廣告商大量撤換廣告,令得走聳動路線的《紐約郵報》(New York Post),與《紐約新聞日報》(Newsday)兩刊坐收漁翁之利。估據計,當時《紐約郵報》發行量,從十五萬分增加至六十萬分,《新聞日報》則從十萬分,增至三十二萬五千分,星期刊則增加至四十三萬五千分。但據報業分析者估計,紐約廣告市場,頂多只能支持「兩家半報紙 」,實在無法同時支持《紐約時報》和另外三家小型報。到底三家小報中,那一家最先受到影響,抑或市場分析家在人杞人憂天,皆是新聞史和報業經營上的好題材。〔參閱葉廣海:「麥斯威爾接手《紐約每日新聞》紐約報業市場風起雲湧」,《新聞鏡周刊》,第一二七期(民 80.4.12-2)。台北:新聞鏡周刊社。頁 38~9。〕

紐約《新聞日報》是 1940 年 9 月,由吉珍添夫婦(Harry F. Guggenheim)夫婦所創,爲一四開小型報,初期給人一種嚴謹、自由及放眼天下感覺,也在提倡改進社區環境與區民生活。一九五四年時,曾獲普立茲「公衆服務獎 」。1970 年 5 月,該報將百分之五十一股權,賣給洛杉磯《時代鏡報公司》(Times Mirror Co)。

在「美國市郊印報公司 」(US Suburban Press, Inc.)及「美洲市郊報協會 」(Suburban Newspapers of America)之類爲小型報精打細算廣告公司協助下,該刊在1980年的發行額,突破了四十九萬分,一躍而成爲全美第十三大日報,也成爲社區報佼佼者。

芝加哥《每日新聞》,則是於 1876 年(清光緒二年)1 月 3 日,由當時美國成

就卓著人報史東(Melville E. Stone)與一位記者朋友杜赫弟(William Dougherty)所創立，並在 1878 年（光緒四年）吞併了芝加哥《信報》(the Mail, 1870－74) 及《郵報》(The Post,1865－78)，〔稍後，芝加哥又另有《信報》(The Mail,1884－95)，及《郵報》(1890－1932)。《信報》是芝加哥《時報》(The Times)之晚報，其後，《時報》與《論鋒報》(The Hearld)合併，易名爲《論鋒時報》(Times－Herald)。〕

1944 年 10 月奈特(John S. Kinght)購買了《每日新聞》之控股權，自是《每日新聞》便成爲奈特報團一分子。

芝加哥《時報》是在 1854 年（清咸豐四年），由師漢(James W. Sheahan)所創，1860 年（咸豐十年），由西華斯‧克米克(Cyrus McCormick)購得，次年，再轉售給剛御《底特律自由報》(Detroit Free Press)編務的史施域(Wilbur F. Storey)。

《前鋒報》是於 1881 年（清光緒 7 年），由有「芝加哥兩分錢早報拓荒者」(Chicago's Pioneer two－cent morning paper)之稱的史各特(James W. Scott)所創。史施域在 1878 年（清光緒四年），因爲報業及家庭各種打擊，心灰意冷之餘，已不過問《時報》事務。他於 1884 年（光緒十年）逝世，《時報》幾度易手，1891 年爲芝加哥市長夏禮遜(Carter H. Harrison)所擁有，成爲奈特報團一分子，其時早報銷售約爲五十二萬餘分，周刊則接近六十萬分。

在美國，稱爲《每日新聞》者甚多，如費城(Philadelphia)之《每日新聞》，地通鎮(Dayton)之《每日新聞》，但以紐約之《每日新聞》爲最著名，也最具歷史意義。〔華盛頓之《新聞晚報》(Daily News)，則是晚報；創刊於 1921 年，由邁克(Ray F. Mack)主理，銷量僅二十來萬分。〕

赫斯特曾以其轄下之《紐約新聞報》(New York Journal)，自1895年起（清光緒二十一年），與普立茲的《紐約世界報》(N.Y. World)，競以暴露性與犯罪新聞，爭取讀者，角逐「報壇盟主」地方，給果令得 1900 年代「黃色新聞」之勃興，爲世所詬。《紐約新聞》原稱爲《新聞晨報》(Morning Journal)，由普立茲之弟，艾伯特(Albert Pulitzer)於1882年（清光緒八年）所創辦。初時僅售一分錢，至 1887 年（光緒十四年）時，銷路已接近二十三萬分；但因爲常登有誹謗性新聞，與低級趣味廣告，以致聲譽受損。1894 年（光緒二十年）時，又欲與其兄普立茲之《世界報》競爭，竟貿然將售價提高至兩分錢，未料報刊銷售，立刻銳減了百分之七十五。翌年，只好將該報賣給辛辛那提《詢問報》(the Enquirer)發行人麥年(John R. Mclean)。

麥年雖將該報減回一分錢出售，但仍無起色。1895 年 11 月 7 日，赫斯特以十

八萬美元，賺買該報，並易名爲《紐約新聞報》，與普立茲一較高低。他用高薪網羅《舊金山檢查報》(San Francisco Examiner)人材，走聳動路線，大量採用圖片，對《世界報》有樣學樣；果然，一舉恢復報勢，並威脅《世界報》。可見事在人爲，沒有不敗報業王國。

《舊金山檢查報》是 1865 年（清同治四年），由毛斯上尉(William Moss)所創，初爲晚報，但營業狀況欠佳，銷數大約四千餘分。1880 年（光緒六年），爲赫斯特之父喬治(George Hearst)所購，將之改爲早報，才網羅優秀人才爲編輯，銷路大增；至 1887 年（光緒十三年），已增至兩萬分。同年，喬治因當上聯邦參議員，乃將之交與年僅二十四歲之子赫斯特接長。赫斯特研究並模仿普立茲新聞及版面處理手法，不惜成本雇用幹才，用傑出之麥伊溫爲編輯(Arthur McEwen)，使《檢查報》成立舊金山最出色之報刊。麥伊溫即是那位曾爲新聞下過一個流傳一時定義的編輯；令讀者大叫「嘩塞」的（又會咁嘅）就是新聞。(any thing that makes a reader say "Gee Whiz "!)　"Gee Whiz"一語，由此而來。其後，1977年時古德爾(Rae Goodell)又簡稱之爲「嘩！」(Wow!)。見 Friedman, sharm M.etc.(eds.) 1986 Scientists and Journalists Reporting Science as News. N.Y.:The Free Press.

——由於赫斯特不惜工本，所以當時業者譏之爲「揮霍的威利」(Wasteful Willie)。

⑩ 《星期鏡報》原稱《星期畫刊》(Sunday Pictorial)，創刊於 1915 年 3 月，至 1963 年 3 月易主；同年 4 月至 6 月間，易名爲《星期鏡報與畫刊》(Sunday Mirror and Pictorial)；同年 7 月再易名爲《星期鏡報》，隸屬「威特國際集團」，1980 年間，銷售量略低於三百五十萬分。

⑪ 據 1989 年年底估計，《人物》每周的銷售二百五十萬分，《星期鏡報》銷數，大約比《人物報》多三十萬分，但兩報加起來，約五百三十萬分，比當時在英國排名第一的《世界新聞》(News of the World)，還多三十萬分。在全國通俗性星期報市場中，《星期鏡報》銷量排第二，「人物報」居第三。〔《新聞鏡周刊》，第一○二期（民 79.10.15～21）。台北：新聞鏡周刊社。頁 27。〕

《世界新聞》是 1843 年（清道光十三年）10 月，由貝爾(John Browne Bell)所創，銷量之世界星期報之首。幾度易手後，由「牛斯集團」(News International)，所有，至一九八九年，銷售量尚在五百萬分上下。

麥斯威爾在 1991 年 11 月 5 日，被人發現從他的遊艇墜海死亡，死因成謎，爭議亦多。事後，發現他涉疑動用《每日鏡報》各種員工基金達九億美元之鉅，所謂麥氏企業，已成空殼，他的新聞王國迅即瓦解。

⑫ 《太陽報》(Sun)，1964 年 9 月創刊，屬「牛斯國際集團」旗下刊物，1980 年代初期，銷量超過四百萬分。

在英國，以太陽爲報名的，並不多見。惟在 1891 年（清光緒十七年），奧康納(T.P. O'connor, 1848－1929)辦過《星期太陽報》，(Sunday Sun)，後改名爲《太陽周刊》(Weekly Sun)。1893 年，脫離《明星晚報》(The Star)後，於 1893 年，創辦《太陽晚報》(Sun)奧康納曾當選格爾威省(Galway)的國會議員，因此有「議員記者」之外號。

《明星晚報》則是他於 1888 年（清光緒十四年）1 月 17 日所創，是一分只售半便士的激進報紙，創刊號銷了十四萬二千六百分，大破世界紀錄。其編輯政策，則與普法茲《世界報》無異，吸引了廣大勞工階級。1892 年，奧氏因與自由黨發生爭執而自行脫離該報。

在美國，稱爲「太陽」的報紙，卻所在多有，如巴爾的摩《太陽報》，芝加哥《太陽時報》(Sun-Times)，《紐約太陽報》，《世界電訊太陽報》(World-telegroph & The Sun)等等。

⑬ 標題英文爲"Horror in a nameless village－British Guilt Revealed."

⑭ Lake, Brian
1984 British Newspaper. Landon:Sheppard Press Ltd. P9.

⑮ 《每日郵報》是咸斯華夫（北岩勛爵）(Alfred Charles William Harmsworth/Lord Northchiffe,1865－1922)於 1896 年（清光緒二十二年）5 月 4 日所創，僅售半便士，以「忙人的報、窮人的報」爲號召，創刊號即賣出三十九萬七千二百一十五分，但其後日銷售量則僅爲創刊號的半數。其實，《每日電訊報》(Daily Telegraph)是星期版始作俑者，跟進之《每日郵報》星期版亦聲勢浩大。1899 年（光緒二十五年），《每日郵報》發行三周行，英國洛斯貝里勛(Lord Rosekery)，呼籲兩報停發星期版。同年 5 月 7 日，《每日郵報》宣稱因宗教理由，停發星期版，另外發行《信報畫刊》(Illustrated Mail)替代，其後改爲《星期每日郵報》(Sunday Daily Mail)。1900 年（光緒二十六年），又買入牛恩斯(Glorge Newnes, 1851－1910)的《每周快訊》(Weekly Dispatch)，正式成爲每日郵報的星期版，而《每日郵報》的銷數，其時已直逼一百萬分。倫敦及地方報的星期版，直至第一次世界大戰時，始正式發行。

《每日電訊報》創刊於 1855 年（清咸豐五年）6 月 29 日，亦即英國下議院廢除「報紙印花稅」的前一天；是由斯雷上校(Colonll Sleigh)所創，原名《每日電訊郵報》(Daily Telegraph and Courier)，共 4 頁，售價僅爲當時各報四便士之半一～二便士。1888 年（清光緒十四年），銷量達三十萬分，直至 1896 年

（光緒二十三年），《每日郵報》創刊為止，它一度是世界上發行最多報紙。它的分類廣告特多，而且率先使用「郵政信箱號碼」作為通訊之用。

另外，美國《時代雜誌》（Time）集團，發行在星期周刊，名為《時人》雜誌者（People），是以美國大小人物的動向為報道主題，雖特重影娛圈知名人物追蹤，亦不忽略甘草小人物趣事。

台北樺舍文化公司有意於民國81年年底，發行該刊第一個海外國際版——中文版月刊，但取材該刊者，以百分之三十為度。

（《聯合報》，民 80.6.29，第二十九版）。

㊌ 民國 78 年 6 月 4 日，中共在北平天安門鎮壓民主運動人士，台灣三電視台大量播報天安門現場畫面，令得前時諸如不得在畫面上出現五星旗等禁忌，已在無形中不復存在，民國 79 年 10 月在北京舉辦的亞運會（Asia Game）更是如此。

㊍ 「二二八」事件，指的是民國 36 年，台灣光復後，官民因誤會而在 2 月 28 日所爆發的治安衝突事件，在騷動中，有民眾及公職人員傷亡；台灣地區解嚴後，漸漸演變成為「政治事件」，執政國民黨備受詰難。

㊎ 見《民生報》，民 78.2.27，第十版：影劇新聞。

民國 80 年 4 月 30 日下午 3 點，中華民國李登輝總統宣布終止「動員戡亂時期」（The period of national mobilization for the suppress of communist rebellion），而承認中共為一政治實體，可稱之為「大陸當局」，或「中共當局」。三台對此一記者會的聯播，是錄影後，延至晚間間九點播出；中國廣播公司，則對台灣地區、大陸及美洲地區作立即實況轉播。（《民生報》，民 80.4.29，第十版）

民國 80 年 5 月 9 日清晨，台北調查局（Investigation Bureau）拘提四名涉嫌與「獨台會」（Independent Taiwan Association）之鼓吹台灣獨立組織相關成員，其中一名是清華大學（Tsinghua University）研究生。因事涉學生，且是在校園裡捉人，此舉遂被認為對校園及學術不尊重，遂引起某些學生及教授走上街頭，在校園罷課及各到處示威。各電視台對學運新聞，都自動採淡化處理。13 日晚間，台視原有三條有關學運新聞播布，據說新聞稿及畫面都已完成，但突然接到「指示」，全部抽掉而成了空白，不但令台視新聞部感到驚愕，參與走上街頭示威學生，更為不滿，紛紛向台視抗議，且有跑到該公司投擲雞蛋。（《民生報》，民 80.5.15，第十版）

「懲治叛亂條例」（sedition law），已於民國 80 年 5 月 17 日，由立法院通過廢除。該條例第六條規定：「散布謠言或傳播不實之消息，足以妨害治安或搖

動人心者，處無期徒刑或七年以上有期徒刑」，第七條：「以文字、圖書、演說為有利於叛徒之宣傳者，處七年以上有期徒刑」。

此法廢除後，台北環球新聞社與大陸新華社簽約，代理它在台灣地區業務，便只是一項商業行為。

❼❾ 見卓玫君（民 78）：「訪文工會副主任談三台遵守五項指示問題」，新聞會訊，第一四九期（3 月 13 日）。台北：國立政治大學新聞系。系內刊物，不對外發行。在保證國家安全與地住穩固方面，文工會也擔負文宣方面責任。文工會在接受訪問時，極力澄清是三台協調，而非「指示」，並薄責記者不經求證，便報道不確實消息，但同意政府應該盡量發布確實消息。

❽⓿ 林賢順原是中華民國空軍中校飛行官，民國 78 年 2 月 11 日，駕駛 F−5E 戰鬥機飛往大陸，機毀人留。

❽❶ 民國 78 年年中，台灣新竹桃園地方法院若干名檢察官，曾因某件涉及高級官員受賄案，而將審判公平性產生激烈之爭辯，進而彼此攻訐、謾罵，甚至召開記者會，司法院（及稍後法務部）有關此項規定，可能肇因於此。6 月 23日，司法院秘書所宣布的新措施，主要的尚有：(1)各法院應闢記者休息室，並裝設電話供記者使用。(2)每日審判的庭期表與裁判主文公告，應多備一分，供記者閱覽。(3)記者如須參閱起訴書或前審裁判書，應妥予協助。(4)社會重視之民刑案件，宣示後如不能將裁判全文，供記者閱覽時，應書寫裁判理由之要旨，以提供正確新聞資料。(5)前述案件，如有必要，可由承辦推事或審判長對裁判要旨加以說明，並答覆記者詢問。（見《聯合報》，民 78.6.24，第十三版：「大台北新聞」。）

❽❷ 英美國家常有新聞自由與公平審判之爭。法官所關心的，是公平審判，害怕記者作渲染報道，影響司法公正，令被告接受公平審判的權利受損。記者所爭取的，是抗衡法官所頒布的禁止記者直接報道和採訪的「禁制令」。而我國法院記者對此事件所爭取的，卻是反對司法院對其所屬法官所頒的「禁制令」。

❽❸ 林紀東續編（民 77）：《最新六法全書》，續編。台北：大中國圖書公司。頁1088。同款第一項尚規定：「公務員有絕對保守政府機關機密之義務，對於機密事件，無論是否主管事務均不得洩漏，退職後亦同。」

❽❹ 管國維（台中地方法院院長）：「不需要脫序的自由」。《聯合報》，民78.6.27，第九版：「社會新聞」。

❽❺ 尤英夫（執業律師）：「不知新聞自由眞諦」。同前註。

❽❻ 同❽。頁 575。

❽❼ 跑法院之記者認為「必要時」界線不明，而直覺地指出，可由法官及記者對各

自行為負責。

㊌ 見《聯合報》,民 78.6.28,第十三版。

其後,法務部又研擬了一分「檢察及司法警察機關偵辦刑事案件發佈新聞實施要點」草案,開宗明義地指出,偵辦刑事案件,基於刑事訴訟法規定偵查不公開原則及保障人權之下,應嚴加保密,不得洩漏案情;但為打擊犯罪維護治安,或對民眾具有教育意義,認為確有必要時,在不違背偵查不公開及侵害他人權益之原則下,得依該要點規定,發布新聞。司法警察如果要在刑事案件偵查終結前發布新聞,應事先與檢察機關聯繫後決定;至於檢察機關發布新聞,則應經首席檢察官核定。辦案人員如果對涉及隱私及個人權益之刑事案件擅自發布新聞,或洩漏偵查祕密,以致妨礙偵查工作之進行或侵害他人權益時,應該追究其行政或刑事責任。

這項草案規定在刑事案件偵查終結前,得以文字發布新聞的情形如:

社會關切之嚴重危害社會治安案件,業已偵破,依被告自首、自白並有補強證據者。/重要逃犯或通緝犯,經緝獲歸案者。/嚴重危害社會治安案件,因涉案者不詳,需促請民眾協助查報者;或因涉案者不詳,需促請民眾提供線索,以期早日偵破者。/已查獲之涉案者,發現另犯其他多日起案件,而被害人不詳,有促請被害人前往指認之必要者。/查獲大批贓物,須促請被害人前往認贓者。/對己發生之重大詐欺集團案件,尚未查明涉案者或涉案者尚未到案,需提醒市民避免繼續受害者。

偵查終結前,不得洩漏消息或發布新聞的事項,包括:

檢舉告發等書信及案件移送文書/檢舉人之身分/將進行偵查之計畫/傳喚被告及告訴人、證人等/鑑定事項及結果報告書/實施搜索、扣押、拘提、禁止出境等各種強制處分及結果/偵訊筆錄、錄音及錄影帶等。

偵辦已告一段落,但仍應予保密不得發布新聞宣告破案的情形,包括:

被告雖經經自白或自首,但其供述之犯罪情節與被害人或證人供述之事實未盡相符,而仍有得調查者。/依到案人犯之自白或自道,僅可認定其他共犯涉有犯罪嫌疑,但尚乏具體佐證足認其他共犯的罪責,全部犯罪真相仍未明朗者。/貪瀆案件僅一部分涉嫌人到案,共犯或事實不明尚得繼續擴大查證,或共犯相互間供述不一致,顯有矛盾有得追查者。/犯罪證據向嫌不足,洩漏案情有害人權保障,或將致被告、被害人及其家屬之名譽或其他權益之損害加深者。/提前宣告破案洩漏消息,足使犯罪者或共犯潛逃、湮滅證據或串證;或被害人被挾持未脫險;或足以妨害偵查之進行者。(《聯合報》,民 78.10.2,第一版。)論有謂此草案之目的,在封鎖新聞、扼殺新聞。因為刑事訴訟法已定有

偵查不公開原則，不但人盡皆知，更是檢、警人員的基本專業知識。在保障人權方面，法務部何以不對保護人權的事項，加以規定（如嫌犯頭上套以布罩，避免身分曝光），反而只在新聞發布上動腦筋？而且，經管的單位和人員，自能掌握分寸，不該透露者則保密（軍事、外交機密），何須規定？更何須以行政與刑事責任來威脅。在競爭激烈及滿足讀者知的權利下，採訪新聞，管道眾多，機關主管要想藉規定來遮醜，恐怕身勞力絀。〔任堅（楊乃藩）（民78）：「這種規定要考慮」，《新聞鏡周刊》，第五十一期（10.16～22.）。台北：新聞鏡周刊社。頁 19。〕

不當的新聞管制(News Control)，舉世撻伐。1989 年，大陸天安門鎮壓民運事件暴發之前，6 月 1 日，中共即宣布實施對採訪北平學生民主運動的外國新聞媒體，近乎全面性的新聞管制措施；終而引致代表全球新聞從業人員的「國際新聞協會」（International Press Institute, IPI,成立於1951年）的關注，認是新聞檢查和妨礙新聞自由的惡例。故而，該會在 6 月 2 日，由倫敦拍發電報給中共當局時，強烈呼籲中共立刻解除該項限制，並撤回全面封鎖北平學生示威新聞的威脅。（見《聯合報》，民 78.6.3，第四版：「大陸民運特刊」〔路透社倫敦 2 日電〕。）（然而，兩天之後，即爆發了舉世驚震的六、四天安門民運事件！）

挨諸台北情況而言，上述「草案」，可能存有不少缺點，但若從下述三事的嚴重性來衡量，在反對的當兒，似乎也值得衡量一下其正面效果：

(1)台北市政府常鼓勵市民檢舉不法事件，但一方面又對檢舉人保護不周；草率的結果，致令檢舉人姓名曝光而遭受報復。（《聯合報》，民 78.9.16.，第十三版「大台北新聞」。）

(2)前總統府戰略顧問袁樸將軍，因為擔任涉嫌從事非業務範圍、非法吸收游資的台北「富格林投資公司」董事長之職，而被台北地檢處檢察官，依詐欺、違反銀行法，違反國家總動員法等罪嫌提起公訴、定罪〔民國 78 年 9 月 23 日，《聯合報》第九版（社會新聞）〕。在一則五欄高的關欄新聞中，有謂：「在該案偵查期間，總統府曾去函台北地檢處給承辦檢察官指稱，袁樸是在不知情狀況下，遭人掛名當董事長，希望檢察官從輕發落，……據了解，袁樸是在 76 年 3 月間應聘……。」但經查卻並無此事。（《聯合報》，78.9.26.，第十版）。但報紙卻只用一欄高之「來函照登」，意思意思地「更正」一下。

(3)民國 78 年 10 月，治安單位有鑑於槍枝泛濫，治安嚴重敗壞，乃準備於 15 日凌晨起，展開大規模「掃黑計畫」。未料先一天，各傳播媒體即大事張

揚，日報則競於十四日在頭版用大字鋅版標題指出：「掃黑，明晨全面展開」，內文則謂：「……預備在十五日凌晨起全面行動。……這次治安單位全面掃黑的行動，將包括取締流氓及查緝不法槍械兩大項為主，動員的警力將是空前的。」（《聯合報》，民 78.10.14.,第一版。）而結果，則迫得警方於該晚暫緩實施，一直延至 16 日凌晨，方開始第一波掃蕩行動。有些縣市警察局雖提前於 15 日晚上 11 時執行，卻無結果可言。（《聯合報》，民 78.10.17.，第一版。）

❽❾ 張作錦畢業於政治大學新聞系，在《聯合報》從基層記者幹起，直升到總編輯之職，閱歷豐富，他的感慨，發人深省，尤見於「一個記者的諍言」一書中。

❾⓪ 見《民生報》，民 76.10.22.，第四版（「民生論壇」：「報道為何不正確」。）

❾① 民國 78 年，是台灣地區有史以來法治最混沌紛亂的一年，新聞界喧騰作風，亦無已復加。時值解嚴之後，一切倫理法治標準、概念與綱紀，亟待重新釐訂、調理。

例如·新年甫始元月上旬，即發生一宗十分轟動的司法醜聞。事緣其時有台灣省新竹市政府建築管理科技工□□□者涉嫌貪污，被控圖讓新竹市民□□□獲取某種利益。他於是聘請律師蘇岡為其辯護。而不巧蘇岡却是當時主管司法風紀的司法院第四廳吳廳長夫人。蘇岡與被告商議後，由他及 該名商人湊足款項，行賄審理該案的新竹地檢處檢察官。蘇岡其後涉嫌吞下過半賄款，其餘則二度向檢察官行賄，請他對兩被告不起訴，但遭拒絕，並向新竹地檢處告發，由檢察官高新武偵辦；蘇岡其後被拘捕，吳則因涉嫌介入關說，亦被傳訊，是謂「吳蘇案」。

「吳蘇案」內情，一時間外界的確是很難瞭解的。不過一般媒體若以「爆炸性」的議題，來處理、來突顯此案，以情緒性字眼、審判態度來「引導」社會氣氛，掀起此案高潮的話，也該受指責的。例如：

⑴在媒體連日刻意報道下，偵辦該案的檢察官高新武頓成風雲人物，是一位不畏壓力與阻力、敢公然偵辦上司的「司法英雄」。報紙上常用「勇哉高新武」之類醒目標題，幾乎將他視為提振司法威信，改善司法歪風之神。

當一審判決之後（尚未屬最後定讞），「當紅」的高新武隨口說句：「四十年來這樣一個司法體系，我很懷疑上訴有沒有用」，「吳□□被判無罪，違反經驗法則」。媒體立刻突顯這兩句話，落井下石地令司法尊嚴再受一次打擊。

⑵此案宣判後，有四位推事宣布集體辭職。以抗議司法不公（沒判吳罪）。按我國刑事訴訟法第三百四十四—七之規定，對判決有資格表示不滿的，僅限

於檢察官及被告（或法定代理人）。此四位推事並沒有審理此案，卻以這樣激烈做法，來表達他們的意見，嚴格的說應屬專業行為的偏差。（與之何干？）。然而，各報皆以大篇幅來處理，稱他們為「急流勇退」的「四壯士」，大字標題寫著：「唉，不如歸去！　新竹地院四推事／失望中一齊請辭」。中央研究院三民主義研究所副研究員陳新民，即在當天《聯合報》上，認為此四位推事行動，對司法尊嚴只會更加破壞（口述稿）。他指出非承審法官，對於案情所瞭解程度，終究有限，而身為法官，應該接受並非只有自己的意見才是正確的這個觀念。

媒體善下武斷的結論，轉載某些足以導致爭端的評論，甚至報道不符實情的消息，妄作新聞審判，違反我國現行出版法第三十三條之規定：「出版品對於尚在偵查或審判中之訴訟事件，或承辦該事之司法人員，或與該事件有關之訴訟事件成承辦該事之司法人員，或與該事件有關之訴訟關係人，不得詳論，並不得登載禁止公開訴訟事件之辯論。」豈不成為媒體企圖干預司法案，審判獨立的明顯例子？倘若媒介除了秉公報道本案表面現象之外，能更進一步探討司法判決品質之重要性、司法獨立之真諦及國家刑事政策等課題，協助建構更具建設性之輿論，又豈不是更盡傳媒社會責任！

❷ 因蕭部長尚時未有辭職打算，使一般人及媒體又勾起三十四年前，經濟部長尹仲容為「楊子案」而請辭迴避的風範往事。（見本書：反常新聞之炒作「新聞」一節。）

❸ 例如：他本人曾公開告訴法務部同仁，指此事是「有心人的陰謀」，有人意謀要他下台；他自創了「陰謀論」，即(a)李總統登輝和當時行政院長李煥（Lee Huan）的「雙李衝突」——元首與閣揆權力的矛盾；(b)質疑調查局何以一再「洩密」（指有人一再傳出涉案人，供稱確有委託他「關說」實情），「洩密」者信是同一人所為，而新聞界一再被這隻幕後黑手的玩弄，他質疑這背後的「政治黑手」又為誰呀？

❹ 以「道聽塗說，不如先看《自由時報》」為口號的《自由時報》（Liberty Times）也在民國79年9月28日，突然以一、二版頭題及社論出我國軍方有所謂清查包括新聞記者在內的六類台獨分子的「安李麗專案」，國防部立刻去函指聲「純屬捏造，顯是惡意中傷，不但有違報道原則，更涉及刑法之誹謗罪」，該報已於同年十月二日更正。

❺ 見(1)新評會（民78.12.5）：傳播媒體報道第一高爾夫球場弊案研究報告。中華民國新評會。(2)新評會（民79）：「新評會對媒體報道『高球場弊案』研究報告」，《透視新聞媒體》。台北：華瀚文化公司。頁9～18。

因為記者報道以至丟官的事件，在美國也並非罕見。例如美國出兵阿拉伯半島爆發波斯灣危機時，《華盛頓郵報》專責調查報道記者（Investigative Staff）艾健遜（Rick Atkinson）於 1990 年 9 月 10 日，隨當時空軍參謀長杜根將軍（Michael J. Dugan）以及幾名僚屬，赴阿拉伯半島參觀該處美國空軍戰地作業五天；之後，於 9 月 16 日，在該報以一版頭條報道此行採訪經過，並詳述從杜根那兒聽到的「沙漠之盾」（Desert Shield）三萬多美軍戰鬥部署作業，以及美國對伊拉克開戰時所採的戰略——空戰是美國唯一方法，伊拉克首都巴格達（Bagh dad）市中心將是首要目標；並且計劃追殺伊拉克總統海珊（哈辛）（Saddam Hussein）杜根也提到以色列（Isreal）建議只打海珊、海珊的家屬和隨徒等等。〔《洛杉磯時報》（Los Angles Time）也有類似報道。

結果，9 月 17 日——報道見報的第二天，美國國防部長錢尼（Dick Cheney），以杜根將軍和另外四位部屬，洩露美國在波斯灣的軍機作業以及判斷力太差為由，下令革除他空軍參謀總長的職務。〔見何美惠譯（民 79）：「杜根將軍因報道丟官」，《新聞鏡周刊》，第一〇五期（11.5—11）。台北：新聞鏡周刊雜誌社。頁 25～7〕。在何美惠在此譯文中譯註中，提出了三個老生常談，但值得深思問題：(1)記者職責與國家安全執重？記者明知新聞涉及作戰機密，應否報道？（英阿福島之戰，美軍登陸格瑞納達，遭到同樣難題。）(2)軍事單位對保密與宣傳如何平衡？(3)信任與立場之糾纏。艾健遜就懷疑杜根將軍有意放風聲給記者（所以，才會如此露骨地和盤托出美國作戰計畫）。到底，杜根是過度天眞，還是故意放試探氣球？記者據以報道，是愛國？還是洩密？

〔約旦國王（King of Jordon）亦名″Hussein "，但中文譯為（胡辛），其弟為王儲哈山親王（Crown Prince El Hassan bin Talal of Jordon）〕

❾❻ 中華民國政府自民國 38 年遷台後，歷任總統均為蔣介石先生（1887～1975），至民國 64 年逝世後，由副總統嚴家淦先生接任，至 67 年乃由其時身為行政院長的蔣經國先生（1910～1988），於民國 67 年正式繼任第六任總統，73 年，再度當選連任；他於民國 77 事逝世後，由當時副總統李登輝博士（1923～）依法繼任。至民國 79 年，應正式再選舉總統及副總統。

❾❼ 民國 79 年 2 月 11 日國民黨舉行臨時中央全會（臨中全會），宣布李登輝競選總統，並提名時任總統府秘書長的李元簇（Li Yuan Zu）為副總統。〔即往後媒體所指之「主流派」。在表決之前，李煥（時任行政院長）、林洋港（時任司法院院長）等發言，表示要以不記名投票票選方式，用民主方法產生候選人（即往後媒體所指之「票選派」）；而宋楚瑜、高育仁（一九三四—）等則主

張以傳統舉手或起立方式通過提名（即往後媒體所指之「起立派」）。後經舉手方式以九十九票對七十票通過保留傳統起立方式表決。〕

蔣介石、蔣經國都屬「強人政治」，國民黨內部高層決策，即為一切，黨員慣於奉黨意而團結行事。而今，強人已逝，國民黨內部主要人物，意見未見齊一，外界遂有以國民黨「家變」稱之。而此次提名，則是「家變」公開化第一個浪潮。

㊈ 廣東（尤其香港）地區民眾，因聞有英國「路透社」消息（Reuter News Agency, Reuter），故而有戲稱「路邊社」消息，以指流言、傳聞之大可一笑置之。大陸所稱之小道消息，則較為嚴肅，通常介乎謠言與新聞之間，指的是「所傳遞的內容事實，是根據模糊、而又沒有得到官方的確認和公布，只是靠非組織的連銷性傳播通路，在民間中所流傳的一種信息及對這種消息的議論。」從特點上講，它不僅僅是單純的事實傳播，而常常是與態度、傾向、評論、政治觀點合為一體，容易受情緒，立場，態度，知識等個人因素的影響，所傳事實易發生畸變。〔陸立德等（一九九○）：「試論『小道消息』的成因和傳播」，《潮流月刊》（Tide Monthly），第四十二期（八月十五日）。香港：潮流月刊社。〕

㊉ 蔣緯國(Chiang We Go)是蔣故總統介石先生的次子，蔣故總統經國(Chiang King Kuo)的弟弟，但似乎有「身世之謎」，他對身世傳說，並未加肯定或否定。有說他是蔣介石故總統結拜兄弟，國民黨元老戴季陶（1890—1949）次子。（長兄為已逝的戴安國），但從小在蔣家，由介石先生姚姓上海妻子帶養。蔣緯國說過，對於兩位了不起的人物，他做誰的兒子他都願意。也有傳言他嘗對人說，他是蔣家的孩子，不是蔣家的兒子。民國78年1月11日，他在一項演講中，曾明言不會在79年競選總統。〔潮流月刊，第24期89.2.15）。香港：潮流月刊社。頁48。該刊於1987年3月創刊，但已於1992年1月停刊。〕

⑩ 見《聯合報》，民79.2.15，第三版。原文是：問：蔣故總統經國先生生前曾說，蔣家不會競選總統，你的看法如何？答：哥哥從來沒有說過這句話，都是報上製造出來的。這是國民大會代表的事情，由不得我哥哥來做決定。〔《潮流月刊》，第37期(90.3.15)。香港：潮流月刊社。頁14。〕

⑪ 此是答覆美國《時代雜誌》(Time)香港分社主任仙杜拉·波頓的問題，刊於該雜誌1985年9月號國際版。見《聯合報》同前註。

⑫ 此是在國民大會舉行憲三十八周年慶祝大會、國民大會七十四年年會、憲研會廿次全體會議上，對全體國民大會代表及在場新聞界人士講詞，發表於各媒體

上。見《聯合報》，同❷。

❿ 不過，《亞洲華爾街日報》並未刊出這一部分的對話；但見諸「中央通訊社」（China News Agency, CNA）於民 76.10.26，所發出的中文譯稿，27 日，國內中文報刊（如《聯合報》）曾予轉載。見《聯合報》，同 ❷。本段涵意之推敲，全是本書作者個人分析上觀點。

❿ 內閣改組後，由原任國防部長陸軍上將郝柏村將軍退役，繼李煥出任行政院長。關中（一中）則出任「中國廣播公司」（Broadcasting Corporation of China）董事長，並於民國 79 年 11 月 10 日，成立「民主基金會」（Democracy Foundation），自任董事長，以「民主再造中國」（Rebuild China With Democracy）爲號召。（本段所用之「膺」一詞，勿誤作「贗品」之「贗」。）

❿ 見《新聞人》，第四期（民 78.9.30）。高雄：高雄市大衆傳播職業工會。頁 9：「李總統登輝先生如是說」。對內刊物。

❿ 見民 78 年 6 月 6 日晚，台北、香港各家電視台之轉播新聞。又《聯合報》，民 78.6.7，第三版。港人因而稱袁木爲袁二三，或「袁木求愚（民政策）」。

❿ 見民 78 年 6 月 17 日晚，台北、香港各家電視台之轉播新聞。又《聯合報》，民 78.6.18、19 兩日，第六、七版。

❿ 《民生報》，民 78.7.12，第十五版。

❿ 在激烈爭論之下，台北新聞界對1989年6月4日大陸北京天安門事件之報導，事後印證，全屬子虛烏有。大而言之如：(1)中共卅八軍及廿七軍互相開火；(2)廣州及成都軍區預備推翻鄧小平（1904—）但被武漢軍區阻止；(3)鄧小平死亡；(4)楊尚昆（1907—）及李鵬（1928—）逃到內蒙，求蘇聯庇護；(5)李鵬中槍；(6)「中南海」中共高級領導大逃亡；(7)鄧穎超（1905—）被義子李鵬氣死。（參考自《聯合報》，民 79.2.16，第十版「大陸新聞」）。報道中原指「十大不實報道」，但因(1)徐向前（1990—）及聶榮臻（1899—）痛斥楊尚昆，不應鎮壓學生；(2)「六四」天安門死亡二至三萬人；及(3)一些學生領袖在「六四」事件中死亡，且被子彈打成蜂窩這三項未能查證，故删去。）

之所以如此，實可歸因於：(1)此地報道對大陸認知太過淺薄。(2)搶登外電、香港報道以爲獨家。（殊不知香港報界也是爲了銷路，而大做新聞。）(3)一廂情願地以爲，大陸愈亂愈有新聞看頭；(4)所謂「亂軍取勝」，希望「不幸而言中」，押對實，必能增加報紙銷量；不中，也有可以諒解藉口。有謂「謠言起於記者」、又謂記者爲「製造業」，這類「新聞病毒」之譏諷，豈眞信而有癥？難怪年輕時在大陸《掃蕩報》曾擔任一年過特約記者的李元簇副總統，一再提醒新聞界，所謂新聞自由，指的是「報道事實的自由」，而非「製造新聞的自由」。（《聯合報》，民 79.9.10，第四版。）

第三章　新聞(節目)傳布與社會信息

第一節　前言：誰之過？

希望快速打開知名度，刻意塑造形象的人，他惟一的願望，當然是立即「攀上媒介」(access to media)；所以，美國國會山莊議員，總希望經常在媒介「暴光」(exposure)，甚而不惜彼此謔稱為「勾搭新聞」的「新聞妓女」。打知名度──這一方面，媒介的確可以大大幫忙。

希望訴願、翻案的事件，更默禱媒介能路見不平，「拔筆相助」。例如，已故老報人成舍我先生之尊翁心白公，就是因為得到上海《神州日報》駐安慶訪員之助，才能於清宣統元年（1909 年），澄清上海報章基於知縣一面之詞的報道，平反身為舒城監獄典吏，而未能及時阻止重犯「越獄」冤屈，因而得以免受處分❶。──這點，媒介確也可以敲敲邊鼓。

新聞傳布之雷霆雨露，對社會之衝擊，對社會教育所帶來的社會暗示性(social implication)效果，若從傳媒上的實際例子來考量其影響性，的確頗令人擔心的。例如，民國 78 年 6 月 4 日大陸天安門事件爆發後，中共在大陸各地不停追捕民運人士，若干較幸運的學生及主導人物，在同情者的大力協助下，得以逃出大陸。但因媒介的爭相報道，致令他們的逃亡路線，有呼之欲出之虞。

一羣關心大陸愛國學生及民運人士的香港居民，乃於 7 月 3 日在《星島日報》刊登了一則標題為「眞言逆耳」的半版「意見廣告」(advertorial)，強烈譴責香港某傳播機構，於 6 月 28 日，播放民運學

生領袖之一吾爾開希(Wuer Kaixi)錄音談話（已逃抵巴黎），公開其逃亡路線，致令中共有跡可循，危及將來拯救行動。

內文並懇切呼籲香港大眾傳播媒體，在報道大陸民運消息時，應憑良心理智，在披露眞相之餘，顧及被迫害人士的安全；不因爭取獨家消息或超越同業，而漠視所能引致的嚴重後果❷。

又例如，民國 78 年 7 月初，經華盛頓公約列爲瀕臨絕種的大陸娃娃魚（鯢魚，Salamander），竟有不肖商人，罔顧我國行政院農業委員會之禁令，非法偷運進口，台北桃園、台中市、台南縣一些餐廳，並竟公然推出娃娃魚大餐，以「本店引進特級稀世珍貴魚種『娃娃魚』」爲號召，一隻娃娃魚其時售價約新台幣一萬八千元左右，再配幾道菜，一桌大約要兩萬多元。（在澳門，喝娃娃魚湯並不稀奇。）

某日，一家電視台在晚間新聞中，報播出「吃國寶娃娃魚」招徠老饕新聞，用意原在激發國人思考（爲何連國寶級的魚都捨得吃）。卻連續訪問了兩位吃過娃娃魚的人，並問其感受。一位說娃娃魚身價百倍，吃起來應該很補；另一位則說娃娃魚肉質鮮美，很好吃❸。記者卻未再採訪相關單位，讓觀眾了解，吃來自大陸疫區的娃娃魚，可能感染到那些傳染病；就採訪的意義，亦不曾呼籲社會大眾，共同保護瀕臨絕種的動物。

新聞傳播學者應該同意，這是一種不平衡的偏頗報道方式，甚至造成社會反教育效果；在「選擇性理解」的情況下，民眾可能產生錯誤印象，以爲愈稀少、愈珍貴的東西，也就愈補，因而不惜巨資購食。

另外，試觀下面幾則近年中外事例：

(1) 1987 年 8 月 19 日，一名十多歲的英國男子，在英國西部亨格福小鎮，一手拿著自動步槍，一手持手槍，對著人羣瘋狂亂射，槍殺了十五人，包括他的母親及一名警察，並擊傷另外十六人，最後舉槍自戕，釀成英國犯罪史上最悽慘的「濫殺事件」。

　　警方說，該名兇手蓄著鬍子，事發時穿著象「藍波」(Rambo)一般的服飾，頭繫髮帶。屍體被發現時，旁邊還有幾枝槍械❹。

　　慘案發生後，「英國廣播公司」（ＢＢＣ）電視部，立刻下令停播若干套涉及暴力電影，而其友台「獨立電視公司」(Independent Television. ITV)，則因為繼續播暴力血腥片集「掃蕩羣魔」，而招受輿論譴責❺。

　　(2) 1987 年 11 月 17 日晚，美國東部波士頓市，一名五歲男孩，與一名三歲男孩，在談論恐怖暴力電視影片「十三號星期五」和「安姆街的惡夢」內容時，因為過於興奮，那名三歲男孩，竟從廚房找來一把長達 28 公分的菜刀，由五歲男孩持刀，先後四次向同住一室的兩歲女童攻擊，總共刺殺了 17 刀之多，把女童殺成重傷。

　　該兩部暴力電視影片，才剛於13日晚，在波士頓的電視台播放❻。

　　(3) 1987 年 11 月，香港一名 24 歲男子，竟在看完色情片後，在九龍地區非禮一名返家女子。事發後為警方拘控，該名男子承認罪行❼。

　　(4)民國 76 年年杪，台北味全、統一及義美三家食品公司，連續遭歹徒以仿效日本「廿一面人」，在超級市場食品下毒的做案手法，勒索巨款。11 月 20 日，一名勒索味全公司的嫌犯，竟想到用火車作為遞送款項的方法，要攜款交付的人員，乘坐某一班次火車，在經過路軌某處時，看見約定標誌，便須立刻將錢丟出火車窗外，由嫌犯取走。所幸警方道高一尺，及時布下警網將嫌逮捕。一位記者問及嫌犯，為何想到用這種方法勒索金錢，以及利用火車做為傳遞勒索款項時，該名嫌犯的答話是：

　　•最近我經常在報紙或電視上看到有人向食品公司勒索，而且有些幸運者都能得逞；我花了一段時間研究，認為利用火車做為交通工具，縱使警方在火車上發現我，相信絕對沒有敢跳下火車來抓我❽。

　　同月 21 日，義美公司又接到恐嚇勒索黑函，並且有樣學樣，依照

前述鐵道旁邊取款的方法，要義美公司人員攜款付約，亦賴警方以招套招，憑前次經驗，一舉將嫌犯擒住❾。

⑸民國77年1月25日下午，台灣花蓮一名平時喜歡觀看神怪鬼魂電影的十歲男孩，在住處和六歲弟弟以紅色塑膠繩玩吊死鬼之類上吊遊戲，不幸縊死❿。

⑹1988年年底，至八九年中，日本京都戾玉縣及京江東區連續發生女童遭誘拐、分屍的殘暴案件，警視廳後來找到了一名26歲的嫌犯宮崎勤，在他的住宅中，搜到6,500部左右的戀童、恐怖及色情錄影帶，並有各種黃色漫畫和雜誌，日本新聞界稱之為「宮崎事件」。最令人吃驚的是，他擁有全套由日人制作的「天竺鼠」系列影片，內中所描述誘拐女性及分屍情節，與宮崎手法十分相似，哄動一時。其後，ＮＨＫ電視台立刻抽掉原擬播放的恐怖電影特集，山梨縣則立例禁止未滿十八歲縣民租看暴力錄影帶。

⑺1988年2月1日，一名已成年、即將畢業於香港大學建築系女生，因為在港島銅鑼灣一家超級市場，偷竊一百五十多港元食物及日用品，事後被控。該名女生在法庭上認罪，並向裁判司（法官）求情，辯稱家貧，偷東西只為貪心；而她於年內便可畢業，希望獲得輕判及不留案底（前科）⓫。

裁判司仍判他罰款五百港元，並指出當前裁判司在處理此類案件時，並沒有不留案底的權力，故要留下案底。

2月2、3日若干、日晚皆報道了此宗法庭新聞。例如，《華僑日間》在處理這則新聞時，是將之刊載在「第一張第二頁」、以全四闊欄來報道，標題及新聞內容是這樣的⓬──

標題：

女大學生超市高買 (shoplifting)

哀求法官勿留底案

法官拒絕所求／被告罰款五百

內文（連標點共 267 字）：

　　（新亞社訊）一名自稱是大學生之女子，涉嫌被控在超級市場內偷竊物品，昨日解上中央裁判署審訊。被告認罪，被罰五百元。被告□□□，廿三歲，被控於 2 月 1 日，在銅鑼灣東角道一超級市場內，偷竊去十二件日用品、食物等，總值 157 元 8 角（下略）。

　　《星島晚報》則以較大篇幅處理。該報在 2 月 2 日，將此則報道放在第一版，用三行五欄反白八個初號字（62 級）作為大橫題，內文連標點共 345 字，並與另一則字數大約相同（327 字），報道一男子在夜總會吃「霸王餐」不付賬，因而受罰的「（又訊）」，作串文貫四欄的處理，使成大「塊狀」，並用十字型鉛粒加重上下欄線。其標題及新聞內容是這樣的❸——

標題：

大學女生店內盜竊
庭上哀求勿留底案
裁判司謂無權處理

內文：

　　（本報專訊）一名香港大學女學生由於在超級市場高買百多元的貨品，今晨在中央裁判署承認控罪，被罰款五百元及留案底。

　　被告□□□（譯音）廿三歲半，在港大讀第 3 年，今年便會畢業，她被控在今年 2 月 1 日，在銅鑼灣東角道 24 至 26 號一家超級市場偷去十二件價值共 157 元 8 角的食物及日用品。

　　案情透露：2 月 1 日下午五時，超級市場職員目擊被告在架上偷物後，隨即在隨身攜帶的手袋及膠袋內。

　　被告今晨在庭上認罪，並向法官求情，指出自己家貧沒有錢❹，同時今年便要畢業，偷東西只為貪心，故希望獲得輕判及不留案底。

裁判司表示：由於現時裁判司在處理這類案件時，並沒有不留案底的權力，故仍需判被告罰款五百元，並要留下案底。

未料，涉案女生竟於 2 月 4 日上午跳樓身亡❶，一條成長不易的寶貴生命，就如此永辭人世，驚震了香港社會與傳播界。

據報道，該女生於 2 月 4 日上午到學生家家敎（補習）時，曾手持一疊報紙。而她在犯案後，一直隱瞞著家人，直至傳播媒介將案情發表後，身分外洩，經家人追問，在無可奈何之下，才帶淚說出內情，並表示不想回校，不敢面對同學。她的母親因而指責某些傳媒大肆報道的做法❶。

人命關天，新聞報道是否有「摧命符」的魔力，引起了香港社會各界相關人士及傳播組織的積極檢討，歸納他們對媒介的討論與意見有：

(A)新聞價值問題

此宗高買事件確具有新聞性。因爲：(a)香港在（該年）過往六年內，商店盜竊案件，有上升趨勢；單單 1982 年，就達七千多宗，可說已經是一種泛濫罪行❶。(b)新聞是報道一些反常或不反常的事，一般人皆認爲大學生接受了十多年教育，相信會較爲明理，以及行爲端正；而高買案通常是小孩子一時貪玩才犯的。故此，一名港大學生高買是有新聞價值的❶。(c)《星島晚報》解釋，就因爲該則報道有新聞性，所以決定用來做頭條❶。(d)這是一件高買案件，相關報道亦是爲了對其他靑少年起警暢作用，喚起社會大眾關注，提醒超級主場和商店注意防止高買，並反映出學校教育、家庭的照顧關懷與大學訓練等是否存有問題等事項❷。

(B)法理上的考量

雖然未能判定該女生是否因報道刺激而自殺，但整件事件無疑是件悲劇。根據傳媒的報道，當事人的自尊心相信會受到打擊，再加上罪疚感作祟，令涉案者難以在學校和社交圈子立足，在無法應付情緒壓力和

想不通的情況下，而走上自殺一途㉑。而在香港記者協會守則中，也有條文指出：避免令當事人受到不必要的痛苦㉒。也就是多考慮當事人的處境。然而，此次傳媒報道，並未超越法律界線。

香港新聞行政人員協會於 2 月 7 日，就曾就此事進行研討，事後發表了一項間短聲明，認為㉓：

傳媒各機構對此案的報道容或有所差異，均依法盡了向公眾如實提供訊息的職責，並無渲染。

(C)合法不合理的指責——前車之鑑

研究過此次事件的學者，都認為各報報道內容，尚算平實，但刊登涉案人全部姓名及個人其他資料，雖則在法律上沒有問題㉔，惟在道德良心上仍在所爭議㉕：(a)未顧及社會良心、新聞道德及損害自尊之後果。同時，當前的傳播媒介對知名人士的傳播權十分體諒，報道他們時小心翼翼，恐防得罪了他們。但對於非知名人士，則並不體諒㉖。(b)刊登全名是合法、但不合理的做法。此是最受爭議、被認為有渲染成分的一點。因為高買只是一件普通案件，不值得大事報道；而且將涉事者的學校及全名刊登，更使他難以面對同事與親友，而無法改過自新㉗。

從上述分析來看，這一事件，對新聞界本身而言，報道無罪、內容亦確實，癥結在於刊出該女生全名是否恰當，是否「伯仁實由我而死」㉘！

無獨有偶，台灣桃園縣中壢市一名黑道角頭（老大），於民國 77 年 8 月份遭人槍殺，案情一路發展，竟「傳出」與某位女星有所牽扯，雖經地檢處檢察官與縣警察局刑警隊長堅決表示「絕無此事」，但報刊還是將「消息」披露出來，其中某則報道，有這樣的內容（摘要）㉙：

〔桃園訊〕據悉，偵辦桃園縣中壢市黑道角頭「□□」□□□命案的警方專案小組，昨天找到被指曾替「□□」介紹女演員藝人的中年外省籍男子；中壢市黑道人物也聽說了這個消息，但警方表示絕無此事。

據傳，這名外省籍男子跟「□□」的私交不錯，最近還替「□□」介紹認識了一名身價很高的女演員。……黑道有人懷疑他可能跟案情有關，曾出動尋找，他也積極尋找那名女演藝人員。

……。

專案小組指出，死者被殺死因傳說紛紜，警方為了解死者遇害前有無和異性接觸，有無服食過藥物，這要解剖化驗後才能分曉。

[台南訊]桃園縣中壢市角頭「□□」□□□命案發生後，外傳與□□□私交不錯可能了解案情的一名□姓女演藝人員，目前在台南市一家西餐廳作秀（表演），昨晚她被問到這件事時說：「□□」□□□是誰？

這位女演藝人員表示，她不認識中壢市的「□□」，她自七月中旬起秀約不斷，……桃園、中壢並沒有秀約，怎麼了解「□□」被殺害棄屍的案情。

她說，……，實在弄不懂有人為何問起她這件事，指她與「□□」之死扯在一起，更令人莫名其妙。

8月10日，該名女藝員竟然企圖自殺，幸而獲救：

[台北訊]□視演員□□□昨天凌晨在家仰藥輕生，送醫急救脫離險境後返家休養。

□□□前晚因獲悉外傳她與中壢黑道牽扯，傳出一些不利形象的消息，心情鬱悶，……。

□□□一向重視個人形象，……。

……。據了解，她仰藥輕生即與顧慮廣告形象受損有關。

她昨天在甦醒後情緒激動，開口就說「自己是被冤枉」，……可以想見這件事在她心中造成的壓力。……❸⓪。

再後的發展是，□□晚報社長連同高級職員「設宴慰問」，新聞界和警方都公開澄清此事還她清白，「誤報」此則新聞記者，親自向她致

歡❸，並刊登此則「人情味」新聞。

　　細觀前述報道，桃園消息來自「據悉」、「據傳」；台南消息則訪問到被牽扯的女演藝員，給予她一個澄清機會，所用篇幅亦相當多，技術上是夠「平衡」了，但人言可畏，該演員差點步上民初女明星阮玲玉後塵，成了「據」字的犧牲者。

　　另一位由香港到台北求發展的女星□□□，一時想不開，竟在兩天之內，兩度企圖自殺。他對記者透露為何會自尋短見的一段話，真是血淚斑斑：

　　……這一年裡，好多本雜誌罵我的報道，這些報道很離譜，大標題寫著我「人盡可夫」，又說我是「大淫女」，甚麼下午認識，只要看得順眼的男人，晚上就可以上床……。好多，好多，……沒想到她卻在雜誌上匿名中傷我。……尤其當秀場上無聊的人拿了雜誌吃我的豆腐(占便宜)：「喂！改天我們也上個床」，我到那兒哭訴❷？

　　諺云：「良言一句三冬暖，惡語傷人六月寒」，大眾傳播的「惡語」，更會是「過失殺人致恐」的魔咒！

　　(8)1988年2月，新加坡一名七歲小男孩，因模仿卡通人物動作，撐著雨傘從四樓公寓跳下，結果重傷垂危。

　　該名小孩一向對「超人」及「蝙蝠俠」之類卡通人物著迷。他的母親也一再警言他不可將卡通與現實混合，但他沒事就在屋裡佯裝飛翔模樣。該次意外，即肇因於他要模仿「蝙蝠俠」中大壞蛋「企鵝」的動作，而鑄成悲劇❸。

　　(9)民國77年3月9日，一名□姓作家，因與□□出版社□姓監察人，發生版稅糾紛，跑到台中殺害其家人。事發，前他在一書序文中，提到前時一名山地籍少年，因工作糾紛而殺死店東一家的血案；因此，有人懷疑他受到此事牛報道的影響。這名作家在序中寫到：「□□□來台北是為了找工作謀生，卻殺了人，因為洗衣店東夫婦把他逼瘋；我堅

苦自修是爲了求學問濟世，卻出了家，因爲□□公司把我逼傻了。」❸

　⑽民國 78 年 5 月 11 日，台北市士林區一所國小二年級生□□□，被匪徒綁票勒索。警方於同月13日偵破此案，並救回人質。被捕歹徒供稱，他們作案手法，都是看了錄影帶之後，才模仿片中情節作案的❸。

　⑾民國 80 年 5 月 20 日凌晨，一名工專電機科的畢業生夥伴攜帶玩具手，槍徘徊在台北市林森北路，意欲找尋作案的下手對象。其後因遇警盤查而遭識破，爲警所捕。警方在搜索他的住處時，竟發現一本附有各種犯罪新聞的剪貼部，準備逐一「按本子辦事」❸。

第二節　有影響？沒影響？觸發性的影響

　新聞所傳布的息訊，尤其是犯罪之類聳動性內容，究竟對閱聽人，特別是青少年及兒童，會產生怎麼樣效果，一直是傳播學者，所要探討的主題，而且繼續研究下去。不過，「研究」來「研究」去的結果，還似乎是議論紛紜，莫衷一是。例如就以新聞與傳播學重鎮的美國來說，也是百家爭鳴的局面，研究則卷軼繁浩，但歸納起來，不出漆敬堯教授的分析範圍，他的研究大致有如下論點❸：

　(1)早期學者的主觀見解

　Ａ、研究廣播與電視節目的學者羅斬(L. Logan, 1950)認爲，憑常識就可以知道，犯罪故事是不能讓兒童知道的，必須保護兒童不受犯罪（廣播）觸目影響。

　Ｂ、米芮斯(G. Mirams, 1951)就感受到大衆媒介一再重覆暴力內容，很可能在不知不覺中，塑造成一種潛移默化的行爲典範，影響到具有某種性格的人，若處在某種情景下（如喝酒），衍生成一種條件式的反應行爲。也有些學者更憂慮，即便是身心正常的，但若處在緊張情緒中，也可能受到經常觸摸到的暴亂內容的暗示，而不期然產生不尋常

的行為。

C、柯信斯(N. Cousins, 1953)相信，恐怖性質的連環圖(comic books)和電視節目，是促使青少年犯罪的主要原因。

D、布魯麥和哈斯爾(H. Blumer & P. Hauser, 1953)擔心犯罪、暴力故事，雖不致引起青少年立即的、非理性摹仿，但如明示性愛、金錢刺激，而且還暗示用甚麼手段以達目的影片，會慢慢地影響年輕人，採用不正當方法去犯罪。

E、不過如克普爾(Joseph T. Klapper, 1960)等人，卻頗能接受心理學家的另一觀點，認為一般所謂的犯罪、暴力的媒介內容，也可以令兒童「面對現象」，抒發心中的敵意情緒；否則，·他們很可能幹起傻事來。

(2) 實徵研究〔實地實驗研究法（“Field experimentational research”）〕的探索

A、對兒童有影響。例如豪特(T. Hoult. 1949)以兩羣年齡、學校班級和家庭經濟環境大致相似，但一羣為不良少年(Junvenil Delinquency)，另一羣為乖寶寶（控制組“contral group”）來研究，發現不良少年的那一組，閱讀較多犯罪、暴力的連環圖。羅化士(O. J. Lovas, 1963)發現，在他們的研究中，那些看過強調攻擊性的卡通的兒童，比沒有看過的，較具攻擊性。同理，在班都拉(A. Bandura, 1963)等人的研究中，發現看過成年人腳踢汽球娃娃影片的兒童，會摹做影片中踢汽球動作，沒有看過的則不會。

B、對兒童沒有影響。例如克里賽(Cressey, 1949)、域卡特(E. Ricutti, 1951)、李溫(H. Levin, 1953)與希姆威特(H. Himmelweit, 1958)等人，分別在不同研究中，發現影片、廣播、連環圖及電視犯罪與暴力內容，對兒童行為，並沒有決定性影響。

C、可能對心理失調的兒童有影響。傳播學者依照兒童接觸電視節

目和行為傾向的研究報告，曾提出四個諸如：(a)替代性參與(catharsis)，亦即借他人酒杯消自己塊壘；(b)侵略性啟示(aggressive cues)；(c)有樣學樣(observational learning)；與(d)加深心結傾向(reinforcement)等四大有關電視節目與暴力的觀點。例如，早期伍爾夫與費斯克(K. Wolf & M. Fiske, 1949)研究發現，心理失調(disorder)的兒童，一直都會喜歡看超人、好人打壞人、反抗雙親之類連環圖[38]；威里父子(M. Riley & J. Riley Jr. 1951)研究發現，情緒不穩定(emotional unstable)，不合羣的兒童(a solitary member of the mass)比較喜歡犯罪故事的節目。麥柯比(E. EI. Maccoby, 1956)研究發現，心理失調的兒童，較正諸心理正常的兒童，更能記憶影片中的攻擊性內容[39]。

上述諸人諸項實驗，不過在反覆驗證，大眾傳播媒介內容，雖然並不是決定在思想、行為上，尚未定型的兒童行為的唯一因素，還得視他們的生長環境及接觸層面而定；但卻有「刺激、引導與加強效果」的傾向。不過，對有潛伏性心理失調的「邊緣兒童」來說，大眾媒介的犯罪、暴力之類內容，就很可能引起「摹仿」的可怕後果。站在新聞倫理(journalistic ethic)來說，任何傳媒的內容，都不宜誇張犯罪、暴力的角度，淨化猥褻資料，避免「邊緣兒童」走向角落的不歸路。《紐約時報》，就不太刊登犯罪新聞，即使有，也僅止在合法、合理的範圍內，簡單的報道所發生過的事件，這就是一張歷久不衰的「質報」(quality paper)的風格。

第三節　一幅奇異的百衲圖

美國哲學家霍金(William E. Hocking)曾感慨地說：「為什麼要刊登那些犯罪新聞呢？它對社會毫無益處，事實上，它危害了人民的德性與行為；刊載犯罪新聞，只是為了更多的銷路，賺取更多的錢，僅此而

已，沒有其他理由。」然而事實上，犯罪新聞之所以成為激情報紙的主要內容，誠如傳播學者范克廉(Alfred Friendly)所指出，原因在於它能激動人的感情，捉住讀者的興趣 ❿。正因為如此，另一位傳播學者馬利仁(Eve Merriam)就擔心傳播媒介對於暴力行為習以為常的描述，令受播者司空見慣後，會以為現實生活就是如此。特別是那些未成年的青少年，長期暴露在這些傳播媒介內容下，他們的日常行為，亦會在潛移默化中受到影響 ⓫。

美國精神衛生署（NIMH），在一九八二年，曾經發表過一個結論說：「絕大多數的研究機構都同意電視上的暴力，會使觀賞這類節目的兒童及青少年，產生暴力行為。」另外，若一再觀賞這類節目，又會增加一個人對暴力的容忍度；兒童及青少年在閱聽時，若處於受挫的情境中，或畫面上的施暴者，因暴力而受到獎勵，也會增加他們的暴力行為──但即使施暴者受到處罰，也不見得會減少閱聽者的暴力行為❷。

又如美國《綜藝報》曾於 1989 年 3 月 27 日至 4 月 2 日，曾對美國三大電視網（ABC、NBC、CBS）的黃金時段（prime time）節目，進行抽樣和統計分析，結果發現暴力和犯罪節目充斥，幾乎每一小時，便會出現一次死亡和六次受傷情節，其中的死法更是包羅萬象；顯示美國電視，已為全家，輸入暴力與血腥事實。

然而三大電視網都宣稱本身訂有電視暴力規範，作為自律的標準，長期以來，一再禁止電視情節出現沒有必要的暴力鏡頭，並未刻意渲染暴力和血腥，電視節目所呈現的，僅是社會現象的反映與模擬而已。

美國國家廣播網（NBC）更指出，該公司節目的敏感度，總是跟著觀眾的感受而走；他們所強調的，只是施暴的後果，而非映象的衝擊❸。

這是否意味著就當時美國社會的情況而言，三大電視網都自認為：他們節目所描寫的暴力，只是反映現實，實際上並無過量？而這一項準

則，又該如何判定？

我國激情新聞之勃興，大概肇因於三十多年前，民營報紙之草創及發展時期，因為要刺激讀者的口味，遂競相擴充社會新聞（crime news），以聳動標題及處理手法，深入大肆報道各種犯罪消息，日久則相習成風；而功利主義的誘因之下，更乾脆以此為促銷報分皇牌。已故報界耆宿馬星野先生，曾於民國 72 年 3 月 1 日，發表一篇感人頗深的「讀報觀影罪言」的警世文，大聲呼籲：(1)大傳事業，要以國家民族利益至上，不可以營利為目的；(2)報道的眞實與言論的公正為大眾傳播的靈魂；(3)誨淫誨盜，不問黃色黑色的節目內容，均應予以淨化；(4)傳播工作者，品格道德重於一切。

根據鄭行泉在民國 72 年所做的一項民意調查[44]，受訪民眾無疑對此一呼籲作出有力反響。他們認為：詐欺、揭發貪汙、搶劫盜竊、強暴色情、天然災難、交通事故、暴力傷害及走私吸毒等九類常見的社會新聞的報道，雖有著滿足好奇心、了解社會眞相，以及可供預防、警惕與參考價值等諸項正面功能，但對其負面性功能，例如：可能產生犯罪模仿作用、引起人心不安、污染社會形象破壞安和氣氛等，咸認為負面作用大於正面功能，且對此類新聞報道之正確性，切實地質疑。因此，大眾希望少登犯罪新聞和不良廣告；多報道激勵訊息，負起社會教育責任，而且應該適當地制裁誇大不實報道。

《美國新聞與世界報道》（U. S. News & World Report）在 1989 年 2 月 6 日一期中，登有一篇由羅森布拉特（Roger Rosenblatt）執筆，題為「新聞報道的超現實世界」的「時事評論」，對新聞報道裡，出盡風頭的那種「讓混亂取代常理」的不協調現象，有極深刻的感歎。羅森布拉特分析了該期之前的全美一周新聞，包括：(1)加州史托克頓市（stockton）的□□，在 1989 年的 1 月 17 日，手持 AKM 衝鋒槍，向一處校園裡學童瘋狂地掃射，造成五死五十九人受傷的慘劇。此事件一經報道

後，AKM 衝鋒槍竟然出現銷售熱潮，又引起一次管制槍枝的爭論——
洛杉磯南中區一家槍店老闆解釋說：「許多人本來不知道市面上可以買
到這種槍。他們看到槍的強大威力，留下了深刻印象。」(2)六萬七千名
反墮胎人士。齊集華府，展開「生命之權大遊行」(March for Life)，
要求推翻最高法院對羅伊對韋德案(Roe Vs. Wade)判決。——贊成與
反對墮胎人士，又喋喋不休。(3)承認至少殺害過二十五名婦女的殺人魔
王泰爾・班迪，在佛羅里達州的史塔克(Starke)被送上電椅。二千名穿
上寫著「烤焦泰爾」T恤的民眾，前一晚即聚在一起，參加守夜祈禱活
動，為人殺人魔王伏誅而喝采。——殺人魔長得帥，手段殘酷，真是
「好眉好貌，生癩痢」。他的伏誅，又再引起全國各界對死刑應否廢除
的談興。(3)布希總統(George Bush)就職演說時，以「君無戲言」
(read my lips)來保證不加新稅，其後放出空氣，自打嘴巴表示存款戶
應繳納存款稅，以挽救信用業危機。這不是出爾反爾嗎？他又解釋說，
在他的就職演說中，所提及「對毒品全面宣傳」的諾言指的主要是：
教育措施，而不是執法行動。——這下好了，布希任職演說中，所提及
「對毒品全面宣戰」的諾言，指的主要是：教育措施，而不是執法行
動。——這下好了，布希任命前教育部長班奈特，出任反毒總管(Drug
Czar)的理由，就有台階可下，真是「官」字兩個口。(4)聯邦檢察官
展開行動，要求哥倫比亞特區市長貝利，就他是否吸過毒一事，出庭作
證。——無風不起浪，不管調查結果如何，政府首長威信定然夠瞧的
了。

　　羅森布拉特慨然指出，美國民眾既然注意新聞報道，潛意識裡就習
以為常地，在不知不覺中，習慣於接受那種怪異的事物的組合；因此，
每周新聞固然荒謬百出，民眾卻麻木得很少震驚憤怒之類反應。——自
身相互矛盾的消息，竟然連貫成一個「超現實世界」**❹**！

第四節　對電視媒介及節目的其他研究舉隅

(1)香港「影視及娛樂事務管理處」，曾於 1987 年 8 月，公布一項公眾對香港電視及有聲廣播的質與量意見調查，結果發現[46]。

(A)受訪者歡迎更多喜劇、溫情及勵志的劇集，減少恐怖故事，或有關黑社會勾心鬥角的節目的播出。

(B)一半以上受訪者主張不應播出黑社會活動，歌頌匪黨英雄，反社會行為，「想做就做」的處事態度及邪術等主題。

(C)大部分受訪者認為連續劇，不應以不正常的性行為，濫交，父母謀害或虐待子女，變態行為，歪曲的歷史，或歷史人物作為主題。且在電視節目中，不應有污言穢語，黑社會術語，含有黃色意味的對話及咒罵。

(2)據《華僑日報》轉載自《北美日報》的報道[47]，英國一家醫院負責人費絲夫人，經過十多年的長期調查後，認定看電視嚴重影響兒童智力，因此他呼籲每台電視機應貼上「看電視對兒童有害」的警告標語。研究並指出宣傳暴力的影片，對兒童產生不良後果最為明顯：暴力使兒童學會了在生活中動不動就動武。

西德不來梅(Bremen)一名教育官員，經過長期研究後警告說，當兒童尚未發展出徹底了解的思考與想象能力的當兒，倘若即已暴露在電視機前，接觸在他們無法處理的許多想象與刺激中，並受到故意的誤道的話，會導致所謂的「官能文盲」。

這位官員指出，若干學校老師都有電視「破壞兒童想象、規避讀、寫，並失去專心一致的能力」的經驗。他因而主張學前兒童(pre－shool)應該不許看電視外，並呼籲家長，教育理論家，媒體專家與政界人士，共同為「兒童尋求另一種文化」，使他們在周遭的真實世界中，

強調遊戲與娛樂❹。

　　1981 年 10 月初，香港某些報章對不良少年的訪問紀錄，似可為此延伸其注腳。報紙記者訪問了一些因聚賭、打殺而遭逮捕的青少年，提到他們加入黑社會的問題。結果出乎意料地，這些「惡少」竟異口同聲的說，是電視劇引導他們加入黑社會的。電視劇裏的黑道人物是英雄（如當時「人在江湖」「千王群英會」裡的主角人物），他們要做英雄，便參加黑道了。訪問結束後，記者無奈地向讀者提出一個疑問：究竟學校教育對他們影響大，還是電視劇對他們影響大❹？

　　1982 年香港中文大學社會工作系講師周永新，與負責「突破輔導中心」（由香港《突破》雜誌支持）的林孟平博士皆認為，大眾傳播媒介深入每一家庭，七十年代的香港電視，取代師長父母地位，直接影響到青少年心態，急功近利，充滿享樂主義，不信任別人和是非觀念模糊；因而憂心忡忡❺。

　　這一觀點，與我國郭為藩教授在民國七十代所做研究頗能互相呼應，該研究曾指出：(1)電視對兒童社會行為有積極影響，但有其限度；(2)電視模式人物之影響力，不亞於父母同學❺。

第五節　小結：只聞雷聲響、未見「一言堂」

　　研究新聞、節目傳布過程的學者專家，數十年來都在棲棲遑遑的去尋找，其所顯示在社會信息的意義。一般而言，對媒介將暴力、犯罪作過分渲染的處理手法，大都有著一種「先天下之憂而憂」的善意抗拒；所以，總希望媒體能自律或給予某些限制。例如，1985 年 1 月 16 日，香港高等法院在審訊一宗由五名歹徒，搶劫島中區一家華資銀行案件時，因為警方在制伏歹徒時，特警組人員曾採取一項「特別措施」。主控（檢察）官向法庭申請「禁制令」，要求記者「不可報道該項特別措

施經過」，結果爲法官所接納，各報章便不能報道此一「特別措施」，爲警方火力及應變處理方式保密❺❷。不過，當要對媒介下判語時，大衆就顯得特別小心謹愼。例如：在諸項媒介中，電視的影響力，最受人議論。但據甘特（Barrie Gunter, 1988）的研究，公衆對所謂的「電視暴力」（TV violence）的看法，仍屬見仁見智，主要在於所談的，未淸楚究竟屬於那方面爭論；故而，當某些世人大聲疾呼之同時，英國人却不特別擔心這一問題。公衆對電視意見，比較傾向於支持以現行價值觀念及品味，來訂立些守則（a system of regulation），以替代消極的「管制」（strict censorship）。這些守則應該由播放者（broadcasters）與觀衆（viewers）互相研商，分頭負責，就「播放些什麼」（what is televised）？與「什麼叫做可以接受」（what is defined as acceptable）？這兩大衝突層面論題，找出一個均衡點❺❸。就英國電視及廣播電台的情形而言，經過甘特的多年研究（Barrie Gunter, 1988），也發現只有一小部分閱聽人受到諸如污言穢語（bad language）、性、暴力之類影響❺❹。甘特也曾經在一項在英國及世界性的研究中（Barrie Gunter, 1987），解答過一個長久以來，即令研究者困惑的問題：「電視節目是否令得大衆對罪惡更爲恐懼？或者令得膽小鬼（fearful people）躲在家裡，矇頭猛看電視？」甘特的而答案則是，後者確有跡象可尋，至於前者，則電視還未有這般力量，能夠令大衆愈看愈怕。不過，對罪惡與司法具有其種看法的人，會選擇合乎他們看法的節目來看，以鞏固（reinforce）他們的看法❺❺。

雖然傳播學者研究後認爲，電視廣告的影響，通常取決於節目類型、播出內容：播出時的環境氣氛等刺激因素（stimulus factor），與乎消費者對產品的使用經驗、對廣告的態度、和選擇性的認知過程等接收者因素（receiver factor）❺❻；可擔心的是，美國「全國暴力成因及防治委員會」（National Commission on the Causes and prevention of

Violence）曾經果斷地指出，美國商業電視所強調的價值標準是：享受、浪費、色情與暴力❺❼。

　　因此，六〇代末葉，美國即有諸如「關注兒童電視行動委員會」（Action for Children's Television）之類壓力團體（pressure group）出現，分別向「聯邦傳播委員會」（Federal Communications Commission, FCC）與「聯邦貿易委員會」（Federal Trade Commission, FTC）等單位陳情，以電視廣告可能誤導兒童，對他們的習慣、態度、行為與價值等可能引起不良後果為理由，要求禁止在兒童電視節目內播放廣告❺❽。

　　不過，在商人的壓力之下，貿易委員會限制兒童廣告的提案，終於被國會封殺。只要資訊正確，電視台仍可以播出任何性質的兒童廣告，──即幼童沒有能力分辨廣告與節目的分野，而受到廣告設定效果的影響❺❾。

　　人活著要靠資訊，資訊靠媒介傳布、遞送、其所引起的社會訊息，小則「擾亂日常生活」，大則翻手為雲、覆手為雨，如何折衷取捨，實是未來社會的一個重大課題。上軌道的媒介都會聰明地首先以能「打動讀者」（access with readership），對讀者極有利益（high interest）的新聞，諸如世界大事、地方新聞之類，保持優勢（maintain）；而對讀者利益較低（low interest），但亦頗受大眾所重視的新聞，諸如家庭、旅遊之類，則作「權宜性」（observe）配合。至於「尚未打動讀者」（not access withreadership）的領域，如果是對讀者極有開發價值者，例如營生消費、保除醫療之類，則試圖「開拓」（push）；如果對讀者價值不高，可有可無，例如校慶新聞之類，即使刊登，亦只聊備一格（pass）。然而，成功的媒介，無不珍惜羽翼，小心地過濾任何可能污染人心的內容。

　　民國78年8月1日至3日，三天之內台北的華航、泰航、國泰與

日亞航四家航空公司，連續被電話謊稱航行班機上藏有爆炸物，使得民航界人心惶惶，班機航次延誤、旅客行程受阻⓺，但經再安全檢查後，發現卻只是「詐彈」。《聯合報》，遂於 8 月 4 日在第七版（社會新聞），登出一則「編者啟事」，宣言「爲避免新聞報道比類事件，引致仿效」，該報「將斟酌事件情節，若認爲與公共安全無危害之虞而純屬惡作劇性質者，將不予報道」。此種故意「獨漏」做法，該是應予讚揚的一種自清自律行爲。

電視新聞節目，雖然通常充滿了成人角度的詮釋，但兒童對災禍新聞的反應，似乎未如想象中的令人擔憂。自從全球數以百萬計的成年人和兒童，一起目睹美國太空梭挑戰者號，於升空後不久即發生爆炸的慘劇後，研究兒童與媒體的學者，更爲關心兒童看到災難新聞後的反應。根據杜爾教授的研究，發現：

• 小孩和大人一樣，對重大災害新聞，會感到難過、沮喪和悲傷，有此兒童更難以入睡。

• 兒童愈相信災禍新聞的眞實性，就愈會關心遇難者的遭遇；如果是熟人，感受會更爲強烈。

• 一般而，言災禍新聞播出六天之後，兒童心中的創傷會逐漸平復。很多兒童雖然在回憶時，仍然心有餘悸，但會逐漸把那種惡劣印象，埋在心裡，而且不會主宰他們對其他事物的看法。

• 兒童通常用單純、或傳統的聯想方式，或以刻板印象來撫平傷口。

• 有些兒童會不忍卒睹死傷枕籍的鏡頭，但有些兒童會繼續看下去，並設法汲取更多相關知識，以減輕難受的感覺⓺。

不過，兒童應有兒童創意的遊玩方式，終日耽溺在螢光幕前，還是負面意義居多。根據西德研究人員的研究，64% 兒童，會把電視視爲主要休閒活動，但是觀看電視過久，會令兒童成績低落；經年累月地觀

看電視，除了引起視力問題外，也會減弱思考能力。另外，電視上的暴
行，也會轉變爲現實生活中的侵略行動。❻❷。

註　釋

❶　見馬之驌（民 75 ）：《新聞界三老兵》。台北：經世書局。頁 135-6。按書中所說，該次囚犯逃亡事件，應視爲囚犯結夥破獄而逃、有謀反之意的「反獄」；而非看守人員疏於防範，令囚犯挖牆而逃的「越獄」。前者由知縣負責，後者始由典吏負責；故有冤屈。心白公幸不受辱後，方有成舍我先生早年新聞事業之開拓。

　　成舍我（Chen She Wo, 1897－1991）湖南湘鄉人，北京大學中文系畢業，十六歲便開始記者生涯，希望「以萬鈞之筆刀，達報國之目的」。

❷　《聯合報》，民 78. 7. 4.，第三版。

❸　《聯合報》，民 78. 7. 8.，第七版。

❹　見⑴台北《聯合報》，民 76. 8. 21.，第五版 2：〔綜合倫敦外電報道〕。⑵見同日香港《華僑日報》，第一張第二頁：本港新聞，合衆國際社英格蘭電。

❺　見《華僑日報》，民 76. 8. 22.，第一張第一頁。

❻　同❷，民 76. 11. 24.，第三版 2：〔本報東京 23 日電〕，引自日本共同社廿日自紐約報道。

❼　見前註，民 76. 11. 21.，第一張第二頁：〔新亞社訊〕。

❽　《聯合報》，民 76. 11. 21.，第五版，第七版。

❾　《聯合報》，民 76. 11. 29.，第五版。

❿　同❷，民 77. 1. 26.，第十版（社會新聞）。

⓫　港人所稱之法官，即是英人所稱之「裁判司」（registrar），等同我國所稱之推事，而「裁判司署」則等同我國之地方法院。留下案底，即有前科紀錄，移民外國時，便無法申請「無刑事紀錄證明」（俗稱「良民證」）。

⓬　見《華僑日報》，1988. 2. 3. 第一張第二頁，「本港新聞」：（新亞社訊）。爲存仁厚，本處特將姓名隱去，以方格（□）表示。

⓭　見《星島晚報》，1988. 2. 2.，第一版頭題：（本報專訊）。

⓮　該女生同家人住於廉租屋邨，父親爲的士（計程車）司機。她在課餘替學生補習，積有金幣及現金約港幣十萬元，似難謂「家貧」。

⓯　《華僑日報》，1988. 2. 4.，第一張第二頁，「本港新聞」頭條：（特訊）。

⓰　同前註。

⓱　《華僑日報》，1988. 2. 8.，第一張第二頁：「本港新聞」。時任香港立法局議

員楊寶坤談話。

⑱ 《華僑日報》，1988. 2. 5.，第一張第二頁，「本港新聞」。為時任香港記者協會主席黃國華談話。

⑲ 同前註。該報編輯主任李錦洪談話。

⑳ 《華僑日報》，1988. 2. 4.，第一張第一頁：「本港新聞」。香港中文大學新聞與傳播學系系主任朱立與講師梁偉賢談話，此是「何義」(So what)的新聞性角度。

㉑ 同前註，香港臨床心理學家鍾吳麗娟女士談話。

㉒ 《華僑日報》，1988. 2. 5.，第一張第二頁：「本港新聞」。黃國華談話。黃國華更指出，在實際工作時，這一條文一般不能執得太嚴。而事實上，記者在報道這類事作時，有時是身不由己（著者按：此大概指新聞競爭。）

㉓ 《華僑日報》，1988. 2. 8.，第一張第二頁：「本港新聞」。研討內容主要針對社會人士對傳媒報道的反應，以及各個傳媒機構對此案的報道。本段是聲明摘要。該會主席梁天偉更認為，傳媒對此新聞已很小心處理，據他所知，只有八分報紙有提及該女生姓名。而新聞界主要是反映現實給大眾，藉以使大眾有所警覺，知道是非黑白，發掘事實的真相，公正及客觀地把事實的來龍去脈報道出來，這是新聞界的責任。因此，他強調此事件的報道，並沒有渲染及誇張。

㉔ 李錦洪畢業於台北文化大學新聞系，據他所說，他對刊登全名問題，曾加以反對，但其他同事則認為應該刊登，且沒有牴觸法律，故終於刊登出來。他建議法官應有權就個別案件衡量，下令在報道時，將涉事人的身分或姓名隱去。（見《華僑日報》，1988. 2. 5.，第一張第二頁：「本港新聞」。）另外，在國內，未成年之青少年犯一般只報道其姓，或□□（15 歲）。

㉕ 《華僑日報》，1988. 2. 4.、5.，第一張第二版：「本港新聞」。

㉖ 此實即國內傳播學者徐佳士教授所謂之被忽視的「小人物的傳播權」──報紙地方版上的社會新聞裏，地方上的小人物被描畫得十分醜惡，報紙為他（她）們塑造的形象是愚昧的、好鬥的、貪婪的、墮落的，是男盜女娼的；亦即形象被扭曲，名譽遭誹謗，隱私權受侵害。徐教授也感歎國內記者對於社會地位較高人士和公眾人物，不止在處理他們「好新聞」時，時常錦上添花；而在處理有關他們的「壞新聞」時，也十分厚道。但對於小人物，譬如一位店員或茶室女待變成新聞中的主角時，非但他們的寶號招牌不會姑隱其名，而且他們大名中的每一個字都會印出來。見徐佳士（1983）：「小人物的傳播權」、「大人物與小人物的新聞」，《模糊的線》。台北：經濟與生活出版公司。

㉗ 朱立認為，就算報道不將當事人姓名和地址寫下，也會收到警惕作用，同㉖。

此件新聞後，有律師建議香港新聞界也應成立「評議局」，進行自律。但梁天偉主張在新聞自由原則下，由各傳媒機構酌情決定是否將犯微罪者姓名予以報道。他表示不打算替傳播媒介制定守則，以免影響新聞自由。同㉓。（著者按：諸如此類守則或公約，是影響新聞自由，保障新聞自由，抑或維持新聞自由的「品質」，實在值得思考與研究。）

㉘ 可能受此事影響，1988 年 8 月 10 日，香港中學會考（相當於聯考）放榜，一名女生因爲成績稍爲欠佳而欲自尋短見，幸得老父苦勸才打消跳樓念頭。該名女生父親希望傳播界不要披露其女兒姓名、及刊登照片，以免她再受刺激。報界亦從善如流，只登出側面看不到眞人照片，內文亦寫成「……應屆畢業生十七歲姓余，與父母兩姊一家五口同住新界元朗安寧路一單位。」見《華僑日報》，1988. 8. 13.，第一版。

1930 年代我國著名電影女星阮玲玉，因與廣東闊少張達民及上海余業鉅子唐季珊三角習題，情海生波，攪至對簿公堂。在報紙大事宣染之下，阮玲玉於 1935 年 3 月 8 日，以 26 歲之年，在上海居處自殺身死，並在日記簿上，留下「人言可畏」四字，當令其時報界「於心不忍」！阮是廣東人，所演「故都春夢」、「一剪梅」等影片，風靡一時。她是第一個自殺的女藝人，粵人特譜了一首「一代藝人」來紀念她。

㉙ 《聯合報》，民 77. 8. 9.，第六版（社會新聞）。

㉚ 《聯合報》，民 77. 8. 11.，第六版（社會新聞）。

㉛ 《民生報》，民 77. 8. 20.，第十版（影劇新聞）。

㉜ 《民生報》，民 78. 11. 17.，第九版（影劇焦點）。

㉝ 《民生報》，民 77. 2. 10.，第十九版（大千世界）。

㉞ 《聯合報》，民 77. 3. 10.，第十版（社會新聞）。「出家」一語可能隱射「殺人」。

㉟ 《聯合報》，民 78. 5. 4.，第七版（社會新聞）。

㊱ 《聯合報》，民 80. 5. 21.，第七版。

㊲ 見漆敬堯（民 77）：「論猥褻資料與犯罪新聞」，大衆傳播學（徐佳士等著）。台北：漢苑出版社。頁 196−210。

㊳ 同前註，漆敬堯教授解釋，心理失調兒童，多半以他們自己和大衆媒介中的英雄角色對比：或者積極的去犯罪，或者消極的逃避現實，藉犯罪性故事，去發洩敵意情緒。四大觀點則見：

De Fleur, Melvin L. & Ball−Rokeach, Sandra

1975 Theories of mass Communication, 3rd ed. N. Y.: David Mckay co. pp.

218－36.

❸❾　同❸❼。漆敬堯解釋，心理失調兒童等於有了主見，對媒介內容有關攻擊性部分敏感，較易選擇，記憶其中之犯罪、暴亂內容。

❹⓿　Friendly, Aefred & Coldtarl, Ronald

1967 Crime and Publicity. N. Y.: Twentieth Century Fund.

❹❶　Lorsen, Otto N.

1968 Violence and Mass Media. N. Y.: Harper & Row.

❹❷　《聯合報》，民 79. 3. 15.，第二十九版。

❹❸　《民生報》，民 78. 2. 28.，第十版。

❹❹　鄭行泉（民七十二）：《社會新聞對社會風氣之影響》。台北。民意測驗報告。測驗日期爲民國七十二年二月，測驗地區遍及台灣省及台北、高雄兩院轄市。以立意選樣（purposive sampling）與隨機抽樣（random sampling），兩種方式，抽取 1536 樣本數進行調查。

❹❺　廖朝陽（1989）：「新聞報道的超現實世界」，《美國新聞與世界報道》（2月6日），中文版第 121 期。台北：美國新聞與世界報道中文周刊雜誌社。頁八（時事評析）。

❹❻　該項研究是一項定期性調查，委託獨立公司進行，旨在了解有關香港電視及廣播的質與量問題，公衆對此兩種媒介的需求及期望，以及興論的趨勢與改變。調查是於 1987 年 3 月進行，訪問了年齡由 15 歲至 69 歲的香港居民 2,597 名。在電視方面，受訪者家中，99％至少擁有一部電視機，28％擁有一部錄映機，每名受訪者平均每日看 3.12 小時電視。在廣播方面，94％受訪戶，擁有一部收音機，每名受訪者平均每日收聽 1.84 小時電台節目。受訪者對於官方之「香港電台」製作的節目，頗為滿意，大部分認為新聞報導節目中，不應加插廣告；有半數受訪者希望播放更多公共事務及新聞節目、連續劇、劇情長片及電視劇集，少數則抱怨本地及有關中國的新聞不夠詳盡。至於電台節目方面，最受歡迎的節目為新聞及天氣報告，流行音樂及廣播劇。而青年節目，粵劇，電話聊天節目，體育及婦女節目，受歡迎的程度較低。有關兩性的短篇故事及節目，在晚上11時30分以後播放，應沒問題，但不應含有色情意味的對白。大部分受訪者均不滿意廣播太多次廣告，且有一成以上受訪者不滿意電台的廣告品質。見《華僑日報》，民76. 8. 21.，第一張第二頁：本港新聞。

❹❼　《華僑日報》，民 77. 9. 17.，康樂家庭版。其他的發現尚有：(1)西方國家兒童，平均每天要看三至五個小時電視；以一年計算，超過他們在學校裡的時間。(2)看電視過多的兒童，在學校懶惰，不願讀書，書本知識掌握得愈少，學習成績

每況愈下；多數不願用腦，不願思索，躲避工作，長大後對工作缺乏興趣。(3)不管兒童本身天資是多麼聰明，也不論父母多富，電視兒童在學校的表現必然不好；就對美國的 350 個家庭的調查來說，凡六歲便成為電視兒童的，理解力與學習成績均差，甚至與人交談的能力，也不及較少看電視的兒童。(4)每天從下午到深夜還在看電視的兒童，較易患上失眠，惡夢、夜尿、夢遊或恐懼症。無獨有偶，一項由全美中等學校校長協會、各州學公行政主管委員會等單位聯合參與，名為「尊重卓越」的改進教育品質教師研討會，1987 年 11 月 22 日在佛羅里達州召開，風評甚佳的電視節目「天才老爹」(The Cosby Show)，製作人兼顧問普桑(Production Consultant, Alvin F. Poussaint)，慨然指出，電視是最差勁的老師，會誤導學生，使他們認為電視會使他們變聰明；即使如頗受稱道的「芝麻街」(Esame Street)之類電視節目，也令得孩子們日益被動，成為一代代指望別人會主動將知識灌輸到他們腦袋的懶學生。他認為諸如此類的節目最大敗筆，是讓人忽視教室裡的學習過程。大家都喜歡和那些人物，但小孩進幼稚園後，發現既無大鳥，也沒有教他們字母的歌曲時，該怎麼辦？等到了小學一、二年級，小孩對實際上課情形感到厭倦，成績就開始退步。見《聯合報》，民 76. 11. 24.，第三版 2：〔合眾國際社佛羅里達州凱普提瓦島 23 日電〕。

❹❽ 《民生報》，民 78. 7. 2.，第十八版（生活新聞：生活快餐／轉載自中央社）。

❹❾ 見香港《明報》，1981. 10. 4-5，「學苑漫筆」：霍漢姬之「觸目驚心」上、下篇。

❺⓿ 《星島晚報》，民 71. 4. 27.，第七版。

❺❶ 郭為藩（民 70）：電視影響兒童社會學習之研究。台北：國科會研究專題。頁 54。

❺❷ 《華僑日報》，民 74. 1. 17.，第一張第一頁（新亞社訊）。該則報道標題，曾用子題說明：「警方利用特別措施不准報道」，內文第一段亦立即說明：「……在屋內之男子曾一度不肯投降，特警組使用一特別措施，最後將屋內之男子制服，主控官曾向法庭申請希望記者不可報道該項特別措施經過，為法庭接納，……。」其後在「案情透露」時，只交待：「……一名特警長則用輕機槍掃射，但他們未有投降，特警再用一特別措施，稍後有四名男子投降，……。」民國 78 年 4 月 7 日，台北刑警因為拘提《民進雜誌》負責人鄭南榕出庭應訊，結果引發火警焚燒，鄭氏身死。其後，不但著火原因引起爭議，燒焦之屍體照片亦在報紙、雜誌上出現。觀乎香港之公權力及媒介在這方面之守法情形，似頗令人有見賢思齊之感。見《自立早報》，民 78. 4. 8.，第一版（焦點新聞）。

（此一「特別措施」，可能是施放震撼彈之類做法。其實香港法院在聆訊時，在某些不宜報導內容上，法官也主動下令「清場」縱是記者亦不得旁聽。）

❺❸ Gunter, Barrie & Wober Mallory

1988 Violence on Televison: What the Viewers Think. London: John Libbey & CO. Ltdl

❺❹ Gunter, Barrie & Svennevig, Michael

1988 Attitudes to Broadcosting Over the Years. London: John Libbery & Co. Ltd.

在此書中，甘特尚提及：(1)觀眾(viewers)、愈來愈了解應該訂立所謂的「家庭收視政策」(Family Viewing Policy)；並同意晚上九時之後，不可以播放不宜兒童觀看節目 (Unsuitable for Children)。 (2)公眾對將來能夠眼見有更大數量的電視、電台的成立，表示審慎的樂觀；主要的考量則在於成本及品質。

❺❺ Gunter, Barrie

1987 Television and the Fear of Crime. London: John Libbey & Co. Ltd

❺❻ Schramm, Wilbur, Lyle, J. etc.

1961 Television and the Leves of and Children. Calif : Standford University Press. pp. 364−684.

兒童並非「社會科學研究的老鼠」，但有關大眾傳播媒介內容，涉及犯罪、暴力內容會否引起不良後果的研究，大多以兒童為研究對象。其所以如此的原因，大概由於(1)童稚天眞，答問題比較坦率，答案可信度較高；(2)兒童的習慣、態度、價值等倫理觀念尚未定型，較易從中看出有否受到大眾媒介的影響。

❺❼ 引自王石番（民 76）：電視對兒童的影響，《報學》，第七卷第九期（12 月號）。台北：中華民國新聞編輯人協會。頁 127−32。

❺❽ 依美國聯邦法，「聯邦傳播委員會」(Fedreal Communication Commission, FCC)有權管理兒童電視廣告的數量及播出時間，「聯邦貿易委員會」則有權管理兒童電視的內容。貿委會可以舉發不實廣告，要求停止播出，並可要求廣告商主動刊登更正啟事，告訴消費大眾，以前廣告內容並不正確，可能提供了錯誤資訊。例如，生產李斯德靈(Listerine)漱口水公司，即曾被要求刊登啟事，說明該產品不能醫治喉痛。

❺❾ 見《美國新聞與世界報道》，中文版第 130 期，1988. 4. 10.。台北：美國新聞與世界報道中文周刊雜誌社。頁 68。

⑥ 《民生報》，民 78. 8. 4.，第十八版（生活新聞）。

⑥ 《聯合報》，民 78. 10. 16.，第二十五版。舒芸：「兒童對災禍新聞的反應」「家庭研究快報」。

⑥ 《國語日報》，民 78. 11. 15.，第四版（文教新聞）。

第四章　反常新聞

反常新聞，就是一般不合於正常新聞專業處理的新聞。狹義而言，不客觀、有偏見（bias）、不平衡、事實意見不分（純淨新聞），以及不正確的新聞，違反新聞專業理念，都是吾人常說：反常新聞。

本章試以較狹義之謠言「新聞」、炒作「新聞」、押寶「新聞」、尋奇「新聞」及有聞則錄「新聞」等五類常見之「新聞」實例，側面突顯反常新聞之一般內涵。

第一節　謠言「新聞」

謠言（rumor）、風聞（hearsay）及閒話（gossip）一類所傳的消息，原本一律不入新聞類屬。可惜，在反常情況中，這些卻幾全被視作「新聞」來看。最明顯不過的一個例子，就是股票市場。

凡是參加股票買賣的人，幾乎無一能倖免於「現場直播」、口耳相傳快速的小道消息。所以謂股市動力，在於一個「新聞市」（News market），實不為過；──一如賽馬預測（tips）的波濤一樣，是詭秘而變化莫測的，是一種「發了燒」的「訊息研判」。

例如，民國 80 年 2 月下旬，美伊戰爭之決定性陸地大戰攤牌在即，處此風聲鶴唳、草木皆兵之際世界各地股票證券市場，莫不隨著這個消息浪潮的大小衝擊，而起伏不定❶。

2 月 22 日上午台北股市開盤後，由於連日美伊決戰的利空（淡）消息影響，買氣十分低沉，成交額不振，加權指數（weight imdex）只略漲五十餘點。未料十點五分時，一家名為「精業公司」之即時資訊系

統，向各證券客戶傳出日經指數（日本產經新聞指數）「暴跌」九千九百八十五點的驚人「消息」，另外，一家資訊公司，又在盤中，以即時資訊，向投資人說，京華自營商賣了十多億（新台幣）股票，在此兩個巨大衝擊消息下❷，遂於十點零八分左右，雖然「精業公司」立即更正此一錯誤消息，但跌勢已成，無力反彈，加權指數反而暴跌三百多點❸。

　　這一「消息」，在本質上是一個謠言；但相同情形，在美國大媒體也曾多次發生過類似情形。舉一近例來說，1990 年的 1 月 30 日，美國有線電視新聞網（CNN）報道，蘇聯領袖戈巴契夫考慮辭去蘇聯共黨總書記職務，僅擔任國家主席一職。消息傳出後，舉世譁然，美國當局斥之為謠言，並暗示不希望戈巴下台；但美金融、期貨及股市卻大幅震盪❹。戈氏於 31 日立刻闢謠，指出他沒有辭職打算。但 CNN 卻死不認錯，報道戈氏曾一度考慮辭職消息。

　　2 月 1 日，該新聞網設在亞特蘭大（Atlanta）總公司的「特納廣播公司」（Turner Broadcasting Co.）董事長特納（Ted Turner），立刻承認該項報道為一則謠言，而非獨家新聞（scoop）❺；而事後証明，此的確是 CNN 的誤報。

　　另一則發生於 1982 年間的美國國會議員同性戀（homosexuality）醜聞案（scandle），也令新聞界白忙了一場，最後不得不以「謠傳」落幕，氣煞讀者和傳媒的「跑將英雄」！

　　1982 年年初，國會三名僮僕，「離奇」辭職後，美國華府新聞圈即隱約傳出國會議員性醜聞耳語。但經過一段曲折傳聞，卻「戲劇化」地收場：

　　△《堪薩斯新聞報》駐華府記者湯姆‧漢伯格，雖與華府很多童僕交談過，除一名僮僕李洛‧威廉提及曾為一名男娼與一名參議員拉線外，其餘都只不過是傳聞，沒有進一步線索。

△衆議員李奇蒙因承認逃稅及擁有大麻煙，而不得不職辭。《華盛頓郵報》記者華特・屏卡期在採訪此事時，對國會議員性醜聞一事，亦有所聞，也向報社作了「參訊」，但沒法證明其真偽。

△六月間，華府 WDVM 電視台記者布魯斯・強森，在採訪有關國會濫用藥物問題之系列報道時，也「順道」聽到些有關這類性醜聞的風風雨雨。他並與住在小岩城、三名辭職僮僕之一的李洛・威廉接觸過，但他拒絕提出明確指證。

△NBC 風聞到消息後，也派出記者卡洛・辛普森到大城市，追問離職國會僮僕；但只得到些糾纏不清的道聽塗說，根本無法播出。

△六月底，CBS 首次報道此一醜聞：聯邦調查局(FBI)正在調查一項數名不知名國會議員與僮僕有染指控。兩名僮僕並在螢光幕前詳述此事，表示曾與三名議員有性關係，但只出現側影（事後查證其中之一為李洛・威廉）。CBS「晚間新聞」製作人霍華・史春吉表示，該台播出此項新聞原因，是由於該台已得知FBI已著手調查此項指控。——他的原意只有披露 FBI 所掌握的情況，而非試圖鑑別證據的可信程度。但消息一經此一有影響力電視台播出後，立即引起新聞界廣泛著意，引起不小波瀾。美聯社也發布此則新聞，《紐約時報》也提及其事。但卻沒人能提供第一手資料，此項傳聞真實性，不斷受到懷疑。

△七月二日，《華盛頓郵報》對李洛・威廉作了長達十小時訪問。一周後在報道中說，威廉說辭充滿矛盾。他拒絕了「時代」雜誌的採訪要求。CBS的追蹤報道，也找到他所說的男娼，但他只承認，在旅館與李洛見面，否認有參議員在場。

△CBS 播出此一消息十天之後，李洛對國會小組委員，提出同樣指控。

△八月下旬，李洛沒有通過測謊機測試，FBI 又沒法證實其指控，他只得撤銷原議。最後司法部宣布「證據不足」而正式結束此案。一場

時斷時續，令人疲於奔命的醜聞鬧劇，終於在媒體中「遷册」，只留耳語相傳 ❻。

同性戀傳聞，就如「小道消息」(hear on streets)，的確難以查證，但造謠者若能一開始便能提出詳盡時間、地點及人事資料，難免令人相信。在這類謠傳事件中，留給新聞界的省思，恐怕為：

——在公衆知的權利，與防止無辜者，受謠言侵害之間，新聞機構應如何權衡？

—— 在何種情況下，新聞機構應詳細地報導刑事調查過程中，執法當局所提出的指控？

——在評估消息來源可信度時，應採何種標準及防範措施？尤其在消息來源所提線索，不易查證時。

——新聞機構如何避免，可能是天才說謊家的消息來源？

也許答案只是老話一句—就是「小心駛得萬年船」，善意、審慎、細心、保守（不逾越職權）、查証（務求資料來源與內容正確）；寧缺、寧慢寧保留而不求急功近利，置身是非圈外的處理態度！「天下沒有白吃的午餐」(There is no as such a thing as a free lunch)隨著社會情況轉移，說「有消息透露給新聞界」的人，似乎愈來愈「精打細算」，所要求的「報酬率」也高（縱然是心理所得）。所以，師傅教徒弟：如果有人主動地自願提供一些，聽起來或許是新聞線索，而要求別道出消息來源時，心中的「測謊系統」馬上要戒備的，不是「這個線索正不正確？」而是「告訴了我這個消息後，對他有何益處？但是別忘了，記者對事須要懷疑，但做人，卻乃應受到社會大衆信賴！

台灣地區自解嚴後，印刷媒體走偏鋒、只求聳動的例子比比皆是，漏子愈捅愈大，已變成我國新聞傳播發展史的一個疤痕。例如，民國78 年 12 月台灣地區的公職人員選舉中，屬民進黨的尤清博士，參與台北縣縣長選舉，因為事涉執政、民進朝野兩黨競爭，故而局面十分緊

張；而投票結果，尤清當選。

　　未料 12 月 9 日，台北《自立早報》頭版，突然以特大號主題：「尤清所贏票數不止四千」，配以附題：「極機密消息證實：當局大勢已去後，決定『讓』尤清當選，同時派員和尤清談判，決定雙方『勝敗差距』……」，內文則用一種詭異手法，「報道」。「[本報記者調查採訪]參演單位注意：『我軍』上級已決定棄守目標，派員（指其時之邱創煥）與『敵軍首領』（指尤清）談判，『敵方』答應讓其攻陷『演習目標』，勝敗差距由我方決定，但損失狀況不可差距太多。……。」等內容。一經刊印後，社會為之譁然震驚❼，各新聞媒介，立刻給予「密集」批評❽。

　　《自立早報》隨於翌（十）日，刊登道歉啟事，並作內部處分，才平息此次風波❾。

第二節　炒作「新聞」

　　好奇之心人皆有之。因此，異常、衝突、聳動、驚訝、矛盾、懸疑與戲劇化的事件，永遠是傳媒爭相追尋的登載內容；甚至不惜「削足就履」（Fabricating News），把事件內容加以剪裁（fitting）、炒作（Crooking）、起哄或扭曲（distoration），以迎合通俗者的口味。結果卻往往令得事件愈加混淆不清，傳媒雖能呈一時之快，但是「新聞人物」、讀者、甚而整個社會都可能蒙受莫大損害。下述幾則台灣早期與近期的若干著名例子，可茲佐証。——這些，都不該貼上「新聞」標籤。

　　㈠「揚子公司貸款案」——台北媒體噪音首次大合奏

　　民國 44 年 3 月 15 日，時任立法委員的郭紫峻（已逝），突然向當時行政院長俞鴻均（1898–1960）質詢，建廠於高雄的揚子木材公司（已關閉）董事長兼總經理胡光麃先生(K. P. Hu)❿，以「一個普通商

人，勾結官員連續騙取國家財物，其實質達美金一、二百萬元之鉅（……現在他欠政府一千數百萬元」，因而要求按貪污案先行扣押胡氏，並對中信局等與此案有關人員先行停職聽候查處。

時任中信局局長及經濟部部長者，同為尹仲容先生**⑪**，明眼人都看得出，此次「質詢」無疑是衝著他而來的。3 月 19 日，俞氏下令司法行政部最高法院檢察署「依法」查辦，同日尹仲容出席監察院報告楊子案貸款處理經過，並請辭中信局及經濟部兩長之職**⑫**。

由於台北地檢處未明近代會計借貸原理**⑬**，加以當時某些政治上敏感氣氛**⑭**，此宗「官商勾結、非法貸款、圖利他人及關說案件」，遂喧騰一時**⑮**。在案件處理訴訟期間，一般媒體，不明就理，即大肆喧囂全然不理會「被告」所提證據，尹氏一向政績和令譽，連知名的大報未能免俗**⑯**。除最著名的「胡光麃可殺，尹仲容更可殺」 —— 這一「著名」標題審判外，餘如：

——官商勾結有何「了不起」？賀尹部長留職，悲國家前途（社論標題）

——胡光麃觸刑章，詐取七百萬元／尹仲容周賢頌助人圖利，使國家受損構成瀆職罪（新聞標題）

——不顧職員反對／端念私交篤　硬予貸鉅款／尹仲容周賢頌罪嫌明確（新聞標題）

——揚子公司總經理胡光麃，勾結官員騙取公帑（新聞標題）

——胡妻多姿且多財／日本購房一幢　孫德（胡太太）墊款三千（新聞小標題）

——……胡光麃與尹容並坐在一張長椅上，二人雖知交甚篤，但今日同為被告，近於咫尺，亦不能交談，想二人心各有數，都只有「苦」說不出。（法庭花絮）

——……但是胡光麃卻與眾不同，不但精神極佳，而且比起未涉案

前更加肥胖，常云心寬體胖，或許他對被人告發根本不在乎，……。
（花絮）

案經二審，至民國45年2月29日，高院宣判尹、胡無罪，判決確定，歷時7個月，一齣平地風波、無中生有的鬧劇，終於落幕。胡亂入人以罪者，似毫不相干地揮一揮衣袖，就若無其事了；但新聞報刊惟恐天下不亂之歪風，徒留「外損報譽，內失報格」笑柄，至今乃為方家所哂 ❶。

　㈡「瑠公圳分屍案」── 坑人的高空新聞

　民國50年2月26日，台北市新生南路瑠公圳（今台灣大學右側地段），發現一位屍身遭受分割的懷孕少婦屍體。由於手段相當殘忍，案情撲朔迷離，偵訊時又高潮迭起，引起社會普遍重視，各報競相刊載。最無辜的，則是住在附近的人。其時，抗日空戰英雄柳哲生將軍的住宅外面（和平東路十七號）發現被懷疑是用作分屍的剩餘石灰、稻草及麻繩加上地緣成分 ── 就那麼一點線索，又因他特殊的軍人背景，和一些未經過濾的「證詞」，竟被各報一口咬定他就是主兇，而且繪聲繪影，眾口鑠金 ❶，在那段期間內，每天幾乎都是上三版（社會版）的頭條，甚而全版「推測」，令柳哲生極度困擾，連子女上學時，都被同學指為「兇手的兒子」。

　直至4月15日，亦即49天之後，警備總部逮捕到真兇，供認將分屍後所剩的石灰，丟到柳宅外面，方告真相大白 ❶。在各方人物斡旋下，算是還給柳哲生一家清白，但柳將軍軍職前途，自始不振 ❶，新聞坑人，媒體攪局之可怕，令人不寒不慄！

　㈢中國小姐汪麗玲「自殺」──報紙「要你死」，您「不能不死」！

　於民國50年，榮獲第二屆「中國小姐」，隨後又在美國邁阿密（Miami）榮獲「環球小姐」（Miss Universal）第四名的汪麗玲，在一年

多之後，亦即 51 年底 19 歲的她，嫁給當時總統府參軍長周至柔將軍的兒子。

不幸，兩年之後，亦即53年的4月中，一對令人艷羨的神仙眷侶，卻傳出了「侯門媳婦難為，憤而自殺身死，未經檢察官檢驗，就由周家後門運出去埋掉」的說法。

公權力危機＋美女＋豪門（Vs 平民家庭）＋大官兒子「獨占花魁」＝當然是一則夠衝擊，並且熱度急速竄升的「高品質」新聞。

因此，消息一經傳開，整個社會便充滿耳語，充滿疑竇。其時風氣未開，象周家當時的社會角色，當然未習慣站出來作公開否認，只得以側面做法，試圖加以澄清。一幕你說是、我（媒體）偏說否的大戰，於焉展開。

△周家：請中國廣播公司訪問汪麗玲，談婚後生活。

　媒體：這趟「自殺」之前就作好的訪問錄音，不是新的廣播稿
　　　　——真是此地無銀三百兩。

△周家：安排媳婦到台北西門町大世界戲院去看最新一檔電影，並
　　　　在電影看板前，拍照存證——這該不假吧。

　媒體：這不是汪麗玲的照片，而是與她長得一模一樣的攣生妹
　　　　妹。

△周家：由周至柔帶領，全家由當時省新聞處長吳紹隆陪同，到台
　　　　灣製片廠看李翰祥正在拍的「狀元及第」，並與演員拍照
　　　　留念，在報上刊登。

　媒體：如果不作虧心事，為甚麼頻頻動作。

媒體中的「汪麗玲」就這樣打從那時起，就真的「死」了！

這是一則媒體「判你死」，你「不能不死」的最佳例証，不過，爾後她的消息，也偶有所聞，例如，拜師學國畫，參加「流浪動物之家」義工等 ㉑。這還是一則比較「浪漫」的「報言可畏」。日本新聞界，

更實質上演過「實由我而死」的媒體慘劇！❷

　　△序幕：1980 年 9 月 13 日，日本各大報章、周刊及電視專題，幾乎同時報道一則標題為：「同志社大學教授催眠治療戲弄婦女……」的新聞。內容大略說，在守口市電池會社擔任主治醫師的同志社大學教授，對前往求醫的該會社女從業員，進行催眠治療（hypotherapy）。事後，據說女從業員說，她在接受治療時被脫光衣服，遭到輕薄。次日，她未到會社（公司）上班，並堅決否認該教授說她大概有妄想病（paronoia）的說法。新聞中也提到這位教授，在進行診療之前，曾經飲酒，行為過分，而歐美各國也有類似糾紛。

　　為了保護隱私權（Privacy），新聞報道中，只用「A妙女」，「B教授」等假名作代替。不過，因為對「B教授」的經歷有詳盡介紹，明眼人一看就知所指是誰，　尤其京都同志社大學師生，很快就能肯定「B教授」就是該校工學部佐佐木友（Saski Tomayuki）教授❷。

　　根據調查，該名女少是一名問題少女；中學時代就有因與異性發生關係，而有糾紛的記錄；每逢星期一就會身心不適的心理狀態❷，佐佐木行醫二十年，新聞見報後，各媒體記者，蜂湧而至，使他受不了，也連累了家人。他曾想請該社會的一位女護士說明一下，因為她對整個治療過程都清楚。然而會社卻拒絕了他的要求，理由是恐怕事件愈扯愈大。

　　△事件：9 月 16 日，佐佐木教授在校內自殺身亡。他在遺書中說：「新聞的威力強大無比，一連串的報道造成我的生活莫大的困擾，我是被報紙的利劍殺死的。……新聞記者在下筆之前，難道不能考慮到新聞對象與他的家族嗎？……道聽塗說的消息見報之後，新聞記者的筆很可能是一把利劍……。」❷他的家人決定控告在這事件中，「新聞量」最多的《朝日新聞》與《每日新聞》兩家報社，以討回公道。

　　案經四年訴訟❷，後來獲得和解，兩家報社付出精神賠償金，法院

曾曉諭兩家報社「有關犯罪新聞的報道,可以犧牲迅速性,但不能罔顧正確性。」

1978 年,義大利北部之米蘭市(Milan),亦發生過一宗因為媒體攪局,擅作媒體審判(Media Trial),至令一名患上罕見肛門癌(anal cancer)的三歲女童,延誤就醫時效,以至不幸死亡的悲劇。㉗

該地一對擔任教席夫婦,4 月間帶著只有 3 歲的獨生女,到住家附近的一家醫院看病。醫生卻發現小女童的臀部有血腫現象(hematoma on her buttacks),因而懷疑她曾遭受性虐待(sexual abuse),於是向當局報告,法院於是下令禁止(barred)他們夫婦到醫院探視女兒。事經米蘭市一家名為"Coriere della Swra"日報報道之後,各報立刻喧騰,這位小女童便立即成為全義最令人關懷的小可憐。各種傳播媒體借勢加鹽加醋,將箭頭指向這對夫婦,把小女孩父親形容成「地獄來的惡魔」(the monster from Limliate),甚至不惜捕風捉影,訪問曾經看過他們父女嬉戲的鄰居,引導他們似乎覺得父親「對女兒似乎關愛『過度』」。(to give her too muck attention)。最後由法院授權作醫學檢驗(a courtordered medical exam)。奉命行事醫生,在檢查小女孩直腸(rectal exams)時,認為血腫現象,是使用治療感冒(flu)的肛門栓劑(Suppositories)所造的反應,並非是性虐待造成。經此證明,小女孩是可以重回父母懷抱,但有些醫生仍然參信半疑,某些媒體也緊盯不放。

這家人實在不堪其擾,一家三口只得遷回西西里(Sicily)老家暫避。那兒的三位醫生,終於查出她患了罕見的癌症。醫生雖然立刻為她動手術治療,可惜為時已晚,細菌已經蔓延,沒法醫治。小女孩生命中最後一年,在極痛苦中度過。1980 年 6 月初的一個夜晚,死在父母親的睡床裡。

雖然小女孩的葬禮,算得上哀榮:電視將葬禮作全國全程轉播,數以千計的民眾送她鮮花,當時總統柯西加(Francesco Cosiga)代表全國

向她一家道歉，舉國同悲——但是，早知今日，何必當初——傳媒的濫情，已奪去了一整個家庭的幸福。

㈣入金、出金的「鴻源事件」——炒糟了的新聞報道

「鴻源投資公司」曾經一度為台灣地區最大的高利(14％)非法地下投資公司（已遭法辦），民國78年夏，突有停止出金之舉（不支付利息，不能提出本金）。其時台灣地區正在發一夕致富的美夢中，大多媒體便使出渾身解數，作最詳盡追蹤報道。孰料，鴻源趁機把停止出金原因，全推在「傳播媒體的大肆報道」之上（而非不法營運），以致人心惶惶，引起首長密切注意。「投資人」受此煽動，也認為記者是粉碎他們發財美夢的罪魁禍首❷⁸。

79月1月中，鴻源停止出金事件又起，媒體又再跟著它的節拍起舞，大書特書以整版篇幅報道它的一舉一動，並且含沙射影鬧得滿城風雨，其他新聞一律靠邊站。鴻源重要措施和主要負責人照片，經常攀上頭版，並且把他們描寫、塑造成一身本領，「生財有道」的三頭六臂人物——是受政府打壓和整個大環境影響，才會如此倒霉；否則，鴻源真有機會成為眾人「財神爺」。這種「熱情報導」，徒然增加事件複雜性和敏感度，當局也更難於因應，問題解決也就更遙遙無期。以致「投資（機？）人」憤然痛罵：「我死我活是我們與鴻源的事，不准你們再報導！那家媒體再報導鴻源，我們就到那家去示威」，連記者安全都受到威脅了。

資深新聞工作者則認為，此中大有文章，認為媒體著魔原因，可能有兩個：一是媒體在新聞競爭中，只知有「報敵」，不知有公敵，慢慢走火入魔而不能自拔，那些「不確定的訊息」，成了「曾參殺人」，多得連自己都不知為什麼和作過甚麼；他方面是鴻源會「玩」新聞界，占了便宜還賣乖——骨子裡利用新聞界，表面上卻痛貶新聞記者——可憐的是，新聞界面對這種情況，不是無知，便是不能自拔——新聞炒糟

了！[29]

㈤剪接誤導，教長贊同「雙語教學」

台灣省屬閩南語域，但國語推行得十分成功，新生代閩南話反倒陌生起來，因此時聞推行閩南或客家話雙話（bilingual）教學之議。

民國79年1月18日，時任教育部長毛高文博士 (Mao Kuo Wen)，在接受兩家電視台及多位報社記者訪問時，即聲明不談雙語教學，但可談教育部對方言看法。他指出他不反對學習方言，但推行國語是既定政策，學校教學仍應以國語為主，這與學習方言並不相衝突，而且方言可以利用課外時間學習。

未料，一經報道，卻出現不同版本：電視台說毛部長「同意雙語教學」（剪接誤導？）；報紙寫著毛部長「不反對」或「同意」地方在國民中小學推行雙語教學。為怕這項誤傳，被外界認作「政策指標」，毛高文竟不得不對外特別強調：他是不反對學習方言，而非同意雙語教學。[30]

上述諸例僅只冰山一角，無論政治、社會、影藝、經濟或教育諸類新聞，國內傳播媒體，似乎遇機則炒，洵無例外。只有一知半解之下，不管無心抑蓄意，「成品」大多扭曲，令人蒙受損害而無法彌補，誠足以為誡！

第三節　押寶新聞

自六四天安門 (Tienanmen) 事件後，港台兩地新聞媒體，曾經出現一唱一和怪現象──即香港報紙，將大陸新聞，在徇眾要求下「亂猜一通」，希望「押中寶」或燒熱冷灶；台灣地區報紙，則在一廂情願，惟恐走漏了新聞之下，竟視之為「消息來源」，也來個「亂炒一通」，結果當然令人啼笑皆非！

　　例如，1990 年 12 月 20 日至 30 日，中共在北京舉行第「十三屆七中全會」，用意在突顯經濟建設仍為其在九〇年代的重點工作，故議題集中在十年規劃和第八（個）五（年）計畫❸❶。

　　儘管中共方面一再表示，是次七中全會，並不涉及中共階層人事改組，但由於一般媒介，一方面大多數對中共問題的專業知識不足，他方面則因中共人治一向高於制度，所謂人存政舉，人亡政息，人的更替對中共實權及作為，有重大影響之故，基於一廂情願想法之下，「中全會中央人事改組名單」不斷出籠，香港報刊，尤巧妙地「安排妥當」，最有代表性的一張改組名單是：⑴周南、袁木出任中央委員；⑵陳錦華、袁木進政治局；⑶楊斯德 (1921～) 任書記處書記；⑷朱鎔基 (1928～) 升任政治局委員、常委；⑸鄧力羣 (1916～) 入政治局任常委；⑹吳學謙 (1921～) 改任中央顧委；⑺羅幹 (1935～) 升為書記處書記；⑻錢其琛 (1928～) 升任政治局委員；⑼吳學謙逐出政治局（並撤除國務院副總理職務）；⑽田紀雲、李鐵映 (1937～) 升任政治局常委。

　　台北報章對此名單，幾乎深信不疑，也照抄不誤，更貼上「權威方面」、「中共方面人士」或「北京權威方面」之類「值得信賴」消息來源，以示「權威性」。任何類似這種預測性名單，向來是沒有百分之分準確，當然，也沒有百分之分錯誤的，但根據中共問題素有研究的丁望先生（1941～）分析，這分「名單」簡直錯得離譜，而台北報刊，也抄得離奇❸❷。

　　丁望指出上述⑴至（⑹項根本是謠言，而⑺至⑽項則是瞎猜，因為：⑴中共在十三屆七中全會中，沒有職權決定周南與袁木為中央委員。⑵而且袁木只是國務院研究室主任，還輪不到當中央委員。⑵陳錦華（時任中共國務院體制改革會主任）、袁木、連候補中央委員都不是怎能在中央全全會上，進入政治局。⑶楊斯德（時任中共中央對台工作

小組辦公室主任）不是中央委員，而且年已六十九，超出新入中委會的年齡限，也已不適合書記處書記工作❸。⑷朱鎔基在一百一十個中共中央候補委員中，排名第九十，要爬上中央委員，還有一段很長的路，如何突然竄升至政治局委員及常委？⑸鄧力羣已高齡七十五，曾於鄧小平排斥，以致在中央委會，中宣部與書記處皆不能插足，只能置身於中共中央顧問委員會，焉能敗部復活，重回中委會？如⑴項所述，中共七中全會無職權，給他升任政治局委員及常委職務。同理，在第⑹項中，吳學謙既是中共中央政治局委員，中共七中全會那有職權趕他出中委會，而改任中顧委的委員？⑺、⑻、⑼及⑽項中所提諸人，固俱為中央委員，有進出中委會、書記處、政治局及常委會條件，但是次中共中全會，並沒有這個職權（附釋）。

伴隨上述「名單」而來的，是鄧小平病危或死亡消息❸，——至12月30日，中共七中全會結束，上述十大改組名單及鄧小平病危消息，證實全為子虛烏有！亂抄消息，拾人錯誤猜測牙慧者，應感面目無光！

同樣，港台報紙在上述「移情投影」的「象徵載體」盛行期間，又傳出：中共「攻台五年計畫」（1990～95）；國民黨利用「民革」推動大陸民主改革；以及北京對海基會「積極」回應等等，令不知者信以為真，識者扼腕，啼笑皆非的滑稽現象。

丁望認為，之所以如此造成訊息解讀失誤原因，在於：㈠「快餐文化」的影響與（訴求）感官刺激的傳播價值觀：㈡專業常識不足，傳媒與意見領袖的知識老化；㈢浪漫憧憬與勝利迷幻症的衍生；㈣缺乏強烈的品管意識和使命感；㈤外國傳媒的牽動力和自我的「傳播視力模糊」。他指出這個現象，會有一個循環體系：謠言編造—傳媒擴散—蝴蝶效應（Butterfly effect）❸—扭曲陷阱—壓力團體的起哄！（造成）官方決策的倉卒或偏差❸。

另一宗「舊瓶裝新酒」的抄襲事件，卻發在日本著名的「共同通訊社」（共通社）裡 **㊲**。

1974 至 76 年間，《朝日新聞》星期版，連載了約近百次的「新解體新書」專欄，闡述人體各個部位、器官與數字之間關係。1976 年出版單行本，是一本暢銷書。未料 14 年後，亦即 1990 年時，「共通社」竟將該書全面抄襲，向日本 28 家地報紙方用戶，連續發稿五十次。最後，1997 年 4 月間，終為一地方報紙讀者發現，而向《朝日新聞》檢舉。

在證據確鑿之下，「共通社」不得不承認兩者內容「酷似」，立刻停止發稿，請「加盟會員中止連載」，並向各報「保證今後將不出現同樣錯誤」。

另外，「共通社」還將抄襲稿件記者解雇、社長、專務理事編輯主幹、編輯局長及編輯委員室主任等相對責任人士，通通得接受一或兩個月減俸處罰。由於「共通社」嚴厲態度，《朝日新聞》也就姑且不予深究；否則，這樁侵害版權官司，「共通社」準敗無疑 **㊳**。

第四節　尋奇「新聞」

亂世脫序社會固然會謠言四起，飽暖的生活，同樣會令人有閒情、有餘錢去追求新奇。例如民國 74 年以後的三、四年間，世界生活條件又從能源危機之後，逐漸安穩下來，港、台兩地漸次掀起風水、紫微斗數、摸骨、算八字（子平之術）、鐵算盤、密宗等「問蒼天、問鬼神」玩意，每個人都想快速地發上加發，財上加財。甚至連身體都想藉某些神功，在極短時間內，鍊得鐵打般的「金剛不壞」之身。因此所謂之大雁、鶴椿等氣功(Chi Kung/Gi Gong)，就紛紛出籠，而且被傳得玄之又玄。縱然氣功有其地位，而某些高手也許確屬「神通廣大」；例如，

具「有天眼通」本領,有著「人體透視的特異功能」,但未有科學證明之前,媒體實不應一味以「好奇」為能事,為社會氣氛火上加油。試看下面將氣功大師嚴新的報導內容,是否反科學之極?神奇之極?應否見諸大眾傳播媒介?似頗值得商榷:

• 在兩千公里之外的廣東深圳發功,使在北平的清大實驗室中的葡萄汁因而變色,其分子結構也因而改變。❸⁹

• 據說,他發出的外氣可以治病強身,例如使坐輪椅的人可以當場站立行走,生腫瘤結石的病患立即消退,白血球過多者霍然而癒,雙肩胛骨粉碎性骨折傷患奇蹟似的好了。他甚至可以通過遺傳因子,使在病中的親人也得到治療。更不可思議的是,收聽他的(原版)「帶功」錄音,也可使人自發帶功,產生效果。❹⁰

香港中文大學化學系講師曹宏威博士不但本身練習氣功,又組成「科學異象小組」,專門研究古怪現象;但據他說,他們當前還未找到可以讓人信服的奇人奇事證據。他認為氣功迷若受現場情況的影響,是可以引致自行發功的。該小組對大陸氣功大師所揚言,能改變溶液的分子結構,把激光的偏振角度改變等特異能力,感到十分興趣。

民國 78 年 2 月初,嚴新到香港作「帶功演講」期間,香港電子專家莊少戾博士,對他所謂能以氣功指揮電流的能力,諸如氣功通過身體減低電壓、把生電傳給別人等「修為」感到興趣,因而請他作電流實驗──如果嫌二百二十伏特(瓩,Volt, V)太強的話,可作五十或四十伏特的;然而嚴新一味在拒絕,理由是───一旦實驗起來,伏特會升高而出現(電)打人、周遭東西著火焚燒、汽車著火,以及出現大煙霧等「怪事」。他的說法,引起另一位電力學家麥思源博士的迷惑,他因而對著觀察者,當場作出一個實驗,證明只要稍作安排,任何人都可以把電流拉高到三百伏特以上,而且身體帶電而不會有問題。

嚴新又揚言,他能做以氣功改變物質和殺死細菌的實驗,而在實驗

進行中，人不一定在場；他很多實驗都是人在遠處做的。他只要到實驗室看看實驗方位，了解實驗的大概情況和環境，交待一下放樣品的方法，就可以利用電話發功，而且難度愈高，愈有興趣作試驗。

中文大學化學系歐陽植勳博士，遂設計一個實驗，以一種不容易在室溫下產生變化的乙酸乙脂作爲實驗品。方法是：把透明的乙酸乙脂放進兩支抽了眞空的試管裡，由嚴新任意挑一支來運氣發功，另一支則作爲對照實驗結果的控制組，並且動用全港唯一的那套核磁共振儀（ＮＭＲ），以測試乙酸乙脂受功後，結構是否有所改變——任何輕微的變動，都可從電腦劃出的圖表中看出來：不同的分子結構，會出現不同的圖表形狀，其結構式若有改變，則某一個氫分子，將不會在圖上預定部分出現。❹

試驗當天，嚴新同夥表示，他已跑到港島跑馬地去，以所謂「千里發功方式」進行「測試」（氣功要經過九龍獅子山），只由「廣東氣功研究會理事」嚴小平代表他，拿來一片他接觸過的白紙——據表示，只要把樣品放在這張紙上，嚴新就會認得方向，發功過來。嚴小平把樣品帶進房間後，要求把所所有電源及會轉動的東西關掉（以免干擾），並且只准見過嚴新面的莊少戾博士，負責把樣品放在帶來的紙上，然後大夥離開該房間。

七分鐘後（據說）發功完成，可到房間取出樣品測試。可惜，經過科學鑑證和比對後，肯定受測過試的樣品——完全沒有異樣。嚴小平「解釋」說，該次只是「試試看」而已，並答應嚴新在離港前，會再試一次，結果是——爽約。

根據大陸中醫研究院針灸研究所氣功研究室專家張洪林的研究，認爲氣功師發出外氣進行治療，只是利用心理暗示方式來治病；而根據臨床的心理學實驗證明，暗示具有驚人的治療作用。

張洪林曾採用簡單的「阻斷暗示」和「利用暗示」的實驗方法來驗

證「外氣效應」是心理暗示引起：(1)給受試者蒙上眼睛，令其不知氣功師是否在發氣，結果——受試者的反應與氣功師的發氣，在時間上並非同步；(2)令氣功師悄悄進入帶功報告會場並悄悄發氣，結果——受試者均無反應。❷

1990年8月10日，大陸中國科學研究所在北京召開「弘揚科學氣、破除封建迷信」報告會，張洪林又在會上發表「神話氣功探源」報告。

張洪林再次強調，氣功本質在調神練意，所謂「外氣」現象，不過是心理暗示。他直接批駁嚴新「在兩千公里外，改變水分子結構」的傳言。

報告中指出，十年「外氣」發展歷史，是打著氣功和科學招牌的現代迷信氾濫、巫婆神漢再生、偽科學迅猛發展的歷史。一個勝似一個的「外氣」超人，以營利出名為主要目的的醫療行為，已嚴重擾亂了正常的醫療秩序，造成了不少狂吸人民血汗的暴發戶。

另一位列席會議的北京醫科大學精神病研究所主任張彤玲更警告說，由於盲目迷信氣功，而又毫無節制練功之故，已令某些「練功者」走火入魔，變成精神病患❸。

走江湖的人常說：「大把戲，一張氈（毛毯），小把戲，一把扇，無氈無扇，神仙也難變。」嚴新的把戲在香港要不出來，卻要了我們的媒介——更堪浩歎的是，大幅登載這種「奇功異能」的某印刷媒介，卻沒有用同樣的篇幅，報道上述在港試驗的結果，一任民眾「好奇」下去。而這樣的愚民內容，果真能吸引大批同類型「伏虎神功」之類廣告。良心事業敵不過經商掛帥的，信而有徵？尋奇新聞何時了？只好寄望於公平交易法了！

第五節　有聞則錄「新聞」以花蓮鴨肉風波為例

㈠序幕❹：

· 中央社駐花蓮特派員□□□，自小即患有慢性鼻竇炎。自經該地某□醫師診治，遵從他的吩咐，少吃鴨肉與糍粑後❺，即未有鼻竇炎發生過。他全家都是□醫師看病的。他覺得□醫師是台大畢業生，有三十年行醫經驗，他的話「應該可信」。

· 在花蓮市開設耳鼻喉科診所的□□□醫師，確實為該中央社駐花蓮特派員一家看病；也曾在處方之外，為該特派員寫過「飲食戒忌」須知，其中包括鴨肉一項。並提醒該特派員不要吃鴨肉。但他本人也吃鴨肉，亦未公開發表過他個人這種看法，而只是——對病人一種善意忠告。

· 湊巧：

(1)近因：台灣地區鴨蛋與生鴨肉自民國 76 年年初以來，市場一直景氣不佳，業者心灰意冷；養鴨人家亦因市場景氣低迷，價格長期滑落，心中不平之氣，早有點按捺不住，有想洩洩氣的傾向。

(2)伏因：最近幾年消費者意識高漲、心態強烈，國內傳播媒介又屢傳引起社會大眾嚴重關切的諸如蝦米含螢光劑，魚丸含硼砂，牡蠣受污染，茶葉摻雞母珠粉，黑珍珠蓮霧有殘餘農藥，麵粉添漂白劑，豬肝含病菌，毒玉米及餿水油等事件的報道，大眾對此種關係切身健康的問題，非但記憶猶新，而在講求生活品質的今日，對生態及環保新聞，更有如驚弓之鳥，易犯「杯弓蛇影」的「疑心生暗鬼症候羣」。

(3)遠因：國內大眾傳播媒介發達，威力驚人，而「小眾傳播」效果，亦來添加附麗，匯成強大效果（鴨肉致癌消息最初只在花蓮《民眾》

及《更生》兩報刊出）。相對於消費者意識的生產者意識，也漸次抬頭，受到無理傷害（例如令得貨棄於地、無人問津），反應變得十分强烈。

(4)導因：⒜業者「直覺」認定□醫師的話，是鴨子無人問津的主要原因，要求他「賠償」——雖然□醫師一再强調他本人也吃鴨肉，也未公開發表過個人看法，但已無業者聽得進去（也許某些人會認爲醫師富有而好索償）；甚而認爲他是「推卸責任」，否則，記者不會報道他的名字。⒝在生鴨肉與鴨蛋市場的低迷景氣聲中，中央社突如其來的報道，無疑給予業界一個直接發洩的目標，雖然明知「索償」是於法無據（故此才能透過疏通，原傳有十六輛大型巴士的抗議行動，最後只有三輛成行），但如果能以當前社會流行之「自力救濟」、「走上街頭」的集體行動，令得社會大衆了解他們的處境，促使政府單位注意，也有相當宣傳效果（從 21 日起，養鴨協會一再呼籲業者莫再丟鴨蛋一事來看，可爲例証。）

㈡事由：

10 月 11 日：這名中央社花蓮特派員，撰寫了一則通訊稿（「中央社花蓮十一日電」），內容直接引述爲其診治慢性鼻竇炎的□姓耳鼻喉科醫師，在爲其診治時的談話內容，其中有：「花蓮市□耳鼻喉科醫師□□□表示，鴨肉與鼻咽癌有絕對關係」；「鴨肉有毒。」

當晚中央社供稿後，花蓮《更生日報》改成[本報訊]見報；中廣花蓮台在花蓮本地播報，列爲地方新聞。高雄《民衆日報》則發[花蓮訊]如下（原文是串文、貫二之横文包題，並作加二框處理）：

A、標題

鴨肉有毒？

醫師說吃鴨易罹鼻咽癌

臨床經驗絕非危言聳聽

B、內文（連標點共二百五十一字）

[花蓮]有三十多年臨床經驗的花蓮市□耳鼻喉科診所醫師□□□說，吃鴨肉與罹患鼻咽癌有絕對的關係。

他指出，我們中國人喜歡吃烤鴨，因此，國人罹患鼻咽癌的人特別多，國際醫學界因而稱鼻咽癌為「中國人癌」。

□□□說，菲律賓人和意大利人也喜歡養鴨吃鴨肉，罹患鼻咽癌的人也不少；而日本人和美國人不喜歡吃鴨肉，罹患鼻咽癌的人就比較少。

他說，「懂得中醫的人都知道，鴨肉有毒。」

國立台灣大學醫學院畢業的□□□說，鼻子不好的人，尤其是有鼻竇炎的人，絕對不能吃鴨肉、鴨蛋、糯米、竹筍、魚丸、沒有魚鱗的魚，應該多吃海苔、海帶、雞蛋。

同日，南部各報湊巧又有一則高雄縣有一名嗜吃鴨肉進補者死亡的新聞。

一場鴨肉風波由是而起。

• □姓醫師立刻接獲抗議電話。

他除向對方在電話中，先行解釋外，並立刻函請《更生日報》澄清。

同（12日）晚，中央社再發（花蓮電），聲言□醫未公開說過：「鴨肉與鼻咽癌有絕對關係」，「鴨肉有毒」等語。

• 13日《更生日報》與《民眾日報》同時登出中央社更正稿。《中華日報》駐花蓮特派員，特別走訪該地慈濟醫院院長（前台大醫學院耳鼻喉科教授），撰寫特稿一篇，登於《中華日報》南部版。但向□醫師抗議之電話，仍然多如過江之鯽。

全國養鴨協會在宜蘭之常務理事及高雄、屏東、台中之理事，指責鴨肉無人問津，鴨價大跌起因，皆因該醫師之報道而起；要求該會理事長及台南縣某議員，召集各地業者代表，組團到花蓮抗議，要求賠償。

• 14 日全國養鴨業者放出風聲，謂將組成大抗議團到花蓮抗議，要求賠償。由於抗議行動罕見，各報皆有報道。

• 15 日下午 7 點，養鴨業者代表約卅餘人，在花蓮市第二信用合作社五樓會議室，與□醫師商談。並達成三項「協議」：(1)由□醫師在各大報一版刊登「啟事」，聲明鴨肉絕對無毒也與鼻咽癌無關。「啟事」內容由養鴨協會代表撰擬。(2)要求衛生署、消費者基金會檢驗鴨肉是否有毒，並發布結果讓大家安心。(3)□醫師於次（16）日上午，在花蓮火車站廣場，向所有業者代表│公開道歉」。協議之所以能達成，全賴該名陪同出席的台南縣議員力言：就憑□醫師的話，中央社的報道，很難視為「就是鴨子無人問津的直接原因、證據」，也就是明白指出：索賠無據。

• 16 日，各報報道昨日事件。上午 10 點，□醫師在約定地點，「鄭重道歉」，並將啟事分發給各個記者。各電視台於當時中午，播出花蓮當地記者的新聞報道。宜蘭業者「抗議」已成立之協議。

• 17 日，各報報道昨日事件。

• 18、19 兩日，各報分別在「外報頭」或報頭底，刊登該醫師「啟事」。各報[宜蘭訊]大幅報道該地業者丟鴨蛋事件。（因為鴨苗乏人問津）

• 20 日，據報道雲林縣亦有人丟鴨蛋。各報刊出衛生署及台大醫院報道，說明「鴨肉無毒」。

• 21 日，養鴨協會理事長出面呼籲嘉義、雲林及台南各地業者，暫停丟鴨蛋。

餘波：

□醫師致函台灣省主席，否認發表「吃鴨肉易罹鼻咽癌」的說法，要求還其清白。省府主席即指示省新聞處，主動發布新聞，為其澄清。

檢討：

(1)專業層面

(A)醫生處方或對其受診者之任何「吩咐」，只能算是對其個別病人的私下談話，固不考慮病人之身分或職業爲何。該中央社駐花蓮特派員在「發稿」時，竟將身分及社會角色混淆；且在報道前，未徵得□醫師之同意而遽邇發稿，起碼是在未表明其職業所須執行的工作的情形下，將「私人」對話，逕自斷章取義。（如每名記者如此「有聞必錄」，豈不謠言滿天飛，「公信力」盡失！）

(B)醫藥、食品衛生以及出現問題、有瑕疵的商品新聞，一定要確實查証，有根有據，並得請教學者專家，呈多方面意見，有信心達到平衡、正確及客觀的處理，方能作審愼報道。而該醫師之告誡，只是個人行醫之經驗與觀察，並非出自嚴密的統計與驗証的科學研究法。故其說法不論如何「聳動」、奇特，皆只應當是一人之語。自己因有病癥而遵從其吩咐則可，其餘只能存疑，不該有聞必錄，有稿必發，有文照登，見諸報章，攪至出現一言而「天下大亂」的嚴重後遺症。——資深醫師的話，當然自有其分量，但下筆時，更宜再三考慮對方是否此方面（癌症）權威（消息來源可信度），而「一言旣出」的「後座力」又如何？否則，起碼應負對業界有偏見、對事件「推波助瀾」、草率處理的責任。（並且可能「禍延」飼料廠商。）

李永然律師因此呼籲，千萬別以爲報道錯誤，略盡「更正」責任便可，如果萬一涉及他人名譽或直接涉及他人的其他權利，還會連帶負上法律責任。他認爲報道中，如果涉及醫藥專業知識，則應當嚴守下列五點守則❹⑥：

(a)採訪醫院新聞，須得許可，不得妨害重病或緊急救難的治療；

(b)醫藥新聞應以確實、客觀爲第一要義，在未明眞象前，寧可暫緩報道；

(c)醫師表示：「請勿發表」或「暫緩發表」的新聞，應嚴守協議；

(d)寧可放棄一則醫藥新聞,而不可冒險發表不正確或容易引起誤解的消息;

(e)發表醫師對醫藥專業知識,應事先獲得醫師的同意。

(C)消息「來源」(Source/Authority),交代不明。「新聞是有客觀原則的藝術」,因此,沒有根據的「路邊消息」,不能據以報道。例如,未經報案或已成定案的「傳聞」,就不應當作社會新聞來報道。記者在引用權威人士談話時,尤應注意是否是演講(還得小心著作權問題)、記者會、專訪或公開場合的談話;否則,便「於話無據」了。而按該則新聞通稿來看,內文並有明確指出新聞來源;例如,是在某學術會議、某一出版刊物,或某單位演講時所作的「表示」等等。沒有來源,指不出時間(when)及地點(where)的報道即無客觀處理原則可言。——只是一則「語不驚人死不休」的「假事件」(Pseudo event),或者捏造新聞而已!

(D)「何以至此!」(how, why, whence)應是該則新聞理應處理的焦點;也就是大眾媒介應透過臨床實驗的報告,權威的醫藥刊物,專家的意見,醫療主管組織的說法等等專業管道,進一步查證「吃鴨肉到底會不會罹患鼻咽癌」?從而撰寫分析性與解釋性的深度報道。而不是只求將之「社會新聞化」,講講業者「自力救濟」即行了事。另外,該則報道原非□醫師「黑白講」(但起閧後已經「不聽」解釋);嚴格說來,卻是記者「黑白寫」,傳媒「黑白刊」。「白紙黑字」之責,傳媒推卸不得!(□醫師根本是受害者)

(E)發稿記者非但未做到平衡報道,一般知識與專業常識不足亦一如上述,即連最基本的社會科學研究方法訓練,亦付闕如。例如,就拿文中:「吃鴨肉與鼻咽癌有絕對的關係」,「我們中國人喜歡吃烤鴨,因此,國人罹患鼻咽癌的人特別多」這兩句來說:(a)如果該名記者稍有點統計學上的抽樣原理與方法之類概念的話,便應該了解到,縱然這是一

項研究上的結論（會驚震世俗的），也可能有樣本上的錯誤，下筆時便「絕對」不會用絕對兩字。(b)相關表示共變關係（但鮮有截然的一對一關係），而相關更不一定可以看出其「因果關係」❹。證論不足，資料乏缺，便隨便以缺乏邏輯基礎的隨機關係，遽下結論發稿，算得上詒笑方家。

(2)法理層面

業界對□醫師是否「索償有理」？

答案是相當的困難。本事件所牽扯之中華民國法律條文包括，刑法第二十七章「妨害名譽及信用罪」及民法第二篇第一章第五款「侵權行為」各條❹：

(A)刑法三百十條第一項：意圖散布於眾而指摘或傳述足以毀損他人名譽之事者為誹（譭）謗罪。

(B)刑法三百十條第二項：散布文字、圖畫犯前項之罪者。

(C)刑法三百十三條：散布流言或以詐損害他人之信用者。

(D)民法一百八十四條第一項：因故意或過失，不法侵害他人之權利者，連帶負損害賠償責任，故意以背於善良風俗之方法加損害於他人者，亦同。

(E)民法一百八十四條第二項：違反保護他人之法律者，推定其有過失。

就上述(A)項而言，未含「商品信譽」在內，因此似未適用。而(B)項法律之適用性，在於「故意犯」，若非「故意」，僅因過失而損及他人名譽，則並不構成誹謗罪；而若以(D)項之「侵權行為」請求過失之民事賠償，雖可以不問當事人是否「故意」，但必須有「因果關係」，方能如(E)項推定其過失，這方面之「推定」相當困難，得詳查事件之來龍去脈，方能下「定論」。至於(C)之所謂「流言」，指的是無稽之談、信口雌黃之類，有其成立要件的言語；若當事人能透過資料來舉證所述的內

容，則亦不構成「流言」的因素。另外，刑法第二十七章之罪，「須告訴乃論」（刑法第三百十四條）。

□醫師能否要求名譽賠償？

答案是：很有勝算希望。事實上，□醫師同是受害人 ❹。端賴他深明大義，方能使風波不致擴大。就前述(D)項及民法第一百九十五條之規定而論，若因過失，而「不法侵害他人之權利、名譽」，則涉及損害賠償的法律責任，諸如：相當之金額（精神上的損害賠償），請求為回復名譽之適當處分（如登報道歉）等等。

中華民國內政部曾有解釋：「稿件之登載與否，報社自有權衡，一經登載，即當代負全責。」故此，有些稿件雖註明：「不代表本刊之見解」、「文責自負」之類字樣，但若一經編輯發稿刊印，責任實際上便轉移到編輯身上。就事論事，是次風波，業界固屬其理不直，而闖禍者則為傳播之記者與報館，而竟由最屬無辜之人，成為「代罪羔羊」（Scapegoat），誠堪浩歎！

附錄一：科學新發現的發表「正途」與報道拿捏分寸

舉凡科學上重要發現，例應經由學術刊物先行發布，經過同行學者專家鑑定後，新聞媒體方能「挖」此「新聞」，否則便流於疏忽。這裡便有一個例子 ❺。

1990 年 5 月 9 日，從事分光技術發展有十年之久的加拿大國家研究院，突然舉行記者會，宣布時年五十四歲，來自香港的華裔科學家黃子添，與紐約康乃爾大學醫學院的癌症專家芮加斯博士兩人，經過兩年努力，已發現了一套名為「WR–DIASPEC」系統，據云可在 10 分鐘內，利用電腦檢驗，找出癌細胞，而且百分之百正確。預計兩年內，即可提供醫院使用。

　　因為一般檢查法，必須由訓練有素醫生，用顯微鏡檢查組織樣本，不但費時和經常產生目測的人為錯誤，而且早期癌症，並不可能由此種篩檢中完全得知，有些病例，甚至無法確知結果，令醫生與病人同感沮喪。而此一新方法，則只需用針頭抽取少許檢體，利用「分光光度法」，比對「分光指紋」，即可測知癌細胞是否存在，快捷妥當。故而，此一消息哄動一時，傳遍世界。

　　然而若干醫學專家，得知消息後，卻大加抨擊，認為此一學術性發現，居然未先行登在期刊上，即逕行發表；此種做法，無疑是不負責任行為，並且破壞嚴謹的學術「規範」，令人不免與「成名捷徑」產生聯想。試問：新聞界又有何資格，能判斷此項發現的真偽？稍有差錯，新聞界是難辭其咎的。

　　不過，據黃子添解釋，則是，此項發明消息，已經走漏，來不及先行在學術期刊上發表；而且，一旦發表後，可能影響到專刊權取得。另外，美國著名學術刊物「國家科學研究院記錄」，亦已接受該項發明論文，準備刊出；因此才先行公布此項大發現。

　　老病死苦是人類劫數，事關解脫之道的佳音，當然舉世注目，新聞界在處理這種「突破性」發現時，實宜小心謹慎（事事保留），不必人云亦云。而事實上，做假資料而獲諾貝爾獎，其後遭人檢舉而退獎者，為數亦不少，其奈之何！

註 釋：

❶ 波灣戰爭期間，全球性經濟不景氣訊息，廣泛被忽略；相反，聯軍致勝消息，與「戰後經濟重建」的樂觀心態，卻刺激了全球經成長的預期，令國際股市先行走揚。此所以不論和戰，中東局勢宕盪之際，全球主要股市平均漲幅超待百分之十，成交量有逐步放大趨勢；而短線（投機）漲幅，仍然偏高。

但是，戰爭結束後，參戰各國經濟將面臨考驗，加上：(1)浮動的證券市場籌碼，與賺在手頭上的利得，將是股市的潛在賣壓；(2)提前反映上漲的股價，短期內，極可能立刻面臨向下調整命運；(3)科威特政府為籌措復員資金，可能大量拋售各種證券。

因此，如果各國政府戰後不採取寬鬆貨幣政策（如調低重貼現率），以刺激景氣成長，放寬消費，使股價有向上調整空間，則縱然油價可望持續處於低檔，國際股市極可能進入整盤期。此之所以 2 月 15 日前後，縱然傳出伊、蘇達成和平撤軍協議消息，國際股市並未大幅上揚，反以小漲大跌反映股票持有人，對此事的看法（日本、台灣兩地股市，即以走低收市）。

影響台灣股市關鍵，一向原在於國內資金狀況，以及融資借貸餘消長，對全球股市大幅漲跌反應程度較弱；股票持有人對於波灣戰爭，則普遍抱持著「利多出盡」看法。

❷ 依中華民國相關法例規，自營商不得在盤中，私自發布消息告訴投資人，自營商買賣股票情形，以免影響行情。但法例沒有禁止新聞媒體挖掘新聞。（成為共謀者？）。

❸ 該日加權指數下跌三百零八‧三一點，而以四八七三‧六七收盤（市）。據「精業公司」事後向證券管理委員會（證管會）所提交的調查報告，該項錯誤消息，是由台北市一家財經專業性報紙，負責提供及鍵入電腦，該公司僅負責顯示與傳輸。當時之正確指數，實為兩萬六千零三十九‧一五點，但因一鍵之差，而誤傳為一萬六千零三十九‧一五點，經電腦自動計算，與前一日收盤指數相較，指數遂「重挫」九千九百八十五‧二二點。（該日日本股市收盤指數為兩萬五千九百零二‧八一點，只跌了一百二十一‧五六點）。

「精業公司」發見錯誤後，已於三分鐘後更正，並經由業務人員及網路服務中心職員，以電話通知客戶；台灣證券交易所（證交所），亦立即要求該公司改善，據證管會調查，研判並無意圖影響行情證據。（《聯合報》，民 80. 2. 23，

第十一版）

不過，這已是中東局勢緊張情況下，第三次發生即時資訊系統，重大傳輸錯誤事件。七十九年十月二十七日，台北「儒碩公司」轉載了伊拉克引爆科威特精煉廠的錯誤外電，當日收盤指數，即大跌了兩百一十六點；十一月六日，「精業公司」轉述引致與本次事件的同一資訊來源消息，誤稱英美將於周六(11.10)，對駐科伊軍發動攻擊，當日指數則下跌了六十點。（以美國為首的聯軍，於台北時間民 80 年 2 月 24 日上午九時，方發動陸上總攻擊）。

日本股市於 1987 年大崩盤時，東京日經指數一天也不過重挫了三千餘點，而本次所誤傳的竟是九千多點；有經驗的股市人士，對此一明顯錯誤，理應該存疑而必緊張，可見國內股市相當不健全，投資人士確有很大投機心態，致失去冷靜判斷力。不過，台灣也的確發生過利用傳真函件，企圖造影響行情事件：民國 79 年 9 月 22 日，總公司設在台北市長安西路的「飆榮財務顧問有限公司」負責人、已闖出了名號的股市分析師李粵才，指令該公司高雄分公司，以署名為「飆榮李」者，發出所謂「飆榮指令」之傳真(fax)，給七十一家證券公司，散布台灣「華隆集團財務危急，股市炸藥聯銷反應」謠言，企圖影響華隆股票行情。由於謠言傳出後，華隆集團負責人報警追查，台北市刑警大隊循線查明事實後，當日即依違反證券交易法罪嫌移送法辦。（據證券交易法第一百七十四條第二項：對有價證券之行情或認募核准之重要事項為虛偽之記載而散布於眾者；第六項：就發行人或某種有價證券之交易，依據不實之資料，作投資上之判斷，而以報刊、文書、廣播、電影或其他方法表示之者；俱可處五年以下有期徒刑、拘役或科或併科二十萬元以下罰金。）

李粵才則辯說是由於他聽說該集團涉嫌利用公司部分資金，購買私人土地，而將公司資金轉換為個人資金，可能會出現財務危機，因此才寫下不利於該集團的消息。（聯合報，民 79. 9. 27，第十版）。

有市場人士認為，證交所加強資訊傳輸公司及資訊提供單位的消息審核過濾工作，方是此種錯誤資訊防治之道。不過證交所指出，該所與資訊公司所訂之相關「資訊使用管理辦法」，僅以該所所提供之市場報價資料為限，資訊公司之其他資訊來源，並非屬於辦法管理範圍內；因此，該所對資訊誤傳並無處分權，僅能由證管會依證交法的規定，調查是否有意圖影響行情的行為。

——證券交易法（證交法）第一五五條第一項第五款規定：「意圖影響集中交易市場有價證券交易價格，而散布流言或不實資料者……應負賠償之責。」

——證交法第一五七條之一，限制「內部人」交易行為，包括「基於職業或控制關係獲悉消息之人」。「內部消息」，是指「具體、未公開、特定而足以影

響股票價格的消息」。新聞記者因是基於職業，而可獲悉內部消息之人，所以買賣行為必須加以限制。

❹ 傳聞會愈傳愈令心慌，當戈氏傳出地位不穩的傳聞後，連由戈氏親信佛洛諾夫擔任總編輯的《真理報》，也立刻趕熱鬧，刊出四位改革派人士對蘇聯領導階層結構的看法，認為「改革領袖，的確需要更多權力，以推動重要措施」。（有 80 年歷史的「真理報」，因蘇聯解體，而於 1992 年 3 月停刊，4 月改組後復刊。）

❺ 撰發該則消息的是 CNN 派駐莫斯科有十二年之久的資深記者赫斯特，因於對赫氏的信心，也相信他的消息來源，因此將之視為「大獨家」。赫氏認為之所以如此，可能是一個試探氣球，或對反對戈氏者造謠；但消息確是來自「消息極為靈通，且通常相當可靠的共黨人士」所提供。──看來，跑新聞如同做學問──於無可疑之處，疑之（求證、判斷），庶免陰溝裡翻船之憾。（見《聯合報》，民 79. 2. 1.，第一、第十一版）

❻ 「國會醜聞難煞新聞界」，《新聞評議》，第九十七期（民 72. 1. 1.）台北：中華民國新評會。頁 3-4。

❼ 「報道」除牽涉到除尤清與當時省政主席邱創煥（Chui Chuang Huan, 1925-）兩人外，尚包括國防部、陸軍總部及六軍團及台北縣政府等單位。民國七十八年夏內閣改組，邱創煥出任總統府資政（Prsidential Office Advisor）。

❽ 當時新聞學者亦不沉默，指出：(1)該次選舉，台北大眾傳播界主觀取向太強烈，倘有媒體有與候選人互相掛鈎，不但違背新聞報道獨立自立原則，對讀者亦是不公平之至。(2)依照常理判斷，這樣報道內容，實在不合邏輯，為何自立早報編輯室作業如此草率？(3)選舉新聞較諸其他一般新聞，更應慎重處理，人、事、時、地、數目（how much/many）都要清楚確實。不然，除影響涉事者名譽外，會破壞社會互信和安定。(4)媒體不能為了搶新聞、獨家而疏忽查證、肯定消息來源；純事實新聞，更絕不能摒棄純新聞寫作要求，而以小說筆調處理。(5)傳媒主要職責，是向讀者報道事實，不得捏造、散播謠言，混淆讀者視聽。(6)傳媒公信力建立不易，端賴新聞工作者道德、良知和責任來撐場面；不應一顆屎，攪壞一鍋粥。

❾ 道歉啟事登於十日頭版外報頭，謂「……經查與事實有不符之處，逐向相關當事人、權責機關及讀者致歉。」但又在後面加上「自此次三項公職人員員選舉以來，本報透過特殊管道，不斷獲得軍方輔選動員的密機密資料，均證明完全準確，而使本報編輯部同仁確信消息來源絕對權威。不意，昨日從同一消息來

源傳來之資訊，卻與事有不符之處。……由於此一消來得甚晚，已無充分時間查證，一方面全面調派記者在台北縣各地尋找尤清，遍尋無果，到開印時間，不得不放棄查證，另一方面則因時間太晚，不便打擾邱創煥主席、林豐正縣長（時兼任台北縣選委會主任委員）等相關人士。……」——但是，為何要「搶」發此則可能是「選後炸彈」的消息、或言明未經查證呢？

該報原任總編輯陳國祥因而停職，由副總編輯吳戈卿升任代理總編輯，並明令公布，以示對此事負責。社長吳豐山曾一度向董事長許金德（已逝）提出辭呈，自請處分。另外，更在該報第二版，刊出邱創煥、尤清、林豐正及國防部之否認消息。

自立報系因作風大膽、言論聳動而引致爭議者，不在少數。例如，即在 1989 年大陸六四天安門事件之前的 4 月 21 日，屬該報系之《自立早報》駐北京記者黃德北之「特稿」——「採訪沒兩手，胡搞第一流」，用粗鄙文字批評國內公營報紙記者在大陸「嫖妓」劣行。問題是，此中內容，並無事實根據。這篇「報道」，不但激怒了被中傷記者，同業間亦頗為齒冷，即是其時同屬該報系的《自立晚報》總編輯李永得亦公開表示，他不會刊登這樣文稿。

吳豐山（1945－），台灣台南縣人，政大新聞所碩士，民國 58 年，在《自立早報》從最基層記者幹起，再由採訪主任而總編輯，而報系社長。61 年當選國大代表，69 年落選，75 年再度當選。民國 71 年 10 月 16 日，他安排諾貝爾文學獎得主、蘇聯異見分子索忍尼辛來台訪問，但因《中國時報》破壞事前先不透露消息的行家「協議」，事前披露此一消息、搶得「獨家」，因而引起十七家新聞單位聯合指責《中國時報》之舉；他認為這是新聞道德問題，無關乎新聞，因而與《中國時報》大開論戰。76 年 9 月 11 日，他不顧新聞局阻止規勸及同業議論，執意派遣該報系記者李永得、徐璐兩人，以出國觀光名義，經由東京，再前往大陸採訪，14 日，並撰稿發表，至 9 月 27 日始返回台北以「偷跑」做法，打破 38 年兩岸禁忌，但卻招來新聞局以「偽造文書」罪嫌，訴之法院。其後，則因報禁開放，而獲不起訴處分。民國 76 年，他率先改革台北一般晚報問題叢生的色情分類廣告——9 月分拒登色情廣告，10 月分起不登歌廳廣告，11 月分刪掉所有賓館廣告，以落實報業為文化之實名。

所著「吳豐山專欄」一書，獲「曾虛白新聞學術獎」。

陳國祥（1953－），台灣省人，政大新聞所碩士。民國 76 年 8 月中，即擔任《自立晚報》總編輯一職，著重「多元化的形式呈現出立體化的內容」，以及「從事找人，以人論事」的編採概念——亦即除新聞事件之報道、分析外，尚輔之以漫畫、圖片、民意調查或訪問等內容。在編輯理念方面，則打破通欄禁忌

(doesn't break the rule)，以切割方塊版面(box)，將相關新聞內容更形集中化。民國77年元月13日，蔣經國總統逝世，因一系列報道，被當時任官邸秘書的秦孝儀認為歪離事實，而提出嚴重抗議。自立報系遂讓他暫時離職，赴美作研究，而至秋天始回國復職（秦孝儀其後亦出任故宮博物館館長）。78年12月10日，又再發生報道選舉不符事實而離職。轉任《中國時報》。嘗言最令他感到挫折的是在文章寫出來後，被人批評為思想有問題。

與同系報社記者祝萍合著有「台灣報業四十年」一書。

李永得(1955-)，台灣高雄縣人，政大政治系畢業，因與徐璐違例採訪大陸，而名噪一時。

徐璐(1958-)，上海市人，私立淡江大學英文系畢業，民國69年因高雄反對黨的美麗島事件的表現，而有黨外出身的女將之稱，因與李永得同赴大陸採訪，而引人注目。

黃德北(1957-)，江西省人，政大東亞研究所碩士及政治研究所博士。六四在大陸採訪時，與民運分子王丹等人相熟。王丹於7月3日與他見面時，被跟蹤拘捕；他於7月4日早上近11點時亦被中共扣押，同月11日因中共考慮對台關係而獲釋回台，但三年內不得前赴大陸。在《自立早報》那篇「台灣官方記者在大陸現醜」一文中（第二版），引起他人批評的段落與文字如：「一名台灣記者出價三千元人民幣，希望購買一個大陸處女的『初夜權』；一位大陸妙齡少女不慎闖入台灣記者的房中，台灣記者問她是不願陪他睡覺；另外一名台灣記者在要求旅館服務生提供色情服務被拒後，憤然地表示向服務生的領導反映他的服務態度不好。這些都是一些台灣保守派報紙及官方新聞媒體的工作人員近日所幹下的醜事。

……這些被『閹割』過的官方記者，可能不敢到群眾運動的現場進行採訪，一如他們在台灣一樣。

不過，從這些官方記者的現看，他們被『閹割』掉的只是大腦而已，並非生殖器，反而可能由於大腦萎縮，使得他們的生殖器特別發達。

嫖吧！盡情的在這塊世界最大的處女地上嫖吧！反正這又不違反『三不』政策。如何給予官方記者更大的新聞報道自由，以及釐定一套明確的官方報道大陸新聞的政策與作法，實在已成為當務之急。」

他亦坦承這篇「文章內容有些不妥，用了些情緒性的字眼，傷了些人，但文章背後的真正意義，是想針對當前官營新聞媒體更大的新聞報道自由，以及釐定一套明確的官方報道大陸新聞的政策及作法。」

——他是該用嫖妓而引起所感喟之事之文的嗎？[楊志弘企畫主編（民79）：

媒體英雄（四）。台北：久大文化公司。頁 146–151。〕

因黃德北會見王丹，而致王丹被捕下獄，外界對他多所指責，但個中眞相恐永難大白於世。獲博士學位後的黃德北，其後任教於政大政治系。

民國 79 年 12 月 1 日，《自立晚報》由原來的十六版（逢周三、五增五版），改爲二十版，並將原來每分訂費由 8 元增爲 10 元，以因應報業不景氣。吳豐山社長並對《自立早報》採取裁員、減薪（主管，15%）、不發年終獎金方案，冀能將每月千萬元新台幣的虧損，縮減至五百萬元。

❿ 我國電子媒介，較能面對觀衆，較重大差誤，會即時更正。例如，民國 78 年 12 月台灣地區三項公職人員選舉中，台灣電視公司（台視）在台南縣長選舉事件上，誤傳鄧小平死亡消息，皆曾向觀衆道歉。中國廣播公司（中廣）於 79 年 9 月 4 日，因誤播虛假之斷肢乞童事件，也即公開道歉。

外國駐台新聞媒體，只要理之所在，也大都尊重更正事實。例如，民國 69 年 3 月 19 日，美聯社(AP)駐台記者賴德樂，發了一則有關高雄《美麗島》雜誌暴力事件審判新聞，其中有關一位黨外女士報道，顯然有誤。新聞局遂要求美聯社更正，以澄清事實，避免不良影響。美聯社接受了此項要求，於是在同月 23 日，發出一則更正啟事電訊：「美聯社更正急電：『編輯先生：19日刊載美聯社有關高雄暴力事件審理報導的各報，請刊登以下更正電。美聯社十九日發表下列錯誤報導……。」見：

馬瑞茪（民 79）：「勇於犯錯怯於負責──變體更正只是一種假平衡」，《新聞鏡周刊》，第 110 期(12. 10. –16)。台北：新聞鏡雜誌社。頁 14。

⓫ 同前註。頁 12–15。

⓬ 同❿。

⓭ 我國刑法第三百一十一條規定：「以善意發表言論，而有左列情形之一者，不罰：一、因自衛、自辯而保護合法之利益者；二、公務員而報告者；三、對於可受公評之事，而爲適當之評論者；四、對於中央及地方之會議或法院或公衆集會之記事，而爲適當之載述者。」

但出版法第十五條則規定：「新聞紙或雜誌登載事項涉及之人或機關要求更正台登載辯駁書者，在日刊之新聞紙應於接到要求後三日內更正或登載辯駁書，在非日刊之新聞紙或雜誌應於接到要求時之次期爲之」，「更正或辯駁書之登載，其版面應與原文所載者相同」。（但其更正或辯駁書之內容顯違法令，或未記明要求人之姓名、住所或自原登載之日起逾六個月而始行要求者，不在此限。）

「中華民國報道道德規範」第二項、第五款亦明定：「新聞報道錯誤，應即更

正。」──而非文過飾非的變相更正做法。

❹ 胡光麃，四川廣安人，生於遜淸光緒二十二年（1897），1919 畢業於美國麻省理工學院電機系，一生致力於創辦中國實業，因楊子公司案受挫。所著「波逐六十年」一書（民國 53 年），膾炙人口，曾發行多版。

❺ 尹仲容，湖南邵陽人，生於光緒二十九年（1903 年）逝於民國 52 年。畢業於南洋大學電機工程，原對於早期台灣經濟之開拓，有極大貢獻，故有「自由中國的歐哈德」(Ludwig Erhard)之稱（歐氏爲西德經濟復甦之父），「尹仲容時代」一語至今乃爲人所津津樂道。著有「呂氏春秋校釋」、「我對臺灣經濟看法」諸書。他與胡光麃先生，因所學相同，志趣相投，向稱莫逆。他爲人心直口快，就事論事，故與俞鴻鈞因公務之頂駁而生嫌隙。

因而，此案也有所謂「陰謀論」──俞氏借此案來整尹氏。（俞氏後命徐柏園先生代理尹氏之經濟部務，並且堅持必須於尹氏簽章之下，加蓋「奉命停止執行職務」小章。

❻ 尹仲容請寫了四封辭職信，因爲有擔當、識大體、氣勢磅礴、擲地有聲而至今傳誦，報刊曾數度重刊，如（摘句）：

茲因楊子木材公司貸款案，責言交至，仲容自信此案旣交法院，事實如何，終必大白。然有此輩情疑惑之際，實不宜繼續到局辦公，自應重申前辭職之（請辭中央信託信長呈行政院函）

──關於楊子木材公司貸款之責任問題，該案旣奉鈞院交司法機關偵察，眞相終必大白。惟仲容在中央信託局長任內，旣不能止謗於未萌，備位閣員，何能取信於中外？爲此，擬懇准予辭去經濟部長職務，披瀝陳詞，敬祈俯准，實深德便。（辭經濟部長呈行政院函）

──……查本案經法院長期偵查，實當可大白。仲容自信不致與前呈各節有所逕庭，即有疏誤，亦爲手續問題。或謂本案發生之初，報紙雜誌渲染百端，牽涉旣廣，莫衷一是，錯綜複雜，周應爲難。仲容縱屬無辜，似亦非經起訴，恐不足以協調各方。仲容以身許國，從不計及個人利害。況近年迭蒙恩遇，正不知如何圖報，對於此案，如果衆意僉同，只求有益國，仲容自當秉忠臣不潔其名之義，靜候審訊。惟仲容備位閣僚，如何自處，事鮮前例，法無明文，擬於起訴後自請停職候訊，免速官謗。……（上總統辭經濟部長呈文）

──……仲容自維對於此案，一秉輔助民營事業及協助軍事工程之原則辦理，問心無他，自應靜候法院之公平審理，以明是非。惟仲容備位閣僚，旣需對簿公庭，自不能專心政務，擬請准予辭去……。（上行政院院長辭呈）

民國 36 年元旦，因甫勝日本不久，國民政府特頒「罪犯赦免減刑令」，因赦

免時機妥適，文字優美而感性，一經報章刊出，亦傳誦一時，尤其前言與結語，特錄如後：

今於勝利之後，值中華民國憲法經國民大會制定明令公布之日，邦基永奠，建設方殷，允宜依法頒行大赦，以啟更新向善之機。惟是赦免應有範圍，減刑亦當兼施，庶幾元惡大憝，不致悻叨寬典，而各等罪刑，亦得減免如度。」

結語：「膺赦人犯，應知赦典難常，蕩垢滌瑕，勉為新民，倘敢挾嫌報復，仍當執法以繩。各級官吏，尤其善輔人民，匡正風俗，勿使輕蹈法網，以副政府恤刑重赦之至意。」

尹仲容於3月21日，曾上簽呈給蔣介石總統，指出：「……惟維持工業，非出一己之私，而受貸民營工廠甚多，亦不限於揚子，事實甚明；至所謂勾結牟利情事，則自省平生服政，向所不為，如對日貿易佣金四十餘萬美元，均涓滴留歸國用，何至在國內眾目睽睽之下，勾結一揚子？」

甫自風雨飄搖之後站穩腳步的台灣政局，當時猶深受大陸失敗的創痛；因此，官利貪污，官商勾結，商人舞弊，社會情緒，外匯套匯，某些人與美國政界微妙關係等，似俱係忌諱所在，不幸此「案」全與這些沾上邊。44 年同年 8 月下旬，時任總統府參軍長的孫立人（Gen. Sun Li Jen, 1888-1990）將軍，即曾有「兵諫」的謠傳，終部屬郭廷亮匪諜疑案受累，似可佐證。孫立人後受軟禁垂 33 年，至 79 年始獲平反。

⑰ 此案尚牽步到時任臺銀副總經理應昌期先生之貸款關說。應先生其後沒受牽連並大力提倡圍棋。

⑱ 自國民 44 年 3 月 15 日，至同年 10 月 4 日，在本省發行的《中央日報》、《聯合報》與《自立晚報》等三大報刊，亦口徑一致，參加煽情報道（Sensational）行列。

⑲ 此案於 44 年 7 月 22 日，由台北地檢處檢察官浦德生以「瀆職」罪名，起訴尹、胡兩人。次年 2 月 29 日，高院最後宣判該案涉案人皆無罪。尹仲容嗣後東山再起自 46 年 8 月 8 日起至 50 年 1 月 24 日尹氏逝世為止，身兼本省經濟安定委員會、、外匯貿易審議會、美援運用委員會及臺銀董事長諸要職。胡氏則歸於平淡，著書傳世。本節主要參閱資料。

胡光麃（民 53）：被逐 60 年，四版。香港：新聞天地社。

李晚村（1989）：「尹部長那樣，蕭部長這樣」，《新新聞周刊》（9.25.-10.-1.）。台北：新新聞刊雜誌社。

⑳ 甚至連一代文霸，時任台中東海大學中文系主任的徐復觀教授（已逝），也發表了一篇「分屍案只有希望因果報應來解決」的大文，作某種「暗示」。

（《聯合報》，民 50. 4. 13，第三版。）

㉑ 元兇與被害人原是夫婦，爲爭奪小孩而吵。元兇將妻子推倒撞死，在床上停屍兩天後，再行分屍，棄屍瑠公圳內，而將所剩石灰丟在柳宅外面。他在供詞中指出，他是在報紙上看到當時「日本寺島町分屍案」，才學得分屍方法的暗示，頗堪業界三思。此之所以「中華民國報業道德規範」第三項第一款明白宣示：「犯罪新聞，不得寫出犯罪方法，報導色情新聞，不得描述細節，以免誘導犯罪。」

㉒ 柳氏夫婦，曾向台北地檢處提出自訴，控告徐復觀教授，《聯合報》發行人王惕吾、社長范鶴言（已逝），《華報》（民國 66 年賣給《聯合報》，易名今之《民生報》）發行朱庭筠，以及聯新社發行人蔡馨發等人誹謗。柳夫人在自訴狀中有謂：「……被告爲爭他們報刊銷路，竟然利用台北市新生南路瑠公圳發現的分屍案，先後捏造事實，向大眾散布謊言，硬指自訴人是那宗兇案的兇手，繪聲繪影，極盡誹謗能事。」眞敎人汗顏。所幸某些報刊，以後都能發財後立品。官司在 55 年 5 月 18 日，由台北報業公會理事長李玉階（自立報系創辦人），出面在西寧南路記者之家，舉行「道歉酒會」後，「冰釋」了前嫌。柳將軍其後退役，以「福樂冰淇淋」而名聞業界。

本節主要參加資料，除當時報刊外，尚有：

趙嬰（民 51）：瑠公圳案新聞報導之比較與研究。台北：國立政治大學新聞所碩士論文。

劉一民（民 78）：記者生涯 30 年。台北：傳記文學出版社。

劉一民是退職記者，他在本書中，還引述了一個兩大民營報記者鬥打高空名爲「丁丁尋父記」的「趣事」〔見該書：「獨門法寶打高空」一章（頁 69–75 ）〕，頗人發噱——

△開場白：民國 48 年 5 月 8 日，香港閩南語女明星丁丁，到台北爲她的新片「歌在人間」作上演宣傳。她在台北松山機場記者會上透露，她自小沒有父親，聽說父親是台灣人，希望今次登台之餘，能與父親會面，骨肉團圓。

——這當然是引起觀眾注意的一個招數。但是趣事來了，爲了「獨家」，在十日的《聯合報》三版，有一篇在台北新店碧潭父女會的「姚鳳磐專訪」，並有照片佐證，大要爲：

△「這是一幕充滿戲劇化的眞實故事，從香港到台灣來隨片登台表演的新星丁丁，昨（十）日下午曾在碧潭岸上翠林深處，『海角紅樓』的山蔭道上，訪唔了一位中年體弱的老人。這位老人用顫抖的聲音喊她丁丁小姐，而丁丁則珠淚盈眶想喊他『爸爸』，但終於衹叫了他一聲『老伯』，對丁丁來說這個老人或許就是

她的親生父親，那個老人也相信丁丁就是他的女兒……。」「丁丁拉著老人的手，激動的說：『我要等回香港去以後，再向養叔和其他的人打聽。假如不錯的話，我要來認你……。』」

兩天之後，亦即 5 月 12 日，《徵信新聞》（即今之《中國時報》）四版，有由記者劉昌博所寫的另一篇「專訪」，大要為：

△「前天有位新店老人許青海自稱丁丁是他的女兒，昨（十一）天下午七時半，又有一位 51 歲的老人葉順發，他獨個兒到丁丁下塌的太平洋飯店去認明星女兒，適值丁丁出外吃飯去了，久等不歸，他失望他地悵然而去。他臨行時說：『改天還要再來，希望父女早日團聚。』」「記者問他記不記得起愛女的特徵？這位飽憂患，滿臉皺紋的老人想了一會兒說：他愛女身上有一特徵，臀部左側有一塊紅疤。」「如果，丁丁小姐臀左側有一塊紅疤的話，則這位老人葉順發『可能』是她的爸爸，但是，丁丁臀部有否紅疤？除了她本人外，誰也不知道。」

△結局：5 月 13 日，姚鳳磐在《聯合報》三版再來一篇「特寫」標題為：「誰是葉順發？丁丁盼能唔面」——自後結束了戰局。

△「丁丁尋父」，新店老人許青海，51 歲老人葉順發當然全屬子虛烏有，姚、劉兩人創造獨家，記者整記者，也欺騙了讀者，令人真假難分，損害了專業規範。若謂新聞業有個「製造業」的孽子，則誰又該負責？聯合報系與中國時報系之筆戰不絕，恐亦自此始（尤其台灣報禁解除之後）。

「□□尋親」電影宣傳，原是老套。亞洲影后林黛生前所拍「香港來京蜜月旅行」，早已用過此喬。此台北早期電視劇「晶晶尋母」，賺人眼淚，也是同一套路。

❷❸ 汪麗玲「自殺」證明為子虛烏有。記者幫助傳布謠言，罪不可恕——為何不作深入查証？例如，造訪周家，查汪麗玲的戶籍等等（可知她有沒有孿生妹妹）。她三十年後消息猶見：張典婉：「昔年中姐平淡坦然過生活」，《民生報》，民 80. 3. 28，第二十二版（婦女）。

❷❹ 見張元和（民 78 年）：「日本新聞界殺害了佐佐木教授」，新聞鏡 18 期，（2. 27.–3. 5.）。台北：新聞鏡雜誌社。頁 29–31。

❷❺ 1980 年中頁，香港某知明電視男演員，因遭仙人跳（被捉黃雞腳）而對薄公堂，為了他的名譽，法官接受請求，裁示所有媒體，在報道此新聞時，只能以「X 先生」假名代替。但一般人根本就知道他是誰。

❶❺ 似有類於英文俗稱的「沮喪的星期一」（monday blue）——因為第一天上班。

❷❻ 報紙傷人尤猛於虎。佐佐木女婿曾寫了一篇「被報紙殺死的岳父」相當令人憶

側，其中不乏激動詞句：「因爲職業的理由而殺人的，除流氓等暴力團體之外就是報紙，但是從性質上看，報紙毋寧爲惡劣，因爲流氓殺人後需要躲躲藏藏，而報紙殺人則可以正正堂堂……。」。

㉗《朝日新聞》的辯詞，也頗值得研究。他們認爲《朝日新聞》在報道取捨上，合乎：

——是對隨便施以催眠治療者的一個警惕（因催眠治療能對患者百分之百控制）；

——雖不能斷定報道內容是否事實，但有相當根據；

——同時報道當事人的辯解，足以緩和當事人的名譽受到影響；

——非單純傳播事件內容，尚考慮到社會公益。

這些辯詞是對的——如果屬實的話。《朝日新聞》曾提出四個疑點，但有些說法卻爲日本《世界日報》，在「記者犯罪」一書中，加以駁斥，實堪爲對事件推敲的一些線索：

《朝日新聞》（質疑）	《世界日報》（反駁）
佐佐木沒有催眠治療經驗	雖無此種經驗，但試圖以此術治療該少女；動機是正當的；不能就此說，一旦施行起來，即對該少女有猥褻行爲。
治療結果沒有在病歷卡上記錄	
治療前未徵得該少女家長同意，且由護士電請家長可以不必來陪伴她。	佐佐木只單純地想到，星期天診所沒冷氣，讓家人久等不好意思，而善意地表示家人可以不必一起來。
施治前佐佐木曾飲了大約一（公）合（deciliter. 1/10 liter）酒	每天午餐，佐佐木都會喝同量之酒，並非特爲對該少女施治而飲。

同㉔。同篇中，張元和也引述一則刊載於 1987 年 8 月號，由「日本新聞協會」出版的《新聞研究》論文，題爲「不能見報的獨家消息」以說明「社會新聞的報道好比一把利刃，稍一不愼，要這把利刃的人，可能自己會鮮血淋漓。」

——1982 年春天，一名男子倒斃在京都市東山區的路上。警方雖懷疑是車禍，但是現場解剖結果，又相信可能是一件詐領保險金的假車禍。專案小組還發現這名死者保了高額保險，受益人是公司。該公司負債達一億多日元，曾經全閉過。在警方一連串行動中，在該名男子死亡後的第 12 天，有家報

社以「假車禍真殺人」為題，在社會版大肆渲染。一個月後，該公司老闆因
為犯詐欺罪被起訴。該報更肆意針對詐領保險金犯罪，大做文章。另一家對
手報因漏不起新聞，也隨而跟進模仿。

但是這位老闆最後卻是以詐欺罪被起訴的，與該男子死亡及詐領保險金無
關。這位老闆於是提出誹謗訴訟，法院判決兩家報社必須賠償及道歉。

據說日本《京都新聞》，原是最早掌握到警方行動報紙，但由於警方一再強調
沒有證據，以及來自記者反應，卻一直不敢毅然以「經營者殺人詐領保險
金」新聞見報。不想，這種「寧慢毋錯」的保守態度，卻令他們避過一劫。
捕風捉影、大膽地做成推論、批評（特稿）的結果，經常只會傷害了別人和
誤導讀者。

㉘ ＂How the Press Destroyed a Family,＂ Newsweek, June, 18, 1990. p.27.

㉙ 見尹子揚（民 79）：「報道鴻源事件／裡外不是人，媒體誤導讀者／該認
真檢討」，《新聞鏡》，第 65、6 期（1. 22.-2. 11.）。台北：新聞鏡雜誌
社。

㉚ 見《聯合報》，民 79. 1. 21，第九版。語文也是中國一大問題，民初之前，雖
語相異，但文同體（同一古文格式），似乎也有它的好處。自胡適之先生提
倡白話文後，隨之而來的來「口語化」格調，這本來是很自然的。但世人自
始就更誤以為「口語」即為「口語化」，甚而方言化，徒增閱讀困難。在報
業史上，我國也出現過「無錫白話報」、「蘇州白話報」、「杭州白話
報」、「揚子江白話報」與「京語報」等語體報，結果是同語系者看得津津
有味，其餘則丈八金剛，似乎有違採行白話初衷。試聽：廣東話：「我唔知
道。」閩南話：「毋知呀。」客家話：「呆唔知。」上海話：「阿拉弗
懂。」山東話：「俺不知」。

㉛ 見《聯合報》，民 80. 3. 4，第八版（大陸新聞）。

㉜ 丁望（康富信）（1991）：「港台報紙離奇的『七中全會改組名單』」（中共
十三屆七中全會特輯），《潮流月刊》（Tide Monthly）第四十七期（1. 15）。
香港：潮流月刊社。頁 21～30。（這是一篇了解中共政經人物安排的佳
作，為本附錄之主要參考。）

㉝ 書記處是屬於中共「精簡機構」，該處且已有丁關根擔任書記，負責統戰工
作。中共中央亦不可能再安排一個年齡更大的人，去管同類的事。

㉞ 當時有報章言之鑿鑿的說，鄧小平已躺在北京三〇一醫院快要死了——或者
已經死了，他的女兒已從日本趕回北京「奔喪」。根據丁望指出，總後勤部
三〇一醫院，雖是高幹治療的專用醫院，但中共最高層人士如周恩來、胡耀

邦諸人，都是在設備更好，醫療技術水準更高的三〇五醫院診治的，鄧小平怎會跑到三〇一去。另外，就隱喻傳播(Metacommunication)而言，鄧小平兒子因公出訪，女兒也與楊尚昆（Yang Shang kun 1907～）女兒到國外遊玩，楊尚昆跑到廣東參加珠海經濟特區成立十周年活動，李鵬(Li Peng)在東南亞國家展開「官式」活動，如果鄧小平病危，這些事情會發生嗎？

（1989年六四事件，北京民運人士亦偽做過鄧小平病死三〇一，鄧穎超已在病亡，李鵬被槍傷謠言，目的在試探中共各派反應。）

㉟ 系統論中，有「紊亂論」(Chaos Theory)之「蝴蝶效應」的說法，謂一隻蝴蝶在南半球鼓動翅膀所引起的氣流，雖然極其微弱，但經過若干時日組合，可能導至北半球颳起龍捲風，此實即聚沙成塔、星星之火可以燎原之意。

㊱ 見丁望(1991)：「政治訊息解讀的錯誤與『蝴蝶效應』」，傳播社會發展研討會論文。香港：中文大學新聞與傳播學系。

㊲ 明治 34 年（1901，清光緒二十七年）7 月 1 日，日人光永星郎創設「電報通信社」，旨在提供「路透社」上海支局之轉用稿件。至明治 38 年 4 月（1905，光緒三十一年），並與京城（即今漢城）及北京支局交換電訊。翌年，他以二十萬資金改組「電報通信社」，更名為「日本電報通信社」，簡稱「電通」。明治 40 年 8 月（1907，光緒十三年），與「日本廣告株式會社合併。大正 14 年(1925 年)，日本(1)《報知新聞》、(2)《東京日日新聞》、(3)《大阪每日新聞》、(4)《東京朝日新聞》、(5)《大阪朝日新聞》、(6)《中外商業新聞》（今之《日經》）、(7)《國民新聞》、(8)《時事新聞》等八大報社，模仿「美聯社」(AP)之方式，組成「日本新聞聯合社」，後易名「新聞聯合社」，簡稱「聯合」，並合併「新東方通訊社」。民國 20 年（昭和 6 年，1931 年），「九一八事變」爆發，日本國內軍閥控制了文軍機構，謀設由政府、報社及通訊社三方綜合之大型通訊社，以利統一對外宣傳工作，因而提倡「電通」、「聯合」兩社合併。翌年，當時「齊藤內閣」即通過「電聯合併」決議。昭和 11 年元月 1 日（1936年），「新聞聯合性」解散，社國法人「同盟通訊社」成立，簡稱「同盟」。同年 6 月 1 日，「電通」，通訊部併割給「同盟」、「同盟」廣告部則併割給「電通」。自後，「同盟」成為國家通訊社，「電通」則成為廣告公司。「同盟」表面上為私人新聞事業共同體，但實際上是日本政府在我國與南洋新占領地「代理國策機關」，經費半數來自政府補助。昭和 20 年（1945年）8 月 15 日中午，日本戰敗投降，接受同年 7 月 17 日～八兩日，德國波茨坦會議(Postdam Conference)「波

茨坦宣言」。同年九月二日簽訂受降書，盟國在東京成立「盟軍總部」
(General Head Quartens of the Supreme Commander for the Allied Pow-
ers, GHA)，宣布「同盟」應予解散。同月 30 日「同盟」理事會通過解散
決議，並在 10 月 15 日社員大會中正式宣布。11 月 1 日，由《朝日新聞》、
《每日新聞》、《讀賣新聞》、《電通》及地方報代表等單位所發起的社團法人
「共同通信社」正式成立，一部分人員則集資另外組成「時事通訊社」。

附釋：

(1)大正 3 年（1914 年）10 月 1 日，宗方小太郎在上海創立「東方通訊
社」，以一方面加強日本在華之宣傳，並對抗德國華之活動。大正九
年（1920 年）8 月 1 日，易名爲「新東方通訊社」，並將社址遷返東
京。該社經費每年皆受「外務省」津貼。另外，昭和 7 年（1932
年），日人又在華中成立「滿州（國）通訊社」（國通），在「外務
省」經費支持下，向日本及世界反地發布關東軍活動消息。

(2)《東京日日新聞》，是明治 5 年（1872 年，清同治十二年）2 月 21
日，由本條野傳平、落合幾次郎及西田傳助三人創立，爲日本所存至
今最早的報紙，爲今之「每日新聞」前身。同年 6 月 10 日，小西義
敬與太田金右衛門則合創「郵便報知新聞」。

(3)明治 7 年 11 月 2 日（1874 年，清同治十三年），日人子安峻（1837
～1898）在東京創辦《讀賣新聞》隔日刊，取其販賣方式是「邊談新聞
內容，邊叫賣報紙」之意。發行甫半年，即突破一萬分。5 年後，取
消街頭叫賣方式，以廣告促銷。

(4)明治 9 年（1876 年，清光緒元年），西川甫與平野萬里兩人，創《大
版日報》，爲大阪最早的大型政論報紙。明治 15 爲自由黨系之「日本
立憲政黨」所收買，更名 日本立憲政黨新聞。翌年 3 月，「日本立
憲政黨」被解散，明治 18 年遂改回原名《大阪日報》，但不久即爲大
阪實業界兼松次郎、藤水傳三郎及松本重太郎三合資購得，至明治
21 年（1888 年）11 月 20 日，又易名爲《大阪每日新聞》。

(5)明治 15 年（1882 年，光緒六年），福澤諭吉及中上彥二郎兩人，在
東京創辦《時事新聞》，以獨立自由，公正不阿，不偏不黨爲信條。

(6)明治 23 年（1890 年，光緒十四年），德富蘇峯發行《國民新聞》，提
倡民權運動，對企圖獨羈政府的藩閥展開攻擊，曾一再被政府引用新
聞紙條例，而停止出刊。不過，中日甲午之戰後，因俄法德三國干涉
還遼，而主張實力外交，轉而支持藩閥。

㊳ 本文參閱:《新聞鏡周刊》,第一三期(民 80. 5. 27-6. 2)。台北:新聞鏡雜誌社。頁 36～7。

㊴ 《民生報》,民 77. 12. 21.,第二十三版(醫藥新聞)。

㊵ 《民生報》,民 78. 2. 2.,第二十三版(醫藥新聞)。

㊶ 本文所述全部實況,見民國 78 年 6 月 19 日(星期五),台灣中國電視公司晚間 9 點 30 分的「九十分鐘」節目之「氣功揭密」一節。另外,根據香港大陸集團之「大通社」報道,近年來,大陸對「外氣」的效應,愈說愈奇;例如透視人體、診斷疾病、影響種子發育,殺滅細菌甚至呼風喚雨等等。還說有人測出「外氣」的物質基礎;一些著名科研機構,經由實驗發現了「外氣」的多種效應。

㊷ 《聯合報》,民 78. 11. 6,第十版(大陸新聞:[香港五日電])

㊸ 《聯合報》,民 79. 8. 11,第十版(大陸新聞:[本報東京十日電])。此是引自「中新社」報道。

㊹ 本附錄主要參考觀點,取材自謝長峯等(民 76):「『鴨肉與鼻咽癌絕對有關』新聞風波大事記」,《時報社刊》,第四十三期(十二月號)。台北:中國時報社。頁 81～102。

㊺ 客家人喜慶用的米糕。

㊻ 同註㊹,頁 94。

㊼ 根據社會科學研究,言「因果關係」,必須滿足下面三條件:(1)甲乙之間有關係,(2)甲發生在前,乙發生在後,(3)甲乙之間的關係,沒有其他第三個因素能加以改變。

㊽ 法例條文見張知本編、林紀東續編(民 77):《最新六法全書》,修訂版。台北:大中國圖書公司。

㊾ □醫師給省府主席的信函中指出:他也不知道為何報紙會發表「吃鴨肉易致癌」的報道,由於報道刊出後,養鴨協會立即派代表到花蓮找他澄清,他為顧及鴨農利益,才答應在各報刊登道歉啟事。

㊿ 《民生報》,民 79. 5. 11. 12.,第二十三版(醫藥新聞)。

第五章　新聞的陷阱

第一節　「狐假虎威」

　　媒介力量龐大，能「鼓動風潮，造成時勢」者，當然非它莫屬，故美國媒體學者史華斯（Tony Schwartz）稱之為「第二位上帝」（the second god），故而，苟能驚動媒介，似乎就能在道理上，占些上風，因而利用媒介，仗勢倚為靠山，扭曲事實事例。所在多有，令人扼腕！

　　例如，位於台北市東區忠孝東路的華新大樓，其底層及以上四層大樓，原是「巴而可」（Parco）服飾店營業場所，甚中庭原只核准作十四個車位的停車用途，但「巴而可」一向搭起棚架，用之為擺賣場地。

　　民國 79 年元月上旬，該大樓住戶，突然大張旗鼓，展開一波波抗議行動，指責巴而可「霸占」中庭營業，妨害住戶安寧與安全，堅持市政府工務局，非立刻將該公司中庭棚架拆除不可，以免變成違規使用的溫床。此項抗議行動持續了個多星期後，經各媒體廣為傳播，引起社會大眾同情與關注，有媒體稱該公司為「霸而苛」❶！

　　然而在「巴而可」的反證，以及記者深入調查，結果卻發現事件的另一面事實。原來，「巴而可」忠孝店是政府登記（註冊）的合法商店，它既是華新大樓業主之一，於法亦擁有中庭持分產權，即中庭棚架亦是依合法程序搭建。「巴而可」當時是以「管理費」月付三十六萬元（新台幣），亦即每車位兩萬五千元代價向該棟大樓「住戶管理委員會」承租❷，而取得中庭全部使用權（而非占用），並且先後已付出三百萬元，如此昂貴租金，租予者與承租人當然彼此都了解是怎麼一回

事。而這次事件導因,據巴而可指稱,是大樓住戶藉業主租用更動機會,不斷要求提高「管理費」,甚而提高至每月五十萬元之譜。因「巴而可」不同意,以致有人圖藉政府公權力、媒體「公器力」,及大衆同情心,迫該公司就範。

不管此一事件是爲維護公衆利益,抑或只是爲了私利不遂而有此舉,有人想利用政府公權力及新聞媒體公器效用,作爲私人爭鋒工具,以致「狐假虎威」,則似爲不爭事實。

第二節　誹謗旋渦

新聞媒體公器,也會淪爲宗教詆謗官司園地,以至訴訟繫獄,違反宗教善良鵠的。例如❸,1991 年 4 月初,一名美籍泰人安藍(Anan Eldredge),本身原是摩門教(Mormons)❹。他在該會一分未經登記的《新聞信》(newsletter)中,寫上了「和尚眞笨,他們唸喃嘸,但卻不解其義」一句❺。結果在泰國這個佛教國度中,卻吃上詆毀和尚(Defaming Buddhist Monks)官司。

又例如❻,印尼一位本身是羅馬天主教(Roman Catholic)教徒的阿士文都(Arswendo Atmowiloto),1990 年 10 月,在其所主編的一分頗爲暢銷小型周刊《天視》(Monitor)中,刊登一項民意調查結果──指出流行歌曲歌星、政治家,其至連他本人都比回教先知穆罕默德(the prophet Mohammed)更具知名度。未料卻引起占全國絕大多數的印尼回教徒不滿,到處示威。印尼新聞部長(the Information Ministry)遂將該刊封閉,主審官更以褻瀆神聖罪名(blasphemy),判他五年牢獄之災。

此一判罪,雖然引起「國際記者聯盟」(the International Federation of Journalists)不滿,並寫信給印尼總統蘇哈托(Suharto),指責

此舉違反「世界人權宣言」（Universl Declaration of Human Rights）及新聞自由，但未受重視❼。

　　台灣地區誹謗官司，打得最頻繁的，當屬公職選舉期間，參與公職選舉候選人，彼此攻訐和互訴。

　　例如，民國78年12月間，台南縣有縣長選舉，由國民黨之李□□與另一位民進黨李宗藩（1937-1992）兩人，角逐此「百里侯」公職，彼此旗鼓相當，競爭非常激烈。因為有報刊指稱李宗藩前妻為日人藤江亮子，於是李□□便在一張宣傳單上，圖文並茂地大加諷刺：

　　李的前妻跪坐在太平洋的一方，腦中卻浮現著一男一女相依偎，以及她心碎的影象圖畫，並寫著「藤江」、「卿卿我我」、「我心已碎」等字樣。宣傳單的另一邊，則繪上太平洋另一方，李與現任日籍太太正一起在步行，並寫著「莎喲娜啦」、「李博士帶著安井小姐遠走高飛……」、以及「花心博士」、「秘辛大公開」、「只見新人笑，不見舊人哭」等標題。

　　李宗藩遂控告李□□故意造謠並散布不實之事實，意圖使他不能當選，違反選罷法及妨害名譽。案經判決，李□□妨害名譽一罪被判成立❽。

　　政治人物一句話，如經誤報，在敏感時刻，也會變成誹謗官司。例如：民國80年4月2日，時任立法委員的郁慕明，在立法院就新成立的長榮航空公司，在中正國際機場租地興建維修棚廠而獲得通過一案，提出質詢（非「舉發」），認為是政商勾結、金權政治特權所致。同月11日，台北一家報刊報導，該集團董事長自認做事一切合法，不怕任何單位來調查，並曾指稱郁為「垃圾議員」，沒有了解真相就舉發。

　　郁慕明認為，名譽是民意代表第二生命，必須爭取與維護，遂根據報載事實，控告該董事長涉嫌公然侮辱。不過，根據長榮集團的說明，該董事長是在十日，與記者聊天中，該家報社記者向他問及此事，他認

為這種事不值得一提，不願說明，說了一句閩南話「笨索」（垃圾），來表達情緒。但並沒有加上「議員」二字，而是該名記者自行加上去的。該集團要求該報社及記者更正❾。

就報導本身來說，該記者似乎並不知郁為立法委員，而稱他為「台北市議員」，相當令人詫異，長榮集團說詞似屬可信。「一言可以導致纏訟」，傳播媒介能不慎乎！

附錄一　讀者投書的誹謗

就誹謗性質之豐盛而言，讀者投書之危險性恐怕一時無兩，但報社該否為此種性質來函，背黑鍋子？1984年初，美國加州的《瓦加維爾報導者報》（Vacarille Reporter），曾刊登了兩封讀者投書，指責該地統一學區會主席朵蒂·奧哈拉支持「由政府資助家庭計畫」的立場❿，結果吃上誹謗官司，弄得灰頭土臉。

這兩封投書，一封是由署名，安·鍾斯（Anne Jones）以打字投寄的，指責奧哈拉支持加州州法的「同性戀權利修正案」，而又宣揚家庭計畫主張（暗示他贊成隨便性關係）。另一封是由署名羅貝塔·塔克用手寫的，說奧哈拉和全美婦女組織皆是一丘之貉，都支持墮胎。

奧哈拉便向該報主編抗議。同月4日，該報刊登了一則更正啟事，為她澄清。7日，又刊出奧哈拉的答辯書，聲言，鍾斯說他支持同性戀權利修正案，完全不正確；而該報記者卻推波助瀾，刊出鍾斯所說的不實言論；他們都應立刻收回這種言論。她更聘請律師控告該報社、發行人、主編和鍾斯及塔克誹謗，並要求金錢賠償。最令她困擾的是，自讀者投書刊出後，她接獲很多恐嚇性電話，連家人也備受騷擾。

《瓦加維爾報導者報》辯護律師則以為，報社不應為投書負誹謗之責，因為該欄在本質上，乃包含各種立場及各種形態意見。但兩封投書

都不符合該報處理讀者書面投書條件，鍾斯未簽名，亦無詳細地址及電話號碼；而塔克地址更是虛構的，眞是「司馬昭之心路人皆見」。主審法官認爲，奧哈拉有法律依據，可以以此兩封投書爲理，提起訴訟，但她必須證明，該報及兩投書人的行爲，是出於惡意或無視於事實。——但這通常是非常困難的。

附錄二　「傳眞」誹謗

傳通技術愈發達，因傳通而來的問題，也隨而增多。例如，自廣告商人發覺直接郵件（Direct Mail, DM），所引起的回音，比報紙廣告高出十倍，比電視廣告高出百倍之後，DM 潮就泛濫整個地球[11]，給環保單位帶來不少頭疼問題。

據估計，美國每年 DM 約四百萬噸，收件戶（人）瞧都不瞧就丟進垃圾箱的比率，高達百分之四十四[12]。

傳眞機推廣應用之後[13]，亦碰到不少類似 DM 垃圾郵件問題。許多商人抱怨，當他們想傳眞時，傳眞機卻被某些餐廳、房地產商，甚至推銷傳眞紙的廣告所霸占。

在其時州長奧尼（William O'Neill）推動下，美國康乃狄克州（Cnnecticut）於 1989 年 5 月中，通過了一項「垃圾傳眞郵件法」（"Junk Fax Mail" Law），馬里蘭（Maryland）則於 5 月底跟進，使每一個傳眞機所有人，有權控告那些擅自將廣告單傳送進來的禍首，「受害人」最高可要求一千美元賠償。其他各州預計亦紛紛提出此種立法。

據估計，全美家庭與辦公室的傳眞機數量，1988 年爲百萬台，但1992 年時，將有七百萬台，垃圾傳眞郵件之來勢洶洶，由此可見。衆議院「電訊及財政小組」（Subcommittee on Telecommunication and Finance），已審過一項法案，爲遏止垃圾傳眞郵件情況惡化，要求電話

傳眞廣告商，在傳送廣告之前，要先查閱一本專門登載不願接受商業廣告傳眞人士名册，以防止騷擾❹。

台灣地區尚無此種法令，但用傳眞機輸送書信，而觸犯誹謗罪者，已有案例❺。

一位住在桃園的鄭姓女子，因爲感憤「男友結婚了，新娘不是我」，乃於民國79年3月12日，寫信傳眞到以前男友任職公司，指責他玩弄女性。翌日，又以同樣方式，寫信傳眞給他的太太，辱罵她是「蕩婦」。這對夫婦於是提出告訴。

該位鄭姓女子在法庭上，承認信是她寫的，但辯稱說，該封傳眞信指名要轉給前男友夫婦，並沒有「意圖散布於衆」的故意。但法官認爲，依一般公司行政流程，傳眞文書皆是先經文書人員之手，呈交主管後，方再轉交給收件人。鄭姓女子信件，由傳眞機遞送，顯然已符合「多數人共見共聞」犯罪要件，故判她誹謗罪成立，但姑念她因是失戀，才出此下策，因此從輕量刑，只拘役25天，並得易科罰金。

這是傳眞機在國內成誹謗罪「犯罪工具」的第一遭！

附錄三　大陸小說的誹謗危機

九〇年代初期，大陸文壇流行「眞相個人化」特寫，也就是將「紀實」眞事與小說「虛構」架構，合在一起的「紀實小說」，一枝獨秀。但卻帶引了影射的誹謗官司熱潮，指控作家利用這種形式的作品，來誹謗和誣陷某些人❻。

例如，女作家劉眞的《好一朵薔薇花》，被檢舉誹謗女主人王發英；天津老作家魯藜，控告女作家柳溪中篇小說《男人的弱點》，是惡毒攻擊、誣陷與侮辱他；勞動楷模楊懷遠，控告作家張士敏的長篇小說《榮譽的十字架》一書，嚴重歪曲、誹謗他本人等等。

　　紀實小說原先的寫作方向，旨在揭露文革十年的動亂情況，後來反映當前社會問題的作品，也逐漸多了這種以論人敍事為主的作品，內容的眞實性，由是備受注目與爭議❶。

　　九〇年初大陸出版了一本名為《性『開放』女子──大陸社會問題紀實》一書，內容涉及性開放、未婚同居及老處女等問題，頗能反映大陸種種社會問題；也許有讀者會認為深得我心，但當然也會有人深覺諷刺──如果不體會：本故事純屬虛構，如有雷同，全為巧合❶。

附錄四　難逃讀者法眼

　　傳媒作為一出軌，讀者的雪亮眼睛馬上就看得出，下面兩則事故，可玆佐證。

　　(1)1991 年 3 月 3 日，美國洛杉磯（Los Angeles）有四名白人警察，在一個交通燈前，截停一名違規黑人騎士金恩（Rodney G. King）後，毫無理由地施予一頓毒打。湊巧整個過程，為一位目擊者悉數以錄影帶錄下，送交電視台播出，殘暴行為令美國舉國震驚，連布希總統看了都大叫可恥，是為「金恩被毆案」（Rodney G. King beating）。「洛杉磯警局內政調查科」（LAPD Internal Affairs Divsion），逐對此事展開調查，並對涉事員警控以重傷害罪。

　　此案在調查期間，卻有人將內政調查科的秘密調查報告內容，洩露給《洛杉磯時報》（Los Angeles Times）知道，故意將資料公布於眾，好讓法庭選不出公正陪審團，因而拖延審判時日，製造法律程序上缺點（按慣例此案應速審速決）。不過，明眼的法官卻如雞食放光蟲（心知肚明），因而下令延期審訊至找齊陪審員為止。❶

　　(2)1991 年 3 月 30 日（星期六）凌晨，甘迺迪家族一員，麻省民主黨（Massachusetts Democrat）參議員愛德華・甘迺迪（Senator Edward

Kennedy, 1932－)外甥，三十歲的醫學院學生威廉‧甘迺迪‧史密斯（William Kennedy Smith），涉嫌在棕櫚灘（Palm Beach）海洋大道（Ocean Boulevard）的甘家別墅內（the Kennedy family compound），涉嫌強暴一名同年齡白人婦女，而被提起公訴。且事發當日，愛德華‧甘迺迪亦在別墅內，消息傳出後，廣爲全球注目。

不料 NBC 電視台不經意地在新聞報告中，披露了該一婦女姓名後，著名的《紐約時報》隨即跟進，不單對該位婦女指名道姓，還把她的身世報導得一清二楚（listed her speeding tickets），諸如她有個非婚生孩子（a child out of weglock）的秘密，還毫不留情地批評她「有點野性」（a little wild streak）。

不過，這段報導見報之後，立刻引起美國報界有史以來的廣大讀者指責——婦女團體，強暴受害者，各種媒介，甚至《時報》數百位職工，都齊聲大罵，認爲《時報》在責罪那位受害婦女，而史密斯個人資料，爲何卻付闕如？爲此《時報》也不得不趕快低頭道歉；不過卻仍死鴨子嘴硬（死雞撐飯蓋）——在三版的「編者的話」中（editor's note）力言《時報》之所以指出該名受害婦女名字，以及調查她的身世，主要是因爲：(A)她的名字已在她的圈子裡廣爲人知；(B)NBC 已報導了她的名字，預計已有一千兩百萬人會看到，她的詳細身世，已廣爲全國所知之故。

全美國報刊編輯政策都不贊成刊登被強暴者姓名，當年紐約市最聳動的「中央公園漫（緩步）跑者被強暴」一案（Central Park jogger rape case），《時報》也並沒有將受害者姓名公布出來。《時報》指出，他們的疏忽在於沒有清楚地斷然告訴讀者，該則報導的意圖與局限，亦即該在文中說明，披露該名女子的身世，並不影響到她遭受強暴的投訴。該報助理總編輯（assistant managing editor）石乃高（Allan Siegal），更毫不慚愧地說：「所謂對的做法（在報導中不提受害婦女名字），已變成一種無謂手段（a forlorn gesture），因爲他並不會造成影響，而我們

不會只爲了公共關係，而迴避讀者資訊。」如此大報，還在文過飾非，難怪有人批評這番說詞「想用來補鍋，效果還眞差得很。」(a pretty lame effort at damage control.)而以爆內幕出了名的《華盛頓郵報》，今次卻嚴守規範，沒有指名道姓，所以振振有詞的說，「我們規限只有丁點，但我們嚴守分際。」(We have One square inch of principle and we're standing on it)[20]。

　　不過，消息來源若不眞實，也是難逃慧眼的。例如，民國80年3月3日晚，三名持有烏茲衝鋒槍的我方保七總隊警員(marine police-men)，由查緝走私，而在彭佳嶼海域上，被一艘屬於福建(Fuchien)平潭(Pingtan)的大陸漁船，挾持到平潭公安部(Public Security Bureau)，格鬥中且有一名船員死亡。幾經周折並付出新台幣二十萬元（四萬人民幣）的人道補償金給死難者後，三人終於於同年4月3日晚，獲釋返回台北，受到英雄式歡迎，並在香港啟德機場及台北中正機場兩度召開記者會。在衆目睽睽的電視鏡頭之下，三名保警在回答問題時，漏洞百出，一直規避隱瞞失職、被八名漁民挾持事實，而自吹自擂地將自己形容成鎮暴英雄，且因爲救援傷患的人道做法，才「答應」將漁船開往大陸。

　　經一再指出疑點，一再追查結果，三保警才道出因個人榮譽，才隱瞞被捆綁事實。——身爲公職人員，面對新聞從業員及廣大中外聽衆，口沫橫飛地扯謊，把社會大衆看成白癡，而新聞記者又未能當場拆穿其騙局，可堪浩漢！更可悲的是，台灣警政署「不忍苛責」只給予「糾正告誡」，憑空塑造英雄，一度還打算頒獎記功，「說謊文化」眞荒天下之大謬！

第三節　無中生有

　　國外政要或知名之士與傳播媒體，對游走在誹（毀、謗）謗邊緣、無中生有的言行事例，向不惜動輒對簿公堂，引起舉世注目。即以1989 年末至 91 年初的事例為例，稍提數事鏤析觀之，自亦可得其梗概。

　　──美國麻州州長杜凱吉斯(Michael Dukius)，1989 年曾與布希競逐白宮主人一職。失敗之後，還是照樣當他的州長（至 1990 年任滿）。同年 11 月上旬，波士頓市《環球報》(Boston Globe)，報導他的夫人凱娣‧杜凱吉斯在戒酒後，飲用擦膚用酒精，又於 11 月 5 日住院治療的「消息」；這則報導同時訪問了四位開業的心理治療家，報導他們對此事的看法。

　　問題是，這四位心理學家，都沒有替她看過病，所有「評論」，都只是對陌生人的猜測而已。例如：凱娣開酒戒，是「為他丈夫和她自己擔負起情緒上的重擔」的結果。／杜凱吉斯州長心情沮喪，以致引起凱娣的病；他應該跟妻子一起接受治療。／杜凱吉斯應該辭去現職，幫助妻子復原。

　　結果──這些毫無根據的過當言論，立刻引起麻省心理學家註冊委員會的注意，並展開調查行動。那幾名心理學家知道事態嚴重（有被吊銷執照之虞），立刻表示是《環球報》斷章取義，誤引了他們所說的話。不過，《環球報》已斷然否認。

　　△新聞記者在訪問學者專家，就某則新聞發表意見時，若果只是存心引用他們驚世駭俗意見，冀能寫出一篇聳動性報導，而非他們專業知識；碰巧學者專家又好語不驚人死不休，藉此來增加知名度的話，直接受害者當是被陌生人以爆內幕的語氣，來品評一番的無辜當事人；間接

受害的，則是誤將胡亂、大膽打高空的推論，當成事實的讀者。就本事件而論，由州政單位因報導而自動採取行動，會引致侵犯美國新聞自由爭議；政治上也恐有不妥，因爲——註册委員會委員，是由州長委任的。誠如波士頓大學醫療道德學教授艾納斯所說：「委員會不應該管這一件事，只能呼籲新聞記者和學者專家自制，不過，這是很難辦到的事情。」❷¹

　　——玉婆伊麗莎泰勒（Elizabeth Taylor, Liz），經常飽受流言所困。例如，1990 年 1 月 19 日，總部設於佛羅里達（Florida）連他拿（Lantana）的《國家詢問報》（National Enquirer），竟在一則有關她的報導上，指明她患了脫皮的（a destructive skin condition）狼瘡病（lupus）；標題還寫著：「麗莎美麗臉孔因致命細菌而變形。醫生在驗出神秘病因後，下達防止自殺指令。」("Liz's Beautiful Face Ravaged by Killer Disease. Doctors order Suicide Watch After They Finally Diagnose the Mystery Illness")

　　同年四月，麗莎因爲肺炎（Pheumonia）住院，幾乎死去。不料 6 月 12 日那天，該分超級市場四開報（supermarket tabloid）一版上，又大字標題寫著：「麗莎醫生震怒。她竟在醫院裡酗酒。」("Liz Docs Furious. She's Boozing it Up in the Hospital.")

　　玉婆無端被《國家詢問報》形容成一位容顏毀損的酒鬼後（heavy drinker with a disfiguring disease），自然大怒，便以《詢問報》疏忽事實爲由，而提出兩千萬美元誹謗訴訟❷²。

　　——印尼（Indonesia）法例，一向禁止任何有辱國家元首（head of state）舉動。美國《紐約時報》（New York Times）記者阿寧爵（Steven Erlanger）卻兩抔虎鬚。1990 年的 11 月 12 日，在《國際論壇報》上（International Herald Tribune），以「蘇哈托之印尼：全家食天祿」爲題（"Suharto's Indonesia: A Family" Toll Mahal"）報導自 1967 年登上總

統座位的蘇哈托，孩子們都因爲與政府大計畫搭上線，而在生意上穩賺不賠(lucrative business)。他又指出，爲了保護這些生意，會令得他在1993年時，設法再做五年任期總統。翌日，在《澳大利人金融評論》中(Australian Financial Review)，又有同樣報導。

時任印尼新聞部長(Information Minister)的哈慕高(Harmoko)一怒之下，在11月中拒絕發給阿寧爵入境簽證。他並警告所有外國記者，阿寧爵雖是該年度首位被列入黑名單(blacklist)的外國記者；但他警告說，舉凡在印尼境內發行的外國報刊，如有攻擊性稿件(offense story)冒犯印尼元首報導或評論，觸犯新聞法時(press law)，他一定將該名記者列入黑名單㉓。

——新加坡與外國報紙，更經常處於緊張狀態之中，外國報紙被罰在境內停刊數日、或減少發行量，已屢見不鮮。例如，1985年，其時以香港爲亞洲發展基地的《亞洲華爾街日報》(Asian Wall Street Journal)，因爲一篇有關反對黨(opposition member)濟耶華南(Joshua Jeyaratnam)的文稿，便科其編輯一千七百美元罰款㉔。1987年，該刊又因爲拒絕刊登一篇有關星洲第二證券市場(Singapore's second securities market)的官方來函(official reply)，又被星洲政府將其每日五千分的發行量，限爲四百分㉕。

一九八九年秋，其時身爲總理的李光耀，入稟新加坡法院，控告在香港印刷之《遠東經濟評論》(the Far Eastern Economic Review)誹謗，獲得勝訴。同年十二月一日，《亞洲華爾街日報》刊登了一篇文稿，其中引用了當時美國道瓊斯通訊社與公司總裁(president)關彼德(Peter Kann)，對此一誹謗案的批評，認爲審案法官偏幫(favor)李光耀。《遠東經濟評論》是道瓊斯公司的物業，而且該公司又是《亞洲華爾街日報》大股東(majority owner)。即是之故，此舉引起新加坡首席檢察官(Attorney General)陳文德(Tan Boon Teik)不滿，乃以藐視法庭罰(contempt of court），控告《亞洲華爾街日報》。

　　此案由洗納科雷（Justice T. S. Sinnathuray）主審。他認爲關彼德的說話，有部分是不應該刊登出來的。因爲這些話語，很清楚地指出審案法官，有一項不正當動機（improper motive）──亦即與總理朋比爲奸，令星洲誠實及獨立聲音銷聲匿跡。洗納科雷因而判《亞洲華爾街日報》敗訴❷⑥。

　　──柯拉蓉‧艾奎諾夫人（Carazon Aquino），以一名傑出女性出任菲律賓總統之後，限於性別及軍政資歷，屢遇政變威脅，亦與媒體及某些專欄作家有過爭執。1987 年 8 月 28 日，又經歷一次不成功政變。其後，《菲律賓明星日報》（Philippine Daily Star）一位專欄作家貝特蘭（Luis Beltran），在報章的一個專欄，形容艾奎諾爲膽小鬼（coward）「在政變時，官邸炮火大作之際，躲到她的床下底。」（Aquino hid under her bed while fighting raged around the presidential palace during a coup attempt.）。

　　艾奎諾夫人對此種說法十分震驚，指出那根本是在吹牛（a blatant lie）。見報當天，立刻邀請記者前往參觀她的臥房，證明她的床底下並無容身之處。隨後並前往馬尼拉市檢察長辦公室，控告貝特蘭、報紙發行人蘇利文（Maximo Saliven）及其他三名主管誹謗，並要求四百萬披索（Philippine Peso）的損害賠償（時值約十四萬二千餘美元）。她於1991 年 2 月 11 日，以首位在位總統之尊，與被告對簿公堂❷⑦，但她認爲，這件案子的本身，比她或貝特蘭都重要。

　　我國人對於破壞名譽的誹謗事件處理，向來多以道德譴責及社會非議，來代替冗長而惱人訴訟。不過，由於社會在變，這種息事寧人鄉愿態度，已漸次有所改變。例如，台北《獨家報導》周刊，是一分特重影藝人員內幕動態的綜合雜誌。由於取材內容及性質，不免採用較極端、聳動做法。

民國 79 年 5 月 5 日，在該刊第九十三期裡，竟有題為：「床戲皇后□□□，何以淪為過街老鼠？」的報導❷，虛構並散布不實謾罵文字，令□□□及另一位電影導演名譽受損。兩人於是向台北地方法院提出自訴。經過兩個月纏訟，法官採信該周刊發行人（社長兼總編輯）、企劃主任及影視採訪編輯，由撰稿、審稿而發行，皆是基於犯意聯絡，致產生足以毀損兩人名譽之文字，乃依誹謗罪將其發行人，判處有期徒刑四個月（得易科罰金）❷。

——如果潮流不是在變，類似的惡意誹謗，演藝人員就只有啞忍一途。

另外，有些報導或專欄，內容或有明顯瑕疵（例如只屬傳聞），但是否遊走法律邊緣，恐有爭議；然在報社事後考量下，執筆者可能先吃暗虧，不可不慎。例如，民國 80 年 3 月上旬，台北華隆集團（Hualon group）涉嫌股票高價低賣（cut-rate shares）之內線交易（Insider Trading）、或者說漏稅（breaking laws）之利益輸送喧騰事件❸，而且事涉當時交通部長張建邦博士（Communication Minister Clement Chang）清譽。該集團一位翁姓負責人，更備受質疑。《聯合報》一位記者，在同月十日的「新聞切片」欄中，大爆政商關係內幕，其中有云❸：

「翁□□與民主基金會董事長關中關係密切，也是民主基金會的『幕後金主』，因而被視為非主流派。華隆集團這一次出事，即曾被陰謀論者描述為『國民黨斷民主基金會奶水』之舉。……在這次□□□事件中欲明明白白的牽引出他與張建邦的關係，而張建邦卻是被視為親近李（登輝）總統的要角之一。

「……外界傳說他與執政黨財委會主委徐立德、國防部長陳履安等人時有往來；和在商界的黨政大老□□□之子、皇龍投資公司董事長□□□、遠東紡織總經理□□□等人更是昔日的友好。

　　一般認為，翁□□不吝於與部分重要人士分享賺錢的機會，是除了私人交情之外，維繫其政商關係的主要方式。

　　……政界關係或可輔助企業順暢發展，但目前普遍運用利益輸送作為政商關係臍帶的做法，應有所約束及改變了。」

　　翌（十一）日，《聯合報》同版有一段「啟事」[32]提及：「本報昨日三版『新聞切片』一文，部分內容引述外界傳說，記者未經查證，處理失當，特向涉及相關人士致歉，並向讀者說明。」此則說明及啟事，事後，卻引致一段風波。當「啟事」刊登之翌日，即曾傳出《聯合報》已決定解聘該位女記者[33]，但消息傳出後，《聯合報》內一些同事及主管，曾發動請求降低處分之舉，並希望報社對記者報導原則，予以制度化。《中國時報》政治組記者更以同業身分，向各報社推展「記者揭發內幕無罪、老闆豈可隨便辦人」聲援活動。而連署抗議活動，則由《自立晚報》採訪主任負責[34]，一周之內，據說有將近一百五十多位同業，簽名抗議[35]，隨後立法委員吳賢二於同月 16 日，更在立法院的內政外交教育全體委員會議中，分別以口頭及書面向當時新聞局長邵玉銘提出質詢，追問是否有政壇大老施壓事實。其時邵局長即表示，這是民間企業的事情，他並不知道該事。同月 19 日，《聯合報》將解聘函寄出，以稿件內容全憑外間傳說、臆測之詞，有違「新聞記述、正確第一」之新聞記者信條，致使「聯合報譽嚴重受損」，依照員工工作規則第二十七條第一○款：「其他重大過失不當行為導致嚴重不良結果者」予以解聘，而在 20 日起生效[36]。同月 25 日，台北《自立晚報》第一版，出現一十欄的廣告版面，有兩百零七位記者連署之意見廣告，為此事而抗議[37]。

　　此是台灣地區首宗記者與報業主的公然糾紛。然就事論事而言，此篇特稿確有其捕風捉影、措辭用字寫作上之缺點，但觀乎該報「啟事」內容之淡化，及報紙稿件一般慣常流程及各守門人責任，似乎不該「一樹桃花千樹插」——光由一人作代罪羔羊。

　　邁入 1991 年，國際大媒體也因為面對不大不小誹謗訴訟，而煩噪不已。例如：

　　(1)馬來西亞總理馬罕默之控告《遠東經濟評論》

　　在馬來西亞婆羅洲(Borneo island)北端，有一富裕之伊斯蘭王國汶萊(Islamic Kingoam of Brunei)，以油田致富。該國一向視馬來西亞沙勝越(Sarawak)轄下之林丙一地(Limbang)，為其所有。1987 年 3 月，馬來西亞總理馬罕默(Mahathir Mohamad)，曾走訪該國領袖。同年 5 月 21 日，《遠東經濟評論》卻刊出了一篇文稿，報導馬罕默在此行中，曾開價六億美元，好將林丙一地，賣給汶萊。

　　馬罕默指為造謠生事，乃於同年八月於吉隆坡(Kuala Lumpur)，具狀控告《遠東經濟評論》及當時該刊編輯戴維斯(Derek Davies)誹謗，並要求損害賠償。1991 年 3 月 8 日，該案最後達成庭外和解(settled out of court)，由《遠東經濟評論》賠償馬罕默五萬馬幣(ringgit)（其時約合一萬八千三百餘美元）；又在該刊上，撤回該項報導，並且道歉[38]。

　　(2)「大鼻子」控告《時代週刊》

　　傑哈德巴狄厄(Gerard Depardien, 1949-)是法國一等一大明星。因在「大鼻子情聖」一片中(Cyrans de Bergerac)，擔任男主角，飾演一名其貌不揚大鼻子[(long-nosed)]但善寫情詩(love-smitter poet)的情人，演技突出，故獲提名競逐 1991 年奧斯卡(Oscar Academy Award)之最佳男主角(the best actor)一項。已是法國影帝的他，其時已拍過六十五部電影，法人視之為演藝天才(an acting genius)和文化特使(an emissary for French culture)。不論權貴和新聞界，都捧之上天。

　　奧斯卡入圍之後，《時代週刊》記者在巴黎訪問到他[39]，並將該次訪問，刊登於同年二月二十五日一期之《時代週刊》裡[40]。其中竟提到：

「他在九歲時第一次對女人施暴的事情是怎樣一回事？『不錯。』之後，又作過好多次？『是，』他坦白得出奇地說，『但在那些環境下，是再正常不過的。眞令我得發笑，這就是我部分童年的生活』。」㊶

報導刊出之後，立刻引起美國婦女團體的譴責，呼籲拒看他的電影，報紙也不要刊登他的影訊。德巴狄厄馬上否認這項報導，並在巴黎《世界報》(Le Monde)公開表明，强暴行爲，不管九歲或任何年齡，都是令人憎怒的。他的律師在紐約聽過錄音帶後，認爲訪談內容，與這件强暴醜聞，毫不關連。此事件也引起法國上下關注，例如當時文化部長(Culture Minister)朗傑克(Jack Lang)，即斥之爲下流而有辱大國報格㊷，連法國總統密特朗(Francois Mitterrand)助理阿達黎(Jacques Attali)，也動口指責爲嚴重誹謗(a vile defamation)。

《大鼻子情聖》導演尚保羅・哈布諾㊸(Jean-Paul Rappeneau)在接受洛杉磯蒙迪卡羅電台(Radio Monte-Carlo)訪問時，表明此是將舊文剪輯，插入新報導中，再加上誤譯，因而引起風潮，牽涉訴訟。對於好用檔案資料作舊聞活用的「借新聞」手法的人(News Borrowing)，此不失爲發人深省的例子。足引以爲戒。

再如，1983 年 12 月，美國《紐約客》(New Yorker)雜誌女記者莫孔(Jannet Malcolm)，曾專訪當時擔任「倫敦佛洛伊德資料館」(The Sigmund Freud Archives in London)企畫主任的心理分析家莫森博士(Jeffrey M. Masson)。在文中，莫森博士侃侃而談地，大力破除一般人對佛洛伊德式心理分析法的崇拜，莫孔更說他自稱是「吃學術軟飯的人」(Intellectual gigolo)。此語刊出之後，輿論嘩然，莫森最後連飯碗都砸了。他於是一怒告到法院去，說莫孔虛構引句(quotation)，破壞他的名譽：他否認說過這樣的一句話。

莫孔否認捏造引句，並且指出這句話雖不在訪問錄音中，但的確寫在專訪時的筆記中。但她承認爲了使談話內容變成專訪稿，曾經略爲更

動過一些字句。

此案在加州地方法院調查後，認爲莫森爲公衆人物，也未能證明莫孔有「惡意」，故不合於誹謗罪條件❹。

此案再在高院(U. S. Supreme Court)纏訟時，主審的甘酒迪法官(Justice Anthony M. Kennedy)維持原判，並在判決時指出：

「倘若寫的人更動講話者的字句，但在意義上並無實質改變，──包括態度、意見或所表達的任何意義，而對於講話者的名譽亦無損害，則不屬損害名譽。」(If an author alters a speaker's words but effects no material change in meaning, including any meaning conveyed by the manner on fact of expression, the speaker suffers no injury to reputation that is compensable as a defamation.)❺。這一判例，令業職上必須訪問、執筆報導的記者，放下一塊心頭大石。

在民國 70 年代後期的諸多「誹謗」事件中，吃上官司而最值得爭議者，恐怕要算於民國 75 年 7 月 1 日創刊、而迅即打開市場、風格不俗的《遠見雜誌》月刊(Global Views Monthly)，一位女編輯的遭遇。

民國 79 年 11 月號，該位女編輯在《遠見雜誌》上，發表了一篇「經濟變天、老闆變臉」的報導，主要在敍述在那一年當中，企業老闆面對經濟不景環境下，所採取的一些應變措施，文末則提及其時已宣布倒閉的花旗鞋業，對該廠老闆亦有所批評。未料文中若干段落文字，引起那位老闆不滿，因而提起自訴，控告那位編輯損害名譽。案經二審定讞，法官認爲文中有貶損他人之嫌，乃判決該位編輯敗訴，判刑五月❻！

這項判決，令言論界頗爲驚震，對言論標準，也頗感棘手，試觀下面爭議之數段：

原文

「……，不務正業，勢必失去競爭力，□□鞋業或許是例子之一。……」「……他（老闆）身兼十個社團負責人或重要幹部，去年更斥資

千萬參加國民黨內立委初選，結果祇得兩百多票敗北……。」

「……去年□□國內部分祇生產四萬多雙鞋，可說敗象早露。」

「不務正業、忘情於金錢、權勢遊戲的企業秀場，猶如『扁擔與彩券』故事的再版……。」

爭議

△法　官：諷刺意味躍然紙上，且有以公司鉅額資本參選，卻僅得少數票之評論，涉及□□□（老闆）之私德。

• 辯護者：爭取立委初選失敗，乃眾所周知事實。

• 辯護律師：這是事實陳述，也許斥資千萬稍微高估，但看不出作者有諷刺意味與以公司資本參選的描述。

△法　官：在會計事務所報告中，□□公司（民）七十八年營業額為一億七千九百多萬，應不止生產四萬雙鞋，既然被告提不出更有力證據，證明祇生產四萬雙鞋的說法正確，他理當相信自己手上有的會計事務所報告。所引用之工業局報告，本身立論十分中肯，但引用之後，誇大其詞、言過其實。

• 辯護者：□□公司年產四萬雙鞋，是從工業局的報告中獲悉，並非憑空捏造。

• 辯護律師：花旗全年生產四萬雙鞋也是客觀事實，未說明它的營業額多寡，並不妨害這項事實的存在。（按：此更牽扯上資料取得問題———一般人並不容易自會計師事務所取得客戶資料）

△法　官：這段話語意中已經有很明顯貶損之意。

• 辯護者：「不務正業」是指本行工作不做，卻去做其他事情之意義，是事實論述，而毫無詆毀評價之意。

• 辯護律師：這段文章的結論，乃泛指企業失利原因，非特指個人，法官認為這些話是貶損□□□，恐怕也有商榷的餘地。

（政大法律系教授楊大器認為，就此案而言，「不務正業」之評述，

「似乎太尖刻」，已逾越平實評論的程度，且私人企業倒閉與個人競選失敗，客觀而言，和大衆利益無關，且未違背社會正義，故從整個實體來看，並無錯誤。）**❹**

這位編輯坦承「不務正業」四字，事實上可能過重，但她強調，該位老闆參加立委初選，是公衆人物，他召開記者會，公開宣布倒閉、而歸咎銀行不伸援手的行爲，爲可以受到公評之事，屬於言論自由層次，他完全是基於善意批評。由於該老闆避不見面，祇得求助官方單位資料，結果乃不能免於言責。而法官則認爲她不承認犯錯、毫無悔意，以後並有再犯的可能，因此未給予緩刑（但得易科罰金）。就此案觀之，台灣地區言論自由底線何在？新聞專業知識，有無法定地位？確屬一個必須正視問題。倘若誹謗案之舉證，必要由被告負責（而非原告），則「舉證之所在，即敗訴之所在」，蓋事事要求是「事實、與公共利益有關、可受公評」等條件始能免責（刑法第三百一十條、三百十一條），對被告相當不利。

歐美國家在處理誹謗案件，多爲民事賠償，而非刑事，以免淪爲打擊新聞自由或排除異己手段。日本自六〇年代起，僅要被告人主觀認定爲眞，且與公益有關，則不需舉證即可免罰。故而律師尤英夫認爲刑法第三百一十條第二項應修正爲「意圖散布於衆而明顯惡意（actual malice）指摘或傳述足以毀損他人名譽之事者，爲誹謗罪……。」如此疏忽未經查證之報導，雖屬可議，但卻可能免於誹謗罪恐懼，而讓民事訴訟，成爲不當報導之最後終結者。

附錄一　華爾街日報簡史

《華爾街日報》（Wall Street Journal），是 1889 年（清光緒十五年）7 月 8 日，由道氏（Charles H. Dow 1851–1902)與瓊斯氏（Edward

D. Jones, 1856–1920)兩人合創，頭七年爲地方性金融類油印小報，其
於 1898 年（光緒二十四年）改爲日報形式。1902 年（光緒二十八
年），爲該報記者柏隆(Clarence W. Barron, 1855–1928)收購，改爲
全國性刊物，陸續在紐約、芝加哥、丹佛及舊金山等地發行分版。道氏
與瓊斯氏兩人早於 1884 年，已合組了一間股票行情評估機構，1888 年
又以九家鐵路、二家船務公司，以及西方聯合公司爲成分股，發達交通
股價指數，透過美聯社（ＡＰ），將紐約股市每日平均指數，向世界各地
迅速播報，稱爲「道瓊斯平均指數」(Dow–Jones Averages)，又簡稱
爲「道瓊斯平均」(Dow–Jones Average)，一直沿用而今。其後於
1896 年 5 月 26 日又發展出由十二家著名股票收盤價格(Closing)計算
而 成 的「道 瓊 斯 工 業 指 數」(The Dow Jones average of 12
industrials)，發展而今，成分股已增加三十家。1897 年元月 2 日，道
瓊斯又發表「鐵路股票指數」。同年，還成立「道瓊新聞通訊社」
(The Dow Jones News Service)。

　　1827 年，該公司道瓊斯公司加拿大新聞分社，並籌辦加州版。
1928 年 10 月 2 日，柏隆去世，遺言是：「有甚麼新聞？」1933 年二次
世界大戰前夕，因經濟不景氣，該報下午版停刊。三七年，重組加拿大
分社爲「加拿大道瓊斯公司」(Canadian Dow Jones Ltd.)。74 年，使
用「西方聯合公司」(Western Union)所發射之「西屋二號衛星」
(Westar Ⅱ)，傳送報紙大樣。76 年，發行《亞洲華爾街日報》(Asian
Wall Street Journal)（至 1991 年時，已日銷三萬分，編採人員達三十
餘人）。

　　該報於 1979 年，在大陸成立辦事處，並發行國際航空版。80 年增
加副刊（第二疊報），81 年成立「道瓊斯有線資訊服務公司」；83
年，發行歐洲版，在比利時編採，在荷蘭印刷，發行擴及中東。八四年
成立「電話資訊查詢服務」(Dow phone)；89 年，再增加副刊頁（第

三疊報）。89 年開辦電子視訊（Dow Vision），有九萬兩千用戶。90 年時，該公司業績下跌百分之三十，廣告收入銳減，91 年初，不得不將售價由五毛美元，漲為七毛五分，以增加收入。

該報新聞寫作方式，是有名的「鑽石式」(diamond)型式。

附釋：1991 年 6 月 29 日一期的「編輯與發行人」(E&P)，還有兩點值得一提：

(A)美國誹謗罪最注意是否為「真實惡意」(actual malice)，而此在 1964 年「《紐約時報》與蘇利文」的典型訟案中(New York Times V. Sullivan)，對公眾人物(public figure)報導時所下解釋為：「意即隨意偽作，或不管事實的真真假假，而一概說得介有其事。」(Means deliberate falsehood on reckless disregard for whether the fact asserted is true or false)（頁 7～8）。

(B)美國法律中，所謂承諾不得食言之約(state's law of Promissory estoppel)，但若一旦處於只有意會、口講無憑，只有彼此「心照不宣」(implied contract with source)的情況時，這種「約定」就頗引起爭議。有法院謂，縱然沒有（文字）合約，涉事亦無明確協議，但只要有此承諾，縱然是意含的(implied contract)義務亦由滋而生。(in the absence of a contract, obligations never explicitly assumed by the parties involved are created.)然而，高等法院(State Supreme Court)則認為，「就承諾不得食言原理而言」，（對報刊）強求承諾保密，會侵犯被告憲法第一修正案所賦之權利。(……enforcement of the promise of confidentiality under a promissory estoppel theory would violate defendants ;Amendmen rights)

最高法院(U. S Supreme Court)卻謂「當記者答應保密之後，報刊卻任意刊出消息來源是誰的做法，是錯誤的。」(……newspapers were wrong to divulge the name of a source after reporters had

promised confidentiality)此種講法，令報刊大爲反感，認爲這是「製
造惡法的一個典型惡例……法院強欲以法律來規範新聞界的行爲準
則。」(This is a classic case of a bad case making bad law……The
Court is imposing its Standard of proper journalistic behavior on a
point of law.)（頁 9、37）

附錄二　台灣地區其他誹謗官司案例

　　民國 30 年年底至 81 年年初，台灣地區有幾宗誹謗案例，其審判結
果，頗足一記：

　　(1)一位台北市唐姓女子，因爲與前時一位公司廖姓男同事，因公事
及私誼有所積憤，而在該位男同事離職後，從民國 78 年至 80 年 5 月
間，連續直接投寄百餘張明信片，用「衣冠禽獸的賊」、「心理變態的
種豬」等語句，辱罵、騷擾他。因爲明信片並無隱密性，廖姓男子於是
控告她誹謗。

　　案經審理後，法官卻認爲唐姓女子行爲，不構成誹謗，故依法判她
無罪。法官的理由有兩點：

　　——她所投遞的明信片，皆是直接向廖投寄，且無類似信件，流落
到第三者身上，證明她並沒有刑法上誹謗罪之「散布於衆」的意圖。

　　——雖然明信片並無隱密性，但投遞過程中，只有郵務人員可得接
觸，基於本身職業道德的拘束，不致加以窺視；至若信件在廖處，而遭
第三者的窺視，則非她所能防止。故而，諭知唐姓女子無罪。（《聯合
報》，80. 12. 16.，第七版）

　　(2)一位尚在大學就讀的王姓學生，在民國七十八年九月十九日的
「中國時報」第31版（人間副刊）上，以《季節的一些紀事》爲題，發表
一篇短篇小說，提及兒時一位盧姓玩伴的家族經營色情賭博等行業，並

涉及賄選。例如：

 ……盧□□的祖父開茶室，爸爸經營冰果室，都是做那個的。……。

 ……盧□□的大伯開設的賭場裡，有一具詐賭的機器，輪盤桌面下藏著一些複雜的機械，而且大伯是位年輕有為的鎮民代表呢，他將賭場的生意交給學成回鄉的小叔叔全盤料理，小叔叔到台北學得一身郎中好手藝。聽說回鄉第二個月，就將鄉里一位土財主的二棟樓房騙到手。那個土財主還曾拿刀跑到賭場前要脅，罵他們詐賭。可是賭場內有武士刀和鋼筆手槍。

 記得媽媽向爸爸說，有一年選舉，大家都奇怪，盧家怎麼今年反常，沒送什麼東西給鄉里，結果那一年他就落選了。隔年，盧家送禮很殷勤，大伯又東山再起。

 因為文中寫全盧姓玩伴的姓名，盧家認為有損名譽，乃向法院提出告訴，王生雖曾於 80 年 7 月中旬，登報向盧家道歉，但檢察官認為他的行為涉及私德，與公共利益無關，因而依誹謗罪嫌，將王生提請公訴。法官在一審時指出：

 《季節的一些紀事》是以小說方式，紋述小時某年暑假期間所聞見的一些瑣事。文中雖提及盧生男子姓名。但並未在內容上，具體指明此一特點人物的年齡、住址、發生地點及確定年分。

 衡諸常理，除當事人外，一般讀者還無法推知這篇小說寫的為誰。而且同名同姓的人不少，全省有二十一個縣市，文中究竟指的是那一縣市的「盧□□」，根本看不出來。本小說所指，是否即盧姓告訴人，還有存疑。

 另外，本文是以小說方式刊在副刊上，而小說有異於新聞報導，其目的是在於提供娛樂，而非使讀者了解真相，因而可推知王姓作者，沒有誹謗故意，依法判他無罪。（《聯合報》，80. 12. 19.，第九版）

(3)一位珠寶商名人在國外亡故，他的林姓前妻與鄭姓未婚妻，在台北開弔時，兩人在靈前惡言相向。一本名爲《獨家報導》的雜誌社，將用電話向林女士採訪所得之：「鄭□□是瘋女人」、「害呂□□死在□國的兇手」以及「（鄭女）曾密報呂□□與楊雙伍走私黑槍」等語，刊登於雜誌上，鄭女士遂向林女士提出誹謗告訴（意圖散布於衆）。檢察官遂以涉及刑法第三百十條誹謗罪提控。

未料鄭、林兩女士在調查庭相遇後，鄭女士心有未甘，而在庭後，禁不住出言辱罵林女士「你偷男人」、「呂□□是你害死的」等語，而爲林女士反告她誹謗，檢察官遂以鄭女士涉及刑法第三百零九條之公然侮辱罪嫌提控。此是刊者無罪，言者有罪的一則判例。（《聯合報》，80. 12. 25.，第七版）

第四節　強求「解讀」

傳播學原有「隱喻傳播」（Metacommunication）一詞，用一句通俗語言來說，實即話中有話，絃外之音之意。民國 80 年代，台灣學者又喜將 "Reading" 一詞，繙譯爲「解讀」，於是「解讀」一語，即在台北成爲流行詞彙。

尤其在民國 79 年 3 月間，台北執政的國民黨高層，因總統、副總統搭配競選問題，出現不尋常互動關係之後，整個政壇充滿未定變數。媒介內容，充斥著諸如耳語、謠傳、非主流派、票選派之類猜測性的模稜兩可「名詞」，與前時之黨內、黨外，朝野之類加深對立指謂，實不遑多讓，更遑論又出現所謂之「記者點將，新聞組閣」，「媒體派官」（media election）之媒官、猜官、封官、審官及罷官等唯恐天下不糊塗之名詞，好像有了「新聞背書」（News Endorsement），就一切「攪定」，詳盡詮釋「新聞本無事，庸人自擾之」一語的無奈。

　　而當時的「解讀新聞」，往往是針對語帶玄機的「政治語錄」；例如，時任台灣省主席邱創煥只說了句：「我六月以後要回台北」，幾乎所有報刊，就將此話解釋成他的職位將有高昇（事實不然）。而「文字密碼」之解讀，尤以同年３月７日，李登輝總統在國民黨中常會的國是談話，以及同月十一日在基督教國民大會團契證道的講話，最足引爲此一特殊現象的一個「範例」[48]。

　　㈠對國民黨中常會的國是談話

　　李登輝總統以國民黨主席的身分，在該次談話中，說到：「……每一個黨員都有支持黨的政策，貫徹黨的決議的義務。……對才德卓越、經驗豐富的從政及黨工同志，自當繼續倚重，俾對黨政大計提供建言，以求人事的安定與決策的妥善至當。……。」

　　此段話一經媒介「解讀」，立刻有了兩種「研判」版本，如：

　　——在「講詞」型體結構方面，《中央日報》認爲「得體、明確」，《聯合報》評析爲「析理強用情弱，流露自省自責，氣度應予肯定」，《自立早報》則指責爲「不肯面對問題，頑強演出」。

　　——在「講詞」內容意義方面，則有報刊認爲是針對李煥、郝柏村及陳履安諸人而發，以人事安定來釋「票選派」「秋後算帳」的疑慮。也有報刊指爲專爲安慰宋楚瑜（時任國民黨中央黨部秘書長）及宋心濂（時任國家安全局局長）兩人，表明沒有撤換他們的意圖。更有媒介將焦點匯集在其時的國民黨組工會主任關中與總統府秘書長李元簇兩人身上。

　　㈡對基督教國民大會團契的證道詞

　　李登輝總統在該次證道中，講述了一個《舊約》(The Books of the Old Testament)「列王紀下」(2 Kings)第十九章三十五節：亞述王(Assyrian emperor)的故事[49]：

　　那時猶大國(Judah)分南北兩個地方，在南方的就是希西家(King

Hezekiah）做王，外邦的則是亞述王西拿基立（Sennacherib）。亞述王不相信神，有一天寫一封信送到希西家，侮慢耶和華（Jehovah）：「你們相信神的人沒有辦法存在，我一定要把你們打掉。」（這個故事，表示了有神同在的人，和沒有神同在的人之間的關係。）

希西家接到信以後，就上耶和華的殿禱告求救，求神幫助他、協助他、拯救他，而以賽亞（Isaiah）則打發人告訴希西家這節經文說，這是耶和華說的。

就在那天晚上，主的使者（an angel of the Lord）到亞述軍營殺了十八萬五千人，第二天早上還活著的人醒來的時候，發現四周都是屍體。亞述王西拿基立拔營回去，後來被他的兒子亞得米勒（Adramme-lech）和沙利色（Sharezen）殺死。

此個小故事，也立刻引起媒介一陣解讀熱潮：

——誰是亞述王？蔣緯國、林洋港、鄧小平、李鵬？

——誰是「耶和華使者」？當然是八大老——他們說服了林洋港，瓦解林、蔣搭檔；等於殺了「亞述營中十八萬五千人」，使「亞述王」蔣緯國撤退。

——誰是「亞述王兒子」？當然是蔣孝武（Chiang Hsiao Wu, 1945－1991）。（他在三月政潮中，從日本趕回台北，發表「致中國國民黨諸領導同志的一封信」，「側面」指責過叔父蔣緯國，令一般人始料不及。）

但其後文工會指出，亞述王的故事，李總統指的卻是共產極權。——這真是解讀的玄機❺⓿。

新聞當然是可以「解讀」（READING），但「解讀字矩程式」則理應如下❺❶：

註　釋

❶　見《聯合報》，民 79. 1. 12.，第十四版。

❷　有管理委員會會議紀錄及租金收據可稽。

❸　The China News, 1991, 4, 4, P4.

❹　摩門教是以美國猶他州(Utah)為基地的「末世聖徒耶穌基督教會」(Church of Jesus Christ of Latter-Day Saints)。該教會在泰國大約有信徒五千人。

❺　"Buddhist monks were foolish to chant prayers they did not understand"同 ❺。

　　泰國政府官員與報刊打誹謗官司，似乎司空見慣，由此可見泰國對新聞業界所採取的嚴苛態度。例如1990年4月，泰國一分著名的泰文商業周刊《經理人》，因在一篇社評中，指責首相府部長張永壽，曾下令攻擊該國反對烏汶府水壩計畫的人。同年10月下旬，他即向民事法庭提出訴訟，控告《經理人》誹謗。又如同年分，該國發行量超過百萬分之泰文「泰叻報」(Thai Raith)，與言論中立的《前線報》，因曾發表一篇前泰國南部高頭廊選區國會議員鵬文耶立的訪談，其中涉及鵬文耶立指責當時副首相兼民主黨副主席楚彎（呂基文）在擔任衛生部長期間，曾企圖破壞民主黨聲譽，使他名譽受損內容。令楚彎大為不悅，乃控告兩報誹謗——兩報總編輯結果於7月下旬，被判罪名成立，入獄兩年，鵬文耶立亦須坐牢一年。[《新聞鏡周刊》，第九十四期（民79.8.20–26）。台北：新聞鏡周刊社。頁47。]

❻　The China News, 1991. 4. 9.，P4.

❼　The China News, 1991. 4. 15.，P6.

❽　見《聯合報》，民 79. 4. 28.，第九版。

　　主審官認為，報刊報導李宗藩有前妻在先，李□□製作傳單公布在後，故尚難認定有故意散布不實之事，故推定違反選罷法部分，罪證不足。此案在 79 年 4 月 27 日，在台南地方法院宣判，李□□被判拘役卅天，得易科罰金，以三十銀元一天折算。時李□□已當選在任為台南縣長。至於附帶民事賠償部分，則另行審訊。

❾　見《聯合報》，民 80. 4. 9.、12.，第三、四版。

　　不過類似「笨索」一類罵人口頭語，除非能使聽見之人，確實以為被罵者，事實上即是那種人，或可視為誹謗外；否則，可能只屬於「殺千刀」、「衰崽（仔）」之類罵人的口頭禪，難以視為口頭誹謗(slander)。觀點見：趙水

(1962)：報業法例（非賣品）。香港：香港報業公會。頁 1-17。

前例如台北女影星鄧瑋婷(Teng Wei Ting)，於民國八十年五月初之控告記者誹謗一案。她曾將名下之「大哥大行動電話」(mobile phone)，於同年春賣給一名男性朋友，但未向電信總局(Directorate General of Telecommunications)辦妥過戶手續(ownership transfer procedure)，而被牽涉到一宗三月底所發生的四千四百萬新台幣銀行冒領案(swindle)。一位台北《中國時報》記者，於 4 月 28 日撰文時（第三版），指稱『她』為了某種原因和道上兄弟走得很近，甚至進而同居！……鄧瑋婷在感恩及需要「保護」的心態下，成了黑道兄弟的「壓寨夫人」。鄧瑋婷於是控告這位記者誹謗，破壞她的形象及名譽，這其實已牽涉文字誹謗。（《聯合報》，民80.5.1，第七版。）

❿　Editor & Pubisher, 1986. 8. 2.

根據中華民國「出版法」第四條第五項規定：「出版品所登載廣告、啟事，以委託登載人為著作人。如委託登載人不明或無負民事責任之能力者，以發行人為著作人。」同法第三十五條：「以更正、辯駁書、廣告等方式，登載於出版品，應受第三十二條至第三十四條之限制。」同法第四十四條：「……其觸犯其他法律者，依各該有關法律辦理。」

據徐詠平教授研究：「啟事、廣告等刊登於出版品後，其意思表示因刊出而發生效力，設該啟事、廣告之內容因故意或過失，不法侵害他人之權利而發生侵權行為，應負賠償之責任，而出版品幫助其不法侵害他人之權利，視為共同行為人，連帶負賠償責任。……廣告、啟事之委託登載人如不明、或無負民事責任之能力之人，其利用啟事、廣告而發生不法侵害他人之權利之侵權行為，其賠償責任依法為發行人或著作人而負其責任；如委託登載人並非不明，或有負民事責任之能力之人，出版品之發行人，亦須負連帶賠償責任。」

由此可知，讀者投書並未享有免責權，刊（播）之後，若原著（訴人）人不明，被認為有公然散布謠言之嫌，觸犯違警法及懲戒叛亂相關條例時，刊出媒體，要負法律責任，連媒體發行人，亦須負連帶賠償的法律責任。[「讀者投書」：『接近使用權』的實踐」，《新聞評議》，民 77. 4.。台北：中華民國新評會。頁 26～7。]

⓫　見黃驤譯，「垃圾郵件，故事多」，《聯合報》，民 79. 12. 3.，第二十一版（萬象）。

據考據，最先使用 DM 的，是美國推銷員華德(Walter)。他於 1872 年（清同治十一年），寄出一頁內有一百六十三種產品的目錄給商戶，成為郵購業(Mail Order)的始祖。十四年後，亦即 1886 年（清光緒十二年），明尼蘇達

州鐵路車站站員西爾斯(Sears)，把價值十二元手表郵寄給同事，加收兩元服務費，收費十四元，利潤高達百分之十七。之後，就憑這個賺錢點子，跟芝加哥商人羅伊布克(Roebuck)合作經營郵購店(Mail Order House)。至 1927 年，已經寄出信函和產品目錄七千五百萬件。西爾斯逐發展成美國最大的百貨公司之一(Sears Roebuck And Co.)。DM 因有郵購用途，故此又稱為「大宗商業郵件」(Bulk Business Mail)，而由於商業用途廣，大大小小的 DM，就成為「垃圾郵件」(Junk Mail)。據估計 1989 年一年，美國 DM 多達六百三十七億件，九千兩百萬美國人，對 DM 有回音，郵購與捐款的總金額約一千八百三十億美元。

美國退休人協會和全美步槍協會，同是美國兩大 DM 寄件單位；退協會每年將兩千兩百萬分郵件寄給會員，步協每月寄出的印刷品，則高達一千兩百萬分。美國議員有可以以本人簽名，代替郵票特權，故 DM 也成為了政治郵件，真正付郵費的是納稅人。布希總統競選期間，政治郵件高達八億零五百萬件，人民負擔了一億一千三百萬美元郵資。

⑫ 據環保人員估計，五十公斤紙張，相當一棵樹，一噸紙張，大約要砍二十棵樹；則四百萬噸紙張，每年就要砍掉二十萬棵樹木了。

⑬ 我國於民國 80 年 3 月 7 日，由行政院會通過公文程式條件部分修正草案，確立包括總統府在內的各級行政機關公文，如以傳真遞送（包括電報及其他各種電子文件），具正式公文書法律效力，且明定得不蓋用印信或簽署。至於電傳文件的製作、傳遞、保管及保密規定，由總統府及五院自訂，並由行政府致函有關機關配合辦理。

不過，行政機關與私人機構之間的電傳公文法律效力的認定問題，草案中尚未提及。（《聯合報》，民 80. 3. 8.，第七版）此草案於同月下旬之立法院院會審議通過。

⑭ 「垃圾傳真郵件氾濫為患」，《美國新聞與世界報導》，中文版第一三八期(89. 6. 5)。台北：美國新聞與世界報導中文周刊雜誌社。頁十二。

附釋：在證券市場中，尚有所謂「垃圾股」(Junk Bond)，意即某企業為併購另一企業時，為籌集資金所發行的股票，因其營利前景不明朗，等評低，不為市場人士看好，故而名之。

⑮ 《聯合報》，民 80. 3. 24.，第七版。

⑯ 本文參閱：「紀實小說走紅惹大禍　誹謗官司頻傳撼文壇」，《聯合報》，民 79. 1. 3，第九版（大陸新聞）。

⑰ 侮辱本國傳統文化，也可能獲罪。寫過《異域》、《醜陋的中國人》等書的台灣名

作家柏楊（郭衣洞）在台灣地區解嚴前，被認爲運用文學技巧，侮辱中國傳統文化，而被判叛亂罪，於 1968 年 3 月入獄，至 1977 年 9 月，始被釋出。

⑱ 台灣地區也出現過「疑似」的剽竊訴訟，但卻峯迴路轉。女編劇張立峯曾根據民國 68 年 1 月 26 日、2 日及 5 日三天《中國時報》第七版上三則社會新聞給她靈感，而改編成電影劇本《時代之風》。

這則社會新聞內容大要是的樣的：

1966 年年尾，台中市一位工廠女工，因爲在尾禡喝醉了酒，而醉倒在回家路旁。其後被人乘醉帶往旅社施暴而懷孕。爲了躲避世人責罵，她隻身從台中到台北謀生，在新店美容院找到一份工作，並生下了一對雙胞胎兒子。但因爲失身打擊，沒有再論及婚嫁。經過十三年的勤儉刻苦生活，她在新店附近置了產，雙胞胎也讀到國中，長得俊秀成績又好，只是經常以沒父而苦。爲了兒子幸福，她遂向警方求助，希望透過警方協助及新聞報導，尋找到當日男人，與她們一家團聚。未料消息見報後，竟有十餘位男士，以各種說法，例如誤以爲她是風塵女子、結段露水姻緣之類，承認幹過該宗糊塗事。令那位可憐未婚媽媽不知所措，困擾非常，最後只好悄悄地辭去美容院工作，尋父之願、尋夫之望，僅得南柯一夢。（本報導若干關鍵之處，含糊不清，「新聞」內容，亦頗多疑點，最後女主角失踪，更是絕佳「收筆」，真實性頗爲可疑。「尾禡」，俗作「尾牙」。）

未料，另一位女作家季季卻指稱她的劇本，是抄襲自她的小說《菱鏡久懸》。

不過，張立峯找到那則新聞報導，並列舉疑點，指稱季季只是把三則新聞報導文字，加以潤飾、渲染、擴大，使之較象一篇小說而已，並無原創性。

由於有證有據，一場剽竊風波，最後海不揚波。（《聯合報》，民 80. 2. 10.，第二十六頁。）

⑲ The China News, 1991. 5. 1.，P5）

⑳ 同前註，1991. 4. 3.，P5。

附釋：(1)《星期獨立報》，是英倫有名之《獨立報》（Independent）姊妹報。1991 年中，《獨立報》每日乃可售出四十萬分，但 1990 年才發售之《星期獨立報》，雖還有大約三十七萬六千分之銷售額，但卻一直虧本。1991 年 5 月 16 日，該報系宣布兩報合併，但仍稱爲《星期獨立報》。（The China News, 1991. 5. 17.，P6）

(2)"jogging"在台北原譯爲「慢跑」，但專家指出，譯爲「漫步跑」較貼切。

(3)《洛杉磯時報》是 1881 年，由陳德勒（Norman Chandler）所創立，有

　　　　　　日報和周刊，政治立場則傾向共和黨，銷量不俗，為當地大報。

㉑ 本則見黃驥，「記者專家打高空，州長夫人受傷害」，《國語日報》，民 78. 12. 3.，第一版（「世界之窗」）。

㉒ 見 The China News, 1990. 9. 27.，P5, Taipei，其時《詢問報》發行人兼編輯為高達（Iain Calder）。此案其後由《詢問報》於九一年五月下旬，付出數目不詳，但相信十分鉅大賠償金而雙方和解。麗莎在六月十一日，尚有一則中傷她的「假消息」（hoax），幸虧洛杉磯（Los Angeles）媒體起了疑心；扣發（untreat）新聞，方免於挨告，誠足引以為戒。事情是這樣的：

一位自稱與麗莎發言人（publicist）陳珊（Chen Sam）在紐約共事的女子莉莎佛勞兒（Lisa Flowers），故意利用麗莎公關公司的答錄服務（answering service），傳出她做過手術，但將於兩星期內，自加州醫院出院，茲已與密歇根州一位二十三歲男友李鶴仙（Julian Lee Hobbs）雙雙墜入情網。一時間，美聯社（AP）、合眾國際社（UPI）及報業聯會（Press Association）（英國國內通訊社）等傳媒單位，都收得同樣假消息。由於 AP 向醫院及陳冊查證，方揭發示電話「告密」（報料）消息（phony story），原來全是假新聞。（The China News 1990. 6. 13.，P9，Taipei）

㉓ 哈慕高是在 1990 年 11 月 28 日，「印尼新聞評審會」（Indonesian Press Council）就職典禮上，發表此一談話。不過，如果是在海外發行報紙，則印尼管不著。（The China News 1990. 11. 30，P2，Taipei）

㉔ 當時編輯為薛馬文（Fred Zimmerman）。

㉕ 就我人傳統觀念來說，星洲地方其實不大，但在國際上，尤其對美國傳體商人，尚能表現出不亢不卑的決決風範，誠可佩服（姑不論是非曲直，然光是法律歸於法律此點，即有國格）。反觀吾人對美國三〇一法案（301 List）懼怕，對美國香煙開放態度——連標示警語都畏首畏尾，真令人有「黃河漸落曉星沉」的傷痛！

㉖ 結果道瓊斯亞洲印務公司（Dow Jones Publishing Company Asia）被罰四千元星幣（其時約為二千二百八十美元），發行（督印）人韋信（Michael Wilson），五百七十美元，編輯魏巴里（Barry Wain），四千美元。（The China News, 1991. 1. 12，P4，Taipei）

按本案例而言，可知在英國法律制度下，如果報刊被控犯上誹謗罪，則公司、報社負責人及編輯皆一併「連坐」（Complicity Rule）成為被告。例如，香港《星島晚報》，因為刊登仍被在訴中之前佳寧集團 Ccarrian Group）主席陳松青（Gorge Tan）的相關報導（該集團因為業務問題被起訴），因而被律政

司（Attorney General of Hong Kong）入稟高等法院（高院），控告星島有限公司（Sing Tao Limited）及其時該晚報總編輯藐視法庭，即是一例。值得一提的是，代表控方律政司出庭的御用大律師，因爲考慮案情轟動，將會引起廣泛報導，這不但可能影響到該案往後公平審訊，而且還可能導致其他媒體，因爲一窩蜂競相報導此案相關資料，而相繼犯上藐視法庭罪，以致爭訟不絕。因此，要求主審按察司，轉爲內庭聆訊（亦即不可列席旁聽）。——此種對被告人、媒體及社會之考慮，誠足稱道。[（香港）《東方日報》，90.7.11.，第八版（港聞③）。]

台灣地區逐步開放之後，某些人士，嘗以本省、外省之「省籍情結」，廣爲挑撥，以遂政治企圖，但在英國，挑起種族仇恨（inciting racial hatred），是觸犯刑法的。（例如 1990 年年底，英國倫敦西北一百三十公里之修頓咸鎮（Cheltenham），一位保守黨（Tory）黑人黨員，當選爲該區代表，成爲九一年度該黨全國選舉（national election）時，國會議員之候選人（Parliamentary Candidate）。未料另一位黨員，在接受全國性報紙及電台訪問時，稱他爲「殺千刀黑鬼」（a bloody nigger）。結果，他雖一再道歉，但仍逃不過被開除黨籍命運；而且在「公安法」（public order act）法例之下，若果他是故意說這種話，又或者其後導致種族間仇恨的話，他還可能得面對觸犯了使用威嚇（threatening）、辱罵（abusive）或攻擊性言辭（offensive words）的控罪。（The China News, 1991. 4. 14, P4）

又例如，1990 年 6 月間，時任佘契爾內閣重臣的前英國貿易工業部長黎德利（Nicholus Ridley），在接受《旁觀者》周刊（The Spectator）訪問時，突然破口大罵德國（西德）及歐洲共同體，指稱：「歐洲貨幣統一計畫是德國的騙局，德國想藉此控制歐洲。法國則如哈巴狗似的在政策上追隨波昂；而英國若將主權讓給共市，就無疑是把主權拱手交給德國，向希特勒俯首稱臣了。大家應該不要忘記第二次世界大戰的德國。」不料這些談話刊出後，卻在歐洲引起軒然大波，不但德法兩國極端不滿，即英國國內，也有不少人對他大肆攻擊，指他挑起國際間不必要的仇恨。黎德利雖然公開聲明把話收回，但已於事無補，佘契爾夫人也不得不讓他「引咎辭職」。[《新聞鏡週刊》，第九十四期（民79.8.20.–26.）。台北：新聞鏡週刊社。頁30～1。]

不過，《旁觀者》慪顧國家利益，將黎德利說話一字不漏地原文照登，明知故犯地令國家陷於尷尬的做法，也引起新聞業界爭議。[另一分《星期獨立報》（Independent on Sunday）也發生過同樣事情。它在同年七月十五日的一期中，以爆內幕手法，將佘契爾夫人於同年三月二十四日，在她鄉間官邸所約集

高層人士，召開德國問題研討會時的談話備忘錄公開，其中不乏對德國民族性貶責之詞，令佘契爾夫人面對德國人時，幾乎下不了台。〕

為了避免某些外國出版品，想利用爭議來促進銷路，或為達其本身政治目的，甚至保障「既得利益」，而有「企圖以渲染事實，刺激民眾對地方問題情緒，來影響新加坡人」起見，除原有之「不受歡迎出版物法」（Undesirable Publications Act）之外，1986 年夏，星洲又提出 1974 年所訂的「報紙與印刷事業法」（Newspaper and Printing Presses Act of 1974）的修正案 [Newspaper and Printing Presses（Amendment）Act] 允許交通暨新聞部長，可對「一貫持續地提供錯誤訊息，扭曲事實，只報導部分眞象，製造分裂，並激起緊張或激烈情緒」之類，有「干涉內政」之嫌的外國刊物，由部長自由裁定，限制其銷售額。

而且，一旦某期受限制，以後各期都會繼續伸延下去，只有一定分數自由流通。

另外，凡非法流通這些刊物或其中內容的人，如果證據確鑿，則可能會被處罰兩年有期徒刑、或星幣一萬元，甚而兩罰俱判的刑責。參閱：（Asiaweek, 1986. 6. 15）1990 年 8 月 30 日，星國會通過此法，同年 11 月 13 日公報 12 月 1 日生效。新法又規定：任何在新加坡發行分數超過三百份的外國出版品，其報導內容屬於東南亞國家的政治與時事時，都必須向新加坡交通與新聞部繳付二十萬元星幣「按櫃金」（bond）並取得新加坡政府的許可執照（permit），且每年換發一次。為此《亞洲華爾街日報》宣稱：「我們認為，如果我們設法迎合新加坡政府的規定，將有損我們這分發行全世界的刊物的公正立場」，而停止在星發行。至 1991 年 6 月初，該報要求在 1992 年，由該報總社（Dow Jones Publishing Co.）在星舉辦「資本市場會議」時，得予派發該報給予會者，已獲星政府答允。（The China News, 1991. 6. 5. 9., P7.）

在星洲此項新新聞法之下，有十四家國際報刊，包括《時代周刊》、《經濟學人》、《國際前鋒論壇報》、《朝日新聞》（日文衛星傳眞版）、《日本經濟新聞》（日文亞洲版）、《國際快報》、《今日美國》、《星期日快報》、《金融時報》、《泰叻報》（The Raith）（泰文）、《Bangkok Shuho》（日文）、《讀賣新聞》、《每日周刊》（韓文）及《新聞周刊》等十四家外國報刊，因為「沒有經常報導星洲新聞，也不曾干預星洲內政（foreign interference in the domestic politics of Singapore）」，而獲得豁免（exempt）受此項法令管制。

但《亞洲週刊》英文版（Asiaweek），它的中文版（Yazhou Zhoukan），及在香港發行的廣告專業刊物《媒介與市場消息》（Media and Marketing News）

等三家區域刊物，則必須按此法處理。其中《亞洲週刊》中英文版已遵照規定辦理，而《媒介與市場消息》，則認爲「不合乎做生意之道」，而決定將原來一千五百分之發行量，減縮至二百九十九分，以符合規定。

泰國也曾禁止過外國報紙發行。1991 年 5 月 6 日，奧地利勞達航空公司（Lauda−Air）一架七六七──三○○班機在曼谷以北爆炸墜毀，二百二十三人全部罹難，疑爲恐怖分子所爲。一位常駐曼谷的《澳洲人報》（The Australian）特派員波爾特（Alan Boyd），因在報導中暗示曼谷已成恐怖分子大本營（a terrorist center），惹怒了泰國當局，認爲已大大歪曲泰國信譽及損害到觀光事業，因而勒令該報不准在泰發行，並要求更正和道歉。（The China News, 1991, June, 26, P4）。

㉗ 爲《菲律賓明星報》辯護的律師，否認貝特蘭形容艾奎諾夫人爲膽小鬼，說她「躲在床底下」，在緊急危難之際（in a time of danger），以解釋爲「君子不立危牆之下」（Could mean prudence）。他並指出艾奎諾夫人並親自公開承認，在 1990 年 7 月的大地震中(導致一千五百餘人死亡)，她躲在桌下(hid under a table)──表示「躲」對艾奎諾夫人而言，並非異常行爲。──這樣辯證可當博君一粲。（《聯合報》，民 80. 2. 12，第六版／The China News, 1991. 2. 12. 9. P4, Taipei.）

㉘ 「過街老鼠」歇後語爲：人人喊打！

㉙ 《民生報》，民 79. 9. 1.，第十版（影劇新聞）。

㉚ 英美無「利益輸送」一詞，只有正常交易（arm′s length transaction），與不正常交易（non−arm′s length transaction）兩詞。在此應指股市醜聞（stock scandal）。張建邦其後於同年 4 月 22 日辭去交長一職。

㉛ 《聯合報》，民 80. 3. 10.，第三版。

㉜ 《聯合報》，民 80. 3. 11.，第三版。

㉝ 其中謠傳甚多，外人無法獲知眞正內情。例如：(1)有謂該篇特稿，是代上司而寫；(2)又謂事發主因，是某政界大老直接向該報老闆抗議所致；(3)又謂該報原欲該位女記者自行辭職，惟她並不自願；堅持「寧可被開除，絕不自動請辭」；(4)又有謂該女記者上司，亦一併自請處分，但該報政策是「棄卒保車」。

不過，如果該文內容不正確，則報社被牽連誹謗訴訟不是沒有可能的。例如美國《華爾街日報》曾在一篇報導中，錯誤地指稱司勞（G. D. Searle）大藥廠最高負責人之一的司勞（Robert Searle），「涉及一百三十萬美元對外國政府機構的開支，以爭得國外生意。」（involved in the payment of 1.3 million to agents of foreign goverments to win business abroad）司勞於是告《華爾街日報》誹謗。雖然該報次日即登出更正新聞，並將責任推給該公司一位發言人，說他講得不清不楚，但審理的陪審團卻判該報罪名成立，要賠償金兩百二十萬美元。(The China News, 1991. 5. 24. P5)

㉞ 在這次事件中，成立不久的「聯合報工會」似乎並無實際參與。據說事發後，該位女記者曾查詢該報「勞資關係室」，但當時該室主任不以爲她所報導的「全是事實」，並告知根據勞動基準法，在某種情形下，報社可以這樣處理。

㉟ 也有以匿名捐錢方式表達他們支援，但避開報社意見。該位女記者曾就「啟事」指責內容，有將她判「死罪」之嫌，而向新評會投訴，請求公斷。

㊱ 據該報當時總編輯說，該特稿內容未經查證，不符合新聞倫理，違反了該報董事長正派、嚴謹辦報原則。

此事中，記者能以何種方式抗爭，倒引起一些人興趣，但各種方式，似乎都不樂觀。例如：(1)勞工局。但此通常以「遣散費」解決問題，而記者被開除，所失去的，不止是一筆收入；(2)新聞評議會。但該會地位乃未建立，作用不大；(3)國際新聞協會（ IPI, International press Institute ）。但其時該會在台負責人，正是「聯合報社社長」。（但台北一位資深新聞工作者，表示有意去函該會，說明經過，並要求該會仲裁。）見：

徐青雲（民 80）：「記者如果敢簽名，老闆一定開除他──王惕吾對『徐瑞希事件』採取鐵腕措施」，《新新聞》，第 211 期（ 3. 25.–31. ）。台北：新新聞週刊社（ The Journalist ）。頁 69～72（媒體）。

㊲ 見《自立晚報》，民 80. 3. 25.，第一版。

據說連署者每人並擔付新台幣一千元之廣告費。該則廣告並有 LCC 漫畫一幅，標上自製之「中華民國新聞記者信條」：「不可批評報老板（應爲「闆」）的朋友，否則開除！」

廣告內容則謂：「這是解嚴後，第一件記者因報導而被解雇的事件，身爲新聞工作者，我們認爲除非記者報導，惡意扭曲事實，否則，不應因報導對象之壓力，或報老闆之主觀好惡，而受處罰。我們認爲，爲維護人民知的權利，記者的職業應受到尊重，工作權應受到保障。因此，我們呼籲全國民眾重視此一迫害行爲，我們也支持□□□採取必要的行動以維護其工作權。」／本事件《聯合報》處理過程，並見《新聞鏡週刊》，第一二七期（ 民 80. 4. 12.–21. ）。台北新聞鏡週刊社。

由於這則廣告，卻又引起另一宗台灣報界四十餘年罕見官司，事件起因，是因爲當時一名《聯合報》姐妹報《民生報》記者，簽署聲援徐瑞希的抗議廣告，而竟

遭受開革，該記者遂一狀告到法院去。據說事發前，當時該報總編輯已曾在工作會報上，告知大家不得參予連署「抗議廣告」，而該位記者竟然仍名列連署人名單內，故《民生報》要求他「自動辭職」，但為他所拒絕，故而予以解雇。《民生報》曾指出此舉是依該報工作規則第二十七條第十款「不當行為導致嚴重不良後果」，及勞基法第十二條第四款「違反工作規則情節重大者」來處理。但台北地方法院初審承審法官認為，該報工作規則亦有規定：第一次不聽主管合理指揮，記申誡，多次不聽主管合理指揮，則可記大過或降、調職。《民生報》若認為該記者簽署抗議廣告導致《民生報》嚴重不良後果，然則何謂嚴重不良後果？是指《民生報》因此而報分驟跌？或廣告收益嚴重受損？這方面的舉證並不清楚。另外，法官又指出，新聞報導是要求真，對新聞來源應該要小心評估、嚴格查證，但該記者參與連署的抗議廣告，是廣告行為而非新聞行為，這則廣告他人相信與否隨人而異；而且廣告是主觀意見的表達，是否符合《民生報》工作規則中「不當行為導致不良後果」，也不無疑義。

因而在民80年7月29日的判決上，判決《民生報》解雇該名記者的處分並不合法，該記者與《民生報》的雇傭關係依然存在，並且須按月給付薪資至雇傭關係合法終止之日為止。〔見陳東豪（1991）：「小記者這一回打敗了大報館：《民生報》記者控告報社違法解雇勝訴」，《新新聞》（8. 5.–11.）。台北：新新聞雜誌社。頁86。〕其後，該位記者與《民生報》達成兩造和解。

❸❽　The China News, 1991. 3. 9. P4，馬來西亞於1986年1月19日，成立一名為「馬來西亞報紙編輯人組織」（Malaysia Newspaper Editor Organization, MNEO）的新聞評議會組織，由該國各大報紙代表組成，負責接受民眾申訴，起草新聞記者道德規範與報業道德規章。首任主席是《新海峽時報》（New straits Times）總編輯馬吉德（Munir Majid）。有申訴案時，將由一高等法院法官擔任主席，另八家與審案無關的報紙代表擔任委員，但已向法院提訴案件，則不予受理。

❸❾　是在 Victoria Foote–Greenwell 報導，Richard Corliss 執筆。

❹⓪　見："Cyrano Takes Hallywood: Can France's Top movie actor translate his primal energy into global stardom ? Bien Sûr Gerard Depardiew already has an Oscar nomination and a hit American film," Time, 1991. 2.25（No.8）pp.62–3。

❹❶　原文為：

And what of his story that nine he went along on his firs trape? "Yes" And after that there were many rapes? "Yes" he says, with an astonishing frankness, "but it was absolutely normalin those circumstances, that all makes me laugh. That was part of my childhood" 同前註，頁 62。其實，此一部分，為 1978年該刊的訪問內容，此是重刊。而《今日美國》(USA Today) 與《華盛頓郵報》兩報在跟進《時代雜誌》報導他時，亦曾引述他的話，說強暴沒有甚麼傷害，甚至是婦女的願望。見《民生報》，民80. 3. 25.，第十版。

㊷ "low blow," "such meanness is undignified of the press of a great country"。

㊸ The China News, 1991. 3. 26 P11

其後，德巴狄厄並沒上榜。當年影帝一銜是由演出「親愛的，是誰讓我沈睡了」(Reversal of Fortune) 的英籍演員傑洛米・艾倫斯（Jeremy Irons）掄元。該片是真人真事搬上銀幕，由美國大律師亞倫・德休維茲原著，記述他如何為丹麥裔社會名流，勞斯馮布樓被控謀害妻子，使之變成植物人的翻案經過。最佳外語片（Foreign Film），則由瑞士片「希望之旅」(Journey of Hope）奪標，而非「大鼻子情聖」，和曾經因中共以內容涉及叔嫂亂倫、未在大陸上演過，而聲言退出參選，以致頻上頭條新聞的「菊豆」(Ju Dau)。（《民生報》，民 80. 3. 27.，第一，八～十一版；The China News 1991. 3. 27., P1, 11）

德巴狄厄的發言人，力證《時代週刊》誤譯 (mistranslate) 了德巴狄厄的話，因為他是被問 "……et que a neuf ans vous avez assistea votre premier viol" 其中 "assiste" 一字只能譯成「在現場或目擊強暴發生」(being present at or witnessing the rape）；所以把他的回答譯成「九歲那年目睹一宗強暴發生」，而非「參與該宗強暴事件。」(he witnessed a rape at age nine rather than participated in one) 但《時代》認為將之譯成「參與」(participating) 並沒有錯。——如果因文字編譯上之誤解，或文化認知差距，而引起誹謗訴訟，此亦是一個令人值得深思例子。（The China News, 1991. 3. 30.，P11）

㊹ 何美惠（民八十）：「引句引出麻煩，記者被控誹謗」，《新聞鏡》，第一三二期（5. 20.–26.）。台北：新聞鏡雜誌社。頁 24–5（「傳播線上」）。（取材自《聖荷西水星報》及《紐約時報》。何美惠在本文中，並指出：(1)莫森認為捏造有害引句，本身已構成實質的「惡意」；但誠如一位編輯說：「捏造引句不道德，但不犯誹謗罪。」(2)除非隨時錄音存證，否則記者在回想訪問中的談話時，少不免補填些字詞；且若以潦草筆記，來記錄談話本身，本來就不精確。所以，只要引句能正確表達說話者的意思，縱非一字一錄，也就被接受。(3)《聖路易郵報》容許記者修改引句的文法、拼音，以及其他印出來後，可能令說

話者難堪的錯誤英文。《紐約時報》不准更動引句，如果文法有錯，就不必直接
引用。《聖荷西水星報》則准許修改文法和句子結構，以避免口語和文字的差
異。(4)沒有一家報紙容許捏造引句。（因此特別要注意，若將次序不同的辭句
連接在一起，在一種特別語理中，是否會和講者的原意相同。）

㊺　Gersh, Debra

1991 "Quote alterations and libel: US supreme Court saysalterating quotes is
libelous only if it changes the meaning of the statement made by the quoted
person, "Editon & Pblisher（E & P, June 29）pp7－8

㊻　見邱銘輝（1991）：「『一句不務正務』竟然判刑五個月：《遠見雜誌》記者被控
損害名譽罪名成立」，《新新聞》（8. 5.－11.）。台北：新新聞雜誌社。頁 87。
該位編輯爲國內大學中文系畢業，夏威夷大學新聞碩士，媒體經驗豐富，猶有
此遭遇，令人浩歎！此案民事賠償，則於庭外和解。

㊼　不過楊大器認爲法院在一審時，未經合法傳喚原告，即進行裁定辯論終結而定
案；二審法院亦未予糾正（駁回或撤銷改判），而仍據此判決，在程序上是疏
忽而有瑕疵的。（但可尋求「非常上訴」來救濟。）[《新聞鏡週刊》，第一五
七期（80. 11. 11.－17.）。台北：新聞鏡雜誌。頁 14、5。]

㊽　在採訪時，太過注重旁枝細節，就會不見森林，坐失良機。例如，在當日林洋
港與蔣緯國盛傳搭檔參選總統、副總統的連漪中，三月九日上午，林往拜訪國
之大老黃少谷後，黃少谷在被記者詢問時，露了一句：「大家往好處想」。可
惜並未爲細心記者體會話中玄機，當天台北三家晚報，都未寫出這句話來。但
林洋港當天就發表辭選聲明。另外，擔任過台灣省議會議長的蔡鴻文，爲林洋
港的老上司，他曾在最後時刻，兩度進出司法院，部分記者雖然留意到這事
實，但未能看出他的關鍵角色。直至九日下午，他乘搭李登輝總統的座車，一
起前赴司法院時，線上記者才頓足而叫！

㊾　見「『以賽亞給王的信息』（賽 37，20～37）」（Isaiah′s Message to the king,
Is 37. 20－37）

㊿　民國 80 年 6 月 3 日上午，李登輝總統在總統府接見二十三位，參加新聞局所
擧辦的「寫給總統一封信」徵文比賽獲選小朋友時，曾引用宋儒朱熹（公元
1130～1200）之「觀書有感」詩一首：「半畝方田一檻開，天光雲影共徘徊，
問渠那得清如許，爲有源頭活水來」；來勉勵小朋友做人處事應謹守本分，心
中要有道德及倫理觀念。同月六日上午，在接見十二位國民大會台灣區聯誼會
幹事，談判「統（一）獨（立）休兵」問題時，又曾引用南宋（公元 1080～
1175？）朱敦儒之「西江月」詞一首：「世事短如春夢，人情薄似秋雲，不須

計較苦勞心,萬事原來有命。幸遇三杯酒好,況逢一朵花新。片時歡笑且相親,明日陰晴未定」;來抒胸臆。

報導記者曾指出,「西江月」是在國代要求下,李總統才唸給國代參考,而「萬事原來有命,明日陰晴未定」兩句,是指台灣地區政情,已臨風雨不斷境況!

國立師範大學國文研究所教授周何,在《聯合報》之「焦點評論」中,認為這首詩首兩句多少有些兒感慨,而又想表示澹泊於成敗,以開闊相許之意。上闋之「不須計較苦勞心」,及下闋之「片時歡笑且相親」兩句,是重點所在,顯示個人心胸坦蕩,雖處眾議紛紜之際,而定見早生。「萬事原來有命」,似是指已廣徵俊彥,成竹有胸,故而「不須計較」,也不須再計苦勞心。「幸遇三杯酒好」,意在「幸遇」,「況逢一朵花新」,是期許來日之新猷;然而「明日陰晴未定」,今日不便明說,此時只宜「歡笑」、「相親」為宜。(《聯合報》,民 80. 6. 7.,第二版)是耶!非耶!此實「解讀」之難也!

㉛ 此是作者自創「公式」。

第六章　新聞報導的臨界點
——無「它」卻有「他」

㈠前言：公是公非古今同例

　　孟子說過：「盡信書不如無書，吾於『武成』取二三策而已矣。」❶可見擔心記載之正誤與否，連賢人也心感戚戚焉。而倘若將「書」引伸為「章回小說」，則更不難發現即使著名小說，其在書中所標示的地理位置及事實，每多疑點重重，連金聖歎譽之為第五才子書的施耐庵氏《水滸傳》亦未能「免俗」。

　　例如第三十九回，寫宋江詠反詩下獄，戴宗要到東京（今開封市）設法營救，於是便由江州（今江西省九江市）出發，前往開封。未料卻「一繞」繞到方向完全相反的梁山泊（山東壽張縣）去了❷。又如第五十九回，史進與魯智深雙雙在華州（今陝西省華縣）被擒，宋江便即時帶領三隊人馬合共七千人，浩浩蕩蕩的殺奔華州城加以搭救。但細想一下，從梁山泊到華州，路途起碼有千里之遙，並且要經過朝廷置有重兵把守的東京、洛陽和函谷關。宋江行衆如此招搖，焉能說到就到？

　　有些以清末民初做背景的台北電視劇本，講到當時由北大荒至哈爾濱打個來回，還不到兩、三天光景，如此沒有距離觀念，也頗令人發噱❸！

　　不過，所謂「凱撒的歸凱撒」，這些「歷史上的傷口」，終歸只留待細心、勤奮的歷史學家去做「翻案」工作——作者縱然捱罵，也許是「若干」年後的事了。但身為「記錄今日事務」的記者，可能就沒有那麼的幸運，目光如炬的閱聽人，一捉到記者小辮子，便會十目所視、十

手所指，招來無數指責。我國中央研究院院長、物理學家吳大猷博士，由於地位超然，與記者接觸相當頻密，感受也最爲深切，故而經常爲文發表他對新聞界的希望，引起廣大讀者的共鳴。從吳大猷博士的大文中，可以得知他對記者的抱怨包括：

(1)雖然引述他的「意見」，而這些「意見」大多是(a)他許久以前的談話；(b)綜合他的談話，並且加些枝葉；(c)他根本沒有說過的話；甚而只是記者「一廂情願」(wishful thinking)的「想當然矣」的「推論」做法❹。

(2)爲爭取獨家資料，不惜「不問自取」❺。

(3)缺乏對問題的客觀瞭解，不加思索便將「新聞通稿」「來函照登」，甚而在顯著版面作聳動處理❻。

(4)捕風捉影；例如，曾虛構他提出辭職之說等❼。

爲此，吳大猷博士除一再建議報紙不必以過多篇幅，低級趣味大標題，圖文並茂地以極重要的第三版❽，來報導諸如兇殺案之類犯罪新聞；避免報導不實❾，題文不符的情形發生❿；以及自我約制，拒登文不雅馴的藥品、補劑廣告外；更希望⓫：

——記者應先瞭解事項的眞相、背景、和人事間的恩怨後，再作客觀公允的報導⓬。

——報紙在社論、時論上，有高的水準；在報導上不僅求準確⓭，更應有選擇；要能鑑別私怨攻訐與事實眞情⓮，萬不能以惟恐天下不亂的心情⓯，作誇大的標題，與不負責任的報導。

——揭人隱私，固絕不可；但輕易爲某些人塑立虛而不實的知名度，誤導社會，亦極宜避免。

記者對事件眞相不瞭解，或者知識不足、自以爲是、斷章取義，最易鬧出笑話，也最爲人所詬病。例如：

——民國77年元月，台灣地區報禁開放後，新聞媒體爲了應付競

爭，便挖空心思，一窩蜂對過去四十年來，爭議性的歷史事件及人物，大起翻案之風，其中雷震一案，因牽涉當時政治上之反對勢力及新聞自由之爭議，故而波瀾不少❻。同年八月初，因其在獄中所寫之日記，遭到銷毀而引起社會人士注目。時任監察委員的謝崑山曾受命調查此事，但雷案關係人仍表示不滿。其後，竟有晚報報導說，同為擔任監察委員之雷氏遺孀，「要提案罷免謝崑山」，引起一場「沒有政治常識」的笑柄。因為：依選罷法規定，監委並沒提案罷免其他監委的職權❼。

　　──民國 77 年 8 月底，台灣三重市一家鐵工廠內，據報導發現「五貓連體」，不僅國內以前從未發現，國際上也極為罕見。……牠們的頭部、四肢和尾巴都完整無缺，唯獨腹部臍帶處連在一起，根本分不開，有人便以為這是非常罕見的五隻「連體貓」❽。翌日，經一位國立台灣大學獸醫系教授檢查，結果發現竟只是五隻小貓的臍帶纏繞在一起而已，而並非「連體貓」❾。如果，記者多走幾步，多看幾眼瞭解真相，就不會鬧這個大笑話，也少捱幾句罵。

　　──孔子為儒家宗祖，自漢以後奉為至聖先師，元朝加號為「大成至聖文宣王」，明代釐正祀典，清順治二年(1645 年)定諡「大成至聖文宣先師孔子」，孔子嫡系子孫襲封「衍聖公」，奉祀孔聖。民國 24 年 1 月 18 日，國民政府明令：「以孔子嫡系裔孫為大成至聖先師奉祀官，以特任官待遇」，故而當時 33 歲的孔德成❿，以孔子第七十七代嫡孫世襲奉祀官之職。民國 78 年 2 月底，其長子不幸辭世。奉祀官預定繼承人之職位誰屬，卻屢為新聞媒體誤傳。有謂由其次子祀奉（實則他已是「述聖」孔伋的奉祀官，不可能「兼任」），也有謂可由其亡兒之長子承繼（爺爺健在，父親還不是奉祀官，孫子何能「插隊」？）具見某些新聞記者之不明國家體制。

　　──民國 78 年中，台北爆發榮星花園開發投資舞弊案，其中牽扯到巨額受賄、圖利他人瀆法行為。審訊中，又傳出當時負責查詢之調查

局犯罪調查科科長，曾於農曆春節年間，帶某位在押台北市議員外出喝酒，而節外生枝地掀起一場情治人員操守風波。爾後，有新聞媒體傳出該市議員是「調查局線民」的消息，迫得該科長不得不鄭重聲明，他沒有說過該名市議員是線民的話。而「話」可能是這樣傳開的㉑：

面對新聞界的詢問，犯調科長只是重覆強調，他與該市議員是認識多年的好友，「於公於私常接觸、見面」。

有時候，他在答覆其他記者的詢問時則說：「有時爲了公事也要找□□□（該名市議員）協調、請教，而私底下大家也象兄弟一樣。」

未料，卻有記者以他的這些談話，逕向該市議員詢問，「他是否爲調查局線民？」致令該名市議員非常火大，指責調查局有意以此一身分來「抹黑」他。

這位市議員的話，又有報紙將之報導，但却成了：「□□□（市議員）對被□□□（犯調科長）指爲調查局線民十分憤怒。」這種愈描愈黑、輾轉相傳，以致走樣的「傳話」、「放話」，不是記者之過嗎？

——台北市工務局長的潘禮門，素有「鐵漢局長」封號。在民國78年4、5月間的一次「電視訪問」中，却因爲記者只剪輯了其中少數的幾句，致令與他原意有所出入，而在同月的市政總質詢中，飽受抨擊。該次電視台的訪問，原有下述內容(摘述)㉒：

• 請說一下有關民意代表關說(不拆違建)的情形好嗎？

△……，如果能做的事，下面各級人員都已做了；來到我這裡的多不合規章，……，不能做的再怎麼說也沒用。到局長或市長處關說的議員，**百分之九十不合法。**

• 他們不會壓迫你嗎？

△現在不會啦，因爲已沒有這種狀況。

• 以前呢？

△以前是有，但我並不怕壓迫，**如果正面衝突，就把關說議員全部**

抖出來。

　　未料最後播出來的，只有「**百分之九十不合法**」、「**就把關說議員全部抖出來**」兩句，令質詢議員頓時感到形象受損；後經他委婉解說，事情才沒鬧大。記者在報導時，如果引喻失義，或斷章取義以致有失原意，的確徒然增加受訪者困擾，而陷人於不義 ❷。

　　當然，在一個民主而講求新聞、言論自由的國家裡，任何公眾人物（尤其政治人物），因與公眾利益 (Public Interest) 息息相關，故而，都應受到正確的、合乎道德法律標準的監督與批評的待遇。為社會大眾執行此項工作的，是自由而負責的新聞界。

　　1987 年年中，亦即美國 88 年總統大選前夕，有意問鼎白宮寶座的參議員蓋哈特(Gary Hart)，因為與小唐娜(Donna Rice)的性醜聞案而被迫退出競選；另一位有意逐鹿的參議員白登(Joseph Biden)，又因為謊言被人揭發 ❷，不得不於宣布競選之後 10 日，放棄角逐。美國新聞界在揭發蓋哈特私生活時，還忐忑不安，未審候選人這些私人行為，是否宜於披露。但美國自尼克森「水門案」之後，對政治人物的品德要求，格外嚴格。所以，當《新聞周刊》(Newsweek) 一馬當先「修理」白登扯謊時，大家都給予默許──不管怎樣說，他的確連最起碼的誠實都沒有。這個毛病，連「才大氣粗」的《紐約時報》 (New York Times)，也不敢冒天下之大不韙──報導錯了，立刻主動更正；其在處理陸戰隊中校諾斯 (Oliven North)，對伊朗尼游案之國會證詞方式 (Senate Iran–Contra)，更見其天下大報的報格。

　　諾斯1987年7月10日，出席聽證會，轟動一時，11日，《紐約時報》在第一版用顯著位置來報導：

　　諾斯 10 日在聽證會上說，已故中央情報局局長凱西，計畫利用對伊朗銷售武器賺得的利潤，來設立一個自給自足的組織，以支付在政府控制以外進行的情報活動。

報導並指出，凱西瞞著總統和國會，不讓他們知道這件事。

13 日，紐約時報在第一版的正中，以兩欄寬的標題，登出一則一千三百字左右的「更正報導」[25]，指出 11 日有關諾斯證詞的報導是錯誤的。實際的情形是：

諾斯在聽證會上被問到，凱西是否曾告訴過他，那個秘密作業的組織要讓總統知道，或者是受國會監督？諾斯只是回答說：「沒有討論到這一點。」[26]

時任《紐約時報》副總編輯的席格爾指出，國會調查委員、諾斯和他的律師以及新聞同業等人，都沒有指責他們，但是後來他們查證閱聽紀錄，發現錯了，就主動更正。

台灣地區新聞媒體，經常「小錯」不斷，已如前述。更糟的是在激烈競爭之下，更有些媒體，尤好要些「小手段」。例如：

——民國 78 年 6 月 18 日，《聯合報》第九版[27]，有一則桃園縣中壢市某國小一位三年級老師，趁 17 日上午朝會時，手捧 22 朵玫瑰花，在全場 40 多位教師注視下，突然向一位交往已一段時間的 22 歲女老師求婚，卒獲佳人芳心的「突發新聞」報導，內容只能算勉強有點熱鬧「氣氛」。孰料 19 日，台視 7 點 30 分的晚間新聞報導，竟將此一「新鮮」韻事，重新「補鏡」；可惜，鮮花不見了，地點不在禮堂，而鏡頭雖在開始時，照了一下「6 月 19 日」的日曆，但自始至終，都沒有說明為「後來補上」的鏡頭[28]。

吳大猷博士曾語重心長的說過，記者於所從事訪問事項的背景知識，應致大力，使自己不斷成長；知識之外，更應注意對事的分析瞭解，培養對事的客觀鑑別習慣和能力；企求報導的「完整意思」的正確性[29]。

附錄一　變體更正的商榷

我國部分新聞界，鮮有：錯了，就立刻「公開道歉」的傳統，頂多是「來函照登」；如果想更「風光」地討回尊嚴，恐怕經常會受到「惡言相向」，再受「二次凌辱」❸。

然而，潮流日變閱聽人要求日高，此種形勢，又逐漸發展出另一種以重發正確的「後續新聞」(Folo)的「變體更正」方式（甚而多加美言），來彼此妥協，或以有利於受害者的其他新聞，作補償性的大幅發稿，作為「安撫」，論者稱之為「更正方式議價」❸

這種做法表面上雖然彼此可以不傷面子，記者上司，又可能蒙在鼓裡，最重要的，是穩住與採訪對象關係。然而卻易導致下述弊端：

(1)產生「假平衡」現象。

(2)大好社會公器，淪為記者及消息來源彼此「利用」時之籌碼。

(3)讀者從原來報導，而跨向變體更正的後續報導，可能無法判斷事　　實真象。

(4)習慣了用後續報導方式，來彌補先前錯誤，會養成記者疏於查證　　──錯了就算！

附錄二　跨越匿名消息的鋼索

新聞寫作規範要求：指出消息來(sources/the staple of a news)，以示昭信。這幾乎是一項不易之「信念」。然而，由於時移事遷，採訪環境波動不常，這項信念確有執行上困難，以致爭論不休。

認為可以不指名道姓（或機構）的人認為，消息獲得，困難重重，不指出消息來源，保護了他們身分，較易突破防線，獲得不易得到的消

息。只要謹慎、公正、不濫用、不偽作，媒介有公信權威，在某些這樣寫法，合適的報導上，反而能夠產生戲劇效果和調查性意味，令人暢所欲言，不會綁手，綁腳也顯出採訪者的神通廣大。持這些看法的人，大多是線上記者。

反對的人卻認為，報導是要向社會大眾負責的，讀者可藉消息來源判斷報導的可信度，「無名氏」(Anonymons)或「匿名來源」(unnamed source informant)，會令人對報導內容，產生懷疑，也太容易灌水和偽作，也使得報導內容與意見混淆，這是一種不負責任和最懶的收集新聞方式。標明消息來源，其實是分擔新聞責任，保護記者，也保護當事人免受新聞審判。作這種指責的人，大多是新聞學者。所以，美國ABC、CBS 與 NBC 三大商業電視擴網，對於匿名來源之使用，莫不視為最後之無奈手段，並且有一定方針。例如，只限於事實報導，不可為意見表達，查證消息和消息來源的信用，同時報導反方意見，嚴格規定記者不得涉入、不得公報私仇，以及必要時，應將線人名字向主管報告等等。

美國俄亥俄州(Ohio)西南部辛辛那提的《辛辛那提詢問報》(Cincin-nati Enquire)，是堅守謹慎使用匿名消息的一份典型大報。即使連1987 年，經由當地地方電視台 WCPO-TV 主播(anchorman)緬拿辛(Pat Minarcen)，因為揭露一名醫院工人哈維(Donald Harvey)，連續犯下數以打計的謀殺案，使之法網難逃，而贏得了「皮巴迪獎」(Peabody Award)如此重大的新聞，《詢問報》也因為該則報導使用匿名來源，而予以拒登——縱然事後證實，哈維是美國史上一名殺人魔王(one of America's most prolific serial killers)。該報總編輯(editor)布雷克(George Blake)即以不愛用匿名消息而聞名全美，未經他親自批准，匿名消息不能在第一版見報。，他認為在一篇「相信我」(trust-me piece)的報導中，有了報導的內容(substance)，但「誰」說了些

「甚麼」卻付之闕如，讀者就很難判斷報導的正確性。

　　贊成有條件使用匿名消息的《辛辛那提雜誌》(Cincinati Magazine)編輯主任溫特尼茲(Felix Winternitz)，曾列下幾項使用匿名消息的原則，頗有參考價值：

　　• 記者應將提供消息者的姓名，告之編輯或節目製作人。也應讓要求匿名的線人了解：容許匿名的做法，其實操之在主管手中，並非記者單獨拍拍胸膛就可以了。

　　• 在報導中必須提及新聞來源爲何需要保密的理由。

　　• 應將線民的批評或主張，盡量清楚地報導出來。當可以用「檔案室一位資深科員」(a senior clerk in the Hall of Records)來稱呼匿名來源時，就不要用「市府官員」(City official)這類泛泛字眼。

　　• 預先提醒線人，一旦發現他在說謊時，匿名協議即告無效。

　　• 不引述匿名線人所說的人身攻擊的話。例如，沒家教的孬種(scum puppy)。

　　• 勿忘從其他可靠來源，確切查證。

註　釋

❶ 見《孟子‧盡心篇》第七。書，原指《尚書》，「武成」是尚書篇名，今已作廣義
解釋，指的是一般書刊。

❷ 當時由江州到開封，路程非常遙遠，要渡過長江、淮河，歷經數省方能抵。

❸ 以當時交通情形而論，跑一趟單程，非個把月不可。

❹ 例如，吳大猷博士指出，電視台記者在「綜合」他在第一屆國際漢學會議開幕
儀式上致詞：「……這次連政府首長都沒有邀請，是因為這是學術性的會議
……」，根本不是他說的話；因在酒會中致歡迎詞時，也未如某通訊社所報
導，說過要使台灣成為：「國際公認具有實力的漢學中心……」的意思。他認
為這些語句，可能比他講得更好更得體些，也絕不會對他產生甚麼困擾。問題
是：為什麼不能作忠實報導？（見《民生報》，民 75. 12. 31.，第三版「民生論
壇」：對我們傳播界的一些希望。）

相同情形，也真屢見不鮮。例如，民國 78 年 5 月 16 日，台南市某犬醫院獸醫
師，因為發現一隻偷運入口的西藏獒犬，有疑似狂犬病（rabies/hydropho-
phobia）症狀，便向衛生署防疫處舉報，希望衛生單位派專家南下，查明真
相。未料衛生單位未做專案調查，逕行提早將疑似病例曝光，引起全台灣地區
一陣大騷動。（見《民生報》，民 78. 5. 17.，第二十三版：醫藥新聞。）而某些
新聞媒體則繪聲繪影地報導該醫師曾說：「有六百隻獒犬，自國外走私進口，
目前已被賣到全省各地」一類的話，令他飽受困擾。（見《民生報》，民 78. 5.
18.，第二十三版：醫藥新聞。）

為促使金融業務步上正軌，民國 78 年 7 月，我國當局整頓地下投資公司決心
畢呈。時任經建會經濟研究處長的李高朝，在一次與記者聊天時，曾對當時由
財政部次長何顯重，來兼任跨部會的「處理違法吸收資金公司聯合專案小組」
召集人的「成效」表示「保留」（據說何的親家曾將第一人壽股票賣給鴻源投
資公司），並對多位前任財金首長「不做不錯」的遲緩施政心態，有所指陳。
孰料傳播媒體其後卻出現：「經建會官員為地下投資公司問題，批評何顯重，
並指稱他的女兒與鴻源（Homey）等地下投資公司關係密切」之類，將「個人
的疑問，被報導成肯定的指控」的報導，令部會之間場面尷尬，而李高朝則公
開向何顯重道歉。李高朝的苦心，似乎頗獲得社會肯定，也有人說他論證不夠
嚴謹，以致「多言賈禍」。但媒體及記者是否也該為報導、引述的是否恰當而
加以檢討？自報禁開放之後，媒體與媒體之間，頓然面對一種前所未有的激烈

競爭(大車拼)，「愛拼才會贏」，據說某些媒體的責任主管，每每耳提面命所屬記者「有聞必錄」，並且必要「做大」，而一旦出了問題之後，則又假惺惺的責罵記者不予查證，「記者難為」不無道理！(見《聯合報》，民78.7.10.，第三版。)(鴻源地下投資公司負責人，已於民國79年夏，被政府查辦。)

至於所謂的記者「一廂情願」的做法，吳大猷博士也在一篇名為「Wishful thinking 何其多？」的「民生論壇」上，舉出了一個極好例子。該文說到有人提出宜謀求某些國家，對台北及中共，作同時雙重承認的建議。他認為此種論調，竟有人去討論它，是甚為奇怪的。因為他認為這種想法的大前提是，有第三國願意、而大陸亦同意，同時承認我國和大陸。但事實上，大陸絕不可能允許一個和她有邦交的國家，同時與我們建立(正式)外交關係的；亦沒有稍大的國家，願意和我們建交，而和中共絕交的。故而所謂「雙重承認」之論調，並非我們願意與否的問題，而是客觀與現實形勢上，第三國與中共都不可能允許的問題。(見《民生報》，民77.7.29.，第五版：「民生論壇」。)

❺ 吳大猷博士原是有感於新聞界有人，向諾貝爾化學獎得主李遠哲博士先翁，「借」去一些書信照片，卻一去無蹤的作為；不過，他本身即有切膚之痛。民國75年12月20日，他開完同步輻射指導委員會後，才不過離開坐處一兩分鐘，但置在桌上的資料封套已經「不翼而飛」。(見《民生報》，民75.12.31.，第三版：「民生論壇」)。

❻ 民國77年6月底，中央研究院院士會議召開前，突有六、七位中研院人員，發起「研究員治院」運動，並且散發傳單，敦促其事。報章對此事多加以報導，一些銷量大的報紙，更作版面上顯著處理。吳大猷博士對於這些僚屬及媒體作法，甚不以為然；認為此種院內運作細節，可透過該院會議規則修正法修正，不必「訴狀」。而媒體在不明就裡情形下，將傳單照登，亦是不負責任的做法。(見《民生報》，民77.7.3.，第五版「民生論壇」：「報章的水準和對社會的責任」。)

❼ 民國77年7月23日，一家晚報突傳，吳大猷博士因為不滿外交當局決定不參加在北平舉行的「科聯總會年會」；以及諾貝爾獎得主丁肇中、楊振寧及李遠哲三院士月初晉見總統時，遭受冷落而感到失望等諸項因素，而向總統提出辭呈，打算辭去院長職務的「報導」。消息傳出後，他立即否認。事後亦證明傳聞全是虛溝。(見《聯合報》，民77.7.24.，第三版：「國內新聞②」。)

❽ 在台灣地區，報紙未增張改版前，第三版通常是本地重要新聞之版面，是本地讀者一個注目焦點，因此，各報社俱設法委任學養、經驗皆好的編輯來處理這一版面。「編三版」事實上在報社傳統「團體語言」人(Group Language)，

已成爲「受重用」前奏的代名詞。不過，在英國倫敦，因爲艦隊街一些諸如《太陽報》(The Sun)之類黃色小報，經常在第三版刊登裸女照片之故，這些肉體模特兒，就叫「第三版女郎」(Page 3 girl)。

❾ 吳大猷博士十分注重忠實報導，認爲報紙新聞報導的最低要求水準，是準確性；而專欄（尤其科技之類知識性專欄）最低要求，是可靠性；而維持這個水準的責任是編者。他曾譴責台北一家報社的醫衛常識專欄，竟將血壓 140／80 的意義，說成在心臟收縮時，血管的壓力是 140 磅，舒張時是 80 磅的謬誤。（應爲毫米汞柱）（見《民生報》，民 75. 12. 31.，第三版，「民生論壇」：「對我們傳播界的一些希望」。）

❿ 國立台灣大學社會學系蕭新煌教授，在他的聯合報專欄「想象集」中，曾以「台灣新貌？」一文，對「題不對文」、斷章取義的錯誤，有極透切剖析。事緣台北某報曾在一版新聞報導裡，以極醒目標題刊登：

公元兩千年台灣到處是鬧區（主標題）

綜合開放計畫計畫大幅修正，將劃分十八個生活圈**均衡發展，縮短各地發展差距，享受同等高水準的生活。**（副標題）

對蕭教授而言，他認爲乍看標題，就很容易讓人對邁入公元二千年的台灣，產生幾種猜測（誤導讀者）：(a)人口膨脹至到處都是人擠人的鬧區。(b)只剩下城市，而且是人口密度極高的鬧區；鄉村完全消失，農業萎縮。(c)環境品質和社會秩序惡化到了極點，鬧區裡混雜髒亂街景。

原來此則報導，是根據經建會正在修訂中的「台灣地區綜合開發計畫」的部分內容而寫。該項修正計畫是「依據自然環境、文化、經濟、社會等因素之綜合考量，並依通勤、通學、購物及其他娛樂、醫療等不同週期的活動與範圍」，將台灣劃分爲十八個「地方生活圈」（以調整過去以「區域」爲實則建設單位的理念）；以「以促進各**生活圈之間均衡發展**，誘導人口與產業作合理分佈，**藉以縮短過密與過疏地區的發展差距，使各生活圈的居民，均能享受同等且相當水準的生活品質。**」（此段是副標題所摘錄內容。）

蕭教授指出，均衡各生活圈的發展水平，並不表示都會變成「過密」的「鬧區」發展結果；況且計畫中所指的「均衡」，是「快速運輸系統之建立，使一小時之內，能到達各該都會區的中心都市，在半小時內，可達各該生活圈的中心都市，以享受較高的各項服務設施，並加強其定居於鄉鎮的意願。」簡言之，生活圈的設立，其實是希望保存鄉鎮的居住環境，卻能很方便地享受到各項現代文明的服務設施，處理此則報導的記者，顯然「拿了雞毛當令箭」，難怪蕭教授認爲此則報導：「一方面讀錯了『綜開計畫』修正的構想，一方面也高

估了那個構想的實質意義。」（見《聯合報》，民 77. 7. 5.，第二十一版，聯合副刊。）

吳大猷博士也曾以兩家報紙對同一事件的報導，來指出不完整的「斷章」報導，非但欠缺「正確性」，還可以予人很不同的印象和瞭解的。這兩則報導（摘要）是這樣的：

(甲)「一羣海外學人聯名向中研院院長吳大猷建議，在中研院開設社會學研究所，經提出在昨天的評議會中討論，多數人贊成吳大猷的看法，認為中研院宜『小本經營』，應就現在範圍好好加強研究，而不一定什麼都有，什麼都不精，因而將本案擱置。」

　……。

「本案經提出在昨天的中研院評議會中討論，吳大猷認為，除非政府與學術界均有十分強烈的意願與需求，中研院不宜增設社會學研究所。」

(乙)「評議會昨天討論吳大猷轉來海外社會學者林南等共同要求，成立社會學研究所的建議案。院士兼評議員葉曙首先表示反對，認為設所建議不夠具體。評議員高化臣並指出，……，逕交評論會討論，與規定不符。

「評議員李國鼎、李幹也發言表示反對。……」

「吳大猷在李國鼎等人建議下，結束了設所的討論。」

吳大猷專士指出，由(甲)則報導，該設所議案，似是由他一個人便擱置了；而事實上，這則報導末段中所提到他所說的話，是他綜合大家的討論時說的。而從(乙)則報導來說，很可以看得出好幾位評議員都不贊成此建議。這兩則報導，給予國外原建議人，對中研院作業的印象，會有很大差別。他認為，報導是一項需細心周到的寫作，記者對於所從事訪問事項的背景知識，除應不斷成長外，更應注意對事的分析瞭解，培養對事的客觀鑑別習慣和能力。（見《民生報》，民 76. 10. 11.，第四版，「民生論壇」：「報導的『正確性』問題。」）

⓫ 見《民生報》，民 77. 7. 3.，第五版，「民生論壇」：「報章的水準和對社會的責任。」

⓬ 中央研究院院士，旅美歷史學家余英時教授，也曾指出台北少數記者的報導不夠客觀。一個典型的例子是，他曾接到一個台北記者越洋訪問的電話，向他提出一些問題；但從提問的方式來看，該名記者顯然已「預存」了答案的腹稿，而並非真的要聽取他的意見。（正如李遠哲博士所云，答案若從他口裡說出來，「分貝」會比較高。）因此，余教授呼籲記者「要跳出主觀」的範疇（亦即不要有預存立場）。（見《國語日報》，民 77. 6. 8.，第四版：「文化圈」。）

⑬ 這裡舉一個例子：

民國 78 年 3 月 31 日，時任行政院政務委員的沈君山博士，與服務於銀行界的曾麗華女士結婚。台北某家日報卻誤報新娘是沈博士好友、時任北加州台大校友會會長之郭譽珮小姐；爾後，又經美國另一家中文報紙的引述，使「新娘不是我」的笑話，愈鬧愈大。（見《聯合報》，民 78. 4. 2.，第三版：「焦點新聞」。）

⑭ 這裡也可舉出一個例子：(a)中央銀行前任總裁張繼正先生，在民國七十七年間，曾屢有辭意傳出，而且繪聲繪影。某次一名記者向他查證消息時，他半帶詼諧地說：「報上說是『側面了解』，你何不從側面去打聽？」回話雖謔，但卻道盡了當事人對揣測性的流言流語的無奈，以及報導時引不出新聞來源之困窘。事實上，張繼正先生於民國 78 年 5 月底，內閣大改組後，方不再擔任央行總裁之職。（見《聯合報》，民 77. 7. 6.，第四版：經濟・投資。）
(b)我國「國家建設研究會」（國建會）自民國 60 年召開以來，至 80 年 12 月共歷十九次重要會議，其間屢多重要建言，但因被邀參加的海外學人，有時會與現實環境脫節，言談內容每感漫無邊際，故常遭「政治大拜拜」（酬神請客）、「聊天會」之譏。民國 77 年之爭執尤烈。當時某些新聞媒體稱該次會議為：分組「亂點鴛鴦」，場內充滿「外行」（對實務疏漠），大演「穿幫之秀」（我不懂隨便談），對話「海闊天空」、「冷飯重炒」等等。（見《聯合報》，民 77. 7. 30.，第二版：「國內要聞」。）而參與會議的學人，則展開「反彈行動」，紛紛指責報紙缺乏公正性，破壞國家形象，報導時，能摒除個人主觀意見，做平衡報導；報紙為了新聞性而運用刺激性字眼，失之厚道；國內新聞界擁有過多自由（官員很「怕」記者），經常將報導與評論混為一談；並臨時變更綜合討論議程，就「新聞界自律問題」，進行討論。會中並出現記者辯駁場面（此點記者有失採訪立場）。（見《聯合報》，民 77. 8. 4.，第二版，《民生報》，同日，第十二版。）局外人事對「兩造」之相互攻訐，實在一頭霧水，但新聞媒體確實應就此事件之衍展，虛心檢討。

⑮ 民國 78 年 2 月底，美國總統布希訪問大陸，26 日晚，他在北平崑崙飯店設烤肉答宴，並邀請民主運動人士方勵之夫婦赴宴。方氏夫婦因受阻撓而未能出席。台灣地區報紙考慮未周，一廂情願地百口責難，表示：「菜單和賓客　不必與中共商量」。中共方面則表示，整個事件錯在美國，並對布希決定邀請方勵之之事，感到強烈不滿。（見《聯合報》，民 78. 3. 1.，第三版）未料美國「突然」退讓，發表聲明，表示是美國駐北平大使館處理上的錯誤。這對台灣地區新聞界而言，顯然又是一次難得的經驗。

⓰　雷震歷任國民黨黨政要職。民國38年11月，與胡適之等人在台北創辦「自由中國」半月刊，積極議論時政，為1950年代，最引人注目的自由派刊物。民國49年間，更與報界人士李萬居等人籌組新黨，同年9月4日遭警備總部拘補提控，出刊11年、合共二百六十期的《自由中國》亦告停刊。台灣地區解嚴後，卒告獲得翻案。

⓱　當時亦有部分省議員，揚言發動罷免；省議員因有權選舉監委，自是有罷免權。（見《聯合報》，民77.8.4.，第三版）。

⓲　見《聯合報》，民77.8.29.，第六版（社會新聞）。

⓳　同上，民77.8.30.。

⓴　其後，孔德成並歷任國民大會代表、總統府資政、及考試院院長等職，並於民國79年10月7日，成為「國家統一委員會」（國統會）委員。

㉑　見《聯合報》，民78.4.15.，第三版：「焦點新聞」。

㉒　見《聯合報》，民78.5.10、11兩日，第十三版：大台北新聞。

㉓　潘氏其後即聲明，今後將以極端審慎的態度，來面對傳播媒體，凡屬公開發言者，將考慮以書面方式表達，以免衍生不必要的困擾。不論執令致之；緊盦消息，以防「機密」走漏（leak），已是大多數政府單位的做法。
　　例如錢復博士在出任行政院經建會主任委員後，甫履任即要求主管階層，非奉准可對外發言（附錄一），並在所有「密」字級以上公文，一律加套密封，如果消息外洩，將據此追究責任。（見《聯合報》，民77.8.27.，第四版。）（李登輝組閣錢復出任外交部長）。
　　執政黨勞工委員會主任委員趙守博也曾下達過「新聞緊縮令」，要求所屬在有關政策方案尚未定案前，不得向新聞界透露「案情」。嗣後，該會公關部門及發言人，一句「奉命無可奉告」，即可「過關」。（見《民生報》，民78.7.10.，第十五版。）
　　民國78年3月下旬，執政黨即將召開二中全會，由於立委黨部副書記長人選，中央遲遲未有定案，在新聞競爭之下，採訪立法院新聞的記者，頗多穿鑿附會的不實報導，並傳因新舊派系傾軋，人事案因而「見光死」，令得執政黨主席李登輝也表示關切。據報導，李主席得悉後頗表不悅，以「報紙現在都不寫正經事了」作為評語。他希望黨內今後應注意保密問題。
　　一位跑立法院新聞的民營報紙記者，在一篇特稿中，對李登輝主席的不滿，作出回應說：「……，然而，回顧立法院近幾個會期的表現，到底有多『正經事』可供報導，顯然也費思量。」
　　近幾個會期以來，立法院的新聞圍繞著罵「三字經」、跳上主席台、摔麥克

風，委員爭議扭打，冗長程序發言，議事杯葛，強制表決和立委們為權位私利爭逐等主題，關係兩千萬居民生活福祉的許多法案被積壓，立委們既無心也無力清理積案，輿論界縱欲多談正經事，也缺乏足夠而具體的素材可供報導，怎能單方面要求媒體『正經』？」（見《聯合報》，民 78. 3. 23.，第三版。）

李登輝總統組閣後，出任副總統的的李元簇博士，也曾對謔稱新聞界稱謂之「修理業」、「製造業」及「屠宰業」指稱，有所說明。他曾對記者強調專業、磨練、經歷與成熟資深的重要性，並認為「新聞自由」該指的是「報導事實的自由」，而非「製造新聞的自由」。他指出若報導與評論混淆，與事實有偏差，給讀者製造錯誤印象，是很難補救的。（《聯合報》，民 79. 9. 10.，第四版）。

❷❹ 白登的謊言，幾乎全都可以查證。例如，他在公開場合中，一再誇說自己大學畢業時，名列全班半數學生之上，同時得到三個學位。而事實上，他在畢業時，在全班 85 人中，名列 76，而且只獲得一個學位；而在唸法學院時，還曾剽竊他人作品。「蓋哈特——白登症候群」蔚為總統選舉的一種社會心理熱潮時，新聞界應否揭發候選人隱私？他們又該如何確定政治人物的隱私與公益間的界限？頓成全美（甚或全球）熱門話題。

——自詡為開明之士者，認為新聞界實在走火入魔，老是走偏鋒地譁眾取寵，偏要把選舉總統的焦點，集中在個人有否過失的品格上而不是在政權領導的才華上。

——附和新聞界的人卻認為，新聞界所反應的是社會大眾心理，當一般人無法辨認候選人是否是穿起祖母衣服的「虎姑婆」時，難免寄望專業的新聞界多予報導。何況，一般人又總有愛看熱鬧的個性，除了煩人的政見之外，他們更會好奇地猜想，究竟那些人會在這個刺激的擂台上，被打下台來；所以，新聞界的作法是可以諒解的。

美國知識分子，雖然一向比較贊成限制新聞界侵犯他人隱私權，但若所謂的個人隱私，實在反映著他的一種人格或行為特質，而此種人格或特質又與一般正直、正義理念及公眾生活相牽扯時，則同意新聞界可以報導，以作為社會大眾的參考，用以形成所謂的社會良心。

在美國傳統理念裡 "Adultery"（通姦），是個嚴重的品德問題。前時的麥高文（George McGovern）、愛德華‧甘迺迪(Edward Kennedy)，就是因為個人品德的缺失，而失去了問鼎白宮的機會。自尼克森之後，傷心的選民，對他們所選的四年一任的總統，投票時更為小心謹慎，而諸如人格、性情及內外一致的誠信之類道德上的要求，則尤其重視。因此，在選舉時，各報不免鼓勵屬下記

者去扒糞，挖掘類似的「迷你水門事件」，把有缺失而大言不慚的候選人拉下台來。

因此，美國新聞界並不愧疚，並且認為挖蓋哈特艷史的《邁阿密前鋒報》(Miami Herald)幹得不錯。因為——這些個人行為的私生活，將與候選人未來的公眾行為相關連；在道德上，已不能視為個人隱私權，而是關于國家前途的名與器。

「蓋哈特——白登症候羣」確會使某些品德有問題的亂世奸雄，消聲匿跡，連帶的就選「賢」而論，也會有「遺珠」之憾；但眾意咸同的是：無論如何，先經過新聞界這些守門人篩選，對選民來說，總是比較安全的。

㉕ 刊出之報導發生錯誤時，一般新聞媒體會採下述方式處理：(a)請關係人排解，並作道歉。(b)將正確新聞重發一次。(c)發布續發新聞(Follow-up)，並在新聞完結後，在適當段落處，附加「編者按」之類的說明。(d)於原新聞刊登之處（我國新刊法規定），或適當位置，以「更正」或「更正啟事」為標題，刊登小啟更正。(e)將要求更正之「來函照登」。(f)在刊物上發表「取消」該項報導的聲明，「撤回」事實，並指出錯誤並非出於惡意。倘若置之不理，不但有虧新聞倫理，更可能吃上官司。但一切事後更正，可能都不是阻却涉事人起訴的萬靈丹。民國79年7月2日，台北《聯合報》報導李登輝總統，曾於6月11日，赴國家安全局（國安局）主持全國治安會議。事實上，當天李總統並未赴國安局，而國安局在當天亦未召開治安會議。總統府發言人室即於7月2日當日，突破以往作風，主動發布新聞，指名道姓的更正《聯合報》錯誤，不再「沉默是金」，雖引新聞界譁然，但卻獲得一般人肯定，可見不確實報導所帶來的傷害。

㉖ 兩項報導，皆由該報記者包德甫(Fox Butterfield)所撰寫。他曾任駐北平特派員多年，把在華所見情況，寫成《苦海餘生》一書(China: A Live in the Bitter Sea)，後由《台灣日報》駐美特派員、資深新聞從業員續伯雄譯為中文本，在自由地區頗為暢銷。諾斯後來被判有罪及罰款，但緩刑三年。

㉗ 見《聯合報》，民78.6.18.，第九版。

㉘ 自台灣地區報禁解除後，有人以「新聞抄報紙，社論抄雜誌」一語，來諷刺那些好奪人努力成果的媒介。又有些財經專刊報紙採訪組小組召集人或副採訪主任，經常以自己私利，竄改記者所寫稿件，而主管單位竟睜一隻眼、閉一隻眼，完全置專業守則於不顧之故，因而在記者圈中流行：「新聞亂編，將來做總編」，這麼一句話，以為反諷。

㉙ 見《聯合報》，民78.6.20.，第六、七版。

㉚ 見《民生報》，民 76. 10. 11.，第四版，「民生論壇」：「報導的『正確性』問題。」

㉛ Winternitz, Felix
1989 "When unnamed sources are banned: Reporters' hands are tied," The Quill, V.77. No.10 （Oct）. Chicago: Society of Profession Journalist. pp.38-40.
溫特尼茲認為記者為社會看門狗，如果在報導中嚴格限制匿名來源消息 (no-name, no-use)，那就不是牽著狗——而是箝制著牠。（Journalists are the watchdogs of society. Greatly limiting the use of anonymous sources in reporting doesn't leash the dog-it muzzles it.）不過，引用他人報導，而不指出來源，就是抄襲(plagiarism story)就得負責任了。例如，1991 年 7 月初，波士頓大學新聞學院院長(dean of the School of Journalism at Boston University)，因為在一篇講詞中，曾一字不易 (word-for-word)，用另一篇電影評論內容，卻不指明出處，而引咎辭職，《紐約時報》駐波士頓特派員包德甫 (Fox Butterfield)，在同年 7 月 3 日的報導中，竟然抄別家報紙報導了事，又不指出出自何處，被《時報》停職一星期。《華盛頓郵報》邁亞密辦事處主任柏架 (Laura Parker)，同月中旬則因為抄別報新聞內容，而被《郵報》開革。由是觀之，媒體駐外人員的操守，著實影響新聞可信度至鉅，讀者不可不慎。(The China New, 1991. 7. 20. P.5)

第七章　新聞自由的界面

第一節　新聞自由與誹謗

　　被新聞界捧爲「擋箭牌」的美國憲法第一修正案，的確保護了新聞言論自由(Freedom of Express)的「天賦人格權」，但有太多案例顯示新聞界只在刊登眞實報導與善意報導時，得不受干擾；而如果所刊登出來的內容傷害到他人時，對所引起的後果，仍應負責。例如，1798 年（清嘉慶三年），在亞當斯總統任內(John Adams, 1735−1826)，美國國會即曾通過一項「叛亂法」(Sedition Act of 1798)，任何人如果被判定確有發表(Writing)、印刷(printing)或說出(uttering)「虛假、破壞名譽及惡言惡語文字」，而故意使美國政府，或國會名譽受謗、受辱或名譽掃地的行爲者，可判兩年以下有期徒刑及兩千美元以內罰金❶。

　　不過，三年之後，擁護言論自由的哲佛遜總統當選(Thomas Jefferson, 1743−1826)，以叛亂法是「國會未通過法案」爲由(Unauthorized Act of Congress)，而立予廢止。不過哲佛遜亦認爲，各州有權自訂法律，去制止惡意誣衊他人的言論。其後百餘年間，美國國會及聯邦最高法院(Supreme Court)，對新聞中誹謗問題，大致上抱持一種靜觀態度。直至二十世紀以後，最高法院才在相關案子中，解釋憲法第一修正案精神，對保障新聞自由所包含的涵意；而至 1960 年以後，陸續出現較具典範性案例，其中 1964 年的「蘇利文控告《紐約時報》案」(New York Times V. Sullivan)，與十年後，亦即 1974 年的「葛茲控告威爾斯案」(Gertz V. Robert Welch, Inc.)兩案例，最具代表性，幾

乎改寫了二十世紀美國誹謗法的重要內涵。兩案例中，尤以蘇利文一案，自後一直被引用爲「案例」，來解釋誹謗問題，影響至爲鉅大。

蘇利文爲美國阿拉巴馬州（Alabama）的蒙哥馬利市（Montgomery）警察局長。1960 年 3 月 29 日，黑人民權運動領袖馬丁‧路德。金恩博士（Martin Luther King Jr. 1929-1968）的支持者，在《紐約時報》上刊登了一則全版巨幅廣告，有 64 位美國名人及 6 位南方牧師的簽名。廣告主要在描述南方城市的非暴力人權運動，遇到恐怖份子浪潮，並要求捐款支持學生運動、投票權及金恩的司法防衛權。其中又提到阿拉巴馬州暴動時，金恩家被炸，而接踵而來的卡車，滿載配備槍械和催淚彈的警察，他們衝進阿拉巴馬州立學院，將所有示威學生包圍在餐廳裏，警方是在準備餓死他們，迫使投降。

蘇利文認爲廣告中雖沒有提到他的名字，但他即是廣告的警察，他就等於被指控言過其實的參與包圍校園、餓死學生行動；而廣告詞中所使用的「南方侵犯者」一詞，也等於汙衊他「恐嚇及暴力」。

蘇利文曾依州法要求《時報》刊登更正啟事，但《時報》並未刊出，只寫了封信問他，究竟廣告詞中，那些句子牽涉到他。蘇利文以興訟手段，控告《時報》及四位在廣告簽名的黑人牧師作爲答覆。證人在作證時指出，他們能從廣告中，知道說的是警察局長蘇利文。

《時報》在答辯時指出，廣告稿附有一封信，表示廣告裡的署名，已獲得簽名者的同意，時報廣告部或任何其他單位，無須查證廣告的正確性。同時，在廣告中亦看不出，有任何字眼提到蘇利文。

數審之後，阿拉巴馬最高法院乃判蘇利文勝訴，時報並無報導特權，犯上誹謗罪因而應賠償五十萬美元給蘇利文。然而上訴到聯邦最高法院時，卻判蘇利文敗訴。最高法院決議：對政府官員公開活動的批評，是受憲法第一修正案保障的，而除非能證明「確實懷有惡意」（actual malice），否則，有關公職人員的報導，縱有不眞實之處，亦應不

能入人以罪❷。

這項判決，等於賦給了美國新聞界一道批評政府官員的「尚方寶劍」和「事關公衆之事，應公開廣泛地辯論」的「免死金牌」，也確立了誹謗法的基本對象和精神❸。

葛茲控告威爾斯一案，主角是當時芝加哥甚至全美知名的律師葛茲（Elmer Gertz）。他是誹謗法、檢查法、民權與言論自由方面的法律專家，是民權運動領袖，在大學講授法律課程，是社團的活躍分子，也經常撰寫各種文章見報；更重要的是，他是伊利諾州（Illinois）新州法修改的負責人，——這一切讓人看起來，他都不是一個「普通人」（the people in general），而是實至名歸的「名流」（celebrity）。

事件起因，是由於一名靑年被一名警察射殺，這名靑年家人聘請他打民事損害賠償官司；結果，該名警察被判以二級謀殺罪（second--degree murder）。

不料由威爾斯公司出版的《美國民意》雜誌（American Opinion），突然刊出一篇捏造事實，中傷葛茲的文章。在這篇文章中，指稱葛茲犯有前科，是列寧（Nikolai Lenin, 1870−1924）的信徒（Leninist），是共產黨的同路人，曾策劃 1968 年的芝加哥大遊行。更離譜的是，說他在本案中，「陰謀」破壞法律，以便利一位共產黨員接收美國。

葛茲於是控告《美國民意》雜誌誹謗，初審時，陪審團判他獲勝，並應獲五萬美元賠償。但官司上訴至聯邦地方法院時，卻認爲根據 1971 年的羅森布案例（Rosenbloom），公衆人物可受評論，而否決了賠償金額❹。葛茲再向聯邦最高法院上訴。

最高法院大法官鮑威爾（Lewis Powell）認爲，羅森布案例不適用於葛茲訴訟中，而應將他視爲普通人，只要《美國民意》雜誌未盡注意之責，葛茲應獲勝訴。1981 年 4 月，他獲得十萬美元損害賠償（compensatory damage），以及三十萬美元懲罰性賠償（Punitive damage/exemplary damage/smart money)。

葛茲案中,更進一步確立公衆人物及非公衆人物不同的誹謗標準❻,受害人不僅可以請求實質賠償,更可要求精神損害賠償。其後,這判例一直被援用❼。

不過,傳播媒介本質上,既以言辭記錄爲能事,本身即有找理由(藉口)來「抗辯」(defense)的本能而扭轉乾坤,很少如章回小說所形容「遇難捐軀,乾坤萬劫英雄盡」的。所以,有甚多案例中,傳媒乾脆擺低姿態承認所刊登文章,可能確有誹謗成分,且可能已造成某種傷害,但卻提出事實證明媒介本身有刊登該一事件權利;或者,舉證說明,本身所闖的禍,比其他更糟情況,相較之下殺傷力反而更小❽,這是一種全部推得乾乾淨淨的「徹底抗辯」(complete defense),如果官司打贏了,幾乎可以不賠一毛錢。一般報刊,如有下述八種情況,通常可以採取這種策略,以求打贏官司:

(1)已超過法定控告期限(statute of limitations);(2)參與者的特別權利(privilege of participant),例如,法庭上證詞可免負誹謗責任;(3)眞實(truth)❾;(4)《紐約時報》(蘇利文)判例的延伸(New York times Rule);(5)公正的評論(fair comment on criticism);(6)經由同意或授權(consent on authorization);(7)報導的特別權利(privilege of reporting);(8)自辯或有答覆權(self defenseon right of reply)❿。

當徹底抗辯行不通時,那就只好退而求其次,訴諸於希望能提出緩和或減低對方受害程度的事實,作部分抗辯(partial defense),以求少賠些錢。不過,在一般情形下,原告會雙管齊下,徹底與部分抗辯並行,以操勝券⓫。

第二節　新聞自由與國家機密

　　涉及國家安全的新聞，諸如外交談判底牌，軍事或國防之類機密，最易引起爭議。比如說：㈠這方面的內涵、定義及範圍應如何界定？㈡在不同時空階段，例如，平時、戰時、或敵對期間，該如何報導？報導深度、廣度及速度該如何拿捏？由誰主導？政府相關官員及新聞界往往有仁智之見。以致有時當政府主動將某些國防資料公布，便往往被新聞界譏評為司馬昭之心，目的在爭取民衆支持，或受不住壓力，有圖利他人之嫌（如軍火商）。而新聞界在這些問題處理上，總認爲民衆有權知道國家、政府或者執政黨在做甚麽，故而盡量不厭求詳，一腳踏在洩密的邊緣上，令有責任在身的人員或單位咆哮不已。

　　這些爭議，在戰爭或敵對期間，占優勢的，當然是國防單位，他們可以用新聞檢查（censorship）、或頒布限制採訪之類措施，通常可以拴住被認爲是機密的資料。加上新聞界在此時，每能體諒甚麽是公衆利益和國防安全分野，彼此「相忍爲國」，衝突也就不大。例如，1960 年之前，美國一些記者早就風聞有 U 二型高空偵察機飛越蘇聯上空偵察的行動，但始終未發表，直至六〇年當年，一架 U2 二機被蘇聯擊落，駕駛員鮑爾斯被俘後，新聞界才披露此一計畫。又如 1961 年，甘迺迪政府計畫協助逃亡在美的古巴（Cuba）反卡斯楚（Fidel Castro）分子，推翻卡斯楚政權，乃在瓜地馬拉（Guatemala）給予軍事訓練。《紐約時報》對此事曾有報導。但在同年四月十七日的突擊隊登陸豬玀灣（The Bay of Pigs）事件之前，據說《時報》已得到相關文件證實，但在甘迺迪總統要求之下，《時報》決定不刊這個消息，減少美國在國際上的窘迫。

　　又再如 1968 年時，一艘裝有核子武器及通訊密碼的蘇聯潛艇，在夏威夷外海深海中沉沒，美國中央情報局（CIA）秘密進行打撈，風聞此

事記者接受中情局之請，自動扣壓新聞不發。直到七年之後，亦即 1975 年，《洛杉機時報》認為已事過境遷，用一則簡訊（brief）提及之後，才「觸發」各報把已收集到資料紛紛出籠熱潮。

又再如 1979 年時，美國與伊朗柯梅尼回教革命政府交惡，德黑蘭 （Tehran）美國大使館被激烈分子侵占，拘禁館內外交人員。其時，適有六使館人員因不在館內，而得以逃過一劫。為安全計，便逃到加拿大駐伊朗大使館躲藏。加拿大大使館，便將他們裝扮成本國外交人員，趁亂一起撤出德黑蘭市。行動之前，美、加記者雖已風聞此事，但基於他人生命安全，決定不作片言隻字提及，美、加使館人員終能平安返抵國門。

倘在昇平之世，如果記者成熟，凡事能深思熟慮，不作有聞必錄、不急於搶獨家，問題也就不大。例如，1982 年夏，美國國務院把若干檔案櫃，交予維吉尼亞州勞頓市監獄修補，卻把一些機密文件留在裡面。大約十月中旬，該監獄一名囚犯，卻將這些機密文件，悉數交給曾報導過該監牢，為囚犯所信賴的華盛頓第五頻道 WTTG 電視台新聞播報員亞當斯（James Adams）。不過，亞當斯在取得那些文件之後，卻不動聲色地，完封不動把所有文件交回給國務院，連影印都沒有。亞當斯認為，公布文件內容，對社會大眾不會有任何好處，他不願意危害國家安全[12]。亞當斯做法，引起不同意見，——幾乎所有獲知此事的新聞界，都莫不扼腕，說他「把黃金拱手讓人」；而新聞教育界，則比較傾向於同意他的做法，或者認為如有不公布理由，當然可以另當別論[13]。然而無論如何，亞當斯本人及國防單位，並沒有因此一事件，而陷入尷尬困境。

但如果在戰時，政府與民間在構戰意見上，又陰晴未定之時，國家機密與新聞自由的「虛線」，就會斷續、彎曲不定，衝突由是而生。當年美國「五角大廈文件」（Pentagon Paper），經媒體刊出後又稱為《越

戰報告書》的媒體刊登「國防機密」資料事件，即是一個最典型不過例子。

　　1967 年，美國在越南（South Vietnam）戰爭，已是泥足深陷。六月間，國防部長麥納（南）瑪拉對中南半島戰爭大感失望，五角大廈同僚亦沮喪之極，因而回頭一想，為何會有這場戰爭的？麥納瑪拉於是指派該部三、四十位文、武官員❹，成立撰述小組，作一分政府自我分析研究報告，探討美國如何及為何深深介入越戰。

　　1968 年農曆新春，一方面北越攻勢達到空前旺盛，另一方面越南和談又有眉目在巴黎展開。3 月 31 日，詹森總統減少對北越轟炸，限於二十度以南，並宣布他的退休計畫，麥納瑪拉因為反對詹森戰略，而黯然將國防部長職務，移交給柯立福（Clark R. Clifford），撰述小組仍然埋首於政府檔案中，嘗試自二次大戰中，羅斯福總統聲明裡，找尋美國對東南亞政策，美國逐步介入越戰歷史，以及該年 5 月間即將在巴黎和談時，所應採行的政策。

　　這項撰述工作，共化了一年半時間，至 86 年秋完成正文長達三千餘頁，並附有諸如電報、備忘錄、建議草案、不同意見及其他原始文件四千頁，共計二百五十萬言，分為四十七冊，從二次大戰一直敍述至 1968 年 5 月美國與北越在巴黎和談為止。其時，麥納瑪拉已轉職為世界銀行董事長。由於事涉國防機密，據說這分報告僅複製六至十五分，其中一分交給麥氏，其餘拷貝則分送詹森總統、國務院、尼克森總統的屬僚及國防部存檔。

　　這分報告主要是集中諸如制度分析部門，五角大廈「國際安全事務室」（ISA），以及參謀及國務院與白宮之間協調人之類中級官員對越戰所持意見，配合來自白宮、國務院、中情局及聯合參謀首長（Joint Chiefs of Staff）文件之類高層檔案的材料，但研究員卻未能接觸總統的全部檔案，以及他們談話與決定的全部備忘錄，當時詹森所推行的秘

密外交也付諸厥如。不過，關於美國在越南承擔其承諾，本身在參戰之後的矛盾與衝突，以及政府工作與主政者的推理，都有豐富而尖銳的描寫及分析。報告內容，不僅檢討了美國政府的政策與動機，亦同時檢討了情報效率，官場妥協的內幕與後果，令越南人採用美國戰術的困難；也指出美國政府如何利用新聞界，以及與故事有關的其他細節。例如：

——從杜魯門政府（Harry S. Truman, 1945－1953）以後的歷屆政府，都一致覺得採取行動，以阻止共黨控制南越，有其必要。艾森豪（Dwight D. Eisenhower, 1890－1969）於 1964 年所提出的「骨牌理論」（Domino Theory），為此政策的理論基礎，在近二十年時間裏，反覆重彈。此理論為，如果越南倒下，其他東南亞國家皆不可避免相繼赤化。

——從 1950 年直至 1967 年中期，美國政府內部關於越南問題的辯論，幾乎全在如何達成保有越南的目標上打轉，而不在政策的基本方向。

——五十年代中期，聯合參謀首長曾是一股制約力量。他們發出過警告，在 1955 年的日內瓦國際裁軍計畫協議限制下，美國不可能保證成功保衛越南。在當時國務卿杜勒斯的堅持下，美國原只同意派遣美國顧問團前往南越。

——六十年代，美國政府深信美國的力量，甚至自大到認為，即使威脅著動員這種力量，都可以將戰爭置於控制之下。不過，詹森政府的高級官員，一直擔心中共可能干預越戰，而認為需要自我抑制，以免挑逗中共或蘇聯參戰。

——六十年代中，甘迺迪與詹森兩總統，都曾一意孤行地只選擇部分軍事行動，等於否定了要全盤參戰，方屬有效的軍事建議。華盛頓與西貢（Saigon）政府始終存在齟齬。報告書認為美國太信任當時吳廷琰政權（Ngo Dinh Diem），並且怕發生不穩定情勢，所以無法說服越南

人採行政治與經濟改革——此是爭取越南民心所必要者❶❺。

　　——1967 年中期，一些高級決策人士，開始懷疑美國努力的效果，以及此戰爭對美國社會的可能影響，因而開始尋求限制地面與空中的軍事戰略。（最後，終而導致美國慘敗。）

　　—— 1971 年，時值尼克森政府當政（Richard M. Nixon, 1969-1974），《紐約時報》獲得了這分報告撰寫人之一的丹尼爾‧艾森柏格所提供的部分文字及文件，並且自同年 6 月 13 日起，開始在報上連載❶❻。三天以後，聯邦司法部向紐約聯邦地方法院，以繼續刊登這分文件將會使得美國國防及國家安全，受到立即與不可彌補傷害為由，申請禁制令，要求永遠禁止《紐約時報》刊載。《紐約時報》以報告書全是歷史資料，不會影響國家安全，以及新聞自由（Freedom of Press）來抗辯，官司一直打到最高法庭。同年 6 月 30 日，經由九位大法官裁定，以六比三的比數，贊同《時報》理由，並支持《時報》繼續刊登所取得資料，認為憲法第一修正案所保障的新聞自由，應該超越任何其他要求限制新聞界報導的法律考量。這一結果，不啻樹立了美國對新聞自由與國家安全的界限，並釐清：⑴事前新聞檢查限制，⑵記者保護消息來源；以及⑶公眾知之權利諸如此類的瓜葛。

　　在這一判例中，聯邦大法官從各個層面闡釋新聞自由立場的判詞，實屬發人深省，擲地有聲。例如：

　　——聯邦紐約地院法官（Federal District Judge in New York City）戈費（Marray I Gurfein）認為，美國政府並沒有提出有力理由，證明刊登該些文件，會嚴重地影響到國家安全。而「一分難纏、擇善固報、無孔不入的報紙，必然會為了保障新聞自由、人民知之權利等更可貴的價值，而吃盡政府的苦頭。」

　　——大法官布萊克（Hugo L. Black）：美國之有憲法第一修正案，足以顯示美國當年立國者，給予新聞界保護，使新聞界在美國民主制度

中的角色積極而活躍，而從該條文的發展歷史，以及修訂案中的文字來看，都支持著「新聞界必須自由發布新聞，不論其新聞來源為何，均得不接受檢查、禁令或事前限制等的束縛」這一觀點，新聞界服務對象是被統治者，而非統治者。新聞自由受到充分保障後，新聞界才能完成其在美國民主制度下的重要任務。亦即政府檢查新聞的權力喪失之後，新聞界才能保持批評政府的自由，才能有效地揭發政府的黑暗面，防止政府欺瞞人民，為人民提供充分資訊。

如果認為總統的行政權，包括可以經由法庭程序，來阻止新聞刊登的權力，將是推翻了第一修正案的保障，並且破壞了人民的基本自由與安全。

《紐約時報》、《華盛頓郵報》等報的勇於報導，可說是在履行監督政府的責任。透過他們的報導，可使美國民眾明白美國捲入越戰始末。這些新聞媒介的行徑，正是美國立國者所期盼，並且相信新聞界會履行的任務。

——道格拉斯(William O. Duglas)：憲法第一修正案對新聞自由保障的最主要目的，是在防止政府抑制可以使政府難堪的消息。政府保密措施，基本上是反民主體制的——因為，這表示政府官員的錯誤，得以繼續錯下去；只有公開討論、辯論公共事務，才會有益於國家體質。

美國雖然有「間諜法」(Espionage Act)❼，規定任何人故意不忠於國(willfully cause on attempt to cause ... disloyalty ...)，而非法擁有或取得有關國防、而且一旦為敵國取得時，將危害美國利益的資料，並故意將此項資料傳遞給不應接受的人時，可以處以一萬元以下罰金，或二十年以下有期徒刑，或兩者併科。但 1950 年時，國會曾特別通過修正案，說明政府不得引用此法來執行新聞檢查，或者以任何方法，來限制憲法所保障的新聞與言論自由，亦即上述所指的「傳遞阻卻」，並不包括新聞界的報導在內。

　　報紙揭露政府介入越戰的資料及內幕，可能產生嚴重影響，但此仍不足以構成對新聞界報導，作事前限制的藉口。

　　——史都華（Patten Stewart）：美國行政部門在國防與外交方面所享有的權力，已遠非立法及司法部門所能制衡的。監督責任，便落在新聞界身上——藉著新聞界公開而自由地傳布資訊，等於在無形中有效地限制了政府行政部門權力的浮濫。所以新聞界應成為社會的警報器，時刻掌握最新資訊，毫無拘束地發揮憲法第一修正案精神。因此，如果沒有消息靈通，而且自由運作的新聞界，人民就不會有知識。

　　國會有權制定刑法，以保護政府財產，使政府秘密不外洩。就《紐約時報》這宗案件來說，法院責任，重點在對憲法所賦予行政部門的一項功能，加以討論，而不在解釋特別法規或討論特別法的適用性。美國政府要求法院基於國家利益，禁止時報及郵報兩報，刊載某些文件內容，並不全然錯誤，因為其中確有部分文件，依他判斷是不宜公開的。但這並不表示，如果公開全部資料，必然會對美國或美國人民，產生立刻、直接、而且無法彌補的損失與傷害。

　　——懷特大法官（Byron R. White）：國會並未制訂法律，反對新聞界報導國家安全、國防機密等消息，僅要求以刑法懲罰不負責任的新聞媒體。《時報》與《郵報》行為，不應預定其罪，而應經由司法程序與標準，來決定其是否有罪。

　　——柏格（Warren E. Burgen）：新聞自由不是能限制的。從前何姆斯大法官（Oliver Wendell Holmes）就曾舉過一個在擠滿觀眾的戲院裡，某人虛喊「失火」，引起大混亂例子，說明若新聞自由毫無限制時，所可能帶來的後果。法院應仔細審查報紙所發表的「五角大廈文件」，是否確會危及國家安全，再下判決，而不應一味以新聞自由為理由，未作深入了解即草草結案。

　　——哈蘭法官（John Marshall Harlan）：⑴憲法第一修正案是否允

許聯邦法庭，禁止可能嚴重危害國家安全的報導？(2)這些未經國防部同意，即予公開資料，是否眞會嚴重到損害國家安全？(3)如果因爲公開這些高度機密文件而受到警告，這是否意味著──因爲要強調國家安全，所以對新聞界制裁，是理所當然的。(4)這些報紙，是否有權利使用未經政府同意公布的報告？(5)最高法院在裁定此案之前，應先給司法部門（原告）一個機會，徵詢國務卿與國防部長對這些文件安全性的看法。

──布拉克（Tom Clark）：不論紐約或華盛頓的受理法院，皆未對資料本身詳加研判，而只在有關的法律條文上大做文章。憲法第一修正案在美國憲法中地位，豈可絕對超過其他條文。法庭在作決定時，重點在平衡點的衡量，即如何在已有的標準上，適度規範出新聞界的出版權，以及政府的管制權──雖然這些標準，還未有明確界線。

《時報》與《郵報》雖然得以繼續刊登「五角大廈文件」，但此舉極可能影響在越南戰場上美軍性命，以及正在進行的停戰談判。如果這些後果果眞不幸發生，美國人民一定能體認，誰該爲此事負責。

綜觀上述美國諸法官意見，雖然乃有人在絕高超理想之下，覺得新聞自由比國家安全重要，但大多數法界人士認爲，基於國家安全理由，可以考慮「縮小」新聞自由。新聞界其實也同意這種觀點，例如，二次世界大戰期間，美國新聞界爲免危及軍事行動，而自動接受新聞檢查。時報在最高法院判決公布後，也在社論中指出，該報並未要求最高法庭認定憲法第一修正案，賦給新聞界在任何情況下，刊登任何文字的權利。如果「五角大廈文件」中，有部隊移動，船艦航行，以及即將執行的軍事計畫等資料，該報將不會刊登這些內容。

在階段性日新又新「今非昔比」的情勢下，新聞界若能「相忍爲國」，自我收歛，不對敵方作「利益輸送」，自律而負責，維護國家安全，保守國防機密，非但不會誤蹈法網，還會贏得普世尊重❸。而政府單位在扣發新聞時，更應「扣發有理」，不以「言論禁令」(gag law/

rule）作護身符，才不致與新聞界爭喋不休。例如，美國胡佛總統任內（Herbert C. Hoover, 1929-1933），曾與中情局聯手從事一項名為「哥羅馬計畫」（Gloman Project），旨在打撈一艘蘇聯葛式潛艇，但對外則宣稱只是一項「深海探測計畫」。為了保護涉及該項計畫的其他機構身分，科技，海外生意及員工安全，決定扣發這項計畫所有文件。又為了使這項行動合理化，美國政府於是呈遞了一分扣發那些文件理由的詳細口供，指出若該等資料一旦公開，則會對國家安全造成不利後果。因而令得地方法院同意，這分口供理由，足以確定政府可以扣發該項消息；而華府上訴巡迴法院，則將之做為外界施壓，想獲知這項計畫文件的擋箭牌——以其合於：(1)「可辨識的損害」（identifiable damage）條件，資料公開後，會影響國家安全；(2)法規設定扣發條件，明定該等事件可不必公開；(3)此等文件為機構內之備忘錄及書信，為欲取得之爭訟單位，無法經由法律途徑而獲得者的專屬政府「審議程序」豁免；以及(4)這些檔案的公布，會使個人隱私權明顯不當地被侵犯等適當分類保密資料（Classified）而給予豁免權（exemption）得以拒絕公開文件內容。

越戰結束後，越戰報告書的階段性歷史意義，容或日漸式微，但就新聞自由與國家機密這一論題內涵而言，將永遠為新聞界所應記取的「歷史宏觀」。

附錄一　八十年代英、美新聞自由與國防保密的爭議

八十年代，在洋電影諸如「第一滴血」（the first drop of blood）、「藍波」（Rambo）之類，追憶越戰慘敗，而企圖從心靈意識的想像中，痛殲敵人之際，世界上又發生若干起戰事。攻防雙方所用武器，雖歸類為「傳統」，但實際的威力，卻只稍遜於核子裝備，從伊朗與伊拉克的殺戮戰場中，就可看到怵目驚心的場面。而參戰諸國為求必勝，各

項保防措施都極端嚴厲，終於引發出新聞自由與國防保密理念與做法上的衝突。

例如，1982 年，英國與阿根廷為爭奪福克蘭島之主權，不惜出兵八千哩外，直攻福島以驅逐阿軍。為求致勝，英國政府乃採用溫和與嚴厲的雙重新聞政策，頗收一時之效。

溫和的一面是，不強行扣發或管制新聞，用有利消息來沖淡不利消息，通常不直接遮掩某些報告——非除有被揭穿之虞。然而在嚴厲的一面，卻無異技巧地實行新聞封鎖(News Blockade)措施。例如：

——嚴格限制記者採訪這場戰爭機會，只有英國記者才能隨同英軍採訪，其他地區記者一律「婉拒」；而只提供國防部公報並聲言將不問國籍，擊沉出現在戰區內的任何採訪船隻。

——隨軍採訪的英國記者，都經過「篩選」，凡有嫌疑可能對戰爭作不利報導的記者，一律被拒於門外。即使獲准隨軍採訪的記者，一律要簽署同意書，表示「願意接受」國防部派遣隨行的公共關係軍官，事先檢查他們所撰寫的報導，方得使用軍方通訊設備，發布新聞。

——在提供戰況時，活用「事實——卻非全部事實」的把戲，故意交代不清，玩文字花招——還令得某些保守業界覺得，透露得太多了。

當然，英國政府也忘不了訴諸感情的手段。例如，國防部新聞官總強調「我們的戰爭」，希望記者注意「在國家危難時期，對民意的導向與安定的影響」，亦即提醒他們身為英國一分子的責任，在國家意識中，令他們變成為英軍的心戰人員，而不在國內作「新聞決戰」。

英國政府對新聞界作風，就新聞自由概念而言，顯然相當值得爭議，但卻能凝聚上下一心力量，終於決勝千哩之外；不若美國記者在越戰中表現，到後來攪到美國上下對越戰是否應該參與，是否值得參與，都懷疑起來，結果出現從千哩之外鍛羽而歸的慘況。

不過，1983 年十月二十五日，雷根政府進侵格瑞納達時，卻已從

英國老家身上，學得了這種「智慧」：戰爭初起時，不告知記者，直至打得差不多時，方任由美國記者自己設法趕抵現場採訪。美國新聞界當然也大肆咆哮，但另一種拍手叫好的聲音，義務擔任雷根政府的砝碼（steelyard weight），聲音也就平息下去。顯示新聞界所冀求的新聞自由，已受到其保密能力所沖淡，普遍受到公衆質疑。此中事例也實在非常之多。

例如，美國太空總署於 1984 年底，決定於翌（85）年元月 23 日，進行太空梭升空計畫，屆時將向太空中發射一枚偵察衛星，以監測蘇聯軍事設備。該年年底的 12 月 17 日，該署依太空梭升空一個月前即發布新聞往例，向記者簡報，並強調這次太空梭升空，是負有軍事任務，因此強調保密重要。

出席當日的記者，都能遵守協議，未報導該次太空梭任務。但獨獨《華盛頓郵報》，卻於記者會第二天，報導了這個消息。美聯社記者隨即跟進，同月 19 日，國家廣播公司（NBC），也在電視新聞節目中提及其事，令國防部原希望保密的計畫，反而更引起廣泛注意。此事曾引起美國國防部憤慨，認爲《郵報》做法是「令敵人受益」的「不負責」行爲。

《郵報》則解釋說，該報並未派記者參加該次記者會，故原則上可以不受該項「不發表」承諾所約束；而在內容方面，國防部其實已向國會報告過，列爲公開紀錄（public record），焉有機密可言。《郵報》同意新聞界有義務保障國家安全和保守國防機密，但其中所謂安全或機密界線，亦即那些資料能夠報導，那些應該保留，宜由報刊自己決定，而不是完全聽由國防部決定。而今次對太空梭任務報導，是在新聞報導合理範圍之內，不致危害國家安全。

美聯社的理由，則是跑太空總署記者，早就知道今次事件，並且已寫好新聞稿，準備於十二月三日見報。後來因爲想多加點背景資料，向國防部查詢，因而驚動了該部。在他們要求之下，爲了尊重國防部對國

家安全的看法，方將新聞扣壓不發。既然《郵報》已透露了內容，該社就沒有保密必要。

NBC 亦謂早已撰好報導稿，同樣是應國防部所請，而將新聞扣發，至事件掀開來後，才再跟進報導，但已保留部分內容。

最令國防部痛頭的是，如果美聯社及 NBC 所說屬實，他們是如何獲得那些應該保密資料的？⓳

附錄二　台灣地區妨害軍機罪兩例

就台灣地區而言，亦有所謂之「妨害軍機」事件，其中兩起較有典範性，也曾造成若干漣漪。

第一宗發生於民國 73 年 10 月間。其時，警備總司命陳守山上將，曾主持過一項「現階段加強文化審檢措施及現存問題座談會」，參加人士包括治情單位及黨政文宣機構首長多人。不料新聞局國內處一位科員，竟將此一座談會之內容記要原始資料，洩露給在黨外雜誌擔任編輯的大學時同校同學。而此後，座談會上發言的原始資料，曾被若干黨外雜誌全文刊登，一位女立法委員且曾在立法院大會期施政總質詢時，以這項資料向行政院提出質詢。

事為治安當局見疑，法務部調查局逐展開調查，並予翌（74）年 7 月 3 日，將那位科員、「黨外編輯作家聯誼會」前會長，及一位前黨外雜誌編輯等三人，以涉嫌將持有軍事機關之機密文件資料外洩，涉嫌妨害軍機治罪條例罪，移送警備總部，由軍法處軍事檢察官偵辦。⓴

另一宗則是發生於民國 79 年秋冬時分。其時，一位編輯（記者），以「史元光」為筆名，在台北《財勢月刊》雜誌 10 月及 11 月兩期上，以「金門兵力知多少」、「高級裝備檢查概況」等文稿報導金門前線兵力配備部署，以及高裝檢時所發現的武器缺失。因為登載了從未公

開過的部隊番號,金門防衛司令部認為有洩露軍機之嫌,乃依妨害軍機治罪條例,把那位記者及《財勢月刊》發行人移送法辦,由台北地檢署將兩人於翌(80)年3月25日提起公訴㉑。不過,由於事發後,即登報向金防部道歉,並自動停刊,故請求法院從輕量刑。

到底妨害軍機是如何認定的?

根據妨害軍機條例第一條之規定:「本條例稱軍機者,指軍事上應保守秘密之消息、文書、圖畫或物品。前項消息、文書、圖畫或物品之種類範圍,由國防部以命令定之。」故知所謂「軍機」的解釋「須與軍事有關」,否則,不在本條件範圍之內。而條例中所指「軍事上應保守秘密之消息、文書、圖畫或物品」,當是指軍事作戰、訓練、動員等應予保守之秘密。

國防部曾於民國61年5月31日以「六一典試字第一九四七號令」,頒布了「軍機種類範圍準則」,規定的內容有十五條,計分十一大類作為依據,包括:(1)關於國防動員作戰事項;(2)關於軍備事項;(3)關於軍事設施事項;(4)關於情報、反情報事項;(5)關於通訊、電子事項;(6)關於交通運輸事項;(7)關於國防科學及軍用器材事項;(8)關於兵要地誌軍用地圖、空中照相事項;(9)關於教育訓練演習事項;(10)關於人事事項;(11)關於其他圖書物品事項。

所以,是否構成妨害軍機治罪條例,在要件上須符合上述國防部所頒布的「軍機種類範圍準則」之規定;另外,因其法律精神屬「軍事性」,較刑法第一百三十二條之「洩漏國防以外之秘密罪」範圍較窄,故當運用「妨害軍機治罪條例」時,在解釋上必須從嚴,才不致因「種類範圍」規定之抽象,而違背刑罰精神。

若因職務關係而知悉或持有軍機,而洩漏、交付或公示他人者,如依妨害軍機治罪條例第二條第一項規定判決㉒,是死刑或無期徒刑之刑;若依該條例第三條規定判決㉓,是死刑、無期徒刑,或十年以上有

期徒刑。

所以，是否「妨害軍機」，得視違法洩漏內容，是否嚴重到與「軍機」有關，論處時之適法性，則端視司法單位對所涉及之內容解釋而定。

值得注意的是，妨害軍機治罪條例同時規定：(1)未受允准或以詐術取得允准，而入要塞、堡壘、軍港、軍營、軍用舟車、航空器、軍用航空港場、軍械廠庫、或其他國防上禁止或限制之空中、地面、水上之指定區域處所、或建築物或留滯其內者（第七條）；(2)未受允准或以詐術取得允准，於前（第七）條第一項指定區域處所或建築物，而有(A)為測量、攝影、描繪或記述其內容者，(B)為氣象之觀測者此兩項行為之一者（第八條），皆屬有期徒刑，好用「匿名採訪」者不可不慎！

註　釋

❶　原文為：＂false, scandalous, and malicious＂ statement ＂against the Govern-
　　ment of the United States, on either house of the Congress of the United
　　States, with intent to defame … orto bring them … into contempt on
　　disrepute＂ should beimprisoned not over two years and pay a fine not
　　exceeding$2,000. 見：

Mott, F. Luthen

1950 American Journalism :A History of Newspapers in The United States
　　　Through 260 Years: 1690 to 1950. Revised Ed. N. Y.: The MacMillan
　　　Co. P147−52.

事實上，1647 年（清順治二年）約翰・馬區(John March)，已撰寫了世界第
一部論著：「誹謗的訴訟」(Actions for Slander)，但因逢文藝復興時期
(renaissance)，言論自由受到牽制，故而珠沈海底。至 1792 年（清乾隆五十
七年），英國國會通過「霍斯誹謗法」(Fox′s Libel Law)，由陪審團來判定
誹謗的要件，確立經由司法審判程序，判決誹謗案的成立與否。[邁入十九世
紀，更確立了「口頭誹謗」(slander)，與「文字誹謗」(libel)這兩種誹謗類
型；同時又漸漸確立「報導屬實」的抗告原則。另外，按照美國學者說法，如
果只是令人受窘(embarrass)，但沒有引致不良觀感者，則很難認定為誹謗名
譽。]

❷　該判例尚達成三項決議及解釋：

(1)公職人員言行，關係大眾利益，新聞界自當有權對他們作更密切的注意及報
　　導。公職人員自願選擇這一行業，就得忍受新聞界及大眾注意。

(2)對於與公眾有關事務的辯論，應該不受限制；縱然這種公開的熱熾辯論，可
　　能導致對政府及公職人員產生激烈、尖刻，甚至令人不悅的攻擊，但亦不應
　　構成誹謗罪。

(3)「確實懷有惡意」的解釋是：(a)明知其報導為不實；(b)故意不理會（查證）
　　其報導上，是否確實的疑點。

1967 年時，美國法官在案例中，已將「公職人員」意涵與範圍，擴大到知名
的公眾人物身上。但將非公眾人物，只要新聞界對其有不實報導，誹謗名譽，
即屬誹謗，故不論其是否「確實懷有惡意」。[《紐約時報》也有疏忽之處，例
如：(a)沒有刊登更正啟事（但不能證明懷有惡意）；(b)未能及時察覺廣告詞欠

妥（但不構成憲法上所謂之疏忽）。〕

附釋：直至 1964 年，在金恩博士奮鬥之下，美國總統詹森(Lyndon B. John-
son, 1908–1973)，方於七月二日簽署了「權利清單」(Bill of Rights)，黑人
才有全面投票權，世人每每頌讚美國自由民主，此段史實，值得回溯。

❸ 1979 年時，「蘇利文案」判例，首次有所修正。一位美國陸軍上校赫伯特
(Amthory Herbert)，認為哥倫比亞廣播公司(CBS)「六十分鐘」(60 minu-
tes)制作人藍道(Barry Lando)，在有關他的報導時，曾作「惡意」誹謗，因
此具狀入稟法院，要求審查該輯節目編制過程，包括所採集得的資料，採訪紀
錄及已拍攝而未採用的底片。結果，最高法院准其所請，並解釋憲法第一修正
案裡，對新聞自由的保障內涵，不包括對這些資料的保護。

美國新聞界當然嘩然，認為已侵犯到記者新聞判斷，亦即思考之權。不
過，當時大法官布瑞南(Justice Willaim J. Brennan Jr.)認為，對記者心態探
討（如如何編撰），確實會令尊嚴受到侵害，但記者與編輯在新聞處理上，只
受法律「有限度保護」。——此一概念內涵，無疑給對美國新聞界一向所標榜
的平衡、公平與客觀等守則，懸起了大纛；因為，如果不謹愼處理資料，故意
一味採用不利於當事人資料，而捨棄其有利資料，則很可能惹上誹謗官司。

❹ 羅森布是美國一位普通雜誌經銷商，卻在一次廣播新聞中，被指為是一名「齷
齪的經銷商」(a dirty dealer)。羅森布遂提起訴訟。最高法院判他得勝，並獲
得二十七萬五千美元賠償。此是一件普通商人，涉及公眾興趣(public inte-
rest)事件，最高法院判決，等於已經把憲法第一修正案的意涵和保護範圍，延
伸及公眾所關心的話題和傳播內容上。

❺ 記者認為，為了維護公眾利益，對關係到公眾利益的政府公職人員(Public
officials)行為，應有權批評；官員則經常覺得記者歪曲事實，亂作批評，令他
名譽甚至宦途受損，因而纏上記者，雙方爭議由是而起。至於公眾人物(Pul-
bic Figures)也象官員一樣，在眾人之前活動，透過大眾媒介傳播，比一般人
有更多出風頭機會；當然，也預期面臨較多報導不實或扭曲的困窘。

❻ 美國損害賠償可分三類：(1)特別損害賠償(special damage)：刊播出來的內
容，不論誹謗與否，只要是不實且令受謗人有金錢上損失，可要求此種賠償；
(2)損害賠償：刊播出來內容有誹謗，令受謗人受到傷害，且無抗辯依據，可要
求此種賠償，但金額通常不大；(3)懲罰損害賠償：刊播出來內容有誹謗，且能
證明出自惡意(ill will)，可要求此種警戒性賠償。

❼ 在此案判決中，尚有四點法律觀點陳述：(1)如果僅因虛偽事實損害名譽，尚不
足以構成誹謗，還必須證明其為有所疏忽；(2)各州對發行人所認定應注意標

準，可以有所差別；(3)對普通人為受害者的損害賠償的額度，應以呈堂的實際
損害為限度，這包括了個人受辱及精神損失在內。陪審團需按全部證據，評估
受害人受害程度。(4)美國憲法第一修正案內容，未涉及「不正確的概念」這一
涵意，因而在處理此類爭議時，應將事實與意見作適度區分。

❽ 在美國，法官在審判誹謗案時，有關內容之是否屬實，似乎並非最重要考慮。
有時，法官甚至假定該文全屬虛構，然後考量其用字遣詞，來判定是否有誹謗
之嫌。

❾ 「真實」，是指誹謗內容為真，例如，引用正確無誤的文獻。但真實，不一定
「正確」，例如，在一項訪問中，某甲對某乙有攻擊性言詞，例如流氓之類，
記者有聞必錄，照寫不誤，結果惹上誹謗官非。在此一「二手傳播」中，以引
文無誤作為抗辯，理由就很弱，因為他必須要進一步有證據支持某乙確是一名
流氓。所以，「真實」縱然是極有效之抗辯，但因舉證困難，故在誹謗案中，
不易派上用場。

❿ 見李瞻、蘇蘅編著（民 73）：誹謗與隱私權。台北：台北市新聞記者公會。
頁 50-2。

⓫ 如果被告確無惡意時，則其履行之抗辯行為稱為「合格抗辯」（qualified
defense）；但不論引起誹謗的惡意是甚麼，縱然文過飾非，被告也當然不會放
棄抗辯機會，這種做法稱為「絕對抗辯」（absolute defense）。因為實際舉證
有惡意責任，落在原告人身上，故此項規定，對被告相當有利。至於涉及公眾
人物以外的其他誹謗官司中，所謂惡意，亦分三類：(1)私人惡意(personal ill
will)；(2)文稿內容極端虛假，惡言惡語，充滿敵意，以及(3)輕率疏忽，毫不顧
及原告權利。不過，所謂惡意內涵，已在不斷演變當中，而給新聞人員及評論
者有更多空間。例如，只是「……不是單純達到傷害他人的目的」，即不屬惡
意的解釋，即是一例。

⓬ 民國 79 年夏，我國外交部亦曾把一些歷年友邦到任國書(credential)，當「廢
紙」賣給撿破舊的。其後幾經波折，才將該批「廢紙」購回。

⓭ 雖然亞當斯並非以犯罪方法取得文件，但當時法界人士認為，公布文件內容會
使他被起訴。但此種講法，也有人駁斥。因為機靈的記者，可以從公開文件
中，拼湊出某些相當機密的國防資料，美國政府是莫可奈何的。例如，《進步
雜誌》(The Progressive Magazine)，曾根據完全公開的文件或文章，欲寫成一
篇如何製造氫彈(bydrogen bomb)的報導，令有關部門大吃一驚。聯邦地方法
院遂頒發禁令，暫時禁止該雜誌刊出該文，美國政府則根據「原子能法案」
（Atomic Energy Act），請求禁止這方面消息的傳播、發布和揭露。不過，大

法官華倫(Earl Warren)更認為，這是「言論自由」和人們「生存自由」的之爭，如果人類連生存自由都沒有了，又如何談得出版及言論之類自由？此一爭議因為美國政府沒有再進一步行動而不了了之。當然，有些資料，可能經由情治人員，冒險犯難幾經艱辛而取得，一旦隨意公布，讓敵人只是化幾塊錢，買分刊物就可以看得到，是十分不公平的。所以，如果退職政府人員（如情治人員）要發書立說，一旦有牽涉及業務機密之嫌時，美國政府可以法律途徑，要求審視該書內容，並請法庭下達禁制令，將書中乃屬機密部分刪除。

⑭ 這些人員當中，許多人曾經參與定出與執行在該項分析研究中，被要求檢討的越南政策；更有些人，曾激烈反對過變更政策路線；故研究分析的陣容十分堅實。但已可看出美國厭戰憎越之心。

⑮ 越南，舊稱安南(Annam)，島上有「安南山脈」(Annam Mts.)延伸。秦漢之後，向為中國藩屬，唐時置安南都護府，以後名為安南。西元 939 年（後晉高祖石敬塘四年），建立安南王國，乃受中國保護。1858 年（清咸豐八年），法人入侵。光緒十年（1882 年），中法越南戰爭爆發，清廷戰敗，安南遂於 1883 年成為法國保護國。1941 年越南北部出現「越盟」(Vietminh/Viet Minh)共產組織。1945 年宣布獨立。二次大戰後，1951 年越盟撤消。1954 年奠邊府之役打敗法國，但內戰不斷。其後，日內瓦會議決議，以北緯十七度為線，分成南北兩政權，並協議於兩年後舉行越南選舉。同年九月二日，越南社會主義共和國（北越）成立(Socialist Republic of Vietnam)，以河內(Hanoi)為都。同年吳廷琰從流亡中回到越南，得美國協助取得政權，而於 1955 年成立越南共和國（南越），以西貢為都，吳廷琰自任總統，南、北越日益交惡，選舉協議落空。南越稱北越解放陣線(National Liberation Front of Vietnan)為越南共產(Viet Nam Cong San)，簡稱越共(VietCong/Vietcong)。1963 年十一月一日越南發生政變，吳廷琰兄弟被殺，美國轉而支持阮文紹，並積極介入越戰，兵額最高時，多達五十八萬人之眾，年耗戰費三百多億美元。自從南越數度發生政變，1973 年美國與北越在巴黎簽署停火協定，退出越戰。1974 年 4 月 30 日，西貢終為北越軍所占，1975 年越南全面淪陷。1976 年南、北越合併，成為「越南社會主義共和國」，乃以河內為都。在此役中，美國傷亡總數超過五萬四千多人。越南民眾買棹外逃，造成世界各地之越南難民之「船民」潮(Boatpeople)。其後北越與中共一度因邊界而交戰，諒山一役中共還吃了不少虧。

⑯ 其後，此案在二審時，法庭暫時禁制《時報》刊登這分報告內容，但《華盛頓郵報》趁虛而入，利用這起官司在紐約與華府判決不一致的空隙，撿了個便宜，

毫無顧忌地刊載該分報告，美國政府雖然曾向華府地院請求，要對《郵報》發出禁令，但爲華府地院所否決，上訴法院亦站在新聞界一邊，《郵報》遂得繼續刊載該分報告，《時報》卻不得不暫時中止刊登。另外，除《洛杉磯時報》(Los Angeles Times)亦曾將全文刊登，而波士頓《環球報》(The Globe)與《聖路易郵遞報》(St. Louis Post-Dispatch)兩報，皆曾刊登文件的一部分，但並沒有挨告。本案亦可視爲媒體受「事後追懲」(Subsequent Publishment)之影響，不亞於「事前限制」陰影。

附釋：(1)《洛杉機時報》：1881 年（清光緒九年），由陳德勒(Norman Chand-len)所創。

(2)《聖路易郵遞報》：1878 年（清光緒四年）普立茲在聖路易買下於1864 年（清同治三年）創刊的《聖路易快訊》(St. Louis Dispatch)；稍後，又併購當地《聯合報》(Union)，及於 1875 年（光緒元年），由狄朗(John A. Dillon)所創辦的《郵報》(Post)，而合併成《聖路易郵遞報》，由郭卡堯(John A. Cockerill)擔任主編。郭氏辦報經驗豐富，不久即使《郵遞報》成爲當地晚報領袖。但他在 1882 年，因爲發生爭執，而在編輯室裡，用槍擊斃一位著名律師，令報譽大損，普立茲亦憤而離開聖路易，而於 1835 年（清道光十五年）5 月間，向紐約求發展，竟開拓了他的偉大事業。

1903 年（光緒二十九年），該報發行額攀至十萬分大關，成爲聖路易銷數最大報紙；1912 年，該報由小普立茲(Joseph Pueitzer, Jr.)擔任發行人及主筆。1938 年 12 月 7 日，該報利用電台設備，率先發行九頁小型傳真消息(facsimile edition)。

⓱ 1798 年（清嘉慶三年），爲了針對在美國從事「顛覆」活動的外國人，美國國會一口氣通過了：「外人及叛亂法案」(the Alienand Sedition Acts)，「外人歸化法案」(Nationalization Act)，「外人法案」(the Act Concerning Aliens)，「敵方法案」(the ActRespecting Enemies)，以及「懲罰犯罪法案」(the Act for the Publishment of Crimes)等法案，以及後來之「叛亂法」(Sedition Act)。

美國於 1917 年 4 月 6 日，與德國正式宣戰，正式捲入第一次世界大戰。1918年夏開始在歐洲法國參戰，時值威爾遜總統掌政(Woodrow Wilson, 1913-1921)，1917 年 6 月 15 日，通過間諜法。10 月 6 日，又通過「與敵交易法案」(The Trading-with-the-Enemy Act)，授權對國外消息檢查，並要求有外文稿件之報刊在發行時，須先向當地郵政局長(postmaster)，登記一

分聲言繙譯無誤的繙譯刊(to file sworn translations)。此舉實是針對德文報刊而言，因其是美、德既已宣戰，美籍德人在報刊中，明顯地流露出不忠(disloyal)傾向。（此與二次大戰時，珍珠港受襲後，夏威夷美籍日裔所受懷疑，如出一轍。）1918 年五月十六日，又通過「叛亂法」(Sedition Act)，根本上，此是上述「間諜法」更為嚴厲之修正案，對於撰寫(writing)、刊行(publication)「任何對美國政府部門、憲法、軍隊或海軍、國旗、美軍服或海軍制服不忠、不敬、講其壞話及無的放矢者」(any disloyal, profane, scurrilous, or abusive language about the form of government of the United States, or the Constitution, military or naval forces, flag, or the Uniform of the army or navy of the United States)，或任何話語「故意」(intended)令上述諸項「受藐視，授人笑柄，受謾罵，或者不名譽者」(into contempt, scorn, contumely, or disrepute)，一律給予重罰。受「間諜法」影響的，通常為美國政府官員，而非刊登這些資料的新聞界。例如，1985 年間，美國一名海軍文職人員，即曾因為把列為機密的照片，交給一家雜誌社刊載，致被美國聯邦地方法院依違反「間諜法」起訴。

⑱ 本文參閱：

冷若水（民 74）：美國新聞與政治。台北：中華民國新聞編輯人協會。頁 157－84。

李瞻等編譯（民 74）：傳播法─判例與說明。台北：國立政治大學新聞所。頁 115-270（原著：Donald M. Gillmon）

──執編（民 74）：新聞學研究，第三十五集（十月二十日）。台北：國立政治大學新聞所。頁 27-78：「新聞自由與國家安全專輯」。

──蘇蘅編著（民 73）：誹謗與隱私權。台北：台北市新聞記者公會。

張博譯（民 60）：美國防部越戰報告書。台北：曾文出版社。

Gillmon, Donald M. & Barron, Jerome A.

1984 Mass Communication Law: Case and Comment, 4th ed. N. Y.: West Publishing Co. Rudenstine, David

1991, "Pentagon Papers, 20 Years Later: The significance is being lost," The China News, 14, July, 1991. P.9. (From the New York Times)

⑲ 格瑞納達事件之後，由於新聞界力爭，美國國防部終於允許每個新聞單位，指派一人為代表，先向該部登記，遇有緊急情況，則在所登記名單中，挑選代表隨軍採訪。1985 年 4 月下旬，美國與中美洲宏都拉斯(Republic of Honduras)舉行聯合軍事演習。國防部遂通知少數幾個新聞單位，於同月 21 日凌晨四點

以前，到達華府近郊的安德魯空軍基地集合出發，但未透露行動細節，並要求
受邀單位對外絕對保密。未料當日中午，該批記者行動已經走漏消息，以致未
被邀請單位在第二日即有該次行動報導。這次其實是國防部對新聞界保密能力
和程度的一種測試，可惜──要擔心的，還是要擔心。

⑳　見自立晚報，民 74. 7. 4.，第三版。
　　其後三人俱獲得輕判。至於那位新聞局國內處科員，因是從事公職，有公務員
　　身分，根據「公務員服務法規定」，公務員有絕對保守政府機關機密的義務；
　　故而，其後是以觸犯刑法第一百三十條「公務員洩漏或交付關於中華民國國防
　　以外應秘密之文書、圖畫、消息或物品者」之罪起訴。（此法是處三年以下有
　　期徒刑。而因過失而犯此罪者，處一年以下有期徒刑、拘役或三百元以下罰
　　金。）他後來返回原工作單位服務，降一級改敍。

㉑　見《聯合報》，民 80. 3. 26.，第七版。
　　那位張姓編輯曾聲言，他的報導內容，是取材自各報章雜誌有關報導，以及從
　　一些金門退伍的士官兵口中獲得資料，再加上他的專業知識判斷而成。但國防
　　部指出，張文披露的，都是未經公布的機密。

㉒　此條文（第二項）規定：如洩露、交付或公示外國或其派遣之人者，處死刑。
　　第三項：因業務或受軍事機關委託之人，犯前二項之罪者，處死刑、無期徒刑
　　或十年以上有期徒刑。第四項：因過失犯本條之罪者，處一年以上七月以下有
　　期徒刑。第五項：預備或陰謀犯第一項或第二項之罪者，處十年以上有期徒
　　刑。犯第三項之罪者，處七年以上有期徒刑。

㉓　本條例為：因刺探、收集而得之軍機，洩漏、交付或公示於他人者，處死刑、
　　無期徒刑或十年以上有期徒刑；如果是洩漏交付或公示於外國或其派遣之人
　　者，處死刑或無期徒刑。

第八章　新聞與自由的新聞業

第一節　諸家爭鳴

美國《哈潑雜誌》(Harper's Monthly)❶，於 1985 年初，曾由當時總編輯納普漢(Lewis H. Lapham)主持，針對「自由的新聞界之價值」一類問題，邀請當時該刊作者卡普(Walter Karp)，「紐約時報」專欄作家域克(Tom Wicker)（附錄一）、及該報前記者薛昂(Sidrey Zion)，《紐約客》作者費茲卓羅(Frances Fitzgerald)，專研美國第一憲法修正案的律師倫巴(Charles Rembar)，以及美孚石油公司公共事務副總裁（媒體顧問）施孟茲(Herbert Schmertz)等人，作一相當周延之探索，正、反之辯，通俗易明，內容又相當紮實和有代表性，針砭之中，似「不以時廢言」，試擷摘諸人主要論點陳述之❷：

△納普漢：新聞界當然不少缺失，可是民眾的懲罰好象不對題。或許部分因為民眾把新聞界的力量理想化了。人人都強調「新聞自由」，可是究竟甚麼才是「自由的新聞業」？自由新聞業是否就是唱反調的新聞業？又是否一定為負面、魯莽及反對既有體制的？

△域克：當我們提到自由新聞界時，的確有類似法庭上，那種律師向證人求證時的敵對性質態度；──因為律師除了聽取證詞外，還要從其中儘可能找出真相。而理論上，新聞界也不以照本宣科為已足，而在發掘事情背後的真相。至於新聞界是否需要採否定、或不客氣態度，也可借用此種有關律師──證人比喻。如果證人坦白誠實，他就不必用激烈手段，否則就不得不如此。

△卡普：我以爲能夠保護，甚至強化民有民治民享的，才算自由新聞業，這對那些專擅者而言，自然不利。但自由新聞業的任務，即在向民衆提供，有關獲得他們授權行事者的言行舉止。如果這些人與新聞界爲敵，那他們一定有越軌行爲。

△施孟茲：這樣的一個定義，若沒有加上任何限制，便使人無法批評新聞業。美國可能是世界上，新聞最自由的國家，卻也受到某些限制。因爲營利是新聞事業目標之一，市場因素相當重要，所以限制新聞業最有效力量，來自市場。美國新聞業界不以能免除事前檢查爲已足，希望更進一步要求不受出版後果的威脅，包括法律與政治後果；但新聞界的行爲與權力濫用，確實會有不良後果。

最明顯濫權情形，是新聞界企圖自己作決策，而不僅是報導決策，以人民喉舌自居。民衆已選舉政治領袖作決策，我反對新聞界傳播訊息的角色，而去影響決策，社論與專欄作家是例外。（當然，新聞自由的理由之一，是民衆知道得愈多，就愈能對重要問題，作理性判斷。）

美國新聞界總喜歡言過其實，把美國領袖與政府機構，說得很腐化和自私。公衆人物、政府官員，尤其是商人常被當作壞人美國新聞界爲達目的，又常不擇手段，諸如使用偸來的文件，依賴匿名消息來源，侵犯他人隱私。

△費茲卓羅：我們將新聞事業的「憲法權利」，與「對公衆的義務」兩事混爲一談了。

在美國所謂的新聞自由，是免於政府干預自由；同時，這「自由的新聞業」，也是市場上，自由競爭的許多企業之一。企業主或許（在良知上）深信自己對公衆負有責任，但新聞業本身的責任感，則與憲法上所保障的自由權利互不相干。

強調「民衆有知的權利」，是肯定政府有義務，讓人民獲得身爲民主社會公民，所應獲得的訊息。政府無法阻止新聞業自由刊登新聞，提

供訊息的責任，反而落在政府身上，（這樣說來）新聞業對民衆知的權利沒有義務。當我們談「自由」與「敵對」之爭時，就不是在談「憲法權利」，而是在討論新聞業「應該」如何。而新聞業既是企業的一種，又有憲法保障權利，新聞業絕對有權影響決策，個人觀點是另一回事。

　　△域克：記者免不了影響決策。

　　△費茲卓羅：記者不論如何報導、如何嚴守中立，都免不了影響決策──記者在取捨資料之際，必然是主觀的。所謂「立場客觀」等新聞道德準則，其實都是過往約定俗成的產物。讀者無法肯定所讀到的，是否「眞理」，是否眞正「客觀」，但至少可以肯定，記者會訪問某些人，詢問某些問題，然後以某種方式撰寫報導，其間都遵守著一定的正確及公平原則。

　　△卡普：記者固然應該以客觀一詞報導事實，但「事實」一詞似乎太崇高了。美國開國元勳只提到「消息」，麥迪遜（James Madison, 1751−1836）也只提到以「全民的政府應以普及的新聞」爲基礎❸；所以新聞事業的理念，是提供「普及新聞」。若想充分瞭解美國公衆生活，不可完全依賴報紙，但記者知道訊息後，就不該隱瞞民衆；然而吾人新聞規範，卻時常導致此種現象。吾人似乎有一不成文規定，記者不能在一般新聞報導中，推斷公衆人物言行的動機，只有在個別情況時，方可如此；記者也不可以把兩件事湊在一起引伸，至少不可以由他自己引伸。

　　△域克：應該讓記者將自己知識經驗，寫入新聞報導中，免除他疲於奔命、尋求相反意見，以求平衡之苦。但既有的新聞規範，因爲跟整個新聞界爲誰所控制，新聞機構爲誰所有，他們利益又如何等有著密切關係，故能屹立不移。新聞界固不該以民衆代言人自居，但在有些情況下，在民衆力有未逮之處，作爲民衆喉舌，發揮新聞界適當代議功能時，記者也可以擔負代言人角色。

△施孟茲：（如果事後的新聞檢查亦付闕如）難道新聞界就可貿貿然，刊登令人名譽毀於一旦的謊言嗎？

△倫巴：報導政府與公衆人物，應免於事後處罰，與新聞界是否不必負言論責任，是兩碼子事。就因爲有誹謗官司，新聞機構又在其所有人黑手控制之下，以致美國新聞界一直得不到眞正自由。憲法只說攻府不得干預新聞自由，卻沒有提到所有人直接控制，或讀者間接控制，應當如何處理。究竟應當由政府控制，還是由有錢大亨控制？我們必須二擇其一。從過去歷史來看，後者比較能讓美國民衆接受。

△薛昂：這或可稱爲自我檢查或編輯檢查。美國新聞業似乎從不討論這個問題，可是編輯們卻視同家常便飯——他們每天都在搜括新聞，或分派採訪任務。如果認爲政府不該檢查，那麼爲何編輯與發行人卻可以？

△域克：編輯檢查與所謂新聞工作中，決定輕重緩急的過程，不可混爲一談，——（那是當然的），任何報紙都容不下所有稿件。

△納普漢：只看報紙，難以成爲眞正消息靈通之人。報紙有一套說法，但不是全部眞相。新聞有如亂草堆，都是零散的報導，其中固不乏有價值者，但讀者只能從零散的片段中，建立歪曲印象。所以，新聞媒體不必有“設法提供大衆，所有必要的答案”這種觀念。

△施孟茲：新聞界抱著失敗主義態度，故步自封，不肯作誠實的自我改進；只要一聽到反對意見，新聞界即立刻起而爲自己辯護。

第二節　施孟茲十議

施孟茲認爲，新聞工作人員在報導新聞時，有摻雜個人政治立場之嫌，自認爲好象可以「代表」大衆，甚至自我膨脹到超越法律之上。而事實上，在民主社會中，大衆認爲記者的基本責任，仍是正確而公正地

報導新聞，而不是「要求更多權利」。他曾在一篇專論中❹，呼籲新聞界要多聽取衆人意見，並嘗試提出個人十項建言，以求有益於美國新聞界。此十項建言爲：

(1)注重事實（給予大衆足夠作決定事實）。例如，讓大衆知道新聞來源，令他們有判斷其動機、能力或偏見空間——特別是此一新聞來源關係到個人（或團體）的不利消息時。只用「華爾街分析家」、「消息靈通人士」之類消息來源，會令民衆無法分辨是否是記者無中生有。「解釋性報導」因爲會使事實與意見混淆，故民衆並不喜歡❺。

(2)和緩而漸進的爭取「作人民代言人」。美國憲法並未賦予新聞媒介以人民「代表」或「人權擁護者」角色。記者平均教育程度、社會地位與意見，也很少能代表一般大衆。即在重大事件發生時，亦不希望媒介擔任「代言人」角色；例如：美國軍事入侵格瑞納達時，民衆並不希望美國媒介扮演軍方代言人角色。

(3)避免激情主義，因爲它會極度扭曲社會大衆對事件眞實看法，動搖大衆對社會上各種機構制度的信賴，即使媒體本身亦不能倖免。如三哩島核能事件，大衆媒體大肆叫囂結果，不僅誤導民衆看法，也影響了法案制訂。

(4)擴大光明面新聞報導，不必只針對某人做錯某事。

(5)遵守公平原則。公平原則並非假象式的平衡報導。例如，全國就業機會都在增加，但在報導此消息同時，也以相同版面或時間，刻意訪問一個失業年餘的人，就會導致一個錯誤觀念。此外，記者在訪問之前，讓受訪者有所準備，對受訪人來說，方屬公平，閱聽人也較能受益。

(6)不再對憲法第一修正案有過度反應，使之維護個人權利及新聞自由，而非任意誹謗他人。

(7)遵守法律規定，新聞界如一般人一樣，沒權利發表經由不正當手

段所獲得的國家安全資料，或公司機密文件❻

(8)提高記者專業素質；例如，加深財政與科學之類專門知識。

(9)把記者本行，也當作新聞來報導。新聞界所追求可信度，應由本身做起。例如，揭露出版品缺點，過失，以及不良報導。

(10)加强新聞道德，例如遵守自 1926 年起，Sigma Delta Chi 新聞協會所定的「新聞道德規範」。

施孟茲其後又寫成《壞形象再見》(Goodby To The Low Profile)一書，力述自己面對媒體經驗，幫助企業家建立自信心，應付記者突如其來的訪問❼。

他主張在接受訪問前，先談好各項守則，甚至帶同私人化粧師及負責錄音人員前往，以「大陣仗」聲勢來反制記者氣燄。他不主張在受訪時扯謊，頂多不作正面答覆❽。

第三節　費修羅論採訪與訊源的關係

美國密蘇里新聞學院前院長費修羅教授(Prof. Roy M. Fishen, 1918-)，曾以入世經驗及湛深學養，化繁爲簡、深入淺出地釐定新聞工作者與消息來源之關係，語多中肯。其所標示兩造關係有如後述❾。

────切爲讀者

記者寫稿心態，大致可分爲三個階段：(1)剛執筆寫稿時，自以爲才華初露，又希望獲得報社青睞，會有刻意取悅編輯心理；(2)爲自己猛打知名度，語不驚人死不休；(3)開始認淸新聞稿是爲讀者而寫的，而至此，記者才開始成熟。

新聞記者最關心的應該爲讀者，因此報導可靠性及對讀者的責任感是工作第一指導原則。記者爲政府朋友，當然也應該爲政府服務，但當官員有任何不軌行爲時，則一定要大公無私地將其底細公布於世，不達

目的誓不罷休。經常使用匿名消息或報導傳聞，會令閱聽人在不經心情況下，誤以爲是事實，會嚴重損害公信力，而「罐裝（打包）新聞」（Packed Journalism）盛行，雖然乃可從取材上，分出撰文孰優孰劣，但多少說明記者缺乏自信傾向，不能確定自己想要報導的內容；因此，還是少用爲宜。

——尊重受訪者

新聞記者基於人性立場，或可深入挖掘受訪者之生活或內心世界，但應以不傷害其隱私，與不造成太多侵擾爲原則。如果佯裝同情受訪人，以誘導他鉅細無遺地，把話全盤托出，其所涉及與構成的傷害，或不至於違反新聞專業標準，但道德規範，乃逃不出良心譴責。比如，採訪意外事件中不幸罹難的家屬，勢必勾起親人無限愴痛，甚至強人所難，一位有悲天憫人胸懷的記者，應有辦法讓親屬們以渲洩悲痛方式，把悲痛盡情傾吐，但不至加深親屬們的哀傷。

有時，基於對採訪者的信賴，連一些也許不適於曝光的隱私，都洩露出來，在不願傷害無辜的前提下，記者在決定發與不發表之前，都應考量一番。例如，到底這些內容見報後，對社會是否會有好處，抑或只是一番聳人聽聞的「傳話」。即使如此，還須提醒受訪者，問清楚他是否願意將所說的某些內容見報，尤其某些可能涉及尊嚴或誹謗內容❿。

——敬業與自律

拆爛汙、不盡責的報導，最令訊息來源或受訪者反感。記者若不敬業，別人講話時漫不經心，又不好好記下來以備查證，又或聽不全別人所說的話，而又不好意思查證，在寫稿時胡亂引述一番，敷衍了事，以致錯誤百出，都是不負責任的態度，對閱聽大眾及新聞公信力的殺傷至鉅，尤甚於新科技的衝擊。這可能沒有法律或政府能有所約束，完全得靠新聞界本身自律⓫。

第四節　犯罪涉嫌者臉部遮掩的爭議

　　爲了保護特定受訪人，例如犯罪涉嫌者或未成年之青少年，如是電視鏡頭，除採用側面或背面角度外，亦會採用精細之「電子格點」（Electronic Mask），或噴「霧」（鬼影）來遮掩。如是報章雜誌，則會用「臉（眼）部塗黑」之法，避免當事人面目曝光。這是很少有所爭論的。然而，在一場騷亂事件中，記者所拍攝到的照片，在刊出時，是否該將照片中人物的臉部（或眼部）塗黑遮掩，卻有贊成與反對兩種不同意見，分析如後 **⓬**：

贊成遮掩者意見

　　(1)記者只是事件記錄人員，不是蒐證人員，此舉積極意義在保護拍攝記者，而非消極地保護照片中人物。倘若記者角色受到誤解，暴力分子，將有更多理由毆打記者；而如果原意在佐證新聞報導之照片，一旦淪爲警方按圖索取資料時，記者便被迫成爲「曝光的祕密證人」，蒙上會遭受報復的陰影 **⓭**，甚至連累家人。

　　(2)減少製造「假媒介英雄」的負面效果。也盡到「消息來源保密」的廣義責任。

　　(3)對未被逮捕、定罪、或未成年嫌犯，媒介原有保護之責；其所作所爲是否有罪，亦理應由檢方起訴，法官論罪。故應將照片中施暴者面目遮掩，可免於跌落「媒介裁判」陷阱 **⓮**。

反對遮掩者意見

　　(1)身爲記者，爲了民衆知之權利，本身應有冒險犯難、報導事實勇氣。且羣衆運動，是公開場合的行爲，在衆目睽睽之下施展暴力，不可能僅只一家媒體拍得獨家鏡頭（縱然角度有別）。施暴者若要報復，豈非對所有媒體皆得報復？但報復即曝光，施暴者豈有不知之理，而魯莽

行事。另外，報導犯罪新聞，對犯罪者是一種道德制裁，也有嚇阻效果。若對施暴者作某一程度遮掩，不啻鼓勵羣衆，今後在街頭公然對公權力和法治挑戰，可肆無忌憚？如此媒介公信力與反映事實功能以及輿論影響，豈不消失殆盡？職業性的「施暴者嘴臉」，也將永遠無從辨認。

(2)在羣衆運動中出現暴力，根本爲十目所視，是否有保密之必要？記者在職責上，似乎也沒有必要爲新聞來源所犯罪行或罪證「保密」❺。

(3)羣衆運動，是公開場合之行爲，屬公共集會，爲公衆可公評之事件。參與者信皆是自願在公開場合露面人士，其手段是期盼社會大衆對其訴求主題，予以支持。媒介有義務（也有權利）有翔實、客觀報導。若羣衆公然對公職人員或無辜民衆施暴，媒介該有責任，將施暴過程報導出來，讓一般民衆了解現場情況。因此，只要不是對法院處理或審判中之案件，以文字或圖片、標題之類，明示或暗示，或妄加評論，主張或反對判處某些人罪行，失其客觀、公正立場，便稱不上「媒介裁判」。此外，在羣衆運動中所出現暴力，通常爲集體行爲，然則在照片中，豈非人人都得將臉部塗黑。

在兩造爭論中，認爲臉部不該予以遮掩者，似乎義理稍勝。記者在報導此類事件時，理宜保持冷靜、客觀與公正，不能以預存立場渲染事實，一面倒地支持或反對、抹黑某一團體，或各打三十板算數。而對於破壞秩序、傷及無辜的街頭暴力及施暴者，讓他們「露臉」，讓鏡頭來說話，似乎更勝於萬語千言。

第五節　股市財經新聞報導的分際

在「股海」狂潮中，「新聞風暴」向操生殺之權，「流風」所

「害」，各類「小道消息」充斥。其或者沆瀣一氣、彼此利用，或困於同行競爭壓力，又或受到某些左右，記者在「報導」，即易為大戶、主力之非法炒作操盤（股價）而喊吶護航，為大戶散布「空氣」，盲目鼓勵、助長股市短線交易投機之風。

尤令識者所擔憂者，厥為財經消息已經全球電腦連線，諸如紐約、倫敦、東京、星洲、香港等諸金融中心的消息，經由全球電訊系統連接衛星，同步傳送至世界各地，電子新聞機則每隔十五分鐘，即傳出一次最新消息報導與「市場評論」（Market Commentary）之類訊息，縱然出現謠傳，來不及查證，即已流布而產生巨大影響[16]。

經過財經業界研究，認為報導股市金融新聞，宜守下述分際[17]：

(1)一般新聞報導（如上市公司消息、業績），在分析性特寫應有分際，除非具有證券分析人員資格[18]，否則，記者不應對股市強作分析和解盤。

(2)縱使請名目上有資格者來分析、解盤，仍應盡量將對方名字附上，以示負責，並讓閱聽人知道是那些人的觀點，而非代表某單位看法，更非「據了解」之類[19]，令人摸不著頭腦「權威消息」。

(3)應設法阻止不當股市廣告，電視媒體更不宜作股市分析。而在分析時，應分不同（新聞）時段、版面來處理，起碼在同版中，有明確劃分，讓閱聽人自我判斷。至於預測性內容，有強烈賭博性內涵，有損新聞道德規範（media ethics），應予以禁止[20]。

註　　釋

❶　《哈潑月刊》於 1850 年於紐約創刊的綜合雜誌（時為清道光三十年，洪秀全在廣西桂平縣金田村起義），主要內容是以連載方式，轉載英國最受歡迎的小說家，如狄更斯(Charles Dickens, 1812-1870)等人小說作品，並插入木刻版畫，篇幅又較其時舊型雜誌增加一倍，不但為美國雜誌開創新紀元，而又領導了十九世紀末頁的雜誌界。南北戰爭時，該刊銷數已超出二十萬分，居當時世界月刊之冠。

　　1925 年，為迎合時代潮流，取消插畫；內容方面，亦著重當代感敏性問題之探討。《哈潑月刊》之歷屆主編，均屬一時之選，如早期之雷蒙(Henery J. Raymond)、格恩賽(Alfred H. Gaernsey)、艾登(Mills Alden)等人，其後則有威爾斯(Thomas B. Wells)、哈特曼(Lee Fuster Haltman)及艾倫(Frederic Lewis Allen)等人，繼續作形式及內容改革，持撐著《哈潑》營運下去。

❷　Dialogue, No. 70, 1985, April. 本文曾經節刪、匯編，但內容要旨未嘗更動。

❸　麥氏為美國第四任總統。

❹　原載於 SPJ, SDX National Convention Magazine，後轉載於 "The Quill"(1986, 1)再譯載於《新聞評議》，第一四〇期（民 75. 8.）台北：中華民國新評會。頁 2～4。

❺　此純是施氏見解，其觀點有待商榷。不過，這裡有則諷刺第四階級的笑話。心理醫生：「你說大家都認為你有偏見，無原則，做事草率又倨傲自大——請問你是記者嗎？」——語雖謔，卻一針見血。(Editor & Publisher, 1985. 9. 14.)

❻　根據美國報紙編輯人協會(The American Society of Newspaper Editors, ASNE)調查，有關違反新聞道德行為方面，一般人認為最嚴重者為剽竊，使用未出版資料搞詐錢財和接受所報導的公司所給予利益折扣。其次，則為新聞記者或編輯，與新聞人物有社交接觸；為爭獨家而在不查證消息之正確與否，即逕行搶先報導；體育版編輯利用報社電話下賭注，以及捏造完全虛構的報導等等。至於記者或編輯從事本身工作範圍以外行為，如投稿、作電台或電視台評論員，及為非營利團體工作，是否構成違反新聞道德行為，端屬見仁見智。而對違規者的懲處，一般都會將記者的態度、工作經驗及違規動機，都列入考慮。

　　該會曾於 1986 年作過一項「新聞室的道德：其執行有多嚴格？」的非正式問卷調查，發現 1982 至 85 年間，在兩百二十五家報社中，竟有七十八個新聞記

者，曾因違反上述新聞道德規範，而遭停職（Lay－off）或開革。而有明文規定新聞道德規範的報社，只有百分之三十七。但在誹謗訴訟中，引用明文規範來指控報紙的情形，並不多見。[「美國違反新聞道德的調查報告」，《新聞評議》，第一四〇期（民 75. 8.）。台北：中華民國新評會。頁 3。]

❼ 紐約已有一名爲「主管上電視研習會」（Executive Television Workshop, ETW），專教主管級人員，如何面對鏡頭侃侃而談。訓練費用昂貴，以日費爲主，由兩位有經驗導師，負責指導二至四位學生。

❽ 同❻，頁 4。

❾ 本文主要內容，是費修羅教授於民國七十九年四月十二日，在「美國在台協會」文化中心的講詞。他曾就「如何拓展和保護消息來源之間的關係」爲題，與台北新聞業界溝通。

費修羅除對新聞敎育有所貢獻外，尙主持過「南北新聞社」（The South-North News Service），但已於九〇年初結束，之後擔任訪問編輯一職。

他曾於 1952 年，獲得普立茲新聞公共服務獎（其後並再兩獲提名），又三度獲得頭版新聞獎及全美經濟新聞報導獎，以及美國新聞專業人員協會(SDJ, SDX, Sigma Delta Chi)的全美出色服務獎。

本文曾參閱：《新聞鏡周刊》，第七十七期（民 79. 4. 23-29）。台北：新聞鏡周刊社。頁 401-3。

❿ 報導內容即使不違反新聞專業標準，但在某些條件下，仍可能構成誹謗；相反地，報導內容可能不會構成誹謗，但卻可能不符新聞專業準則。目前，美國法庭，已有「鑑定證人」（expert witness)之設立，依據新聞專業認定標準(accepted standards of journalistic practice)，對法官或陪審員提供判決意見。

⓫ 新科技中的「哈移」（Harry），即是數位修描、篡改影象的「好幫手」。

⓬ 參閱《新聞鏡》，第八十五期（民 79. 6. 18～24）。台北：新聞鏡雜誌社。頁 38～41。另外，將「除霧鏡」（Gogle)帶上，可以將螢幕上之「霧」去掉。

⓭ 持此論者不否認人人有協助警方打擊犯罪的責任，但記者若自願協助警方辦案，可私下將照片交給警方；若施暴者被通緝，媒介可以刊出「警方提供照片」。

⓮ 即一般人所謂之「報紙審判」（trial by newspaper)。

⓯ 美國有布蘭茲柏格及帕伯斯等案例，判定公眾利益優於記者對消息來源保密，記者並且不得爲親眼所見之事實，拒絕作證。

⓰ (1)根據紐約一間從事研究及諮詢的「聯合資源公司」（Link Resources Corporation)研究，北美洲在 1988 年金融與經濟資訊市場總額，達十五億元，其

中大約三分之一的收入總額，來自各類電子專業投資資訊。

(2)世界知名的電子新聞通訊社有「路透財經報導」(Reuter Financial Report)，「道瓊斯專業投資人報導」(Dow jones Professional Investor Report)，「麥果羅希爾市場觀察」(McGraw Hills′ S & P Market Scope)，與「奈特瑞特貨幣中心」(Knight-Ridder′s Money Center)。

(3)財經記者在證卷市場中，本身雖是個有實際影響力的炒作攪局者，但更是「受人利用」的對象。報導事實，不報導謠言，是新聞學院的教條，但正如紐約時報記者柯爾(Robert J. Cole)所說，如果股市波動原因是由謠傳所造成的，這就是個新聞了。至於如何處理謠傳，則無一致做法。如《道瓊斯專業投資人報導》總編輯安竹士(Timothy Andrews)所指出，在轉述一項謠傳之前，至少需要兩個、最好是三個獨立自主、亦即信得過的消息來源。——但競爭的壓力，往往迴避了查證過程；另外，股市人士分秒保持最密切連繫，因此，所有消息來源，可能都由「一手來源」所傳出。[《新聞鏡周刊》，第七十二期（民 79. 3. 19–25）。台北：新聞鏡周刊社。頁 43～5。]

⓱ 《新聞鏡周刊》，第八十五期（民 79. 6. 18–24）。台北：新聞鏡周刊社。頁 10–15。

⓲ 我國法令並無分析師(analyst)之名目，故股市只有經由證管會測驗合格而認可之「分析人員」。故因其職位而受邀「解盤」者，僅能稱之爲發表意見。

⓳ 中興大學經研所教授周添城建議，將一周裡由投資顧問公司及證券業者所做分析、解說次數及內容加以統計，並與走勢來作比較，比較可以得到正確的投資信訊，而非一味傾向於技術分析，而缺乏基本分析及價值面報導。

⓴ (1)英國報業協會曾公布過「記者行爲守則」，包括：(A)不禁止（金融）記者(Financial Journalists)持有股票或證券；(B)記者或其親屬，如持有某種股票或其他證券，而要在報刊上發表此類證券意見時，應先行告訴編輯此事；(C)記者不得在報刊發表意見之前後，直接或間接對所爲評論之證券買賣，但如有不能預見之特殊情況發生時，編輯則可不受此種限制；(D)記者不得對證券作短期投機買賣；(E)記者因公獲悉對市值有影響之消息時，不得對涉及之證券，作買賣操作。

此數項守則，雖無法律約束力，但英國《金融時報》(Financial Times)在記者聘約中，有類似規定，違者解聘。美國《華爾街日報》有部分類似規定。有些國家時將金融記者，列爲業務人、或投資顧問管理。

(2)美國愛奧華州 1984 年被《時代雜誌》評定全美十大出色報紙的《修士公報》(Des Moines Register)，設有一「內部自控系統」(Internal Control System），以維繫新聞道德規範，頗值一記。該 ICS 分為(A)報外行為的約束，如(a)編採人員在外洽公，或與被訪者共餐時，一律由報社負擔餐費；(b)隨隊採訪、或與官員隨行採訪，乘搭同一交通工具，由報社負擔交通費；(c)不得免費接受音樂會、戲劇、電影或俱樂部節目門票，若要前往採訪，由報社付費購票；體育記者不准接受免費採訪證，若要前往採訪亦由報社付費購票；(d)如果兼任外界團體或組織之類職務後，與本身採訪、編輯工作發生利害關係，則不得擔任這些職務。(B)透過編採方針，開闢例如意見版，使輿論多元及民主化，從而塑造一個理想媒體倫理環境。[《新聞評議》，第一八七期（民 79. 7.）。台北：中華民國新評會（新聞評議雜誌社）。頁 11～2。]

第九章　新聞與人性呼喚

　　一個單獨前往災禍現場處理新聞的記者,當然熟知「採訪操典」的第一步——趁現場尚屬保持完整的時候,立刻按下快門,把應拍的都拍下來,否則這第一手資料一經破壞之後,就只有頓足徒呼奈何;而其他資料,縱然事後查證,頂多費事一點,但還是有機會補回來的。

　　記者不是訓練有素的救援專業人員,在上述情形,他的現場工作,主要是把此一新聞事件採集周詳,再向社會大眾傳布,倘若他參與救援行動,一來可能如圍堵觀看的民眾一樣,妨害了救援工作進行,另一方面又耽擱了正常工作,攪不好兩面都不討好,裡外不是人。所以,若在此時,記者一味埋首採訪工作,泰山崩於前而色不變,社會大眾或許不忍苟責「郎心如鐵」,沒有人類同情心。

　　然而,若記者明明可以防止一個意外發生,卻為了獲得新聞資料,最後竟讓意外發生了,亦即得到了新聞,失去了人性,在社會大眾眾目睽睽之下,就難逃道德指責。1983 年三月上旬,美國就有過一個轟動一時的典型例子。

　　其時,阿拉巴馬州(Alabama)之安尼斯頓鎮(Anniston),有 CBS 關係企業之 WHMA 電視台(第四十頻道)。三月上旬的一個晚上,一名過去曾有精神不穩定紀錄的三十七歲失業屋頂修補工人(roofer)安德魯斯,在傑克森維爾廣場(Jacksonville town square)喝個酩酊爛醉。他撥了通電話給該市唯一的 WHMA 電視台,聲言:「你若想看某人引火自焚(going to torch himself),請於十分鐘內,到傑克森維爾廣場來。」以抗議失業之苦。當晚在該台編輯室值班的幹部,除新新聞部主任高埃斯(Phillip D. Cox)外,尚有三十歲的攝影師賽門(Ronald

Simmons)和十八歲的音效師哈瑞斯(Gary Harris)。賽門已有四、五年專業攝影經驗,哈瑞斯則是兼職大專生。碰到類似這些難以想象的線索,原是他們工作上的一項挑戰。在沒有預知及情況不明的情形下,他們必須立刻判斷這類「威脅」,是值得採訪的新聞,抑或僅是一種殘酷無聊的表演;否則,攝影機的出現,將是對這個「新聞」的鼓勵而已。WHMA 電視台起初判斷這不過是一個惡作劇,但還是以電話通知了警方。

安德魯斯在半個小時內,一共打了三通電話給 WHMA。WHMA指出,他們曾與警方連繫四次,並堅稱曾與警方協議,以攝影機為餌,引出打電話的人,以便利警方救援行動(但警察局長洛克後來並不承認有這回事)。距離接獲第一通電話約一個小時後,賽門及哈瑞斯終於忍耐不住,跑到傑克森維爾廣場,準備好燈光和架好攝影機。他們到達現場時,並沒有通知警察。〔警方則堅稱他們和義消(後備消防員)曾搜索該區,直到電視台工作人員到達現場幾分鐘前,才解散收隊,但未發現任何自殺跡象。他們反而怪責電視台到達現場時,沒有通知他們,才是導致往後事件發生的主因。〕──於是,一幕電視史上令人驚駭的紀錄為 WHMA 全程錄了下來:

安德魯斯走向攝影人員,賽門及哈瑞斯本想叫他停止,他反而連叫他們不要過來,不要過來。但當他劃一根火柴移向顯然灑了易燃液的胸前時,他們卻也同時啟動了攝影機。第一根火柴熄了,安德魯斯又劃了一根移近大腿,但又再熄滅了。他於是蹣跚地走向放著燃油處,往身上潑些,再回到攝影機前蹲下,再劃第三根火柴,順手將之靠近左大腿。此次燃起了一小撮火花,隨即擴散起來。

幾秒後,年輕音效師哈瑞斯終於忍不住了,上前用記事簿幫安德魯斯拍打火焰。但似乎太遲了一點,畫面上只見安德魯斯倒下去,又爬著起來蹣跚而行,整個人像個火球一樣。幸而一個還留在現場附近的義消

（Volunteer firefighter），數秒後趕將過來，用滅火器將火弄熄；但安德魯斯大半身已遭二、三級程度灼傷，在醫院躺了八個星期。

WHMA 電視台於次日晚間，將此則新聞剪輯播出，螢光幕上只出現意外事件之後畫面。CBS、ABC、NBC 亦陸續將此次事件片段地播出，因而引起全國注意。而塞門及哈瑞斯兩人，頓成大眾指責對象：

——新聞同業指出：為甚麼安德魯斯花了三十七秒想點火自焚之後，他們才去阻止他？

——哥倫比亞新聞學院教授弗瑞（曾任 CBS 新聞部主任）認為：該台不考慮該則「新聞」是否有社會價值，就逕予播放出來是不對的，此不啻為偷窺狂行徑。

——電視新聞主管指責 WHMA 電視台新聞部主任寇克斯，准其部屬告訴警察及安德魯斯，將派員到現場錄影是有欠周詳的作法。美國廣播電視新聞部主管協會（Radio-Television News Directors Association）主席梅爾強調，他的部屬絕不會成為警察偵查嫌犯的工具，而架起攝影機引起事件，更是絕對不道德的。

——CBS 新聞部主任高埃斯則認為，在上述情況下，應將人性置於專業精神之上❶。

電視台在某一個時期，其實已成為恐怖分子及某些有心理病者的舞台，電視台必須面對新聞工作與人性道德問題，列出一些工作指導方針，俾新聞人員在某些情況下，可以迴避採訪，在那些情況下，不可與有精神病患的人談判，避免將看似駭人、其實毫無意義的事，當作新聞來處理❷

誠如《紐約時報》當日評論所說，當時在場攝影人員，是否該再積極地採取行動，阻止此宗意外發生，即使拍不到甚麼，亦在所不惜？而WHMA攝影隊又是否因為要「製作新聞」（creating the news），而搶先跑到那兒去呢❸

　　上述這般心態，確實顯示出美國新聞界對於所謂新聞工作人員行徑認可，的確已逐漸從絕對冷靜（pure dispassion），邁向可以接受有同情心的當兒（an admission of compassion）。

　　這裡，又可從死囚被執行死刑時，媒介到底應否全部播報的這個爭論，見其一斑。美國加州，1990 年時就曾發生過這樣的爭議❹。加州三昆田（San Guentin）一地，是以氰化物（Cyanide）毒氣，執行死刑❺。當行刑完畢毒氣清除後，觀看行刑記者可以離去，並容許隨便對該幕情境，作詳細報導，但電視台則不得作現場轉播。

　　三藩市（San Francisco）KQED-TV 台認為，既然容許印刷媒體攜帶紙筆之類幹活工具（the tool of its trade），監看死刑執行，為何廣播媒體就不行？尤其是，電視為唯一不加鹽添醋的中立目擊者（The only neutral witness）。因而具狀向法院請求，准許該台轉播這種場面。這一請求，卻引起了人性層面與新聞工作自由問題之爭議。例如：

　　──聯邦高等法庭一再判決，公衆不能隨意進入的地方（例如監獄），新聞界亦沒有特權可以闖進去。（KQED 則認為，加州一旦容許某些媒體可以進去，就憲法精神來說，所有媒體都可以進去。）

　　──加州則是基於安全理由，認為電視台不宜轉播。因為這樣的鏡頭，不但暴露了在場目擊者與獄務人員的眞面目（怕引起尋仇），待決之囚更會惶恐不安，死囚隱私也會受到注意。（KQED 認為，不作現場直播，把獄務人員臉透過電子處理，即無問題。它並且指出，加州這種容許報導行刑的政府，原是基於推展政府、媒介公共關係而製定。）

　　──嘔不嘔心（squeamishness）？〔KQED 認為，民衆已看過沙烏地阿拉伯、伊拉克、伊朗等地處置人犯鏡頭，羅馬尼亞大獨裁者（Romania Dictator）希奧塞古（Nicolae Ceaucescu）夫婦的「死相」也看到了，那又關乎甚麼品味？加州不應老是以為只有我們政府所執行的死刑，才不合電視台轉播。〕

　　該處「死刑關注會」（Death Penalty Focus）倒贊成 KQED 可以轉播，因為他們認為公眾看到死刑執行，才會反對死刑。另一位屬於「受害人組織」（Homicide Victims）法官，則主張在播放死刑執行之前，應用相同時間，播放他所犯死罪，讓公眾知道他何以至此。

　　一位曾為死囚辯護過的律師，語重心長的指責電視轉播缺乏人性：它不會捕捉那些氰化氣充滿行刑室的氣味，也不會去捕捉個人痛苦；而是當ＭＴＶ特別節目來欣賞——這恐怕不是杞人憂天的！

　　筆下留情，也就為厚道為難哉❻！1972 年，《時代雜誌》駐歐採訪記者陶保特（Strube Talbutt），曾奉命撰寫一篇有關保加利亞（People's Republic of Bulgaria）的報導。經過安排，在該國首都索非亞（Sofia）訪問到當時外貿副部長盧加諾夫（Lukanov）。在談話之中，陶保特簡直對其辯才無礙，看透馬列經濟思想困境，佩服得五體投地；故當時代請他提供一張歐洲政壇精英名錄時，他毫不猶疑地將盧加諾夫推荐上榜。

　　而不久之後，一位自稱為保加利亞外交人員，以私人身分往訪陶氏，希望他不發表盧加諾夫的訪問，並且將之在精英名錄上除名——因為一旦「金榜題名」，他的政治前途可能就宣布終止。

　　經過一番仔細思量後，陶氏認為還是不應以一篇獨家專訪，斷送一位精英前程，傷害了消息來源，更可能影響到保加利亞政局改變局面，便毅然撤回報導，取消題目。

　　1990 年 2 月初，亦即十七年之後，歐洲蘇屬各加盟國要求放棄共產主義之聲高唱入雲，盧氏得以出任保加利亞首相一職，保國改革，漸露曙光。陶保特當時「抽筆」的決定，豈無玉成之功❼！

　　筆下「留情」，也象徵著心懷國家利益，超乎媒體爭霸雄心。民國 79 年底，行政院院長郝柏村訪星時，我國新聞界之「表現」，即是一個非常明顯而突出的例子。

　　1965 年，大馬聯邦解體，新加坡獨立後，一直與我國保持著良好

關係；至 1990 年 10 月 4 日，宣布與中共建交，首任中共駐星大使張靑，亦於同年 12 月底，完成呈遞國書手續，但與我國實則關係，顯然沒有重大改變。12 月 26 日，郝柏村院長以「私人度假」名義到星訪問，受到星國領袖隆重歡迎，其程度不亞於有邦交之西方國家元首❽。

　　不過，基於外交現勢與國際政治慣例，此舉實不宜過度刺激中共，因此雙方事前皆同意履行一種默契方式：即只重實際、不重形式，盡量將姿態壓低，並採不發新聞的淡化處理原則。慣於新聞爭霸戰的我國媒體，當然不放過這次「露臉」機會，且在得不到進一步消息時，則逕向中共大使館連繫，並嘗試訪問張靑。可惜，一般記者只有追求新聞的制約反應，一心想知道中共是否會有善意回應，作爲縱容一國兩制的試金石，卻從沒有認眞考慮過，一味迫中共表態，將導致新加坡政府難堪，平添台、星與北京三角關係的緊張，損害國家基本利益。

　　比如，記者們一再追問中共使館，對郝院長來訪，有何感想？即使中共使館說：「我們不知道這件事」（這顯然是一種不想評論的外交辭令）。而記者們還「天眞」地明確的告訴中共使館：「今天下午就要到了呀！」——難道非要他們提出「嚴重抗議」不可！

　　同月 27 日，國內日報立即刊出中共仍未作出反應報導。如《聯合報》標題爲「中共駐星使館仍沈默」，《中國時報》則說，「中共駐星使館不表意見」。星國方面，對此甚爲介意。故當日中午，星國駐華代表陳觀強，即向我國提出正式抗議，希望新聞局約束國內記者，不要再有類似舉動，以免影響中星兩國實質外交——誠所謂面子是別人給的，面子也是自己丟的！

　　所幸當夜經隨同訪問的新聞局長邵玉銘一番說明後，我在星記者皆能了解目前本身在國際間處境，其後在星期間，始不再有類似「採訪」事件發生❾。

　　報禁解除外，我國新聞界一直廣受批評，有人更稱之爲「社會的亂

源」；無他焉，在過分競爭之下，「第四權」脫序失控，媒體一心想逐鹿中原，打開銷售額，稱霸「媒林」，以致筆下未能收斂，國家利益位階，似已無暇顧及。

是非之觀，微言大義，尤為筆下之情。例如，民國三十八年，國民政府以甫勝日本之餘威而坐失大陸，其中不知幾許恩泯義絕！而根據一九九一年一月上旬，大陸《人民日報》所發表的中共地下工作解密檔案中，有熊向暉等人的「地下工作十二年與周恩來」專文❿，其中不乏令人扼腕而浩嘆者！

當時黃埔一期畢業抗日名將胡宗南將軍，對民國三十七年時擔任其機要秘書的熊向暉原十分器重，抗戰勝利後，並一度資送他赴美深造。可惜，念過清華和中央大學的熊向暉早在民國二十六年抗戰爆發時，便已加入中國共產黨，奉命潛伏在胡宗南將軍身邊接應。他並沒有珍惜難得的際遇，反而利用胡將軍對他深信不疑的機會，盡將最高機密文件送往延安，以致胡宗南四十多萬大軍兵敗如山倒。大陸易手後，熊向暉身分公開，歷任中共情報統戰黨政要職。

熊向暉在回憶文中，頗有得了便宜還賣乖的口氣！孟子說，無是非之心非人也。主賢而謀主，若以傳統道德觀而論，背主之人吃裡扒外，是謂不忠不義。可惜，我媒體在轉載他的敘述時，並未評騭——此種「筆下留情」，可謂假「事實」之名為惡，徒然使「道德蒙塵」！

註 釋

❶ CBS 有一項工作方針：當攝影機可能引發危險時，則不得使用。WHMA 電視台沒有此項方針，但有一不成文做法，即若遇到類似本節所述事情，要與警方聯繫。在「小電視台面對大道德問題」當兒，該台還是支持賽門及哈瑞斯做法，並不考慮解聘他們兩人。

❷ 見「人性與新聞孰重？」，《新聞評議》，第一○二期（民 72. 6. 1.）。台北：中華民國新評會。頁 2～3。

Goodwin, H. Eugene

1987 Groping for Ethics in Journalism, 2nd Ed. Ames: Iowa State University Press. pp.316−9.

❸ New York Times, 1983. 3. 12

俄亥俄州（Ohio）的中間鎮（Middletown），有一本《中間鎮雜誌》（Middletown Journal），它的攝影記者馬藩理（Greg Mahany）曾經遇到類似事件。一名在車行做鈑金、身上滿身油漬的技工，突然被一點火屑引致全身著火，馬藩理頓時忘了他手中的攝影機，也顧不得可以得到獨家（single shot）機會，立即協助他把火弄熄，挽救了那位技工生命。所以他認爲：這還怎能拍得下去，救人要緊嘛！這是道德良心，不是叫人袖手旁觀的。

這件事又令新聞界回憶起 1963 年，越戰正酣時，西貢街頭佛教和尚的自焚鏡頭。當時美聯社（AP）屬下兩名記者鮑尼（Malcolm W. Browne）與阿奈特（Peter Arnett）兩人，目睹這種自我奉獻祭禮（immotation），並拍攝了這些鏡頭，傳到世界各地，引起莫大震驚，但兩人各有說詞。

鮑尼：我一向認爲新聞人員的責任，是觀察與報告新聞，而不是去改變它……。就責任而言，我將整個恐怖過程拍了下來……，並儘快將圖文轉播到美聯社新聞網去。如果不是這樣，新聞人員工作又該如何界定？

在 1971 年，阿奈特終於承認：他只要衝上前去把和尚的汽油踢開，即可防止那種自焚事件發生；但他力言，作爲人類一分子，他想這樣做；但身爲一名記者，他不可以這樣做。（As a human being I want to, as a reporter I couldn't.）阿奈特在 1991 年 2 月間的美伊戰爭中的表現，也備受爭議，他當時已轉至 CNN 服務。

和尚自焚是戰爭的一種景象，這些照片，或許正足以顯示這場恐怖衝突；所以，在 1960 年那個時代裡，也沒有多少人興起與鮑尼及阿奈特兩人口舌之

爭！

但今天，大部分新聞人員會很自然而然地問他們兩人；他們的攝影機，眞的沒鼓勵到他們的自焚？他們眞的不該試著去制止他們嗎？他們能想像得到他們的照片，會產生那樣意想不到的影響嗎？

同❷，頁 317～8。

附釋：水門事件之後，《華盛頓郵報》曾在報社編採守則中，力勸記者置身於報導事件之外：

「雖然自水門一案之後，對本社或新聞界而言，這是愈來愈難做到的，但記者還是應盡力做到旁觀者角色，遠離舞台，報導歷史、而非製造歷史。」（Although it has become increasingly difficult for this newspaper for the press generally to do so since Watergate, reporters should make every effort to remain in the audience, to stay off the stage, to report history, not to make history.

《華盛頓郵報》（the Washington Post），是 1877 年（清光緒二年），由赫琴斯（Stilson Hutchins）所創辦。輾轉數度易主，至 1933 年，爲金融家梅耶（Eugene Meyer）所購得，由女兒凱撒琳·葛萊姆（Mrs. Katharine Graham, 1917－）與女婿菲立普·葛萊姆（Philip L. Graham）共同經營，業務大振。1963年葛萊姆突然自殺，葛萊姆夫人便獨力支撐，擔任發行人一職。1991 年 3 月下旬，她辭去總裁與執行長兩職，由兒子唐納德（Donald Graham, 1946－）接捧，令其逐步接掌包括《郵報》、1961 年 3 月併購之《新聞週刊》（Newsweek）及另外四家電視台在內，約合十四億美元資產的「華盛頓郵報公司」。（the Washington Post Company）。

該報政治立場偏向自由派，對共和黨政府持反對立場。1971 年，因披露《五角大廈文件》（Pentagon Papers）全文，以及 72 年「水門事件」（Watergate case），而名噪一時。1991 年又獲第二十三次普立茲獎（Pulitzer Prizes）：(1)國際報導獎，由卡莉·墨菲獲得，得獎作品是有關伊拉克占領下的科威特情況；(2)評論獎，由霍格蘭獲得，得獎作品是對波斯灣戰爭及蘇聯總統戈巴契夫所面對的政治問題所寫專欄。（《聯合報》，民 80. 4. 11.，第五版。）

❹ ″TV and the death penalty, A California case asks: Should executions get full media coverage?″ The Chinese News, 31 March 1991. 7.

❺ 1937 年 5 月 21 日，是美國最後一次公開執行死刑日子；之後，即轉向在室內隱閉地方執行。其中有些行刑鏡頭，爲人偷偷地拍到。1938 年，一名被電擊處死（electrocution）的囚犯照片，被登在《紐約每日新聞》（New York Daily

News)的頭版上，引起社會很大震驚。

《芝加哥論壇報》(Chicago Tribune)，是 1847 年（清道光二十七年），由史潔斯(John L. Scripps)所創開，原稱《芝加哥每日論壇》。1855 年（清咸豐五年）由麥迪爾(Joseph Medill)收購，政治立場傾向支持林肯總統的共和黨。其後由麥氏外甥麥哥米克上校(Colonel Robert Rutherford McCormick)擁有該報，傾向於保守色彩，言論頗具影響力。

❻ 十九世紀美國名劇作家亨利·詹姆士(Henry James, 1843–1916)，有一句名言：「人生有三要。第一是厚道。第二是厚道。第三是厚道。」(Three things in human life are important. The first is to be kind. The second is to be kind. The third is to be kind.)

❼ 見丙之（民 79）：「美國記者適時抽筆，保加利亞改寫歷史」，《新聞鏡周刊》，第七十二期（3. 19.–25.）台北：新聞鏡雜誌社。頁 42。

❽ 本文參閱李建榮（民 80）：「國家利益應常存腦海──採訪郝院長訪星的省思」，《新聞鏡周刊》，第一百一十四期（1. 7.–13.）。頁 8～9。龔濟：「媒體利益和國家利益的位階──台灣記者何以鼓動中共向新加坡抗議」，《聯合報》，民 79. 12. 29.，第二版。

❾ 不過，因為傳達問題，28 日台北早報，當有不少記者引述中共大使館高級館員，或新聞發言人談話。郝柏村院長於 29 日下午返回台北，結束四日訪星之旅。

❿ 見：「地下十二年與周恩來──中共地下黨活動史料特輯之十九」，《傳記文學》，第五十八卷第二期（民 80. 2.）。彭歌（姚朋）：「熊教訓」，《聯合報》，民 80. 2. 9.，第五十五版（副刊：「三三草」專欄）。

第十章 新聞的「信心危機」

　　也許物必先腐而後蟲生，也許是樹大招風；也許大家討厭不幸而言中的「烏鴉嘴」❶；二次大戰之後，新聞資訊在新聞機構或新聞人員的「處理」下，經常身不由已地處在「人侮自侮」的窘境中，而令人信心盡失。舉例來說，1980 年 11 月，美國維吉尼亞大學曾做過一分有關新聞界的研究，發現記者在一般人的心目中，竟只介於殯儀館老闆與買賣舊汽車商人之間，意思是——既不受尊敬，也不值得信賴。

　　又如在 1983 年 12 月 12 出版的《時代》雜誌（Time），「報界」（Press）欄裡，有一篇「砲轟新聞界」的長篇報導（Journalism Under Fire）❷，對美國當時新聞界處理新聞的弊病，作了一次非常周詳的檢視 ❸，指出美國民眾已對新聞界，亦即新聞品質，失去了信心（mistrust），其所以如此之飽受猜疑（distrust），歸根究柢，卻有如下人為孽因：

　　——新聞界根本不管報導內容確不確實（journalists care little about accuracy.）。例如 1981、82 年間《華盛頓郵報》（Washington Post）、《紐約時報》（New York Times），以及《紐約每日新聞報》（New York Daily News）❹，都發現有虛構不實的「獨家報導」。普羅民眾將這些極端案例，視為新聞界典型作風（typical of journalism），認為大新聞機構丟臉死了！魏斯摩蘭將軍（General William Westmoreland）之控告 CBS（附錄一），與及美孚（無比）石油公司（Mobil–Crop）執行總裁戴華拉維斯（William Tavoulareas）之控告《華盛頓郵報》之類名人誹謗案（附錄二），一次又一次令人更懷疑名記者的客觀性，以及報導所可以使用的技巧。

一般人心目中覺得他們的權勢（power）有增無減，便自我膨脹，鴨霸（自大）（arrogance）、冷酷（insensitivity）、激情（sensationalism），口口聲聲憲法第一修正案——致令大衆對新聞界失去好感（all lose the press sympathy）❺。他們經常會懷疑到：

記者會在意正確性嗎（scrupulously accurate）？他們是否會修飾一下引語，忽視事實，甚至僞做「據消息來源透露」，目的僅只爲了毫無理由地堅持自己看法！他們公正、客觀嗎？爲何竟有如此多洩密新聞（news leak），他們關心國家安全上的威脅嗎？他們將個人隱私之權，又置於何等位置？有强烈先入爲主的調查報導（investigative reporting），到底目的何在？——總之，基本問題是，你相信你讀到或看到的嗎？

——記者每好將個人看法（personal value），在報導中突顯出來，令人感到「新聞愈大，所知愈少。」（the better the news, the less of it your get）例如，在尼加拉瓜桑定游擊隊搞革命時（Nicaragua′s Sandinista revolution），美國記者因爲厭惡蘇慕薩政權獨裁（Somoza regime），因而譴責美國政府過去對該政權支持，卻忽視了桑定游擊隊的共黨背景。以出兵格瑞納達爭論爲例，記者表現亦不能同仇敵愾（journalists are not patriotic enough），倒像站在敵對陣營中爲敵講話，令人生厭。

——爲了採訪，不擇手段：破門而入者有之，使用各類電子儀器干擾者有之（electronic bugging），僞裝者有之（impersonation），極盡拐騙之能事有之（entrapment），化身式（false identity）之「臥底採訪」者有之（undercover reporting），用支票簿新聞（Checkbook journalism）行賄者有之，令得新聞中人無日安寧。例如，雷根總統第一任國家安全顧問（President Reagan′s National Security Adivsor）艾倫（Richard Allen），於 1981 年 11 月 13 日，突然傳出司法部正著手調查他有否非

法接受日本人所贈的價值千美元手錶一只，以安排一家日本雜誌訪問雷根夫人的事情。消息一經流布，自月中開始，幾乎所有媒體都每日大清早都在他門口守候，準備「套供」，和觀察他的反應，看他會否為此事辭職，連六歲小女兒也不放過，害得她連學也怕得不敢去上。艾倫實在不勝其擾，終於在 1982 年 1 月分辭職；事後，卻證明他是無辜的。

又例如1983 年駐貝魯特(Beirut)二百三十九名美軍陸戰隊，被恐怖分子炸死。消息傳到美國後，遇難者家居，便被大批記者包圍，一心只想要採訪到喪家，卻根本無視於家屬的哀戚。事實上，諸如火災、交通意外諸如此類災難或個人不幸，家屬總會再受媒介「二次災難」的。

另外，過多匿名消息(unnamed/anonymous source)的使用，也令人混淆和煩厭。

卡特總統執政時的新聞秘書鮑爾(Tody Powell)，在卡特競選連任失敗後（1980年），憤而將在白宮四年來，與華盛頓記者打交道的嘔氣，於 1984 年用實例寫成「報導的內幕」一書(The Other Side of the Story)出版 ❻，嚴厲批評白宮記者有如下弊端：

△記者時常只顧及吸引人，而犧牲新聞正確性，甚至不惜捏造事實（美其名為「新聞鼻」？）因為新聞能吸引人，記者就可以名成利就，令得大家都唯聳動是圖，語不驚人死不休，新聞造得愈大愈好。

△經常引用「不透露身分的消息來源」，及其主觀性意見，使讀者誤認為是客觀立論，造成偏差。更糟的是，有時記者為了配合他一己的看法，不惜把別人的話，擅自更動修改，淪為「民意流氓」。

不過，鮑爾並不贊成由政府訂定諸如「新聞記者行規範」之類守約，而應該像政黨一樣，在同屬體制中，相互制衡。因此，當某家報紙報導不正確時，其他報紙應羣起而攻之，指出其錯誤之處，把正確事實公諸於世。他指出，美國新聞界對於「新聞自由」太過敏感，以致有任何一家報紙遭受批評，都推論為新聞自由的損害，新聞界都應團結一

致，槍口對外。這種心理，令得多少罪惡假新聞自由之名而行，大損新聞界的聲譽與形象。

鮑爾認為在美國社會中，記者對政治影響力，已不亞於政府官員，因此，新聞界應該他們用來衡量政府官員的標準，來評量同業。例如，同樣應該揭發私生活不檢點，或假公濟私，利用職權方便，作有利於他本人利益行為的同業❼，選舉十大最笨拙的專欄作家，調查記者是否有其他兼職收入（以了解記者在撰文時，是否有其他動機），每年並應申報收入來源。

社會大眾安全 (national security)，基於對公眾利益 (public interest)，或國家安全 (national security) 的不同概念，而有不同的認定。因此，新聞界地位之浮沈，起碼在美國一地而言，常取決於新聞界與權威機構間的關係。例如，如果政府出了紕漏，新聞界的調查報導，便成了社會大眾消息來源，民眾氣氛，便會趨向於推崇新聞界；但是，如果政府對新聞要手段，如艾格紐 (Andre Agnew) 對新聞界之厲言疾色，雷根利用公共關係，以訴諸民意「乞憐」(pitty) 方式，側擊新聞界之做法，則民眾對新聞界信任程度，便可能相對降低。由是，大眾傳播事業與社會和諧關係，為詮釋為難❽！

論者有謂新聞界在民主國度的最主要角色，無疑在提供一個知識與分析的大眾園地；一個國是相談之所，以維繫民眾與行政機構之緊密接觸。欠缺了新聞消息，民眾對何以為信，與支持何人的抉擇，即缺乏判斷基礎；所以倘若對新聞界日益反感，則將難以避免地，導致一個活力充沛社會，攪到四分五裂。一個社會如果欠缺聲勢浩大而又值得信賴的新聞界，人民勢將無法事事盯緊政府和其他大企業，令之誠信可靠。任何政府機構實在太易誤導百姓，並且操縱消息流布。官員們非到最後一刻，不會披露他們的計畫和行動。其他諸如企業集團、公會、醫院及警察單位等大機構，也總好比在黑箱子中作業，不讓市民知道與他們

息息相關的各種措施。記者為民眾服務,從中縱橫鑽挖,容或有「盾牌法」(shield laws) 作護身符,可以在一定程度上,拒絕透露消息來源,但卻免不了惹上出庭作證的麻煩。這種如「大衛血戰巨人哥利亞」(Davids fighting Goliaths) 的心情,難免使他們變得如此得勢不饒人,如此「自我膨脹」,以壯聲勢。

美國總統哲弗遜(Thomas Jefferson)對新聞界頭痛不已,但他總認為,縱然報界壞透(at its worst),也得要維護住它,因為那是讓報界自由的不可或缺做法。他說:「要在濫用新聞自由和將新聞自由發揮到極至之間,劃出一條分界線是十分困難的:我維護他們說謊和毀謗之權。」(It's so difficult to draw a clear line of separation between the abuse and the wholesome use of the press ...... I shall protect them in the right of lying and calumniating.)哲弗遜不肯腹裡可撐船,但新聞自由(freedom of the press),一如其他自由一樣,可以覆舟、可以載舟。不管新聞界聲勢多大,它在報導上都能作審判或指控,都不能逾越讀者所托予他們的權力範圍。記者可以披露出現況,但卻無權力催迫社會大眾去採取改造的行動。歸根究柢,新聞界對大眾所關注的,應涵包更多注意,負更多責任;使命愈高,責任愈重,愈小心謹慎──這樣編採手段,才不會引起質疑,也唯有這樣才能走向自由報業的康莊大道❾!

所幸,1985 年底,由美國蓋洛普(Gallup)所做的一個「民眾與新聞界」全國性調查中,總算穩住了報界信心,顯示大多數美國人,還是信任主要新聞媒體❿。

該次研究發現,在所有受訪者中,90％贊同廣播新聞,89％贊同全國與地方電視台,86％贊同地方報紙,81％贊同有全國影響力的報紙。在可信度方面,87％相信《華爾街日報》、哥倫比亞廣播公司(CBS)新聞與美國廣播公司(ABC)新聞,86％相信美國國家廣播公司(NBC)新

聞，84％相信地方報紙、有線電視新聞與廣播新聞（CNN），82％相信
美聯社（AP），78％相信全國性報紙新聞，73％相信《今日美國》新聞。

個人方面，92％信任 CBS 退休新聞主播（Achorman）克朗凱（Wal-
ter Cronkite, 1916－），90％信任詹寧斯（Peter Jennings）與布林克萊
（David Brinkley），78％信任芭芭拉・華特絲（Barbara Walters,
1931－），62％信任專欄作家安德森（Jack Anderson）❶。

在新聞正確性方面，51％認為新聞界報導正確（但卻仍有 34％認
為新聞界「經常不正確」）。不過，似乎一個值得時常反省的論題是，
只有 37％受訪者認為新聞界立場相當超然，卻有 53％認為新聞機構常
受有力人士與社會團體影響，依程度分別是聯邦政府（78％），工商企業
（70％），廣告客戶（65％），以及工會（62％）。

也許，美國記者對政治所持，與民眾此種感受，有些關連。1986
年春，美國政治學者李奇特（S. Robert Lichter）與羅夫曼（Stanley
Rothman）兩人，對全美兩百四十位任職於全國性傳播媒體的記者和廣
播員，作過一項調查❷，結果發現自 1964 年至 1976 年的歷次總統大選
中，平均竟有 86％受訪者，是投民主黨候選人一票的。

若以堅持己見、以及對某些既定問題（例如墮胎、環保），作新聞
報導時的取捨與處理態度而論，大多數記者都自詡為「自由派」❸，而
只有不足四分之一的人，自認屬於「保守派」。

政治學者魯賓遜（Michael Robinson）因而有個綜合的印象：以最
後成品來看，電視台似乎喜觀冷嘲熱諷，但是缺乏自由作風，……；不
過，從長期來看，美國新聞界卻對（在位的）每一個人，都存有偏見，
而且大體在程度上都差不多。

附錄　魏斯摩蘭控告 CBS、美孚石油公司總裁控告 《華盛頓郵報》簡釋

㈠魏斯摩蘭案

1975 年美軍在越南棄甲曳兵之後，一向以打紅番西部英雄形象自詡的美國人，總是心心不忿，在往後的藍波(Rambo)戲集中，即可窺視這種越南情結殘留的大概。美國人在慶幸問題就如此得以早解決之時，經過一段養傷期後，痛定思痛日子，又會舊事重提嘔氣地想到如此個強大的美國怎麼會打敗？誰又該負起這個屈辱的責呢？

1982 年底 CBS 在「六十分鐘」集中，播出一齣名爲「出乎意料的敵人：越南騙局」(The Uncounted Enemy: A Vietnam Deception.)紀錄性節目(documentary)。焦點在攻擊當時擔任越南派遣軍總司令、四星上將魏斯摩蘭在 1967 年時的「陰謀論」(conspiracy)，認爲他隱瞞了美國百姓、甚至詹森總統(Lyndon B. Johnson, 1908～1973)，有關北越敵軍的眞正實力，以致華府依據了錯誤情報，而作出錯誤政策。在節目中，擔任特派員的「名嘴」(the most feared questioner)華樂斯(Mike Wallace)，更以一臉狠勁「盤問」魏斯摩蘭甚至十五前的塵封舊事，令他窘態百出。而經過一連串內部調查之後，能證明魏斯摩蘭有「陰謀論」的事實和文件都非常之小，該節目製作人更曾將部分有利於魏斯摩蘭資料，棄而不用。令 CBS 不得不承認，將魏斯摩蘭與「陰謀論」連在一起是不當的，而 CBS 守則(network rules)，也因爲偏心地對指責魏斯摩蘭的人提供方便而喪失了立場。1983 年年底，魏斯摩蘭遂具狀控告 CBS 誹謗，並要求一億二千萬美元損害賠償❹。

在聽證過程，越戰時擔任國防部長、其後轉職爲世界銀行總裁的麥納瑪拉將軍(Robert S. McNamara)承認，早在1965 年時，他就看得出

美國不可能在軍事上贏得越戰。但是，當年他在美國參議院的一個委員會上接受質詢時，因為相信當時還是布衣的季幸吉（Henry A. Kissinger）的一絲希望，認為也許能夠透過外交途徑，斡旋和平；故而堅決否認越戰是個「不求勝利的戰爭」，而非刻意在隱瞞⓯。

　　由於 CBS 最後承認魏斯摩蘭行為並無不當，且態度忠貞；又因為 CBS 所犯的錯誤，除了只是它的攝製過程有瑕疵，有損該公司所一向標榜認真作業的作法之外，實在算不上誹謗──因為，這必須要身為公眾人物的魏斯摩蘭，在司法審理中，證明對方懷有惡意的事實才行。所以，在花了近八百萬美元訴訟費和近兩年寶貴時間後，魏斯摩蘭認為對簿公堂，對公益毫無幫助（例如，如何申訴媒體），故而在 1985 年 2 月 18 日，在全案尚未移送陪審團時，撤回告訴，留下來的後遺症則是，誰打贏了官司？CBS 或魏斯摩蘭⓰？誰又能挽回 CBS 信力，以及公眾對整個新聞界信心⓱。

㈡美孚石油公司總裁案

　　1982 年《華盛頓郵報》根據美孚石油公司總裁戴華拉維斯女婿、眼科醫生皮洛所提供資料，撰文報導他濫用美孚公司的金錢與勢力，扶植他的兒子，使之成為倫敦一家船運公司股東。打從那時開始，在沒有公開招標情形下，獨占美孚公司所有船隻的營運，生意可觀，使他在航運業上致富。另一篇報導則引述當時眾議院能源委員會主席丁吉爾（John D. Dingell）的話，認為戴氏可能對聯邦調查員提供了虛假事實，而導致錯誤的證詞。戴華拉維斯便據以具狀控告《華盛頓郵報》誹謗⓲。

　　此案由華府聯邦地區法院（U. S. District Judge）葛許（Oliver Gasch）主審。他在向陪審團指示法律要點時，曾根據最高法院判例，要求陪審員必須找出《華盛頓郵報》嚴重犯錯的「明顯而令人信服的證據」，才能對戴華拉維斯作有利裁決。7 月 30 日，陪審團認為（jury verdict)，該報有關戴氏報導，是屬「惡意誹謗」，故他應獲得一百八十萬美元懲誡性賠償，二十五萬美元補償性賠償的巨額賠償金。

此一宣判，當時曾一度震撼新聞業界。因為長久以來，美國新聞界普遍地在直覺上認為，最高法院在憲法第一修正案的盾牌下，從 1963 年的《紐約時報》對沙利文案起，一直保護著新聞界批評「公眾人物」，除非是明顯的謊言。而在稍前，女影星卡洛‧乃特之控告《國家詢問報》，另一位前「懷俄明州小姐」之控告《閣樓雜誌》(Plant House)，皆獲得勝訴與巨額賠償。郵報之敗訴，不禁令新聞界擔心，今後若對富豪與權勢發表批評，是否愈來愈危險？換言之，其時近二十年之高枕無憂，是否已面臨巨大改變？誹謗案件一多，記者撰稿和編輯核稿，是否會顧慮重重，左支右絀？

《郵報》則力言無辜，認為報導基本上是正確的，而且事前準備工作，亦做得極審慎。而且指出，這項判決可能使新聞機構「不作嚴肅的調查報導」，以免遭受巨額損失。如果把這項裁決，看成是法律問題和法律標準，則往後凡是牽涉到複雜的人和事，新聞界必會盡量少登，以免惹上誹謗官司，最後吃虧的卻是讀者[19]。

此案，最後由主審的葛許，以戴氏所提出的法律條件不足，未能證明郵報誹謗為由(had not met the legal standards for proof of libel)推翻陪審團判決，而判《郵報》無罪。

㈢美不保障十八種言論

據國立中山大學中山學術研究所所長楊日旭研究，經由美國聯邦最高法院判決，有十八種言論，是美國憲法不予保障的。這十八種言論是[20]：

(1)沒有褻瀆國旗及燒燬徵兵卡的象徵性言論自由。

(2)危及公共安全的玩笑小新聞。

(3)沒有引發危害公共秩序導致動亂的言論自由。

(4)沒有擾亂學校安靜上課的言論自由。

(5)沒有造謠生非的言論自由。

(6)沒有妨害他人的言論自由。

(7)不得以言論或集會自由妨害交通。

(8)犯人的言論及集會自由受獄政安危的限制。

(9)軍人言論的限制。

(10)軍事基地不得作為候選人行使言論自由的場所。

(11)沒有辱罵他人因而招惹衝突的言論自由。

(12)沒有說下流髒話的自由。

(13)咆哮法庭的言論不受保障。

(14)議員言論免責權所不保障的非立法言論。

(15)沒有違背契約而洩漏國家機密的言論自由。

(16)黃色書刊不受言論自由權保障。

(17)詐欺不實的商業廣告不受保障。

(18)誹謗性言論不受保障。

附錄二　「示眾」之議的商榷

(一)前言

　　沈君山教授在擔任行政院政務委員期間[21]，有感於不實的新聞報導，對國家、社會與人心的影響，傷害很大，而當時某些新聞媒介，又往往為求獨家或銷路，而刊登出聳動不實，熱時一窩蜂，過後棄如敝履，終只曇花一現之「泡沫新聞」；因而在民國78年2月16日（星期四）的行政院每周院會上，曾即席提出臨時動議，建議[22]：

有失實之嫌的報導，若涉及政府（政府的事情，與國家法令及政策有關），應由新聞局收集政界與新聞界兩方面的意見，送請社會公正人士作個評估，然後定期公布錯最多、或最少的一兩個媒體或記者的名單。

沈君山還特別聲明，所指的是「涉及政府有失實之嫌的報導」，民間的事另外再說；而估計仍是「要由社會公正人士來評估」，新聞局只是作行政上的支援與作業，他並非主張用公權力來干涉新聞自由。他強調新聞自由是促進社會進步不可或缺的一環，新聞的自由與真實是一體的兩面，新聞報導要有公信力(public power)，而任何公信力都要有真實、事實作基礎；祇是要社會與新聞自由之間「相互尊重」，才能成為良性循環。而新聞局應該「管」的，是新聞的正確與否，不必去「管」意識型態如何。

沈君山認為上述建議，不但可藉此提升新聞媒體在報導時，求真實，亦可鼓勵部會道長，多為自己的政策「講話」。雖屬消極的「罰」，但亦有積極的「獎」的一面。如那一家媒體，三個月沒有不實報導的紀錄，也可公布讓社會知道。部會首長如不接受新聞媒體的採訪，新聞界也可自己組成評審小組，選出最坦白的部會首長或最不坦白的首長。至於官員講話後不承認，也可透過申訴制度處理，或由報紙定期統計，公布名單。

㈡學者、業界及政府官員的反應

沈君山教授點子(idea)見報後，因為事涉民主理念中的新聞自由，遂在社會上，引起一陣漣漪，新聞學者及業界，多持反對態度，而政府官員則較多肯定，茲分類將三者意見陳述如下：

(1)新聞學者意見[23]：

• 倘若由行政機構來統計、發布媒介不實報導，恐怕在執行上有困

難（眞實的判斷就很困難）。政府沒有權力公布媒體與記者姓名。新聞報導是記者、編輯及發行人等多位守門人集體創作，其責任不該由記者一人獨自承擔。

• 解決不實報導的發生可以透通：(a)司法功能的加強。嚴格執行誹謗罪與隱私權之類，保障私人權益的法律。此外，諸如出版法、廣電法等對不實報導，已有相關處理法則。(b)由民間團體，諸如學術研究機構、讀者、觀衆及聽衆組織，以及新聞評議會、「申訴人制度」(Ombudsman System)之類組織來監督、制衡媒體的自清自律，似乎更見成效❷❹。(c)媒體加強自律，不走偏鋒，不譁衆取寵，訴諸本身的管制、審核及求證等專業理念及公約力，將能降低絕大部分的「新聞傷害」。(d)苟能加強新聞教育致力於記者專業知識的培養，重整新聞道德，規範媒體運作的秩序，令其有認錯的勇氣與接受批評的雅量❷❺，則更是釜底抽薪之法。❷❻

(2)新聞業界的意見❷❼：

• 公布不實報導記者的做法，不算很適當（現在的新聞稿多已刊登記者名字，等同負責任的做法）。記者如報導錯誤，報社內部多會自行處分，沒有一個記者願意寫錯新聞的，有時應予體諒。

• 不宜動用官方力量，應靠讀者與社會的反應，發揮仲裁力量，媒體自然會產生更多社會責任感，有報導時力求周延、眞實。業者要自律，可組織一個由資深、具有公信地位的新聞界人士的超然團體來制衡和約束。最後，則可採取法律行動。

• 新聞市場是一個自由競爭的市場，在自由競爭的環境下，自然而然地適者生存，不適者受淘汰（優勝劣敗）；因此，只要傳播媒體能遵守新聞行業的「行規」（例如謹守「求眞、求實、求平」的採寫守則），加強新聞工作者的素質（例如注重養成敎育）❷❽，則每一新聞媒體，都受到讀者與社會大衆的公平裁判。

•報紙的組織結構應予調整，使每個審稿環節，都能切實扮演「守門人」角色，發揮預警功能，發現問題時，立刻要求撰稿人查證，編輯則多注意平衡報導問題，則自可提昇新聞報導品質。

(3)政府官員的意見❷。

•為求取較實在的公是公非，這可能是個不錯的主意，但媒體的報導是否不實，認定起來是有困難。

•政府官員談話，應該不會有所欺飾，只是有時為公務機密之故，而有所保留。

•記者報導不實，出自捏造的可能性不大，但因判斷錯誤、一時疏忽的情況則層出不窮。如果是無心之過，尚可諒解，但若心存不怕更正，胡亂報導，則不能苟同❸。

㈢沈君山對於「意見」的意見

•所謂自由開明，就是要兼容並蓄，面對別人挑戰，先自己反省，而不要自以為是。新聞也是一樣的，但現在新聞卻走到批評別人可以，別人批評一下就哇哇大叫。只用新聞界本身的自律，來約束媒體並不足夠，尤其當媒體的權力膨脹，一定要有外界的制衡。報社對於錯誤的報導，雖也有一些懲處，但有時給予獨家報導或特殊的新聞獎勵更多；而錯誤若不引起大的影響時，也就不了了之，這算是嚴格的自律嗎？傳播媒體現在是最大的權威，官員不小心說錯了話，可以連幾天挨轟，但新聞界出了錯，又有誰敢來指責呢？

•正處於轉型期台灣社會，舊的權威消失，新的規範還未完全建立，新聞輿論界擁有非常的權力，但權力的自由行使，可能造成濫權。自由當然需要制衡，有人說制衡可以根據法律；但法律是最後的防線，在法律與自律、太過與不足之間，一定要有個辦法。打官司弄成滿天風雨，大部分又不了了之；所以，只用法律制裁是絕對不足的。

• 新聞評議會的經費都來自各報社，若有會裏的評議去報社，報紙不登也就沒有辦法。新聞局的責任在於維護新聞自由，和促進新聞真實。現在的新聞局長，還在扮演政府發言人的角色，要由他來制衡新聞局，難免有角色調適的困難。不過新聞局有公權力，有錢也有人力，可以支援社會公正人士來做評鑑，或乾脆提供評議會的經費和發布消息媒體。

• 公布名單的方法，例如在電視新聞上插播，每月公布一次最好、最壞的一兩名，就有作用。評審委員對於有意造謠或無心之失，也會有所分辨。

㈣學院派的回應

民國78年3月20日上午，國立政治大學新聞系與《中國時報》「人間副刊」，曾在該校集英樓三樓，針對沈君山教授論點，舉辦了一場「新聞報導錯了怎麼辦」座談會，除沈君山外，並邀請《中國時報》總主筆楊乃藩先生，及該系資深傳播學者徐佳士教授對談。三人觀點，已扼要提舉如上。座談後，該系學生組織之新聞學會，就設計了一分簡明問卷，以瞭解該系同學意見。[31]經過分析後，發現該系學生較能同意徐佳士教授所提出的三個觀點：

• 有關制衡的問題，新聞界自律為上，必要時可借重新聞評議會或記者自組的公會兩種力量（但應將組織健全並徹底執行）；甚至訴諸司法力量，而非動用政府行政力量。

• 報導出現錯誤，在所難免，但需視是否有意、或無意、或實在已無法再求證的錯誤而定；對於此種錯誤，應盡力避免，或給予適當處分。

• 錯誤必須更正，而且最好能以相同版面及篇幅刊登，以示負責。

㈤小結

　　吳大猷博士認為，要改善報紙那些令人詬病的現象，要靠報社自己有強烈的榮譽感，在記者素質、新聞內容、編輯方針，尤其在新聞道德方面，更要建立起一定的水準，使讀者每天都能獲得眞實而有用的資訊。他認為：「有什麼樣的社會水準，就會產生什麼樣的社會文化；社會文化低，新聞水準也就跟著低，兩者是互爲因果的。」❸❷

　　解鈴還需繫鈴人，編者與讀者，似乎都該擔負起一分道德與責任！

註　釋

❶ 惻隱之心、求安之心人皆有之，壞消息會令人此志忐忑不安，故較易引人注意。此句正如廣東俗諺說，「好的不靈醜（壞）的靈」，「我呸（pshow）！」之意。在莎翁（William Shakespeare, 1564-1616）名劇：「安東尼與克利奧佩屈拉」（Antony and Cleopatra, I, ii 99）中，也有過這樣一句名言："The nature of bad news infects the teller." 在另一場中（Ⅱ. V. 85-88），克莉奧佩屈拉又說過：縱然是眞的，壞消息最好不提；講些好的吧，讓人人都喜歡談它；如有壞消息，它自然就會讓人知道。」（Through it be honest, it is never good to bring bad news, Give to a gracious message, a host of tonguts, but let illtidings tell themselves when they be felt.）

聳動新聞，似乎都不是好的新聞，例如，二次大戰後，美國新聞界，報導過國內民權運動大混亂，越戰血腥場面，並參與倒尼克森總運動，以及某些令人懼怕的經濟不景氣觀象——都沒有一件是好事。尤其是電視螢光幕，這種「情緒媒介」（emotional medium），透過電子聯線（electronic linkage），使得現場與觀衆客廳同感不祥。

❷ "Journalism Under Fire: A growing perception of arrogance threaters the American press," Time, Dec. 12, 1983. pp.46-55.

❸ 這篇報導念頭，來自於該年雷根政府（Reagan Administration）入侵格瑞納達島（Grenada），卻不准記者隨軍採訪。爲此大表抗議，力言此是攸關新聞自由（press's freedom）與公衆知權（the public's right to know）。不過，大多美國人卻認爲這根本無關重要（inconsequential），甚至因爲沒有記者攪局，而覺得有點兒慶幸（gratifying）。例如，國家廣播公司（NBC）評論員（Commentator）錢賽洛（John Chancellor）利用「晚間新聞廣播」（Nightly News）機會，藉機表達新聞界對此事看法的嚴重性，認爲「美國政府正在爲所欲爲，毫不讓美國民衆代表有監督她的餘地。」（"The American Government is doing what ever it wants to do, without any representative of the American public watching whatit is doing."）不料此舉卻打破了新聞界代表民衆的浪漫想法——NBC 其後收到讀者五百封信及電話，其中贊成不准記者隨軍採訪的比例，超過百分之八十三。ABC 主播（Anchor）詹寧斯收到的讀者來信百分之九十九支持雷根。全美新聞專業雜誌（trade publication）《編輯與發行人》（Editor and Publisher）在一項對十二張日報讀者來信，非正式研究中，有百分之七十

五支持雷根政府。在二百二十五封《時代雜誌》讀者來信中，反對新聞界的，超過百分之八十八點八。大多數讀者來信對美國新聞界遭遇，且表現得幸災樂禍。例如：

——記者與大衆價值觀，諸如榮耀、責任與爲國盡忠等，竟是如此不瞭解，他們與口口聲聲要服務的社會脫了節。（Journalists are so out of touch with majority values, such as honor, duty and service to country, that they are alienated from the very society that they purport to serve.—Los Angeles Herald—Examiner.）

——媒體經常利用敏感性聳動事件，作爲一己追求名利機會。（The media have frequently misused sensitive and explosive events as opportunities for personal glory and financial gain.—Denver Post.）

《紐約時報》社論版主編范喬（Max Frankel）指出，令人感到詫異的是，某些人竟然立刻就假定新聞界要到格瑞納達島，不是爲了報導進軍新聞，而要破壞此一行動。（not to witness the invansion on behalf of the people, but to sabotage it.）

由於得到這些「鼓舞」，1991 年 1 月 17 日的波灣戰爭開始後，美國新聞界便風光不再。波灣戰事一開，便立刻成爲全球焦點，美國新聞媒介那有輕易放過之理。根據當日一項美國三大電視網的新聞量調查，發現幾乎百分之九十電視新聞，播的全是波灣戰爭相關新聞。（Elsner, Alan. "Gulf War diverts attention from other world issues," The China News, 1991, 2. 22, P.1）

但美國政府及軍方對新聞界卻毫不客氣。在波灣方面，1 月 15 日已向記者下達戰地採訪規定，例如，如果沒有美軍護衛，不得出發採訪，只准在軍方陪同之下，作小組集體採訪（pool coverge），所有報告，都要通過軍事檢查（安全審閱）（security review）等等。五角大廈則規定：由美國軍官決定那一單位記者可以採訪，逗留多久，那些記者有資格採訪，以及在某一程度上，軍士們可以說些甚麼，鏡頭可以拍些甚麼，和能夠寫些甚麼。（Lemoyne, James, "Reporting in Gulf: reporter's minefield: US Military imposes curbs on journalists' operation," The China News, 1991, 2. 20. P. 7）

習慣於高叫新聞自由、知的權利的美國記者，當然抗議，即使在美國採訪的外國記者，也大爲光火。2 月 13 日，比都布魯塞爾（Brussels）的「國際記者聯盟」（The International Federation of Journalists），即發表聲明，集體採訪制度，限制了資訊流布自由；又是對非美籍及非英籍記者的岐視。2 月 17 日，上千名屬於「美國海外記者俱樂部」（The Overseas Press Club of America)組織的前後任駐美特派員(foreign correspondent)及新聞編輯,即曾走上街頭示威,抗議「記者難爲……五角大廈與沙烏地阿拉伯報導自相矛盾(以及)持續將新聞報導傳遞延後。」(the harassment of reporters ...... conflicting reports from the Pentagon and Sauid Arabic (and) the persistent delays intransmission of news reports.)(The China News, 1991, 2. 19. P.11)

——其實美國新聞界與美軍交惡,已是冰凍三尺,非一日之寒。南北戰爭期間,沒有新聞檢查這個概念,致使政府軍隊,常因新聞報導而遭受損失。據說當時北軍將領休曼(General Sherman)一次在聞及有三位隨軍記者遭砲彈打死時,貿然衝口而出的說,「好哇!現在我們在早餐之前,就可以得到來自地獄的新聞!」(Good! Now we shall have news from hell before breakfast!)第一和第二次世界大戰,美軍實行過軍事檢查,韓戰時,則僅有非正式檢查(因只是一項軍事行動,而非戰爭)。但越戰期間,對新聞報導毫無限制,採訪戰地記者,一方面不滿軍方在發表戰訊時,不但保守,且隱瞞眞相的做法;他方面又對戰爭目的質疑,認爲戰爭既然需要人民作無條件奉獻,則戰況消息便不該有所遮瞞。在未能深思人民需要知道些甚麼,和爲甚麼需要知道的情況下,大多數記者即鉅細靡遺地報導戰爭血腥場面,以及南越政府之腐敗無能,造成國內一片反戰之聲,終而導至慘敗。

論者有謂在政府對資訊嚴密管制下,戰地採訪不易,媒體間競爭轉烈,播報時間增長,媒體極可能不自覺到淪爲政府工具,而不能善盡職守;另外,在可靠來源極爲缺乏情況下,爲了向讀者交差,媒體又不得不依賴有限資訊,大作灌水文章,以致走火入魔,造成「新聞幻覺」。如此環環相扣,致令軍事機密、新聞自由和公衆知權三者之間,糾纏不清,而爭議由是而起!〔見「波灣戰爭報導省思專題」,《新聞鏡》,第一一八期(80. 2. 4.–10.)。台北:新聞鏡雜誌社。〕

❹ 1980 年的 9 月 28 日,《華盛頓郵報》黑人女記者庫克(Janet Cooke),刊出了一篇「吉米的世界」(Jimmy's world:8–Year–Old Heroin Addict Lives for a Fix)的長篇報導,描述一名年僅八歲黑人男孩嗜上海洛因(heroin)的惡習而無法自拔。她因此文而獲得普立茲獎特寫獎,事後卻發現文中所說情節全屬虛構,因而不得不在 1981 年時退還該獎。〔該文中譯見彭家發(民 75):特寫寫作。台北:臺灣商務印書館。頁391–7。〕

不料就在庫克退獎之後一個月,《紐約每日新聞報》(New York Daily News)專欄作家丁理(Michael Daly),在《倫敦每日郵報》(Daily Mail)攻擊之下,坦然承認,他所指名道姓目擊同僚在北愛爾蘭貝佛斯市(Belfast)射殺一名少年的英軍

史貝爾(Christopher Spell)，根本是他自己作出來的。至於其他疑點，他也承認將在某些段落細節上動過手脚。（但他辯稱，在新新聞期型寫作方式上，將事實稍事修改，並不影響到對眞相的解釋。）

丁理一開始便寫著：

貝佛斯市——從一輛裝甲車的引擎蓋偸望過去，英軍槍手史貝爾注視著一名還不到十來歲的小伙子，正在科斯路羅富頓銀行前面，投擲汽油彈……。在史貝爾右邊的一名士兵，舉起步槍，打了兩響。15歲大的麥卡頓倒了下去……。「如果好運，這個芬尼安小鬼準死無疑」，這名士兵說。（芬尼安是愛爾蘭以獨立爲目的所成立的的秘密組織，會員多半在美國。）

Belfast——Peering over the hood of an armored car, gunner Christopher Spell of the British Army watched a child not yet in his teens fling a gasoline bomb against the front of the Northern Bank of Falls Road……A soldier to spell′s right raised his SLR rifle and fired two shots, A 15-year-old named Johnny McCarter fell ...... ″If I′m lucky, the little Fenian will die,″ the soldier said. (Michael Daily, ″On the street of Belfast, the children′s War,″ New York Daily News. 1981. 5. 6.)

英軍承認當天曾槍擊過一名天主敎男孩，但英軍之中，並無史貝爾其人。英軍開抵愛爾蘭的日期及路線也不對。其後，《每日新聞》執行編輯韋克(James Weighart)亦表明，他無法相信丁理曾隨同該英軍出巡採訪，至是丁理不得不坦然面對責難，並辭職。

更不料又七個月之後，亦即1981年的12月20日，《紐約時報》周日雜誌(New York Times Magazine)所刊登的一篇由24歲自由投稿作家鍾士(Christopher Jones)所撰寫，說是來自高棉(Cambodia)他隨同赤棉游擊隊(Khmer Rouge Guerillas)的報導，竟是他前兩次在1980年訪問高棉西面，加上想像的產品，而且是在西班牙加寶(Calpe)寓所裡寫成的。而且，部分情節竟是來自1930年時，法國作家卯可(Adnre′ Malraux)描寫高棉的小說——「邦畿千里」(La Voie Royale/the Royal Way)。

新派報導(new journalism)過分偏好故事式的寫作技巧，用之不當，就會使報導偏離了方向，誤解與爭議，尤其80年代最初數年，例如，1984年的6月18日，美國《華爾街日報》(the Wall Street Journal)女記者莉普曼，即在報章上發難，指出非虛構小說(non-fiction)作家雷特，自認在過往25年中，一直以捏造故事、人物、現場及對話，在素來審稿嚴謹的《紐約客》(New Yorker)雜誌上，撰寫文稿，簡直是新聞界醜聞。事例之一，是他在1961年所寫的一篇

有關他與西班牙村民對話。雷特在此文中說，談話地點在一家酒吧內，但事實上卻是在一戶村民家中。

雷特並不否認他這種作為，但卻辯稱他更改談話地點原因，是為了保護該名西班牙村民，使之免遭西班牙警察的查問。至於更改對話一事，雷特認為，那是一種技巧——如果作者是以第一人稱來撰文，他通常都會將自己所要提出的問題，假借別人的嘴巴說出來。該刊編輯索恩認為，莉普曼的報導並不正確，他壓根兒就不懂新聞寫作。因為此種更改，是一種「誠實的錯誤」。他與雷特兩人都承認，雷特的報導，經常都會有這種「誠實的錯誤」。雷特並認為，事實是透過作者的意念來呈現出來的。

不過，論者有謂他這種論調，正是新聞記者與編輯大忌。在新聞寫作中，有些地方，例如對色情、犯罪的描寫，的確應該受到相對限制，不能按照實際情況，作鉅細無遺的報導，但這並不表示作者有權捏造事實——事實還是應該透過事實來表達，並非經由一己意念呈現出來。(Newsweek, 1984, 7. 2.)這數件事件發生後，當時普遍瀰漫著一種「誰來監督新聞界，誰來營救新聞界」的悲觀氣氛。

❺ 事實上據該篇報導指出，誹謗案成立(libel verdicts)已愈來愈為社會所樂於見到的一種對新聞界處罰(to punish to press)的手段。史丹福大學法律系教授范克廉(Marc Franklin)當時就統計過，打從1976年至1983年，在美國境內所發生的106件大宗誹謗案中，達百分之八十五百分點是新聞記者敗訴，而且幾乎有24宗，被判賠償超過一億美元；而且自1972年起，高等法院即對新聞界失去信心，美國《時代雜誌》資深特派員史托勒(Peter Stolen)，在他所著的《與新聞界之戰》(The War Against the Press)一書中也指出，自1976年至86年的十年中，在106件主要誹謗案裏，根據美國陪審團判決，百分之八十五是新聞界敗訴；其中有20件以上罰款超過一百萬美元。而從1972年至86年間的四件上訴誹謗案，全是新聞界敗訴。芝加哥一位律師更直接指出，民眾已感到「為了賺塊錢，報界是可以收買的」(the press is venal, out to make a buck.)；「他們死不認錯」(the press isfighting to right a wrong.)；「他們已無藥可救」，「經常找人來打壓」。(the press is too negative;they are always looking forsomebody to hit over the head.)

電視的出現，也重塑了記者形象：他們在螢光幕上，變得小心眼(petty)、專門抬槓（包拗頸）(disagreeable)、先懷疑再說，這是因為電視新聞在本質上是介入的(intrusiveness)，並且是報導中的一部分——因為要「問」問題之故。

報業快速擴展發行區域之後，地區民眾，又漸漸感到一網打盡的社論，已不合自己胃口；地區記者一味追求調動、升遷，因而疏忽了地區事務，或者關心程度不夠；也會加深民眾對報界疏離、不信任。受訪者言論被腰斬、被扭曲，新進記者一味希望爆內幕、一夕成名的急功近利作法，更加令讀者火上加油。

所以越戰與「水門事件」後遺症，也就是「調查報導」濫用：不整人不成、「敢把皇帝拉下馬」，破壞國家機構及首長在人民心中印象；也就是新聞報導消極主義（negativism in news coverage）。這種做法不但令新聞主管擔心不已，也令讀者對此種「過度評論」的偏見做法（hypercritical approach），日久生厭。

例如，美國 CBS 之「六十分鐘」節目（60 Minutes），就曾闖過這種禍。1983年5月，洛杉機有一位名叫嘉羅威的醫生（Carl Galloway），即曾控告「六十分鐘」這個節目誣陷他串通保險業共同詐騙。嘉羅威後來輸了官司，但卻將這個節目在採訪時醜態百出的樣子，讓觀眾大開眼界。

戴華拉維斯雖然告不了《華盛頓郵報》，但卻被法官大罵：「該文離公正、不偏的報導準繩，簡直不可以道理計。」("The article falls far short of being a model of fair, unbiased journalism.")

❻ Powell, Jody

1984 The other Side of the Story, N. Y.: William Morrow & Co. Inc.

❼ 在傳統觀念上，美國新聞界一向以代表民眾之「政府監督者」自居，如果民眾不信任新聞界，則他們對政府的影響力，便會相對地減少；而當政府採取不利於新聞界措施時，反而會獲得大眾支持。另外，美國新聞界的「同儕壓力」（peer group pressure），亦為一種有效的無形約束，玩忽職守的人，會為同儕所齒冷，雖然1985年初，美國人好用歌星盧蓓（Cyndi Lauper）所唱的「有錢使得鬼推磨」（Money Changes Everything），來諷刺美國報業，但如「拿了錢才（不）發新聞」的事，並不多聞。有些機構並嚴格禁止屬下記者，接受免費款宴或旅行的招待。較例外的是美國《聖地牙哥論壇報》，該報每周四有旅行版，自1986年起，該版編輯到各地採訪，所有花費均由贊助者支付，但在報導後面，都附有文字說明該項採訪是接受□□單位款待。（Editor & Publisher, Sept. 5, 1987.）但此舉在我國卻有人情、廣告包袱，未必有效。我國部分新聞界卻往往視參觀、贈品、款宴、「隨同採訪」之類的招待，視為理所當然的應得利益，結果可能是「拿人的手軟，吃人的嘴軟」！就中，卻有一件因「接受招待」所引起的「誹謗官司」！

民國78年8月20日，我國「衛生署環境保護局」（環保局），升格為「環境

保護署」（環保署），由當時立法委員簡又新博士出任署長。當時，主跑環保記者亦成立「環保記者聯誼會」，希望加強「監督」該署運作的責任。

未料，該署與記者間關係，並不和諧，不改環保局時氣氛，會議多採秘密方式進行，致令該線某些記者指為「新聞封鎖」。同年11月初，該署與中油、台電等單位合辦「環保署、中油、台電韓、日考察訪問團」參觀兩地輕油裂解廠、焚化爐等單位，只接受聯誼會記者參加，並且每人只需負擔國際飛機票費用台幣一萬六千多元，其餘二萬八千多元旅費，則由中油與台電分擔。當時在《中時晚報》跑環保、但非聯誼會會員的記者方儉，將此事實於11月22日寫成「新聞」，對環保記者接受「污染對象招等」，有所披露，但因為事涉同業，更涉及報系記者，有關報譽而沒有見報。其後，方儉更與《中國時報》一位記者，因事涉誹謗互而訴之於庭。結果俱未符法律要件，皆遭駁回。不予起訴。——記者告記者，在台灣地區尚不多見。[方儉(1988)：「環保記者能接受污染對象的招待嗎？」，《當代》，第三十二期(12. 1)。台北：《當代》(Contemporary)月刊社。頁122～4。]

⑧ 美國傳播界其實也極力走向讀者，力求與讀者保持融洽關係。例如經常自我檢討(self-critical)告誡記者不要自大，追新聞，力求與讀者保持動機要純正，為社會服務意義大過一味挖新聞的「狂態」，並以是否公正來替代「一版頭條」的觀念。又例如：(1)廣設「讀者投書」欄，而且多置在版首（如《時代》雜誌），以示尊重；(2)犯有錯誤即公開更正，或者在版首增開「祈請原諒」(Beg your Pardon)，或「報導有誤」(We were Wrong)之類更正欄；(3)抽取數則報導為樣本，用答卷方式，採求讀者意見，以明瞭其在讀者心目中，此數則新聞是否處理得正確與公正；(4)以比原來報導更正式後續新聞(corrective follow-up)，順便檢討報導內容、技巧及新聞道德(journalistic ethics)問題；(5)成立類似北歐古代之寃情大使(ombudsmen)、（國內又譯為自評人、監察人，有類我國古代御史或現時監察委員），或者「讀者代表」(reader representatives)之類組織，尋找「道德南針」(moral compass)；(6)開闢跑新聞圈採訪線；(7)參加社區會議，發掘媒體本身問題；(8)成立英國報業協會(Press Council)之在美協會，以裁決投訴之是否成立（但無執法權力）——但全美新聞協會(The National News Council)自1973年成立之後，從未得過大媒體支持，所以這種協會，充其量只有在研究上幫得上忙。

⑨ 本文末數段論述，部分是取材自❷一文作者William A. Henry Ⅲ. 之觀點。

⑩ Editor & Publisher, 1986, 1. 18.

⑪ 克朗凱為俄亥俄州立大學博士，曾擔任合眾社（合眾國際社，UPI前身）記者

多年。1950 年起，擔任 CBC 新聞主播人，聲譽曾爲三大電視網之冠，1981
年，以 65 歲之年退休，之後擔任 CBS 公司董事。91 年 4 月初，宣布不再擔
任董事之職而轉任該公司特別顧問及新聞特約通訊員(Special corres-
pondent)。華特絲爲紐約莎拉・勞倫斯學院文學士，主修英文。廣播生涯由
NBC 所屬之 WRCA–TV 之助理導播開始，後轉入 CBS 擔任撰述。1961 年
主持 NBC 的「今日秀」(Today Show)，頗爲觀眾受落，暱稱爲「今日姑
娘」。1976 年，以第一個全美有史以來一百萬元最高年薪女記者，加入 ABC
工作，主持 "ABC World News Tonight" 新聞節目，名噪一時。

安德森的專欄，以扒糞爲特色，經常運用些特別手段來攪些內幕新聞，也不排
斥謠傳。美國主要報紙，如《紐約時報》就不用他的專欄，《華盛頓郵報》把他的
專欄放在漫畫報，只能每周一次攀上言論版。舉凡外交政策、外國事務及中國
問題，都不是他的專長，故並不多見。但 1990 年 3 月 13 日，他卻在郵報引用
「接近鄧小平的消息人士」資料，發表了一篇「鄧小平一個中國的夢」專作，
力言我國家安全會議(National SecurityCouncil)秘書長蔣緯國將軍，與中共領
袖鄧小平(Teng Hisao Ping/DengYiao Ping)爲實現「一個中國」而互通款曲
(secretly contacted)，時值台北選舉總統、副總統前一周，蔣緯國將軍在 4 月
18 日的立法院會中，受到民進黨籍立委的嚴詞質詢，認爲他不主動控告郵
報，態度曖昧，遂引起一場風波。該文嘗謂：「可能把兩個中國撮合的工具是
他們共同的憲法，此憲法是由竹幕兩邊均推崇、備受尊敬的孫中山所擬定。雙
方均宣稱是此項憲法下的合法中國政府」。「接近鄧小平的消息人士說，他
（鄧）已經和蔣緯國就在該項憲法結構下，完成一個中國的可能程序，互通機
密、間接的訊息」。

蔣緯國將軍曾於 3 月 17 日至 4 月 17 日間訪問美國，但他已截然否認這一謠
傳。這篇專欄內容，事實上只能當一項謠傳，並未構成誹謗。錯誤內容，當事
人可以要求《郵報》更正，但損害名譽責任，構不上司法訴訟。(《聯合報》，民
79. 4. 19，第三版。／The China News, 1990, 4. 19. P.1)

⓬　The Quill, 1985, 9.。

⓭　社會學者甘斯(Herbert J. Gans)認爲，所謂新聞從業人員的自由主義，指的是
思想獨立、能夠接納新思想，或者兩者兼備。但新聞業界，如克朗凱則認爲
「自由派」是不受教條、教義所約束，而且事先並不拘泥於某一固定觀點。
新聞界正確報導，的確有助於維持政府誠信，但在新聞界組織與勢力日漸龐
大、記者們日趨自由之際，總令人感到新聞界已步向傲慢與自私之途，尤其
電視記者，許多已忽視記者所應具備的專業性角色，而以明星記者自居。

曾任美聯社駐外記者的著名評論員舒爾（Daniel Schorr），即曾批評過美國新聞界說，「許多美國人相信，由於美國新聞機構的傲慢與遲鈍，使得維護新聞自由的努力倍增困難。」「長久以來，新聞界都認為他們監督政府的不當措施，可以降低政府的傲慢心態……。現在……，以往一些給予政府的謔稱，如今都轉而加諸新聞界的身上了。」[「誰來維持新聞界的誠信」，《新聞評議》，第一三四期（民 75. 2. 1.）。台北：中華民國新評會。頁四。]

⑭ 《中華日報》，民 73. 10. 9. 法新社電。

⑮ Time, 1984. 12. 24.

⑯ 同期間，當時以色列國防部長夏隆（Ariel Sharon）之控告《時代雜誌》名譽誹謗一案，亦進行得如火如荼。夏隆指控《時代》於 1983 年 3 月 21 日出版的一篇報導中，誣稱他鼓動對黎巴嫩境內巴勒斯坦人的大屠殺事件，《時代》亦承認報導有不確之處，曾予以更正；但夏隆不甘罷休，乃控告《時代》誹謗，要求五千萬美元賠償。當時主審的紐約聯邦地方法院法官在審理時，曾提出三大問題：(1)《時代》報導是否確實無誤；(2)夏隆是否因此而名譽受損；(3)《時代》在報導時，是否明知其為不確實，或故意不理會有利於夏隆的真實資料；引導陪審團逐一研究。

結果1986 年夏，陪審團表決認為，《時代》報導的確不實，夏隆名譽也受到損害；但《時代》並沒有明知故犯，因此，給予不起訴處分，據傳夏隆花了近三百多萬美元打這場官司，但只是使陪審團相信，《時代》曾經汙蔑過他，還他一點清白而已！（亦有傳兩造是庭外和解，《時代》並給夏隆二十萬美元象徵性賠償。）

由是，使人不禁感喟，新聞機構被指控誹謗，只要肯花錢、打得起官司，長期奮戰下去，勝算機會甚大。但某些新聞界則關切到，法院審判新聞媒體及記者，根本不合符憲法上保障言論自由的精神。這些人認為，誹謗官司不但使新聞媒體及記者受到精神威脅，影響到他們的報導，帶給他們的財務負擔，即使最後獲不起訴處分，但律師與堂費也是一筆可觀數目；在這種威脅下，新聞報導就不能暢所欲言，不能善盡職責。所以，最高法院應判決凡政府官員，一律不得控告新聞媒體及記者誹謗。

但卻有更多人認為，誹謗官司對新聞界有阻嚇作用，使他們不致亂吹亂播，而自我約束；所以，若有誹謗，官司還是應該打的。

擔任公職而執行公務，或民意代表在議場內發言，通常會有某種程度言論免責權，但記者、編輯在傳布這些「二手言論」時，卻並沒任何免責論。因此：(1)凡懷有惡意（例如幸災樂禍）；(2)原文照登（或斷章取義）；與及(3)報導錯

誤，都可能言者無罪，述者有過！

美國最高法院院長柏格，對新聞自由概念，有過如下警語：「有些人認為，當記者的權利與其他人的權利相衝突時，記者的權利應屬優先。站在法律觀點，這種看法不對，法律下人人平等，沒有一種權利是絕對的，因此記者的權力，也並非毫無限制，並不是不可檢討的。」「新聞獨立是必需的，但並表示因此賦予新聞界絕對權力，因為今日社會上沒有人可以擁有絕對權力。」[冷若水（民 74）：《美國的新聞與政治》。台北：中華民國新聞編輯人協會。頁一九九。]

由於在 CBS 一案中，該紀錄片製作人卡洛（George Crile），承認在蒐集資料階段中，他曾私錄與麥納瑪拉的對談，曾引起過「不告而錄」的合法性或道德問題。

偷錄 (secret taping)，或謂「當事人監聽」 (participant monitoring)，是指對話者，其中有人不告知而私自錄音，而非指在通話者互不知曉情況下，被第三者偷聽或錄音的竊聽 (eavesdropping)。贊同此種作法的人認為，私自錄音，是確保內容確保內容正確無誤，引語正確、受訪者坦白，與證據確實可靠(死有對證)；甚至在誹謗官司提出之前，即可讓對方打消念頭。這派人士認為，外界反對的原因，只在於想保留一己出爾反爾權利。所以，他們認為，錄下談話過程，勿須告知對方（就如同筆記、稿件），也不必顧慮是否要得到對方同意。

反對的人則認為，對人民保有隱私權的正當要求，會造成威脅。

在美國，聯邦法明文規定禁止竊聽；但在大多數州法律上，記者可以錄下自己的通話，而不必獲得對方同意；不過，美國聯邦法與各州法律並不一致。例如1968 年，美國國會通過 "Amnibus Crime Control and Safe Streets Act"，允許個人錄下電話談話，而不必告知對方。但 1947 年生效的一項美國聯邦傳播委員會(FCC)的規定，要求電話公司堅持用戶要在州際電話錄音時（州內電話不在此規條內），須發一聲尖銳聲響；否則，就須事前徵得對方同意，違反者吊銷電話使用權。

不過，錄音雖有其優點，例如，可讓採訪記者安心訪問，而不必埋首猛作筆記（但重聽費時），對敏感性話題，更是一種自我保護法。又如記者在接獲恐嚇、綁架或面臨炸彈威脅時，也不得不將打過來的電話錄音。但是，這種做法動機是否合乎公眾利益，總是含糊不清的。所以，有些如《華爾街日報》之類大報，規定記者在私自錄音時，先要獲得資深編輯准許。

⓱《紐約時報》在 1985 年 2 月 24 日，在「社論對版」(Op-Ed)中，登了四篇文章來評論此事，平衡而又周延地表達了四種不同意見：(1)第一篇認為 CBS 對

此事件所作的各項報導，已在訴訟過程中得到查證，使整個事件大白於世；因此，這件訴訟案並非毫無意義；(2)另一篇批評魏氏受保守派人士利用（他的訴訟費由一個保守派基金會贊助），以打擊CBS，由於他們警覺到官司不一定能贏，才撤回告訴，讓魏氏與CBS庭外和解；(3)第三篇則是由一位新聞界人士撰寫，認為此案子已給新聞界足夠教訓，以後在報導中，應力求公正；(4)第四篇由當事人魏氏本人親自執筆，認為類似這種案子，應該由新聞評議會裁決。"Op-Ed" 全名為 "The Oposite Editorial Page"，國內有譯為「社會輿情版」、「異見版」或「評論對版」，是《紐約時報》(the New York Times)在當時社論版編輯歐克斯 (John Oakes) 主持之下，於1970年9月所開闢的專欄，用以代替有十年之久的訃聞版面，以集中處理「讀者投書」(Letters to the editors)專欄。其時《紐約時版》正由每分一角錢漲至一角五分，發行蘇茲伯格(Arthur Sulzberger)，於是決定開闢此一評論性專欄，讓讀者覺得物有所值。

歐美報紙，是採新聞與意見分開，再集中作同版處理，而 "Op-Ed" 版開闢在社論版(editorial page)對頁，故稱之為「評論對版」，因為其中內容多屬世道民生之關注，故有譯稱為「社會輿情報」，又因為其中意見，可能經常與社論版大相逕庭之多元意見，不讓專欄作家一意「專美於前」，故又有「異見版」之稱，以示公器之雅量。

《紐約時報》"Op-Ed" 所刊稿件，大約有四分之一是讀者來書，其他則為特約專欄作家或學者、政治家稿件；例如，初期的專欄名家雷斯頓(James Reston)、蘇茲伯格及貝克(Russell Baker)作品，均是一時之選。初時稿件，大都偏重於政治性，後來範圍則日漸廣大，例如工業家和眾議員有關環境污染的對話，都上了版。對於新派報導手法也不排斥。例如，《時報》就登過一篇由白人牧師，以第一人稱所寫的「午夜哈林區地下火車漫遊記」。華盛頓政治家，曾經一度以名字能上 "Op-Ed" 為榮。為了摒除版面上一片字海之灰暗，《時報》也在版面上加入圖片和漫畫，使版面能夠活起來。

英國《泰晤士報》邦斯(Thomas Barnes, 1785-1841)，曾因重視輿論，而令報人無負「第四階級」美譽。

「讀者投書」始於1920年代，擔任普立茲《世界雜誌》編輯史瓦普(Herbert Swope)的點子，其後，即為各報廣泛採用。"Op-Ed" 一出，《洛杉磯時報》(the Los Angeles Times)立刻跟進，以後迅速成為全美日報最廣受注目的評論性專欄；其中，尤以《時報》"Op-Ed"，更是眾多報紙中，最好的一個「讀者投書欄」，許多政治哲學、宗教信仰、人生觀迥異的作家、政治家和足球名

星等，都樂於投稿。

　　台灣地區《民生報》(Min Sheng Pao)，於民國 75 年 4 月間，指定電話專線：7671268，為「民生熱線」，每天上午 10 時至下午 6 時，以電話錄音方式接錄讀者問題，經整理後，連同答覆內容，分別刊登於該報相關版面。

⑱ 1981 年 8 月，《華盛頓星報》(Washington Star)倒閉後，《郵報》便成為華府地區第一大報，當時日銷約七十萬分。

⑲ 《新聞評議》，第九十六期（民 71. 12. 1.），第九十七期（民 72. 1. 1.）。台北：中華民國新聞評議委員會。

　　附註：美國原有「全美新聞評議會」組織(The Board of the National News Council)，於 1973 年 5 月 14 日，在華盛頓成立，在公益的前題上，處理各類陳訴案，惟因缺少美國新聞界支持，經費不足，以致於 1984 年 3 月 20，日宣告結束會務。（《新聞評議》，第九十八期～一一五期。）

⑳ 「美國不保障十八種言論」，《新聞評議》，第一三八期（民75.6.）。台北：中華民國新評會。頁二。有關報禁後，台灣地區報紙信用問題，可閱：葉洛（民79）：「報紙信用破產了」，《納稅人》，第三十七期（一月號）。台北：納稅人雜誌社。

㉑ 民國 78 年 5 月間，行政院長俞國華請辭，我國政府內閣改組，沈君山教授之行政院政務委員(minister without portfolio)一職，於同年 5 月 31 日退職。「國統會」成立，又擔任研究委員。

㉒ 本節資料，詳見(1)《民生報》，民 78. 2. 21，第十二版（綜合新聞）：沈君山：「為新聞界好！」企劃報導。(2)《雙十園》，第一七六期（3 月 16 日），封面故事：「媒體自覺自律　報導求真求實」，與「新聞媒體受訕病，學者記者開處方」兩篇。台北：《雙十園》雜誌社。(3)《中國時報》，民 78. 3. 23「人間副刊」（跨行對談）：「新聞的自由與限制」。(4)《政大師生》雙周報，民 78. 3. 31.（第七號），第二版。台北國立政治大學，校內刊物。

㉓ 當時發表意見的學者包括：政治大學新聞系教授王洪鈞、徐佳士、賴光臨及汪琪，輔仁大學大傳系副教授皇甫河旺（後轉職世界新聞學院），與淡江大學大傳系副教授林東泰（後轉職師範大學）等人。

㉔ 美國華盛頓有 MIA 組織，定期發表媒體不正確報導的統計結果，頗具公信力，且能產生社會制裁力量，而又不涉及記者姓名。

㉕ 《紐約時報》某次的一版頭題，竟然是「更正啟事」，題標是：「我們錯了！」（We are wrong!），以表示有勇氣面對質疑，坦然認錯，結果深得讀者讚許。

㉖ 徐佳士教授認爲諸如消基會（消費者文敎基金會）之類組織，頂多只能干涉報紙刊登不實廣告（puffery）的事，管不到新聞（新聞不是物質，而是資訊），新聞評議會只是個諮詢機構，裡面成員雖都是社會公正人士，但由他們來評鑑和公布名單，嚇阻作用並不大。倘若由立法院通過法律，而由司法院根據這些法律來制衡新聞界，則政府力量，還用得上，問題是立法與司法，要確實發揮其功能才成。他認爲比較好的辦法，還是新聞自律，由新聞記者自己將其職業道德制度化，由記者、編輯組成一個公會來作自律組織，由政府立法，規定媒體聘用的採訪、編輯人員，也須是公會的會員，解聘這些人員，也要經過公會的允許。公會本身也要嚴格執行「中華民國新聞記者信條」，違反信條的新聞從業員，由公會開除會籍。

㉗ 當時發表意見的新聞業界包括：《中國時報》總主筆楊乃藩，《中央日報》總編輯許志鼎，台視新聞部經理章紹曾，《遠見雜誌》發行人兼總編輯王力行，《中時晚報》總編輯胡鴻仁，《聯合報》副總編輯高惠宇，《中央日報》記者樊祥麟及《中國時報》記者黃輝珍，《新生報》採訪主任郭大經，《自立早報》採訪主任吳戈卿等人。

㉘ 養成教育除了培養新聞的倫理觀念外，主要在提昇專業水準。例如，過去跑國內政治新聞的記者，因爲牽涉複雜，故會先跑部會新聞，再跑國會新聞，然後才跑黨政要聞，務求有足夠的歷練、人事關係及相關知識，以防報導失實或誤判。

㉙ 當時發表意見的政府官員，抱括：新聞局長邵玉銘，內政部發言人室官員與台灣省政府新聞處官員等人。（邵玉銘後任職政大國際中心敎職）

㉚ 關於新聞局目前對媒體報導的對策，包括：(1)失實或影響程度較嚴重的，除「更正函」外，該局將透過每月一次的「星期五記者會」加以澄清；(2)影響程度嚴重的，則會指名道姓，以通稿方式訴諸公論，甚或透過司法途徑解決。

㉛ 見《新聞會訊》，第一五一期（民 78. 3. 13.），「問卷調查結果淺析」。台北：國立政治大學新聞學系。系內刊物，不對外發行。該問卷共發出（一至四年級）一百分，回收率爲百分之六十。

㉜ 同註㉒之(2)，頁二十一。

第十一章 新聞分量的檢驗
——年度十大新聞集釋

　　每屆年終，中外新聞媒體多有年度十大新聞選舉，以歸納事理，集結眾人專業考量，給予新聞分量的確認。從年度的十大新聞中，通常可以從而重溫過去一年來，周遭到底發生了些甚麼大事，新聞從業者對事件的看法和所賦予的價值等級和地位。

　　讀者在接觸這些再挑選過的新聞時，會驚訝於自己不知的事還蠻多的，從而有機會對年來重大事件的簡要脈絡，有更清晰、明確的印象；更重要的是，藉新聞的脈動，可以了解國內、外環境的變化，以及其所賦予的意義，好作未來因應的準備。所以，新聞媒體每年例不免俗，同業間具有相互比較比態，引證自己的「新聞鼻」（nose for news），而大多數讀者，亦看得過癮，甚至樂此不疲。

　　茲以 1990、91 兩年各類新聞十大，作一論證。

第一節　1990 年新聞的十大

　　1990年過後，距離21世紀只有十年光景。該年度世局又波濤起伏。因此，回顧1990年間國際、國內之重大新聞，頗有緬懷、啟發及遠窺未來之價值。經由各個媒體票選，1990年各類重要新聞，概如後述 ❶。

㈠國際十大新聞

(1)伊拉克（於 8 月 2 日）入侵科威特；威脅阿拉伯國家安全，引發波斯灣危機，國際油價暴漲❷。

(2)東西德（於 10 月 3 日）統一，定都柏林(Berlin)，原西德總理柯爾(Helmut Kohl)，當選全德總理(Germany Chancellor)。〔原東德共黨領袖何內克(Erich Honecker)下台。〕

(3)戈巴契夫(Mikhails Gorbachev, Gorby)當選蘇聯第一任總統(President)，並獲頒諾貝爾和平獎。❸

(4)英國首相佘契爾夫人(Margaret Thatcher)辭職，由梅傑(John Major)繼任首相(Prime Minister)一職。

(5)歐(洲)安(全)會議在巴黎召開，美蘇與歐洲各國領袖共同簽署裁減歐洲傳統武力條約，並簽署巴黎憲章。

(6)蘇聯各加盟共和國尋求獨立，方興未艾。

(7)南北韓總理舉行三次會談。

(8)新加坡總理李光耀(Prime Minister Lee Kuan Yau)卸任，由吳作棟(Gah Chok Tong)接任。

(9)波蘭團結工聯領袖華勒沙(Lech Walesa)，當選首位民選總統。

(10)南非開放黨禁，釋放黑人民權領袖曼德拉(Nelson Mandela)。

㈡國內十大新聞提要

(1)李登輝、李元簇兩博士，分別（於 5 月 20 日）就任中華民國第八任總統、副總統。

(2)（原是陸軍一級上將）郝柏村出任行政院長，積極整頓治安，全力掃黑、掃毒、取締各類違規營業。

(3)司法院大法官會議釋字第二六一號解釋，資深民意代，應於民國

80 年(1991)12 月 31 日以前，終止行使職權。

(4)總統府設立「國家統一委員會」（國統會）（National Unification Council, NUC），行政院設「大陸委員會」（陸委會）（Mainland Affairs Council, MAC），民間則成立「海峽交流基金會」（海基會）（Taiwan Strait Exchange Foundation），專責處理兩岸民間事務及接受政府委辦事務。

(5)李登輝總統召開「國是會議」。會期五天，各界一百五十人與會。執政國民黨成立「憲政改革策劃小組」，由李元簇副總統擔任召集人，以落實國是會議結論。

(6)遣返大陸偷渡者發生封艙悶死案及漁船碰撞軍艦翻覆事件之後，兩岸紅十字會接手展開偷渡者及兩岸罪犯遣返作業。

(7)中東危機引發國內股市重挫、房地產下跌，經濟呈現衰退。

(8)外交有得有失：中蘇、中加、中澳關係增進：與非洲幾內亞比索（Republic of Guineo-Bissau）建交❹，與賴索托王國（Kingdom of Lesotho）及中南美之尼加拉瓜（Republic of Nicaraguo）復交❺；但與亞洲之沙烏地亞拉伯(Kingdom of Saudi Arabia)斷交。

(9)梁肅戎、劉松藩兩立法委員，當選立法院正副院長，但因院會抗爭不斷，立法院議事效率大為低落，立法院審議進度嚴重落後。

(10)「國家建設六年計畫」（ Six-Year National Development Projects)正式訂名並進行規畫❻。

㈢大陸十大新聞

(1)1 月 11 日中共解除北平地區戒嚴，4 月 30 日解除西藏拉薩地區的戒嚴。

(2)中共「七屆人大三次會議」通過鄧小平辭卸「國家軍委主席」的職務，並選舉江澤民(Chen Zi Ming)繼任。

(3)中共釋放首批五百七十三名在六四事件後被捕的民主運動人士。

(4)6 月中旬中共召開「全國統戰工作會議」,「總書記」江澤民重申兩岸統一的原則,並要求舉行國共兩黨對等的商談。

(5)中共與印尼、沙烏地拉阿伯、新加坡建交,與非洲賴索托,幾內亞比索斷交。

(6)6 月 25 日中共宣布准許在北平美國大使館內避難的方勵之(Fang Li Zhi)、李淑嫻夫婦出境(赴美)治病。

(7)中共聲明英國政府無權單方面處理香港「中國公民的國籍身份」,並表示反對英國議會下院二讀通過「1990 年英國國(香港)法案。」

(8)中共總理李鵬訪問莫斯科,簽署「中(共)蘇關於經濟、科學技術長期合作發展綱要」等六項協定。蘇聯總統戈巴契夫曾會見李鵬。

(9)12 月 6 日至 12 日中共召開「全國對臺工作會議」。

(10)中共召開「全國計畫會議」,總理李鵬提出大陸經濟工作十大問題。

由於海峽兩岸交流日趨頻繁,90 年台北中央電台與香港親大陸的中通社,各選出彼此十大新聞,對比之下,饒有深義❼:

㈣台北「中央電台」所選的大陸十大新聞提要

(1)中共整肅調動「七大軍區」及「武警」負責人,「楊家將」勢力突顯。

(2)「諸侯經濟」(region economy)形成,中共中央備受挑戰。

(3)中共再藉「學雷鋒」運動,進行思想整頓。

(4)中共壓制新聞出版,上千家報刊遭到封閉。

(5)中共釋放方勵之,以求調整與國際間關係。

(6)第十一屆「亞洲運動會」在北京舉行。

(7)中共武力鎮壓新疆、西藏反抗運動，造成多次流血事件。

(8)中共積欠外債四百五十億美元，內債一千六百億人民幣（RMP），財政瀕臨枯竭。

(9)大陸地區人口普查，暴露嚴重社會問題。

(10)中共十三屆「七中全會」一延再延，權力鬥爭難分難解（附錄一）。

(五)香港中通社所選的台灣十大新聞

(1)3 月 16 日至 22 日，約三千名大、中學生集結台北中正紀念堂廣場靜坐，提出解散國民大會、廢除臨時條款、召開國是會議和訂定政經改革時間表。

(2)李登輝在 5 月 20 日發表就職演說，向中共提出兩岸來往正常化的三個條件，包括要求大陸推行民主政治和市場經濟制度。

(3)郝柏村 6 月 1 日接替李煥被特任為行政院長。

(4)6 月 28 日至 7 月 4 日，李登輝召開國是會議。

(5)於 7 月 22 日宣布與沙烏地阿拉伯斷交。

(6)於 7、8 月間用漁船遣返大陸偷渡客，相繼發生密封艙及漁船碰撞翻覆事件。

(7)以「中華台北」名義參加北京亞運。

(8)10 至 11 月間先後成立「國家統一委員會」、「大陸委員會」、「海峽交流基金會」。

(9)民進黨 10 月 7 日通過台灣主權不及於中國大陸及蒙古，11 月 14 日決議「台灣主權獨立運動委員會」。

(10)10 月 20 日台灣區運聖火前往釣魚台點燃火種，遭日本攔阻，掀起「第二次保釣運動」「微波」。

另外，福建省人民政府「台灣事務辦公室」和《福建日報》，亦選出

一九九〇年閩台關係十大新聞，從這十件事件，可突顯出閩台關係的進展程度 ❽ ：

㈥1990 年閩台關係十大新聞

(1)台商對閩投資發展迅速。閩省於此年度合共批准台商投資項目共三百八十個，金額已達四億六千萬美元。相對 1989 年投資額而言，增加幅度驚人。

(2)全福建省接待到閩尋根謁祖、探親旅遊、投資貿易的台胞達二十五萬人次，較 1989 年增加百分之二十五，占全大陸接待總數的百分之三十一。其中赴湄洲媽祖祖廟朝聖的信徒，達八萬人次，是歷年來最高紀錄。

(3)閩台之文化、科技、體育、學術等各項交流活動，達一百三十餘場次。

(4)全大陸台資企業，一半在福建。

(5)福建師大音樂教授王耀華，福建省羣衆藝術館副研究員劉春曙於 1990 年 6 月 20 日應邀訪台，是福建省首批以台灣爲第一目的地的訪問學者。

(6)海峽兩岸紅十字會在金門地區接觸，達成協議；首次遣返非法大陸人事作業成功。

(7)海峽兩岸律師不經第三地協助，司法取證成功。

(8)閩省人大常委會於 90 年 7 月 3 日，審議通過「福建省台灣同胞投資企業登記管理辦法」、「福建省台灣同胞企業勞動管理規定」兩法例，是閩省制定的首批涉台法規。

(9)中共批准在閩之東山縣設立農業投資區。台灣有關農業技術機構已擬在該處進行蘆筍種植、加工、鮑魚養殖等技術合作，爲閩台地區農業合作的新起點。

⑽90 年 12 月 14 日，在福州成立「閩台經濟文化交流促進會」，爲閩省第一個以協調全省涉台調查研究、促進閩台交往爲宗旨的民國社會團體。由台灣大學楊國樞教授(Yang Kuo Shu)擔任社長的「澄社」(Cheng Sheh)，卻選出台灣十大問題(10 Major problems that plagued Taiwan)，包括：①法律與秩序；②軍人政府陰影；③認同危機；④修憲停滯不前；⑤大衆傳播問題；⑥公權力濫用；⑦政治道德衰落；⑧司法改革的緩慢；⑨草率的決策過程；⑩商人與官員的同流合汚❾。

㈦國外通訊社(Wire Services)所選的世界十大新聞❿

㈠合衆國際社(AP)票選：

(1)伊拉克入侵科威特，脅持數以千計外國人質，引發全球軍事行動。

(2)經過四十多年分離之後，東西德再度統一。

(3)政經改革令蘇聯(Soviet Union)陷於一團糟，十五個共和國(republics)一致要求治權(sovereignty)。

(4)(美國)信貸案愈演愈烈，牽扯及(布希)總統之子及五位參議員。

(5)美國與蘇聯關係溫和(warm)。

(6)在包括增稅方案通過之前，(布希)總統與國會對預算案之爭持，拖延了五個月。

(7)美國經濟不景，各地瀰漫倒閉及解雇之風。

(8)種族暴亂、經濟困難，令剛萌民主之潮的東歐，飽受威脅。

(9)巴拿馬總統諾利加(Manuel Noriega)被綁架至美國受審⓫，控以收受毒梟賄款之罪。

(10)英相余契爾夫人下台(steps down)。

㈡合衆國際社(UPI)所選之十大：

(1)伊拉克入侵科威科，受多國譴責。

(2)東歐民主浪潮，德國統一。

(3)冷戰結束。

(4)（美國）信貸醜聞。

(5)南非民權領袖曼德拉獲釋。

(6)白宮與國會預算案之爭。

(7)諾利加在美國邁亞美(Miami)坐牢。

(8)英相佘契爾夫人失勢(fall)。

(9)全球環保論題之風起。

(10)蘇聯共和國獨立運動。

(八)美國「宗教新聞報導者協會」(The Religion Newswriters Association)所選之十大宗教新聞⑫。

(1)柏林圍墙(Berlin Wall)崩倒，東歐共產政權垮台，宗教隨而寬限。

(2)亞蘭特樞機主教(Archbishop)，紐約流浪者之家「約櫃屋」(Covenant House)一位負責人，以及「革新教會世界聯盟」(World Alliance of Reformed Churches)前總裁，通通牽涉性醜聞案。

(3)南方浸信會(Baptist)衝突，擴大至地區及州際層次。兩名宗教報刊高層編輯被開革。

(4)兩名三藩市信義宗(Lutheran)準教區牧師，與新澤西聖公會(Episcopal)牧師，涉及同性戀。

(5)首次南非黑人與白人教堂間的協商，在一片譴責南非種族隔離政策(aparthied)聲中結束。曼德拉獲釋，在訪美時，受到宗教領袖熱烈歡迎。

(6)最高法院裁定，憲法並不賦予在宗教儀式上 (a religious

practice)，有吸食迷幻藥彼樂(hallucinogenic drug peyote)的權利。

(7)宗教團體呼籲，以非軍事方式，解決波灣危機。

(8)反阿拉伯戰士卡希米(Robli Meien Kahane)，被阿拉伯槍手所弒。

(9)梵蒂岡(Vatican)警告天主教神學者，他們無權公然地反對正規教堂(official Church)的教育；教宗保祿二世(Pope Paul II)也列出綱領，希望加強天主教大學與學院的天主教屬性。

(10)美國天主教主教參加公關公司及民意調查，以策劃全國性反墮胎運動。

第二節　1991 年新聞的十大

㈠全球十大新聞

1991 年爲全球多事之秋，美聯社(Associated Press)一如往昔，就美國以外四十二個國家主要報章九十位新聞編輯，進行問卷調查，選出年度全球十大新聞(the top 10 stories)[13]，依次爲：

(1)波斯灣戰爭(the Gulf War)，聯軍(military coalition)將伊拉克逐出科威特(Kuwait)。

(2)蘇聯共黨死硬派(Hard-line)反戈巴契夫(Mikhail Gorbachev)之（八月）政變(Coup)失敗，蘇聯共和國(Soviet Republics)紛紛宣告獨立。[14]

(3)南斯拉夫內戰轉烈。(Yugoslavia's civil war rages)

(4)以色列(Israelis)與阿拉伯(Arab)展開中東和談(Mideast peacetalks)。

(5)冷戰(Cold War)年代結束。

　　(6)南非廢除種族隔離政策。(South Africa dismantles apartheid)

　　(7)歐市會員國(European Community Nations)，針對政經進一步整合事宜，展開激辯。

　　(8)愛滋病蔓延。(Aids epidemic spreads)

　　(9)高棉內戰各派系簽署和約。(Cambodian peace settlement signed)

　　(10)印度（前）總理拉吉夫・甘地遇弒身死。(Rajiv Gandhi assass-s-inated)

(二)亞洲年度十大新聞❶❺

　　(1)高棉內戰各派系簽署和約，施亞努親王(Prince Norodom Siha-nonk)結束流亡生涯重返高棉。

　　(2)菲律賓參議院拒絕美軍繼續租用蘇比克灣海軍基地(Subic BayNaval Station)十年。

　　(3)菲律賓馬尼拉(Manila)北部之比那杜坡火山(Mount Pinatubo)於六月爆發。（造成約八百人喪生，二十五萬人流離失所。）

　　(4)緬甸(Burma/Myanmar)民主運動領袖翁山蘇姬(Daw Aung SanSuu Kyi, 1945-)獲本年度諾貝爾和平獎(1991 Nobel Peace Prize)，但緬甸軍事執政團拒絕允其前往挪威奧斯陸(Oslo)領獎❶❻。

　　(5)孟加拉(Bangladesh)風災，造成至少十二萬五千人死亡。

　　(6)印度（前）總理拉吉夫・甘地遇弒身死。

　　(7)日本爆發大規模金融醜聞。

　　(8)中共、北韓成為全球僅餘的少數共黨國家。

　　(9)日本在波斯灣戰爭後，派遣掃雷艦(Mine sweeper)前往波斯灣地區，執行掃雷任務。

　　(10)中共續對人權事務採取強硬立場，使中共與美國之間雙邊關係持

續緊張。

㈢美國年度十大新聞[17]

(1)美國領軍擊潰伊拉克戰力。其後相繼出現庫德族難民潮(Kurdish refugees)，伊拉克核子武力以及撒旦姆(Saddam)去留諸問題。

(2)蘇聯共黨死硬硬派(hard-liners)陰謀推翻戈巴契夫，政變雖未得逞，但卻導致蘇聯共黨主義及國體解體。

(3)黑人保守派之湯瑪斯(Clarence Thomas)獲提名，繼馬歇爾(Thurgood Marshall)出任高等法院大法官。但在任命之前，他以前一名女僚屬奚爾(Antia Hill)，指控他曾經性騷擾。不過，最後，他終於通過提名。

(4)美聯社記者安得遜(Terry Anderson)獲釋，黎巴嫩(Lebanon)境內，至是已無美國人質。

(5)經濟衰退，美國人信心動搖。(the economy tumbles and American confidence is shaken)

(6)冷戰結束，布希與戈巴契夫宣布裁減核子武器，華沙公約組織(Warsaw Pact)撤軍。

(7)愛滋病的發現及傳布已有十年，由於著名影星包格里斯(Kimberly Bergalis)以及籃壇之「魔術強生」(Eavin "Magic" Johnson)同染此病，全國震驚。

(8)工廠失業工人達馬(Jeffery Dahmer)被控在密爾瓦基鎮(Milwaukee)謀殺十七名男子，並且肢解他們。

(9)在美國撮合之下，阿拉伯與以色列先後在西班牙馬德里(Madrid)及華盛頓兩地會談，但沒達成任何結果。

(10)幾名白人警官對一名黑人機車騎士痛毆情形，為錄影機錄得，激起洛杉機警局內部種族問題怒火。

㈣海峽兩岸十大新聞

㈡中共官方新聞媒介之評選

1991 年十二月二十七日,「中國新聞社」(「中新社」)、《人民日報海外版》、「中央人民廣播電台」和「海峽之聲廣播電台」等中共官方新聞媒介,聯合評選出年度「海峽兩岸十大新聞」,結果依月分序如下[18]:

(1)二月二十三日,台灣公布「國家統一綱領」,主張只有一個中國,中國應當統一。

(2)四月二十九日,中共「國務院台灣事務辦公室」負責人在會見「台灣海峽交流基金會」訪問團時,提出了「關於處理海峽兩岸交往中具體問題應遵循的五條原則」,主張「在處理海峽兩岸交往事務中,應堅持一個中國的原則」。

(3)四月三十日,台灣宣布自五月一日起終止「動員戡亂時期」,廢除「動員戡亂時期臨時條款」。

(4)六月七日,中共「中央台灣工作辦公室」負責人,就海峽兩岸關係與和平統一問題發表重要談話,授權提出「實現直接三通和雙向交流」、「國共兩黨代表接觸商談」和「兩黨高層人士互訪」等三項建議。

(5)七月二十一日,中共「國務院台灣事務辦公室」主任王兆國建議,兩岸就合作打擊台灣海峽海上走私、搶劫等犯罪活動進行商談。

(6)中共「中國紅十字會」總會副秘書長曲折、政策理論研究室副主任莊仲希,八月二十日赴台看望因「七・二一」漁事糾紛被扣押的十八位福建漁民。這是海峽兩岸隔絕四十二年後,大陸人員首次進入島內辦理公務。

(7)新華社記者范麗菁、中新社記者郭偉鋒赴台採訪,揭開了兩岸新

聞交流新的一頁。

　　(8)今夏大陸華東地區發生嚴重水災，台灣同胞紛紛捐款贈物。至十月十日止，共計募集捐款折合人民幣達一點二億元；實物折合人民幣約四千萬元。

　　(9)十月十三日，台灣省民進黨五屆一次全體大會公然通過將「建立獨立自主的台灣共和國」條例列入該黨黨綱。

　　(10)十月十六日，以促進海峽兩岸交往、發展兩岸關係，實現祖國和平統一為宗旨的民間團體──海峽兩岸關係協會在北京成立。

(B)中通社之台灣十大新聞

　　民國八十年，大陸、台灣兩岸交往頻繁，新聞量大增。年終時，兩岸媒體皆曾互選對岸年度十大新聞，結果當然各異其趣。

　　中共設在香港的「中國通訊社」（中通社），所選的年度台灣十大新聞為[19]：

　　(1)台灣宣布戡亂時期及動員戡亂臨時條款於五月一日終止及廢除，對中共不再視為叛亂團體，但有關戡亂法律仍將繼續適用至九二年七月三十一日。

　　(2)二月二十三日通過國家統一綱領，分近、中、遠程三個階段加强兩岸交流和推動兩岸統一的進程。

　　(3)十二月二十一日舉行二屆國代選舉，與此同時，所有資深民意代表均須於十二月三十一日前全部退職，此後三個民意機構將全部沒有大陸地區選出的代表。

　　(4)兩岸海上糾紛頻生，三保警事件、鷹王號、閩獅漁、閩連漁事件。大陸紅十字會副秘書長曲折等八月二十日赴台探視被拘留的大陸漁民。

　　(5)新華社記者范麗菁和中新社記者郭偉鋒於八月二十日赴台採訪閩獅漁事件。

(6)三月九日海基會正式成立，今年內三度訪問大陸。

(7)十月十三日民進黨通過台獨黨綱，十月二十日台灣獨立建國聯盟在台北公開成立台灣本部。

(8)台灣對大陸水災賑災財物總值超過八億五千萬台幣。

(9)十一月十二日台灣以中華台北名稱與中共同時加入亞太經濟合作會議。

(10)一月三十一日台灣通過六年國建計畫，預計在 1992 至 97 年間推動各項公共建設工程，所需經費達八兆二千億元新台幣。

(C)中央台之大陸十大新聞

而我國「中央廣播電台」所選之 1991 年大陸十大新聞，則為[20]：

(1)華中、華東地區發生特大水災。

(2)中共審判八九民運人士，共有七百一十五人被判刑。

(3)中共總書記江澤民訪問蘇聯，無功而返。

(4)中共制定「十年經濟規劃」和「八五計劃綱要」。

(5)中共以「反和平演變」壓制民運。

(6)中共加強軍隊思想控制。

(7)蘇聯東歐巨變震驚中共，鄧小平提出應變二十四字眞言。

(8)中共發表人權狀況白皮書。

(9)中共十三屆八中全會失敗，派系鬥爭激化。

(10)成立海峽兩岸關係協會。

㈤台灣地區各類新聞十大

台灣地區解嚴後，媒體和媒介內容趨於多元化，各類新聞在年終之時，幾乎都可以選出十大，列其大者如後，從中可以側窺當時台灣之社會及生活情形。

(A)銀色新聞的年度熱門新聞[21]

　　(1)台灣最具民間知名度的歌仔戲巨星楊麗花，於十月二十五日台灣光復節在中正紀念堂之國家劇院，擔綱上演「呂布與貂蟬」。首演當天，不但總統以下各部會首長全部到場，具反對色彩的民進黨主席及各黨民意代表，也同時觀賞，連戶外轉播也吸引了兩萬餘觀眾。上演四天，場場滿座。

　　(2)演員甄秀珍因不堪錯誤婚姻磨折，在演完「玫瑰芳心」一檔戲後，便拋下未完成的自製連續劇「青梅竹馬」，悄然離開演藝圈，行蹤不明。

　　(3)台北電影季盛況空前。亞太影展於十二月六日，在國父紀念館舉行頒獎典禮；金馬獎則於十二月七日，在國家劇院舉行頒獎晚會，影星成龍（Jackie Chan）、張國榮、張曼玉、鄭裕玲、梅艷芳、尊龍、陸小芬及潘迪華等，皆來台出席盛會。

　　(4)台灣電視公司（台視）於九月三十日晚上十點，現場實況立即轉播外交部次長章孝嚴和民進黨籍立委、律師謝長廷關於「加入聯合國」的電視辯論，由台視新聞主播李四端主持，以不剪輯、不重錄方式進行，首次打破國民政府遷台後習慣上禁忌──將政治敏感話題，搬到電視上公開討論，開創電視辯論先河。

　　由於嘗試成功，在同年十二月下旬，第二屆國民大會代表（國大代表）選舉投票前（二十一日），三家電視台即於該月十一日起，一連九天，輪流在晚間九點公共電視（公視）時段，播出電視競選，觀眾不出門，就能知道各黨候選人政見。此是台灣地區電視史上，首次播出競選節目，也是將政治帶入客廳的第一次，值得一書。

　　(5)台灣名導演楊德昌，以美日資金拍攝的「牯嶺街少年殺人事件」（A Brighter Summer Day），與葉鴻偉在大陸拍攝，以大陸演員擔任主、配角的「五個女子與一根繩子」，分別於 1991 年十月，奪得「第四屆東京影展」的評審團特別獎與青年導演銀獎；其後，又同在南特影

展中,同獲大獎。不過,「牯」片卻是以美日資金名義參展,「五」片因以大陸主角擔綱,遭新聞局禁止在台灣地區上演,而改以香港名義參展。

(6)藝人悲歡離合總有情。本年度的「紅色新聞」有:(a)「娃娃明星」許佩蓉與相戀半年、曾牽扯江南案的「大哥」吳敦結婚;(b)作家玄小佛與演員關勇相識半個月後,閃電結婚;(c)女星張艾嘉與從商之王姓男友生子後,再攜子步入禮堂;(d)歌星葉璦菱與攝影師陳文彬愛情長跑多年後,終成眷屬;(e)女星程秀瑛與認識十年的男友分手,而與認識一個月的王姓男友,訂下終身(但結婚僅兩星期,即告離異)。本年度的離異新聞則有:(a)藝人方芳與丈夫結束廿載婚姻關係;(b)「青蛙王子」高凌風與文潔也結束七年婚姻生活。

(7)日本ＮＨＫ衛星節目,原已可用直播衛星(ＤＢＳ)小型天線(小耳朵)收視。香港衛星電視台(Star TV)的五個衛星電視節目頻道(衛視五台):體育、ＭＴＶ、中文、ＢＢＣ新聞及合家歡台,於1991年八月二十六日起,陸續開播,從而將台灣地區帶入了衛星電視代,但必須用直播衛星中型天線(中耳朵)收看㉒。

(8)民國八十年九月十四日當選「中國小姐」,二十歲的盧淑芳,於同年十月二十九日,因鬧緋聞,而將戴了四十五天的后冠讓了給第二名的林蘭芷。此一緋聞雖在三天內迅速落幕,當事人亦各說各話,但對「中姐」的選美形象而言,相信已有所傷害。

(9)兩岸影藝交流更趨活絡。國片「胭脂」及「五個女子與一根繩子」,正式應邀參加大陸金雞獎及百花獎;金馬獎執行委員會主席、導演李行及影藝人員萬仁、蘇明明與徐楓等人並出席雙獎活動。歌星齊秦、童安格及潘美辰等人赴大陸演唱,反應熱烈。「兩岸影藝交流協會」業已於本年正式成立。

(10)獲本年度金曲獎最佳演唱者的女歌手陳淑樺,誤服非醫生處方的

減肥藥，險鑄成大錯，經往日本就醫，調養十個月，方逐漸康復。❷

(B)年度十大電影新聞❷

(1)電影資料館今年舉辦三、四〇年代經典國片特展與露天台語影展。具體呈現電影在文化與歷史上的重要角色，並展現對本土文化的肯定與保存功能。

(2)「牯嶺街少年殺人事年件」，展示了新人製片的藝術成就。然該片是以美日片名義參展，不啻暴露了為求名利而委曲求全心態。

(3)江奉琪、徐立功兩人入主中影，給予新生代的電影工作者不少拍片機會，不但使蕭條日甚的台灣影業稍現活力，而隱然已有台灣電影二度新浪先兆。

(4)「五個女子與一根繩子」雖遭政府禁演，卻在海外連續得獎，顯示政府法令跟不上海峽兩岸關係變化，沒有提供前瞻性環境，讓製片業者一展身手。

(5)遠流出版公司以「電影館」為名，大量翻譯及出版中外電影書籍，對提升電影文化貢獻甚多。

(6)新聞局對國片輔導金政策，不再堅持「事後審查才給錢」，「黃袍加身」一片輔導金失而復得。

(7)小野、吳念真等人替民進黨拍攝選舉文宣短片。

(8)年度亞太影展已具高水準國際影展雛型；但因大陸政策關係，大陸導演張藝謀的「大紅燈籠高高掛」（The Red Lantern），被取消參賽資格；又因本次評審召集人為焦雄屏，故她參與製作的「阮玲玉」一片，亦不得參賽。

(9)金馬獎銳意創新，外片觀摩質精量大；國片單元，更編印導演研究叢書，為電影史留證。但頒獎典禮庸俗，電視媒體有誤導大眾對金馬獎看法之嫌。

(10)電影與錄影帶業者，以休市遊行，抗議第四台侵權與政府的管理

政策；突顯出合法業者，被非法人士侵權、社會公義失衡現象。港片「阿飛正傳」藝術成就受到港台肯定，令一向以商業導向的港片，令人刮目相看。

(C)年度國內環保十大新聞㉕

(1)十月間，台北縣貢寮鄉因興建核四廠爭議，發生一名涉事者，駕車撞死一位警員慘劇。

(2)桃園縣沿海四鄉，以受長期公害為由，進行一連串抗議、索賠行動，且索賠金額創公害糾紛最高紀錄，並且是由鄉鎮公所帶頭，抗爭對象為一向多事之秋的國營事業之台電公司，故備受矚目。

(3)國內環保團體和社運團體舉行有史以來最大規模的「五○五反核大遊行」。（五月五日）

(4)中興紙廠多年汙染未見改善，被環保署勒令停工，是國內公營事業單位首遭停工的一例。

(5)十三行遺址與八里汙水處理廠興建地點發生衝突，考古學者和民間團體極力拯救十三行遺址。

(6)趙少康轉任環保署長，引起各方矚目。（趙原為立委）

(7)六輕決定放棄宜蘭設廠計畫，其廠址擇定問題再度引起各方關切。

(8)台北市政府陸續通過社子島開發案、基隆河截彎取直整治計畫以及即將通過的關渡平原開發案，因開發計畫嚴重影響自然環境，引起環保團體極度關切。

(9)台灣氯乙烯公司高雄廠發生氯氣外洩，導致一死二傷，並有五百人受波及。

(10)原子能委員會公布核四環境影響評估審查報告，認為核四廠可以有條件通過，引起反核人士極力反彈。

(D)年度十大戶外（活動）新聞㉖

(1)中華民國山岳協會台北溯溪俱樂部，組成七人之喜馬拉雅山八千公尺級希夏邦馬峯遠征隊。在梁明本帶領下，八月十四日從台北出發，由尼泊爾（Kingdom of Nepal）首都加德滿都（Kathmandu），轉入西藏山區，九月十八日展開登山行動。隊員黃德雄（民生報隨隊記者）、周榮明原已攀登至七百五十公尺處，距頂峯約六十公尺，後因救援遇雪崩山難的日本友隊而放棄登頂行動。（日本隊員在該次山難中兩死兩傷）

(2)九月十三日，台中聯盛機電公司四十位員工，搭乘金龍豪華遊艇公司所有的金龍一號快艇，赴吉貝島遊玩，傍晚返回赤崁港時，在約一公里海上，快艇船身破裂，迅速下沈，大多數乘客被困船艙內，十八人慘遭沒頂。

(3)1991 年世界大露營，由九月二十八日到十月五日，在新開發完成的金山福隆龍門營地舉行，有芬蘭、捷克、匈牙利等二十一個國家地區千餘名露營同好參加，為我國露營界盛事，各國參加者也共同體驗世界村滋味。

(4)由國內十二名長青飛盤老將所組成的中華飛盤代表隊，首次參加在美國加州大學校園舉行的世界杯高齡飛盤大賽即大放異彩。隊員之一的台北市青年公園飛盤俱樂部總幹事王賜吉，以 49.5 公尺刷新長青組投跑接世界紀錄，並在擲遠單項中，擲出 96.70 公尺的世界新紀錄；而有「擲準王」美譽的隊員呂水儲，則以十六盤擲準，創新世界紀錄（其後在台北青年公園飛盤聯誼賽中，更擲出十九盤佳績）。在這次以七項綜合成績定名次的比賽紀錄中，除選手洪招龍以 54.5 積分排名第三外，其餘四、五、六名，亦為我隊囊括。

(5)十月十日清晨四點三十分左右，「瘋狗浪」襲捲釣友，將基隆八斗子漁港兩側防波堤前端垂釣的十多名釣友打入海中，結果四人淹死。

(6)八月二日，在國內資深滑翔翼同好王容南率領下，十五名同好同赴河西走廊從事飛行競技。在十五天活動中，八月十一日，首創動力滑

翔翼由嘉峪關飛行三十五公里到敦煌的越野飛行，此是動力滑翔翼在絲路的首次越野紀錄。另外，又完成飛行傘及滑翔翼在祁連山脈與懸壁長城的首次飛行。而在首次「海峽杯」飛行競賽中，前三名全由我人包辦。

(7)韓國大邱直轄之大邱釣魚聯合會，主辦年度「巨文島國際親善磯釣大會」，十一月二十二、三兩日，在韓國巨文島磯釣場舉行，共有中日、韓三國五十四名選手參加，以釣黑鯛魚(perch)爲主。我代表隊與來自桃園縣選手吳汪，分別獲團體與個人冠軍；日、韓屈居亞、季軍。年度「塞班國際磯釣大賽」則先於十一月八、九兩日，在塞班島南側的天年島舉行，共有中、日、韓及塞班等四國四十名選手參加，我選手獲得亞軍。

(8)中華民國賽魚協會會長劉豐彥，於十月五日，以非參賽旅遊方式，在澳洲東北部珊瑚海大堡礁水域，釣獲一尾三百磅級黑旗(spear fish)，刷新我國業餘釣友最大尾釣獲十年紀錄，獲澳洲 CAIRNS 釣魚協會證明這項紀錄。

(9)第三屆台北國際旅展十二月三日至八日，在台北松山機場旅遊服務中心及外貿展覽館舉辦，有六十五個國家地區、三百個攤位參展，刷新歷屆紀錄。四天展期，共吸引六萬二千三百多人次旅遊業界及一般民眾前往參觀。印尼、夏威夷、南非及澳洲等國家，更派出高階觀光推廣官員，到會場策劃觀光推廣事宜。

(10)第六十一屆美洲旅遊協會年會，於九月二十八日至十月三日，在台北國際會議中心及世界貿易中心揭幕。計有一百二十四個國家及四千多名代表，出席此一盛會，美洲協會主席大衛道夫(Davidoff)、年會主席道夫費雪(Duf Fischen)俱出席與會，李登輝總統應邀致開幕詞。

(E)年度十大消費新聞[27]

(1)消費者保護法一讀通過，消費者保護曙光乍現。

(2)公用事業齊漲價，消費者吃不消。

(3)礦泉水(mineral water)、蒸餾水(distilled water)衛生堪慮，飲水安全亮紅燈。

(4)公平交易法（公交法）完成立法。（附錄一）

(5)央行調降利率，台幣升值未嘉惠消費者。

(6)造橋鐵路車禍暴露鐵路管理疏失。

(7)北區海霸王(中山北路民族東路口)餐廳火災燒出公共安全危機。

(8)綠色消費主張蔚為風潮。

(9)蔬果殘毒頻出狀況。

(10)八寶粉重金屬(heavy metal)含量過高。

(F)年度十大體育新聞[28]

(1)因北京亞運金牌掛零，全國各界責難，致八十年上半年，教育部在立法院審議新會計年度中央體育預算時，雖最後以小幅刪減通過，但對經費運用有相當嚴謹約束。前體育司長趙麗雲在亞運期間，一度演出「趙、李（慶華）隔海對罵」事件；亞運後趙麗雲轉任教職，原職由國立體專校長簡曜輝於九月十九日接任。

(2)六月九日，田徑教練蔡榮斌率徒「以退明志」，以抗議有關單位吝於對優秀選手投資，以及輔導政策失當，引起體壇震撼。後由「聯合報」系董事長王惕吾及體總努力溝通，事件方告解決。七月二十五日受蔡培訓之田徑選手王惠珍奪世界大學運動會二百公尺金牌，聯合報系隨即訂立每月津貼、退休後輔導入報系工作等獎勵辦法[29]。

(3)男子網球隊打破過去二十年紀錄，在台維斯杯網球賽中，首次連敗大馬、香港、巴基斯坦等隊，而獲得第二級冠軍，同時在大馬國家杯賽中，亦擊敗印度而獲得亞軍。女子網球隊的神將王思婷，個人全年獲得六項衛星級網賽冠軍，一項挑戰級亞軍，排名到世界一八○位置左右。年底時，又在亞洲錦標賽中獲得冠軍。

在軟式網球個人賽中，男選手逐一擊敗日將，女選手逐一擊敗韓將，而獲得雙料亞軍。

(4)1984 年，在美國洛杉磯奧運會中，中華隊曾奪得棒球表演賽銅牌。民國七十九年，我國開辦職棒賽後，以往中華隊國手名將紛紛轉入職棒，業餘棒球人選頓呈凋零。所幸經過培訓後，中華成棒在 1991 年北京亞洲杯棒球賽中，以第二名佳績取得 1991 年巴塞隆納奧運會八強之一參賽權，成為我國第一個取得奧運會參賽權項目。

(5)「棒壇感染球場暴力併發症」。六月一日，職棒味全龍與兄弟象之戰，各有擁蠆，對峙形勢過激，終於引發暴力事件；同月十四日，再度爆發更嚴重的球員、球迷對打事件。流風所及，同月中旬在台南舉行的軟式少棒賽，七月在台北舉行的全國硬式少棒賽，十月在台中舉行的全國青少棒選拔賽，都接二連三地上演全武行。

(6)八月中，中華青棒代表隊，在勞德岱堡舉行之世界青棒賽衛冕成功；中華美和青少棒隊，則在奇士米舉行的世界青少棒賽中，贏得冠軍；八月底，台中力行少棒隊，在威廉波特的世界少棒錦標賽衛冕成功；而青少棒明星隊，在ＩＢＡ的第三屆世界青少棒錦標賽中，擊敗連獲兩屆冠軍的日本隊，取代日隊而成為世界青少棒盟主。至是三級學生棒球運動，又逐漸恢復前時盛勢。

(7)世界杯跆拳道錦標賽，1990 年增設女子組，中華女將即獲得團體冠軍。1991 年五月十六至十八日，該項賽事又在南斯拉夫札格瑞布舉行，中華隊又以三面金牌、兩面銀牌及兩面銅牌，衛冕團體冠軍成功。

(8)中華保齡球十六名代表隊，在新加坡世界保齡球大賽中，以三金一銀佳績，在與賽四十多個國家中，脫穎而出。總獎牌數排在第一位，風光之甚。

(9)台灣地區嚴重缺乏體育場館，已是持續多年十大新聞之一。本年

職棒總冠軍決賽第七戰，兩萬位球迷齊向觀賽的行政院長郝柏村高喊：
「我們要巨蛋(doom)！」驚動郝院長。

　　⑽在四月中華民國高爾夫公開賽中，高球比賽委員誤解規則，令名
將陳志忠不快，出口罵人，因而引致委員們震怒，罰令他停止國內兩大
賽，並挾怨擬通知全世界不准他比賽。後經陳志忠道歉，又向理事長陳
重光說明事件經過，此一所謂「陳志忠事件」方告落幕。其後，陳志忠
在中華職業高爾夫錦標賽中奪標。

　　(G)年度十大開放空間新聞❸⓿

　　(1)七號公園預定地開發案確定朝森林化規畫。

　　(2)北市民間、企業社團掀起認養地下道、公園等公共設施風氣。

　　(3)「北市綜合設計公共開放空間設置要點及管理維護要點」，已獲
市府通過。

　　(4)營建署、環保署擬編列預算，先展開淡水河岸綠化工程規畫。

　　(5)北市重建親水空間，整建華中橋等河濱公園。

　　(6)關渡平原開發形式倍受矚目，引起多方討論。

　　(7)迪化街古街保存問題，引發爭議。

　　(8)愛國西路茄冬樹林蔭大道，因捷運施工而消失。

　　(9)推動公共設施保留地建設，行政院編列兩百億預算，北市計畫獎
勵民間投資興建。

　　⑽北市敦化北路啟用第一條自行車專用道。

　　(H)年度股市十大新聞❸①

　　(1)由於籌措六年國建經費，大約需耗費新台幣八兆元以上鉅資（約
合三億多美元），財政部除了發行建國公債舉債外，還積極計劃出售中
鋼以及第一、華南與彰化等三商銀公營事業十九種官股。此消息於中旬
發布，官股集中交易市場賣出❸②，時值股市成交值萎縮之際，類似三商
銀官股股性又多屬冷門股，且多至十多億股之鉅，在這種潛在賣壓之

下，股市投資人多採負面利空反應，股市行情由五千五百點，一路走跌至八月中旬，才在四千三百點前後起伏止跌，跌幅超過兩成❸❸。

(2)民國七十七年台灣地區開放券商成立後，一時間企業、財團、立委、主力（大戶投資人）、醫生及律師等，莫不躍躍欲試去籌組證券公司，至七十九年八月初科伊戰爭爆發前後，券商家數已由七十六年之二十八家，激增至約有三百八十餘家，編制約百餘人；但自後股市成交低迷，每日成交值由七十八、九年的千億元水準，遽降為一、二百億元，十月十二日指數一度跌至兩千四百八十二點（最高時達一萬兩千點），券商平均只分到二、三千萬元之營業額（不到三十萬元亦有之），所收手續費入不敷，出而不得不走上裁員、縮編、合併或結束營業一途。

根據「台灣證券交易所」（證交所）統計，民國八十年元月以來，共有十二家券商申請合併，因合併而消滅的券商有二十五家，申請營業讓與者有四家，因虧損而自行解散者，有十四家，而這些尚未包括申請停業者在內。

在合併案中較受矚目者，為環球證券合併九華證券、亞洲證券合併南亞與金匯通，大華合併永信，因其消滅公司，皆是財力雄厚，曾經叱吒市場者。

而在申請停業案中，最令市場吃驚者，則為於七十七年十月第一批開業的高雄光泰證券——老字號鬥不過景氣衰頹，令人更為可惜。

至於辦理減資者，則以華新證券集團旗下的漢華，因不堪虧累，而由綜合券商辦理減資為經紀商，最令市場驚訝。

(3)十一月十七、十八兩日，在台北中央圖書館舉行證券市場自民國五十六年以來第一次全國證券會議，達成下列數點重要建議：(A)推動證券交易手續費率自由化；(B)強化交易資訊公開制度；(C)嚴防不當利益輸送；(D)開放當日沖銷；(E)設立投資人保障基金；(F)簡化股票上市上櫃程序，並加速推動證券市場自由化及國際化❸❹。

　　(4)美伊「沙漠風暴」之戰，於 1991 年元月十七日台北時間早晨七時四十分，正式開打。各國股市靜極而動，股市上漲，金價趨軟。伊拉克於二月二十七日戰敗，宣布無條件撤出科威特，我股市加權指數也在五月十六日，由原來的三千一百四十二點，翻升至六千三百六十五點，為民國八十年的最高指數紀錄❸❺。

　　(5)創辦二十五年的濟業電子公司，民國七十九年營運虧損額為新台幣八億二千四百八十九萬元，超過原有實收資本額七億一千一百萬元達一億一千三百八十九萬元。除該公司新產品（如筆記型電腦）開發進度落後，以致本業虧損多種因素外，在所虧損款項中，有三億九千多萬元是該公司投資美國ＧＴＩ公司虧蝕。ＧＴＩ經營不善，向母公司濟業貸款無法償還，而將債務轉移至濟業名下，濟業將之列為呆帳（back debt）。

　　七十九年十一月，該公司董監事趕在八十年三月十二日嚴重虧損消息曝光前，大筆賣出股票。到八十年第三季，濟業股票每股淨值（net value）只有三點九七元，引起投資人恐慌，股價連續下跌四根停板，跌幅達三成❸❻。濟業董監事對虧蝕之處理，涉嫌觸犯司法之利益輸送（non-arm's length transaction），而彼等聞風先拋售股票，則涉嫌內線交易（inside-trading），變成了司法案件。董事長、身為立法委員的謝來發因未按規定申報轉讓持股，而賣出自己股分，被司法單位懷疑為內線交易及利益輸送。在輿論壓力之下，證管會在一陣遲疑之後，終於交付司法審理。經過資產提列重估、售地、募款以及股東現金增資募集等補強措施後，八十年底，濟業股票每股淨值回升至六點一三元，暫得免於降類❸❼。

　　不過濟業現金增資案通過，實在出人意表。因為儘管證管會限制該公司新股掛牌買賣，只准股東除權認股，但因其時獲利甚豐的華隆公司申請將盈餘轉為增資一案，卻因為「利益輸送」纏訟（見後文第(8)

項），而遭證管會退件，引起華隆股東及部分人士作不平之鳴。

(6)證交所、證管會同為證券市場之兩個引擎。證交所雖是一個民營的公司組織型態，但背後卻是個不折不扣的半官方機構；所內董監事二分之一為官派的，董事長、總經理也是黨政關係良好，方能勝任。故其高層人士之異動，往往關係市場之未來走向，向為業界所注目。十月一日，證交所董事長吳祺芳突然逝世，而引起連串主管單位搬風，媒介刮起一陣猜風熱。同月二十一日，證交所臨時董事會決定，該所董事長一職，由「集中保管公司」（集保）董事長陳思明出任，而呼聲相當高之總經理趙孝風補陳之出缺，趙之總經理一職，又出人意表地由復華公司總經理林孝達接任；林之原職，又由台灣土地開發公司總經理吳光雄轉任，財經媒體喧騰一時之人事「連鎖」異動案，「官派情結」貴漲，方告風波抵定。

而在十二月時，證管會副主任委員呂東英，調升中央存款保險公司總經理，該單位遂得藉機執行四月分擴編之決議，增聘（升任）原主任秘書林宗勇及一組組長陳樹為副主委。不過業界將是次人事大搬風，亦留存話題。例如，林孝達持有未上市復華公司由員工認購而得之上億元股票。轉任後，復華公司要上市，林卻不作任何處理，有謂實有損證交所之公正、清廉、客觀形象。呂東英之離開證管會，實為十年功過相繼之結果。例如：①其率直個性，得罪了不少工商業、財團及民意代表；②處理濟業案失當，其報曾謂有移送司法單位之前，濟業已有人先行「報備」；③對財政部長王建煊諸如「手中有股票，心中無股價」、「五千點以下是合理的投資價位」之類談話，作了反效果的詮釋等等。無論流言如何，總令人想及官場浮沈得失。

(7)五月十四日，證交所認為六家上市公司，近年來獲利水準降低，未符合「一類股」標準，而有意將名單提報董事會將其股市降為「二類股」，因證交所在曝露其消息時，並未公布名單，引起市場恐慌及猜

疑。在媒體競相猜測之後，證交所方公布六家公司名單；不久又因「上市審查準則」重新修定，基於法律不溯既往原則，六家降類名單減為四家。但年底名單交至董事會時，又因對新訂立法則標準的法源及獲利能力質疑，而予以駁回。證交所重新檢討後，決定按七十五年度標集重審，而讓此四家公司得以過關。一場「降類風波」雖至是落幕，但證交所提前將降類口風宣洩，及上市認定標準改變「鬧劇」，一直為業界話題。

　　(8)台北華隆集團公司翁姓董事長，於七十九年十二月十四日，以遠低於當時眞實市價數倍之未上市（Unlisted Securities）「國華人壽保險公司股票」（國壽），轉讓給當時華隆公司姜姓監察人（前交通部長張建邦夫人）之女兒及淡江大學一位游姓副教授❸❽。姜姓監察人亦是當時淡江大學董事長，與翁姓負責人為世交。游姓副教授則為申請成立蘭陽銀行籌起人之一。

　　八十年二月二十八日，華隆公司一位女股東，向台北地院提起自訴，指控該公司董事長及監察人此舉涉嫌內線交易，圖利親女，導致公司之嚴重財產損失，觸犯刑法背信罪。地方法院受理後，訂三月中旬開第一次庭審理本案。除台北地檢署對此事進行了解外，法務部調查局之「內線交易專案組」及台北市調處，亦同時風聞進行了解。

　　三月五日，民進黨三位立委，在立法院會一連提出三個臨時提案，質詢此事，指控張建邦家族「勾結上市公司牟取非法暴利」之行為，應嚴加追究，由是，掀起翻天巨浪。

　　其間歷經：張建邦之女在美進修未歸；翁姓負責人及游姓副教授分別遭受收押禁見；翁姓負責人提訊後，准以一百萬元交保候傳；在法律訴訟技巧考量下，該公司另兩位何姓及傅姓監察人，續向法院提出自訴，希望能停止檢方偵查，但未獲受理；由是，又引起另一位張姓立委等人，聯署質詢檢方有否濫權羈提……等等事實。檢方並從單純售股

案，移轉追查諸關係人等欲成立之蘭陽銀行資金。

四月二日，張建邦在各界壓力下，呈辭獲准。五月十一日該案檢察官宣布結案：翁姓負責人兄弟以背信罪嫌，另一位公司女秘書依偽造文書罪嫌，同被起訴；而張家關係人等，均以無罪給予不起訴處分，引起社會輿論嘩然[39]。五月二十日，獲釋之翁姓負責人在限制出境令解除後，立即出國處理該公司海外投資事項，而留滯海外不歸，以致七月八日開辯護庭，以及後來皆屢傳不到。蘭陽銀行則受波及，未獲核准成立。

十一月九日，監察院突院通過彈劾許阿桂失職，令該案再度引發話題；而法院則在同月十三日，下令通緝屢傳不到的翁姓負責人。此案所牽涉到之股價、人頭、關係人之資金往來實情，檢察官的羈押權力，以及自訴的法律技巧及效力等諸多問題，而在政治因素攪局下，相當錯綜複雜。

(9)投資額上限為二十五億美元的外資來台投資股市案於元月開放，港商怡富投資管理有限公司，於十五日率先辦妥五千萬美元投資案，其後日、美、港、英等國家、地區外資紛至沓來。至年底，證管會共核准十七家外資來台投資案，其中日本外資機構五家，美國兩家，香港外資機構五家及英國五家，核准金額為六億五千萬美元[40]。

外商自四月起，向國內股市進軍，至十二月二十六日，其總買超約為台幣八十六億六千餘萬元，總賣出約為八億四千餘萬元；多持台泥、亞泥、環泥、統一、大同及南亞等股票。

(10)股市低迷，鉅幅震盪即時獲得高利的「美景」不在。其單日最高成交量為四月二十九日的一千零五十九億元，亦僅為七十九年天量二千一百六十二億元之半，而十月十二日甚至創下只有八十三億的最低成交量。

四月為本年成交量最高月分，單月累計為一兆七千二百二十一億

元，平均日成交量為七百四十八億元；七十九年最高成交量則為二月，其單月累計為三兆五千二百四十五億元，平均日成交量高達一千四百六十八億元。七十九年平均日成交（均）量達七百六十億元，而本年度則只有三百三十八億元，僅及往昔之半。在利空（淡）氣氛下，創下連續三個月近二百家券商虧損紀錄。

　　由於官股釋出，上市公司增資股本膨脹，證券籌碼已呈供過於求形勢，行情利空。不過，由於政府大力推動六年國建，大量發行公債，債券店頭市場(over the counter)異軍突起，成為投資人新寵。民國八十年所發行公債，已達一千四百九十五億元，加上省政府建設公債、財政部北二高建設公債等公債籌碼，數額已接近二千億元。另外，債券市場附買回（賣回）交易盛行，營業額屢創新高，十月分單月首度超越股市成交值；至十一月，已達三兆二千七百多億元❹。為配合活絡債券次級市場的政府政策，為八十一年債市發展鋪路，十一月二十二日，已實施債券市場全面電腦化❷。

⑴年度十大文教新聞❸

　　⑴行政院長郝柏村（1919-）因「一〇〇行動聯盟」事件，在立法院怒責台大校長孫震，引發政界及學界一連串連鎖反應，最後道歉了事。

　　⑵情治人員進入台灣新竹清華大學逮捕學生引發學運，軍警進入台大灣大學校園，驅離「一〇〇行動聯盟」靜坐羣衆❹。

　　⑶大學聯考入學試，提出三項改革方案，對未來大學入學方式，影響深遠。

　　⑷大學夜間部設置辦法修訂，使得大學夜間部開放役男報考，並消除大學日夜間部差別。

　　⑸中央與地方教育經費結構調整定案。

　　⑹教師體罰學生遭法院判刑，教育部決定規範教師懲戒權。

(7)教育部整頓校園收紅包風氣。

(8)淡江大學涉及「華隆案」，教育部決定研究實習銀行存廢。

(9)私立勤益工商專校捐給教育部，是第一所捐給國家的私立學校。

(10)教育部大力掃除校園毒品「安非他命」（amphetamines）❹。

(J)年度十大社福新聞❻

(1)內政部發布殘障福利法施行細則及定額雇用制度的實施。

(2)老人安養中心火災事件，燒出設立及管理問題。

(3)精神衛生法實施後，「強制送醫」、「免費醫療」、及「社區復健」執行問題亟待解決。

(4)中低收入戶、兒童、少年、老人殘障醫療補助辦法實施與迴響。

(5)一名周姓女精神病患溺斃五子女事件，引發社會重視精神病患就醫、兒童保護及社政單位有責無權等問題。

(6)安非他命及愛滋病入侵校園日趨嚴重。

(7)慈濟功德會釋證嚴法師得菲賓律麥格塞塞獎（Roman Mag-susay）。

(8)華航性騷擾事件，引起社會巨大迴響，凸顯兩性平權觀念。

(9)高雄市第二所（弱智）啟智學校及台北市崇愛教養院均遭居民反對，被迫停工。

(10)行政院院會通過「社區發展工作綱要」。

(K) 年度國內傳播界十大新聞❼

(1)政府開放電視競選。

(2)大陸記者首度來臺採訪。

(3)臺大新研所、交大傳研所招生，世新專校改制傳播學院。

(4)新聞局完成公共電視法草案。

(5)新聞局完成有線電視法草案。（於八十一年元月三十日，在立院通過。）

(6)亞洲衛星中文台開播。

(7)臺灣媒體大幅報導波灣新聞。

(8)聯合報編採全程電腦化。

(9)新聞界二老馬星野、成舍我過世。

(10)聯合報記者徐瑞希遭解雇事件。

　　至於本年度世所瞻目之《時代》雜誌(Time)「風雲人物」(Man of the Year)，則是與影星珍芳達(Jane Fonda)新婚不久，在波灣戰爭中贏得「報導戰」的ＣＮＮ總裁特納(Ted Turner, 1938-)❹⑧。

　　反觀國內，一名經營「新幹線」非法業者，因擁有三萬名客戶，可提供三十六個頻道節目，每月收益達三千萬元，赫然成為全台灣規模最大、傳送設備最好的第四台，竟由八位官員學者評選為「商業周刊」所主辦之「1991年十大企業風雲人物」之一；為此，台北市議員，在議會中，大舉向台北市政府新聞處質詢❹⑨。

(L) **年度十大出版新聞❺⓪**

(1)美國出版者周刊製作《台灣專輯》。

(2)郵資漲價，雜誌界聯合抗議無效。

(3)《德川家康》文庫本套書出擊成功，重振書市信心。

(4)女作家三毛（陳平）厭世遠離滾滾紅塵。

(5)國際知名雜誌《廣告》、《資本家》、《ELLE》紛紛搶登台灣書市，部分本土雜誌易主，其中以《日本文摘》轉手金額破台灣雜誌界紀錄。

(6)出版與影視媒體結合，屢創佳績。

(7)國際出版仲介頻生風波。

(8)台灣漫畫家鄭問作品風靡日本；漫畫家杯葛審查制度，成立聯盟。

(9)漢聲與台英社結束賓主關係。

(10)「宮澤里惠寫真集」震盪日本書市，旋風席捲台灣，肥了盜版

商。

附錄一 公平交易法對廣告之正面意義

我國規範廣告的法令，散見於諸如化妝品衛生管理條例、商品標示法、食品衛生管理法、藥物藥商管理法、出版法（第三十五條）、廣播電視法（第四章）、以及電影法（第三十一條）等各個專案法規與行政命令之中。而公平交易法(Fair Trade Law)第二十一條，卻直接明確地規定了廣告代理業（廣告公司）與廣告媒體業之連帶責任，間接保障消費大眾權益：

「事業不得在商品或其廣告上，或以其他使公眾得知之方法，對於商品之價格、數量、品質、內容、製造方法、製造日期、有效期限、使用方法、用途、原產地、製造者、製造地、加工者、加工地等，或對於事業之營業狀況，為虛偽不實或引人錯誤之表示或表徵，致消費者產生混同、誤認之虞者。

事業對於載有前項虛偽不實或引人錯誤表示之商品，不得販賣、運送、輸出或輸入。

前二項規定於事業之服務準用之。

廣告代理業在明知或可得知情況下，仍製作或設計有引人錯誤之廣告，應與廣告主負連帶損害賠償之責任。廣告媒體業在明知或可得知其所傳播或刊載之廣告有引人錯誤之虞，仍予傳播或刊載，亦應與廣告主負連帶損害賠償責任。

此法案草案於民國八十年一月十八日經立法院院會正式通過，並於二月間公布，而於八十一年二月四日起正式施行。」

註　釋

❶ 見「79 年國內外／大陸十大新聞出爐」，特別企劃，《新聞鏡》，第一一四期
　(80. 1. 7.–13.)。台北：新聞鏡雜誌社。多年來，此皆是由國內「中央通訊
　社」，會同國內各報社總編輯、各廣播電台及電視台負責圈選產生，已成慣
　例。但傳播學者徐佳士教授曾認為：選舉「十大見報新聞」似更饒意義。

❷ 其後，多國部隊以美國為首，於 1991 年 1 月 17 日（台北時間），正式向巴格
　達開火，是謂「波斯灣戰爭」。因為美國在這場戰爭中，使用高科技。例如，
　以最新之隱蔽式飛機(F–117 stealh Fighter)執行轟炸任務，以愛國者飛彈
　(Patriot–Antimissile–System)截擊伊拉克之飛毛腿（雲）飛彈(Scud)，並以
　衛星通訊、偵察為主力。因此，在《2001 年》(2001–A space Odyssey, 1945)
　一書中，早 13 年即預言通訊衛星出現的卡勒琪(Arthur C. Charke)，稱此役
　為「世界首次衛星戰爭」(the world's first satellite wars.)

❸ 戈巴契夫是因推行六年開放政策(perestroika)，以及自阿富汗(Afghanistan)
　撤軍，一時儼然為「蘇維埃救世主」(Soviet Savior)，並於九〇年十月獲頒
　「諾貝爾和平獎」(Nobel Peace Prize)。不過，他一直反對立陶宛(Lithua-
　nia)獨立，1991 年 10 月 13 日，趁波灣危機之際，蘇軍更毅然出兵攻打立陶宛
　首府維爾拿(Vilnius)廣播電視大樓(television tower)，造成十四人死亡慘
　劇，戈氏真面目似乎已呼之欲出。莫斯科一張地區小報，有一則小廣告諷刺之
　曰：「應將諾貝爾獎換成史太林獎」(Will exchange Nobel Prize for Stalin
　Prize.)，以諷其獨裁。

❹ 1974 年，該國與中共建交。

❺ 1966 年賴索托曾與我國建交，1983 年與中共建交而與我國斷交。1985 年尼加
　拉瓜與中共建交，我國與之斷交。
　立法院院會，因有激烈「肢體語言」之衝突場面出現，故日本報紙選之為「十
　大驚奇新聞」之首，且曾上《新聞周刊》雜誌封面。

❻ 我國為主權國家，國建六年計畫為我國內政方針，外人那得干涉！不過，美國
　卻要求我國將此計畫，列入 1991 年 3 月「中美諮商(ROC–USA Economic
　and Trade Talks)議程中，但為行政院中美小組所拒絕。(《聯合報》，民 80.
　2. 22.，第十一版。)
　古語有云狼子野心，又云司馬昭之心路人皆見。孟子曰：「不仁者，可與言
　哉？」（離婁篇第四），此之謂歟！孟子說，出則無敵國外患者，國恒亡，然

後知生於憂患而死於安樂。旨哉斯言（告子，第六）！」

❼ 見《聯合報》，民 79. 12. 28. 第九版。

❽ 見《聯合報》，民 80. 2. 1. 第八版。

❾ The China News, 1991, 2. 22. P.3, Taipei。這十項的英文爲："law and order"，"shadow of military government"，"identity crisis"，"standstill in the constitutional reform"，"problem of mass communications media"，"abuse of puldic authority"，"decay in political morals"，"slow pace in reform of the judicial system"，"impetuous policy-making process"，and "collaboration between businessmen and government official."「澄社」在民國 80 年 4 月中，舉行年度改選，由台大教授瞿海源擔任社長。

❿ 見 Editor & Publisher, 1991. 1. 5, P.32.

⓫ 原文用 "surrender"（投降），此是美國人「觀點」，事實上是綁架。

⓬ 同❿。此十大是由各報超過一百五十名跑宗教新聞記者選出。由此或可以稍事了解外國宗教新聞走向。因爲國情不同，其中部分內容，曾予以删除或簡化。

⓭ 見《聯合報》，民 80. 12. 13.，第九版（國際新聞）；The China News, 28 December 1991. P.5）

⓮ 戈巴契夫於莫斯科當地時間 1991 年十二月二十五日晚間七時（台北時間同月二十六日凌晨一點，在電視上發表演說，正式宣布辭去蘇聯總統(Soviet President)一職，使俄羅斯社會主義聯邦共和（蘇俄）(Russian Soviet Federated Socialist Republic, Soviet Russia)，或蘇聯(Soviet Union)成爲歷史名詞，也結束了動盪不安的六年九個月的民主開放與經改的政治生涯。解體後的蘇聯，由各獨立共和國組成「獨立國家國協」（國協）(Commonwealth of Independent States, CIS)，克里姆林宮(Kremlin)之鐮刀紅旗易幟爲紅藍黃三色旗；主要國協有俄羅斯(Russia)、白俄(Byelorussia)、烏克蘭(Ukraine)、哈薩克(Kazakhstan)、吉爾吉斯亞(Kirgizia)、亞美尼亞(Armenia)、毛達維亞(Moldavia)、土萬尼亞(Turkmenia)、亞塞拜然(Azerbaijan)、塔吉基斯坦(Tadjikistan)、佐治亞(Georgia)、及烏茲別克斯坦(Urbekistan)等十二個主要獨立國家組成，大權則落在俄羅斯總統葉爾欽(Boris Yeltsin)身上。

⓯ 此是美聯社對亞洲主要國家新聞編輯所作的問卷調查結果。同⓭，《聯合報》。

⓰ 翁山蘇姬屬緬甸「全國民主同盟黨」(National League for Democracy)，爲緬人視爲將來與軍政府爭取自由的指望(the talisman of their future freedom)；著《有免於恐懼的自由》一書(Freedom From Fear. Paperback: Penguin Books／hard cover: Viking Press。) Mitgang, Herbert "A cry for freedon from a Nobel winner," The China News, 22 December 1991, P.10.

⑰ 此是由美國一百五十三名編輯及新聞主管選出。同⑬，The China News.

⑱ 見《聯合報》，民 80. 12. 28.，第八版（大陸新聞：香港二十七日電）。

⑲ 見《聯合報》，民 80. 12. 27.，第九版（大陸新聞：香港二十六日電）。

⑳ 同前註，台北訊。

㉑ 見《民生報》，民 80. 12. 18.、19.，第十版（影劇新聞：「銀色這一年年度熱門新聞上、下」）。

㉒ 中耳朵尚可收看到大陸中央電視台及雲貴台。俟中、大耳朵開放准予設立後，衛星電視正式進入國內電視頻道即無法避免，而在台灣地區成立的公共電視台和教育電視台，亦將由衛星播出。

㉓ 香港也選出六大銀色「頭條新聞」：

(1)演藝界總動員救援大陸水災，短短兩三周內，不但兩家電視台、電台分別舉行慈善活動，並舉辦了大型「血濃於水忘我大匯演」，籌得善款逾億港元（其時約合三億五千多萬新台幣，七千多萬人民幣）。

(2)字母代號為 ABCDE、且若干為知名女藝人（泰半為落選亞姐），因為急功近利，而相繼遭受騙財騙色，令圈中人士震驚。

(3)本年度港片三大主流為：(a)周星馳的「無厘頭」影片：如「逃學威龍」一片，再度打破香港最高票房紀錄；(b)江湖人物傳記片，如「跛豪」（毒販）、「五億（元）家產探長雷洛傳」、「四大探長」、[描述香港前時四名貪汙探長韓森、藍剛、雷洛（化名）及顏雄事蹟]、「霞姐傳奇」及「賭城大亨」之類；(c)三級色情脫戲氾濫，葉子楣、葉玉卿相繼成名。

(4)圈中喜事連連。楊得時和葉玉萍、岑建勳和謝寧，鄭浩南和大島由加利諸人，結為銀色夫婦。鍾楚紅、鄭文雅（港姐）、梅愛芳（梅艷芳之姐）、張艾嘉、溫兆倫、關禮傑及吳啟華等皆築得愛巢。苗僑偉、戚美珍及鄭則士等升格為父母級，余安安再添一女，周潤發亦傳快當爸爸喜訊。

(5)四大院線之一的德寶線，因老闆潘迪生專注於商界發展，以致經營不善而於十月底正式結束，由黃百鳴和澳門集團組成之永高線取而代之。永高為打響頭炮，不惜採用銀彈政策：以極高薪酬簽下張國榮與任達華為基本演員，還以港幣八百萬元高薪，請周星馳為一九九二壬申農曆年賀步片助陣，手筆之大，驚動影藝界。

(6)張國榮年初宣布告別歌壇，梅艷芳與許冠傑兩位樂壇巨星亦相繼傳出告別舞台訊息。劉德華、黎明、郭富城、杜德偉及草蜢相繼崛起。[見《民生報》，民 80. 12. 24.，第十版「影劇新聞」：香江頭條新聞（葉蕙蘭 2. 20. 香港

電）。]

日本《產經體育》影劇組所選出之年度十大影劇新聞則爲：

(1)宮澤理惠(Rie Miyazawa)寫眞集(Santa Fe)於十一月十三日上市後，共賣出一百三十萬本，台灣、香港出現海盜版。社會上物議之聲不斷，但卻反而助長新聞的聲勢。

(2)日本老牌演員上原謙與妻子大林雅子戲劇性地離異，造成了七個月之久的熱門話題。

(3)演員渡哲也不幸罹患直腸癌的消息於六月十二日曝光後，引起更多日本影星罹患癌症的消息，圈中一時談癌色變。

(4)ＮＨＫ著名新聞主播松平定和，五月二十五日藉酒裝瘋，竟對計程車司機施暴，遭降職處分。

(5)盲俠（用心棒）勝新太郎，因涉嫌私藏大麻，五月十二日自夏威夷被押解回國，接受法院審判。

(6)有日本「最後的單身女星」之稱的松坂慶子，以三十八歲之齡，於一月二日與三十六歲的音樂家高內春彥閃電結婚，並傳出懷孕消息。

(7)電視台節目女主持人田丸美壽和宮崎綠兩位人前的女強人，相繼傳離婚決定。

(8)頗受歡迎的藝人東千鶴，愛上有婦之夫之森下正幸，消息披露後，東千鶴立刻於十二月十二日公開發表與森下的離別宣言。

(9)若人秋艮自導、自編、自演「空白的三日間——消失的記憶」，描繪他在一九九一年三月三日，在熱海失蹤之事。

(10)有「昭和二枚目」之稱的昭和時代老牌藝人春日八郎與上原謙兩人，相繼去世。（見民生報，民 80. 12. 31.，第十版，黃承富東京三十日電。）

❷⁴ 是由影評人李幼新、曾偉禎及王瑋等三位影評人票選。見聯合報，民 80. 12. 21.，第二十二版：娛樂焦點。三位影評人同時亦關切到李道明、吳乙峯等新一類主題電影產生，小型影展勃興，「三級片」充斥香港，影響到港片產業結構，以及一窩蜂出現港星周星馳與劉德華型影片等諸現象。

❷⁵ 此是新環境基金會所舉辦「1991 年國內十大環保新聞」票選結果，參與票選者包括新環境基金會等十個環保團體，以及七十二位環保專家學者及環保記者。見《聯合報》，民 80. 12. 24.，第六版（社會觀察）。

❷⁶ 見《民生報》，民 80. 12. 24.、25.，第七版（戶外活動：「年度 10 大新聞」，上、下）。

❷⁷ 此是由消費者文教基金會（消基會）董、監事所選出。見《民生報》，民 80. 12.

27.，第十五版（生活新聞）。

28　見《民生報》，民 80. 12. 25.、26.，第二版（體育新聞：「十大體育新聞」，
　上、下）。

美聯社曾請三十個國家體育記者，依序票選 1990 年世界體壇重大事件，前十
件爲：(1)劉易士刷新男子百公尺短跑世界紀錄；(2)劉易士和鮑威爾在東京的世
界錦標賽中，表現出色；以八公尺九五刷新貝蒙在 1968 年，所創下的八公尺
九世界紀錄；(3)美國職業籃球明星魔術強森，因染上愛滋病，被迫宣布退休；
(4)阿根廷足球天王巨星馬拉度納，因吸毒被判球監；(5)南非重獲奧林匹克會
籍；(6)美國第七種子球員謝蕾絲（America Seventh Seed Mary–Joe
Fernnandez），縱橫女子網壇，而不參加溫布頓（Winbuton）大賽；(7)蘇聯「鳥
人」布卡連續刷新撐竿跳世界紀錄；(8)法國擊敗美國，贏得台維斯盃網球賽冠
軍；(9)前世界重量級拳王（heavy weight boxing champion）泰森（Micke
Tyson），以強暴罪名被起訴[他在七月十九日，於印第安那波里士（Indiana-
polis）旅店中，涉嫌強暴一位參加「美國黑人小姐比賽」（Miss Black America
Pageant）女士]；(10)南非重返世界板球賽，代表隊赴印度比賽。[見《新聞鏡周
刊》，第一六三期（民 80. 12. 23.–29.）第三十八頁。]

日本《產經新聞》之《產經體育》，也選出世界十大和日本國內十大體育新聞。

(A)世界十大體育新聞：

　(1)跳遠名將鮑威爾刷新世界紀錄；(2)因種族歧視成爲國際體育孤兒的南非，
　有望參加明年西班牙巴塞隆納奧運；(3)美國籃球明星魔術強森因感染愛滋
　病，宣布退休；(4)南北韓合組的統一桌球聯隊，在世界杯摘下團體組冠軍；
　(5)阿根廷足球明星馬拉度納，因涉嫌吸食大麻被逮捕；(6)蘇聯「鳥人」布
　卡，以六公尺十，寫下新的世界紀錄；(7)1990 年美國職棒大聯盟成績最差
　的雙城隊，在 91 年出人意表地獲得冠軍；(8)法國在五十九年之後，終於再
　度在台維斯杯世界組網球賽裡封王；(9)澳洲隊以全勝戰績，首度在世界杯橄
　欖球賽中贏得冠軍；(10)蘇聯面臨瓦解局面，「體育強國」預料會跟著土崩瓦
　解。

(B)日本十大體育新聞

　(1)相撲鐵人（sumoist）千代富在五月十二日首戰即敗給貴花田後，十四日即
　宣布退休，他在二十二年力士生涯裡，曾締造日本相撲史上最高的一千零四
　十五勝紀錄；(2)十二月十日，三十八歲的中日隊打擊天才落合博滿，簽下日
　本職棒史上最高年薪三億日幣合約。（以其時百元日幣約兌新台幣十九·八
　○元算，即等於台幣年薪五千九百四十萬元；而若以一美元約兌二十六點五

台幣計算，則為兩百二十四萬餘美元）；(3)自 1964 年主辦東京奧運會二十七年後，日本於八月二十三日再度舉辦規模媲美奧運的世界盃田徑賽；(4)國際奧林匹克運動會於六月十五日決定，1998 年的冬季奧運在日本長野舉行；(5)日本職棒超級強隊西武隊，連續兩年，且是第七次奪得總冠軍；而包括我國籍之郭泰源等七位選手，1992 年年薪均超過一億日幣大關；(6)「巨無霸」尾崎將司，於八月十八日完成高球生涯第七十場勝利，距第一場勝利剛好二十年；(7)巴西籍「一級方程式」（Formula 1, F1）賽車好手洗拿，在日本鈴鹿世界盃賽裡獲得冠軍，他曾在世界盃賽車史上，創下最多的三勝紀錄；(8)第一位 F1 賽車選手中嶋悟，於七月二十五日宣布退休，他在世界盃賽中最好成績為第四名；(9)尾崎直道強忍丁憂之痛，以低於標準二十桿佳績，在日本盃裡稱雄，獲得獎金一億一千九百五十餘萬元日幣，首次贏得「賞金王」美譽；(10)足球協會宣布，日本職業足球訂在 1993 年開踢，初期有十隊球隊加盟。[見《民生報》，民 80. 12. 30.，第四版（體育新聞）]

㉙ 聯合報系「田徑特優選手獎助辦法」，訂於民國八十一年元月實施，當時由教練蔡榮斌統籌訓練事宜，每月獲車馬費津貼新台幣四萬五千元，其他成績符合獎助而獲津貼的六位選手，由王惠珍每月四萬一千元至徐佩菁一萬六千元不等，每月總津貼費達新台幣十八萬六千元。王惠珍在田徑場上引退後，可進入民生報擔任體育記者。此辦法另有增加津貼及暫停或終止培植考核辦法。[《聯合報》，民 80. 12. 30.，第二十二版（體育‧戶外）。]

㉚ 此是由台北市開放空間基金會，首度邀請台大城鄉所、政大地政系所、中興都研所、中原建築系、文化建築、造園兩系以及淡江建研所等校教授，以及國內記者等三十人票選，並經淡大建研所所長王紀鯤等七位教授決選結果。[見《聯合報》，民 80. 12. 29.，第十四版（大台北新聞）。]

㉛ 見《自立晚報》，民 80. 12. 30.，第六版（股市快訊）／「《中國時報》，民 80. 12. 29.，證券版：「回顧今年風雲事件，揣摩來日投資策略」。

㉜ 民國七十七年，曾因刻意打壓股市狂飆，而有大量拋售官股之議；俟七十八年出售官股時，是以公開承銷方式出售。

㉝ 至民國八十年十二月二十八日（星期六）上午十一點台北股市封關時，收盤指數為四千六百零六十七點。（八十一年元月四日再開盤）[見聯合報，民 80. 12. 29.，第十版（證券投資）]

㉞ 此項會議所作結論，已在同月二十六日，由證管會召集證交所及券商公會，舉行執行協調會，研擬執行重點及進度。同註十八。另外，財政部亦已答應：(1)建立債券利率期貨市場（預計八十三年六月完成），以活絡債券市場；(2)開放

代客操作業務；(3)規劃公開發行公司不當利益輸送，及加強關係人交易之揭露查核。

㉟ 在科伊戰爭之前，國際金價早在 1990 年六月分先行挺升，從每盎司三百四十五美元，漲至八月下旬伊軍入侵科威特後之四百一十六美元，漲幅達百分之二十。而科伊之戰，世人皆擔心波斯灣油源行將短缺，國際石油價一路攀升。至十月底，每桶石油價已由十八美元，漲至三十七美元，漲幅高達一點零五倍。因此投機性熱錢(hot money)，紛紛湧入金市及石油期市(future market)，而投資者卻因油價暴漲而持觀望態度，以致股市重挫，至十月二日指數跌至谷底。戰後之中東急待重建，所需物資，將可刺激起國際間製造業的興旺，而開航一般費用，因而節節上升。

㊱ 按證券交易法，若股票每股淨值低於新台幣五元以下，必須降類為全額交割股。

㊲ 按證券交易法第一百五十七條之一規定，公司之董事、監察人及經理人，獲悉涉及公司之財務、業務或該證券之市場供求，對其股票價格有重大影響，或對正當投資人之投資決定有重要影響之消息時，在該消息未公開前，不得對該公司之上市或在證券商營業處所買賣之股票，買入或賣出，否則得對善意（不知情）從事相反買賣之人，負損害賠償責任。[見孫知本編（林紀東續編）（民77）：《最新六法全書》，修訂版。台北：大中國圖書公司。頁218~9。]

㊳ 國華人壽保險公司（國壽）股票尚未上市，價格沒有掛牌，而通常按已上市同類股票價格交易，連行情起伏亦大致相同。國壽股票是於78年時，透過盤商私下轉讓，一向參考台北國泰人壽股價。民國78年，國壽股價達高峰，當年度全年平均成交價在新台幣千元以上，同年十月間每股單價行情，更高達一千八百元的高價紀錄。79年，金融股走軟，國壽股價跌至八百元左右，除息後，甚至出現五百元的成交紀錄。但盤商估計，在78、9兩年間，國壽股平均價都未低於四百元。華隆公司發言人指出，該公司是在民國79年底（十二月十四日），以每股一百二十元價格，將兩百二十萬股賣給張建邦女兒，兩百八十萬股賣給游姓副教授，合為五百萬股。而當時國壽淨值為一百元，因此以高於二十元價格出售，並未違法。經調查證實，該公司出售持股部分程序，並未違法。[見《聯合報》，民80.3.6.、7.，第三版（焦點新聞），第一版（要聞）。]

張建邦曾擔任過淡大校長，是在台北市議會議長時辭去校長職務。

㊴ 民國 79 年，華隆公司以高價向翁姓負責人購買台中一塊四千餘坪土地，被檢察官查知，而認為有利益輸送之嫌，故而傳訊另一位翁姓董事長。結果兩位翁

姓負責人，同被起訴。

㊵ 證管會爲穩定匯率，以免因外資匯入而形成台幣升值壓力，故採取緩慢開放政策。但正由於此種對外資之種種限制，諸如不得購買債券，規定交割時間及匯出期限等，而令外商投資興趣不如想象中濃厚。

㊶ 預計八十一年上半年，即將陸續推出近二千億元公債，全年債市總成交量，將達七兆元以上。

㊷ 然而因債券性質，原適合在店頭市場交易，而在集中（交易）市場買賣債券時，並得繳交千分之一手續費，故集中市場電腦化後，交易顯得比前停滯。預計八十一年度時，店頭市場報價資訊系統即可上線，整個債券次級市場資訊網路即可完成。由是不僅集中市場可透過競價而形成債券公正價格，供市場買賣參考；即不具議價能力的小額投資人，亦可透過市場買賣債券，而店頭市場債券籌碼流通規模，益形擴大。

㊸ 見《聯合報》，民 81. 1. 2.，第十五版（台北市民生活）。此是台北文教記者所選出。

㊹ 台大部分師生，組成主張廢除刑法總則第一百條：「意圖破壞國體，竊據國土或以非法之方法變更國憲，顛覆政府，而著手實行者」之內亂罪（同㉕，頁365），而與政府發生衝突，其後並在他們所認定的台大校園內靜坐示威。根據警方的說法，靜坐示威者已滲雜了外人，靜坐範圍則超出校園界限，在找不到校長孫震溝通後，不得不進入示威羣衆採取驅離行動。但此舉卻引來爭議，以致郝柏村院長受立委質詢時，衝口而出的說（對孫震）很不滿意；於是又引起一場輿論嘩然，孫震辭職風波。之後，歷經教育部長毛高文之挽留，郝柏村院長之道歉，孫震校長打消原意，風波始息。

清大學生是涉及內亂罪被捕，其後透過起訴程序後，以無罪獲釋。

㊺ 《民生報》於 80 年十二月二十七日，第二十六版（讀書）中，分別以「回首風雲書」、「讀書界事件」及「讀書界人物」三大類別，側述年度重大文教新聞，摘述如下：

(A)回首風雲書

△中華書局譯（1991）：「飄」續集。台北：譯者。

△汪彝定（民 80）：走過關鍵年代。台北：商周文化出版公司。

△林和譯（民 80）：混沌。台北：天下文化出版公司。

△皇冠雜誌社編（民 80）：心情故事。台北：編者。

△吳瑪悧著（民 80）：巴魯巴。台北：東華書局。

△保密（筆名）（民 80）：黃禍(Yellow Perill)。台北：風雲時代出版社。

△時報文化公司譯（民 80）：大未來。台北：譯者。

△Toffer, Alvin.

1990 Powershift: Knowledge, Wealth, and Violence at the 21st Century.
N. Y.: Bantam Books.

△黃仁宇（民 80）：資本主義與二十一世紀。台北：聯經出版公司。

△漢聲雜誌社編著（民 80）：民間文化剪貼。台北：編著者。

△陳修（民 80）：台灣話大詞典。台北：遠流出版公司。

(B)讀書界事件：

△從民國七十八年八月開始編纂的《蔣經國先生全集》，共計二十七冊，八十
年年初出版第一冊，至年底時，已出版過半。

△「著作權法修正草案」，在立法院一讀通過，影響深遠的條款包括：開放
互惠國的翻譯權；訂立繙譯權強制授權的規定；非經作者同意的繙譯著
作，新法成立後，只能再繼續銷售兩年；以及業者提供影印、錄音及錄影
服務，則屬侵權行為，學生此從不能再依賴影印了。

△法院確定「大英百科全書」的中文版著作權，由美國大英百科全書公司所
擁有，纏訟三年有餘的版權官司國際官司至是定讞，保護了台灣中華書局
獲得美商版權權益，丹青圖公司則被判定侵權受罰。官司結束後，原本與
中華書局站在同一陣線的台灣發行大戶——台灣英文雜誌社，卻因故而終
止彼此合作關係。

△政府推行學校教科書民編多元化政策，卻屢傳校長、教師收受商人紅包，
而指定採用某出版社教科書醜聞。

△由國立中央圖書館策畫、台北市立圖書館主辦的「好書文換活動」，於八
月十八日、十二月八日連續舉辦兩次，市民反應熱烈，每次交換書籍多達
兩萬餘冊。

△以出版《漢聲》雜誌中文版，以及《中國米食》等叢書而聲名大噪的英文漢聲
出版公司，與合作長達十三年的台灣英文雜誌社（台英社）中止合作關
係，漢聲收回所有書籍發行權。前時在業務鼎盛時，台英有六、七百位推
銷漢聲叢書的業務員，年營業額曾達五、六億元佳績。

△揭諸生活的、社會的、文化的、人人的「活水」雙周報，於六月五日創
刊，由文化總會發行，是一八版四開小型報，發行十萬分，遍送各鄉里，
備受矚目。

△由台灣省文獻會在民國七十六年開始做訪談與資料蒐集工作的《二二八事
件文獻輯錄》專書，歷經四年之後，於十一月三十日出版。除檔案資料

外，文獻會曾訪問三百四十七位當事人，以彼等口述歷史為主幹，是第一
本官版二二八專書。

△曾銷售了八百萬本的《大趨勢》，以及風行一時的《二○○年大趨勢》兩書作
者，社會趨勢預測專家奈思比（John Naisbiff），以新台幣百萬元天價，應
邀來台演講。

△榮星企業集團停辦《台灣春秋》雜誌之後，又以新台幣千萬元高價，買下故
鄉出版公司的《日本文摘》。故鄉財務出現問題後，曾讓出《綠》雜誌大部分
股權，出讓《日本文摘》後，就只餘《大陸現場》。至民國八十一年元月《大
陸現場》易名為《中國通》商業雜誌。

△引起雜誌業界極大反應的郵資調價案，終於在七月二十日實施。

△國際著名的《出版者周刊》元月到台訪問國內出版業界，並在五月號詳加報
導。

(C)「讀書界人物」

△獲芥川獎的日本作家遠藤周作，十二月來台接受輔仁大學頒發榮譽文學博
士學位。

△加菲貓（Garfield）作者戴維斯（Jim Davis, 1946−）十月底曾來華訪問。

△創作五十年，作品近五十種的作家墨人，以一部一百二十萬字的著作《紅
塵》，來描寫百年來中華民族的苦難及人間百態，結果同時獲得金鼎獎及
嘉新優良著作獎。

△《歷代詩詞名句賞析探源》一書作者呂自揚，纏訟十年，終於打贏盜印官
司。

△知名女作家三毛（陳平，1943−1991），元月四日凌晨，在台北榮民總醫
院自縊身亡，震驚文壇。

△有「名嘴」之稱的王大空（1921−71），七月以肺癌病逝。他以《笨鳥慢
飛》一書飲譽文壇，共發行了四十六版，印行十餘萬冊。其後出版之《笨鳥
再飛》、《笨鳥飛歌》及《鳥不單飛》三書，亦極為暢銷。

而由台灣國立政治大學新聞系所發行的《大台北報導》主辦，大部分由大專學生
所票選的「民國八十年五大校園新聞」，則依次為：大學採嚴格淘汰制，二分
之一不及格者就退學；孫震因靜坐事件請辭獲慰留；大學日夜間部將可相互轉
學、轉系，未服兵役者可考夜間部；大（學）考（試）中心研議以推薦甄試、
兩階段方式取代現行聯招；夜校將改區域性招生形態，台大率先單獨招生。
〔（見《大台北報導》，第○八八○期（民 80. 1. 11.），第一版。台北：國立政
大新聞系。〕

㊻　此是陽光基金會，以票選法選出的「八十年十大社會福利新聞」，目的在藉此
呼籲有關單位推動社會福利工作，也教育民眾認識社會福利。評審委員包括政
府官員、學者、社團人士及媒體人員等；就國內報刊之社會救助、社工專業以
及社區、兒童、婦女、老人、殘障與少年等，諸項福利之報導，加以圈選。
[見《聯合報》，民81. 1. 15.，第十五版（台北市民生活）]。

㊼　此是由銘傳管理學院大傳系之《銘報新聞》所主辦，而由國內二十七位大專院校
新聞科系教師所選出。[見《新聞界》，第二十九期（81. 1.），頁2。]

㊽　同前㊼，第二十一版（萬象）。
《時代》「風雲人物」起於1927年年底。其時該刊正為挑選封面人物而傷透腦
筋，而憶及該刊前數期，皆未對林白獨自駕機橫越大西洋一事加以報導，遂推
選他為該年度風雲人物。《時代》這項傳統，用意在對年度最能影響人類歷史脈
動的人物的新聞，給予肯定的評價，而非推崇或頒獎。因此，世人所云之好
人、壞人、甚至人類、地球和電腦、機械人都曾上榜。
不過，英國《金融時報》(Financial Times)卻選美國國務卿貝克(Secretary of
State James Baker)，為九一年風雲人物，譽之為二次世界大戰以來，能力最
足以與前國務卿季辛吉(Henry Kissinger, 1923–)相匹配，可見新聞之觀點及
角度，從無一言堂局面出現。

㊾　《聯合報》，民80. 12. 5.，第十三版。

㊿　此是由「金石文化廣場」年度票選活動所選出的。見《聯合報》，民81. 2. 1.，
第五版（文化、生活）。

第十二章　結語：新聞本質的再論：一個宏觀角度

第一節　牆裏：新聞仗勢而行

新聞傳播事業原是資訊的「中繼站」（information carrier）❶；然而，媒介在處理資訊時，除了受到所處的角色、地位和成員的影響外❷，歸根究柢，顯然更強烈地受到一種充滿「評價」（evaluate）意味的本質或價值觀所羈縻。從新聞傳播史的角度來看，無可諱言，我國媒介，特別是台灣地區的新聞本質，或者說價值觀，不論傳統或現代，實在深受美國影響。可惜，這帖「美國土方」，雖號稱為「自由報業」理念，但其主導意識的內涵，卻並不一定放諸四海而皆準❸，而且它的「優越性」也漸受考驗，就以近世的情況來說，其所浮現的問題，約略有後述數項。

㈠對戰後歐美媒體「傳播帝國主義」的指責

(1)第二次世界大戰之後，在十九世紀勃興，一度影響各地政治思潮，塑造世界命運，掛得上「標籤」的各種「主義」（isms）之中，法西斯主義（Fascism）雖或陰魂未散，然實質上已名存實亡；極權主義（Totalitarianism）不時若隱若現；共產主義（Communism）、社會主義（Socialism）繼續雄踞一方，但風雲變幻，而或多或少亦已沾上領導者的個人色彩（如蘇聯領袖戈巴契夫在共黨聯邦所表現之「開放」與「重建」作風，即使蘇聯變天後，葉爾欽仍顯示出一種翻乎為雲，覆乎為雨的手段）；只有資本主義（Capitalism）血統最為純正；而在第三世界人民眼

裡，原屬於大國專利品的帝國主義(Imperialism) 則蠢蠢乎在玩弄「借屍還魂」的把戲 ❹ ！

　　二次大戰之後，劫後灰燼之餘，美、蘇兩國因在大戰中，由天之幸，本身非但未受到戰火之嚴重波及，從「經濟決定論」(Economic Determinism)與「科技決定論」(Technology Determinism)的角度來看，本土國力卻因戰時刺激，反而掌握了霸權至尊要素：人才、物資、設備、生產力、政治信心及軍事勝利的餘威。於是，東歐各國不得不捧「黑道」盟主、北極熊蘇聯為「老大哥」，連中國大陸也幾乎入其甕中，合縱成一共產集團。以財大氣粗為首的美國，一副「白道」盟主之姿，自詡為自由民主的真神阿拉，連橫起西方世界而成所謂之民主陣容。滿身傷痕的第三世界在戰火蹂躪後，喘息未定，而亞、非、中東及南美等弱小民族，已急謀掙脫十八、九世紀以降，西方資本（帝國）主義的殖民統治；但在尋求新興獨立之餘，卻又無法截止國際與國內政治及宗教野心分子的趁機攪局，往往在利字當頭之下，朋比為奸，攪得政潮迭起，內戰頻仍，生產力不振，經濟蕭條，民生凋蔽，未成大業，即千瘡百孔。

　　戴起「道德」（主義）面具的霸權至尊，一副「幫主」定一尊的面孔，扮演所謂「世界警察」美化了的角色，實則干涉他國內政，右手拿戒尺，左手拿糖果，予取予求，心目中只有「一條鞭法」──不管他人文化背景、時空因素，一味死捧自己「一言堂」的政治、法制教條的標準，強烈否定、輕視、排斥他人不同之傳統及典章制度。在夾縫中求生存的弱國小民，光是為了求生存，已經自顧不暇，儘管心中叫「糗」，但在忍受某些條件之下，也的確可以得到些糠食（甚至可以嚐到佳餚），這是說，霸權國自是有其值得學習、倣效之處；故而也就不期然呈現「一個願打、一個願捱」的假和諧關係，對於「教父國」之「恩賜」，「又期待（撿便宜）又怕受到傷害」。所謂物必先腐而後蟲生，

教父國對弱勢盟幫那隻「看不見的手」，主要來自於國際利益集團與國內既得利益者聯合操縱所致；因此，縱然民族主義昂揚，有識之士積極爭取本土文化的認同與尊嚴，但最多只能擺出個「潑辣」姿態，作個吵鬧的孩子，多要幾顆糖。在形勢比人強的情況下，一切乃得仰仗教父國鼻息，頂多是作牆頭草，在霸權鷸蚌之爭中，東歪西倒，「乞」些蠅頭小利；至於「乖乖牌」，就只有閉嘴聽話的分兒———一切謹敬從命。

　　研究政治、經濟、社會、文化以及傳播的中、外學者，對這樣錯綜複雜的情況，曾抽絲剝繭地縷析出若干名詞叫得響的理論，予以兩極、歸納式的解釋。例如，對霸權國的描寫有所謂：

　　——經濟帝國主義（Ecomonic Imperialism）；文化帝國主義（Cultural Imperialism）；媒介（傳播）帝國主義（Media Imperialism），其中又有人細分為正統的「走資傳播帝國主義」（Capitalist MediaImperialism）與可能以黑馬姿態慢慢露出真面目的「社帝傳播帝國主義」（Socialist Media Imperialism）❺。而對弱勢盟幫的描寫，則有所謂：

　　——依附關係（dependency, dependence）；依附發展（dependent development）。

　　帝國主義就字典涵義來說，是指霸權國或國家集團，運用優勢的政治、經濟、文化及軍事力量，去從事擴張、甚而不惜侵略政策，以求奪取利得。美籍德人社會思想學者鄂蘭（Hannah Arendt, 1906-1975）認為，帝國主義之所以形成（甚而極權主義），是因為「民族國家」（nationstate）體制的崩潰，而之所以如此，最重要因素則是由於「資本主義社會」的畸形發展、及其掌握了統治的勢力所致❻；也就說，1884年（清光緒十年）之後，工業革命的結果，造成西歐各國資本及人力的過剩，內銷市場飽和，但又渴求工業原料，迫使他們走向往外擴張的不歸路——首先是經濟性的對外冒險擴張活動，繼而為國家政治權力的向

外延伸，以求將冒險程度減至最少，終而形成「世界政策」的侵略性行為導向。列寧（Nikolai Lenin, 1870-1924）在 1917 年發表《帝國主義：資本主義的特殊舞台》一書中，更直接認為：由於致力於生產與資本集中之故，帝國主義其實是資本主義進一步壟斷的必然結果；由之，如卡爾特（cartel）之類的國際性企業聯盟或者獨占企業，就有需要組織起來，以保住及加強他們資金出路的有利優勢❼。

弱勢未開發地區（underdevelopment），甚至開發中國家（developing countries）❽不管自願抑或被迫，所謂人在屋簷下，那得不低頭（忍辱負重？）；久之，經歷歷史的時空因素，自會形成一種依附關係；諸如經濟依附（Economic Dependency），文化依附（Cultural Dependence）之類。因此，法蘭克（Andre Gunder Frank）認為依附「只不過是個較好聽的名詞，它掩飾者征服、壓迫、離間、以及帝國主義者與資本主義者的種族優越感。這些劣跡，其實表裡一致」❾。他和華勒斯坦（Immananuel Wallerstein）並將此種依附形勢，從賓主關係出發，將在經濟上高度開發的資本主義先進國家（economically advanced capitalist exploiting countries），列為「母國」（metropolitan）[或稱之為「中央」（centercore）]；而將其他在政經上受他們牽制、剝削的國家（the economic, and political by implication, exploitee），歸類為「外圍」（periphery）[或稱之為「衛星國」（Satellite）]❿。

經濟依附的結果，第三世界的經濟自然得仰資本主義先進國家龍頭的鼻息⓫。1970 年代中葉以後，大眾傳播學者開始以經濟依附的立論角度，由全球國力及延衍之影響觀點，來檢視國際間的傳播及文化流布諸問題。這批學者認為，當今全球的傳播媒體，已集中在少數先進工業化國家手裡；這些國家，藉「資訊自由流通」之美名（free flow of information），將大量的西方文化、資訊、科技產品、消費價值形態，向第三世界開發中國家傾銷，令之無法自拔，向彼之「媒體專業策略」低

頭（media professionalism）❷，產生「文化依附」（Cultural dependence），以保持其在全球上政、經及文化的優勢，而名之為「文化帝國主義」（Cultural imperialism）❸。

許勒（Herbert I. Schiller）曾就傳播優勢問題作分析，於是有所謂之「傳播帝國主義」（Communication Imperialism）之稱；其後，在其他相關著作中（如李金銓博士大作），又衍生出「媒介帝國主義」（Media Imperialism」❹、「文化／傳播帝國主義」（Cultural－Communication Imperialism），與「文化／媒介帝國主義」（Cultural／Media Imperialism）之類同質異義之「同位詞」。許勒的主要論點有：

(A)美國獨霸全球，決定傳播的產品與內容，從世界市場攫取鉅利，以廣告刺激消費慾望，推銷資本主義的意識形態。

(B)二次大戰後，美國在國際傳播市場上，唯我獨尊，取代了戰前英國在新聞通訊社的原有優勢。她美其名為「資訊自由流通」（聯合國於1946年通過此案），實則在塑造一種支配全球的意識形態。

(C)六十年代，美國官方插手迅速發展中的太空衛星事業，龐大的美國跨國傳播公司，因此掌握了對待弱國的絕對優勢。

(D)美國的傳播優勢導致文化侵略，世界各國無不大量輸入美國的電視節目，而且一窩蜂的採用美式電視制度，商業利益服務，犧牲社會公益，使文化主義瀕於淪亡。

(E)傳播科技（如電視、衛星）不是中立的，科技本身便是資本主義意識形態的具體表現，科技產品的引進和使用，都含有政治和思想的「毒素」❺。

許勒因此將「文化帝國主義」界定為：

　　一個被帶入現代世界體系的社會，其統治階層是如何的受到威迫利誘，以致彼等所組成的社會機構，被迫迎合、甚至推行這一體系權力中央的價值觀和組織架構，這些過程的總帳，便是文化帝國主義❻。

　　另一方面，非馬克思主義者並不否認美國傳播關係企業的霸道作風，但卻相信各國本身的內部複雜因素，毋寧更令人洩氣。所以他們喜用「媒介帝國主義」一詞，並將之界定為：

　　一個國家的媒介主權、結構、分配或內容，任一項或全部，實際上處於一個國家或國家集團的媒體利益壓力下，而這些害人不淺的國家，並無採取相對的互惠行動；這樣的一個（相處）過程，便是媒介帝國主義❶❼。

　　㈡偏見與實例

　　傳播帝國主義在實質上既然存在，則歐美所秉持的新聞價值觀，在「普天之下，莫非王土」的龍頭老大心態下，走向偏鋒不足為奇。第三世界倘若不了解「同人不同命，同傘不同柄」的現實，便會落入這種不自覺的窠臼，跟著導師、舵手走，習慣成自然，拾人牙慧，人云亦云，迷失自己方向，一直錯下去。初入行的美國記者，總會聽過這樣一句標準西方「新聞道德寫真」的諺語(axiom)：鄰近大街上一起擦撞的小車禍，比（遠處）巴基斯坦一列火車撞毀更有新聞價值❶❽。職是之故，美國哥倫比亞大學(Columbia University)教授甘斯(Herbert Gans)在修撰《決定什麼才是新聞》(Deciding What's News, 1980)一書中，驚訝的發現，1960 年代，任職三大電視網的記者(Network journalist)，為了令老闆良心不安，竟然釐訂了一張「人種等值量表」(Racial Equivalence Scale)，列出在不同國家中，一宗飛機失事起碼要死多少人，才算得上有新聞報導價值。例如，一百個捷克人(Czecks)該只等於四十三個法國人；巴拉圭人(Paraguayans)則最不值錢。可見在這些媒介主的眼裡，真是人命何價。但類似的偏見，已在西方到處流傳。英國艦隊街記者，一向就毫不掩飾秉持種族主義用極端的語氣聲言：一千個中東佬(Wogs)，五十個法國佬(Frogs)與一個英國人是相等的。

　　1989 年九月下旬，發生了兩宗空難事件(plane crash)，比較一下

美國新聞媒體在新聞處理上的差異，即可略爲看出端倪。該月十九日，一架法國 UTA 航空公司 DC–10 型噴射客機(jet)，從非洲查德(Chad)機場飛赴巴黎，但起飛不久，即在高空爆炸，機上一百七十一人全部罹難。調查人員雖找到證據，認爲是一枚中東恐怖分子炸彈(terrorist bomb)肇禍所致，但屬於那一個集團所爲？動機何在？仍然一團迷霧。同月二十日，亦即僅僅一天之隔的第二天晚上，美國紐約拉瓜狄亞國際機場(LaGuardia)一架美國航空公司的波音七三七客機(Boeing 737)起飛失誤，墜入跑道末端河中，有兩人喪生，七人送醫救治，失事原因迅即確認是人爲過失(pilot error)。根據《時代雜誌》亨利三世(William A. Henery III)的統計❶，在往後的一個星期之中，《華盛頓郵報》(Washington Post)還算允厥執中，對兩件空難事件的報導，各有五篇系列報導(identical number of stories)；但《洛杉磯時報》(LosAngeles Times)對拉瓜狄亞機場事件，有十篇報導(62.5%)，而對查德空難卻只有六篇相關報導(37.5%)；《紐約時報》(New York Times)，較爲注重平衡報導，但對拉瓜狄亞機場事件，也有十二篇報導(66.7%)，查德空難事件仍然僅止於六篇而已(33.3%)。

　　美國電視網(Networks)也未能免俗。以美國國家廣播公司(ABC)晚間新聞節目「夜線」(Nightline)爲例，在拉瓜狄亞機場意外事件發生後，即時插播(Cut–in)三次，並且有一整個專題報導(a full show)，但對查德空難則未見有任何報導❷。這很難不令人敏感地聯想到西方媒體在處理「大衆新聞事件」時(collective news)，不牽扯到國籍(nationality)、種族(ethnicity)、宗教、政府及其他等問題——不管它是否涉及道德觀，或者只是單純的編輯們勢利作風(pragmatic attempt)❸。

　　就我國情形而言，美國大衆傳媒之正式影響中國，可追溯至美人在華創立廣播電台開始，如：

　　民國十一年底（1922 年），美商奧斯本(P. Osborne)在上海租界掛出「中國無線電公司」招牌，創立五十瓦特(50W)電力之廣播電台一座，時人稱為「奧斯本電台」；十二月一日開播，播出音樂和英文《大陸報》(China Press)上消息，但只播了三個月。民國十二年，美商新孚洋行又在上海設立四十瓦特之「新孚電台」。民國十三年九月，美商開洛公司(Kellagg)又在上海設立電台一座，用一百瓦特廣播，不久擴充為二百五十瓦特，每天開播八小時，還與《申報》等合作，在報館安裝廣播室，報告新聞。

　　這些電台設立目的，雖然主要是作各公司商業廣告，但我國早期傳播事業的建立，確有賴於這些技術引進。及至美國電影和電視輸入，對我國經濟、社會與文化，皆有階段性不同程度影響。（據估計，抗日之戰爆發，美、英、法、意等國，僅在上海一地，就辦了七座電台。）

　　據陳世敏博士研究，我國與美國大眾傳播媒介的關係，主要是環繞在對印刷媒介和電影實施檢查制度，以及對電影、電視節目輸入實施配額制度。然而我國的反應型態，是源於國內業者之競爭，以及我國觀眾口味之改變。因此，無論「媒介帝國主義」或「依附理論」，均未足以詮釋我國對美國傳播媒介的反應[22]。

　　㈢貴近賤遠的教條易使人「學歪（壞）師」

　　歐美的新聞價值一向強調「本地新聞才辣」(All journalism should be local)，這一教條，往往令人「近視」而不自知。而「挑精擇肥」的結果，外地新聞也就經常局限在具有個人攸關(personal relevance)的通俗性(melodramatic)上頭：諸如「說不定那就是我」的人情趣味因素(it-could-have-been-me/human-interest factor)，或者對未來「深具啟發性」意義者(larger-implications)[23]。就美國而言，通常要與美國企業或其他利益有切身利害關係的災害暴力事件，才會獲得媒介青睞。例如，1984 年的印度波帕爾地區(Bhopal)「聯合碳化物

工廠」（Union Carbides）毒氣（poison gas）外洩，慘劇造成二千二百餘人喪生；與及某些慈善團體（humanitarian groups）發起諸如送米到衣索匹亞（Ethiopia）之類救飢活動，獲得美國人回響出錢出力，都攀得上新聞媒介。否則，即使諸如 1958 年墨西哥城大地震，奪去兩萬人的生命，其所獲得媒體報導的篇幅，與 1989 年颱風雨果（Hurricane Hugo）吹襲美國時，五十一人喪生的新聞，大致相等。

據一項分析顯示❷，美國《聖路易快郵報》與《聖路易環球報》一天的新聞量，大約在六十至八十五則之間，而國際新聞僅得八至十二則；而且《環球報》通常只以二十五字室一百字篇幅，將國際新聞「置身」在「新聞人物」（newsmakers）與「新聞摘要」（news digest）欄裏。在內容方面，西歐已開發國家的新聞比例不但偏高，而且多屬「好感新聞」（favorable news），亞、非及拉丁美洲國家，則多屬「醜化新聞」（unfavorable news）──這不期然暗合了美國新聞媒體在處理新聞時的一條不成文做法傳言：任何發生在美國以外地區的新聞事件，其重要性，只有發生在美國類似事件的十分之一。

美國新聞教育和業界過分強調「臨近性」（proximity）的結果，使美國記者心目中，只知「本地新聞為大」，不少編輯老爺對國際新聞不感興趣；讀者則因接觸得少，故而也不對胃口，只留意他們周遭的近身事件，眼界受到侷限。因此，當國際危機出現時，大家都茫然不知所措❷。東南亞國家所面臨之挑戰，部分來自歐美地區國家，苟使依樣胡蘆，不分輕重地過分高叫「臨近性」，必然自討苦頭。

㈣「人云報云」、拾人牙慧的報導，品質低落

用記者的「天下眼」（universal eyes）看世界，向來會出現「英雄所見略同」（conventional wisdom）的普遍現象，個中原因不外：(a)教育、訓練模式「大同少異」；(b)大眾傳播之「反饋」（feedback）效果，羣性心態（Herd mentality），或者加上人情請託；(c)來源、稿源的相同

重疊與制約,如通訊社、機關首長、發言人、公關稿、相同採訪線與對象,(d)廣告大戶的影響力,傳媒主管的「善解人意」;(e)記者怠惰、膽怯、情緒化、缺乏遠見、意識形態偏差(不夠冷靜與公正、受事件牽扯),爾虞我詐的競爭(迫使新聞來源只願重覆一種聲音);(f)新聞事件本身,缺乏截然不同意見的色彩;(g)廣播、電視報導在時效上拔得頭籌,印刷媒介雖在分析、評論部分截短取長,但還是得與時效作搭配,因此,所作的分析評論,也只能從最簡單、最安全、最顯而易見、立即的共識層面著手。

近年來,傳播科技的發展一日千里,電腦連線、衛星同步、傳眞傳遞之快速,已經到達神乎其技之境。歐美記者寫稿時,大可一邊寫,一邊參考別人的「看法」,如此的參考來參考去,報導內容的風貌自然差不多是「同一個模子倒出來的」東西。在美國,以前之所謂「衆意簽同」,其實是指諸如李普曼(Walter Lippman)、雷斯頓(James Reston)與艾索普(Steward Alsop)之流,報章上著名評論家在其專欄裡的卓見,廣獲新聞界附議,變成媒介擁護的輿論,讀者也有深得我心之回響,推之許之,遂成爲民意的基礎。由於這些專欄作家一派學者之風,思想愼密,故而「衆人認同的意見」品質,有相當高水平。

自從電視大發神威,令大衆生活「不可一日無此君」之後,除極少數印刷媒介專欄評論家尚有一定影響力外,大多數新聞事件共識之形成,都由電視新聞性節目去主導,報刊只好借用「電視方塊」來壯自己聲勢。美國著名的高水準電視訪問節目內容如:「面對國事」(Face the Nation),「記者會」(Meet the Press),「本周大衛・邊克萊時間」(ThisWeek With David Brinkly),第二天就有機會上《華盛頓郵報》、《紐約時報》或《洛杉磯時報》的頭版[26]。所以哥倫比亞電視網新聞主播丹・拉瑟(Dan Rather)曾尖銳指責,印刷媒體的新聞工作者,已趨向「收看電視的報導去報導新聞,也就是說,大家看到或聽到的東

西，都差不多是一樣的內容，一樣的來源。」❷，有人說「新聞如演戲」（News as Drama），真是一語雙關（台上、台下劇中人作秀造勢／有動作的才算）。

《時代雜誌》（Time）總編輯繆勒（Henery Muller）亦曾坦然的說，「電視與電視所說的，就是一部分新聞製造的過程。如果三家電視網都說布希總統對某個問題發表了一場棒極了的演講，或者最高法院的某項判決，是五年內最重要的一項判決，對我們印刷媒體而言，很難做到對它置之不理。」「……，就算即使我們不同意電視的評論，我們認為這個新聞是唬人的……我們還是不能不去把電視所做的報導列入考慮。」❷

美國有識之士已在擔心自己「電視意見」妨礙獨立思考，降低意見形成品質；在傳播帝國主義做法下，「帶原」的美國電視文化（Television Culture）四溢，流矢中傷在所不免；苟無免疫的警覺與洞見，一律照單全收，長久下去，自難「倖免於禍」。

根據美國路易士安納西南大學（University of Southwestern Louisiana）助教授畢處士（Janet A. Bridges），在 1986 年二月中至三月中，以「新聞類屬」（News Attributes）為效標，對全美一百零一家日報研究的結果❷，顯示了第一版上版新聞模式（news-use pattern）有三種，即硬性新聞（hard-news），解釋性新聞（interpreter-news），以及顯著性新聞（prominence-news）；其中最重要之新聞類，依次厥為時效、顯著與臨近，沖弱了一向認為衝突性新聞（conflict news）為美國新聞界寵兒的講法，打擊了所謂在新聞中重視衝擊力（impact），是新聞界不得已的藉口。過度重視臨近性之弊病，已如上述，美國日報的走向，是否為一種先兆？東歐變天，蘇聯解體，大陸倡言建設有「中國特色」的社會主義，共產主義似已名存實亡，今後世局，美國似更舉足輕重，新聞理念向受美國文化影響的東亞諸國，能否莊敬自強，抑或葉雖落而不知

秋之至？

第二節 牆外：新聞無異辭說（News as Discourse）

研究甚麼是新聞，當然有許多變數可資考量使用。例如地緣（geographic）、經濟、政治、理念（ideological）、文化以及報憂不報喜（negativity）等因素。所以 1976 年秋，美國之《傳播學報》（Journal of Communication）以三十七頁之篇幅，作一系列探討「甚麼是新聞」時（Whatis news），即以種族（ethnographic）、哲理（philosophical）、政治觀點（political points of view）及新聞量（quantitative）等角度，深入探討「新聞之製作過程」（process of newsmaking）[30]。

然而，誠如美國學者安得遜（N. H. Anderson: 1981）所說，人為理性的資訊處理者，一般人都會根據些合理、實用原則，來搜集、評量不同資訊，並以整合，以圖建立等於外在世界的認知[31]。拉森（S. F. Larsen: 1983）甚至更直率的指出，看新聞是一種學習過程，也是更新知識（updatingof knowledge）的活動。如此日就月將，不啻驗證了大眾傳播效果的「注射理論」（hypodermic needle theory）[32]。

基於這種論點，有些美國傳播學者認為，不管對資訊如何處理[33]，人的認知架構該是決定選擇資訊的重要因素[34]。這種知識，逐漸衍展為傳播研究的開創性理念：人，是資訊的自動解碼者（decoder），媒介不再是主宰傳播效果的「魔彈」[35]。如果將這種觀點，從閱聽人（audience）層面切入，來詮釋新聞的話，則無疑在說：個人能在新聞中，看到甚麼、吸收了甚麼，可能並非完全取決於新聞內容，個人本身先已存在的認知架構[36]。與新聞內容及報導形式的互動關係，可能更具影響性。所以對辭說（discourse）（或稱言說）有極深刻研究的范迪芝（Teun A. Van Dijk），在研究中更推斷讀新聞的實效，其實不曾增加新知，只是

在強增原有認知架構；讀完一則新聞，和光讀標題[37]，效果完全相同[38]。

以范迪芝為主將的這一支派，及採用心理學中認知架構的「基模」理論(Schema Theory)，以研究人們研究如何主動透過既存之認知架構，來理解新聞。從基模來著手研究新聞，便流衍成傳播研究之新焦點[39]。

所謂基模[40]，據美國傳播學者費斯(S. T. Fiske)等人說法，是指：經過學習過程，在某一知識領域內，對某一客體的知識、經驗所累積而成的（主觀）認知架構，包括某些相關概念(concepts)（如大學教授），這些概念屬性(attributes)（如學富五車），以及概念與屬性之間的連繫(links)[41]。基模對接收新資訊以及「檢索」本身既存資訊方面，有引導作用，會影響個人對事物的感知(perception)記憶與推論；並進而對人、事、情境方面，產生某些期待(expectation)，預期進度及結果，如此會有助問題的解決[42]。

基模可以藉由前時的知識與經驗，產生一些想當然爾的「掩飾藉口」(default value)，來彌補原本訊息缺口，藉由產生完整心像，以得以預測、推論及領悟訊息的弦外之音。

一般美國傳播學者諸如凱茲(E. Katz)及羅森健(Karl Eric Rosen-gren)等人，雖每好以傳播理論上之「使用與滿足」(uses and gratific-ations)為研究受眾看新聞的目的（傳播目標）[43]；然因為就處理新聞資訊而言，基模既可以提供能存儲新資訊的基本認知架構，又可根據來自訊息本身，或當時情境的一些線索，以既存知識為標準，將新資訊分門別類，納入原有知識體系中，形成理解之故。且認知心理學也漸次在研究中，得出傳播目標的選擇，決定傳播內容選擇的結論。因而激盪起傳播學者對辭說，或者更直接的說，新聞基模之研究浪潮。

因為基本上，新聞是一種類似談話(dialogue)文章及故事之類的辭

說。而每類辭說,基本上均遵循著某些基本之義理結構。新聞,也當有「新聞(結構)基模」(news schema);而此新聞基模,該是一個閱聽人主要藉以理解新聞意義的架構(frame/newsframe)❹。范迪芝認為,一篇新聞報導,由下列幾個大主題組成:

范迪芝(Van Dijk)新聞報導架構圖:

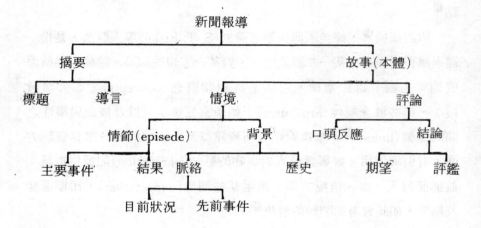

來源:Van Dijk, 1985:84/1988:55

——此一結構，形成新聞報導核心意義：(1)一篇辭說（新聞），愈符合其固定結構（例如，倒金字塔寫作模式），愈符合個人所既存的新聞體知識，愈易爲讀者接受；反之，則愈增加閱讀困難。亦即說，閱讀新聞，其實是個人基模（認知結構）與新聞結構兩者的互動過程。(2)誠如古拉柏（Doris A. Graber）所說，經過處理之後，能進入記憶結構的，是個人處理新聞後的意義結構，而不是報導細節❹⑤。(3)媒介呈現方式，也在某一程度上，決定個人要使用那些認知架構（基模）。(4)在基模「帶路」之下（schema-driven），個人認知架構也決定看那則新聞，以及注意新聞的那些部分❹⑥。

綜上所述，一則新聞報導結構，所報導事件（reported event）的特殊性質，以及其所使用的媒體（例如不同立場的黨派報紙），無疑影響了個人資訊的處理，都爲傳播和認知心理學家的研究對象。而報導新聞與看新聞，原是一整體（holistic）的兩造同向行爲，因此，反過來說，從這種層次或角度去研究新聞本質、價值，爲這些一向較偏向常識（first handinst inctive knowledge/acquaintance with）、直覺或成規的所謂新聞意涵，提供理論基礎，使之成爲一門嚴謹科學（scientific/knowledgeabont），似乎已呼之欲出。

從新聞言辭、基模的層面出發，去研究新聞本質和衡量標準，將必有一番新風貌，在傳播學、新聞學與認知心理學等諸學者努力下，新看法、新理論之提出，相信爲期不遠。

當然，在傳統理念上，誠如安德遜（Douglas A. Anderson）指出，編輯與記者能與認知觀點、讀者層次、新聞版面、新聞（採集）易得性、媒介編輯政策、發行人壓力、廣告商的影響力，媒體間競爭、以及版面內容各類新聞比重等，都時刻影響到新聞處理。從深層角度看，也當然影響了新聞定義和本質❹⑦。

註 釋

❶ 就資訊層面而言，看新聞無疑是個人處理資料的過程。

❷ 例如，新聞從業員的人格是否健全，宅心是否仁厚。在享受新聞自由、自主權（Automony）的同時，是否遵從法律與責任的規限──己所不欲，勿施於人；在維護「知的權利」的同時，是否能「知其所止」（to know the right）──善用「不寫的勇氣」，不拿人錢財，不製作「新聞盲點」（不知的事卡多，想知的事卡無）。以文化的理念層次，來衡盱事件的發展，表達民心（Popular Opinions），浮顯共識（massconsenses）。

❸ 以第三世界低度開發國家而言，由於教育不普及，現代化程度不足，資訊落伍，國家制度不健全與社會結構脆弱等政治、社經環境、人口、文化甚至意識型態等因素，美國式自由報業的理念，就往往受到訕笑。這些地區的新聞選擇標準，通常顧慮到：(1)國家安全：媒體受政府管制，新聞發布，以維護政權為最優先考慮，故而媒體只能登載與政府政策相符合的新聞，以加強其地位合法性；(2)社羣利益：亦即共同體的新聞，基於利益上的考盧，硬比其他新聞的價值為高。

❹ 各種主義可參閱：

(1)文矩譯（民 67）：當代各種主義。台北：龍田出版社。（原著：William Ebenstein, Today's Isms）

(2)蔡文英譯（民 71）：帝國主義。台北：聯經出版公司。（原著：Hannah Arendt, The Origins of Totalitarianism, Part Two: Imperialism）

(3)蔡文英譯（民 71）：極權主義。台北：聯經出版公司。（原著：Hannah Arendt, The Origins of Totalitarianism, Part Three: Totalitarianism）

1989 年十二月二十日凌晨，美國挾其優勢兵力，大舉進軍巴拿馬（Panama），要「逮捕」與之自 1988 年二月以後即交惡之巴拿馬強人諾利加（Manuel Noriga）赴美受審。美國認為他涉嫌販毒，而毒品有部分銷往美國，故美國可以有管轄權（jurisdiction）。英國對這項行動表示支持。美國馬里蘭大學國際法學者丘宏達認為，美國事實上是將領土管轄權做擴大解釋，這其實是過度擴張的域外管轄，但已違反一個不可以在他國或對他國人民行使轄權的國際法原則。另外，這項衝突應提交「美洲國家組織」或聯合國安全理事會來處理，出兵之舉，顯是違反國際法原則。（見《聯合報》，民 78. 12. 21、第一、六、七版。）新帝國主義之說，豈非信而有徵。

❺ 見李金銓（民 76）：傳播帝國主義。台北：久大文化公司。頁 25～63。李氏
在此書中，是用「資本傳播帝國主義」、「社會傳播帝國主義」；本文所用之
「走資傳播帝國主義」及「社帝傳播帝國主義」，是著者自訂。

❻ ❹(2)，頁 4～8。據鄂蘭的解釋：民族國家是統治著一個階級劃分的社會，也
超然獨立於這個社會之上，同種同族的人民主動擁戴其政府，是民族國家得以
建立起來的基礎（確定的國家疆域概念）。在此體制裏，人可以品嚐到「公眾
自由」(public freedom)的滋味——自由地參與政治活動。

❼ 見：Lee, Chin-Chuan（李金銓博士）

1980 Media Imperialism Reconsidered: The Homogenizing of Television
Culture, Clif: Sage Publications P.29.

本文若干觀點，以本書爲參考準據。原文爲：

Lenin（1952）argues that imperialism is a necessary result of advanced
monopoly capitalism with its concentration on production and capital; inter-
national cartels on monopolies world have to be organized to strengthen and
sustain the advantageous position for the outlets of their capital.

轉引自：

Nikolai Lenin, "Imperialism: A Special Stage of Capitalism," Selected
Works.（Moscow: Foreign Language Publishing House, 1952）

❽ 「未開發」、「開發」、「已開發」一類指稱，有時並不明確；直覺上，與美
國一類先進富強大國比較，國勢頹弱，生活落後，經濟未發達，科技不如人，
欠缺軍事力量，似乎都可視爲「開發中國家」。學者意見也夠紛紜。例如，在
一九六九年的著作中，羅傑斯(E. M. Rogers)認爲「開發」是指社會制度層次
的發展過程；「現代化」(modernization)則是指個人層次的相關發展過程。
一九七三年，史繆沙（Smelser）認爲開發是指經濟層面；冷納(D. Lerner)則
認爲現代化是非經濟層面所屬(noneconomic sector)。波提斯(A. Portes)認爲
開發的定義爲：(1)就經濟方面來說，是國民總生產毛額（GNP）實質上的顯著
提升（sharp rise）；(2)就社會方面來說，是財富再分配(a redistribution of
wealth)；(3)就文化方面來說，呈現出國家新形象(a new national
self-image)，並且，爲了塡補與已開發國家(developed world)間的差距，而
有壯士斷臂的決心(willingness to make sacrifices)。他認爲，所謂「現代」
(modernity)，是指：(1)諸如都市化(urbanization)、識字率(literacy)、民主
體制(democratic polity)之類社會結構性轉型(the structural transformation
of society)；(2)處於行爲與面貌一新(newsituation)的「都市—工業社會」(ur-

ban—industrial societies)的心理調適(psychological orientations)——諸如是否生出同理心(empathy)。而在 1976 年,伯格(P. Bergen)則認為「成長」(growth)指的是社會上,經濟總產量(the total enonomic output)與個人平均所得(per capita output)皆有所提升。「現代化」是指在擁有精密科技條件之下,伴隨經濟成長而來的典章文化(institutional and cultural concomitants);而所謂「發展」,則是指充滿諸如成長得好、理想的現代化等類的正面評價。同❼,頁 27。轉引自:

Bergen, P.

1976. Pyramids of Sacrifice: Political Ethics and Social Change. N. Y.: Anchor.

Frey, A. G.

1973 "Communication and Development," in I. de Sola Pool & W. Schramm (eds.), Handbook of Communication, Chicago: Rand McNally.

Portes, A.

1976 "On the Society of National Development: Theories and Issues," American Journal of Sociology, No. 82, pp.155—85.

Rogers, E. M. & Svenning, L.

1969 Modernization Among Peasants: The Impact of Communication, N. Y.: Holt, Rinehart & Winston.

另外,「未開發」頗有點像「未開化」的輕蔑之意;一般較從其相對性標準立論,故而若干美國環保團體就生態環境而言,認為美國實已「過度開發」(overdeveloped)。

❾ 原文為:"no more than a euphemism that cloaks subjection, appression, abienation, and imperialist, capitalist racism, all of which are internal as well as external."

同❼,頁 30。作者謂是出於:

Frank, A. G.

1972 "Lumpenbourgeoisie: Lumpendevelopment," Monthly Review. N. Y. P.9

❿ 同❼,頁 30。轉引自:(1)同前註之 "A. G. Frank, 1972" 一書;(2):

Wallerstein, I.

1974 The Modern World System, N. Y.: Academic Press.

華勒斯坦又將「外圍」分為「半外圍」(Semi—Periphery)與「外圍」兩個分

項。

❶　受依附縛束的衛星國，除了在經濟上呈現低度開發外，其他負面影響尚有：(1)
　　經濟依附一旦「上癮」之後，西方「經濟毒梟」就可以繼續「殘弱自肥」；(2)
　　在西方的各種陰謀之下，例如：出口的貿易限制(trade barries)，所謂的「外
　　援」(foreign aid)，跨國公司哄抬外銷價格等等，以致投資方向不得不考慮美
　　國政、經利益（例如我國所謂的「政策性採購」），這種受盡西方玩弄的國際
　　經濟制度主要特徵，就是一種新殖民主義(neo-colonialism)。
　　美國明尼蘇達大學教授李金銓博士在他大著中，曾引論批判這種說法，認為其
　　主要缺失有：(1)過分強調經濟決定論(economic determinism)，而此論，又無
　　法解釋國家發展中的軍事行動、財經政策或及文化自主(cultural automony)，
　　並且不肯承認政治與文化皆有其重要性；(2)強調世界系統的分析，卻忽略了各
　　國內在的活力，各依附國本身有質量之別(kind and degree)，他們也有凝聚
　　內部力量，抗拒外來干擾的可能；(3)走所謂社會主義路線(socialist
　　alternative)，未必能解決問題（同❼，頁32～5）。（因為持依附論者，認為
　　第三世界該與外來的資本主義勢力，一刀兩斷。）故而，他較為贊同沙連納斯
　　(Raquel Salinas)與波頓(Leena Palden)主張，以「依附發展」(dependent
　　development)來詮闡依附關係。沙連納斯與波頓認為：享有專賣權的資本主義
　　跨國性企業集團(multinational conglomenates of monopoly capitalism)，其
　　實亦提供機會給某些外圍地區，使它們能夠工業化(industrialization)，[例如
　　「創新傳播」(diffusion of innovations)的技術轉移(technical transfer/know
　　how)]所以，依附與依附國本身資本的發展(capitalist development)，兩者並
　　駕齊驅。在「母國」文化範疇的影響下，地區資產階級與中產階級便多起來。
　　「但低層社會(lower classes)卻益形「墊底」(marginalization)，難以翻
　　身。」為了在經濟市場爭求取高利潤，當地的文化工業(culture industry)，更
　　刻意逢迎「母國」(metropolis)的制約(conditioning)，形成文化同質化(cultu-
　　ral homogenization)。同❶，頁36～7。轉引自：
　　Evans, Peter
　　1979 Dependent Development, Princeton: Princeton University Press.
　　Salinas, Raquel & Palden, Leena
　　1979 "Culture in the Process of Dependent Development: Theoretical
　　Perspectives," in Karrle Nordenstreng & Herbert I. Schiller (eds.), National
　　Sovereignty and International Communication, N. Y. Ablex. P.30.
　　值得一提的是，沙連納斯與波頓兩人，對第三世界最終必將起來爭取「文化解

放」(cultural liberation)前景,抱持樂觀態度,不若諾頓斯燦與華理斯之悲觀主義。他們的理由是,現在的主宰文化既然充滿了結構性的矛盾,正是受壓迫者的活生生教材(a vivid lessions for "pedagogy of the oppressed")——在「受支配」的過程中,他們在此種文化裡,攫取經驗和組織技巧,警覺克服意識形態兩極化(ideological polarization)的必要,掌握表達受支配者生活眞貌(lived reality)的機會,當然也不會錯過摸索新的可行途徑了。(這種推論,還未有具體例證。)

⑫ 此是指擧凡與媒體有關的實務及經營的目的,完全倣照外國之謂。由是國際傳播失衡,浸淫在西方國家上了糖衣的「文化包裝」裡(看似無害的傳播內容),第三世界飽受腐蝕而不自知。

⑬ 有人戲稱攪宣傳把戲的負面傳播,爲「傳播獨裁制度」(commutyrantie)。見汪琪(民73):文化與傳播,二版,汪公紀先生序。台北:三民書局。

文化一詞,自1871年(清同治十年)見諸英文字典後,它的定義多至不可勝數。如根據前書作者汪琪教授的綜合定義爲:文化是由許多不同部分所組成的系統;這些部分彼此作用、彼比依賴,有些是我們可以看見的、實質的物體(如藝術品、建築物、衣著)、制度(法律)、組織(宗族),有些是內在的,看不到的品質如價值、道德觀、信仰、哲學思想。由這些「部分」所構成的系統——文化,爲我們提供了生活範疇,另一方面,它也受到自然環境、其他文化和每一個個人的影響,彼此作用的結果,使文化不斷衍生、遞變。(頁17~8)

又如澳洲文化作家麥格嘉(Craig McGregon)以通俗文化(pop culture)爲著眼點,認爲:文化是吾人所感,所懼,和所以過活的具體化。吾人塑造它,它也塑造吾人,它反映及決定吾人之存在,吾人對之必須有所參悟,以賦予吾人生活中的意義。(Cultural is a crystallization of what we feel, what we fear, what we live for. We shape it, it shapes us, it both reflects and determines our being, it is the way we try to understand and give meaning to our lives.)(《珠海新聞》,民78. 11. 15.,第三版。)

⑭ 不作如此極端的推想,關於文化擴散(cultural diffusion)功能,根據人類學理論而言,若能吸收、析取些外來文化,反而會令得本國文化傳統(cultural heritage)更爲茁壯。以經濟學而言,產品會歷經創新(innovation)—擴張(expansion)—鼎盛(maturation)—走下坡(decline)的「生命周期」(product life cycle),第三世界若能因勢利導,學習先進科技,不但本國有利,說不定可以反過來「咬龍頭國一口」(日本就是個例子);故而,與文化帝國主義持不同

論點的「媒介傳布論」(media diffusion)，就主張何妨先「依附」，「偷師（學）」之後，增強本國相對實力，再談漸次減少依附，做個扶得起的阿斗。第三世界因此應放眼天下，坦然的接觸世界性文化(cosmopolitan cultures)。

文化帝國主義一詞之涵義，又掀起過「新馬克斯主義」信徒(neo-marxists)與「非馬克斯主義者」(non-marxists)之爭。慣於萬事皆因經濟剝削與階級鬥爭(class conflict)制約思考的新馬克斯主義信徒，因爲著眼於媒介主控權與社會權力結構的關係；媒介訊息所表徵的意識形態，以及此種意識形態對階級制度繁衍的作用(effects)，因此認爲「媒介帝國主義」，是「文化帝國主義」一部分，故而概括性地合稱之爲「文化帝國主義」，甚至「帝國主義」即可。非馬克斯主義者則認爲，在工業社會的多元模式下，大眾媒體自有相當程度的自主性，媒介雖是文化的一部分，但就其質量及制度上的差異，以及政治、經濟與文化之間關係，須得廓清而言，帝國主義、文化帝國主義與媒介帝國主義三者實不宜混爲一談。（同❶，頁 41~2）

新馬克斯主義信徒大罵歐風美雨，攪其「走資傳播帝國主義」的勾當，但蘇聯不也正是攪「社會帝國主義」把戲的老祖宗；故而，李金銓博士在其大著中，提出「社會傳播帝國主義」一詞，加以釐清（雖然兩者殊途同歸）（同❶，頁 55）。1989 年底，蘇聯開始攪其「開放」(Glasnost)，對東歐屬國（如東德、匈牙利、波蘭），也漸次放鬆其控制。至 1991 年底，蘇聯不但放棄共產主義，並解體爲獨立國協。

❶⑤ 同❺，頁 35~8。作者謂是根據：

Schiller, Herbert I.

1969 Mass Communication and American Empire. N. Y.: Kelly.——

1976 Communication and Cultural Domination. N.Y.: Sharpe.

❶⑥ 同❼，頁 41。原文爲："the sum of process by which a society is brought into the modern world system and how its dominating stratum is attracted, pressured, forced into shaping social institutions to correspond to, or even to promote, the values and structures of the dominant center of the system."

❶⑦ 同❶，頁 42。原文爲：

"the process whereby the ownership, structure, distributionor content of the media in any one country are singly or together subject to substantial press-ure from the mediainterests of many other country or countries without proportionate reciprocation of influence by the country so affected." 轉引自：

Boyd-Barrett, Oliver

1977 "Media Imperialism: Towards an International Framework for the Analysis of Media System," in James Curran et al. (eds.), Mass Communication and Society, London: Arnold.

⑱ A fender bender on the Main Street is bigger news than a train wreck Pakistan.

⑲ Henery III, William A.

1989 "Who Cares about Foreigners: In death and disaster, where people live counts," Time, 41 October 9, P.41（Press）

本章若干事實及觀點，取材於此。

⑳ 當然，這其中也有點「技術性」的因素。例如，拉瓜狄亞機場與美國三大電視網及其他新聞機構近在咫尺，計程車（的士）可到；碰巧一名哥倫比亞廣播公司(CBS)的新聞製作人(news producer)正好遇上這班機次，可以在失事現場就地發稿（專業訓練加上爭取獨家新聞的意願），對大多數捏一把冷汗的乘客而言，算得上額手稱慶，願意發表「劫後驚魂」的人必多。反觀查德空難現場，非但遠在非洲沙漠地帶，而且飛機殘骸散布達四十平方哩之廣，報導現場難以駕馭。

㉑ 亨利三世認為，類似這種空難中，人命不平等(disproportion)的偏見與經濟及種族不無關係。空難事件動輒損失幾百萬美元，而且受影響的主要是為數眾多的中產階級；所以空難，尤其發生在美國境外的空難，比遭受暴力而攪出人命事件，更具新聞性。他舉例證明：本文所述的那兩宗空難事件，號稱國外新聞。《紐約時報》在當天都以第一版來報導；但僅用內頁下方位置，用三小段摘要報導亞洲阿富汗喀布爾(Kabul)反抗軍的行動，有十二人死亡，十七人受傷；空難餘波盪漾之際，軍人專政的非洲布吉那法索(Burkina Faso)（原名上伏塔）發生政變(an alleged coup attempt)，導致該國政府第二、三號人物被殺，《時報》僅以兩段文字處理；而有關高棉(Cambodia)越南難民(Vietnamese settlers)被謀殺慘劇，《時報》只在一般報導的一小段中，略有提及；其他報紙，根本隻字不提。（同⑲）。

㉒ 陳世敏（民76）：中國對美國大眾傳播的反應。台北：中華文化美國研究學會。

㉓ 啟發性是指，新聞消費者(news consumer)雖然與某一特別事件無關，但類似事件對將來可能有深邃的影響。

㉔ 蔡蘭岫（民78）：〈太過強調『臨近性』美媒體疏忽國際新聞〉，《新聞鏡》，第

五十二期（10. 23.～29）。台北：新聞鏡周刊社。頁44～5。

㉕ 在國內新聞上，也吃過這種悶棍。1929年美國發生經濟大恐慌（The Great Depression），由於缺乏媒介事前預警，大家都不明白何以事態致此；於是，方有解釋性報導（interpretative reporting）之興起，強調新聞事件背景及意義。

㉖ 美國報紙習慣上將重要新聞（不論屬那類），排在第一版作要聞處理。我國報紙編輯素認為新聞重要性，該由它可能發生的影響性大小而定（magnitude），在此一習慣性理念下，自然惟天下大事惟大，本市地區性社會新聞與趣味性新聞，向來上不了頭版，只有置二、三版分兒。另外，台灣地區廣行送報到戶的訂戶制，大多報刊乃缺乏以頭版顯著要聞，來吸引街頭讀者購閱「搶手新聞」的習慣，加以飽受電視快速播報的壓力，並且大幅廣告充斥，以致第一版功能得不到發揮。

㉗ 見張寶鳳（民78）：〈美國新聞雷同現象日趨嚴重〉，《新聞鏡》，第五十二期（10. 23.～29.）。台北：新聞鏡周刊社。頁48－（取材自洛杉磯時報通訊社。）本章若干資料，取材於此。另外，台灣地區情形恰好相反：電視台新聞事件報導，甚多取材自報章雜誌，尤其是人多勢大之《聯合報》及《中國時報》。例如，台視晚上十一時之「台視新聞世界報導」，曾與《中時晚報》合作播出，即是一例。

㉘ 同前註。

㉙ Bridges, Janet A.

1989 "News Use on the Front Pages of the American Daily," Journalism Quarterly, Vol. 66, No. 2 (Summer), Sc. "Association for Education in Journalism and Mass Communication". pp.332－7.

㉚ Phillips, Barbara E (etc.)

1976 "What is news?" Journal of Communication, Vol. 26, No. 4, PA." The Annenberg School of Communications, University of Pennsylvania. pp.86－123.

㉛ 根據國立政治大學新聞系教授，在民國七十五年所作的研究，一般受訪民眾的讀報動機，即是為了「增加新知」。見潘家慶等（民75）：1986年台灣地區民眾傳播行為研究。台北：行政院國科會專題研究報告。

㉜ 又稱為「刺激—反應」之「機械反應論」（Mechanistic S-R Theory）(S: stimulus, R: response.)。

㉝ 在傳播理論上，有所謂選擇性注意、理解（selective attention）。以及選擇性暴

露(exposure)。

㉞ Lan, Richard R. & Sears, David O.(eds)

1986 Political Cognition: The 19th Annual Carregic Symposium on Cognition, N. J.: LEA, pp.95−126.

㉟ Roloff, E. M. & Bergen, C. R.（eds.）

1982 Social Cognition and Communication, Beverly Hills, Calif: Sage. Publications.

宣偉伯(Wilbur Schramm, 1905−1986)曾於 1952 年時，提出大衆傳播效果的「魔彈論」(Bullet Theory)，謂傳播有如具有魔力的子彈，把傳播者的意念、感覺或知識，自動進入受衆內心。

㊱ 大衆傳播理論中之「先入爲主」(predisposition)說法，應涵蓋於此認知架構體系之內。

㊲ 台灣地區稱之爲「標題讀者」；美新聞學者沙費瓦(William Safire)則稱之爲「目光呆滯」(My Eyes Glaze Over)的「我看、我看、看、看」(MEGOS)看法。同㉚，頁 89。

㊳ Van Dijk, Teun A.

1988 News as Discourse Analysis, N. J.: Lawrence Erlbaum Associates.

㊴ 與此同時，傳播訊息之語理分析(contextual analysis)、文域分析(textual analysis)研究亦蔚爲潮流。基模，亦即認知架構，有許多名異實同之名稱，如明士琪(Marin Minskey)所稱之「框架」(frame)，史安家(R. C. Schank)所稱之「脚本」(script)，甘慈(W. Kintsch)稱之爲鉅型結構(macrostructure)，桑代克(Perry W. Thorndyke)稱之爲故事文法(story grammer)。見：

(1)Kintsch, W. & van Dijk, T. A.

1978 "Toward a model of text comprehension and production," Psychological Review, No. 85, pp.363−94.

(2)Minsky, Marin

1981 "A Framework for Representing Knowledge," in John Hugeland (ed.), Mind Design: Philosophy, Psychology, Artificial Intelligence, Cambridge" The MIT Press, pp.95−128.

(3)Schank, R. C. & Abelson R. P.

1977 Scripts, Plans, Goals and Understanding: An Inquiry intoHuman Knowledge Structures, N. J.: LEA.

(4)Thorndyke, Perry W.

1977 "Cognitive structures in comprehension and memory of marrative discourse," Cognitive Psychology, No. 9, pp.111−51.

❹ 基模並不是一個新觀念,巴德勒(F. A. Bartlett)早在 1932 年,即已提出此一概念。見

Bartlett, F. A.

1932 A Study in Experimental and Social Phychology. N. Y.: Cambridge University Press.

❹ 見:

Fiske, S. T. & Linville, P. W.

1980 "What does the schema concept buy us?" Personality and Social Psychology Bulletin, Vol. 6,No. 4 pp.543−57.

❹ 見:

Anderson, Douglas A. & Itule, Bruce D.

1988 Writing the News. N. Y.: Random House,

❹ 見:

Fiske, S. T. & Taylor, S. E.

1984 Social Cognition, N. Y.: Addison−Wesley.

❹ 見:

(1)Katz, E. etc.

1974 "Utilization of mass communication by the individual," in J. G. Blummer & E. Katz(eds.), The User of Mass Communication: Current Perspectives on Gratifications Research. Beverly Hills.: Sage Publications.

(2)Palmgreen, Philip etc.

1985 "Uses and gratification research: The past ten years," in Karl Erik Rosengren etc.(eds.), Media Gratifications Research: Current Perspectives, Beverly Hills: Sage Publications, pp.11−41.

❹ 基模會生產「次基模」,各分子彼此之間會形成一結構和網絡。范迪芝認為,除新聞基模外,尚有「事件(本身)基模」(event schema)為另一影響閱聽人瞭解新聞事件因素(如對 89 年大陸六四民運事件認知)。同❸。

❹ 見:

Graber, Doris A.

1988 Processing the News: How People Tame the Information Tide, 2nd ed., N. Y.: Longman.

❹ 有關新聞基模及辭說內文，蒙政大新聞所鍾蔚文教授之允許，借讀其多篇研究，特誌。

附錄：新聞、新聞學名詞及新名詞

前　言

　　傳播內容，旣是當代生活寫照；新聞自屬「目擊史料」之一。有怎麼樣的年代，便有怎麼樣的傳播內容；有怎麼樣的社會，便有怎麼樣的新聞。

　　就實際狀況而言，傳播內容，或者窄化爲新聞而言，從其所出現之相關性新詞新語，不必經很嚴格的內容分析，即可從其所代表之原意及衍義，洵可蠡測當時環境之一鱗半爪，饒有意義。而就學術宏觀層次來說，每一梯階歷史之演進，亦出現不同之新聞意涵報導理念、處理法則及技巧，可爲「新聞社會學」下一簡要注脚。

　　基於此一認知觀點，本章試以歷史階段性的衍展，臚列若干新聞與新聞學名詞，以及新聞報導之新名詞諸類，作爲一個通盤檢視，以印證之。

第一節　新聞與新聞學名詞

　　對新聞的理念、定義、處理手段與編輯政策等，與社會環境的實況和制度，其實有其極強烈的互動關係。從下述歐美新聞學名詞衍輾的歷史基點來看，已可蠡測一二。

　　(A)1830 年（淸道光十年）美國多數報紙由政黨補助發行（Political Patronage），是所謂的「政黨報紙」，採取明確的黨派路線，攪亂了社會上的是非黑白、一團烏煙瘴氣。但也促成了諸如威斯康辛邊區報業之

開展。如該區第一份報紙——《綠灣消息報》（Green Bay Intelligencer），即是政黨補助下，於 1833 年（清道光十三年）出刊的❶。

(B)1830 年以後，歐洲工業革命成功，工業產品的推銷有賴報紙廣告；因此，報紙漸漸不那麼依賴政黨津貼，企業家亦開始插手經營報業，1833 年，為了迎合大眾購買力，以一分錢廉價促銷的「一分錢報」（Penny Paper)即在紐約應運而生，從此報刊即走向大眾化和多元化的訴求。1844 年（清道光二十四年），電報發明應用，1848 年（清道光二十八年），為了攤分昂貴費用，紐約六家報社協議成立聯合採訪部❷。為了顧及各報不同的政治立場及編輯政策，採訪稿的撰寫，遂呈現各方意見（平衡），甚至必得提出證據證明報導的真實（正確），非但新聞寫作角度，由是一變，即新聞寫作的結構，亦由正三角形的英國型，蛻變為倒金字塔式(Inverted Pyramid)的美國型制式「正」字標記，此是新科技對傳播媒介之一次重大影響。1870 年（清同治九年）丹納(Charles A. Dana)接掌《紐約太陽報》(New York Sun)，為了調劑制式新聞報導形式的呆板、枯燥和重複等缺點，便立刻打出「人情趣味報導」皇牌，以廣招徠。1883 年（清光緒九年），普立茲經營《紐約世界報》(The World)，因為企業經營競爭激烈，遂興起了聳動、激情的「黃色新聞」(Yellow Journalism)❸，又稱為「激情主義」，以迎合大眾愛刺激的口味。

(C)1900 年（清光緒二十六年），美聯社終於忍受不住新聞報導夾敘夾議的濫潮，而正式提出「客觀報導」(The Objective Reporting)口號，奉「事實報導」(Facts Reporting)為最高指導原則。然而 1914 年之世界大戰，1929 年經濟大恐慌，美國民眾大都因為媒介之缺乏事前預警，而致手足無措。為補救此一缺憾，報刊遂加強新聞的背景及意義之報導，「解釋報導」(Interpretative Reporting)，由是流行。1910 ～20 年代，美國社會充滿黑暗面。令得大多媒體，在某一程度上，都

涉及「扒糞運動」的參與，而在另一方面（1919～24 年間），四開小型報紙（tabloid），如《每日鏡報》（Daily Mirror）、《每日圖文》（Daily Graphic）之流，卻走向性、犯罪、明星及煽情之《爵士新聞》（Jazz Journalism）路線，以迎合某些低級趣味的讀者，亦以此作為迎擊廣播電台攫走讀者的手段。同期間，書刊式的「報紙」亦一度流行，並以個人識見文章為號召，因而有「小册新聞事業」之稱（Pamphleteering Journalism）。由 30 年代至 50 年代間，新生代專欄作家誕生，時值戰亂，世多謠言，披露官場內幕的「跟你講」（Dope and Gossip）專欄，又開始為讀者喜愛，但因為通常都是些韾短流長的內容，故有「瞥伯新聞學」（Keyhole journalism）之譏。

　　(D)1960 年代，越戰轉趨激烈，美國民眾反戰情緒激烈，經濟失調，民權高漲，局勢混亂。一般民眾厭惡「官樣文章」（Government-Dominated Journalism/Government-say-so）式的「罐裝新聞」（Canned news／packed news），喜愛「內幕新聞」（Inside／Insiderities Story），地下報紙（underground press）紛紛湧現。正派媒介特別注重「深度報導」（Depth Reporting）與「調查報導」（Investigative Reporting）。激情報刊（sensational papers），則不惜「買線」（Check-book Journalism），一方面是「桃色新聞」（性事）、「灌水新聞」（誇大，Crooking）與「路邊新聞」（謠言）的「市井新聞」（Gutter Journalism）低級路線；另一方面又惟恐天下不亂地走「老黑新聞學」（Jim Crow Journalism）「哲學」———有謀殺案就拖白人落水，並且大字標題地指責他們是「我雖不殺伯仁，伯仁實由我而死」的元凶，或者是殺人者，或者兩者都是，以爭取黑人讀者，成了如假包換的「栽贓新聞學」。

　　某些走了樣的深度報導與調查解釋性報導（interpretive journalism），由個人化妝成的「匿名採訪」（undercover reporting／false identity/impersonation）。

「越位」（off side）成了「參與式報導」（Participatory Reporting）；但因爲社會科學計量研究（Quantitative research）之及時「援助」，逐使以統計方法來分析數據（data）的「精準新聞學」（Precision Journalism）廣泛應用成爲事實。上述兩種報導方式，加上六、七十年代「地下新聞學」（Underground Journalism），有現代扒糞運動（Modern Muckraking）之稱的「拗臂新聞學」（Alternative Journalism），鼓吹式的「抬轎新聞學」（Advocacy Journalism）與「反調新聞學」等（Adversary Journalism）❹，這一連串來自四方八面「義勇軍」加入，使得一般稱爲「報導文學」（Reportage）的「新派非虛構小說」（New nonfiction）之類「新派新聞」（New Journalism），或者說「新新聞」之發展，成爲事實，而且愈行愈遠❺，匯成類屬於「鬥跨新聞學」（Saturation Journalism）之類，「揭露文學」（Expose Literature）主流。

由於這種時髦的「新派報導」（New Journalism），採用重塑場景與安排對話、獨白的技法，故而引起傳統新聞界的強烈攻擊。例如麥當勞（Durght MacDonald），就曾在紐約書評上，稱這種報導爲「異相新聞學」（Parajournalism）❻：「好像是新聞學──它收集和散布當前新聞──但它只是掛羊頭賣狗肉。一方面揚言新聞事實有根據，一方面又掛起小說情調的招牌。這兩者混在一起，就是雜種。」❼

(E)新新聞在報界遇挫之後，繞過雜誌界而跑到小說圈裡去。另一種由《華盛頓月刊》（The Washington Monthly）所倡導、採用夾敘夾議形式的「評估報導」（Evaluative Journalism），又趁隙蠢蠢欲動，並且一度形成相當程度氣候。但就在此刻，懷念「新新聞」的那批「作家記者」（Literary new journalist），又攪起回復新新聞舊觀，但更重文藝技法、修辭及第一人稱的「文藝化報導」（Literary Newswriting/Journalism）。

　　新派報導因為合於多元社會之「多意識層面與透視性新聞」(Multiperspectival News)的要求，與傳統所謂的「特寫化新聞」(Featurized News)路線做法，有著從「傳統到現代」的關係之故，在求新求變的潮流下，似乎正方興未艾，前景看好。此和 1960 年代前後，大眾傳播學者因為看膩了災難、戰爭與意外事件之類刻意渲染的傳播媒介內容，因而提出媒體為求國家發展，應多報導農業新知、醫藥衛生以及教育文化等資訊「發展新聞學」(Development Journalism)的求新、求變理想，大致相同。另外，在時間壓力之下，急就章式的新聞寫作及報導，經常被社會大眾訕笑為「不過是新聞報導」(mere journalism)的「報章體」(Journalese)——亂來的、千篇一律的、未經洗鍊的散文，句子通常結構鬆散；標奇立異的風格，聳動主義，涵蓋粗言爛語，濫加新語、最高比較級字眼、錯誤或不平常的措詞法，來處理資訊，思想和推理都十分淺薄——都是李爵祿(Gerald S. Lee)所謂的「偉大記者」(great reporter)、「詩人記者」(poet reporter)所引以為恥的❽。因此，追求「精緻報導品質」(transfigured reporting)的雄心壯志，一直是這類記者的志業，這也是新派新聞報導在各種時空中，起起伏伏，終而輕舟飄度的原因。

　　(F)近世工商業發達，日常購物方式改變，超級市場興起，消費者購物指南之類報導內容，益為購物大眾所需，因而有「超級市場新聞」(Supermarket Journalism)之報導型態產生。而在電訊傳播發展一日千里之今日，電訊報導(electronic reporting)的發展潛能，應是一種最新、而不容忽視的大趨勢。

　　值得再度一提的是，新派報導應是科學和有經濟效益，而不是憑一己主觀的。例如「精準新聞報導」，就必須借用「社會調查」、「民意測驗」之類社會科學方法，來支持意見性報導的處理。問題在於「處理者」（記者、編輯），應有新聞專業的訓練，廣博的知識，社會科學研

究法的素養，誠信的處理態度和道德觀念，才容易處理得成功，否則極易誤導視聽，反而給社會添麻煩。同樣，例行公事式欠缺深度，只求點到爲止的「速成新聞」(Quick-fix Journalism)，也只會令人莫名其妙，徒增困擾而已！

(G)其他新聞學名詞摘要

• 「匿名新聞」(Anonymous News)：不署名之新聞報導。

• 「資產階級新聞」(Bourgeoisie Journalism)：芬蘭學者諾頓斯燦(Karrle Nordenstreng)與華理斯(Tapio Varis)認爲，在資本主義社會裡，爲了要鞏固社會經濟現狀(the existing socioeconomic status quo)，和既有秩序，新聞（大衆傳播）便成爲商業牟利和控制意識的重要工具，掩飾階級仇恨，並革除一切具體選擇的最具體途徑❾。「通曉新聞」(Cosmic Journalism)：譏笑在一篇報導中，大吹大擂，似乎無所不知。

• 「啓蒙新聞學」(Enlightened Journalism)：美國《時代周刊》雜誌(Time)創辦人亨利·魯斯將新聞分爲點到爲止的「快新聞」(fast news)，與講求確實、詳盡的「慢新聞」(slow news)兩種。他強調後者方能答覆更多讀者心中的問題，也影響廣大羣衆，是《時代》應走的路，他因此名之爲「啓蒙新聞學」。

• 「講述新聞學」(Grnro)：一種不依傳統新聞寫作格式的浪漫寫法。

• 「集體新聞學」(Group Journalism)：指《時代周刊》編輯部所實施的一種編、探、查證及改寫（潤飾）通盤合作的編輯方式。

• 「亂寫新聞」(Fabricating News)：隨意堆砌、捏造的報導。

• 「主筆室新聞學」(Institutional Journalism)是由報社「主筆室」負責構思、撰寫評論，因是集體動員而又代表報社立場之故，而有此名稱。

- 「款待新聞學」（Junket Journalism）：等同香港業界所稱的「鱔稿」，即以各種名義招待新聞界參觀、旅遊訪問及飲宴，以打好彼此關係，並作有利招待單位的報導。
- 「懶惰新聞學」（Lazy Journalism）：喻傳播界偷懶、敷衍讀者了事。
- 「生活風尚報導」（Life style Journalism）。
- 「雜誌新聞學」（Magazine Journalism）：一般雜誌稿，但特指其報導之深度及企劃特質而言。
- 「邪惡新聞學」（Mephistophelean Journalism）：泛指一切中傷謠言、偽造假消息及黃、毒及暴力之新聞報導內容。
- 集體採訪（Pack Journalism/Pool Coverage/Herd Journalism）。
- 「個人新聞學」（Personal Journalism）：專欄作家具有號召力，所寫方塊或評論叫好叫座，有如個人「秀」（表演），故有此綽號。
- 「圖片新聞學」（Photo Journalism/Pictorial Journalism）：指圖片攝製及編輯之一切專業工藝。
- 「預警新聞學」（Prevention Journalism）：指如颱風之類可能引起災難之新聞，媒介理應在事前，即可發出各類預警消息。
- 「革命新聞學」（Revolutionary Journalism）與「建國新聞學」（Developmental Journalism）：革命新聞學是指媒介（尤其是報刊）號召揭竿而起，抵抗外來統治。此詞源自 1772 年（清乾隆三十七年）美國之抗英鬥爭，建國新聞學是媒介緊接著革命新聞學而來的必然做法，務求國家動員發展，並實現先前革命時期所揭櫫的種種理想。第三世界（The Third World）媒介，在反抗帝國主義壓迫時，經常會採用這種做法❿。
- 「嚴正新聞學」（Serious Journalism）：與花俏新聞相對，是正

經八百地去報導新聞事件。

• 「掀底（揭發）新聞學」(Shock Journalism)：又叫「游擊新聞學」(Guerrilla Journalism)，指記者（尤其電視記者）查獲某人幹了某事，因而登門訪問求證。在電視鏡頭或目光注視之下，被訊問者通常難以承認或否認，頓時進退維谷。

• 「垃圾新聞學」(Sloppy Journalism)：喩小題大作，唯恐天下不亂的報導作風。

• 「精緻新聞」(Sophisticated News)：高品質、品質保證的新聞報導。

• 「報導不足」(Underdevelopment Journalism)：指諸如文學之類，較易受媒體忽略「冷門」報導內容，其所出現在媒體上的比例，顯然有所不足。

• 「錄影新聞學」(Vediotex Journalism)：新興之電子新聞學。

• 「邊緣新聞學」：此是大陸上名詞，等同吾人所謂之：與新聞學相關學科，例如社會學。大陸新聞學教授，好以新聞學為核心，以其他學科為周邊，而形成所謂的邊緣新聞學學科。例如：新聞社會學。

當然，若就新聞的類別而言，則尚可區分諸如「農業新聞」(Agricultural Journalism)、「社區新聞」(Community Journalism)、「都市新聞」(Urban Journalism)及「宗教新聞」(Religious Journalism)等各種名稱，幾不可勝數。

第二節　新聞與新名詞

I 新聞與流行詞彙

文化是彼此交流、吸納的，社會是互動和變遷的，而記錄這種歷程

的，即爲傳播媒介。每當一個新詞彙出現在新聞報導裡，這個詞彙就象徵了當時的某種環境和氣氛。例如海外華人所說的「漢英語」（Chinglish, Chinese＋English）──「拿士的（stick）坐的士（Taxi），到士多（store）買多士（吐司，toast）」之類，這也是大衆媒介反映現在的「鏡子理論」的一種註釋。後面，且列舉若干大衆熟悉的例子，以爲佐證。

(A)1915 至 20 年代，美國選舉熱正熾，競爭對手彼此攻訐對方，「軟腳蝦」（wimp）一詞大肆流行，並作爲動詞「矮化」（Wimpify）使用。1915 年前後，美國資本主義弊端漸顯，勞資糾紛日熾；當時「世界工聯」成員（Wobbly），便借「天堂有大餅」（Pie in the sky）這一片語，解釋成「畫餅充飢」（Pie-in-the-sky），以發洩生活貧困的怨憤❶。此時，我國正值「破舊立新」，改元初定時期；因此，「德先生」（democracy），「賽先生」（science），「毒格碼」（dogma），「安那琪」（anarch）之類新語，大量在報章、雜誌上湧現。

又如第二次大戰初期，挪威政客魁斯零（Vidkum Quisling, 1887-1945），因賣國投向納粹，「受封」爲挪威傀儡政府的首領。自後，報章即以「第五縱隊」（Quislings），來指責內奸及賣國賊。〔另有一說，1936 年，西班牙內戰期間，佛朗哥（F. RAN Cisco. F. B.）令便衣隊，潛伏馬德里城內接應，他親率四個隊攻城。此後，報章即以「第五縱隊」（Fifth Column）稱潛伏在異國內的他國間諜。〕

(B)1957 年，蘇聯成功發射出第一顆人造衛星「史潑尼克號」（Sputnik）後（俄語遊行者之意），美國人大吃一驚，「尼克」（nik）竟因此而成爲英文字字尾（suffix）❷，作爲非主流、非美國的含意。六十年代是美國國內反越戰轉趨激烈期間，媒介上頻頻出現 "Peacenik"、"Vietniks" 之類詞彙，頗有低貶示威者意味。目前，此兩字則成了「和平示威者」與「反戰者」代名詞。以 "nik" 爲字尾的字，尚有 "beatnik"（奇裝異服、行爲乖僻的人），"filmnik"（電視迷），"no-good

-nik"（一無是處的人），"refasenik"（被蘇聯政府禁止向外移民猶太人），與 "refusenik"（1991 年八月，蘇聯變天後，想離開俄境的猶太人）。

(C)1960 年代，戰後各國漸次安穩，社會、工商及文教領域日益開拓。尼（耐）龍(Nylon)摩爺(mhore hair)（國語「氊毹 」音義都近）之類人造纖維，成為大眾化之衣料。"hi-fi" 高度傳眞（身歷聲）音響(high fidelity)，電晶體（原子粒）(transistor)小型收音機開始成為重要之加工出口輕工業❸，亦為大眾化之享受。霞打（訂單）(Order)，型錄(catalogue)，O. T.(over time)（超時工作）之類名詞，源源見諸報紙工商新聞欄。蕾絲花邊(Lace)，熱舞「迪斯可」（的是夠格）(disco)，歌舞表演「秀」（騷）(show)，頹廢嬉皮士(hippie)，英國「披頭四」(Beatles)象徵了生活的某方面型態。大家都能從印刷媒介上，體會IQ（智商）的意義，科技、經濟發展結果，楚材晉用，於是有「人才外流」(brain drain)一語。（至 80 年代，則有 "grain drain" 一詞，意指即穀物交易落於外人之手)。加拿大大眾傳播理論學者麥克魯漢 (Marshall Mcluhan 1911-1982)，持科技決定論觀點，認為傳播媒介是科技進展的結果，而這些媒介對人類社會的影響，遠比傳播內容本身的影響為大。因此，他的名言；「媒介即訊息」(Medium is message)等新奇但令人不敢輕視的看法，迅即流布人文科學圈子裡 ❶。中國大陸煽動文化大革命，香港傳播媒介的報導內容，經常出現紅衛兵（謔稱「紅豆冰」）、浮屍、五花大綁、逃亡潮等描敘現狀的詞句。「人權」(civil rights) 一詞，上了頭版。「速食」文化開始蔓延，外國藝人在講笑話時，也開始用「一句笑話」(one-liner) 方式來表達，以免聽眾不耐煩較長的情節 (story lines) ❸。

(D)越南淪陷後，當地居民大量買棹逃亡，媒介上於是有「船民」(boat people)一詞出現。俄國異見作家索忍尼辛，因寫《古拉格羣島》

一書，而聲名大著，"gulag"一詞，勞改營一詞，為世所懼；六〇年代表示某一時間某一行業的「科技發展水平」的"state of the art"一詞，到了七〇年代，則轉化為「尖端的」、「最新發展的」之義的"state-of-the-art"。中國熱「發燒」，英文刊物經常出現"kowtow"（國語：叩頭）"mei yu gan chi"（國語：沒有關係），"mei yu fu tzu"（國語：沒有法子），"kung See Fat Choi"（廣東話：恭喜發財），國音則應為"kung Hsi Fa Tsai"之拼音語句。大眾開始吃「布非」（自助餐）(buffet)，並且留意報章之「食經」。中東情勢經常呈現緊張局面，阿拉伯領袖在與以色列談判時，經常不肯作任何讓步，因此出了為反對而反對的「死硬反對者」一詞(rejectionist)。日本貨漸漸深入東南亞各國開發中國家市場，「大出血」代替了「大拍賣」（跳樓貨）。踏入八十年代，「上班族」、「暴走族」、「新人類」、(Neo-Japanese)、「神風式」(kamikaze)（不顧後果的拼命三郎）❶、「天下リ」（天降貴人）(amakudari，為大公司爭聘的政府離職高級人員，以借重他的經驗與人際關係)等「日本式」詞彙，在台灣頗為流行。（不過港人所稱日本之「老爺姑娘」，台灣則不分男女，一概稱之為「單身貴族」。）在歐美則「龐克族」(punk)、「電腦狂」(hacker)、「雅痞」(yuppie, yuppy, young urban professionals＋pie/py; yuppism)❷，「雙薪家庭」（公一分婆一分）(two-paycheck families)，與「頂客族」(dinks, ouble incomeand no kids，夫妻俱有收入而無兒女)之現代社會現象名詞，隨時可聞。某些大陸青年，頻頻利用船隻偷渡到香港，並且時有結黨作案行為，故有所謂「屈蛇」與「大圈仔」的名稱見報❸。1980年托佛勒(AlvinToffler)完成《第三波》(The Third Wave)一書，創造了「生產消費者」(prosumer)一詞，轟動一時，其意是將人類文化發展分為三大波次，第一波次是人類自行生產農業品，而後自行消費，第二波次是處於工業社會，生產與消費分

名詞。[號子是炒賣股票店頭市，此是用以譏諷「金牛」(Cash Cow)之參選。]其後，民國七十九年春夏之際，股市失序狂飆，最後，炒家想連個別股票指數之漲跌幅度，亦加以操縱，而名之為賭「哈達」(Harda)（此原是西藏人用以獻禮之腰帶，如此借用令人費解）。

日本是注重休閒享受之國家，1990 年代，更大力推廣集合多項文教、休閒及娛樂於一處空間之「主題公園」(Theme Park)，他們自詡為「寓敎(education)於樂(entertainment)」，於是創造了一個新英文字 edutainment，與 informtainment 相輝照。世人更期待「電托邦」(Computopia)之早日來臨(Computer＋Utopia)。香港人也不甘落後，竟也流行起說人「目不識 T（非丁）」來，那是指不懂——潮流(Trend)，如終端機(Teminal)，電子遊戲(TV game)，MTV，KTV及衛星電視(satellite TV)之類（都有 "T" 字）。

1990 年左右，美國《財星雜誌》(Fortune)，又創「雅飛」一詞(yiffy. young, individualistic, freedom－minded, few)，指年約二十五富裕的一代。1991 年，台北《卓越椎誌》也創出「可飛族」一詞(Cofa, Conservative, optimistic, family oriented, assertive)，來形容那些未屆三十五歲，但「可」能未來十年內，在台灣社會「飛」黃騰達的商界族羣[20]。

另一方面，踏入九〇年代，外國新字也屢出不窮。例如「不買不安全玩具」，叫 "Toycott"（出自「不合作」"Boycott"）；「性經驗」叫 "Sexperience"（出自「體驗」"experience"）「獅虎」叫 "liger"(lion＋tiger)或叫 "tigon"。傳眞(Fax)之無線電傳遞方式盛行，「傳眞報紙」(Faxpaper)因之流行。美國人有以美國媒介發達居世界之冠，因而有用「美國媒介」(Mediamerica)自豪。我國大眾傳播學先驅徐佳士敎授，因感某些媒介在處理新聞時，竟然新聞、廣告不分，於

註　釋

❶ Dyer, Carolyn Stewart

1989 "Political Patronage of TheWisconsin Press, 1849－1860: New Perspectives on the Economics of Patronage," Journalism Monagraphs, No. 109(Feb.) Sc.: Association for Education in Journalism and Mass Communication.

❷ 此即美聯社(Associated Press)的前身。

❸ 此是因該報星期版連載漫畫「黃仔」(Yellow Kid)而得名。

❹ 因為 "Advocacy" 與 "Adversary" 兩字都是「Ａ」字作開始，故又有「ＡＡ新聞學」(AA Journalism)之稱。中文似乎可譯成「凡是新聞學」：「凡是新聞界的都對，凡是政治的都唱反調。」(Advocacy Journalism and Adversary Politics.)。「拗彆新聞學」起自六十年代「地下刊物」志同道合者，因不滿既存的報紙組織、意識型態、辦報方針與寫作方式等等，因而企圖以一種嶄新報紙內容，打倒既有勢力，採批判態度，發出異議，揭發社會上為人所不注意之事，希望能促成一種新社會意識。因這些刊物是以美國舊金山灣區(Bay Area)為集結地，故自詡為「灣區守衛者」。

❺ "Nonfiction" 一般譯為非小說類，筆者認為不妥。因為此類新派寫作方式，主要是新聞事實，經過資料採集，再以以小說文學技巧形式呈現。故若將之譯為非小說以與小說類中分，實在有欠周延。美國當代文學批評家金伍(Seymour Krim)即將新聞學(Journalism)與文學(Literature)合併，而創做「新聞文學」(Journlit)一詞。"Reportage" 本意只是單純的「報導」，迻譯為「報導文學」，添加「文學」的內涵，雖有點勉強，但尚可言之成理。新聞文學也有泛稱為「新派非虛構報導」(New Nonfiction Reportage)。而目前所謂之「紀實文學」(The de Facto Literature)，則是指真實的社會問題和現象（不一定為新聞事件），但用代名、化身來代表其中某類人物，以虛構小說來撰述真實事實，範圍較報導文學更廣闊，作者駕御的空間也更大，比報導文學的小說意味更濃。報導文學應該有採訪步驟，採訪時甚至不惜參與；故在此名詞未廣泛應用前，一般皆以「新聞小說」名之。至於抒意的「寫意文學」(Imaginative Literature)則是小說文藝了。

❻ 此詞若用廣東口語譯成：「流嘢（水貨）新聞學」，似更為傳神，但亦有學者譯為「異形新聞學」。

❼ 見彭家發（民 77）：新聞文學點、線、面：譯介美國近年的新派新聞報導。台北：業強出版社。頁 27。

❽ 1900 年，李爵祿即從社會功能的角度，寫成「新聞爲文藝之本」（Journalism As a Basis for Literature）一書，將記者分爲三類：除本節所提及的兩類外，另一類是只會想到讀者需求的「普通記者」（Average Reporter）。說到文藝化報導，早在 1937 年，新聞學者艾爾文・福特，早有專書研究其發展流向，共著有：Ford, Edwin. H.。

1937 A Bibliography of Literary Journalism in America Mineapolis: Burgess。

❾ 見 Nordenstreng, K. & Varis, T.

1983 "The Nonhomogeneity of National States and Tee International Flow of Communication," in Gerbner, Yeorget etc. eds. Communication Technology and Social Policy N. Y.: Wiley。

❿ 此與「發展新聞學」（Development Journalism/news），在內涵上並不相同。

⓫ 此詞之典故，應來自新約聖經，其中曾有這樣的意涵：在世上忍受折磨的人，得以進入天國，享受上帝的祝福。晚近，對於好「發其大頭夢」的人，也戲稱之爲 "Pie-in-the-skyer"。

⓬ 據語言學家的考據，"Nik"爲斯拉夫語(Slavic)語系名詞語尾，指「支持、關懷某一政治、文化態度的人。」

美國朝野震驚之後，白宮立刻下令在國防部下面，增設「防衛密集研究計畫署」（Defense Advanced Research Projects Agency, DARPA），以集全球諸如半導體、超導體的研究，以及偵測雷達的製造之類，尖端科技發展的軍事情報。

⓭ 電晶體通常是由矽(si)或鍺(Ge)所構成，具有三個以上電極的一種活性半導體裝置。

⓮ 1988 年美國總統大選，候選人大都由其競選經理（公關高手）設計各種宣傳策略，敎導候選人如何說（攻訐對方），或者代候選人發表最能攻擊對手要害，而能引起傳播媒體（尤其電視）注意、報導的論調；因此，有人套用此語，而戲稱之爲：「經理即訊息」（候選人的政見、態度及表現）（Manager is the Message）。（見《美國新聞與世界報導》，中文版第一〇一期，1988 年九月十二日，頁 92。）麥克魯漢在大衆傳播方面名著，尚有：《谷騰堡星雲》（The Gutenberg Galaxy, 1962），《瞭解媒體》（Understanding Media, 1968）。

⓯ 說「一句笑話」的人，稱爲 "one-line Comics"。

⑯　元帝忽必烈曾數度發兵攻打日本，俱遇颱風而未能渡海，日人因此對這幾次「神風」，心懷敬畏。此亦是其二次大戰末期，用以命名空軍自殺式攻擊部隊之原因。

⑰　1991 年十月初，雖然未獲最後結論，但已相當確信一種類似我國中醫所謂春倦、春懨之慢性疲勞(Chronic Fatigue)，與病毒(Virus)有關。此種不適，俗名卻稱為「雅痞流行性感冒」(Yuppie flu)。(The China News, 1991, 10. 7.)

⑱　「大圈」指的是大陸。對一般到港的大陸同胞，港人好稱之為「表叔」———一表三千里。兩岸分隔，造成詞語上差別，例如，運作（運行）、架構（結構）、杯葛（抵制）、鐳射（激光）、緊湊（緊張）之類。南京大學於 1990年，出了一部《大陸和台灣詞語差別詞典》，收錄五千七百餘條詞彙，稍能補救。(《聯合報》，民 79. 11. 27.，第十版）

⑲　應為攪「掂」、正「嘢」，但國語沒此兩字，故有所變改，由此可見我國南北語言衍變之一斑。例如廣東語之「冇」，實即「毋」字。（台語讀「怕」）。

⑳　見《卓越雜誌》，1991，二月號。本編曾刊於：《報學》，第八卷第四期（民 80. 2.）。台北：中華民國新聞編輯人協會。本文曾略加更動。

附註：西諺：「沒有新聞（消息、動靜）就是好事（消息）」(No News is Good News.)一語，治可解作「沒有一則好新聞（消息）"No news"is good news.)，或「任何新聞都是壞消息」(No "News" is good news.)，因此，經常被誤用或「借用」，似應注意其原始意義。另外 "Un-informed" 應指「毫無所悉」，"Under-informed" 指「所知不多」，"well-informed"「充分瞭解」，"keep-informed"指「一直都知道」，使用時不容混淆。

1991 年夏，紐約「羅徹斯特市」(Rochester)麥當勞店推出熱的意大利式麵食(pasta)，因而又有「麥粉」(Macpasta)一詞。

附註一：與「新聞」一詞相關而衍生之英語字詞摘介：

Journal　報刊／紀事

Journal de France　法國新聞

　　法國第一分報紙，創刊於 1777 年（清乾隆四十二年）。法國大革命後，改名為《法國愛國報》。

Journal de La Roma　羅馬公報

　　公元前五世紀至公元四世紀，羅馬帝國刊布的一種公報，咸信為新聞信之源起。

Journalese　報章體通常是譏評新聞寫作不入流之意。

Journalism　新聞學／報業

Journalism as profession　新聞為一種專業

Journalist　新聞工作者

Journalistic　新聞事業的／新聞工作者的／新聞刊物特有的

Journalistically　（助動詞，adv.）

Journalists' creed　新聞工作者信條

　　是美國著名報人威廉斯(Walter Williams, 1864-1935)在 1908 年所制訂，而在 1915 年的三藩市世界報業大會(World Press Congress, San Francisco)中通過，後譯為五十餘種文字。全文共八條，第一條即為：我相信新聞事業是一種專業。

Journalize　從事報章、雜誌事業

Journalization　報章、雜誌事業

Journalizer　從事報章、雜誌事業的人

News　新聞／新聞紙

News agency　通訊社

News agent　發報攤

News analyst　新聞分析家

Newsbeat　新聞路線

Newsboy　送報童

News borrowing　利用檔案（或資訊社）資料撰寫背景性新聞

Newsbreak　重大新聞

News burst　新聞來啦（有新聞）

Newscast　（名詞）新聞廣播

　　　　　（動詞）報告新聞

Newscaster　新聞播報員

News commentator (anchorman)　新聞評論員

News conference　記者會

Newsday　美國《新聞日報》

Newsdealer　報販

News Digest　新聞摘要

News editor　編輯主任

News hole　新聞版面（容量）

Newsfilm　新聞影片

News flash　新聞快報

News gathering　新聞採訪

Newshawk/Newshound　特派記者

News hungry　新聞饑渴

　　此觀念見諸美國莫特博士（Dr. Frank L. Mott）在 1952 年所著的《美國新聞》（News in America）一書中。當新聞已成爲精神食糧時，自是「不可一日無此君」。

News imperialism 新聞帝國主義。

　　係「第三世界」傳播學者對新聞大國的一種譏評，認爲：(1)資本主義的擴展，實與資料的壟斷與獨占相輔相成；(2)西方國家的幾家大通訊社，藉其廣大的傳播網，發布以西方國家爲中心的新聞，忽視或者扭曲開發中國家（Developing country）的形象。1977 年，聯合國敎科文組織（UNESCO）成立一個以研究傳播問題爲主要目的的委員會，由於自世界各地的十六位傳播學者組成，並由曾擔任過愛爾蘭外長的馬克布萊德（Sean MacBride）擔任主席，故名爲「馬克布萊德委員會」（MacBride Commission）。經過三年研究，提出了一分著名的報告書指出：「由於不同的社會、經濟及文化型態，以及不同的傳統、需求及可行性，各國的傳播系統因而相互有異，未有一個模式可以放之於四海而皆準。」報告同時亦强烈要求，應減少諸如傳播結構、資訊流通之類的不平衡與偏差，支持每個國家各自採行其應有的、適合於自己文化的傳播政策。由於此種觀點，恰與 1940 年代所著眼的「資訊自由流通」（Free flow of information）理念頗有扞格，故而引起廣泛討論。其後，更有學者稱之爲「傳播帝國主義」（Communication imperialism）。

Newsletter　新聞信

Newsmagazine　新聞性雜誌／電視台雜誌型新聞節目

Newsmaker　新聞人物／事件

Newsman　報販／記者

Newsmanagement　新聞管制

　　美國甘迺迪總統(John F. Kennedy 1917－1963)執政時，薛爾伐斯特(Arthur Sylvester)擔任國防部助理部長，負責與記者聯繫。時美國因發現古巴境內設有俄製飛彈，國家安全保障受到威脅。薛氏認為若為國家安全著想，事件眞相可予保留。因與美國向來支持之資訊自由流通觀念相衝突，美國傳播界遂指為「新聞管制」而大肆抨擊，成為 1962 年前後，美國最高行政當局與傳播界爭論不休的一個原則性問題。其後更衍生與所謂「知之權利」(The right to know)與「知道何者為是」(To know what is right)兩種概念的複雜爭證。

Newsmonger　（對新聞）有聞必述的大嘴巴（口水佬）

Newspaper　報紙／白報紙

報紙早期還稱為：newsbook/newsletter/newspamphlets

Newspaperdom　報界（報業圈）

Newspaperman　報人（讚賞）／報紙佬（詆譽）

Newspaper Preservation Act　報業保存法案

　　美國報業不斷兼併，而出現了獨占市場的「一報城市」(one daily city)現象。為預防此種「城市」在數量上的激增，保持弱勢報紙的競爭力起見，1967 年亞利桑納州參議員海頓(Carl Hayden)首先提出此一法案，但遭到國會否決。其後，遲至 1970 年，方由國會正式立法通過，並稱之為「報業保存法案」。

Newspaper reporter　新聞記者

Newspaperwoman　女報人

Newspeak　新聞播報器

　　英國善寫未來世界的小說家奧威爾(George Orwell)，著有《1984》一書。書中力言在共產制度下，身心盡為共產黨所控制，人民在一種叫「新聞播報器」的監視下，隨時得聆聽「老大哥」(the Big Brother)的教喻。

News peg　新聞依據

Newspeople　新聞人員

Newspersons　新聞人員

Newsphotos　新聞圖片

Newsprint　新聞用紙

Newsreader　對著新聞稿照片宣科的播報員（含有輕視之意）

News recreation　（在電台／電視台上將）新聞重演（一次）

Newsreel　新聞紀錄片

Newsrelease　新聞通稿

News room　編輯室

News sheet　報紙

News show　新聞節目

Newsstall　報攤

Newsstand　報攤

Newsstand circulation　零售發行量

News summary　新聞提要

Newstone　報紙用色調

News value　新聞價值

News vendor　報攤

Newswatch　美國 CNN 電台新聞節目名稱

Newsweek　新聞周刊

Newsworkers　新聞工作者

News worthy　有新聞（報導）價值

News writer　記者（寫手）

Newsy　好多新聞／報童

Press　印刷／印刷機／印刷事業／新聞界

Press agent　（名詞）公關人員

Press–agent　（動詞）宣傳

Press Association（PA）　英國新聞協會

　　是一英國全國性通訊社，於 1868 年（清同治七年）創立，社址設在倫敦，由倫敦以外地區各大報社與愛爾蘭共和國報紙合作經營。主要業務是將英國國內新聞提供給倫敦及各地報紙、廣播及電視台與數十家通訊社應用。

Press baron　報業大亨

Press box　記者席

Press bureau　公關公司

Press conference　記者會

Press correction　校對

Press correspondent　新聞特派員

The Press Council 英國報業評議會

英國報界的一個自律性組織，於 1953 年 7 月 1 日成立，原稱爲「英國報業總會」(The General Council of the Press)，1963 年改易今名。評議會由三十位委員組成，包括七個報業團體編輯代表十五位，經理代表十位，以及社會代表五位。該會成立目的共有八個：(1)保持已存有的新聞自由；(2)依據最高的職業和商業標準，保持英國報業品質；(3)批評對報業所加諸的限制；(4)鼓勵及促進報業人員之招募、教育及訓練；(5)增進報業各部門間之協調；(6)提倡技術及其他方面之研究；(7)研究報業集中或獨占的趨勢；(8)定期出版研究報告，說明工作情形，並隨時檢討報業發展情況，以及所受影響因素。

The Press Council of the Republic of China 中華民國新聞評議委員會

Press Cutting 剪報資料

Press doctrine of the West 泰西新聞學理

La Presse 法國《新聞報》

法國第一分成功的廉價報紙，1836 年（清道光十六年）由吉拉丁(Emile Girardin)所創。他率先以低廉報價增加發行，而以廣告收入彌補發行虧損。論著咸謂之爲法國首次報業革命，距 1833 年（清道光十三年），美國班哲明・戴(Benjamin H. Day)所創辦的紐約《太陽報》(The Sun)之一分錢報（便士報）(penny paper)，時僅三年。〔自 1712 年（清康熙五十一年）至 1861 年（清咸豐十一年），英國政府徵收印花稅(Stamp Act)，又稱爲「知識稅」(Tax on Knowledge)，每分一分錢報紙，要貼印花一分錢，故而售價爲兩分錢。〕

Press Foundotion in Asia(PFA) 亞洲報業基金會

亞洲報業工作者的一個業餘組織，1967 年 8 月，創立於馬尼拉。成員包括香港、馬來西亞、斯里蘭卡等地區的編輯主管和發行人。經費則除來自會員國和國際團體外，尚有來自聯合國資助，主要工作在爲地區性傳播機構提供訓練和諮詢性服務。

The Press Galleries of Congress 美國國會新聞室

美國國會參衆兩院各自設立的新聞發布單位，由發言人(spokesman)主持記者會，隨時提供有關國會的消息，並刊行公報。兩院並分設有功能性質相同、但對象相異的單位，諸如：攝影記者室(Press Photographer's Gallery)，廣播與電視通訊記者室(Radio and Television correspondent Gallery)及報刊新聞室(Periodical Press Gallery)等。這些單位皆設有代表委員會(Standing Committees)制訂管理規則，交由法規及管理委員會(Committee on Rules and Administration)通過，作爲彼此遵守依據。

Press gallery　新聞記者席／採訪議會新聞的記者團

Press law　新聞法規／出版法

Pressman　印刷技工／新聞記者

Press Method　印刷學

Press proof　開機校樣

　　上機印刷複印出的最初整版試印的大樣樣張，以校查整版的效果與正確性，效果等同「印前校樣」(pre-press proofs)。

Press-Radio Bureau　美國報紙／廣播事業協調局

　　此局已不存在。1932 年間，因美聯社(Associate Press)因供稿給電台，而引起美國報紙發行人協會(American Newspaper Publishers' Association)激烈反對。1934 年遂設立此一協調機構，同意通訊社每日播報五分鐘新聞稿。電台為使新聞能暢通起見，乃自設「電通社」(Transradio PressService)供稿。至是，在競爭情況下，合眾社（今合眾國際社，UPI）、美聯社遂向協調局表態，供稿不再設限。1940 年，該局因無事可做而解體，1951 年電通社亦宣告結束。

Press release　新聞通稿

Pressroom　印刷機房

Pressrun　印刷機之印刷／一次之印刷量

Press Secretary　美國白宮新聞秘書長

　　白宮新聞室(White House Press Office)的主管，是美國總統的正式代言人，並負責安排總統的記者會。其下有副秘書長(deputy press secretaries)兩人，速記長(chief speed writer)一人，媒體與公共事務助理(special assistant to media and public affairs)一人，新聞秘書(associate press secretaries)三人，負擔不同性質工作。

Press Show　為招待新聞界之特別演出

Press Trust of India (PTI)　印度新聞信託社

　　印度規模最大之通訊社，1949 年創立，總社設在孟買，由印度報業合作經營。

Press Trust of Sri Lanka Ltd. (Newstrust)　斯里蘭卡新聞信託社，斯里蘭卡之全國性民營通訊社，1951 年創立，社址設在可倫坡。該社業務僅轉發英國路透社與印度新聞信託社供應的國外新聞。

Presswoman　女新聞從業員

Presswork　印刷作業

　　我國新聞界也有圈內術語，例如：文字記者：曾有「蚊子」的雅號（與文字同

音）攝影記者：曾有「蒼蠅」之雅號。蓋(1)與「蚊子相對」；(2)整天在「追逐」鏡頭；(3)所隨身攜帶之工具，頗象黑頭蒼蠅。

製造新聞：打高空。

附註二：大辭典的新辭彙

在電腦的壓力下，國際著名辭典亦已盡量收集新辭彙為能事。例如一九八九年三月底，英國《牛津英語大辭典》(Oxford English Dictionary)發行二十冊的全新修訂版，除了釋字二十九萬個之外，尚收錄新詞、新義五千個，其中大部分與新聞、傳播及大眾文化相關。例如：

- "Asset Stripping"：資產剝除。
- "Bank Card"：銀行卡。
- "Dingbat"：活寶。此字原是在不知、忘記或不願指明某物時，用來作為「百搭（寶）」(joker)的代用指稱名詞：「叫他什麼都可以」(what－you－may－call—it)。美國電視節目「全家福」(All in the Family)主角邦克(Archie Bunker)在節目中使用這一名詞，來「稱呼」他的太太伊蒂芙(Edith)，因而成了流行詞語。
- "Fast track"：昇遷的登龍捷徑，猶如俗稱「坐直昇機」。
- "Friedmanite"：傅利曼派，指諾貝爾經濟學獎獲獎人，亦是芝加哥大學經濟學教授傅利曼 (Milton Freidman) 的貨幣理論信徒。
- "Greenmail"：套股要脅。"green" 指 "greenback"，亦即美鈔；"mail" 指 "blackmail"，亦即勒索的黑函。此處是將兩字合而為一，意即套購某公司大批股票，以威迫該公司以高價贖回，否則予以兼併。
- "Hooray Henry" 二世祖。
- "Lumpectomy" 切除乳房腫瘤的手術。
- "Mole" 位居安全系統要職的敵方間諜。
- "Page three girl" 英國畫報美女頁(pinups)上的模特兒。
- "Paimony" 同居人分居補償費。
- "Rambo" 藍波，即史塔（特）龍(Sylvester Stallone)式獨來獨往、以暴力對付暴力的慓悍作風。
- "Toyboy" 女人湯丸。
- "WIMP" 由 "Window"（視窗），"Icons"（提示圖形），"Mice"（滑鼠），與 "Pull－down menus"（捲簾式選單）四字字首合成，故每字母皆為大寫，指一套軟體功能加上硬體設備的混合式簡易電腦操作程序。（"Wimp" 的原意為「矮化」，與此處並無相關。）

附註三：閒話中詞西語

一般人只知道〝Long time no see〞（好久不見）這句洋涇濱，已在國際上流通成同中國人半開玩笑地打招呼的通俗方式之一，而疏忽了下述諸詞，亦屬國際媒介通用的中詞西語（多屬粵音）：

Cheongsam（長衫）、Chop Suey（雜碎）、Chow Mein（炒麵）、Coolie（苦力／粵語音譯爲：咕喱）、Dim Sum（點心）、Fantan（番攤／賭博遊戲）、Gung-ho（咁好／那麼好）、I Ching（易經）、Kou Tou（叩頭）、Kung Fu（功夫）、Mah-jongg（麻將牌）、Sampan（舢舨）、Shanghai（拐騙）、Tai Chi（太極）、Wok（鑊）、Yuen（院）、Yum Cha（飲茶）

附釋：

㈠蟪稿

香港新聞界每好稱商店開張、拜託刊登之類「人情稿」稱為「蟪稿」每令後輩不知出自何經何典。其實此一名詞在香港流行，早已超過半世紀。

此詞之源起，可追溯至一九二五年香港《工商日報》創刊初期（已停刊）。其時，《工商日報》設在港中環島鴨巴甸街十八號 c（後遷往中環結志街），由俞華山編「要聞」。而在報館附近的威靈頓街，則有間「南園酒家」，每次劏大蟪，必發人情稿，並由俞華山親自撰寫，又必定標題為：「**南園酒家又劏（宰）大蟪**」；然後，由他將稿送往各報。同業見到稿件，不禁謂然而笑曰：「蟪稿來了！」遂成流行語。

㈡「**冇厘頭**」

1991 年中，香港青年又流行起令大家會心一笑的「**冇厘頭**」(Malaitan)口頭一語，意即只是鬧鬧，攪玩笑，不正經的，不懂事，不存希望，沒有意義。要求「得（咬）笑」博君一燦而矣！

此語其實已流衍多時，惜最近始為人所喜用，用以表達無奈、無力之感。厘，同釐，為古時一個基本錢幣單位。冇（毋）即沒有，故「冇厘頭」、「冇乜厘頭」即沒有些毫「行情」、「賺錢機會」、「好處」與「沾些兒好處」之意；與「有看頭」，勉强相對。後來，又將厘作量度單位準繩，故又添加「沒準頭」（如「厘頭對準的」）、「不踏實」諸義。

未料，因此語之流行，竟而產生了社會次文化(Molaitan Culture)。（參閱："Hong Kong debates "What's in a world""The China News, 4 September 1991, P.10）

㈢

一位曾擔任過搖滾樂師、年僅三十來歲的美國人柏信斯(Persons)，突發奇想，1989 年 10 月，本著「以工代賑」宗旨，在紐約曼哈頓區，創辦了一張四開小型、非牟利的《街頭新聞》(Street News)，以無家可歸的流浪漢來推銷報分(sold by homeless people)，意在「幫助餓漢自己靠自己」(Help America's Hungry Help Themselves)。結果效果十分良好，半年後，每月發行三十萬分，共有一千五百名推銷員，而由於財務累積，不單柏信斯自己可支領三萬五千元年薪，起碼有三百名推銷員(sales people)已有屋或房間居住，不再居無定

所，名符其實的爲一張「幫助街頭刊物」(A street aid publication)，連哥倫比亞廣播公司(CBS)及紐約電話公司(NYNEX)等大機構，也都刊登廣告支持一番。〔《新聞鏡周刊》，第七十七期(79. 4. 23.–29.)，頁 50～5。〕

主要參考書目

中文書目

儲玉坤（民卅七）：現代新聞學概論，三版增訂本。上海：世界書局。（
　　民廿八初版）

李伯鳴（民四十七）：新聞學綱要。香港：文化書院。

朱虛白（民四十八）：新聞學概要。台北：東方書店。

陳諤、黃養志合譯（民四十八）：新聞學概論。台北：正中書局。（民國
　　七十七年十版）。原著：

Bond, F. Fraser

1954 Introduction to Journalism N.Y:the MacMillan Co.

漆敬堯（民五十三）：現代新聞學。台北：海天出版社。

胡　殷（民五十五）：新聞學新論。香港：文教事業社。（一九七三年再
　　版）

賀照禮（民五十八）新聞學的理論與實際。台北：著者。

徐詠平（民六十）：新聞學概論。台北：台灣中華書局。

李　瞻（民六十二）：比較新聞學。台北：國立政治大學新聞研究所。

徐佳士主編（民六十二）：新聞學理論㈠（報學叢書第一種）。台北：台
　　灣學生書局。

黎　父（一九七四）：大眾新聞學。香港：三育圖書文具公司。

馬克任（民六十五）：新聞學論集。台北：華岡出版公司。

鄭貞銘（民六十七）：新聞學與大眾傳播學。台北：三民書局。

戴華山（民六十九）：新聞學理論與實務。台北：學生書局。

李良榮（一九八五）：新聞學概論。上海復旦大學出版社。

余家宏等主編（一九八五）：新聞學基礎。安徽：人民出版社。

李　瞻（民七十六）：新聞學原理－我國傳播問題研究。台北：三民書局。

荊溪人（民七十六）新聞學概論。台北：世界書局。

王洪鈞（民七十六）：大眾傳播與現代社會。台北：正中書局（據民六十四年，台北市新聞記者公會排印版重印）。

王洪鈞編著（民七十一）：新聞採訪學，十三版。台北：正中書局。

尤英夫（民五十九）：報紙審判之研究。台北：中國學術著作委員會。（新版本由台北生活雜誌社出版）

李金銓（民七十六）：傳播帝國主義。台北：久大文化公司。

李金銓（民七十一）：大眾傳播學。台北：三民書局。

汪　琪（民七十四）：文化與傳播，再版。台北：三民書局。

呂榮海、陳家駿合著（民七十六）：著作權、出版權。台北：蔚理法律出版社。

趙俊邁（七十一）：媒介實務。台北：三民書局。

馬之驌（民七十五）：新聞界三老兵。台北：經世書局。

徐佳土（民七十六）：大眾傳播理論。台北：正中書局。（據民國五十五年，台北市新聞記者公會排印本重印）

徐　昶（民七十三）：新聞編輯學。台北：三民書局。

國立政治大學新聞系主編（民七十七）：媒介批評。台北：臺灣商務印書館。

程之行（民五十九）：大眾傳播的責任。台北：台北市報業新聞評議會。

張作錦（民六十六）：一個新聞記者的靜言。台北：經濟與生活出版公司。

黃宣威（民五十六）：新聞來源的保密問題。台北：台北市新聞記者公會。

彭家發（民八十一）：新聞論。台北：三民書局。

彭家發（民七十七）：《傳播研究補白》。台北：東大圖書公司。

彭家發譯著（民七十七）：《新聞文學點‧線‧面：譯介美國近年的新派
　　　新聞報導。台北》：業強出版社。

彭家發（民七十五）：小型報刊實務。台北：三民書局。

曾虛白（民七十六）：民意原理，四版。台北：中國文化大學。

黃新生（民七十六）：媒介批評：理論與方法。台北：五南圖書出版公司
　　　。

潘家慶（民七十六）：發展中的傳播媒介。台北：帕米爾書局。

潘家慶（民七十三）：新聞媒介‧社會責任。臺灣商務印書館。

潘家慶（民七十二）：傳播與國家發展。台北：國立政治大學新聞研究所
　　　。

劉建順（民五十五）：新聞與大眾傳播，二版。台北：廣播電視季刊社。

鄭貞銘（民七十三）：新聞傳播總論。台北：允晨文化公司。

鄭瑞城（民七十七）：透視傳播媒介。台北：經濟與生活出版公司。

戴華山（民七十七）：社會責任與新聞自律。台北：黎明文化事業公司。
　　　〔本文曾發表於《文訊雜誌》，革新號第七期（總號四十六期，民7
　　　8.8）。台北：文訊雜誌社。本文曾再刪訂增修。〕

巨克毅（民七十六）：《意識型態傳播與國家發展》。台北：正中書局。

王京等編著（一九八四）：《現代傳播媒介學實例》。香港：廣角鏡出版
　　　社。

王洪鈞（民七十六）：《大眾傳播與現代社會》。台北：正中書局。（據
　　　民六十四年台北市新聞記者公會排印版重印）

──（民七十三）：《新聞法規》。台北：允晨出版公司。

尤英夫（民七十六）：《新聞法論，上冊》。台北：生活雜誌社。

──（民六十九）：《報紙審判之研究，三版》。台北：著者。

王惕吾（民七十）：《聯合報三十年》。台北：聯合報社。

朱　立（民七十三）：《傳播拼盤》。台北：時報文化出版公司。

朱虛白（民四十八）：《新聞學概要》。台北：東方書店。

呂光編纂（民七十）：《大眾傳播與法律》。台北：台灣商務書館。

──　等（民五十）：《中國新聞法規概論》，三版。台北：正中書局。

李良榮（一九八五）：《中國報紙文體發展概要》。福州：福建人民出版社。

李金銓（民七十六）：《傳播帝國主義》。台北：久大文化公司。

──　（民七十六）：《新聞的政治、政治的多新聞》。台北：久大文化公司。

──　（民七十六）：《吞吞吐吐的文章──新聞與學術界》。台北：久大文化公司。

──　（民七十一）：《大眾傳播學》。台北：三民書局。

李昌道、龔曉航（一九九〇）：《30常用香港法例新解》。香港：三聯書店。

李　勇（民六十）：《新聞綱外》。台北：皇冠版社。

李炳炎、陳有方（民六十四）：《新聞自由與自律》。台北：正中書局。

汪琪、彭家發（民七十五）：《時代的體驗》。台北：東大圖書公司。

李鴻禧（一九八六）：《憲法與人權》，三版（國立台灣大學法學叢書第三十九）。台北：國立台灣大學。

李　瞻（民七十七）：「華僑報業考」，《大眾傳播學》。台北：漢苑出版社。

──　（民七十六）：《新聞學原理：我國傳播問題研究》。台北：三民書局。

──　等編著（民七十三）：《誹謗與隱私權》。台北：台北市新聞記者公會。

──　主編（民七十三）：《新聞理論與實務・新聞人員學術研討會實錄

》。台北：國立政治大學新聞所。

—— 主編（民六十八）：《中國新聞史》。台北：臺灣學生書局。

—— 主編（民六十八）：《外國新聞史》。台北：臺灣學生書局。

—— （民六十四）：《我國新聞政策》。台北：台北市新聞記者公會。

東正德譯（民八十）：《傳播媒體的變貌》。台北：遠流圖書公司。

洪士範（民五十八）：《新聞論叢》。台北：新中國出版社。

皇甫河旺（民八十）：《報業的一念之間》。台北：正中書局。

胡殷（一九七三）：《新聞學新論》，再版。香港：文教事業社。（民五
　　十五第一次版）

胡傳厚主編（民六十六）：《編輯理論與實務》。台北：台灣學生書局。

—— （民國五十七）：《新聞編輯》。台北：台北市新聞記者公會。

馬之驌（民七十五）：《新聞界三老兵》。台北：經世書局。

徐佳士著（民七十六）：《大眾傳播理論》。台北：正中書局。（據民國
　　五十五年台北市新聞記者公會排印本重印）

—— 主編（民六十二）。《新聞學理論㈠（報學叢書第一種）》。台北
　　：台灣學生書局。

徐詠平（民七十一）：《新法律與新聞道德》。台北：世界書局。

新聞鏡雜誌社編輯部編（民七十九）：《透視新聞媒體》。台北：編者。

黎父（一九七四）：《大眾新聞學》。香港：三育圖書文具公司。

陳世敏（民七十六）：《媒介文化：批判與建言》。台北：久大文化公司
　　。

—— 譯（民七十四）：《傳播媒介、民意、公共政策分析》。台北：國
　　立編譯館。

賴光臨（民七十）：《七十年中國報業史》。台北：中央日報社。

—— （民六十七）：《中國新聞傳播史》。台北：三民書局。

褚柏思（民七十七）：《新聞學綜論》。台北：渤海文化公司。

劉建順編纂（民六十七）：《新聞學》。台北：世界書局。

潘家慶（民七十三）：《新聞媒介、社會責任》。台北：臺灣商務印書館
　　。

葉楚英（民四十七）：《新聞原理與寫作》。台北：大華文化社。

黎劍瑩（民七十四）：《英文新聞名著選粹》。台北：經世書局。

錢震（民七十）：《新聞論》上、下册，六版。台北：中華日報社。

韓以亮（民五十）：《新聞散論》。台北：幼獅出版社。

戴華山（民六十九）：《新聞學理論與實務》。台北：台灣學生書局。

鄭貞銘（民七十三）：《新聞傳播總論》。台北：允晨文化公司。

──（民六十七）：《新聞學與大眾傳播學》。台北：三民書局。

──（民六十七）：《新聞採訪與編輯》。台北：三民書局。

鄭瑞城（民七十七）：《透視傳播媒介》。台北：經濟與生活出版公司。

──（民七十六）：《傳播的獨白》。台北：久大文化公司。

──（民七十二）：《報紙新聞報導正確性研究》。台北：國科會專題
　　研究報告。

中文期刊

王文玲（民七十五）：報紙法律新聞報道的研究──從犯罪新聞看報紙審
　　判問題。台北：國立政治大學新聞研究所碩士論文。未發表。

孔行庸（一九八二）：「台灣的新聞自由」，《明報月刊》第一九五期（
　　三月號）。香港：明報月刊社。頁十四─八。

文崇一：「對新聞工作者的幾點建議」，台北：《自立晚報》民77年6月6
　　日，第二版。

江春男（司馬文武）（一九八九）：「激流中的美麗島：台灣政治鉅變」
　　，《美麗島十年風雲》。台北：新新聞文化事業公司。頁九─一二。

──等（一九八七）：「新聞做為一種志業」，《當代》，第二十期（1

2.1）。台北：當代雜誌社。

戎撫天：「台灣解除報禁後的情勢」，台北：《台灣時報》。民77年11月2
　　　8日，第二版。

辛方興（一九八五）：《列寧怎麼辦報》。大陸：新華出版社。

沈冬梅（民七十六）：「報禁開放下的報業新競爭趨勢」，《財訊月刊》
　　　，四月號。台北：財訊月刊社。

李　瞻（民六十五）：「新聞評議會與新聞法庭」。《東方雜誌》，第十
　　　卷第三期（九月號）。台北：東方雜誌社。

——（民六十五）：「我國中央日報、聯合報與中國時報三大日報內容
　　　之統計分析」，《新聞學研究》，第十七集（五月）。頁一一二十
　　　五。

——（民六十四）：「新聞自由與新聞自律」，《報學》，第五卷第四
　　　期（六月號）。台北：中華民國新聞編輯人協會。

——（民六十）：「電視對兒童之影響」，《東方雜誌》，第四卷第十
　　　期（四月號）。台北：東方雜誌社。

——（民五十八）：「電視暴力節目對兒童之影響」，《報學》，第四
　　　卷第三期（十二月號）。台北：中華民國新聞編輯人協會。

——（民五十六）：「社會責任之發展」，《新聞學研究》，第二期（
　　　十二月）。台北：政大新聞所

——（民五十六）：「新聞自由理論之演進」，《新聞學研究》，第一
　　　集（六月）。台北：政大新聞所。

林東泰：「新聞自由與公平審判的爭議」，《自由時報》，民77年10月30
　　　日，第二版。

林照真（民七十七）：從新聞報道實例採討新聞客觀性之體現。台北：國
　　　立政治大學新聞所碩士論文。未發表。

吳爲奇：「新聞報導的主觀與客觀」，台北：《青年日報》，民77年8月8

日，第二版。

徐佳士（民六十三）：「我國報紙新聞『主觀性錯誤』研究」，《新聞學研究》，第十三集（五月號）。台北：政大新聞所。頁三一三十六。

曾虛白譯：客觀存廢論，《報學》，第二卷第五期。台北：中華民國新聞編輯人協會。

張　靜（民七十七）：「新聞自由的空間在那裡？」，台北：《自由時報》，77年10月17日，第二版。

楊濡嘉等（民七十二）：「仍待挑戰的報業理想」，《新聞學人》，第八卷第一期。台北：國立政治大學新聞系。

陳世敏（民七十七）：「儘早修訂不合時宜的大眾傳播法規」，《中華日報》，9月13日，第五版。

——（民七十七）：「報紙新聞報導趨勢的數量分析：民國六十四年至七十三年」。台北：中華民國新聞編輯人協會。頁七十一一九。

——（民七十六）：中國對美國大眾傳播的反應。（中美文化與教育關係研討會論文。）台北：中華民國美國研究學會。

陶朱太史（民七十六）：「『太平紳士』王惕吾Vs.『新聞劍客』余紀忠：臺灣兩大報的車輪戰」，《報風圈：報禁開放震盪》。台北：久大文化公司。

潘家慶等（民七十五）：一九八六年台灣地區民眾傳播行為研究。台北：行政院國科會專題研究報告。

潘家慶（民七十二）：臺灣地區的閱聽人與媒介內容。台北：國科會研究專題。

郭爲藩（民七十）：電視影響兒童社會學習之研究。台北：國科會研究專題。

——（民六十九）：電視影響兒童認知發展之研究。台北：國科會研究

專題。

陳雪雲（民八十）：我國新聞媒體建構社會現實之研究——以社會運動報導爲例。台北：國立政治大學新聞所，博士論文。未發表。

羅文坤（民六十五）：電視對青少年影響之研究——不同暴力程度臺視節目對不同焦慮程度及電視暴力接觸程度國中生在暴力態度上的差異。台北：政治大學新聞所碩士論文。未發表。

薛心鎔（民七十七）：「報紙加張以來的優點和缺點」，台北：《中然日報》，9月1日，第三版。

鄭行泉（民七十二）：社會新聞對社會風氣之影響（民意測驗報告）。台北：中華民國民意測驗協會。

薛承雄（民七十七）：媒介支配——解讀臺灣的電視新聞。台北：國立臺灣大學社會研究所碩士論文。未發表。

鄭瑞城、曠湘霞（民七十二）：臺灣地區成人收看臺視的動機與行爲研究。台北：新聞局研究專題。

——（民七十二）：報紙新聞報導之正確性研究。台北：行政院國科會專題研究報告。

蘇衡（民七十四）：「從兩件官司看美國誹謗法的演變」，《報學》，第七卷第四期（六月號）。台北：中華民國新聞編輯人協會。

蕭衡倩（民七十五）：報紙新聞寫作方式之分析。台北：國立政治大學新聞所碩士論文。未發表。

英文書目及期刊

Allsion, M.
1986　" A Literature Review of Approaches to the Professionalism of Journalists, Journal of Mass Media Ethics, 1:2. pp.5 – 19.
Bagdikian, B.

1987　The Media Monopoly, 2nd ed. Boston: Beacar Press.

Becker, L. B., & Caudill, S., with Dunwoody, S & Tipton, L.,

1987　The Training and Hiring of Journalists, Norword, N. J: Ablex
　　　Publications.

Becker, L.B, Sobowale, I.A., & Cobbey, R.E.

1979　" Reporters and Their Professional and Orgamizational Com-
　　　mitment, " Journalism Quarterly, 56. pp.753－63,770

Bennett, L.

1988　News: The Politics of Illusion 12 nd. New York: Longman.

Birkhead, D.

1986　" News Media Ethics and the Management of Profossionals, "
　　　Jourral of Mass Media Ethics, 1:2. pp.37－46.

Garrison, B., & Salwen, M.

1989　Professional Orientations of Sports Journalists, Newspaper
Research Jourral, 10:3. pp.77－84.

Golding, P.

1977　Media Professionalism in the Third World: The Transter of an
　　　Ideology. In J. Curran, M. Gurevitch, and J. Woollawtt (Eds.),
　　　Mass Conmunication and Society (pp.291－308), Beverly Hills,
　　　CA: Sage Publication Inc.

Head, S.W.

1963　" Can a Journalist Be a ' Professional ' in a Developing
Country？ " Jourralism Quarterly, 40. pp.594－598.

Hodges, L.

1986　" The Journalist and Professionalism, " Journal of Mass
Media Ethics, 1:2. pp.32－36.

Idsuoog, K.A., & Hoyt, J.L.

1977 " Professionalism and Performance of Television Journalists,
" Journal of Booadcasting, 21. pp.97 – 109.

Janowitz, M.

1975 Professional Models in Journalism: The Gatekeeper and the
Advocate. " Journalism Quanterly, 52, pp.618 – 626, 662.

Johnstone, J.W.C., Slawski, E.J. & Bowman, W.W.

1972 – 73 " The Professional Values of American Newsman, " Public
Opinion Quartely, 36:4, pp.522 – 540.

Kaul, A.J.

1986 " The Proletarian Journalist: A Critique of Professionalism, "
Journal of Mass Media E thics, 1:2. pp.47 – 55

Kimball, P.

1986 Jouralism:Art, Craft or Profession. In, K. Lynn (Ed), The
Professions in America (pp.242 – 260). Boston: Houghton Mifflin Co.

Lavine, J.M., & Wackman, D.B.

1988 Managing Media Organizations. New York: Longman.

LeRoy, D.J.

1972 – 73 " Levels of Professionalism in a Sample of TV Newsmen,
" Journal of Broadcasting 17. pp.51 – 62.

Lippmann, W.K.

1920 Liberty and the News, New York: Harcourt, Brace & Howe.

McLeod, J.,M., & Hawley, S.E., Jr.

1964 " Professionalization Among Newsmen, " Journalism Quarter-
ly, 41. pp.529 – 539.

McLeod, J.M., & Rush, R.

1969(a) " Professionalization of Latin American and U.S. Journalists, Part I, " Journalism Quarterly, 46. pp.583－590.

McLeod, J. M., & Rush, R.

1969(b) " Professionalization of Latin American and U.S. Journalist , Part Ⅱ, Journalisn Quarterly, 46. pp.784－789.

Menanteau－Horta, D.

1967 " Professionalism of Journalists in Chile, " Journalism Quarterly, 44. pp.715－724.

Merrill, J.

1986 " Journalistic Professionalization: Danger to Freedom and Pluralism, " Journal of Mass Medicc Ethics, 1:2. pp.56－60.

Nayman, O.

1973 Professional Orientations of Journalists: An Induction to Communicator Analysis Studies, " Gazette, 19. pp.195－212.

Nayman, O., Atkin, C.K., & O'keefe, G.J.

1973 " Journalism as a Profession in a Developing Society: Metropolitan Turkish Newsmen. " Journalism Quarterly, 50. pp.68－76.

Nayman, O., Mckee, B.K., & Lattimore, D.L.

1977 " PR Personnel and Print Journalists: A Comparison of Professionalism, Journalism Quartery , 54. pp.492－497.

Parenti, M.

1986 Iventing Reality: The Politics of the Mass Media. New York: St. Martin's Press.

Schiller, D.

1981 Objectivity and the News: The Public and the Rise of Commercial Journalism. Philadelphia: University of Pennsylvania Press.

Singletany, M.W.

1982　" Are Journalists Professionals? " Newspaper Research
Journal, 3:2. pp.75 – 87.

Sohn, A., Ogan, C., & Polich, J.

1986　Newspaper Leadership. Englewood Cliffs, NJ: Prentice – Hall.

Steptoe, S.

1987　" Drive for Journalists' Overtime Pay Ignite a Dispute at
Washington Post, " The Wall Street Journal, July 20. p.9.

Tichenor, P., Donohue, G., & Olien, C.

1980　Community Conflict and the Press. Beverly Hills, CA: Sage
Publications.

Tuchman, G.

1978　" Professionalism as an Agent of Legitimation. Journal of Co
mmunication, 28:2. pp.106 – 113.

Weaver, D. H., & Wilhoit, G.C.

1986　The American Joumalist. Bloomington, IN: Indiana University
Press.

Weinthal, D. S., & O'keefe, G.J.

1974　" Professionalization Among Broadcast Newsmen in an Urban
Area, " Journal of Broadcasting, 18. pp.193 – 209.

Windahl. S., & Rosengren, K.E.

1978　" Newsmen's Professionalization: Some Methodological Probl-
ems, " Journalism Quartery, 55. pp.466 – 473.

Wright, D.

1976　" Professionalism Levels of British Columbia's Broadcast Jour
nalists: A Communicator Analysis, Gazette, 22. pp.38 – 48.

Abel, Elie (ed.)

1981　What's News: The Media in American Society. San Francisco:
　　　　Institute for Contemporary Studies.

Altheide, David L.

1976　Creating Reality: How TV News Distorts Events. Beverly
Hills: Sage Publications.

Altchull, J. Herbert

1984　Agents of Power: The Role of the News Media in Human Aff-
airs. N.Y.: Longman Inc.

Bacas, Harry

1970　Journalism, 2nd ed. N.Y.: The New York Times Company.

Bagdikian, Ben H.

1983　The Media Monopoly: A Startling Report on the 50 Corporat-
ions That Control What America Sees, Hears and Reads, Voston: Be
　　　　acon Press.

Bailey, Charles W.

1984　Conflicts of Jnterest: A Matter of Journalistic Ethics,
N.Y.: National News Council.

Balk, Alfred

1973　A Free and Responsive Press. N.Y.: Twentieth Century Fund.

Ball－Rokeach, Sandra & Canton, Muriel G.(eds.)

1986　Media Audience And Social Structure. Calif: Sage Publicat-
ions Inc.

Barrat, David

1986　Media Sociology. London: Tavistock Publications.

Barrat, Arnold M. etc.

1978　Rich News, Poor News. N.Y.: Crowell.

Becker, Lee B. & Schoenbach Klaus (eds.)

1989　Audience Responses to Media Diversification: Coping with Plenty. N.J.: Lawrence Erlbaum Associates. Chapter 1,2, & 16.

Berger, Arthur Asa

1982　Media Analysis Technigues. Calif.: Sage publications.

Bogart, Leo

1989　Press and Public: Who Reads What, Where and Why in American Newspapers, 2nd ed. N.J.: Lawrence Erlbaum Associates.

Bak, Sissela

1978　Lying: Moral Choice in Public and Private Life. N.Y.: Random House, Vintage Books.

Bond, F. Fraser

1954　An Introduction to Jounalism, N.Y.: The MacMillion Co.〔陳諤、黃養志合譯（民45）：新聞學概論，二版。台北：正中書局。〕

Broder, Oavid

1987　Behind the Front Page: A Candid Look at How the News is Made. N.Y.: Simon and Schuster.

Brucker, Herbet

1969　Journalism. Toronto, Ontario: The Macmillan Company. (Collier – Macmillan Canada Ltd.)

Carey, James (ed.)

1988　Media, Myths, and Narratives: Television and the Press. Beverly Hills: Sage Publications.

Clifton, Daniel (ed.)

1987　Chronicle of the 20th Century. N.Y.: Chronicle Publications.

Cohen, Stanley & Young, Jock (eds.)

1981　The Manufacture of News: Social Problems Deviance and the Mass Media, revised ed. Calif.: Sage Publications.

Compaine, Benjamin M. etc.

1980　Who Owns the Media ? Concentration of Ownership in the Mass Communication Industry. N.Y.: Harmony Books.

Comstock, George (etc.)

1978　Television and Human Behavior. N.Y.: Columbia University Press.

Curran, James etc. (eds.)

1986　Bending Reality : The State of the Media. London: pluto Press

Curran, James & Seaton, J.

1985　Power Without Responsibility, 2nd ed. N.Y.: Metheun.

Curran, James etc. (eds.)

1979　Mass Communication & Society. Calif : Sage Publications.

Dennis, Everette E. & Merrill, Jahn C.

1991　Media Debates: Issuls in Mass Communication. N.Y.: Longman Publishing Group.

Dennis, Everette E, etc. (eds.)

1989　Media Freedom and Accountability. Westport Conn : Greenwood Press.

Dennis, Evesett

1989　Reshaning the Media: Mass Communccation in an Information Age. Calif. : Sage Publications.

Dennis Everette E. etc. (eds.)

1978　Enduring Issues in Mass Communication. Minn.: West Publishing.

Diamond, Edwin

1978　Good News, Bad News, Mass : MIT Press.

Downing, John etc. (eds.)

1990　Questioning the Media: A Critical Introduction. London: Sage
　　　　Publications.

Elliott, Denic (ed.)

1986　Responsible Journalisim. Beverly Hills: Sage Publications.

Epstein, Edward Jr.

1973　News for Nowhere. N.Y.: Random House.

Fidler, Fred

1989　Media Hoaxes. Ames: Iowa State university Press.

Fink, Conrad C.

1989　Media Ethics: In the Newroon and Beyond. N.J.: McGraw –
Hill Publishing Co.

Fishman, Mark

1980　Manufacturing the News. Texas: University of Texas Press.

Fiske, John & Hartley, J

1985　Reading Television N.Y.: Methuen.

Frank, Ronald E & Greenberg, barshall G.

1980　The Public's Use of Television: Who Watches and Why. Beverly Hills, Calif:Sage Publications.

Galtung, Johan & Ruge, Mari

1973　" Structuring and Selecting News, " in Cohen, Stanley &

Young, Jock (ed.) The Manufacture of News: Deviance. Social Problems and the Mass Media. London:Constable Publications.

Gamson, W.A.

1984　What's News: A Game Simulation of TV News. N.Y.: The Free Press.

Gans, Herbert J.

1979　Deciding What's News: A study of CBS Evening News, NBC Nightly News, Newsweek, and Time. N.Y.: Pantheon Books.

Gates, Gary Paul

1978　Air Time: The Inside Story of CBS News. N.Y.: Harper and Row.

Gemmell, Henry & Kilgore, Bernard (eds)

1959　Do you Belong in Journalism. N.Y.: Appleton – Century – crofts, Inc.

Gerald, J. Edward

1963　The Social Responsibility of the Press. Minneapolis: University of Minnesota Press.

Gieber W.

1964　" News is What Newspapermen Make It, " in L. A. Dexter & D.M. White (eda), People, Society and Mass Communication, N.Y.: Free Press. pp.173—82

Gitlin, T.

1980　The Whole World is Watching. Berkeley: University of Calif: Press.

Glasgow University Group

1985　War and Peace News. Milton Keynes: Open University press.

Glasgow University Group

1982　Really Bad News. London: Writers and Readers.

Glasgow University Media Group.

1980　More bad News. London: Routledge and Kegan Paul.

Glasgow University Media Group

1976　Bad News. London: Rouledge and Kegan Paul.

Gleason, Timoth W.

1989　The Watchdog Concept: The Press and the couuts in Nin-
eteenth–century America Ames: Iowa State University Press.

Golding, P. & Elliott, P

1979　Making the News. Londan: Longman.

Goldtein, Tom

1985　The News at any Cost: How journalists compromise Their
Ethics to Shape the News. N.Y.: Simon & Schuster, Inc.

Goodein H. Eugene

1984　Groping for Ethics in Journalism, 2nd Printing, Ames, Iowa:
The Iowa State University Press.

Graber, Doris A.

1980　Crime News and the Public. N.Y.: Praeger.

Gurevitch, Michad etc.(eds.)

1991　"The global newsroom: convergences and diversities in the gl
obalization of TV news," in P. Dahlgren, & C. Sparks (eds.)
Communication and Citizenship. London: Routledge.

Herd, Hard

1952　The March of Journalisn. London: Allen & Unwin.1975　Bias
in the Hocking, William

1947　Freedom of the press. Chicago: Universiuy of Chicago Press.

Hogstetter, C. Richard

1975　Bias in the News. Columbus, Chio: Ohio State University

Press.

Hohenberg,John.

1983　The Professional Journalist. N.Y.: Holt, Rinehart & Winston.

Hohenberg, John

1968　The News Media: A Journalist Looks at His Profession. N.Y.:

　　　Holt, Rinehart & Winston.

Hulteng, John J.

1985　The Messenger's Motives: Ethical Problems of the News

media, 2nd ed, N.J.: Prentice Hall.

Hulteng, John L. & Nelson, Paul Roy

1983　The Fourth Estate: An Informal Apprasial of the News and

Opinion Media, 2nd Edition. N.Y.: Harper and Row, Publishers.

Hulteng, John J.

1981　Playing It Straight, A Practical Discussion of the Ethical

Principles of the American Society of Newspaper Editons, Conn,: Glo

　　　be Pequot Press.

Inglis, Fred

1990　Media Theory. UK Oxford: Basil Blackwell Ltd.

Issacs, Norman E.

1986　Untended Gates: The Mismanaged Press, N.Y.: Cobumbia

University Press.

Johnstone, John W. C. etc.

1976　The News People: A Sociological Portrait of American

Journalists and their work. Urbana: University of Illinois Press.

Kirsh Gesa & Roen Duane H. (eds.)

1990　A Sense of Audience in Written Communication.

London:1975 The First Causalty: From the Crimea to Vietnam.

Kirschner, Allen & Kirschner Linda

1971　Journalism. N. Y.: The Odyssey Press.

knight, Phillip

1975　The First Causalty: From the Crimea to Vietnam, The War
Correspondent as Hers, Propagandist and Myth Maker. N.Y.:
Harcourt Brace Jovanovich. Harvest Book.

Lambeth, Edmund B.

1986　Committed Journalism: An Ethic for the Proffession. Bloom-
ington: Indiana University Press.

Lamleeth, Edmund B.

1986　Committed Jouralism: An Ethic for the Profession. Indiana: In
　　　diana University Press.

Lee, Martin A. & Solomon, Norman

1991　Unreliable Sources: A Guide to Detecting Bias in News Media
　　　. N.Y.: Fair.

Leigh, D. Robert (ed.)

1974　A Free and Responsible Press.Chicags: Midway Reprint.

Lemert, James B.

1989　Criticizing The Media. Calif: Sage Publications.

Lippmann, Walter

1972　"The Nature of News," in Steinberg, Charles S. ed., Mass
Media and Communication. N.Y.: Hastings House Publishers.

Merrill, John C.

1989　The Dialectic in Journalism: Toward A Responsible Use of Press Freedom. Baton Rouge: Louisiana State University Press.

Merrill, John C.

1983　Global Journalism: A. Servey of the World's Mass Media. N.Y. : Longman Inc.

Merril, John C.

1977　Existential Jounalism. N.Y.: Hastings House.

Merrill John C.

1974　The Imperative of Freedom: A Philosophy of Journalistic Autonomy. N.Y.: Hasting House.

Merrill, John C.

Messenger Davies, Maire

1989　Television is Good for Your Kids. London: Hilary Shipman.

Midgley, Leslie

1989　How Many Words Do you want? An Insiders, Story of Print and Television Journalism. N.Y.: Birch Lane Press.

Minow, Newton N.

1991　How Vast The Wasteland Now? thirtieth Anniversary of "the 'Vast Wasteland' " . N.Y.: Gannett foundation media Center .(At Columbia University).

Morison, David E. & Tumber, Howard

1988　Journalists At War: The Dynamics of News Reporting During the Falklands Conflict. Sa.: Sage Publications.

Nelson, Harold L. etc. (eds.)

1989　Law of Mass Communications: Freedom and Control of Print and Broadcast Medis, 6th ed. N.Y.: Foundation Press.

Patterson, T.E. & McClure, R.D.

1976　The UnseeingEye. N.Y.: GP.Putnam's.

Pippert, Wesly G.

1989　An Ethics of News: A Reporter's Search for Truth. Washing-
ton D.C.: Georgetown University Press.

Powell, Jody

1984　The Other Side of the Story. N.Y.: William Morrow & Co. Inc.

Rother, Dan & Herskowitz, Mickey

1977　The Camera Never Blinks. N.Y,: William Morrow.

Michael H.(eds.)

1981　Crisis in International News: Policies and Prospects. N.Y.:
Columbia University Press.

Rivers, William etc.

1971　The Mass Media and Modern Saociety N.Y.: Holt, Rinehart an
　　　d Winston, Inc.

Rivers, William & Srhramm, Wilbur

1969　Responsibility in Mass Communication.N.Y.: Harper & Row.

Rivers, William

1965　the Opinion Makers. Boston: Beacon Press.

Rolinson J.P.& Lery M.R.

1986　The main source. Learning from television news. Calif.: Sage
　　　Publications.

Rodman, George,

1990　Mass Media Issues, 3rd ed. Iowa: Kerdall Hunt.

Roger, E.M.

1983 Diffusion of Innovations, 3rd ed. N.Y.: Free Press.

Rosengren, Karl Erik

1989 Media Matter: TV use in Chidhood and Adolescence N.J.: Ablex Publishing Co.

Rosengren, Karl Erik

1981 Advances in content analysis. Calif.: Sage Publications.

Roschoe, Bernard

1975 Newsmaking. chicago: University of Chicago Press.

Rubin, Michael Rogers

1988 Private Rights, Public Wrongs. London: Ablex Publishing Corponation.

Rusher, William A.

1988 The Coming Battle for the Media: Curbing the Power of the Media Elite.N.Y.: William Morrow.

Rybacki, Karyn & Rybacki Donuld

1991 Communication criticism: Approaches and Genres. Calif: Wads worth Publishing Co.

Salmon, C.T. (ed.)

1989 Information Campaigns: Balancing Social Values and Social Change. Beverly Hills.: Sage Publications.

Sandman, Peter etc.

1972 Media: An Introductory Analysis of American Communication . N.J.: Prentice – Hall Inc.

Schillen, Herbert I.

1989 Culture, Inc.: The Corporate Takeover of Public Expression. N.Y.: Oxford University Press.

Schlesinger. Philip

1978　Putting "Reality" Together: BBC News. London: Constable.

Schmidt, Benno Jr.

1975　Freedom of the Press Versus Public Access. N.Y.: Praeger
Publishers.

Schmuhl Robert (ed.)

1984　The Responsibilities of Journalism, Indiana: Universiey of
Notre Dame Press.

Schrank, Jeffrey

1986　Understanding Mass Media, Ill.: National Textbook Co.

Schudson, Michael

1978　Discovering the News: A Social History of American Newspap
　　　ers. N.Y.: Basic Books.

Seiden, Martin H.

1974　Who Controls The Mass Media? N.Y.: Basic Books.

Shaw, Donald L. & McCombs, Maxwell E.

1977　The Emergence of American Political Issues: The Agenda –
Setting Function of the Press. St. Paul: West Publishing.

Shoemaker, P.J. & Reese, S.D.

1991　Mediating the Message: Theories of Infuences on Mass Con-
tent. N.Y.: Longman.

Sigal, L.

1973　Reporters and Officials: The Organization of Newsmaking.
Lexington MA: D.C.: Heath.

Skrornia, Harry J.

1965　Television and Society. N.Y.: McGrow – Hill Book Co.

Sloan, William David (ed.)

1990　Makers of the Media Mind. N.J.: Lawnence Erlbaum Associates Publishers.

Smith, Jeffery A.

1988　Printer and Press Freedom: The Ideology of Early American Journalism. N.Y.: Oxfond University Press.

Stein, Robert

1972　Media Power: who is shapping you picture of the world. Boston: Houghton Mifflin.

Stephen, Mitchell

1988　A History of News: from the drum to the satellite. N.Y.: Viking Penguim Inc.

Stewart, Kenneth & Tebbel, John

1952　Makers of Modern Journalism. N.Y.: Prentice – Hall.

Stone, Gerald

1987　Examining Newspapers: What Research Reveals About America Newspapers. Calif: Sage Publications.

Strentz, Hebert

1979　News reporters And News Sources: What Happens Before The Story is Written, 2nd edition. Iowa: The Iowa State University

Swain, Bruce M.

1978　Reporters' Ethic's, Ames, Iowa: The Iowa State University Press.

Tebbel, Lee (ed.)

1980　Ethics, Morality and the Media. N.Y.: Hastings House.

Tichenon, Phillip J.

1980　Community Conflict and the Press. Beverly Hills, Calif.: Sage
　　　Publicstions.

Tunstall, Jeremy

1971　Journalists at Work. London: Constable & Co.

Tunstall, Jeremy

1970　Media Sociology: A Reader. Urbana: University of Illinois.

Ulloth, Dana R. etc.

1983　Mass Media: Past, Present, Future. N.Y.: West Publishing Co.

Van Dijk, Teun A.

1989　News Analysis: Case Studies of International and National
News in the Press. N.J.: Lawrence Erlbaum Associates.

Van Dijk, Teun A.

1987　News as Discourse. London: Lawrence Erlbaum Associates.

Weaver, David H. & Wilhoit, G. Cleveland

1986　The American Journalist: A Portrait of U.S. News People and
　　　Their Work. Bloomington: Indiana University Press.

Wicker, Tom

1978　On Press: A Top Reporter's Life in and Reflections on Ameri-
can Journalism. N.Y.: Viking Press.

Williams, Walter

1924　Practice of journalism. Columhia, Mo: Lucas Brothers.

Wilson, Stan Le roy

1989　Mass Media / Mass Culture. Westminster, MD: random House.

Winlour, Charles

1972　Pressures on the Press. London: Andre Deutsch.

Wober J.M.

1988　the Use and Abuse of Television: A Social— Psychological Analysis of the Changing Screen. London: Lawrence Erlbaum Associ ates.

Wolf, frank

1972　Televsion Programming for News and Public Affairs. N.Y.: Praeger.

Walsely, Roland E., & Campbell, Lawence R.

1957　Exploring Jounalism, 3rd rev. ed. N.Y.: Prentice—Hall.

Won, Ho Chang

1989　Mass Media in China: The History and the Future. Ames: Iow a State University Press.

Wright, Charles R.

1986　Mass Communication: A Sociological Perspective, 3rd ed. N.Y. : Random House, Inc.

Adam，JB. etc.

1969　"Diffusion of a 'Minor' Foreign Affairs News Event，" JQ，Vol. 46.PP. 545—51.

Allen，T.Harrell & Piland，Richard N.

1976　"What is New：Bungling Assassins Rate Page One，" Journal of Communication（JC），Vol. 26，No. 4（Autumn）. PA.：The Annenberg School of Communications，University Penns ylvania. PP. 98—101.

Atwood，L. Erwin

1970　"How Newsmen and Readers Perceive Each Others' story Preferenced，" Journalism Quarterly（JQ），Vol. 47. PP. 296—302

Badii，Naiim & Walter，J.Ward

1980　"The Nature of News in Four Dimensions，" J.Q. Vol. 57. P

　　　P. 243－84.

Bagdikian，Ben H.

1985　"the U.S. Media：Suppermarket on Assembly Line？"

Journal ofCommunication.（JC），Vol. 35，No. 3. PP. 97－109.

Behr，Roy L. & Iyengar，Shants，

1985　"Television News，Real－World Cues，and changes in the

　　　Public Agenda，" Public Opinion Quarterly（spring）. PP. 3

　　　8－40.

Bell，Philip

1985　"drugs as News：Defining the Social，" Mass Communica-

tion Review Yearbook. Vol. 5. Calif：Sage. Publications. PP. 303－2

　　　0.

Berkowitz，Dan

1987　"TV News Sources and Ndws Channels：A Study in Agenda

　　　－Building，" J.Q.（Summer／Autumn）. PP. 508－13.

Blackwood R.E.

1983　"The Content of News Pictures：Roles Portrayed By Men

and Women，" JQ，Vol. 60，PP. 710－4.

Bogart

1950－51　"The Spread of News on a Local Event：a case history

　　　，" Public Opinion Quarterly，No. 14. PP. 769－72.

Bowers，T.A.

1972　"Issue and Personality Information in Newspaper Political

Advertising，" PP. 446－52.

Breed，W.

1956 "Analyzing news：Some questions for research，" JQ. V. 33
. PP. 467－77.

Bridges，Janet A.

1989 "News Use on the Front Pages of the American Daily，"
Journalism Quarterly，Vol. 66，No. 2（Summer）. Sc.：Asso-
ciation for Education in Journslism and Mass Communication（AE
JMC）PP. 332－7.

Bush，CR.

1960 "A System of Categories for General News Content，" J.Q.
，Vol. 37.PP. 206－210.

Carroll，Raymond L.

1989 "Market Size and TV News Values，" Journalism Quarterly
，Vol. 66，No. 1（Spring）. Sc：AEJMC.

Carter，R.E. Jr. & Mitfosky，W.J.

1961 "Actual and Perceived Distances in the News，" J.Q. Vol. 38
，PP.223－5.

Dahlgnen，Peter

1988 "What's the Meaning，of This？Viewers，Plural Sense－
Making of TV News，" Media，Culture and Society，No. 10
，PP. 285－301.

Deutschman，P.J. & Danielson

1960 "Diffusion of Knowledge of a Mojor News story，" J.Q.，Vo
l. 37. PP. 345－55.

Dominick，Joseph R.

1977　"Geographical Bias in Television News，" Journal of Communication No. 27（Autumn）. PP. 94－9.

Fathi，A.

1973　"Diffusion of a《Happy》News Event，" J.Q.，Vol. 50. PP. 271－77.

Findahl，Olle & Hoigen，Birgitta

1983　"Studies of News from the Perspective of Human Comprehension，" Mass Communication Review Yearbook. Beverly Hills：Sage Publications. PP.393－403.

Fjaestad，Bjorn & Holmlov，P.G.

1976　"What is News：the Journalists' View，" J.C. Vol. 26，No.4（Autumn）. PP. 108－14.

Fowber，Joseph S. & Showalter，Stuart W.

1974　"Evening Network News Selection：A Comfirmation of News Judgment，" J.Q.，Vol. 51（Winter）. PP. 712－15.

Gerbner，George，and Gross，L.

1976　"Living with Television：the Viobence Profile，" Journal of Communication，No. 26. PP. 173－99.

Hansen，Judy & Bishop，Robert L.

1981　"Press Freedom on Taiwan：the Mini Hundred Flowers Period，" J.Q., Vol. 58，No. 1. Sc.：AEJMC PP. 39－42.

Katz，E.，etc.

1977　"Remembering the News：What the Picture Adds to Recall，" J.Q.，Vol. 54.PP. 231－9.

Knight，Graham & Dean Tony

1982　"Myth & the Structure of News，" Jonrnal of Communication Vol. 32，No. 2.

Lacy，Stephen

1989 "A Model of Demand for News：Impact of Competition on Newspaper Content，" Journalism Quarterly，Vol. 66，No. 1（Sp ring）. Sc. " AEJMC.

Mc Donald Daniel G.

1990 "Media Orientation and Television News Viewing，" J.Q.，V. 67，No. 1（spring）. PP. 11－20.

McNelly，J.T.

1959 "Intermediary Communication in the International Flow of News，" Journalism Quarterly，Vol. 36.

Molotch，H. & Lester，M.

1981 "Accidental news，" American Journal of Sciology，No. 75，PP. 235－60.

Moores，Shaun

1990 "Texts，Readers and Contexts of Reading：Development in the Study of Media Audience，" Media，Culture and Society，No. 12. PP.9－29.

Nerone，John

1987 "The Myth of the Penny Press，" Critical Studies in Mass Communication，No. 4.（Dec.）Anmandale，VA.：Speech Comm unication Association.

Newman，R. W.

1976 "Patterns of Recall Among television News Views，" Public Opinion Quarterly，V. 40. PP. 15－123.

Peterson，Sophia

1979　"Foreign News Gatekeeper and Criteria of Newsworthiness，" J.Q.，V.56，PP. 116—25.

Reagan，Joey，and Zenaty Jayne

1979　"Local News Credibility︰ Newspapers VS. TV Revisited，" J.Q., V. 56, PP. 168—72.

Riffe，D.

1984　"Newsgathering Climate and News Borowing abroad，" New spaper ResearchJournal，Vol. 6，No. 2，PP. 19—29.

Robinson，John P.

1980　"The Changing Reading Heading Habits of the American Public，" Journal of Communication. Vol. 30，No. 1，PP. 141—52.

Robinson，John P.

1974　"The Press as King Maker，" J.Q.，Vol. 51，PP. 587—94.

Rosengren，K.E.

1977　"International News: Four Types of Tables，" Journal of Commurication, No. 27. PP. 67—75.

Sasser，Emery L.and Russell，John T.

1972　"The Fallacy of News Judgement，" J.Q.，Vol. 49，PP. 280—284.

Scanlon，T.J.

1972　"A New Approach to the Study of Newspaper Accuracy，" J .Q.，Vol. 49. PP.589—90.

Schramm，Wilbur

1949　"The Naturl of News，" J.Q.，Vol. 26，PP. 259—69.

Stevenson，R.L. & Greene M.T.

1980　"Reconsideration of bias in the news，" J.Q.，Vol. 57，No.

1，PP.115－21.

Stocking S. Holly & Gross，Paget H.

1989　"Understanding Errors，Biases that Can Affect Journalists, " Journalism Educator，Vol. 44，No. 1（spring）. Columl-bia, Sc：AEJME.

Suominer，Elina

1976　"What is News：Who Needs Information and Why，" J.C.，Vol. 26，No. 4（autumn）. PP. 115－9.

Tanzer，Andrew

1983　"Muzzling the Watchdogs，" Far Eastern Economic Review，May.19.

Tichenor，Phillip J. etc.

1970　"Mass Media Flow and the Differential Growth of knowledge，" Public Opinion Quarterly No. 34，PP. 159－70.

Troldahl，Verling C. & Van，Dam Robert

1965－66　"Face to Face Cammunication About Major Topics in the News，" Public Opinion Quarterly No. 29，PP. 626－634.

Westerstahl，J.

1983　"Objective News Reporting，" Communication Research，Vol. 10，No. 3，PP. 403－24.

Wilson，C. Edward & Howard，Donglas M.

1978　"Public Preception of Media Accuracy，" J.Q., V. 54, PP.744－9.

Wilson，C. Edward

1974　"The Effect of Medium on Loss of Information，" J.Q., V. 51, PP.111－5.

Wolsfeld，Gadi

1991　"Media，Political Violence：A Transactional Analysis，"
　　　JournalismMonographs（No. 127，June）. Sc：University
of Sourth Carolina.

Yagade，Aileen & Dozien，David M.

1990　"The Media Agenda. Setting Effect of Concrete Vs Abstract
Jssues，"　J.Q. Vol. 67，No. 1（spring）. pp. 3－10.

三民大專用書書目——新聞